LA VIUDA
NEGRA

DANIEL
SILVA

LA VIUDA
NEGRA

HarperCollins *Español*

Editora-en-Jefe: *Graciela Lelli*

ISBN: 978-0-71809-243-6

Impreso en Estados Unidos de América
17 18 19 20 21 DCI 6 5 4 3 2 1

Para Stephen L. Carter, por su amistad y su fe. Y como siempre, para mi esposa, Jamie, y mis hijos, Lily y Nicholas.

Las banderas negras vendrán del este, portadas por hombres poderosos, de larga cabellera y larga barba, con nombres tomados de sus lugares de origen.

Hadiz musulmán

Dadme una jovencita en edad impresionable y será mía para siempre.

Muriel Spark
La plenitud de la señorita Brodie

NOTA DEL AUTOR

Comencé a trabajar en esta novela antes de que el grupo terrorista islámico conocido como ISIS llevara a cabo una serie de atentados en París y Bruselas en los que murieron más de 160 personas. Tras considerar brevemente la posibilidad de abandonar el manuscrito, opté por completarlo tal y como lo había concebido en un principio, como si esos trágicos sucesos no hubieran acaecido aún en el mundo imaginario en el que habitan y operan mis personajes. Las similitudes entre los atentados reales y ficticios, incluidos los vínculos con el distrito bruselense de Molenbeek, son totalmente fortuitas. No me enorgullezco de mi vaticinio. Ojalá el terrorismo asesino y milenarista del Estado Islámico existiera únicamente en las páginas de esta historia.

PRIMERA PARTE

RUE DES ROSIERS

1

LE MARAIS, PARÍS

Fue lo sucedido en Toulouse lo que acabaría desencadenando la perdición de Hannah Weinberg. Esa noche telefoneó a Alain Lambert, su contacto en el Ministerio del Interior, para decirle que esta vez habría que hacer algo. Alain prometió una respuesta rápida. Sería contundente, le aseguró a Hannah. Pero la contundencia era la respuesta automática del funcionario cuando en realidad no pensaba hacer nada en absoluto. A la mañana siguiente, el ministro en persona visitó el lugar del ataque e hizo un vago llamamiento al «diálogo y la reconciliación». A los padres de las tres víctimas solo pudo expresarles su pesar.

—Lo haremos mejor —dijo antes de regresar precipitadamente a París—. Es nuestra obligación.

Las víctimas tenían doce años: eran dos niños y una niña, los tres judíos aunque los medios de comunicación franceses omitieran mencionar su adscripción religiosa en sus primeras informaciones. Tampoco se molestaron en señalar que los seis atacantes eran musulmanes: dijeron únicamente que eran adolescentes residentes en un suburbio o *banlieu* situado al este de la ciudad. La descripción del ataque era tan difusa que movía a confusión. Según la radio francesa, se trataba de un altercado frente a una *patisserie*. Había tres heridos, uno de ellos de consideración. La policía estaba investigando. No había detenidos.

En realidad, no fue un altercado sino una emboscada bien

planificada. Y los agresores no eran adolescentes: eran hombres de veintitantos años que se habían aventurado en el centro de Toulouse en busca de judíos a los que atacar. Que sus víctimas fueran menores de edad no parecía preocuparles. Propinaron patadas a los niños, les escupieron y les dieron una paliza monumental. A la niña la tiraron al suelo y le rajaron la cara con un cuchillo. Antes de huir, se volvieron a un grupo de viandantes que contemplaba la escena con estupefacción y gritaron:

—¡*Khaybar, Khaybar, ya-Yahud!*

Aunque los testigos no lo supieran, aquel cántico en árabe era una referencia a la conquista musulmana de un oasis hebreo cerca de la ciudad sagrada de Medina en el siglo VII. Su mensaje era inconfundible: las huestes de Mahoma –decían aquellos hombres– iban a por los judíos de Francia.

Lamentablemente, el atentado de Toulouse había estado precedido por numerosas señales de alarma. Francia se hallaba presa del mayor paroxismo de violencia antijudía desde el Holocausto. Se habían atacado sinagogas con artefactos incendiarios, se habían volcado lápidas, se habían saqueado tiendas y atacado casas señalándolas con pintadas amenazadoras. En total, había habido más de cuatro mil incidentes documentados solo durante el último año, cada uno de ellos cuidadosamente consignado e investigado por Hannah y su equipo del Centro Isaac Weinberg para el Estudio del Antisemitismo en Francia.

El Centro, que llevaba el nombre del abuelo paterno de Hannah, había abierto sus puertas diez años antes bajo estrictas medidas de seguridad. Era ya la institución de su especie más respetada de Francia, y a Hannah Weinberg se la consideraba la principal cronista de la nueva oleada de antisemitismo que vivía el país. Sus partidarios la describían como una «militante de la memoria histórica», una mujer que no se detendría ante nada en su empeño por presionar al Estado francés para que protegiera a su acosada minoría judía.

El Centro Weinberg tenía su sede en la *rue* des Rosiers, la principal arteria del barrio más ostensiblemente judío de la ciudad.

El piso de Hannah estaba al otro lado de la esquina, en la *rue* Pavée. En la placa del portero automático se leía *mme bertrand*, una de las pocas medidas que tomaba para salvaguardar su seguridad. Vivía sola en el piso, rodeada por las posesiones de tres generaciones de su familia, entre ellas una modesta colección de cuadros y varios centenares de anteojos antiguos, su pasión secreta. A sus cincuenta y cinco años, era soltera y no tenía hijos. Muy de tarde en tarde, cuando el trabajo se lo permitía, se daba el lujo de tener un amante. Alain Lambert, su contacto en el Ministerio del Interior, había sido una grata distracción durante un periodo especialmente tenso de agresiones antisemitas. Lambert llamó a Hannah a casa esa noche, tras la visita de su superior a París.

—Adiós a la contundencia —dijo ella con acritud—. Debería darle vergüenza.

—Hemos hecho lo que hemos podido.

—Pues no es suficiente.

—En momentos como este conviene no echar leña al fuego.

—Eso mismo dijisteis en el verano del cuarenta y dos.

—No nos pongamos dramáticos.

—No me dejas elección: tengo que emitir un comunicado, Alain.

—Escoge tus palabras con cuidado. Somos los únicos que nos interponemos entre tú y ellos.

Hannah colgó el teléfono. Luego abrió el cajón de arriba del escritorio y sacó una llave que abría la puerta del final del pasillo. Al otro lado había una habitación de niña: el cuarto de Hannah, congelado en el tiempo. Una cama de cuatro postes con dosel de encaje. Estantes repletos de peluches y juguetes. El póster descolorido de un célebre actor americano. Y, colgado encima de una cómoda provenzal, invisible en la oscuridad, un cuadro de Vincent van Gogh. *Marguerite Gachet en su tocador*. Hannah pasó suavemente la yema del dedo por las pinceladas, pensando en el hombre que había llevado a cabo la única restauración del cuadro. ¿Cómo reaccionaría en un momento así? «No», pensó con una sonrisa. «Eso no puede ser».

Se metió en la cama de su infancia y, para su sorpresa, cayó en un sopor sin sueños. Y cuando despertó tenía decidido un plan.

Durante la mayor parte de la semana siguiente, Hannah y su equipo de colaboradores trabajaron en condiciones de estricta seguridad operativa. Contactaron discretamente con posibles cooperantes, retorcieron ciertos brazos y apelaron a sus benefactores. Dos de sus fuentes de financiación más fiables le dieron largas, porque, al igual que el ministro del Interior, pensaban que era preferible no *jeter de l'huile sur le feu*: no echar más leña al fuego. Para compensar aquel revés, Hannah no tuvo más remedio que recurrir a su fortuna personal, que era considerable. Cosa que, naturalmente, le reprochaban sus detractores.

Quedaba, por último, la cuestión menor de cómo llamar a la iniciativa de Hannah. Rachel Lévy, jefa del departamento de publicidad del Centro, opinaba que lo mejor sería darle un toque de blandura y de ambigüedad, pero fue Hannah quien impuso su criterio: cuando estaban ardiendo sinagogas, afirmó, la mesura era un lujo que no podían permitirse. Su deseo era dar la voz de alarma, hacer un llamamiento a la acción. Garabateó unas palabras en una hoja de papel de cuaderno y la puso sobre la atiborrada mesa de Rachel.

—Esto atraerá su atención.

Hasta entonces, nadie de importancia había aceptado su invitación: nadie, excepto un bloguero americano tocapelotas y un comentarista de la televisión por cable que habría aceptado asistir a su propio funeral. Luego, sin embargo, Arthur Goldman, el eminente profesor de Cambridge especializado en Historia del Antisemitismo, respondió que estaba dispuesto a viajar a París siempre y cuando —desde luego— Hannah le costeara una estancia de dos noches en su *suite* favorita del hotel Crillon. Tras el compromiso de Goldman, Hannah consiguió también a Maxwell Strauss, de Yale, que nunca perdía la ocasión de salir a escena con su rival. El resto de los participantes no tardó en aceptar. El director del Museo Conmemorativo del Holocausto de los Estados Unidos confirmó su asistencia, al igual que dos importantes cronistas y supervivientes y un estudioso del Yad Vashem especializado en el Holocausto francés. Se agregó a la convocatoria a una novelista (más por su inmensa popularidad que por sus conocimientos históricos) y a un político de la extrema derecha francesa que rara vez tenía una palabra amable para nadie. Y se invitó a varios líderes religiosos y civiles de la comunidad musulmana que declinaron la invitación, al igual que el ministro del Interior. Alain Lambert se lo comunicó personalmente a Hannah.

—¿De verdad creías que iba a asistir a un congreso con un título tan provocador?

—No quiera Dios que tu jefe haga nunca nada provocador, Alain.

—¿Qué me dices de la seguridad?

—Siempre hemos sabido cuidarnos.

—Nada de israelíes, Hannah. Le daría cierto tufo al asunto.

Rachel Lévy emitió la nota de prensa al día siguiente. Se invitó a los medios a cubrir el congreso y se reservó cierto número de asientos para el público en general. Unas horas después, en una ajetreada calle del Distrito XX, un judío practicante fue atacado por un hombre armado con un hacha y resultó herido de gravedad. Antes de escapar, el agresor blandió el arma ensangrentada y gritó:

—*¡Khaybar, Khaybar, ya-Yahud!*

La policía –dijeron– estaba investigando el suceso.

Por razones de seguridad (y porque el tiempo apremiaba), pasaron apenas cinco días entre la publicación de la nota de prensa y la apertura del congreso. De ahí que Hannah esperara hasta el último momento para preparar su discurso inaugural. La víspera de la reunión, se sentó a solas en su biblioteca y se puso a escribir con ahínco, arañando con la pluma el papel amarillo de una libreta.

Aquel era –se dijo– un lugar apropiado para redactar tal documento, puesto que la biblioteca había pertenecido a su abuelo. Nacido en el distrito polaco de Lublin, huyó a París en 1936, cuatro años antes de la llegada de la Wehrmacht hitleriana. La mañana del 16 de julio de 1942 (el día conocido como *Jeudi Noir* o Jueves Negro), agentes de la policía francesa provistos de tarjetas de deportación azules detuvieron a Isaac Weinberg y a su esposa, junto con otros trece mil judíos, aproximadamente, nacidos en el extranjero. Isaac Weinberg logró ocultar dos cosas antes de la temida llamada a la puerta: a su único hijo, un niño llamado Marc, y el Van Gogh. Marc Weinberg sobrevivió a la guerra escondido y en 1952 logró recuperar el piso de la *rue* Pavée que desde el *Jeudi Noir* ocupaba una familia francesa. Milagrosamente, el cuadro seguía donde lo había dejado su padre: escondido debajo de la tarima de la biblioteca, bajo el escritorio donde ahora se sentaba Hannah.

Tres semanas después de su detención, Isaac Weinberg y su esposa fueron deportados a Auschwitz y gaseados a su llegada. Fueron solo dos de los más de 75 000 judíos procedentes de Francia que perecieron en los campos de exterminio de la Alemania nazi: una mancha indeleble en la historia de Francia. Pero ¿podía suceder algo así de nuevo? ¿Iba siendo hora de que los 475 000 judíos franceses –la tercera comunidad judía del mundo– recogieran sus bártulos y se marcharan del país? Ese era el interrogante que había planteado Hannah en el título del congreso. Muchos judíos ya habían abandonado Francia. Durante el año anterior habían emigrado quince mil a Israel, y la cifra aumentaba de día en día. Hannah, sin embargo, no tenía previsto unirse a ellos. Al margen de lo que dijeran sus enemigos, se consideraba francesa en primer lugar y después judía. Le horrorizaba la idea de vivir en cualquier lugar que no fuera el IV *Arrondissement* de París. Pero se sentía obligada a advertir a sus conciudadanos judíos de que se preparaba una tormenta. El peligro no era aún inminente. Pero, cuando un edificio está en llamas –escribió Hannah–, la prudencia aconseja buscar la salida más cercana.

Acabó un primer borrador poco antes de la medianoche. Era demasiado estridente, se dijo, y quizás un pelín airado. Limó las asperezas y añadió varias estadísticas deprimentes para apuntalar sus argumentos. Luego lo pasó a limpio en el ordenador, imprimió una copia y consiguió acostarse a las dos de la mañana. El despertador sonó a las siete. Camino de la ducha, se bebió un tazón de *café au lait*. Después, todavía en albornoz, se sentó delante del tocador y estudió su cara en el espejo. Una vez, en un momento de honestidad brutal, su padre había dicho que Dios había sido generoso con su única hija en cuestión de intelecto y cicatero con su apariencia. Tenía el cabello ondulado y oscuro, veteado de canas que había dejado proliferar sin resistencia; la nariz prominente y aguileña, y los ojos grandes y castaños. La suya nunca había sido una cara especialmente bonita, pero jamás nadie la había tomado por tonta. En un momento como aquel –pensó– su físico era una ventaja.

Se puso un poco de maquillaje para ocultar las ojeras y se peinó con más esmero que de costumbre. Luego se vistió rápidamente (falda de lana oscura y jersey, medias oscuras, zapatos de tacón bajo) y bajó las escaleras. Tras cruzar el patio interior, abrió el portal del edificio unos centímetros y se asomó a la calle. Pasaban pocos minutos de las ocho. Parisinos y turistas caminaban velozmente por la acera bajo el cielo gris de comienzos de la primavera. Nadie parecía estar esperando a que una mujer de cincuenta y tantos años con aspecto de intelectual saliera del edificio de pisos del número 24.

Salió y se encaminó hacia la *rue* des Rosiers pasando frente a una hilera de elegantes *boutiques*. Durante un trecho, la calle parecía una calle parisina cualquiera de un *arrondissement* de clase alta. Después, se encontró con una pizzería *kosher* y con varios puestos de falafel con carteles escritos en hebreo que evidenciaban el verdadero carácter del barrio. Se imaginó cómo debía de haber sido la mañana del *Jeudi Noir*: los detenidos indefensos hacinándose en camiones descubiertos, cada uno de ellos aferrado a la única maleta que se le permitía llevar; los vecinos mirando por las ventanas abiertas, algunos en silencio, avergonzados, otros refrenando a duras penas su alegría ante la desgracia de una minoría pisoteada. Hannah se aferró a aquella imagen (la imagen de los parisinos diciendo adiós con la mano a los desgraciados judíos) mientras avanzaba entre la luz mortecina, tamborileando rítmicamente con sus tacones sobre el empedrado.

El Centro Weinberg se hallaba en el extremo más tranquilo de la calle, en un edificio de tres plantas que antes de la guerra había albergado el periódico en lengua yidis y una fábrica de abrigos. Una fila de varias decenas de personas comenzaba en el portal, donde dos guardias de seguridad vestidos con traje oscuro –jóvenes de veintitantos años– cacheaban cuidadosamente a todo aquel que deseaba entrar. Hannah pasó a su lado y subió a la sala VIP. Arthur Goldman y Max Strauss se miraban con desconfianza desde lugares enfrentados de la sala, por encima de sendas tazas de *café américain* aguado. La famosa novelista hablaba muy seriamente con uno de los supervivientes. El jefe del Museo del Holocausto intercambiaba opiniones con el experto del Yad Vashem, viejo amigo suyo. El insidioso comentarista americano, en cambio, no parecía tener a nadie con quien hablar. Estaba amontonando cruasanes y *brioches* en su plato como si hiciera varios días que no comía.

—Descuide —le dijo Hannah con una sonrisa—, haremos un descanso para almorzar.

Pasó unos instantes con cada participante en la conferencia antes de dirigirse a su oficina, al fondo del pasillo. Estuvo releyendo a solas su discurso de apertura hasta que Rachel Lévy asomó la cabeza por la puerta y señaló su reloj.

—¿Cuánta gente hay? —preguntó Hannah.

—Más de la cuenta.

—¿Y los medios?

—Han venido todos, incluidos *The New York Times* y la BBC.

Justo en ese momento sonó el móvil de Hannah. Era un mensaje de Alain Lambert, del Ministerio del Interior. Arrugó el entrecejo al leerlo.

—¿Qué dice? —preguntó Rachel.

—Cosas de Alain.

Hannah dejó el móvil sobre la mesa, recogió sus papeles y salió. Rachel Lévy esperó a que se marchara para coger el teléfono e introducir la clave, no tan secreta, de su jefa. El mensaje de Alain Lambert apareció en la pantalla. Cuatro palabras en total.

TEN CUIDADO, QUERIDA MÍA…

El Centro Weinberg no tenía espacio suficiente para albergar un auténtico auditorio, pero el salón de su última planta era el mejor de todo el Marais. La hilera de ventanales, semejantes a los de un invernadero, ofrecía unas vistas magníficas de los tejados y azoteas en dirección al Sena, y de sus paredes colgaban grandes fotografías en blanco y negro con escenas de la vida en el barrio antes de la mañana del *Jeudi Noir*. Todos los que aparecían en ellas habían muerto en el Holocausto, incluido Isaac Weinberg, fotografiado en su biblioteca tres meses antes de que sobreviniera el desastre. Al pasar junto al retrato de su abuelo, Hannah deslizó un dedo por su superficie, como lo había deslizado por las pinceladas del Van Gogh. Solo ella conocía el vínculo secreto que unía a aquel cuadro con su abuelo y con el centro que llevaba su nombre. No, pensó de repente. Eso no era del todo cierto. El restaurador también estaba al corriente.

Habían colocado una larga mesa rectangular sobre una tarima, delante de las ventanas, y se habían dispuesto dos centenares de sillas en la sala diáfana, como soldados en formación. Todas las sillas estaban ocupadas, y otro centenar de espectadores permanecía de pie junto a la pared del fondo. Hannah ocupó el lugar que le correspondía (se había ofrecido voluntaria para servir como barrera de separación entre Goldman y Strauss) y escuchó mientras Rachel Lévy pedía al público que silenciara sus teléfonos móviles. Por fin le llegó el turno de hablar. Encendió su micrófono y leyó el primer renglón de su discurso de apertura. *Es una tragedia nacional que tenga que celebrarse una conferencia como esta...* Oyó entonces un ruido abajo, en la calle: un tableteo, como el estallido de unos petardos seguido por una voz de hombre que gritaba en árabe:

—¡*Khaybar, Khaybar, ya-Yahud!*

Hannah se bajó de la tarima y se acercó rápidamente a los grandes ventanales.

—Santo Dios —murmuró.

Dándose la vuelta, gritó a los ponentes que se apartaran de las ventanas, pero el fragor de la detonación ahogó su voz. Un instante después, la sala se convirtió en un ciclón de cristales, sillas, cascotes, prendas de ropa y miembros humanos que volaban por los aires. Hannah sintió que se inclinaba hacia delante, aunque no supo si estaba elevándose o cayendo. En cierto momento le pareció ver fugazmente a Rachel Lévy girando como una bailarina. Luego desapareció, como todo lo demás.

Por fin se detuvo, tal vez de espaldas, tal vez de lado, quizás en la calle, o en una tumba de ladrillo o cemento. El silencio era opresivo. Y también el humo y el polvo. Trató de limpiarse la suciedad de los ojos, pero su brazo derecho no respondía. Entonces se dio cuenta de que no tenía brazo derecho. Ni tampoco, al parecer, pierna derecha. Giró la cabeza ligeramente y vio a un hombre tendido a su lado.

—Profesor Strauss, ¿es usted?

Pero el hombre no dijo nada. Estaba muerto. «Pronto yo también estaré muerta», pensó Hannah.

De pronto sintió un frío atroz. Dedujo que era por la pérdida de sangre. O quizá fuera por la racha de viento que aclaró un instante el humo negro, ante su cara. Comprendió entonces que ella y aquel hombre que quizá fuera el profesor Strauss yacían entre los cascotes de la *rue* des Rosiers. Y cerniéndose sobre ellos, mirando hacia abajo por encima del cañón de un fusil automático, había una figura vestida completamente de negro. Un pasamontañas le cubría la cara, pero sus ojos quedaban a la vista. Eran increíblemente hermosos: dos caleidoscopios de color avellana y cobre.

—Por favor —dijo Hannah con un hilo de voz, pero los ojos de detrás del pasamontañas brillaron frenéticamente.

Después, hubo un destello de luz blanca y Hannah se descubrió caminando por un pasillo, sus miembros de nuevo intactos. Cruzó la puerta de la habitación de su infancia y, a oscuras, buscó a tientas el Van Gogh. Pero el cuadro había desaparecido. Y un momento después ella también desapareció.

2

RUE DE GRENELLE, PARÍS

Más tarde, las autoridades francesas determinaron que la bomba pesaba más de quinientos kilos. Estaba oculta en una furgoneta Renault Trafic blanca y, según las numerosas cámaras de seguridad que había en la calle, hizo explosión a las diez en punto, hora prevista para el inicio de la conferencia en el Centro Weinberg. Los terroristas, al parecer, eran muy puntuales.

Visto en retrospectiva, la bomba era innecesariamente grande para un objetivo tan modesto. Los expertos franceses concluyeron que una carga de doscientos kilos habría sido más que suficiente para volar las oficinas y matar o herir a todos sus ocupantes. Con sus quinientos kilos, sin embargo, la bomba derrumbó edificios e hizo añicos las ventanas a lo largo de toda la *rue* des Rosiers. La explosión fue tan violenta que afectó también al subsuelo: de hecho, París vivió un terremoto por primera vez desde que sus habitantes podían recordar. Se rompieron las tuberías del gas y el agua en todo el distrito, y un convoy de metro descarriló cuando se aproximaba a la estación del Hôtel de Ville. Resultaron heridos más de doscientos pasajeros, muchos de ellos de gravedad. La policía parisina pensó en un principio que también había estallado un artefacto en el tren y ordenó la evacuación de toda la red de metro. La vida se detuvo bruscamente en toda la ciudad. Para los terroristas fue una victoria inesperada.

La fuerza enorme de la detonación abrió un cráter de seis metros de profundidad en la *rue* des Rosiers. De la Renault Trafic no quedó nada, aunque la hoja izquierda del portón de carga, curiosamente intacta, fue encontrada flotando en el Sena, cerca de Notre Dame, a casi un kilómetro de distancia. Algún tiempo después los investigadores concluyeron que el vehículo había sido robado en Vaulx-en-Velin, un suburbio de Lyon de mayoría musulmana. La habían llevado a París la víspera del atentado (la identidad del conductor seguía siendo una incógnita) y había permanecido estacionada frente a una tienda de cocinas y baños del bulevar Saint-Germain hasta las ocho y diez de la mañana siguiente, cuando fue a recogerla un individuo desconocido. Medía aproximadamente un metro setenta y ocho de estatura, iba completamente afeitado y llevaba gorra de visera y gafas de sol. Condujo por las calles del centro de París sin rumbo fijo (o eso parecía) hasta las nueve y veinte, cuando recogió a un cómplice frente la Gare du Nord. En un principio la policía y los servicios de espionaje franceses dieron por sentado que el segundo terrorista era también un hombre. Más tarde, tras analizar todas las imágenes de vídeo disponibles, concluyeron que se trataba de una mujer.

Cuando la furgoneta Renault llegó al Marais, sus dos ocupantes se habían cubierto la cara con sendos pasamontañas. Y cuando salieron del vehículo frente al Centro Weinberg, iban armados hasta los dientes con fusiles de asalto Kalashnikov, pistolas y granadas. Mataron de inmediato a los dos guardias de seguridad del centro y a otras cuatro personas que esperaban para entrar en el edificio. Un transeúnte que tuvo la valentía de intervenir fue asesinado sin piedad. Los demás viandantes que quedaban en la estrecha callejuela huyeron aconsejados por la prudencia.

El tiroteo cesó a las 9:59:30 de la mañana, y los dos terroristas enmascarados avanzaron tranquilamente por la *rue* des Rosiers hasta la *rue* Vieille-du-Temple, donde entraron en una conocida *boulangerie*. Ocho clientes guardaban cola para pedir. Todos fueron asesinados, incluida la dependienta, que suplicó por su vida antes de recibir varios disparos.

En ese preciso instante, cuando la mujer se desplomaba, estalló la bomba de la furgoneta. La fuerza de la explosión rompió los cristales de la *boulangerie*, pero por lo demás el edificio quedó intacto. Los dos terroristas regresaron a la *rue* des Rosiers, donde la única cámara que aún funcionaba los grabó avanzando entre los escombros y rematando metódicamente a los heridos y moribundos. Entre las víctimas estaba Hannah Weinberg, a la que dispararon dos veces a pesar de que apenas tenía posibilidad de sobrevivir. La crueldad de los terroristas solo era comparable a su eficacia. Las grabaciones mostraban a la mujer sacando con toda calma un proyectil atascado de su Kalashnikov antes de matar a un hombre malherido que un momento antes estaba sentado en el tercer piso del edificio.

El Marais permaneció acordonado varias horas después del atentado, accesible únicamente para los trabajadores de los equipos de emergencia y los investigadores. Por fin, a última hora de la tarde, tras extinguirse el último incendio y determinarse que no había más explosivos en la zona, llegó el presidente francés. Tras recorrer el escenario de la catástrofe, declaró que había sido «un Holocausto en el corazón de París». El comentario no fue bien acogido en algunas de las *banlieus* más conflictivas. En una de ellas estalló una celebración espontánea que fue sofocada de inmediato por los antidisturbios. La mayoría de los periódicos ignoraron el incidente. Un alto funcionario de la policía francesa lo definió como «una distracción desagradable» de la tarea más acuciante: encontrar a los terroristas.

Su huida del Marais, como el resto de la operación, había sido cuidadosamente planeada y ejecutada. Una motocicleta Peugeot Satelis los esperaba estacionada en una calle cercana, junto con un par de cascos negros. Se dirigieron hacia el norte, el hombre conduciendo y la mujer agarrada a su cintura. Pasaron desapercibidos entre el torrente de coches de policía y ambulancias que circulaba en sentido contrario. Una cámara de tráfico los captó por última vez cerca del pueblecito de Villeron, en el departamento de Val-d'Oise. A mediodía se habían convertido en objetivo de la mayor caza al hombre de la historia de Francia.

La Policía Nacional y la Gendarmería se encargaron de los controles de carreteras, la identificación de sospechosos, las naves industriales abandonadas con las ventanas rotas, así como de cualquier posible escondrijo cuya entrada hubiera sido forzada. Pero dentro de un elegante edificio antiguo de la *rue* de Grenelle, ochenta y cuatro hombres y mujeres se hallaban inmersos en una búsqueda de índole muy distinta. Conocidos únicamente como Grupo Alfa, pertenecían a una unidad secreta de la DGSI, el servicio de seguridad interior francés. El Grupo, como se le llamaba oficiosamente, se había formado seis años antes, después de que un yihadista se hiciera estallar frente a un conocido restaurante de la *avenue des* Champs-Élysées. Estaba especializado en la infiltración de agentes en el laberíntico submundo de la yihad en Francia y disponía de autoridad para tomar «medidas activas» a fin de retirar de la circulación a potenciales terroristas islámicos, antes de que estos pudieran tomar medidas activas en contra de la República o su ciudadanía. De Paul Rousseau, el jefe del Grupo Alfa, se decía que había planificado más atentados que Osama Bin Laden, acusación esta que él no contradecía aunque se apresurara a señalar que ninguna de sus bombas estallaba en realidad. Los agentes del Grupo Alfa eran expertos en el arte del engaño. Y Paul Rousseau era su guía y líder indiscutible.

Con sus chaquetas de *tweed*, su cabello canoso y revuelto y su sempiterna pipa, Rousseau parecía mejor pertrechado para adoptar el papel de profesor distraído que el de implacable agente de la policía secreta, y no sin razón. Su carrera había empezado en el mundo académico, al que a veces, en sus momentos de mayor abatimiento, deseaba volver. Rousseau, un reputado especialista en la literatura francesa del siglo XIX, trabajaba en la Université de Paris-Sorbonne cuando un amigo perteneciente al espionaje francés le pidió que ingresara en la DST, la Dirección de Seguridad Interior. Corría el año 1983, y el país estaba asediado por una oleada de atentados y asesinatos llevados a cabo por el grupo terrorista de extrema izquierda Acción Directa. Rousseau se integró en una unidad dedicada al desmantelamiento de Acción Directa y, tras una serie de brillantes operaciones, consiguió doblegar al grupo terrorista.

Permaneció en la DST, luchando contra sucesivas oleadas de terrorismo izquierdista y árabe, hasta 2004, cuando su querida esposa Collette murió tras una larga batalla contra la leucemia. Inconsolable, se retiró a su modesto chalé de Luberon y comenzó a trabajar en una biografía de Proust que ocuparía varios volúmenes. Luego se produjo el atentado de los Campos Elíseos. Rousseau aceptó abandonar la pluma para regresar al campo de batalla, pero con una condición: no le interesaba vigilar a sospechosos, escuchar sus conversaciones telefónicas o leer sus demenciales divagaciones en Internet. Quería tomar la iniciativa. El jefe aceptó, al igual que el ministro del Interior, y así nació el Grupo Alfa. En sus seis años de existencia, había frustrado más de una docena de atentados importantes en suelo francés. Rousseau veía el atentado contra el Centro Weinberg no únicamente como un fracaso de los servicios de inteligencia, sino como una afrenta personal. Esa tarde, a última hora, con la capital francesa sumida aún en el caos, llamó al jefe de la DGSI para ofrecerle su dimisión. El jefe, naturalmente, la rechazó.

—Pero como penitencia —añadió—, debe encontrar al monstruo responsable de esta carnicería y traerme su cabeza en una bandeja.

Rousseau no se tomó al pie de la letra aquella alusión, pues no tenía intención de emular la conducta de aquellos a quienes perseguía. Aun así, su unidad y él se pusieron manos a la obra con un celo solo comparable al fanatismo religioso de sus adversarios. El Grupo Alfa estaba especializado en el factor humano, y a los humanos recurrió en busca de información. En cafés, en estaciones de tren y en callejones de todo el país, los colaboradores de Rousseau se reunieron con sus agentes infiltrados: los clérigos, los reclutadores, los delincuentes de poca monta, los moderados bienintencionados, las almas desvalidas y de ojos vacuos que habían hallado cobijo en la Ummah mortífera y globalizada del islam radical. Algunos espiaban movidos por su conciencia. Otros, por dinero. Y otros porque Rousseau y sus agentes no les habían dejado elección. Ninguno de ellos dijo estar al corriente de que se estuviera planeando un atentado: ni siquiera los delincuentes callejeros que aseguraban saberlo todo, especialmente si había dinero de por medio. Los informantes del Grupo Alfa tampoco pudieron identificar a los dos terroristas. Cabía la posibilidad de que fueran emprendedores, lobos solitarios, seguidores de una yihad sin líder visible que habían fabricado una bomba de quinientos kilos delante de las narices de los servicios de inteligencia franceses y la habían conducido hábilmente hasta su destino. Era posible, opinaba Rousseau, pero sumamente improbable. Seguramente en alguna parte había un autor intelectual, un individuo que había concebido el atentado y reclutado a los terroristas, a los que había guiado con mano experta hasta su objetivo. Era la cabeza de ese hombre la que Paul Rousseau pensaba entregarle a su jefe.

De ahí que, mientras todos los servicios de seguridad franceses buscaban a los autores materiales del atentado contra el Centro Weinberg, Rousseau fijara resueltamente su mirada en una orilla lejana. Como todos los buenos capitanes en momentos de tempestad, permaneció en el puente de mando de su navío, que en su caso era su despacho de la cuarta planta. Un aire de docto desorden impregnaba la habitación, junto con el olor frutal del tabaco de pipa que fumaba Rousseau, un hábito este que se permitía quebrantando los numerosos edictos que prohibían fumar en las dependencias de la administración pública. Bajo sus ventanas blindadas (imposición de su jefe) se hallaba el cruce de la *rue* de Grenelle con la tranquila *rue* Amélie. El edificio carecía de puerta a la calle. Una verja negra daba acceso a un pequeño patio y a un aparcamiento, y una discreta placa metálica informaba de que el inmueble albergaba la sede de la Sociedad Internacional para la Literatura Francesa, un toque singularmente rousseauniano. A fin de respetar las apariencias, publicaba una delgada revista trimestral que Rousseau se empeñaba en editar él mismo. En el último recuento el número de sus lectores ascendía a doce, todos ellos investigados minuciosamente.

Dentro del edificio, sin embargo, se acababa todo subterfugio. El personal de apoyo técnico ocupaba el sótano; los observadores, la planta baja. La primera planta albergaba el desbordante Registro del Grupo Alfa (Rousseau prefería los dosieres de papel a los ficheros digitales), y la segunda y la tercera plantas estaban reservadas a los correos. La mayoría de los empleados entraba y salía por la verja de la *rue* de Grenelle, ya fuera a pie o en coche oficial. Otros entraban por el pasadizo secreto que conectaba el edificio con la destartalada tienda de antigüedades del portal de al lado, propiedad de un anciano francés que había sido agente secreto durante la guerra de Argelia. Paul Rousseau era el único miembro del Grupo Alfa que había tenido acceso al asombroso expediente del anticuario.

Quien visitaba por primera vez la cuarta planta podía confundirla con las oficinas de un banco privado suizo. Era un lugar sobrio, lúgubre y silencioso, salvo por la música de Chopin que de cuando en cuando salía por la puerta abierta de Rousseau. Su sufrida secretaria, la implacable *madame* Treville, ocupaba un pulcro escritorio en la antesala, y en el extremo opuesto de un estrecho pasillo se hallaba el despacho de Christian Bouchard, el lugarteniente de Rousseau. Bouchard poseía todo aquello de lo que carecía Rousseau: juventud, buena forma física, elegancia en el vestir y una belleza casi excesiva. Pero, más que cualquier otra cosa, Bouchard era ambicioso. El jefe de la DGSI se lo había endosado a Rousseau, y en todas partes se daba por sentado que algún día ocuparía la jefatura del Grupo Alfa. Rousseau solo le guardaba un ligero rencor, pues Bouchard, a pesar de sus evidentes defectos, era extremadamente bueno en su trabajo. Y también despiadado. Cuando había que hacer algún trabajo burocrático poco limpio, era invariablemente Bouchard quien se encargaba de ello.

Tres días después del atentado contra el Centro Weinberg, con los terroristas todavía sueltos, se celebró una reunión de jefes de departamento en el Ministerio del Interior. Rousseau, que detestaba tales reuniones porque derivaban invariablemente en competiciones por ver quién marcaba más tantos políticos, envió a Bouchard en su lugar. Eran casi las ocho de la noche cuando su segundo regresó por fin a la *rue* de Grenelle. Al entrar en el despacho de Rousseau, colocó dos fotografías sobre la mesa sin decir nada. Mostraban a una mujer de unos veinticinco años, piel olivácea, rostro ovalado y ojos como un caleidoscopio de marrón avellana y cobre. En la primera foto llevaba el pelo largo hasta los hombros, liso y retirado de la frente inmaculada. En la segunda se cubría con un hiyab de seda negra sin adornos.

—La llaman la viuda negra —dijo Bouchard.

—Qué pegadizo —repuso Rousseau con el ceño fruncido. Cogió la segunda fotografía, en la que la mujer aparecía piadosamente vestida, y estudió sus ojos insondables—. ¿Cómo se llama de verdad?

—Safia Bourihane.

—¿Argelina?

—Pasando por Aulnay-sous-Bois.

Aulnay-sous-Bois era una *banlieu* al norte de París. Sus conflictivas barriadas de protección oficial (en Francia se las llamaba HLM, *habitation à loyer modéré*) se contaban entre las más violentas del país. La policía rara vez se aventuraba a entrar en aquellas calles. Incluso Rousseau aconsejaba a sus agentes reunirse con sus informantes de Aulnay en terreno menos peligroso.

—Tiene veintinueve años y nació en Francia —prosiguió Bouchard—. Aun así, siempre se ha considerado musulmana antes que francesa.

—¿Quién ha dado con ella?

—Lucien.

Lucien Jacquard era el jefe de la división antiterrorista de la DGSI. Nominalmente, el Grupo Alfa se hallaba bajo su control. En la práctica, sin embargo, Rousseau punteaba a Jacquard y respondía directamente ante el ministro. Para evitar posibles conflictos, informaba a Jacquard de los frentes que tenía abiertos el Grupo Alfa, pero guardaba celosamente los nombres de sus confidentes y los métodos operativos de la brigada. El Grupo Alfa constituía un departamento dentro de otro, y Lucien Jacquard deseaba someterlo férreamente a su control.

—¿Qué sabe de ella? —preguntó Rousseau estudiando todavía los ojos de la mujer.

—Apareció en el radar de Lucien hará unos tres años.

—¿Por qué?

—Por su novio.

Bouchard puso otra fotografía sobre la mesa. Mostraba a un hombre de poco más de treinta años, con el cabello oscuro cortado casi al cero y la barba algodonosa de un musulmán devoto.

—¿Argelino?

—Tunecino, en realidad. De pura cepa. Se le daba bien la electrónica. Y los ordenadores. Pasó algún tiempo en Irak y Yemen antes de irse a Siria.

—¿Al Qaeda?

—No —contestó Bouchard—. El ISIS.

Rousseau levantó bruscamente la mirada.

—¿Dónde está ahora?

—En el paraíso, al parecer.

—¿Qué pasó?

—Murió en un ataque aéreo de la coalición.

—¿Y ella?

—Viajó a Siria el año pasado.

—¿Cuánto tiempo estuvo allí?

—Seis meses, como mínimo.

—¿Haciendo qué?

—Evidentemente, un poco de entrenamiento militar.

—¿Y cuándo volvió a París?

—Lucien la puso bajo vigilancia. Y luego... —Bouchard se encogió de hombros.

—¿Lo dejó correr?

Bouchard hizo un gesto afirmativo.

—¿Por qué?

—Por lo de siempre. Demasiados objetivos y muy pocos recursos.

—Era una bomba de relojería con el cronómetro en marcha.

—A Lucien no se lo pareció. Por lo visto se enmendó al volver a Francia. No se relacionaba con radicales conocidos, y su actividad en Internet era inocua. Incluso dejó de llevar velo.

—Que es precisamente lo que le dijo que hiciera el cerebro del atentado. Evidentemente, formaba parte de una red muy sofisticada.

—Lucien está de acuerdo. De hecho, ha advertido al primer ministro que solo es cuestión de tiempo que vuelvan a atentar.

—¿Cómo ha reaccionado el ministro?

—Ordenando a Lucien que nos entregue todos sus archivos.

Rousseau se permitió una breve sonrisa a expensas de su rival.

—Lo quiero todo, Christian. Sobre todo los informes de vigilancia desde su regreso de Siria.

—Lucien ha prometido mandarnos todos los expedientes a primera hora de la mañana.

—Qué amable. —Rousseau miró la fotografía de aquella mujer a la que llamaban *la veuve noire*, la viuda negra—. ¿Dónde crees que está?

—Si tuviera que aventurar una hipótesis, yo diría que a estas horas estará otra vez en Siria con su cómplice.

—Me pregunto por qué no han querido morir por la causa. —Rousseau recogió las tres fotografías y se las devolvió—. ¿Alguna cosa más?

—Una noticia interesante acerca de la tal Weinberg. Por lo visto su colección de arte incluía un cuadro perdido de Vincent van Gogh.

—¿De veras?

—Y adivina a quién ha decidido dejárselo.

La expresión de Rousseau dejó claro que no estaba de humor para juegos, de modo que Bouchard se apresuró a darle el nombre.

—Pensaba que estaba muerto.

—Al parecer no.

—¿Por qué no ha asistido al funeral?

—¿Quién dice que no ha asistido?

—¿Se le ha informado de lo del cuadro?

—El Ministerio preferiría que permaneciera en Francia.

—Entonces, ¿la respuesta es no?

Bouchard se quedó callado.

—Alguien debería recordarle al Ministerio que cuatro de las víctimas del Centro Weinberg eran ciudadanos israelíes.

—¿Y?

—Que sospecho que pronto tendremos noticias de Tel Aviv.

Bouchard se retiró, dejando solo a Rousseau. Este bajó la luz de su flexo y pulsó el botón del equipo de música de la estantería. Un momento después se oyeron los primeros compases del *Concierto para piano en mi menor número 1* de Chopin. El tráfico avanzaba por la *rue* de Grenelle y al este, elevándose por encima de los diques del Sena, refulgían las luces de la Torre Eiffel. Rousseau no veía nada de esto: observaba con el pensamiento a un joven que cruzaba velozmente un patio con una pistola en la mano extendida. Aquel hombre era una leyenda, un actor camaleónico y un asesino que llevaba aún más tiempo que Rousseau combatiendo el terrorismo. Sería un honor trabajar con él, en vez de contra él. «Muy pronto», pensó Rousseau con convicción.

«Muy pronto...».

3

BEIRUT

Aunque Paul Rousseau no lo supiera entonces, ya se habían plantado las semillas para una operación conjunta. Porque esa misma tarde, mientras Rousseau caminaba hacia su triste pisito de soltero en la *rue* Saint-Jacques, un coche avanzaba a gran velocidad por la Corniche, el paseo marítimo de Beirut. Era un coche negro, de fabricación alemana y tamaño imponente. El hombre que ocupaba la parte de atrás era alto y desgarbado, de piel pálida y exangüe y ojos del color del hielo glacial. Su semblante reflejaba un profundo aburrimiento, pero los dedos de su mano derecha, que tamborileaban con ligereza sobre el reposabrazos, desvelaban su verdadero estado anímico. Vestía vaqueros ajustados, jersey de lana oscuro y chaqueta de cuero. Bajo la chaqueta, encajada en la cinturilla de los pantalones, llevaba una pistola de 9 milímetros fabricada en Bélgica que su contacto le había entregado en el aeropuerto: en el Líbano las armas, grandes o pequeñas, nunca escaseaban. En el bolsillo de la pechera llevaba una billetera repleta de dinero y un pasaporte canadiense muy usado que le identificaba como David Rostov. Como muchas otras cosas relativas a aquel hombre, el pasaporte era falso. Su verdadero nombre era Mijail Abramov, y trabajaba para los servicios de espionaje del Estado de Israel. El organismo al que pertenecía tenía un nombre largo y deliberadamente ambiguo que muy poco tenía que ver con la verdadera naturaleza de su labor. Los agentes como Mijail lo llamaban simplemente «la Oficina».

Miró por el espejo retrovisor y esperó a que los ojos del conductor se encontraran con los suyos. El conductor se llamaba Sami Haddad. Era cristiano maronita, antiguo miliciano de las Fuerzas Libanesas y agente a sueldo de la Oficina desde tiempo atrás. Tenía la mirada suave y comprensiva de un sacerdote y las manos hinchadas de un boxeador profesional. Era lo bastante mayor para acordarse de la época en la que Beirut era el París de Oriente Medio y para haber luchado en la larga guerra civil que hizo pedazos el país. No había nada que Sami Haddad no supiera sobre el Líbano y su azarosa vida política, ni nada que no pudiera conseguir de un momento para otro: armas, embarcaciones, coches, drogas o chicas. Una vez, había conseguido un puma en cuestión de horas porque el objetivo de un agente de la Oficina –un príncipe alcoholizado perteneciente a una dinastía árabe del Golfo– sentía especial admiración por esos felinos. Su lealtad a la Oficina era incuestionable. Y también su olfato para los problemas.

—Relájate —dijo Sami Haddad al tropezarse con la mirada de Mijail en el espejo—. No nos están siguiendo.

Mijail volvió la cabeza para mirar las luces de los coches que los seguían por la Corniche. Cualquiera de ellos podía estar ocupado por un equipo de asesinos profesionales o secuestradores de Hezbolá o de alguno de los grupos yihadistas que habían arraigado en los campos de refugiados palestinos del sur, comparados con los cuales Al Qaeda parecía una asociación de apolillados islamistas moderados. Era su tercera visita a Beirut en apenas un año. Había entrado en el país con el mismo pasaporte y escudándose en la misma coartada: era David Rostov, un empresario itinerante de origen ruso-canadiense que compraba antigüedades ilegales en Oriente Medio para una clientela formada principalmente por europeos. Beirut era uno de sus cotos de caza favoritos, porque en Beirut todo era posible. Una vez, le ofrecieron una estatua romana de dos metros de alto de una amazona herida, en excelente estado de conservación. La pieza costaba dos millones de dólares, transporte incluido. Tras tomar innumerables tazas de café turco dulzón, convenció al vendedor —un destacado tratante de una familia muy conocida— para que bajara el precio hasta medio millón. Y luego se marchó, ganándose fama de ser al mismo tiempo un negociador muy hábil y un cliente duro de roer, una reputación que podía ser muy útil en un lugar como Beirut.

Comprobó la hora en su móvil Samsung. Sami Haddad se dio cuenta. Sami se daba cuenta de todo.

—¿A qué hora te espera?

—A las diez.

—Tarde.

—El dinero nunca duerme, Sami.

—Dímelo a mí.

—¿Vamos directamente al hotel o quieres que primero demos una vuelta?

—Como quieras.

—Vamos al hotel.

—Vamos a dar una vuelta.

—Vale, no hay problema.

Sami Haddad abandonó la Corniche para enfilar una calle bordeada de edificios coloniales franceses. Mijail conocía bien aquella calle. Doce años antes, mientras servía en las fuerzas especiales del Sayeret Matkal, había matado a un terrorista de Hezbolá mientras dormía en su cama, en un piso franco. Pertenecer a aquella unidad de élite era el sueño de todo niño israelí, y un logro especialmente notable para un chico de Moscú. Un chico que había tenido que luchar cada día de su vida porque se daba la circunstancia de que sus antepasados eran judíos. Un chico cuyo padre, un importante intelectual soviético, fue encerrado en un hospital psiquiátrico por atreverse a cuestionar la sabiduría del Partido. Ese chico llegó a Israel a los dieciséis años. Aprendió a hablar hebreo en un mes y al cabo de un año había perdido todo rastro de acento ruso. Era como los millones de niños que habían llegado antes que él, como los pioneros sionistas que emigraron a Palestina para escapar de la persecución y de los pogromos de la Europa del Este, como los despojos humanos que salieron de los campos de exterminio al terminar la guerra. Se había librado de ese equipaje y de la tara de su pasado. Era una persona nueva, un nuevo judío. Era un ciudadano israelí.

—No nos sigue nadie —afirmó Sami Haddad.

—Entonces ¿a qué estás esperando? —contestó Mijail.

Sami regresó a la Corniche dando un rodeo y se dirigió al puerto deportivo. Elevándose por encima del puerto se veían las torres gemelas de acero y cristal del hotel Four Seasons. Sami condujo el coche hasta la entrada y miró por el retrovisor, esperando instrucciones.

—Llámame cuando llegue —dijo Mijail—. Avísame si trae a un amigo.

—Nunca va a ninguna parte sin un amigo.

Mijail recogió su maletín y su bolsa de viaje del asiento de al lado y abrió la puerta.

—Ten cuidado ahí dentro —le recomendó Sami Haddad—. No hables con desconocidos.

Mijail salió del coche y, silbando desafinadamente, pasó junto a los porteros y entró en el vestíbulo. Un guardia de seguridad de traje oscuro le miró con desconfianza, pero le dejó pasar sin cachearle. Cruzó una gruesa alfombra que ahogó el ruido de sus pasos y se presentó ante el imponente mostrador de recepción. De pie tras el mostrador, iluminada por un cono de luz, había una mujer de veinticinco años, morena y bonita. Mijail sabía que era palestina y que su padre, un combatiente de los viejos tiempos, había huido al Líbano con Arafat en 1982, mucho antes de que ella naciera. Algunos otros empleados del hotel también tenían contactos preocupantes. Dos miembros de Hezbolá trabajaban en la cocina, y entre el personal de limpieza había varios conocidos yihadistas. Mijail calculaba que aproximadamente un diez por ciento de los empleados del hotel habrían estado dispuestos a matarle de haber sabido su identidad y su verdadera ocupación.

Sonrió a la recepcionista y ella correspondió a su sonrisa con una sonrisa relajada.

—Buenas noches, señor Rostov. Me alegro de volver a verle. —Sus uñas pintadas repiquetearon sobre el teclado mientras Mijail respiraba el tufo mareante de las azaleas marchitas—. Va a quedarse solo una noche.

—Sí, es una lástima —dijo Mijail con otra sonrisa.

—¿Necesita ayuda con su equipaje?

—Puedo arreglármelas.

—Le hemos dado una habitación de lujo con vistas al mar. Está en la planta trece. —Le entregó su paquete de llaves y señaló los ascensores como una asistente de vuelo indicando la ubicación de las salidas de emergencia—. Bienvenido de nuevo.

Mijail llevó su bolsa de viaje y su maletín al vestíbulo de los ascensores. Había un ascensor vacío esperando con las puertas abiertas. Entró y, aliviado por encontrarse a solas, pulsó la tecla de la planta trece. Pero, mientras se cerraban las puertas, una mano se coló por la abertura y entró un hombre. Era grueso y tenía un bulto en la frente y una mandíbula capaz de encajar un puñetazo. Sus ojos se encontraron fugazmente con los de Mijail en el reflejo de las puertas del ascensor. Se saludaron con una inclinación de cabeza, sin intercambiar palabra. El recién llegado pulsó el botón del piso diecinueve como si se acordara de pronto de adónde iba y, al arrancar el ascensor, comenzó a pellizcarse los padrastros de una uña. Mijail fingió consultar su *e-mail* en el móvil y de paso fotografió disimuladamente la cabeza chata de su acompañante. Envió la foto a King Saul Boulevard, la sede central de la Oficina en Tel Aviv, mientras recorría el largo pasillo hacia su habitación. Al echar un vistazo al marco de la puerta, no descubrió nada sospechoso. Pasó la tarjeta llave y, preparándose para un posible ataque, entró en la habitación.

Le recibió la música de Vivaldi: el compositor favorito de los traficantes de armas, los mercaderes de heroína y los terroristas del mundo entero, pensó mientras apagaba la radio. La cama ya estaba abierta y sobre la almohada había una chocolatina. Se acercó a la ventana y vio el techo del coche de Sami Haddad aparcado en la Corniche. Más allá se extendía el puerto deportivo, y más allá de este la negrura del Mediterráneo. Allí, en alguna parte, estaba su vía de escape. Ya no le permitían venir a Beirut sin que una embarcación montara guardia mar adentro para sacarle de allí si era necesario. El próximo jefe del servicio tenía planes para él, o eso se decía en los mentideros de la Oficina, donde, pese a ser un organismo de seguridad, abundaban los cotilleos.

En ese instante, se iluminó el móvil de Mijail. Era un mensaje de King Saul Boulevard afirmando que los ordenadores no lograban identificar al hombre que había subido con él en el ascensor. Le aconsejaban proceder con cautela, significara eso lo que significase. Mijail bajó las persianas, corrió las cortinas y apagó las luces una por una, hasta que la oscuridad fue absoluta. Luego se sentó a los pies de la cama con la mirada fija en la delgada franja de luz de la parte de abajo de la puerta y esperó a que sonara el teléfono.

No era raro que el confidente llegara tarde. A fin de cuentas era —se recordaba Mijail a la menor ocasión— un hombre muy ocupado. Así pues, no le extrañó que pasaran las diez sin recibir la llamada de Sami Haddad. Por fin, a las diez y cuarto, su móvil volvió a iluminarse.

—Está entrando en el vestíbulo. Va con dos amigos, ambos armados.

Mijail puso fin a la llamada y permaneció sentado diez minutos más. Luego, con la pistola en la mano, se acercó a la entrada de la habitación y pegó el oído a la puerta. Al no oír nada fuera, volvió a guardarse la pistola a la altura de los riñones y salió al pasillo, que estaba desierto salvo por un miembro del personal de limpieza: uno de los yihadistas, sin duda. Arriba, el bar de la azotea presentaba el aspecto habitual: libaneses ricos, emiratíes ataviados con vaporosas *kanduras* blancas, empresarios chinos acalorados por la bebida, traficantes de drogas, putas, tahúres, necios y aventureros. La brisa del mar jugueteaba con el cabello de las mujeres y rizaba la superficie de la piscina. La música ensordecedora y palpitante, seleccionada por un DJ profesional, era un crimen sónico contra la humanidad.

Mijail se encaminó al rincón del fondo de la azotea, donde Clovis Mansour, vástago de la dinastía de anticuarios del mismo nombre, estaba sentado a solas en un sofá blanco, de cara al Mediterráneo. Parecía posar para salir en una revista, con una copa de champán en una mano y un cigarrillo que se consumía lentamente en la otra. Vestía traje oscuro de corte italiano y camisa blanca con el cuello abierto, confeccionados a medida por su sastre londinense. Su reloj de oro tenía el tamaño de un reloj de sol. Su colonia le envolvía como un manto.

—Llegas tarde, *habibi* —dijo cuando Mijail se sentó en el sofá de enfrente—. Estaba a punto de irme.

—No, qué va.

Mijail recorrió con la mirada el interior del bar. Los dos guardaespaldas de Mansour estaban sentados a una mesa adyacente comiendo pistachos. El hombre del ascensor se reclinaba contra la balaustrada. Fingía contemplar las vistas del mar con el teléfono pegado a la oreja.

—¿Le conoces? —preguntó Mijail.

—Es la primera vez que le veo. ¿Tomas algo?

—No, gracias.

—Es mejor que bebas.

Mansour hizo una seña a un camarero que pasaba y pidió otra copa de champán. Mijail se sacó del bolsillo de la chaqueta un sobre de color anaranjado y lo dejó sobre la mesa baja.

—¿Qué es eso? —preguntó Mansour.

—Una muestra de nuestra estima.

—¿Dinero?

Mijail asintió con la cabeza.

—No trabajo para vosotros porque necesite el dinero, *habibi*. A fin de cuentas, tengo de sobra. Trabajo para vosotros porque quiero seguir en el negocio.

—Mis superiores prefieren que el dinero cambie de manos.

—Tus superiores son chantajistas baratos.

—Yo miraría dentro del sobre antes de llamarlos «baratos».

Mansour obedeció. Levantó una ceja y se guardó el sobre en el bolsillo de la pechera del traje.

—¿Qué tienes para mí, Clovis?

—París —respondió el anticuario.

—¿Qué pasa con París?

—Sé quién lo hizo.

—¿Cómo?

—No tengo la certeza absoluta —dijo Mansour—, pero es posible que yo le ayudara a financiarlo.

4

BEIRUT - TEL AVIV

Eran las dos y media de la madrugada cuando Mijail regresó por fin a su habitación. No vio indicios de que alguien hubiera entrado en su ausencia. La chocolatina envuelta seguía sobre la almohada, exactamente en la misma posición. Tras olfatearla en busca de rastros de arsénico, mordió pensativamente una esquina. Luego, llevado por un nerviosismo impropio de él, llevó al recibidor todos los muebles que no estaban atornillados al suelo y los apiló contra la puerta. Hecha la barricada, descorrió las cortinas, subió las persianas y buscó su embarcación de rescate entre las luces de los barcos que alumbraban el Mediterráneo. Enseguida se reprochó contemplar siquiera aquella idea. Aquella vía de escape debía utilizarse únicamente en casos de extrema urgencia. Y hallarse en posesión de una información secreta no entraba en esa categoría, ni aunque dicha información pudiera impedir otra catástrofe como la de París.

«Le llaman Saladino...».

Mijail se tendió en la cama con la espalda apoyada en el cabecero y la pistola a su lado y miró la masa de sombras de su barricada. Era, se dijo, una estampa verdaderamente indigna. Encendió la televisión y navegó por las ondas de un Oriente Medio que se había vuelto loco hasta que el aburrimiento le condujo lentamente al umbral del sueño. Para despejarse, sacó un refresco de cola de la nevera y se puso a pensar en una mujer que había dejado que se le escapara tontamente entre los dedos. Era una bella norteamericana de impecable linaje protestante que trabajaba para la CIA y, de cuando en cuando, para la Oficina. Ahora vivía en Nueva York, donde se encargaba de una colección especial de pinturas del Museo de Arte Moderno. Mijail había oído decir que tenía una relación bastante seria con un hombre, un corredor de bolsa, nada menos. Pensó en llamarla solo para oír su voz, pero decidió no hacerlo. Al igual que Rusia, era cosa del pasado.

«¿Cuál es su verdadero nombre, Clovis?»

«No estoy seguro de que lo tenga.»

«¿De dónde es?»

«Puede que fuera iraquí en algún momento, pero ahora es hijo del califato...»

Por fin, al llegar el alba, el cielo más allá de las ventanas se volvió de un negro azulado. Mijail puso en orden la habitación y treinta minutos después montaba soñoliento en el coche de Sami Haddad.

—¿Qué tal ha ido? —preguntó el libanés.

—Una absoluta pérdida de tiempo —contestó con un bostezó ensayado.

—¿Dónde vamos ahora?

—A Tel Aviv.

—No es un trayecto fácil, amigo mío.

—Entonces quizá puedas llevarme al aeropuerto.

Su vuelo salía a las ocho y media. Pasó por el control de pasaportes como un canadiense risueño aunque un tanto adormilado y se acomodó en su asiento de primera clase, a bordo de un avión de Middle East Airlines con destino a Roma. Para eludir a su vecino de asiento, un comercial turco de apariencia poco recomendable, fingió leer los periódicos de la mañana. En realidad, estaba barajando los posibles motivos por los que un avión de una compañía controlada por el Estado libanés podía no llegar sano y salvo a su destino. Por una vez, su muerte tendría consecuencias, puesto que aquella información secreta moriría con él.

«¿De cuánto dinero estamos hablando, Clovis?»

«De cuatro millones, cinco quizá».

«¿Cuatro o cinco?»

«Más bien cinco».

El avión aterrizó en Roma sin contratiempos, pero Mijail tardó casi dos horas en cruzar la estampida organizada que era el control de pasaportes de Fiumicino. Su estancia en Italia fue breve: el tiempo justo para cambiar de identidad y subir a otro avión, un vuelo de El Al con destino a Tel Aviv. El coche de la Oficina que le aguardaba en el aeropuerto Ben Gurion le condujo al norte, hasta King Saul Boulevard. El edificio del lado oeste de la calle era, al igual que el puesto de mando de Paul Rousseau en la *rue* de Grenelle, un simple trampantojo. En su entrada no colgaba ningún cartel, ni letrero alguno que informara de la identidad de sus ocupantes. No había nada, de hecho, que permitiera adivinar que se trataba del cuartel general de uno de los servicios de inteligencia más temidos y respetados del mundo. Una observación más atenta, sin embargo, revelaba la existencia, dentro del edificio, de otro edificio con su propio sistema eléctrico, su suministro de agua, sus cañerías y su sistema de comunicaciones interno. Los empleados llevaban dos llaves. Una abría la puerta sin distintivos del vestíbulo. La otra ponía en funcionamiento el ascensor. Quienes cometían el pecado imperdonable de perder una o ambas, eran arrojados al desierto de Judea y de ellos no volvía a saberse nunca más.

Como la mayoría de los agentes en activo, Mijail entró en el edificio por el aparcamiento subterráneo y subió en el ascensor hasta la planta de dirección. Dado lo avanzado de la hora (las cámaras de seguridad registraron su entrada a las nueve y media), el pasillo estaba tan silencioso como un colegio vacío de niños. La puerta entornada del final del pasillo proyectaba sobre el suelo un fino rombo de luz. Mijail llamó suavemente y, al no oír respuesta, entró. Embutido en un sillón de cuero detrás del escritorio de cristal ahumado estaba Uzi Navot, el que pronto sería exdirector de la Oficina. Miraba un expediente con el ceño fruncido, como si fuera una factura que no podía permitirse pagar. Junto a su codo, abierta, había una caja de galletas de mantequilla vienesas, por las que, como todo el mundo, sentía debilidad. En la caja solo quedaban dos galletas. Mala señal.

Navot levantó por fin la mirada y con ademán desdeñoso le ordenó sentarse. Llevaba una camisa a rayas cortada para un hombre más delgado y una de esas gafas montadas al aire que tanto gustan a los intelectuales alemanes y los banqueros suizos. Su cabello, antaño rubio rojizo, se había convertido en un ralo cepillo gris. Tenía los ojos azules enrojecidos. Se arremangó la camisa dejando ver sus gruesos antebrazos y contempló a Mijail un momento con hostilidad apenas velada. No era la bienvenida que esperaba Mijail, pero últimamente nunca sabía uno cómo iba a encontrarse a Uzi Navot. Se rumoreaba que su sucesor pensaba mantenerle en la Oficina ocupando algún puesto (una herejía en una institución en la que el relevo del director era casi un dogma de fe), pero oficialmente su futuro era incierto.

—¿Algún problema en el viaje a Beirut? —preguntó Navot por fin, como si la pregunta se le hubiera ocurrido de repente.

—Ninguno —respondió Mijail.

Navot recogió una miga de galleta con la yema de su grueso dedo índice.

—¿Vigilancia?

—No, que hayamos visto.

—¿Y el individuo que subió contigo en el ascensor? ¿Volviste a verle?

—En la azotea.

—¿Algo sospechoso?

—En Beirut todo el mundo parece sospechoso. Por eso es Beirut.

Navot tiró la miga de galleta a la caja. Luego sacó una fotografía del expediente y la deslizó por la mesa, hacia Mijail. Mostraba a un hombre sentado en el asiento delantero de un automóvil de lujo, al borde de un paseo marítimo. Las ventanas del coche estaban hechas añicos. El hombre, una piltrafa sanguinolenta, estaba evidentemente muerto.

—¿Le reconoces? —preguntó Navot.

Mijail entornó los ojos, concentrado.

—Mira bien el coche.

Mijail obedeció. Y entonces lo comprendió. El muerto era Sami Haddad.

—¿Cuándo le mataron?

—Poco después de que te dejara en el aeropuerto. Y no habían hecho más que empezar.

Navot deslizó otra fotografía sobre la mesa: un edificio destrozado en una elegante calle del centro de Beirut. Era la Gallerie Mansour, en la *rue* Madame Curie. La acera estaba cubierta de cabezas y extremidades amputadas, pero por una vez la carnicería no era humana. Era el magnífico inventario de la tienda de Clovis Mansour.

—Confiaba —añadió Navot pasados unos instantes— en que mis últimos días como director transcurrieran sin incidentes. Y ahora tengo que enfrentarme a la pérdida de nuestro mejor empleado en Beirut y de un confidente al que nos costó mucho tiempo y esfuerzo reclutar.

—Mejor eso que un agente muerto.

—Eso soy yo quien debe juzgarlo. —Navot recogió las dos fotografías y las guardó en el expediente—. ¿Qué te dijo Mansour?

—El nombre del cerebro del atentado de París.

—¿Quién es?

—Le llaman Saladino.

—¿Saladino? Bien —dijo Navot cerrando el expediente—, por algo se empieza.

Navot permaneció en su despacho largo rato después de que Mijail se marchara. Su escritorio estaba vacío, salvo por un cuaderno de tapas de cuero en el que había anotado una sola palabra: *Saladino*.

Solo un hombre muy pagado de sí mismo se pondría aquel alias. Un hombre de ambiciones desmesuradas. El verdadero Saladino había unificado el mundo musulmán bajo la dinastía ayubí y reconquistado Jerusalén a los cruzados. Tal vez a eso mismo aspiraba aquel nuevo Saladino. Como tarjeta de presentación, había asolado un centro judío en el corazón de París, atacando así al mismo tiempo a dos países, a dos civilizaciones. Sin duda –pensó Navot–, el éxito del atentado no habría hecho más que aumentar su sed de sangre infiel. Solo era cuestión de tiempo que atentara de nuevo.

De momento, Saladino era problema exclusivo de Francia. Pero el hecho de que entre las víctimas del atentado hubiera cuatro israelíes daba a Navot motivos suficientes para personarse en París. Y lo mismo podía decirse del nombre que Clovis Mansour había susurrado al oído de Mijail en Beirut. De hecho, con un poco de mano izquierda, aquel nombre bastaría para garantizar a la Oficina un puesto en la mesa de operaciones. Navot confiaba en sus poderes de persuasión. Había sido agente en activo y reclutador de espías: sabía convertir la paja en oro. La cuestión era quién velaría por los intereses de la Oficina en una misión conjunta franco-israelí. A Navot solo se le ocurría un candidato, un agente legendario que había llevado a cabo numerosas operaciones en suelo francés desde la tierna edad de veintidós años. Es más: el agente en cuestión conocía personalmente a Hannah Weinberg. Pero, por desgracia, el primer ministro tenía otros planes para él.

Navot consultó la hora. Eran las diez y cuarto. Levantó el teléfono y marcó la extensión de «Viajes».

—Tengo que volar a París mañana por la mañana.

—¿A las seis o a las nueve?

—A las seis —contestó Navot de mala gana.

—¿Cuándo regresa?

—Mañana por la noche.

—De acuerdo.

Navot colgó y a continuación hizo una última llamada. La pregunta que formuló la había hecho muchas otras veces en el pasado.

—¿Cuándo está previsto que acabe?

—Pronto.

—¿Cuándo?

—Puede que esta noche. Mañana, como mucho.

Navot colgó de nuevo y dejó que su mirada vagara por el espacioso despacho que pronto tendría que abandonar.

«Mañana, como mucho».

Tal vez sí, pensó, o tal vez no.

5

MUSEO DE ISRAEL, JERUSALÉN

En el rincón más apartado del laboratorio de conservación, una cortina negra se extendía desde el blanco techo al suelo blanco. Detrás de ella había un par de caballetes de roble, dos lámparas halógenas, una cámara Nikon montada sobre un trípode, una paleta de pintor, un pequeño rollo de algodón, un reproductor de CD antiguo manchado de pintura de diversos colores y un carrito cargado con pigmentos, medio, disolventes, tacos de madera y varios pinceles de marta cibelina Winsor & Newton Serie 7. Desde hacía casi cuatro meses, el restaurador había trabajado a solas en el laboratorio, a veces hasta bien entrada la noche. Otras, hasta la madrugada. No llevaba acreditación del museo porque su verdadero lugar de trabajo se hallaba en otra parte. Los conservadores del museo habían sido advertidos de que no debían comentar con nadie su presencia, ni mencionar su nombre. Tampoco podían hablar del gran lienzo apoyado en los caballetes: un cuadro de altar, obra de un Viejo Maestro italiano. La pintura, al igual que su restaurador, tenía un pasado azaroso y trágico.

El restaurador era de estatura inferior a la media (medía metro setenta y dos, a lo sumo) y complexión delgada. Tenía la frente alta y despejada, el mentón estrecho, pómulos salientes y una nariz larga y huesuda que parecía tallada en madera. Llevaba muy corto el cabello oscuro, manchado de gris en las sienes, y sus ojos eran de un tono de verde antinatural. Su edad era uno de los secretos mejor guardados de Israel. Poco tiempo atrás, cuando la prensa de todo el mundo publicó su necrológica, no hubo ningún rotativo que pudiera verificar su fecha de nacimiento. Las informaciones sobre su muerte formaban parte de una compleja operación para engañar a sus enemigos de Moscú y Teherán, que creyeron que la historia era cierta, un error de cálculo que permitió al restaurador cobrarse cumplida venganza. Poco después de su regreso a Jerusalén, su esposa dio a luz a una pareja de gemelos: una niña a la que pusieron Irene por su abuela y un niño llamado Raphael. Ahora, la madre y los dos niños eran tres de las personas más estrechamente vigiladas del Estado de Israel. Lo mismo podía decirse del restaurador. Iba y venía en un todoterreno blindado de fabricación estadounidense, acompañado por un escolta, hombre de ojos de cervatillo que había matado a veinticinco personas y que se sentaba frente a la puerta del laboratorio de conservación cada vez que el restaurador acudía a trabajar.

Su aparición en el museo un miércoles negro y húmedo de diciembre, a los pocos días de nacer sus hijos, causó sorpresa y profundo alivio entre el resto del personal de conservación. Los habían advertido de que no le gustaba que le observaran mientras trabajaba. Aun así, solían asomarse a su pequeña cueva protegida por una cortina para ver con sus propios ojos el famoso cuadro. A decir verdad, él no podía reprochárselo. La *Natividad con San Francisco y San Lorenzo* de Caravaggio era posiblemente el cuadro robado más famoso del mundo. Sustraído del Oratorio di San Lorenzo de Palermo en octubre de 1969, ahora pertenecía oficialmente al Vaticano. La Santa Sede había decidido prudentemente ocultar la noticia de su recuperación hasta que el cuadro estuviera restaurado por completo. Pero, como solía suceder tratándose del Vaticano, la versión oficial de los hechos guardaría escasa semejanza con la realidad. No mencionaría el hecho de que un mítico agente del espionaje israelí llamado Gabriel Allon había encontrado el cuadro en una iglesia de Brienno, una localidad del norte de Italia, ni informaría de que el célebre espía había recibido el encargo de restaurarlo.

Durante su larga trayectoria, Gabriel Allon había llevado a cabo varias restauraciones inusitadas (una vez reparó un retrato de Rembrandt atravesado por una bala), pero el cuadro de Caravaggio apoyado en sus caballetes era sin duda el lienzo más dañado que había visto nunca. Se sabía muy poco acerca de su largo viaje desde el Oratorio di San Lorenzo a la iglesia donde lo encontró Gabriel. Las historias que se contaban al respecto, sin embargo, eran legión. Se decía que lo había tenido oculto un don de la mafia a modo de trofeo, y que solo lo sacaba cuando tenía una reunión importante con sus secuaces. Que lo habían roído las ratas, que había resultado dañado en una inundación y que se había quemado en un incendio. Gabriel solo estaba seguro de una cosa: de que las heridas del cuadro, aunque graves, no eran mortales de necesidad. Ephraim Cohen, el jefe de conservación del museo, no estaba tan seguro. Al ver el lienzo por primera vez, aconsejó a Gabriel que le administrara la extremaunción y lo devolviera al Vaticano en el mismo féretro de madera en que había llegado.

—Hombre de poca fe —había dicho Gabriel.

—No —repuso Cohen—. Pero sí de talento limitado.

Cohen, como los demás miembros del personal, había oído contar numerosas anécdotas: anécdotas acerca de plazos de entrega incumplidos, de encargos abandonados, de reinauguraciones de iglesias pospuestas. La parsimonia con la que trabajaba Gabriel era legendaria, casi tan legendaria como sus hazañas en los campos de batalla secretos de Europa y Oriente Medio. Pronto descubrieron, sin embargo, que su lentitud era voluntaria, más que instintiva. Restaurar un cuadro –le explicó a Cohen una tarde mientras reparaba velozmente la cara resquebrajada de san Francisco– era un poco como hacer el amor. Era mejor hacerlo despacio y con minuciosa atención por el detalle, parando de tanto en tanto para descansar y recobrar energías. Pero cuando no quedaba otro remedio, si el restaurador y la obra se conocían bien, la tarea podía solventarse con extraordinaria rapidez y más o menos el mismo resultado.

—¿Caravaggio y tú sois viejos amigos? —preguntó Cohen.

—Hemos colaborado otras veces.

—Entonces, ¿los rumores son ciertos?

Gabriel, que había estado pintando con la mano derecha, se pasó el pincel a la izquierda y siguió trabajando con idéntica destreza.

—¿Qué rumores son esos? —preguntó pasado un momento.

—Los que cuentan que fuiste tú quien restauró *El entierro de Cristo* para los Museos Vaticanos hace unos años.

—No deberías hacer caso de los rumores, Ephraim, sobre todo si se refieren a mí.

—Ni de las noticias —repuso Cohen en tono sombrío.

Sus horarios eran erráticos e impredecibles. Podía pasar un día entero sin que diera señales de vida. Luego, Cohen llegaba al museo y encontraba una gran porción del lienzo restaurada como por milagro. Sin duda, pensaba Cohen, tenía un ayudante secreto. O quizás el propio Caravaggio se colara en el museo por las noches, con una espada en una mano y un pincel en la otra, para ayudarle en su tarea. Tras una sesión nocturna (una visita especialmente fructífera en la que la Virgen recuperó su antiguo esplendor), Cohen echó un vistazo a las grabaciones de seguridad. Descubrió que Gabriel había entrado en el laboratorio a las diez y media de la noche y se había marchado a las siete y veinte de la mañana. Ni siquiera le acompañaba el escolta de mirada de cervatillo. Tal vez fuera cierto, pensó Cohen mientras veía a aquella figura fantasmal atravesar el vestíbulo en penumbra a la velocidad de un fotograma por segundo. Quizá, después de todo, fuera un arcángel.

Cuando se hallaba en el museo a horas normales, siempre había música. *La Bohème* era una de sus obras favoritas. La ponía tan a menudo que Cohen, que no hablaba ni una palabra de italiano, pronto fue capaz de cantar de memoria *Che gelida manina*. Una vez que entraba en su cueva, más allá de la cortina, Gabriel no volvía a aparecer hasta que daba por concluida la sesión. No se paseaba por el jardín de esculturas del museo para despejarse, ni hacía una visita al comedor de personal para tomar una dosis de cafeína. Solo se oía la música, el suave punteo de su pincel y el chasquido ocasional de la cámara Nikon al dejar constancia gráfica de su avance incansable. Antes de abandonar el laboratorio limpiaba sus pinceles y su paleta y ordenaba el carrito (minuciosamente, advirtió Cohen, para darse cuenta de inmediato si alguien tocaba sus cosas en su ausencia). Luego, apagaba la música y las lámparas halógenas y se marchaba saludando a los demás con una cordial pero fugaz inclinación de cabeza.

A principios de abril, cuando las lluvias del invierno habían quedado atrás y los días eran cálidos y radiantes, se lanzó de cabeza hacia una línea de meta visible únicamente para él. Solo quedaba el ángel alado del Señor, un niño de piel marfileña que levitaba en la parte superior de la composición. Era curioso que hubiera dejado el ángel para el final, pensaba Cohen, teniendo en cuenta lo dañado que estaba. Sus extremidades aparecían cubiertas de cicatrices causadas por la pérdida de pintura, y su manto blanco estaba hecho jirones. Únicamente su mano derecha, que señalaba hacia el cielo, estaba intacta. Gabriel restauró el ángel en varias sesiones maratonianas, dignas de mención por su extraño silencio (no hubo música durante esta fase) y por el hecho de que estalló una enorme bomba en París mientras estaba reparando el cabello rojizo del muchacho. Pasó largo rato ante el pequeño televisor del laboratorio mientras su paleta se secaba lentamente, viendo cómo sacaban cadáveres de entre los cascotes. Y cuando apareció en pantalla la fotografía de una tal Hannah Weinberg, se sobresaltó como si hubiera recibido un golpe invisible. Después se le ensombreció el semblante y sus ojos verdes parecieron brillar llenos de ira. Cohen estuvo tentado de preguntarle si conocía a aquella mujer, pero decidió no hacerlo. Se podía hablar con él de pintura y del tiempo, pero cuando estallaba una bomba seguramente convenía mantener las distancias.

El último día, el día del viaje de Uzi Navot a París, Gabriel llegó al laboratorio antes de que amaneciera y permaneció en su covacha hasta mucho después de que el museo cerrara sus puertas. Ephraim Cohen encontró una excusa para quedarse hasta tarde porque intuía que el fin estaba próximo y quería estar presente para verlo con sus propios ojos. Poco después de las ocho de la tarde, oyó el sonido ya familiar que hacía el legendario agente al depositar su pincel (un Winsor & Newton Serie 7) sobre la bandeja de aluminio del carrito. Cohen miró furtivamente por la fina rendija de la cortina y le vio de pie ante el lienzo, con una mano apoyada en la barbilla y la cabeza ligeramente ladeada. Siguió en la misma postura, tan inmóvil como las figuras del cuadro, hasta que el escolta de ojos de cervatillo entró en el laboratorio y le puso un teléfono móvil en la mano con gesto perentorio. De mala gana, Gabriel se lo acercó al oído, escuchó en silencio y murmuró algo que Cohen no pudo distinguir. Un momento después se marchó con su escolta.

Al quedarse a solas, Ephraim Cohen cruzó la cortina y se situó ante el lienzo, apenas capaz de respirar. Por fin, cogió el pincel Winsor & Newton del carrito y se lo guardó en el bolsillo de la bata. No era justo, se dijo mientras apagaba las lámparas halógenas. Quizá fuera de verdad un arcángel, a fin de cuentas.

6

MA'ALE HAHAMISHA, ISRAEL

El viejo kibutz de Ma'ale Hahamisha ocupaba una loma situada estratégicamente en el escarpado extrarradio de Jerusalén, al oeste de la ciudad, no muy lejos del pueblo árabe de Abu Ghosh. Fundado durante la Revuelta Árabe de 1936-39, era uno de los cincuenta y siete asentamientos «de torre y empalizada» erigidos a toda prisa a lo largo y ancho de la Palestina bajo dominio británico en un intento desesperado por garantizar el futuro del movimiento sionista y, por ende, la recuperación del antiguo reino de Israel. Debía su nombre y su identidad a un acto de venganza: en hebreo, Ma'ale Hahamisha significaba «la Cuesta de los Cinco», una referencia poco sutil a la muerte de un terrorista árabe de una aldea cercana a manos de cinco colonos judíos del kibutz.

Pese a las violentas circunstancias que rodearon su nacimiento, el kibutz prosperó gracias a sus cultivos de melocotones y coliflores y a su encantador hotel de montaña. Ari Shamron, el dos veces exdirector de la Oficina y eminencia gris del espionaje israelí, utilizaba a menudo el hotel como lugar de reunión cuando no le convenía recurrir a las dependencias de King Saul Boulevard o a un piso franco. Una de tales reuniones tuvo lugar una luminosa tarde de septiembre de 1972. En aquella ocasión, el invitado de Shamron era un pintor joven y prometedor llamado Gabriel Allon al que Shamron había conocido en la Academia Bezalel de Arte y Diseño. El grupo terrorista palestino Septiembre Negro acababa de asesinar a siete deportistas y entrenadores israelíes en los Juegos Olímpicos de Múnich, y Shamron quería que Gabriel –que había pasado tiempo en Europa y dominaba el alemán– fuera el instrumento de su venganza. Gabriel, con la osadía típica de la juventud, le dijo que se buscara a otro. Y Shamron –no por última vez– consiguió doblegarle a su voluntad.

La operación recibió el nombre en clave de Ira de Dios, una expresión elegida por Shamron para dar a su empresa la pátina de la sanción divina. Durante tres años, Gabriel y un pequeño equipo de agentes israelíes persiguieron a sus presas por Europa occidental y Oriente Medio, matando de noche y a plena luz del día, conviviendo con el miedo a que en cualquier momento las autoridades locales los detuvieran y los acusaran de asesinato. En total, mataron a doce integrantes de Septiembre Negro. Gabriel mató personalmente a seis con una pistola Beretta del calibre 22. Siempre que tenía oportunidad, disparaba once veces a sus víctimas: una bala por cada judío asesinado. Cuando regresó por fin a Israel, tenía las sienes encanecidas por el estrés y el agotamiento. Shamron llamó a sus canas «tiznes de ceniza del príncipe de fuego».

Gabriel tenía intención de retomar su carrera como pintor, pero cada vez que se colocaba frente a un lienzo veía las caras de los hombres a los que había matado. De modo que, con permiso de Shamron, viajó a Venecia haciéndose pasar por un expatriado italiano llamado Mario Delvecchio a fin de estudiar restauración. Al concluir sus estudios regresó a la Oficina, donde Ari Shamron le esperaba con los brazos abiertos. Asumiendo el papel de un talentoso aunque poco comunicativo restaurador de cuadros afincado en Europa, Gabriel eliminó a algunos de los principales enemigos de Israel, entre ellos Abu Yihad, el hábil lugarteniente de Yasir Arafat, al que asesinó delante de su esposa e hijos en Túnez. Arafat le devolvió el favor ordenando a un terrorista que colocara una bomba bajo el coche de Gabriel en Viena. La explosión mató a su hijo de corta edad, Daniel, y dejó gravemente herida a Leah, su primera esposa. Leah residía ahora en un hospital psiquiátrico al otro lado del promontorio de Ma'ale Hahamisha, atrapada en la prisión de su memoria y en un cuerpo arrasado por el fuego. El hospital estaba situado en la antigua aldea árabe de Deir Yassin, donde milicianos judíos de los grupos paramilitares Irgún y Lehi masacraron a más de un centenar de palestinos la noche del 9 de abril de 1948. Era una cruel ironía que la esposa destrozada del ángel vengador de Israel habitara entre los fantasmas de Deir Yassin, pero así era la vida en la Tierra Doblemente Prometida. No se podía escapar del pasado. Árabes y judíos estaban unidos por el odio, por la sangre y por las víctimas. Y como penitencia se verían obligados a vivir juntos, como vecinos mal avenidos, para toda la eternidad.

Para Gabriel, los años posteriores al atentado de Viena eran los años perdidos. Vivió como un ermitaño en Cornualles, vagó discretamente por Europa restaurando cuadros, intentó olvidar. Finalmente, Shamron fue en su busca y el lazo entre Gabriel y la Oficina se reanudó. Actuando a las órdenes de su mentor, llevó a cabo algunas de las operaciones más celebradas de la historia del espionaje israelí. Su trayectoria servía de rasero para medir la de todos los demás. Especialmente, la de Uzi Navot. Al igual que los árabes y los judíos de Palestina, Gabriel y Navot estaban inextricablemente unidos. Eran los vástagos de Ari Shamron, los fieles herederos de la organización que él había construido y alimentado. Gabriel, el hijo mayor, contaba con el amor de su padre. Navot, en cambio, siempre había tenido que luchar por ganarse su aprobación. Le dieron el puesto de director únicamente porque Gabriel lo había rechazado. Y ahora, casado de nuevo y padre por segunda vez, Gabriel estaba por fin dispuesto a asumir el lugar que le correspondía por derecho en la planta directiva de King Saul Boulevard. Para Uzi Navot era una *nakba*, la palabra con la que los árabes designaban a su catastrófica huida de tierras palestinas.

El viejo hotel de Ma'ale Hahamisha distaba menos de dos kilómetros de la frontera de 1967 y desde la terraza de su restaurante se distinguían las ordenadas luces amarillas de los asentamientos judíos que, desbordando la falda de la colina, se extendían por Cisjordania.

La terraza estaba a oscuras, salvo por unas pocas velas que parpadeaban tenuemente en las mesas vacías. Navot se había sentado a solas en un rincón apartado, el mismo rincón que ocupaba Shamron aquella tarde de septiembre de 1972. Gabriel tomó asiento a su lado y se subió el cuello de la chaqueta de cuero para protegerse del frío. Navot guardó silencio. Miraba fijamente las luces de Har Adar, el primer asentamiento israelí más allá de la antigua Línea Verde.

—*Mazel tov* —dijo por fin.

—¿Por qué?

—Por el cuadro —respondió Navot—. Tengo entendido que está casi acabado.

—¿Quién te ha dicho eso?

—He estado vigilando tus progresos. Igual que el primer ministro. —Navot le observó a través de sus pequeñas gafas montadas al aire—. ¿De verdad está acabado?

—Creo que sí.

—¿Qué significa eso?

—Significa que quiero echarle otro vistazo por la mañana. Si me gusta lo que veo, le aplicaré una capa de barniz y lo devolveré al Vaticano.

—Y solo diez días después del plazo de entrega previsto.

—Once, en realidad. Pero ¿quién cuenta los días?

—Yo. —Navot esbozó una sonrisa reticente—. He disfrutado del aplazamiento, aunque haya sido breve.

Se hizo un silencio poco amigable.

—Por si acaso lo has olvidado —dijo Navot por fin—, es hora de que firmes tu nuevo contrato y ocupes mi despacho. De hecho, tenía pensado recoger mis cosas hoy, pero he tenido que hacer un último viaje como jefe del servicio.

—¿Adónde?

—He recibido una información acerca del atentado contra el Centro Weinberg que debía comunicar en persona a nuestros colegas franceses. Y quería asegurarme de que están persiguiendo a los responsables con el debido empeño. A fin de cuentas, han muerto cuatro ciudadanos israelíes, entre ellos una mujer que en cierta ocasión le hizo un gran favor a la Oficina.

—¿Están al corriente de nuestros vínculos con ella?

—¿Los franceses?

—Sí, Uzi, los franceses.

—Mandé a un equipo a su apartamento para que echara un vistazo después del atentado.

—¿Y?

—No encontraron ninguna mención a cierto agente del espionaje israelí que hace algún tiempo le pidió prestado su Van Gogh para localizar a un terrorista. Tampoco había ninguna referencia a un tal Zizi Al Bakari, director de inversiones de la Casa de Saud y consejero delegado de Yihad Sociedad Anónima. —Navot hizo una pausa y añadió—: Descanse en paz.

—¿Qué hay del cuadro?

—Estaba en su sitio de siempre. Pensándolo bien, el equipo debería habérselo llevado.

—¿Por qué?

—Como sin duda recordarás, nuestra querida Hannah nunca se casó. Tampoco tenía hermanos. Su testamento es bastante explícito en lo relativo al cuadro. Por desgracia, los servicios de inteligencia franceses hablaron con su abogado antes de que pudiera ponerse en contacto con nosotros.

—¿De qué estás hablando, Uzi?

—Por lo visto Hannah solo confiaba en una persona para que se hiciera cargo de su Van Gogh.

—¿En quién?

—En ti, por supuesto. Pero hay un problemilla —agregó Navot—. Los franceses han secuestrado el cuadro. Y piden un rescate muy alto.

—¿Cuánto?

—No quieren dinero, Gabriel. Te quieren *a ti*.

7

MA'ALE HAHAMISHA, ISRAEL

Navot puso una fotografía sobre la mesa: una calle de Beirut salpicada de cascotes y de vetustos despojos de una tienda de antigüedades de Beirut.

—Doy por sentado que has visto esto.

Gabriel asintió lentamente. Había leído las informaciones de los periódicos acerca de la muerte de Clovis Mansour. Después de lo sucedido en París, el atentado de Beirut había recibido muy poca atención de los medios. Ninguno de ellos había tratado de vincular ambos sucesos, ni había dado a entender que Clovis Mansour estuviera a sueldo de un servicio de espionaje extranjero. En realidad, Mansour cobraba al menos de cuatro organismos distintos: la CIA, el MI6, el GID jordano y la Oficina. Gabriel lo sabía porque, a fin de prepararse para ocupar el puesto de director, llevaba algún tiempo devorando informes y expedientes acerca de todas las operaciones en curso y de los agentes y confidentes en activo.

—Clovis era una de nuestras mejores fuentes en Beirut —prosiguió Navot—, sobre todo en lo relacionado con el dinero. Últimamente estaba vigilando la infiltración del ISIS en el comercio ilegal de antigüedades, razón por la cual solicitó una reunión urgente al día siguiente del atentado de París.

—¿A quién mandaste?

Navot no respondió.

—¿Desde cuándo Mijail hace de correo? —preguntó Gabriel.

Navot depositó otra fotografía sobre la mesa sin decir palabra. Había sido tomada por una cámara de seguridad y era de calidad mediana. Mostraba a dos hombres sentados a una mesita redonda. Uno era Clovis Mansour. Como de costumbre iba impecablemente vestido. El hombre sentado frente a él, en cambio, parecía haber pedido prestada su ropa para la ocasión. En el centro de la mesa, descansando sobre lo que parecía ser un paño de gamuza verde, había una cabeza de tamaño natural cuyos ojos miraban inexpresivamente hacia el infinito. Gabriel comprendió que era romana. Dedujo que aquel hombre mal vestido tenía más partes de la estatua, quizá la pieza entera. La cabeza absolutamente intacta era solo su tarjeta de presentación.

—No está indicada la fecha, ni la hora.

—Fue el veintidós de noviembre, a las cuatro y cuarto de la tarde.

—¿Quién es el de la cabeza romana?

—Según su tarjeta, se llama Iyad Al Hamzah.

—¿Libanés?

—Sirio —contestó Navot—. Al parecer llegó a la ciudad con un camión cargado de antigüedades para vender: griegas, romanas, persas, todas de altísima calidad y muchas de ellas con indicios de excavación reciente. La Gallerie Mansour fue uno de los sitios donde trató de descargar sus mercancías. Clovis mostró interés por varias piezas, pero tras hacer algunas averiguaciones decidió olvidarse del asunto.

—¿Por qué?

—Porque corría el rumor de que aquel caballero sirio estaba vendiendo antigüedades procedentes de saqueos para recaudar dinero para el Estado Islámico. Evidentemente, el dinero no iba destinado a la financiación general del ISIS. El sirio actuaba en nombre de un alto mando del ISIS cuyo objetivo era montar una red terrorista capaz de atentar en Occidente.

—¿Ese alto mando del ISIS tiene nombre?

—Le llaman Saladino.

Gabriel levantó la vista de la fotografía.

—Qué pretencioso.

—No podría estar más de acuerdo contigo.

—Deduzco que Clovis no consiguió averiguar su verdadero nombre.

—No hubo tanta suerte.

—¿De dónde es?

—Todos los altos mandos del ISIS son iraquíes. A los sirios los consideran mulas de carga.

Gabriel miró de nuevo la fotografía.

—¿Por qué no nos informó antes Clovis?

—Por lo visto se le fue de la cabeza.

—O puede que estuviera mintiendo.

—¿Mentir, Clovis Mansour? ¿Cómo puedes sugerir tal cosa?

—Es un tratante de antigüedades libanés.

—¿Cuál es tu hipótesis? —preguntó Navot.

—Tengo la sensación de que Clovis ganó mucho dinero vendiendo esas antigüedades. Y cuando estalló la bomba en el corazón de París, pensó que sería conveniente cubrirse las espaldas. Así que acudió a nosotros con una bonita historia acerca de su virtuosa renuncia a tratar con agentes del ISIS.

—Esa bonita historia —repuso Navot— le ha costado la vida.

—¿Cómo lo sabes?

—Porque también han matado a Sami Haddad. Prefiero ahorrarte la fotografía.

—¿Y por qué solo a Clovis y a Sami? ¿Por qué no a Mijail?

—Yo no dejo de hacerme la misma pregunta.

—¿Y?

—Ignoro la razón, pero me alegro de que no le mataran. Eso habría arruinado mi fiesta de despedida.

Gabriel fijó de nuevo la mirada en la fotografía.

—¿Qué les has contado a los franceses?

—Lo suficiente para que sepan que el complot contra el Centro Weinberg se originó en el califato. No se sorprendieron. De hecho, ya estaban al tanto de la conexión siria. Los dos terroristas viajaron allí este último año. Uno de ellos es una francesa de ascendencia argelina. Su cómplice es un ciudadano belga del distrito de Molenbeek, en Bruselas.

—¿Belga? No me digas —dijo Gabriel con sorna.

Miles de musulmanes de Francia, Gran Bretaña y Alemania habían viajado a Siria para combatir en el bando del ISIS, pero la pequeña Bélgica se había ganado el dudoso honor de ser el país europeo que más mano de obra proporcionaba al califato islámico.

—¿Dónde están ahora? —preguntó Gabriel.

—Dentro de unos minutos, el ministro del Interior francés hará público que han regresado a Siria.

—¿Cómo han llegado allí?

—Con Air France hasta Estambul, con pasaportes robados.

—Cómo no. —Se hizo un silencio. Por fin Gabriel preguntó—: ¿Qué tiene todo esto que ver conmigo, Uzi?

—A los franceses les preocupa que el ISIS haya logrado montar una sofisticada red terrorista en suelo francés.

—¿Ah, sí?

—Y también les preocupa —añadió Navot haciendo caso omiso del comentario— que dicha red se proponga atentar de nuevo dentro de poco. Evidentemente, les interesa desmantelarla antes de que vuelva a atacar. Y les gustaría que los ayudaras a conseguirlo.

—¿Por qué yo?

—Por lo visto tienes un admirador dentro del servicio de seguridad francés. Se llama Paul Rousseau. Dirige una pequeña unidad operativa llamada Grupo Alfa. Quiero que vueles a París mañana por la mañana para una reunión.

—¿Y si no voy?

—El cuadro se quedará en Francia para siempre.

—Mañana tengo que reunirme con el primer ministro. Va a hacer público que no morí en aquel atentado de Brompton Road. Y a anunciar que soy el nuevo director de la Oficina.

—Sí —respondió Navot con sarcasmo—, lo sé.

—Tal vez deberías ser *tú* quien colabore con los franceses.

—Ya se lo sugerí.

—¿Y?

—Te quieren a ti. —Hizo una pausa y luego añadió—: La historia de mi vida.

Gabriel trató de sofocar una sonrisa sin conseguirlo.

—Todo esto tiene un aspecto positivo —prosiguió Navot—. El primer ministro opina que una operación conjunta con los franceses ayudará a mejorar nuestras relaciones con un país que en otro tiempo fue un aliado valioso y de fiar.

—¿La diplomacia de las operaciones especiales?

—En efecto.

—Bien —dijo Gabriel—, parece que el primer ministro y tú lo tenéis todo pensado.

—Fue idea de Paul Rousseau, no nuestra.

—¿De veras, Uzi?

—¿Qué estás sugiriendo? ¿Que he planeado todo esto para aferrarme un poco más a mi sillón?

—¿Lo has hecho?

Navot meneó la mano como si intentara disipar un mal olor.

—Acepta la misión, Gabriel. Aunque solo sea por Hannah Weinberg. Infíltrate en la red. Averigua quién es Saladino y desde dónde opera. Y luego elimínalo antes de que estalle otra bomba.

Gabriel miró hacia el norte, hacia la negra y lejana masa de las montañas que separaban Israel de lo que quedaba de Siria.

—Ni siquiera sabes si existe de verdad, Uzi. Es solo un rumor.

—Alguien planeó el atentado y movió los peones delante de las narices de los servicios de seguridad franceses. Y no fueron una mujer de veintinueve años procedente de una *banlieu* y su amigo de Bruselas. Ni tampoco fue un rumor.

El teléfono de Navot se encendió como una cerilla en la oscuridad. Se lo acercó un instante al oído antes de ofrecérselo a Gabriel.

—¿Quién es?

—El primer ministro.

—¿Qué quiere?

—Una respuesta.

Gabriel miró un momento el teléfono.

—Dile que tengo que hablar con la persona más poderosa del Estado de Israel. Dile que le llamaré a primera hora de la mañana.

Navot transmitió el mensaje y colgó.

—¿Qué ha dicho?

Navot sonrió.

—Buena suerte.

8

NARKISS STREET, JERUSALÉN

El rugido del todoterreno turbó el denso silencio de Narkiss Street. Gabriel se apeó del asiento trasero, cruzó una verja metálica y recorrió la acera del jardín, hasta el portal de un edificio de apartamentos recubierto de piedra caliza. Al llegar al descansillo de la segunda planta encontró entornada la puerta de su piso. La abrió despacio, sigilosamente, y en la penumbra vio a Chiara sentada en un extremo del sofá blanco, con un bebé al pecho. El bebé estaba envuelto en una manta. Solo al acercarse comprobó Gabriel que era Raphael. El niño había heredado la cara de su padre, y la de su hermano mayor, al que jamás conocería. Gabriel acarició su cabello oscuro, fino como plumón, y se inclinó para besar los labios cálidos de Chiara.

—Si le despiertas —susurró ella—, te mato.

Sonriendo, Gabriel se quitó los zapatos de ante y recorrió en calcetines el pasillo hasta el cuarto de los niños. Junto a la pared cubierta de nubes había alineadas dos cunas. Las nubes las había pintado Chiara y las había repintado apresuradamente Gabriel a su regreso a Israel, después de la que debía ser su última operación. Se detuvo junto a la barandilla de una de las cunas y contempló a la niña dormida. No se atrevió a tocarla. Raphael ya dormía toda la noche de un tirón, pero Irene era más noctámbula y había aprendido a utilizar el chantaje para hacerse un hueco en la cama de sus padres. Era más pequeña y delgada que su corpulento hermano, pero mucho más testaruda y decidida. Gabriel opinaba que sería una perfecta espía, aunque él jamás lo permitiría. Doctora sí, o poeta, o pintora. Cualquier cosa menos espía. Él no tendría sucesor, no habría dinastía. La Casa de Allon se extinguiría a su muerte.

Miró hacia arriba, hacia el lugar donde había pintado la cara de Daniel entre las nubes, pero la oscuridad no le permitió verlo. Salió del cuarto cerrando la puerta sin hacer ruido y entró en la cocina. El aire estaba impregnado de un aroma dulzón a carne estofada con vino tinto y hierbas aromáticas. Miró por la puerta del horno y vio en el centro de la rejilla una cacerola naranja tapada. Junto a la placa, dispuestos como para un libro de cocina, estaban los ingredientes del célebre *risotto* de Chiara: arroz arborio, queso *reggiano* rallado, mantequilla, vino blanco y una jarra de medir grande llena de caldo de pollo hecho en casa. Había también una botella de *syrah* de Galilea sin abrir. Gabriel le quitó el corcho, se sirvió una copa y regresó al cuarto de estar.

Sin hacer ruido se acomodó en el sillón, frente a Chiara. Y pensó, como otras veces antes, que aquel pisito en el viejo barrio de Nachlaot era demasiado pequeño para una familia de cuatro y que estaba demasiado lejos de King Saul Boulevard. Sería mejor tener una casa en el cinturón de urbanizaciones que discurría a lo largo de la Llanura Costera, o un piso grande en uno de esos elegantes edificios nuevos que parecían brotar de la noche a la mañana a lo largo del mar en Tel Aviv. Pero Jerusalén, la ciudad fracturada de Dios erigida sobre una colina, ejercía sobre él una especie de hechizo desde hacía largo tiempo. Le encantaban los edificios de caliza y el olor a pinos, el aire frío y las lluvias invernales. Adoraba las iglesias, a los peregrinos y a los jaredíes que le increpaban por conducir un vehículo a motor en *sabbat*. Incluso amaba a los árabes de la Ciudad Vieja que le miraban con desconfianza cuando pasaba ante sus puestos del zoco, como si de alguna forma adivinaran que había eliminado a muchos de sus santos patronos del terror. Y aunque no era religioso en la práctica, le encantaba adentrarse en el Barrio Judío y detenerse ante los enormes sillares del Muro de las Lamentaciones. Estaba dispuesto a aceptar acuerdos territoriales a cambio de garantizar una paz viable y duradera con los palestinos y el mundo árabe en general, pero en el fondo consideraba innegociable el Muro de las Lamentaciones. Jamás volvería a haber una frontera en el corazón de Jerusalén, y los judíos nunca más tendrían que pedir permiso para visitar su lugar más sagrado. El Muro formaba parte de Israel, y así seguiría siendo hasta que el país dejara de existir. En aquel inestable rincón del Mediterráneo, los reinos y los imperios iban y venían como las lluvias de invierno. Algún día desaparecería también la reencarnación moderna de Israel. Pero no mientras él viviera, y desde luego no mientras dirigiera la Oficina.

Bebió un poco del *syrah* picante y terroso y contempló a Chiara y Raphael como si fueran figuras de una natividad privada. El pequeño había soltado el pecho de su madre y yacía, ebrio y saciado, en sus brazos. Chiara le miraba con el largo cabello rizado, de mechas caoba y castañas, cayéndole sobre un hombro y la nariz y la mandíbula angulosas en semiperfil. Poseía una de esas caras de belleza intemporal. En ella, Gabriel veía trazas de Arabia y del Norte de África, de España y de todos esos lugares por los que habían vagado sus antepasados antes de recalar en el antiguo gueto judío de Venecia. Fue allí, diez años antes, en una oficinita de la espaciosa *piazza* del gueto, donde Gabriel la vio por primera vez: la bella, decidida y cultivada hija del principal rabino de la ciudad. Sin saberlo él, Chiara era también agente en activo de la Oficina, una *bat leveyha*. Poco después, en Roma, la propia Chiara se lo confesaría tras un incidente en el que hubo disparos e intervino la policía italiana. Atrapado a solas con Chiara en un piso franco, Gabriel deseó fervientemente tocarla. Esperó a que el caso se resolviera y regresaran a Venecia. Allí, en una casa junto a un canal de Cannaregio, hicieron el amor por primera vez, en una cama con sábanas recién lavadas. Fue como hacer el amor con una figura pintada por Veronese.

Era demasiado joven para él, y Gabriel era demasiado mayor para ser padre de nuevo, o eso pensaba hasta que sus dos hijos (primero

Raphael y luego Irene) emergieron confusamente de la incisión abierta en el vientre de Chiara. Al instante, todo lo anterior le parecieron paradas en un largo viaje que conducía a ese lugar: el atentado de Viena, los años de exilio autoimpuesto, la larga lucha hamletiana con sus dudas acerca de la conveniencia de volver a casarse y fundar otra familia. La sombra de Leah sobrevolaría siempre aquel pequeño hogar en el corazón de Jerusalén, y el rostro de Daniel contemplaría siempre a sus hermanos desde su rincón celestial en la pared del cuarto de los niños. Pero, tras años de vagar por el desierto, Gabriel Allon, el eterno extranjero, el hijo pródigo de Ari Shamron, estaba por fin en casa. Bebió más *syrah* rojo sangre y procuró componer las frases con las que le diría a Chiara que iba a marcharse a París porque una mujer a la que ella no conocía le había dejado en herencia un cuadro de Van Gogh valorado en más de cien millones de dólares. Aquella mujer, como tantas otras a las que había conocido a lo largo del camino, estaba muerta. Y él, Gabriel, iba a encontrar al responsable de su muerte.

«Le llaman Saladino...».

Chiara se llevó un dedo a los labios. Luego se levantó y llevó a Raphael al cuarto de los niños. Cuando regresó un momento después, le quitó de la mano la copa de vino. Se la acercó a la nariz y aspiró profundamente su intenso aroma, pero no bebió.

—No les hará ningún daño que bebas un sorbito.

—Dentro de poco. —Le devolvió la copa a su marido—. ¿Está terminado?

—Sí —contestó él—. Creo que sí.

—Qué bien. —Ella sonrió—. ¿Y ahora qué?

—¿Se te ha ocurrido pensar —preguntó Chiara— que todo esto sea un plan retorcido de Uzi para aferrarse a su puesto un poco más?

—Sí.

—¿Y?

—Jura que fue idea de Paul Rousseau.

Con gesto escéptico, Chiara añadió la mantequilla y el queso al *risotto* y lo removió. Luego sirvió el arroz en dos platos, junto a una gruesa tajada de osobuco a la milanesa.

—Más salsa —dijo Gabriel—. Me gusta la salsa.

—No es estofado, cariño.

Gabriel arrancó un trozo de pan y rebañó el fondo de la cacerola.

—Gañán —gruñó Chiara.

—Procedo de un largo linaje de gañanes.

—¿Tú? Tú eres tan burgués como el que más.

Chiara atenuó las luces del techo y se sentaron a la mesita de la cocina, iluminada por las velas.

—¿A qué vienen las velas? —preguntó Gabriel.

—Es una ocasión especial.

—Mi última restauración.

—Durante un tiempo, supongo. Pero podrás volver a restaurar cuadros cuando te retires y dejes de ser el jefe.

—Entonces seré tan viejo que no podré sostener el pincel.

Gabriel hundió los dientes de su tenedor en la carne, que se desprendió del hueso. Preparó cuidadosamente su primer bocado (carne y *risotto* en cantidades iguales y bañados en rico jugo gelatinoso) y se lo metió fervorosamente en la boca.

—¿Qué tal está?

—Te lo diré cuando vuelva en mí.

La luz de las velas bailoteaba en los ojos de Chiara. Eran del color del caramelo con motas de color miel, una combinación que Gabriel nunca había podido reproducir sobre un lienzo. Preparó otro bocado de *risotto* y ternera, pero le distrajo una imagen de la televisión. Habían estallado disturbios en diversas *banlieus* parisinas tras la detención de varios hombres sospechosos de terrorismo, ninguno de ellos relacionado directamente con el atentado contra el Centro Weinberg.

—El ISIS estará disfrutando —comentó Gabriel.

—¿Por los disturbios?

—A mí no me parecen simples disturbios. Me parecen...

—¿Qué, cariño?

—Una intifada.

Chiara apagó el televisor y subió el volumen del intercomunicador de los niños. Diseñado por el departamento de Tecnología de la Oficina, funcionaba mediante una señal cifrada para que los enemigos de Israel no pudieran escuchar la vida doméstica de su espía jefe. De momento solo emitía un zumbido eléctrico.

—Bueno, ¿qué vas a hacer? —preguntó Chiara.

—Me voy a comer hasta el último bocado de esta comida tan deliciosa. Y luego voy a rebañar hasta la última gota de salsa que quede en la cazuela.

—Me refería a París.

—Evidentemente, tenemos dos opciones.

—Tú tienes dos opciones, cariño. Yo tengo dos hijos.

Gabriel dejó su tenedor y miró fijamente a su bella y joven esposa.

—En todo caso —dijo tras un silencio conciliador—, mi baja por paternidad se ha terminado. Puedo asumir mi puesto como jefe, o puedo cooperar con los franceses.

—Y de paso hacerte con un Van Gogh que cuesta al menos cien millones de dólares.

—Eso también —repuso Gabriel volviendo a empuñar su tenedor.

—¿Por qué crees que decidió dejártelo?

—Porque sabía que no haría ninguna tontería con él.

—¿Como qué?

—Como ponerlo a la venta.

Chiara hizo una mueca.

—Ni pensarlo.

—Una puede soñar, ¿no?

—Solo con el osobuco y el *risotto*.

Gabriel se levantó y se acercó a la encimera para servirse otra ración. Luego regó con salsa la carne y el arroz hasta que su plato estuvo a punto de rebosar. A su espalda, Chiara soltó un bufido de desaprobación.

—Queda un trozo —dijo él señalando la cacerola.

—Todavía tengo que perder cinco kilos.

—A mí me gustas como estás.

—Hablas como un auténtico marido italiano.

—Yo no soy italiano.

—¿En qué idioma me estás hablando?

—Es la comida la que habla.

Gabriel volvió a sentarse y atacó la ternera. Por el intercomunicador les llegó el breve gemido de un bebé. Chiara ladeó la cabeza hacia el aparato, alerta como si estuviera escuchando los pasos de un intruso. Luego, tras un satisfactorio intervalo de silencio, se relajó de nuevo.

—Entonces, ¿piensas aceptar el caso? ¿Es eso lo que me estás diciendo?

—Me siento tentado —contestó Gabriel juiciosamente. Su mujer sacudió la cabeza lentamente—. ¿Qué he hecho ahora?

—Eres capaz de cualquier cosa con tal de no hacerte cargo de la Oficina, ¿verdad?

—Cualquier cosa no.

—Dirigir una operación no es precisamente un trabajo con horario de nueve a cinco.

—Tampoco lo es dirigir la Oficina.

—Pero la Oficina está en Tel Aviv. Y la operación es en París.

—París está a cuatro horas en avión.

—Cuatro horas y media —puntualizó ella.

—Además —añadió Gabriel—, que empiece en París no significa que vaya a terminar allí.

—¿Y dónde acabará?

Gabriel ladeó la cabeza hacia la izquierda.

—¿En el piso de la señora Lieberman?

—En Siria.

—¿Has estado alguna vez?

—Solo en Majdal Shams.

—Eso no cuenta.

Majdal Shams era una ciudad drusa en los Altos del Golán. A lo largo de su límite norte había una valla rematada con espirales de alambre de concertina, y más allá de la valla estaba Siria. Jabhat Al Nusra, un grupo vinculado a Al Qaeda, controlaba el territorio fronterizo, pero a dos horas en coche hacia el oeste se hallaban el ISIS y su califato. Gabriel se preguntaba cómo se sentiría el presidente de Estados Unidos si el ISIS estuviera a dos horas de Indiana.

—Pensaba que no íbamos a intervenir en la guerra civil siria —comentó Chiara—. Que íbamos a quedarnos de brazos cruzados, sin hacer nada, mientras nuestros enemigos se matan entre sí.

—El próximo jefe de la Oficina opina que esa postura sería poco prudente a largo plazo.

—¿Ah, sí?

—¿Has oído hablar de un tal Arnold Toynbee?

—Tengo un máster en Historia. Toynbee fue un historiador y economista británico, uno de los gigantes de su época.

—Pues Toynbee creía —prosiguió Gabriel— que hay dos grandes focos geográficos sobre los que pivotan los acontecimientos mundiales y que ejercen influencia mucho más allá de sus fronteras concretas. Uno es la cuenca del Oxus y el Iaxartes, en el Afganistán y el Pakistán actuales, o Af-Pak como gustan de llamarlos nuestros amigos americanos.

—¿Y el otro?

Gabriel ladeó de nuevo la cabeza a la izquierda.

—Confiábamos en que los problemas de Siria se quedasen en Siria, pero me temo que *confiar* no es una estrategia aceptable en materia de seguridad nacional. Mientras nosotros nos cruzábamos de brazos, el ISIS se ha dedicado a crear una compleja red terrorista con capacidad para atentar en el corazón de Occidente. Puede que esté liderada por un tal Saladino. O puede que por otra persona.

En todo caso pienso desmantelarla, con un poco de suerte antes de que vuelvan a atacar.

Chiara fue a responder, pero la interrumpió el llanto de un bebé. Era Irene: su llanto de dos notas le resultaba tan familiar a Gabriel como el ruido de una sirena en una húmeda noche parisina. Hizo además de levantarse, pero Chiara se le adelantó.

—Acábate la cena —dijo—. Tengo entendido que en París se come fatal.

Gabriel la oyó por el intercomunicador, hablando suavemente en italiano con un bebé que ya no lloraba. A solas, encendió el televisor y acabó de cenar mientras, a cuatro horas y media en avión, al noroeste, ardía París.

Chiara tardó media hora en regresar. Gabriel se encargó de los platos y limpió cuidadosamente la encimera de la cocina para que su mujer no se sintiera en la obligación de volver a pasar la bayeta, como solía hacer. Puso agua y café en la cafetera automática y recorrió sigilosamente el pasillo, hasta el dormitorio. Allí encontró a su mujer y a su hija, Chiara tumbada encima de la cama con Irene sobre el pecho, las dos profundamente dormidas.

Se quedó de pie en la puerta, con el hombro apoyado en el marco, y dejó que sus ojos recorrieran sin prisa las paredes de la habitación. Había varios cuadros colgados: tres pintados por su abuelo –los únicos que había logrado encontrar– y varios más pintados por su padre. Había también un retrato de un joven enjuto, de sienes prematuramente encanecidas y rostro cansado, como si le atormentara perpetuamente la sombra de la muerte. Algún día, pensó, sus hijos le preguntarían por aquel joven del retrato y por la mujer que había pintado el cuadro. No era una conversación que le apeteciera tener. Temía ya su reacción. ¿Sentirían lástima por él? ¿Miedo, quizá? ¿Le considerarían un monstruo, un asesino? Daba igual: tenía que decírselo. Era preferible conocer los sórdidos detalles de una vida semejante de labios de su protagonista a oírselos contar a otras personas. Las madres solían retratar a los padres bajo una luz favorecedora. Y las necrológicas rara vez contaban toda la verdad, especialmente si el fallecido había llevado una vida clandestina.

Gabriel apartó a su hija del pecho de Chiara y la llevó al cuarto de los niños. La depositó con todo cuidado en su cuna, la arropó con una manta y se quedó a su lado un momento hasta que estuvo seguro de que dormía plácidamente. Por fin regresó al dormitorio. Chiara seguía durmiendo a pierna suelta, vigilada por el melancólico joven del retrato. No soy yo, les diría a sus hijos. Es alguien en quien tuve que convertirme. No soy un monstruo ni un asesino. Si vivís aquí, si dormís en paz en este país, esta noche, es gracias a personas como yo.

9

LE MARAIS, PARÍS

A las diez y veinte de la mañana siguiente, Christian Bouchard aguardaba de pie en el vestíbulo de llegadas del aeropuerto Charles de Gaulle, con una gabardina marrón sobre el traje almidonado y un letrero de papel en la mano. En el letrero se leía *SMITH*. Incluso a él le parecía poco convincente. Estaba observando la cinta transportadora de humanidad que penetraba en el vestíbulo procedente del control de pasaportes, cargada de vendedores internacionales de bienes y servicios, de solicitantes de asilo y empleo, de turistas que venían a ver un país que ya no existía. La labor de la DGSI consistía en cribar diariamente aquella marea, identificar a posibles terroristas y agentes del espionaje extranjero y vigilar sus movimientos hasta que abandonaban suelo francés. Era una tarea casi imposible pero, gracias a ello, a hombres como Christian Bouchard nunca les faltaba trabajo, ni las oportunidades de ascenso. Para bien o para mal, la seguridad era uno de los escasos sectores florecientes de la economía francesa.

Justo en ese momento, el móvil le vibró en el bolsillo. Era un mensaje de texto informándolo de que el motivo de su presencia en el aeropuerto acababa de entrar en Francia con un pasaporte israelí a nombre de Gigeon Argov. Dos minutos después, Bouchard divisó a *monsieur* Argov (chaqueta de cuero negra y bolsa de viaje de nailon negro) entre el torrente de pasajeros recién llegado. Bouchard le había visto en fotografías (estaba la famosa imagen tomada en la Gare de Lyon pocos segundos antes de la explosión), pero nunca en persona. Tuvo que reconocer que resultaba decepcionante. El israelí rondaba el metro setenta y pesaba unos sesenta y ocho kilos, como máximo. Aun así, su paso poseía la ligereza propia de un depredador y sus piernas, ligeramente combadas hacia fuera, hacían pensar que en su juventud (es decir, hacía ya mucho tiempo, pensó Bouchard con ridícula arrogancia) había sido ágil y rápido.

Dos pasos por detrás de él iba un hombre mucho más joven, de estatura y peso casi idénticos: cabello negro, piel morena, los ojos oscuros y el aspecto de un judío cuyos ancestros habían vivido en tierras árabes. Un empleado de la embajada israelí acudió a su encuentro y juntos los tres (el legendario espía, su escolta y el funcionario de la embajada) salieron a la calle, donde los esperaba un coche. Se dirigieron sin dar ningún rodeo al centro de París, seguidos por otro coche cuyo único ocupante era Bouchard. Había dado por sentado que su invitado querría ir directamente al piso de *madame* Weinberg en la *rue* Pavée, donde le aguardaba Paul Rousseau. Pero el legendario agente hizo una parada en la *rue* des Rosiers. Al fondo de la calle, en el lado oeste, había una barrera policial detrás de la cual se extendían las ruinas del centro Weinberg.

Según el reloj de Bouchard, el israelí permaneció un total de tres minutos junto a la barrera. Luego se encaminó hacia el este calle abajo, seguido por su escolta. Cuando había avanzado solo unos metros se detuvo delante de un escaparate: un truco de su oficio típico pero eficaz que impulsó a Bouchard, que le seguía discretamente, a esconderse en la *boutique* de enfrente. Al instante le abordó una vendedora y, cuando por fin logró quitársela de encima, el israelí y su guardaespaldas habían desaparecido. Bouchard se quedó paralizado un momento, mirando calle abajo. Luego dio media vuelta y vio al israelí tras él, con una mano en la barbilla y la cabeza ladeada.

—¿Dónde está su cartel? —preguntó por fin en francés.

—¿Mi qué?

—Su cartel. El que llevaba en el aeropuerto. —Los ojos verdes del israelí parecieron sondearle—. Usted debe de ser Christian Bouchard.

—Y usted debe de ser...

—Debo de ser —le atajó con la rotundidad de una pistola de clavos—. Me habían asegurado que no habría vigilancia.

—No estaba vigilándole.

—Entonces, ¿qué estaba haciendo?

—Rousseau me pidió que me asegurara de que llegaba sano y salvo.

—¿Está aquí para protegerme? ¿Es eso lo que está diciendo?

Bouchard se quedó callado.

—Permítame aclarar una cosa desde el principio —dijo el mítico agente—. Yo no necesito protección.

Caminaron codo con codo por la acera (Bouchard con su elegante traje y su gabardina, Gabriel con su chaqueta de cuero y su pena a cuestas), hasta que llegaron al portal del número 24. Al abrir la puerta, Bouchard abrió también, sin saberlo él, la puerta de la memoria de Gabriel. Diez años antes, a primera hora de la tarde, caía una lluvia ligera, como si el cielo llorara. Gabriel había acudido a París porque necesitaba un Van Gogh como cebo para infiltrar a un agente en el entorno de Zizi Al Bakari, y sabía por un viejo amigo de Londres, un excéntrico marchante llamado Julian Isherwood, que Hannah Weinberg tenía uno. Abordó a Hannah sin preámbulos, en el mismo lugar donde se hallaba ahora junto a Christian Bouchard. Hannah sostenía el paraguas en una mano y con la otra acercaba la llave a la cerradura.

—Lamento decepcionarle —mintió con admirable compostura—, pero no tengo ningún Van Gogh. Si lo que quiere es ver cuadros de Vincent, le sugiero que visite el Musée d'Orsay.

El recuerdo se disipó. Gabriel siguió a Bouchard por el patio interior, hasta un vestíbulo, y subió un tramo de escaleras enmoquetadas. En la tercera planta, la luz niquelada se filtraba débilmente a través de una ventana manchada, iluminando dos imponentes puertas de caoba que se miraban frente a frente, como duelistas, desde ambos extremos del suelo de damero del descansillo. En la de la derecha no había ninguna placa. Bouchard la abrió y, haciéndose a un lado, indicó a Gabriel que entrara.

Se detuvo en el recibidor y miró en derredor como si viera aquel lugar por primera vez. La estancia estaba decorada exactamente igual que la mañana del *Jeudi Noir*: suntuosos sillones de brocado, gruesas cortinas de terciopelo, un reloj de bronce dorado sobre la repisa de la chimenea, todavía con cinco minutos de retraso. De nuevo se abrió la puerta de la memoria de Gabriel y vislumbró a Hannah sentada en el sofá, con una sobria falda de lana y un grueso jersey. Acababa de darle una botella de Sancerre y le observaba atentamente mientras la descorchaba: observaba sus manos —recordó Gabriel—, las manos del vengador.

—Se me da muy bien guardar secretos —dijo—. Dígame por qué quiere mi Van Gogh, *monsieur* Allon. Tal vez podamos llegar a un acuerdo.

De la biblioteca contigua le llegó el leve susurro del papel, como si alguien acabara de volver una página. Se asomó dentro y vio un desaliñada figura de pie ante una estantería, con un grueso volumen encuadernado en piel en la mano.

—Dumas —dijo el desconocido sin levantar la mirada—. Y en una edición muy valiosa.

Cerró el libro, lo devolvió a la estantería y observó a Gabriel como si contemplara una moneda rara o un pájaro en una jaula. Gabriel le miró inexpresivamente. Esperaba otra versión de Bouchard: un cretino cursi y engreído que bebía vino en la comida y se marchaba de la oficina a las cinco en punto para pasar una hora con su amante antes de regresar corriendo a casa, con su esposa. Así pues, Paul Rousseau fue una sorpresa agradable.

—Es un placer conocerle por fin —dijo—. Ojalá las circunstancias fueran otras. *Madame* Weinberg era amiga suya, ¿verdad?

Gabriel guardó silencio.

—¿Ocurre algo? —preguntó Rousseau.

—Se lo diré cuando vea el Van Gogh.

—Ah, sí, el Van Gogh. Está en el cuarto del fondo del pasillo —dijo el francés—. Pero supongo que ya lo sabía.

Hannah guardaba la llave –recordaba Gabriel– en el cajón superior del escritorio. Evidentemente Rousseau y sus hombres no la habían encontrado, porque la cerradura estaba desmontada. Por lo demás, la habitación seguía tal y como la recordaba: la misma cama con el mismo dosel, los mismos juguetes y peluches, la misma cómoda provenzal y, encima, el mismo cuadro. *Marguerite Gachet en su tocador*, óleo sobre lienzo, de Vincent van Gogh. Gabriel había llevado a cabo la única restauración del cuadro, en un destartalado piso franco victoriano a las afueras de Londres, poco antes de su venta (privada, desde luego) a Zizi Al Bakari. Su obra, pensó ahora, había aguantado bien el paso del tiempo. La pintura estaba en perfecto estado, salvo por una fina raya horizontal, cerca de la parte de arriba del lienzo, que Gabriel no había intentado reparar. Aquella raya era culpa de Vincent, que había apoyado otro lienzo contra la pobre Marguerite antes de que estuviera del todo seca. Zizi Al Bakari, gran amante del arte y del terrorismo yihadista, había considerado aquella línea prueba palmaria de la autenticidad del cuadro, y de la honestidad de la bella joven estadounidense, historiadora del arte formada en Harvard, que se lo vendió.

De esto, Paul Rousseau no sabía nada. Miraba fijamente no el cuadro, sino a Gabriel, su pajarillo enjaulado, su bibelot.

—Me pregunto por qué prefería tenerlo aquí colgado y no en el salón —comentó al cabo de un momento—. Y por qué decidió dejárselo precisamente a usted a su muerte.

Gabriel apartó los ojos del cuadro y los clavó en la cara de Paul Rousseau.

—Quizá debamos dejar clara una cosa desde el principio —dijo—. No se trata de saldar viejas deudas. Ni de recorrer los estrechos callejones de la memoria.

—Ah, no —se apresuró a responder Rousseau—, no tenemos tiempo para eso. Aun así sería un ejercicio interesante, aunque solo fuera como pasatiempo.

—Tenga cuidado, *monsieur* Rousseau. Los callejones de la memoria están justo a la vuelta de la esquina.

—En efecto —respondió Rousseau con una sonrisa conciliadora.

—Teníamos un acuerdo —dijo Gabriel—. Yo venía a París, ustedes me entregaban el cuadro.

—No, *monsieur* Allon. Primero tiene que ayudarme a encontrar al hombre que puso esa bomba en el Centro Weinberg. *Entonces* le daré el cuadro. Fui muy claro con su amigo Uzi Navot. —Rousseau le miró inquisitivamente—. Porque es amigo suyo, ¿verdad?

—Lo era —contestó Gabriel tranquilamente.

Cayeron en un cómodo silencio, mirando ambos el Van Gogh como desconocidos en una galería de arte.

—Vincent debía de quererla mucho para pintar algo tan hermoso —comentó por fin Rousseau—. Y pronto le pertenecerá. Estoy por decir que es usted un hombre muy afortunado, pero no voy a decirlo. Verá, *monsieur* Allon —añadió con una triste sonrisa—, he leído su expediente.

10

RUE PAVÉE, PARÍS

Los servicios de espionaje de los distintos países del mundo no cooperan entre sí porque les guste hacerlo. Cooperan entre sí porque, al igual que las parejas divorciadas con hijos pequeños, a veces se ven en la necesidad de entenderse por el bien de todos. Las viejas rivalidades no desaparecen de la noche a la mañana. Perviven bajo la superficie, como las heridas de la infidelidad, los aniversarios olvidados y las necesidades emocionales insatisfechas. La dificultad estriba en crear una zona de confianza, una habitación en la que no haya secretos. Fuera de esa habitación, ambas partes son libres de velar por sus propios intereses. Pero, dentro de ella, se ven obligadas a descubrir sus fuentes y métodos mejor guardados para mostrárselos al otro. Gabriel tenía mucha experiencia en ese terreno. Restaurador por vocación, había restañado las relaciones de la Oficina tanto con la CIA como con el Servicio Secreto británico. Francia, en cambio, presentaba mayores dificultades. Era desde tiempo atrás un teatro de operaciones importante para la Oficina, y en especial para Gabriel, cuya ristra de pecados cometidos clandestinamente en suelo francés era larga. Además, el país apoyaba sin ambages a algunos de los más implacables enemigos de Israel. Los servicios de espionaje de ambos países no se tenían, en suma, mucha simpatía.

Pero no siempre había sido así. Francia armó a Israel en su infancia, y sin su ayuda Israel jamás habría desarrollado las armas nucleares disuasorias que le habían permitido sobrevivir entre la hostilidad de Oriente Medio. Pero en la década de 1960, tras la desastrosa guerra de Argelia, Charles de Gaulle se propuso restaurar las maltrechas relaciones de Francia con el mundo árabe y cuando Israel (con aviones mayoritariamente franceses) inició la Guerra de los Seis Días con un ataque sorpresa sobre los aeródromos de Egipto, De Gaulle condenó el ataque. Se refirió a los judíos como «un pueblo elitista, pagado de sí mismo y dominante», y así se consumó la ruptura.

Ahora, mientras tomaban café en el salón del piso de la familia Weinberg en la *rue* Pavée, Gabriel y Rousseau se propusieron romper, al menos temporalmente, con aquel legado de desconfianza mutua. Su prioridad era alcanzar un acuerdo operativo básico, una plantilla de actuación, una división de tareas y responsabilidades, un código de circulación. Iba a ser una asociación en términos de igualdad, aunque por motivos obvios Rousseau tendría la última palabra sobre cualquier aspecto operativo que afectara a suelo francés. A cambio, Gabriel obtendría acceso ilimitado a los voluminosos archivos franceses sobre los miles de extremistas islámicos que moraban dentro de sus fronteras: informes de vigilancia, llamadas y correos electrónicos interceptados, registros de inmigración. Solo por eso —diría mucho después— valía la pena alcanzar un acuerdo.

Hubo algunos obstáculos en el camino, pero las negociaciones transcurrieron con mayor suavidad de la que imaginaban tanto Gabriel como Rousseau. Quizá fuera por lo mucho que tenían en común. Ambos eran estudiosos del arte, hombres dedicados a la cultura y al saber que habían consagrado su vida a proteger a sus conciudadanos de aquellos dispuestos a derramar sangre de inocentes en nombre de la ideología o la religión. Ambos habían perdido a sus esposas (Rousseau como consecuencia de una enfermedad; Gabriel, por culpa del terror), y contaban con el respeto y la admiración de sus colegas de Washington y Londres. Y aunque Rousseau no era ningún Gabriel Allon, llevaba casi tanto tiempo como él combatiendo el terrorismo, como lo demostraban las numerosas muescas de su cinturón.

—Dentro de la clase política francesa —dijo Gabriel—, hay personas a las que les gustaría verme entre rejas debido a mis actividades pasadas.

—Eso tengo entendido.

—Si voy a operar aquí sin tapadera, exijo un documento que me conceda inmunidad plena, ahora y por siempre, amén.

—Veré lo que puedo hacer.

—Y yo veré si puedo encontrar a Saladino antes de que atente de nuevo.

Rousseau arrugó el ceño.

—Lástima que no fuera usted quien negoció el pacto nuclear con Irán.

—Lástima, sí —convino Gabriel.

Eran casi las cuatro de la tarde. Rousseau se levantó, bostezó ensayadamente, estiró los brazos y propuso que salieran a dar un paseo.

—Órdenes del doctor —dijo—. Por lo visto estoy más gordo de lo que me conviene.

Salieron del portal de Hannah Weinberg y, con Bouchard y el escolta de Gabriel a la zaga, echaron a andar por las riberas del Sena, hacia Notre Dame. Formaban una pareja desigual: el rechoncho exprofesor de la Sorbona vestido de *tweed* y el espía israelí, bajo, enjuto y enfundado en cuero, que parecía flotar ligeramente sobre los adoquines de la acera. El sol se ponía por el oeste, refulgiendo por una rendija abierta en las nubes. Rousseau se hizo visera con la mano.

—¿Por dónde piensa empezar?

—Por los archivos, por supuesto.

—Necesitará ayuda.

—Evidentemente.

—¿Cuántos agentes piensa traer?

—El número exacto que voy a necesitar.

—Puedo cederle una sala en nuestro cuartel general en la *rue* de Grenelle.

—Prefiero algo más privado.

—Disponemos de un piso franco que puedo poner a su disposición.

—Nosotros también.

Gabriel se detuvo frente a un kiosco de prensa. En la primera página de *Le Monde* aparecían dos fotografías de Safia Bourihane, la francesa de religión musulmana, la asesina velada enviada por el califato. El titular decía únicamente: *Catastrophe!*

—¿A quién cabe atribuir la catástrofe? —preguntó Gabriel.

—Inevitablemente, la investigación encontrará pruebas de que ciertos elementos de mi unidad cometieron errores gravísimos, de eso no me cabe duda. Pero ¿de verdad es culpa nuestra? ¿De los humildes funcionarios que secretamente sostenemos el dique para que no se rompa? ¿O hay que buscar a los culpables en otra parte?

—¿Dónde?

—En Washington, por ejemplo. —Rousseau siguió caminando por la ribera del río—. La invasión de Irak convirtió la región en un caldero hirviendo. Y cuando el nuevo presidente de Estados Unidos decidió que había llegado el momento de retirarse, el caldero se desbordó. Después sucedió esa locura que llamamos la Primavera Árabe. ¡Mubarak debe marcharse! ¡Gadafi debe marcharse! ¡El Asad a la calle! —Sacudió la cabeza lentamente—. Fue un disparate, un perfecto disparate. Y esto es lo que nos ha quedado. El ISIS controla una franja de territorio del tamaño del Reino Unido, justo en el umbral de Europa. Ni siquiera Bin Laden se atrevió a soñar tal cosa. ¿Y qué nos dice el presidente de Estados Unidos? Que el ISIS no es islámico. Que es un equipo de segunda. —Frunció el entrecejo—. ¿Qué quiere decir con eso? ¿Qué es un equipo se segunda?

—Creo que es un símil deportivo.

—¿Y qué tiene que ver el deporte con un tema tan serio como la ascensión del califato?

Gabriel se limitó a sonreír.

—¿De verdad se cree esas paparruchas o es *ignorantia affectata*? —insistió Rousseau.

—¿Ignorancia cerril?

—Sí.

—Tendría que preguntárselo a él.

—¿Le conoce usted?

—Coincidimos una vez.

Rousseau se sintió a todas luces tentado de preguntarle por las circunstancias de su único encuentro con el presidente americano, pero prefirió proseguir con su diatriba.

—La verdad es —dijo— que el ISIS sí es islámico. Y tiene más en común con Mahoma y sus primeros seguidores, *al salaf al salih*, de lo que muchos presuntos expertos en el tema quieren reconocer. Nos echamos las manos a la cabeza cuando leemos que emplea la crucifixión. Nos decimos que es un acto propio de bárbaros, no de hombres de fe. Pero el ISIS no crucifica únicamente porque sea cruel. Crucifica porque, según el Corán, la crucifixión es uno de los castigos prescritos para los enemigos del islam. Crucifica porque *debe* hacerlo. A nosotros los occidentales, tan civilizados, nos resulta casi imposible de comprender.

—A *nosotros* no —repuso Gabriel.

—Eso es porque viven en la región. Porque son un pueblo de la región —añadió Rousseau—. Y saben muy bien lo que sucederá si el ISIS o alguno de sus semejantes traspasa alguna vez los muros de su fortaleza. Será...

—Un holocausto.

Rousseau asintió pensativamente. Luego condujo a Gabriel por el Pont Notre Dame, hasta la Île de la Cité.

—Así que, como diría Lenin —añadió—, ¿qué hacer?

—Yo soy un simple espía, *monsieur* Rousseau, no un general ni un primer ministro.

—¿Y si lo fuese?

—Si lo fuese, los arrancaría de raíz. Los convertiría en perdedores, en vez de en ganadores. Les quitaría las tierras —añadió Gabriel—, y se acabaría el Estado Islámico. Y de ese modo el califato sería de nuevo historia.

—La invasión no funcionó en Irak ni en Afganistán —repuso Rousseau—, y tampoco funcionará en Siria. Es mejor debilitarlos desde el aire y con ayuda de aliados regionales. Y, entre tanto, contener la infección para que no se extienda al resto de Oriente Medio y Europa.

—Es demasiado tarde para eso. El contagio ya está aquí.

Cruzaron otro puente, el Petit Pont, y entraron en el Barrio Latino. Rousseau, el exprofesor, lo conocía bien. Caminaron con paso decidido, sin pensar ya en su salud, por el bulevar Saint Germain, y penetraron en una estrecha bocacalle, hasta que el francés se detuvo por fin frente al portal de un edificio de pisos. Gabriel lo conocía tan bien como la entrada del edificio de Hannah Weinberg en la *rue* Pavée, aunque hacía muchos años que no lo visitaba. Miró el portero automático. Algunos nombres seguían siendo los mismos.

Se abrió la puerta y salieron dos personas: un hombre y una mujer de veintitantos años. Rousseau sujetó la puerta antes de que se cerrase e hizo pasar a Gabriel al portal en penumbra. Un pasadizo conducía al patio interior en sombras, donde Rousseau se detuvo por segunda vez y señaló una ventana del último piso.

—Mi esposa y yo vivíamos allí. Cuando murió, dejé el piso y me fui más al sur. Había demasiados recuerdos, demasiados fantasmas. —Señaló una ventana que daba al otro lado del patio—. Una exalumna mía vivía allí. Una chica muy inteligente. Y muy radical también, como muchos de mis estudiantes en aquellos tiempos. Se llamaba —añadió mirando a Gabriel de soslayo— Denise Jaubert.

Gabriel miró inexpresivamente al francés, como si aquel nombre no le dijera nada. En realidad, creía conocer mejor a Denise Jaubert que su antiguo profesor. Era, en efecto, una radical. Y lo que era más importante, se acostaba de vez en cuando con Sabri Al

Khalifa, el líder del grupo terrorista palestino Septiembre Negro y cerebro de la masacre de las Olimpiadas de Múnich.

—Una tarde, a última hora —continuó Rousseau—, estaba trabajando en mi escritorio cuando oí risas en el patio. Era Denise. Iba con un hombre. Pelo negro, piel pálida, extraordinariamente guapo. Unos pasos por detrás de ellos iba un individuo más bajo, de cabello corto. No pude verle bien la cara. Verá, a pesar de que estaba nublado, llevaba gafas oscuras.

Rousseau miró a Gabriel, pero Gabriel, absorto en sus pensamientos, caminaba en ese momento por un patio parisino, unos pasos por detrás del hombre al que la Oficina llevaba siete largos años buscando.

—No fui el único que se fijó en el hombre de las gafas de sol —agregó Rousseau pasado un momento—. El guapo acompañante de Denise también le vio. Intentó sacar una pistola, pero el otro se le adelantó. Nunca olvidaré cómo iba avanzando mientras disparaba. Fue... precioso. Hizo diez disparos. Luego metió otro cargador en el arma, apoyó el cañón de la pistola en el oído del hombre caído y disparó un último tiro. Es extraño, pero no recuerdo que se marchara. Pareció sencillamente esfumarse. —Rousseau volvió a mirar a Gabriel—. Y ahora está a mi lado.

Gabriel no dijo nada. Estaba mirando los adoquines del patio, los adoquines por donde años atrás había corrido la sangre de Sabri Al Khalifa.

—He de reconocer —prosiguió Rousseau— que durante mucho tiempo le consideré un asesino. El mundo civilizado condenaba sus actos. Pero ahora el mundo civilizado se encuentra inmerso en la misma batalla, y estamos usando las mismas tácticas. Drones, misiles, hombres de negro en plena noche. —Hizo una pausa y luego añadió—: Parece que la historia le ha absuelto de sus pecados.

—No he cometido ningún pecado —respondió Gabriel—. Y no busco absolución.

En ese instante sonó el móvil de Rousseau en el bolsillo de su chaqueta, y un par de segundos después el de Gabriel. Nuevamente fue Gabriel quien desenfundó primero. Era un mensaje urgente de King Saul Boulevard. La DGSI le había enviado un mensaje parecido a Rousseau.

—Por lo visto el atentado contra el Centro Weinberg fue solo el principio. —Rousseau se guardó el teléfono en el bolsillo y miró fijamente los adoquines donde había caído Sabri Al Khalifa—. ¿Tendrá el mismo fin ese al que llaman Saladino?

—Si tenemos suerte, sí.

—¿Cuándo puede empezar?

—Esta noche.

11

ÁMSTERDAM - PARÍS

Más tarde se determinaría casi sin sombra de duda que las bombas de París y Ámsterdam eran obra de una misma persona. De nuevo, los explosivos viajaron en una furgoneta blanca corriente, aunque en el caso de Ámsterdam no fue una Renault, sino una Ford Transit. La detonación se produjo a las cuatro y media en punto, en el centro del animado mercadillo de Albert Cuyp. El vehículo entró en la calle esa mañana a primera hora y permaneció allí todo el día sin que nadie reparara en él mientras miles de transeúntes paseaban, ajenos a su contenido, en medio del pálido sol primaveral. La furgoneta la conducía una mujer de unos treinta años, rubia, de largas piernas y caderas estrechas, pantalones vaqueros, sudadera con capucha y chaleco de forro polar. Esto se supo no por declaraciones de testigos, sino gracias a las grabaciones de las cámaras de seguridad. La policía no encontró entre los supervivientes a nadie que recordara haberla visto.

El mercadillo, considerado el más grande de Europa, se celebra en el casco antiguo de la ciudad. Las hileras de puestos enfrentados bordean la calle, y detrás de los puestos hay filas de casas de ladrillo marrón, con tiendas y restaurantes en los bajos. Muchos de los vendedores son originarios de Oriente Medio y el Norte de África, hecho este que varios periodistas y expertos en terrorismo se apresuraron a señalar durante las primeras horas de cobertura informativa. Lo consideraban un prueba evidente de que los culpables habían actuado en

93

nombre de un credo distinto al islam radical, aunque cuando se les preguntaba cuál era ese credo no sabían dar una respuesta. Finalmente, una islamista de Cambridge explicó la aparente paradoja. Los musulmanes de Ámsterdam –explicó– vivían en una ciudad en la que las drogas y la prostitución estaban legalizadas, y donde imperaban las leyes de los hombres sobre las leyes de Alá. A ojos de los musulmanes extremistas, eran apóstatas. Y la apostasía se castigaba con la muerte.

Los testigos recordaban no el estruendo ensordecedor de la explosión, sino el profundo y crudo silencio que le siguió. Después se oyó un gemido, y el llanto de un niño, y el latido electrónico de un teléfono móvil suplicando respuesta. Durante varios minutos, un humo negro y espeso cubrió benévolamente el horror. Luego, poco a poco, se levantó el humo y la masacre quedó a la vista: los muertos y los mutilados, los supervivientes con la cara tiznada, deambulando aturdidos y con la ropa hecha jirones entre los cascotes, los zapatos de un puesto esparcidos entre los zapatos de los muertos. Por todas partes había fruta reventada y sangre vertida, y el aroma repentinamente nauseabundo del cordero asado sazonado con comino y cúrcuma lo impregnaba todo.

Las reivindicaciones del atentado no tardaron en llegar. La primera procedía de una desconocida célula terrorista de la Libia sumida en el desgobierno. Le siguió poco después la de Al Shabaab, el grupo radicado en Somalia que aterrorizaba el este de África. Finalmente, se publicó un vídeo en un conocido portal de redes sociales. En él se veía a un hombre cubierto con una capucha negra declarando en un inglés con acento del este de Londres que el atentado era obra del ISIS y que no sería el último. Después, mezclando inglés y árabe, se lanzaba a una larga perorata acerca de las huestes de Roma y de una aldea siria llamada Dabiq. Los comentaristas de televisión estaban perplejos. La islamista de Cambridge, no.

Las reacciones variaron entre la indignación y la incredulidad, pasando por los reproches cargados de petulancia. En Washington, el presidente de Estados Unidos condenó el atentado como «un acto gratuito de barbarie» aunque, curiosamente, no habló de los posibles móviles de los terroristas ni hizo mención alguna al islam, ni radical ni de otra especie. Sus rivales en el Congreso se apresuraron a responsabilizarle de la masacre. Si no hubiera retirado precipitadamente las tropas americanas de Irak –afirmaban–, el ISIS no habría echado raíces en la vecina Siria. El portavoz presidencial respondió taxativamente a las exigencias de quienes afirmaban que Estados Unidos debía combatir al ISIS con su ejército de tierra.

—Tenemos una estrategia —afirmó. Y añadió con expresión solemne—: Y está funcionando.

A las autoridades holandesas, en cambio, no les interesaban los reproches políticos. Estaban demasiado ocupadas buscando supervivientes entre los escombros e intentando dar con la mujer de unos treinta años, rubia, de largas piernas, caderas estrechas, pantalones vaqueros azules, camiseta con capucha y chaleco de forro polar que había conducido la furgoneta hasta el mercado. Su nombre fue un misterio durante cuarenta y ocho horas. Después, la misma página de redes sociales publicó un segundo vídeo, narrado por aquel mismo individuo con acento del este de Londres. Esta vez no estaba solo. A su lado, en pie, aparecían dos mujeres veladas. Una guardaba silencio, la otra hablaba. Se identificaba como Margreet Janssen, originaria de la localidad de Noordwijk, en la costa holandesa, y conversa al islam. Había sido la encargada de colocar la bomba, afirmaba, para castigar a los blasfemos y a los infieles en nombre de Alá y Mahoma, la paz sea con él.

Más tarde, ese mismo día, el AIVD, el servicio de seguridad y espionaje holandés, confirmó que Margreet Janssen había viajado a Siria dieciocho meses antes. Permaneció en el país cerca de seis meses y se le permitió regresar a Holanda después de que convenciera a las autoridades de que había renunciado a sus vínculos con el ISIS y con el movimiento yihadista global. El servicio de seguridad la mantuvo un tiempo vigilada por medios electrónicos y físicos, pero abandonó la vigilancia al comprobar que no daba muestras de seguir vinculada al islamismo extremista. Evidentemente, declaró el portavoz del AIVD, fue un error de juicio.

A los pocos minutos, los foros del califato digital se llenaron de comentarios entusiastas. Margreet Janssen (una excristiana europea convertida en mortífera integrante de la hermandad de creyentes) se transformó en el nuevo símbolo de la yihad global. Pero ¿quién era la otra mujer del vídeo, la que permanecía callada? La respuesta no llegó de Ámsterdam, sino de un edificio semejante a una fortaleza situado en el municipio de Levallois-Perret, en el extrarradio parisino. La segunda mujer, afirmó el director de la DGSI, era Safia Bourihane, autora material del atentado contra el Centro Weinberg.

Antes de abandonar la vigilancia de Margreet Janssen, el AIVD había reunido un grueso dosier con informes de seguimiento, fotografías, correos electrónicos, mensajes de texto e historiales de búsquedas de Internet, junto con expedientes acerca de amigos, familiares, conocidos y compañeros de viaje del movimiento yihadista internacional. Paul Rousseau recibió una copia del dosier durante una reunión en la sede central del AIVD en La Haya, y a su regreso a París se lo entregó a Gabriel en una apacible *brasserie* de la *rue* de Miromesnil, en el VIII *Arrondissement*. El dosier digitalizado estaba guardado en una memoria USB. Rousseau se lo pasó a Gabriel por encima de la mesa, bajo una servilleta, con la discreción de un disparo hecho en una capilla desierta. Pero eso carecía de importancia: el único ocupante de la *brasserie* era un hombre calvo que, vestido con un traje bien cortado y una lujosa corbata de color lavanda, bebía una copa de Côtes du Rhone mientras leía un ejemplar de *Le Figaro* repleto de noticias sobre el atentado de Ámsterdam. Sin disimulo alguno, Gabriel se guardó el lápiz USB en el bolsillo de la chaqueta y preguntó a Rousseau cómo estaban los ánimos en la sede del AIVD.

—A medio camino entre el pánico y la resignación —respondió Rousseau—. Han intensificado la vigilancia sobre los extremistas islámicos a los que tienen fichados y están buscando a quien fabricó la bomba y al resto de los integrantes de la red. —Bajando la voz, añadió—: Me preguntaron si tenía alguna idea al respecto.

—¿Mencionó usted a Saladino?

—Creo que se me olvidó —dijo Rousseau con una sonrisa astuta—, pero en algún momento tendremos que sincerarnos con nuestros amigos europeos.

—Son amigos suyos, no míos.

—¿Tiene algo contra los servicios de seguridad holandeses?

—Nunca he tenido el placer de visitar los Países Bajos.

—No sé por qué, pero me cuesta creerlo. —Rousseau miró al hombre calvo y bajito sentado en el otro extremo de la *brasserie*—. ¿Un amigo suyo?

—Tiene una tienda al otro lado de la calle.

—¿Cómo lo sabe?

—Le he visto salir y cerrar la puerta.

—Qué observador. —El francés miró hacia la calle en sombras—. ¿Antiquités Scientifiques?

—Microscopios antiguos y cosas parecidas —explicó Gabriel.

—Qué interesante. —Rousseau contempló su taza de café—. Por lo visto ayer no era el único invitado extranjero en la sede del AIVD. Había también un americano.

—¿De la CIA?

Rousseau asintió.

—¿Local o de Langley?

—De Langley.

—¿Tenía nombre?

—Mis anfitriones holandeses no tuvieron a bien comunicármelo. Me dieron a entender, sin embargo, que los estadounidenses están muy interesados en este asunto.

—Eso sí que es una novedad.

—Al parecer, a la Casa Blanca le preocupa que haya un atentado en su territorio nacional estando tan avanzado el segundo mandato del presidente, lo cual dañaría enormemente su legado. Están apretando las tuercas a la CIA para impedir que eso ocurra.

—Imagino que el ISIS no es un equipo de segunda, después de todo.

—Con ese fin —prosiguió Rousseau—, la CIA espera plena colaboración de sus socios y aliados europeos. Está previsto que el hombre de Langley llegue a París mañana por la mañana.

—Quizá sea conveniente que pase usted algún tiempo con él.

—Mi nombre ya está en la lista de invitados.

Gabriel le pasó a Rousseau una hoja de papel doblada en cuatro.

—¿Qué es esto?

—Una lista de archivos adicionales que nos hacen falta.

—¿Cuánto tiempo más habremos de esperar?

—Poco —respondió Gabriel.

—Eso me dijo ayer, y anteayer. —El francés se guardó la lista en el bolsillo de su chaqueta de *tweed*—. ¿Va a decirme alguna vez dónde están trabajando usted y sus colaboradores?

—¿Quiere decir que no lo ha descubierto aún?

—No lo hemos intentado.

—No sé por qué, pero me cuesta creerlo —replicó Gabriel.

Se levantó sin decir palabra y salió a la calle. Rousseau le vio alejarse por la acera sombría, seguido discretamente por dos de los mejores agentes de vigilancia del Grupo Alfa. El hombrecillo calvo de la corbata color lavanda depositó unos cuantos billetes sobre la mesa y se marchó, dejando a Rousseau solo en la *brasserie*, sin más compañía que su teléfono móvil. Cinco minutos después, la pantalla se iluminó por fin. Era un mensaje de texto de Christian Bouchard.

—*Merde* —dijo Rousseau en voz baja.

Allon había vuelto a darles esquinazo.

12

PARÍS

Un par de sencillas tácticas de contravigilancia (un cambio de sentido en una calle de un solo carril, una breve parada en un bistró que tenía una salida de servicio por la cocina, en la parte de atrás) permitieron a Gabriel despistar a los mejores agentes de seguimiento del Grupo Alfa de Paul Rousseau. Después se dirigió a pie, en metro y en taxi hasta un pequeño edificio de pisos en las inmediaciones del Bois de Boulogne. Según el panel del portero automático, el ocupante del 4º B era un tal Guzmán. Gabriel pulsó el botón, esperó a oír el chasquido de la cerradura automática y entró.

Arriba, le abrió la puerta Mijail Abramov. El aire estaba cargado de un acre olor a humo. Gabriel se asomó a la cocina y vio a Eli Lavon intentando apagar un fuego que se había originado en el microondas. Lavon era un individuo minúsculo, de cabello ralo y descuidado y cara absolutamente anodina. Pero su físico, como casi todo en él, resultaba engañoso. Camaleónico y depredador por naturaleza, se le consideraba un auténtico artista de la vigilancia callejera, el mejor que había dado la Oficina. Según se contaba, Ari Shamron había dicho en cierta ocasión que Lavon podía esfumarse mientras te estrechaba la mano. Y no era del todo una exageración.

—¿Cuánto tiempo has tardado en despistarlos esta vez? —preguntó Lavon mientras echaba un trozo de plástico quemado al fregadero.

—Menos de lo que tardarías tú en quemar el piso franco.

—Un pequeño error al programar el tiempo. Ya me conoces: nunca se me han dado bien los números.

No era cierto, desde luego. Lavon era además un hábil investigador financiero que había logrado localizar millones de dólares en bienes judíos confiscados durante el Holocausto. Arqueólogo de formación, tenía un don natural para excavar.

Gabriel entró en el cuarto de estar. Yaakov Rossman, un agente veterano que hablaba árabe con fluidez, parecía a punto de destrozar su minúsculo ordenador portátil. Yossi Gavish y Rimona Stern estaban arrellanados en el sofá como una pareja de universitarios. Yossi era uno de los mandos de Investigación, la división de análisis de la Oficina. Alto, aristocrático y de cabello escaso, había enseñado cultura clásica en All Souls College y hablaba hebreo con marcado acento británico. También había hecho sus pinitos en el teatro (Shakespeare, principalmente) y era un consumado chelista. Rimona trabajaba en la unidad de la Oficina que investigaba el programa nuclear iraní. Tenía el cabello amarillento, las caderas generosas y un temperamento que había heredado de su tío, Ari Shamron. Gabriel la conocía desde que era pequeña. De hecho, sus recuerdos más entrañables de Rimona eran los de una jovencita temeraria que se lanzaba en patinete por la empinada cuesta que daba entrada a la casa de su famoso tío.

Los cinco agentes y analistas formaban parte de un equipo de élite conocido como Barak —palabra que en hebreo significa «relámpago»— por su habilidad para reunirse y atacar rápidamente. Habían luchado (y a veces sangrado) juntos en una serie de campos de batalla secretos que iban desde Moscú al Caribe, y de paso habían llevado a cabo algunas de las más brillantes operaciones de la historia del espionaje israelí. Gabriel era el fundador y líder del equipo, pero un sexto miembro, Dina Sarid, era su conciencia y su memoria institucional. Dina era la principal experta en terrorismo de la Oficina, una base de datos viviente que podía recitar de memoria la hora, el lugar, los autores materiales y el número de víctimas de cada atentado palestino o islámico cometido contra Israel y Occidente. Poseía un talento especial para ver conexiones allí donde otros solo veían un amasijo de nombres, números y palabras.

Era de estatura baja y el cabello, negro como el carbón, le caía en torno a una suave cara de niña. En ese momento se hallaba de pie ante un *collage* aparentemente inconexo de fotografías, correos electrónicos, mensajes de texto y conversaciones telefónicas. Era el mismo lugar que ocupaba tres horas antes, cuando Gabriel salió del piso franco para ir a reunirse con Paul Rousseau. Dina se hallaba poseída por la fiebre: por esa temible furia creativa que se apoderaba de ella cada vez que estallaba una bomba. Gabriel le había inducido aquella fiebre muchas veces antes. Y, a juzgar por su expresión, estaba a punto de alcanzar su punto álgido. Gabriel cruzó la sala para ponerse a su lado.

—¿Qué estás mirando? —le preguntó pasado un momento.

Dina dio dos pasos adelante, cojeando un poco, y señaló una fotografía de seguimiento de Safia Bourihane. Había sido tomada antes de su primer viaje a Siria, en un café de estilo árabe de Saint-Denis, una *banlieu* poblada principalmente por inmigrantes. Hacía poco que se había puesto el velo. Su acompañante, otra joven, también llevaba el cabello cubierto. Había otras mujeres en el café, además de cuatro hombres, argelinos y marroquíes, que compartían una mesa cerca del mostrador. Otro hombre de rostro anguloso y lampiño, ligeramente desenfocado, estaba sentado a solas en otra mesa. Vestía traje oscuro sin corbata y trabajaba en un pequeño ordenador portátil. Podía ser árabe, o francés, o italiano. De momento, sin embargo, no era del interés de Dina Sarid, que miraba fijamente, como hechizada, el rostro de Safia Bourihane.

—Parece normal, ¿verdad? Feliz, incluso. Nadie pensaría que se pasó toda esa mañana hablando por Internet con un reclutador del ISIS. El reclutador le pidió que dejara a su familia y viajara a Siria a ayudar a levantar el califato. ¿Y qué crees que le dijo Safia?

—Le dijo que quería quedarse en Francia. Que quería casarse con un chico de buena familia y tener hijos que al hacerse mayores fueran ciudadanos franceses plenamente integrados en la sociedad. Y que no quería tener nada que ver con un califato dirigido por hombres que decapitaban, crucificaban y quemaban vivos a sus enemigos.

—Qué bonito sería pensarlo... —Dina sacudió lentamente la cabeza—. ¿Qué ha pasado, Gabriel? ¿Por qué más de quinientas jóvenes occidentales se han unido a las filas del ISIS? ¿Por qué esos barbudos son las nuevas estrellas del *rock* del Islam? ¿Por qué molan los asesinos? —Dina había consagrado su vida al estudio del terrorismo y el extremismo islámicos, y aún carecía de respuesta a esos interrogantes—. Creíamos que la violencia del ISIS les repugnaría. Pero nos equivocamos. Dábamos por sentado que la integración era la respuesta. Pero cuanto más se integran, menos les gusta lo que ven. Así que, cuando un reclutador del ISIS viene a llamar a su puerta digital, son presas fáciles.

—Eres demasiado caritativa, Dina.

—Son crías. —Hizo una pausa y añadió—: Jovencitas impresionables.

—No todas.

—Tienes razón. Muchas son mujeres cultas, mucho más formadas que los hombres que se han unido al ISIS. Tienen prohibido luchar, así que asumen tareas de apoyo importantes. En muchos aspectos, son las mujeres las que están construyendo el califato. Muchas de ellas se casan, además, con hombres que tienen muchas probabilidades de convertirse en mártires en un futuro cercano. Una de cada cuatro queda viuda. Las viudas negras —añadió—. Adoctrinadas, amargadas, vengativas. Lo único que hace falta es un buen reclutador o un ojeador con talento para convertirlas en bombas de relojería andantes. —Señaló al personaje ligeramente desenfocado sentado a solas en el café de estilo árabe—. Como este. Por desgracia, los franceses no repararon en él. Estaban demasiado ocupados investigando a la amiga de Safia.

—¿Quién es la amiga?

—Una chica que vio un par de vídeos de decapitaciones en Internet. Una pérdida de tiempo, de dinero y de mano de obra. Safia

102

no, en cambio. Safia era un elemento peligroso. —Dina dio un paso a la derecha y señaló otra fotografía—. Tres días después de tomar un café con su amiga en Saint-Denis, Safia vino al centro a hacer unas compras. Esta fotografía se la hicieron cuando iba caminando por los soportales de la *rue* de Rivoli. Y mira quién va unos pasos por detrás de ella.

Era el mismo individuo del café, aquel hombre de rostro anguloso y afeitado que podía ser árabe, o francés, o italiano.

—¿Cómo es que no le vieron?

—Buena pregunta. Y aquí tampoco se fijaron en él.

Dina señaló una tercera fotografía del mismo día, una hora después. Safia Bourihane aparecía saliendo de una tienda de ropa de mujer de los Campos Elíseos. El mismo hombre esperaba en la acera, fingiendo consultar una guía turística.

—Manda las fotos a King Saul Boulevard —dijo Gabriel—. A ver si surge algo.

—Ya las he mandado.

—¿Y?

—No saben nada de él.

—Puede que esto ayude. —Gabriel le mostró la memoria USB.

—¿Qué es?

—La vida y milagros de Margreet Janssen.

—Me pregunto cuánto tiempo tardaremos en encontrar al admirador no tan secreto de Safia.

—Yo que tú me daría prisa. Los americanos también tienen su expediente.

—Les ganaré —afirmó Dina—. Siempre les gano.

Tardó menos de treinta minutos en encontrar la primera fotografía en la que Margreet Janssen aparecía con el mismo hombre que había seguido a Safia Bourihane en París. Un equipo del AIVD había tomado la instantánea en un pintoresco restaurante italiano del centro de Ámsterdam donde Margreet, tras abandonar su lúgubre

103

hogar en Noordwijk, trabajaba como camarera por un salario irrisorio. No fue difícil localizarle: estaba cenando a solas, escudado tras un volumen de Sartre. Esta vez la cámara había logrado captarle con exactitud, aunque su apariencia era algo distinta. Unas gafas redondas suavizaban sus facciones afiladas, y una chaqueta de punto le daba el aire de un bibliotecario inofensivo. Margreet atendía su mesa y, a juzgar por su ancha sonrisa, le encontraba atractivo: tan atractivo que quedaron en verse más tarde para tomar una copa en un bar de las cercanías del barrio rojo. La noche concluyó con un bofetón bien ensayado que Margreet propinó con la mano derecha a la mejilla izquierda de su acompañante y que el equipo de vigilancia vio con toda claridad. Era, pensó Gabriel, un buen truco. Los holandeses tacharon al hombre de la lista pensando que era un moscón y no intentaron averiguar su identidad.

Pero ¿cuál era el vínculo entre las dos mujeres, aparte de aquel hombre que podía ser árabe, francés o italiano? Dina también lo averiguó. Se trataba de una página web con sede en el emirato de Catar, en el golfo Pérsico, que vendía ropa para mujeres musulmanas piadosas pero con buen gusto. Safia Bourihane había navegado por ella tres semanas antes de la visita de aquel individuo a París. Margreet Janssen la había visitado apenas diez días antes del bofetón de Ámsterdam. Dina sospechaba que la página albergaba un foro protegido con contraseña en el que los reclutadores del ISIS podían invitar a jóvenes prometedoras a charlar en privado. Esos chats encriptados habían resultado hasta entonces prácticamente impenetrables para los servicios de inteligencia de Israel y Occidente. Ni siquiera la poderosa NSA, el omnisciente servicio de espionaje electrónico de Estados Unidos, lograba mantenerse al paso de la hidra digital creada por el ISIS.

Para un espía profesional, no hay nada peor que ser informado por un agente extranjero de algo que ya debería saber. Paul Rousseau soportó esa humillación en un pequeño café de la *rue* Cler, una calle peatonal muy de moda no lejos de la Torre Eiffel. La policía francesa había colocado controles en los cruces de las calles adyacentes y revisaba los bolsos y las mochilas de todo aquel que se atrevía a entrar. Incluso Gabriel, que solo llevaba encima un sobre lleno de fotografías, fue registrado minuciosamente antes de que le permitieran pasar.

—Si esto se hiciera público —comentó Rousseau—, sería muy embarazoso para mi unidad. Rodarían cabezas. Recuerde que esto es Francia.

—Descuide, Paul, su secreto está a salvo conmigo.

Rousseau volvió a hojear las fotos de Safia Bourihane y del sujeto que la había seguido dos días por París sin que la DGSI se percatara de ello.

—¿Qué cree usted que estaba haciendo?

—Observarla, desde luego.

—¿Por qué?

—Para asegurarse de que era el tipo de chica adecuado. La cuestión es —añadió Gabriel— si puede usted encontrarle.

—Estas fotografías son de hace más de un año.

—¿Sí? —preguntó Gabriel enfáticamente.

—Será difícil. A fin de cuentas —repuso Rousseau—, todavía no hemos podido averiguar dónde trabaja su equipo.

—Eso es porque nosotros somos mejores que ese individuo.

—A decir verdad, él tampoco parece malo.

—No pudo llegar a ese café de Saint-Denis en una alfombra mágica —dijo Gabriel—. Tuvo que tomar un tren, o un autobús, o recorrer a pie alguna calle con cámaras de seguridad.

—Nuestra red de cámaras de seguridad no es tan extensa, ni mucho menos, como la suya o la de los británicos.

—Pero existe, y más aún en un lugar como Saint-Denis.

—Sí —contestó Rousseau—, existe.

—Entonces averigüe cómo llegó hasta allí. Y luego averigüe quién es. Pero, haga lo que haga —añadió Gabriel—, hágalo con discreción. Y no le mencione nada de esto a nuestro amigo de Langley.

El francés consultó su reloj de pulsera.

—¿A qué hora tiene que reunirse con él? —preguntó Gabriel.

—A las once. Se llama Taylor, por cierto. Kyle Taylor. Es el subdirector del Centro de Lucha Antiterrorista de la CIA. Por lo visto, *monsieur* Taylor es muy ambicioso. Ha capturado a numerosos terroristas. Una cabellera más y puede que sea el próximo director de operaciones. Por lo menos, eso se rumorea.

—Supongo que el actual director no sospecha nada.

—¿Adrian Carter?

Gabriel hizo un gesto afirmativo.

—Siempre le he tenido simpatía —respondió Rousseau—. Es un tipo decente, y bastante sincero para ser un espía. Me pregunto cómo se las habrá arreglado para sobrevivir tanto tiempo en un sitio como Langley.

Finalmente, el Grupo Alfa de Paul Rousseau tardó apenas cuarenta y ocho horas en descubrir que el hombre del café de Saint-Denis había llegado a París procedente de Londres a bordo de un tren de alta velocidad Eurostar. Las fotografías de las cámaras de seguridad le mostraban apeándose en la Gare du Nord a última hora de la mañana y tomando el metro unos minutos después con destino a las barriadas del norte de París. Abandonó la ciudad a la mañana siguiente de ser fotografiado en la *rue* de Rivoli y los Campos Elíseos, también a bordo de un Eurostar con destino a Londres.

A diferencia de la mayoría de los trenes internacionales de Europa Occidental, el Eurostar exige que los pasajeros pasen por el control de pasaportes antes de embarcar. El Grupo Alfa no tardó en encontrar al sujeto en cuestión en la lista de pasajeros. Era Jalal Nasser, nacido en Ammán, Jordania, en 1984 y residente en el Reino Unido, con dirección desconocida. Rousseau envió un cable al MI5 londinense preguntando, en el tono menos enfático posible, si el servicio de seguridad británico sabía dónde residía un tal Jalal Nasser y si tenía motivos para sospechar que perteneciera a algún grupo extremista islámico. La dirección de Nasser llegó dos horas después: Chilton Street, número 33, Bethnal Green, al este de Londres.

El MI5 añadió que no había ningún indicio que sugiriera que Nasser no era lo que decía ser: un estudiante de Económicas del King's College, donde llevaba siete años estudiando intermitentemente.

Gabriel envió a Mijail a Londres, junto con un par de ayudantes –chicos para todo– llamados Mordecai y Oded. A las pocas horas de su llegada, habían conseguido un pisito en Chilton Street y fotografiado a Jalal Nasser, el eterno estudiante, cuando caminaba por Bethnal Green Road con una mochila colgada al hombro. La fotografía apareció en el teléfono móvil de Gabriel esa tarde, cuando estaba en el cuarto de los niños de su piso en Jerusalén, mirando a los dos bebés que dormían apaciblemente en sus cunas.

—Te han echado muchísimo de menos —dijo Chiara—, pero si los despiertas...

—¿Qué?

Su mujer sonrió, le cogió de la mano y le condujo a su dormitorio.

—Silenciosamente —susurró mientras se desabrochaba la blusa—. Muy silenciosamente.

13

AMMÁN, JORDANIA

A la mañana siguiente, temprano, Gabriel salió del piso mientras Chiara y los niños dormían aún y subió a la parte de atrás de su todoterreno blindado. Su escolta estaba formada por otros dos vehículos ocupados por agentes de seguridad de la Oficina convenientemente armados. Pero en lugar de dirigirse al oeste, hacia Tel Aviv y King Saul Boulevard, la caravana bordeó las grisáceas murallas otomanas de la Ciudad Vieja y bajó por las laderas de los Montes de Judea, hacia las yermas llanuras de Cisjordania. Encima de Jerusalén, las estrellas se aferraban aún al cielo despejado, ajenas al sol que empezaba a brillar con ferocidad por encima de la hendidura que formaba el valle del Jordán. A escasos kilómetros de Jericó se hallaba el desvío hacia el puente Allenby, el paso histórico entre Cisjordania y el reino hachemita de Jordania creado por los británicos. La rampa del lado israelí se había cortado al tráfico con motivo de la llegada de Gabriel. Al otro lado aguardaba un impresionante convoy de Suburban repletos de bigotudos soldados beduinos. El jefe de la escolta de Gabriel cambió unas palabras con su homólogo jordano. Luego, ambos convoyes formaron uno solo y enfilaron el desierto en dirección a Ammán.

Su destino era la sede del GID, el Departamento General de Inteligencia jordano, conocido también como Mukhabarat, término árabe que designa a los omnipresentes servicios de espionaje que salvaguardan los frágiles reinos, emiratos y repúblicas de todo

Oriente Medio. Con un maletín de acero en la mano y rodeado por varios anillos concéntricos de guardias de seguridad, Gabriel cruzó rápidamente el vestíbulo de mármol, subió por una escalera curva y entró en el despacho de Fareed Barakat, jefe del GID. Era una habitación enorme, cuatro o cinco veces mayor que el despacho del director en King Saul Boulevard, decorada con sombríos cortinajes, sofás y sillones mullidos, lustrosas alfombras persas y carísimas fruslerías regaladas a Fareed por sus admiradores, políticos y espías de todo el mundo. Era uno de esos lugares, se dijo Gabriel, donde se concedían favores, se intercambiaban juicios de valor y se aniquilaban vidas humanas. Se había puesto de punta en blanco para la ocasión, cambiando sus vaqueros y su chaqueta de cuero por un elegante traje gris y una camisa blanca. Aun así, su atuendo desmerecía frente al espléndido traje de hilo que envolvía la alta y esbelta figura de Fareed Barakat. Los trajes se los hacía a medida Anthony Sinclair en Londres. Al igual que el rey de Jordania al que había jurado proteger, Barakat se había educado en aristocráticos colegios británicos y hablaba inglés como un presentador de la BBC.

—Gabriel Allon, por fin. —Los ojillos negros de Fareed brillaban como ónice pulido. Su nariz era como el pico de un ave de presa—. Me alegra mucho conocerle al fin. Tras leer esas noticias sobre usted en la prensa, estaba convencido de que ya no tendría esa oportunidad.

—Periodistas —dijo Gabriel desdeñosamente.

—En efecto —convino Fareed—. ¿Es su primera visita a Jordania?

—Me temo que sí.

—¿Nunca ha visitado discretamente Ammán con pasaporte falso, ni ha hecho una operación contra alguno de sus muchos enemigos?

—Jamás se me ocurriría.

—Es usted un hombre prudente —repuso Fareed con una sonrisa—. Siempre es preferible jugar conforme a las reglas. Pronto descubrirá que puedo serle de gran ayuda.

Israel y Jordania tenían en común mucho más que una frontera y su pasado colonial británico. Ambos eran países de vocación occidental que trataban de sobrevivir en un Oriente Medio que se estaba sumiendo peligrosamente en la anarquía. Tras librar dos guerras, en 1948 y 1967, habían firmado formalmente la paz en esa época dulce que siguió a los acuerdos de Oslo. Ya antes, sin embargo, la Oficina y el GID mantenían estrechos aunque cautelosos lazos de cooperación. Jordania era considerada el más frágil de los estados árabes, y el GID se encargaba de garantizar la seguridad personal del rey y mantener a raya el caos en la región. Este era también el objetivo de la Oficina, que había encontrado en el GID un socio competente y fiable con el que hacer negocios. El GID era algo más civilizado que los servicios de inteligencia de Irak y Egipto, pero igual de ubicuo. Un vasto entramado de confidentes vigilaba a la población jordana, atento a cada una de sus palabras y actos. Cualquier comentario crítico acerca del rey o su familia podía traducirse en una estancia de duración indeterminada en el laberinto de centros de detención del GID.

Uzi Navot había advertido a Gabriel acerca de los rituales que acompañaban cualquier visita a la suntuosa guarida de Fareed: las interminables tazas de empalagoso café árabe, los cigarrillos, las largas anécdotas acerca de las muchas conquistas de Fareed, tanto profesionales como amorosas. Fareed hablaba siempre como si le costara creer la suerte que había tenido, lo que contribuía a aumentar su ya considerable encanto. Mientras que otros se marchitaban bajo el peso de la responsabilidad, él parecía florecer. Era el amo y señor de un inmenso imperio de secretos. Un hombre profundamente satisfecho.

Mientras su anfitrión hablaba, Gabriel consiguió mantener una sonrisa plácida y atenta firmemente pegada a la cara. Se reía cuando era necesario y formulaba alguna que otra pregunta sagaz, y sin embargo pensaba constantemente en las fotografías guardadas en el maletín de acero depositado junto a su tobillo. Nunca antes había llevado maletín, como no fuera para mantener las apariencias cuando trabajaba de incógnito. Le pesaba como un yunque, como una bola y una cadena. Supuso que tendría que buscar a alguien para que lo llevara por él. Pero en el fondo temía que ese gesto suscitara en él un gusto por el privilegio que pronto hicieran necesarios un ayuda de cámara, un catador y una cita semanal en alguna exclusiva peluquería de Tel Aviv. Ya echaba de menos la pequeña emoción de pilotar su coche por las empinadas rectas de la Autovía 1. Sin duda sus reflexiones habrían causado extrañeza en alguien como Fareed Barakat, del que se contaba que una vez mandó a la cárcel a su mayordomo por permitir que su té Earl Grey reposara un minuto más de lo necesario.

Por fin, Fareed sacó a relucir el tema de la situación en King Saul Boulevard. Había oído hablar del nombramiento de Gabriel y del inminente cese de Uzi Navot. Había oído también (se negó a decir dónde) que Gabriel pensaba mantener a Navot en la Oficina en calidad de colaborador. Le parecía muy mala idea, horrenda incluso, y así se lo manifestó a Gabriel.

—Es mejor hacer tabla rasa y empezar de cero.

Gabriel sonrió, alabó a Fareed por su astucia y su prudencia y no dijo nada más sobre el tema.

El jordano también había oído decir que Gabriel había sido padre de nuevo recientemente. Pulsando un botón llamó a un asistente, que entró en el despacho llevando dos cajas envueltas en papel de regalo: una enorme, la otra más bien pequeña. Fareed insistió en que las abriera en su presencia. La grande contenía un Mercedes de juguete a motor; la pequeña, un collar de perlas.

—Confío en que no se ofenda porque el coche sea alemán.

—En absoluto.

—Las perlas son de Mikimoto.

—Me alegra saberlo. —Gabriel cerró la caja—. No puedo aceptarlos.

—Debe hacerlo. De lo contrario, me ofenderá profundamente.

Gabriel lamentó de pronto haberse presentado en Ammán con las manos vacías. Pero ¿qué podía regalarle a un hombre que encarcelaba a su mayordomo por estropearle el té? Solo tenía las fotografías que sacó del maletín. La primera mostraba a un hombre caminando por una calle del este de Londres con una mochila al hombro, un hombre que podía ser árabe, francés o italiano. Gabriel le pasó la fotografía sin decir nada, y Fareed Barakat le echó una breve ojeada.

—Jalal Nasser —dijo, devolviéndole la fotografía a Gabriel con una sonrisa—. ¿Cómo es que ha tardado tanto, amigo mío?

14

CUARTEL GENERAL DEL GID, AMMÁN

Fareed Barakat sabía más sobre el ISIS que cualquier otro agente de inteligencia del mundo, y no por casualidad. El movimiento había surgido en Zarqa, un barrio deprimido del extrarradio de Ammán donde, en una casa de dos plantas con vistas al ruinoso cementerio, había vivido años atrás un hombre llamado Ahmad Fadil Nazzal Al Khalayleh, un bebedor violento y pendenciero con el cuerpo tan tatuado que los niños del vecindario le llamaban «el hombre verde». Su madre, una devota musulmana, estaba convencida de que solo el Islam podía salvar a su problemático hijo. Le apuntó a instrucción religiosa en la mezquita de Al Hussein Ben Ali, y allí fue donde Al Khalayleh descubrió su verdadera vocación. Se convirtió rápidamente en un radical y en un ferviente enemigo de la monarquía jordana, a la que estaba decidido a derrocar por la fuerza. Pasó varios años en las prisiones secretas del GID, incluida una estancia en la célebre fortaleza desértica de Al Jafr. En prisión conoció a Abu Muhammad Al Maqdisi, un predicador incendiario convertido en uno de los principales teóricos del yihadismo. En 1999, cuando el joven e inexperto rey ascendió al trono tras la muerte de su padre, decidió liberar a más de un millar de delincuentes y presos políticos en un gesto tradicional de buena voluntad. Entre los amnistiados se encontraban Al Maqdisi y su violento pupilo de Zarqa.

Para entonces, el antiguo gamberro cubierto de tatuajes se hacía llamar Abú Musab Al Zarqaui. Poco después de su liberación se marchó a Afganistán, donde juró lealtad a Osama Bin Laden. Y en 2003, en vísperas de que Estados Unidos invadiera Irak, llegó a Bagdad con intención de formar las células de resistencia que con el tiempo se conocerían como la rama iraquí de Al Qaeda. La oleada de decapitaciones y espectaculares atentados llevada a cabo por Al Zarqaui y sus partidarios puso al país al borde de la guerra civil. Era el prototipo de una nueva variedad de extremista islámico, dispuesto a emplear una violencia extrema para sembrar el terror y la estupefacción entre sus enemigos. Incluso Ayman Al Zawahiri, segundo al mando de Al Qaeda, renegaba de sus métodos.

Un ataque aéreo estadounidense acabó con la vida de Al Zarqaui en junio de 2006, y al acabar la década la rama iraquí de Al Qaeda se hallaba muy diezmada. Pero en 2011 dos hechos se confabularon para darle nuevas alas: el estallido de la guerra civil siria y la retirada de las tropas estadounidenses de Irak. Conocido ahora como ISIS, el grupo renació de sus cenizas y se apresuró a llenar el vacío de poder en la región fronteriza entre Siria e Irak. Los territorios bajo su control se extendían desde la cuna de la civilización a las puertas de Europa. El reino hachemita de Jordania estaba en su punto de mira. Y lo mismo podía decirse de Israel.

Entre los miles de jóvenes musulmanes de Oriente Medio y Europa seducidos por los cantos de sirena del ISIS, había un joven jordano llamado Jalal Nasser. Al igual que Al Zarqaui, Nasser procedía de una importante tribu de Transjordania, los Bani Hassan, aunque su familia estaba mejor situada que los Khalayleh de Zarqa. Estudió en un colegio privado en Ammán y en el King's College de Londres. Poco después de estallar la guerra civil en Siria, se reunió con un reclutador del ISIS en la capital jordana y le preguntó cómo podía llegar al califato. El reclutador, sin embargo, le dijo que podía ser mucho más útil en otra parte.

—¿En Europa? —preguntó Gabriel.

Fareed hizo un gesto afirmativo.

—¿Cómo sabe todo eso?

—Tengo mis fuentes y mis métodos —repuso Fareed, lo que significaba que no le interesaba responder a la pregunta.

—¿Por qué no le han retirado de la circulación?

—Jalal es un joven de buena familia, de una familia leal a la monarquía desde hace mucho tiempo. Su detención habría causado problemas. —Una sonrisa cautelosa—. Daños colaterales.

—De modo que le metieron en un avión con destino a Londres y le dijeron adiós.

—No del todo. Cada vez que regresa a Ammán le traemos aquí para mantener una pequeña charla. Y de vez en cuando le vigilamos en Inglaterra para asegurarnos de que no está conspirando contra nosotros.

—¿Han informado de sus actividades a los británicos?

Silencio.

—¿Y a sus amigos de Langley?

Silencio de nuevo.

—¿Por qué no?

—Porque no queríamos convertir un problema menor en un problema de proporciones colosales. Y así es como funcionan los americanos hoy en día.

—Tenga cuidado, Fareed, nunca se sabe quién puede estar escuchando.

—Aquí no —repuso el jordano paseando la mirada por su enorme despacho—. Aquí estamos perfectamente a salvo.

—¿Quién lo dice?

—Langley.

Gabriel sonrió.

—Y bien —añadió Fareed—, ¿por qué le interesa tanto Jalal?

Gabriel le pasó otra fotografía.

—¿La mujer del atentado de París?

Gabriel asintió. Luego le indicó que mirara atentamente al hombre sentado en el rincón del café, con un ordenador portátil abierto sobre la mesa.

—¿Jalal?

—El mismo.

—¿Alguna posibilidad de que sea una coincidencia?

Gabriel le mostró dos fotografías más: en ellas aparecían Safia Bourihane y Jalal Nasser en la *rue* de Rivoli y en los Campos Elíseos.

—Supongo que no.

—Eso no es todo.

Gabriel le entregó otras dos fotografías: Jalal Nasser con Margreet Janssen en un restaurante de Ámsterdam y llevándose la mano a la mejilla, donde acababa de recibir un bofetón, en una calle del barrio rojo.

—Mierda —dijo Fareed en voz baja.

—Lo mismo opina la Oficina.

Fareed le devolvió las fotografías.

—¿Quién más lo sabe?

—Paul Rousseau.

—¿Del Grupo Alfa?

Gabriel asintió con un gesto.

—Son muy buenos —comentó Fareed.

—¿Ha trabajado con ellos?

—Alguna vez. —El jordano se encogió de hombros—. Por lo general, los problemas de Francia con el mundo árabe proceden de otras regiones.

—Ya no. —Gabriel volvió a guardar las fotografías en su maletín.

—Deduzco que tienen a Jalal vigilado.

—Desde anoche.

—¿Han tenido ocasión de echar un vistazo a ese ordenador?

—Todavía no. ¿Y ustedes?

—Lo vaciamos la última vez que le invitamos a charlar un rato. Estaba limpio, pero eso no quiere decir nada. A Jalal se le dan muy bien los ordenadores. Igual que a todos ellos. Y mejoran con cada día que pasa.

El jordano hizo amago de encender uno de sus cigarrillos ingleses pero se detuvo. Al parecer, el GID estaba al corriente de la aversión que Gabriel sentía por el tabaco.

—Imagino que no les habrá mencionado nada de esto a los americanos.

—¿A quién?

—¿Y a los británicos?

—De pasada.

—Eso es imposible, tratándose de los británicos. Además —añadió Fareed con la formalidad de un presentador de telediario—, sé de buena tinta que están aterrorizados. Creen que ellos serán los siguientes.

—Su temor está justificado.

Fareed prendió su encendedor de oro y acercó el cigarrillo a la fina llama.

—Bien, ¿qué relación tiene Jalal con París y Ámsterdam?

—Todavía no estoy seguro. Puede que sea solo un reclutador o un ojeador. O quizás el director de la operación. —Gabriel se quedó callado un momento—. O puede —añadió por fin— que sea él a quien llaman Saladino.

Fareed Barakat levantó la vista bruscamente.

—Evidentemente —dijo Gabriel—, conoce usted ese nombre.

—Sí —reconoció Fareed—, de algo me suena.

—¿Es él?

—No, qué va.

—¿Existe?

—¿Saladino? —Fareed asintió lentamente—. Sí, existe.

—¿Quién es?

—Nuestra peor pesadilla. Aparte de eso —repuso Fareed—, no tengo ni idea.

15

CUARTEL GENERAL DEL GID, AMMÁN

Del tocayo del terrorista, en cambio, el jefe del GID sabía muchas cosas. Salah ad-Din Yusuf ibn Ayyub, o Saladino, nació en el seno de una destacada familia kurda, en la ciudad de Tikrit, hacia el año 1138. Su padre era un soldado de fortuna. El joven Saladino vivió un tiempo en Baalbek, en el actual Líbano, y en Damasco, donde bebía vino, cortejaba a mujeres y jugaba al polo a la luz de las velas. Damasco era su ciudad predilecta, por encima de todas las demás. Más tarde describiría Egipto, el principal centro económico de su imperio, como una puta que intentaba separarlo de su fiel esposa Damasco.

Su reino se extendía desde Yemen a Túnez y el norte de Siria, gobernado por una caterva de príncipes, emires y avariciosos parientes a los que Saladino mantenía unidos gracias a su habilidad para la diplomacia y su considerable carisma. Empleaba la violencia con eficacia escénica, aunque personalmente le desagradara. En cierta ocasión le dijo a Zahir, su hijo favorito: «Te desaconsejo el derramamiento de sangre si te regocijas en él y lo conviertes en costumbre, porque la sangre nunca descansa».

Débil y enfermizo, velaban por él constantemente veintiún doctores, entre ellos el filósofo y estudioso talmúdico Maimónides, al que nombró médico de su corte en El Cairo. Falto de vanidad personal (en Jerusalén se rio a carcajadas en cierta ocasión en que un cortesano salpicó de barro sus ropajes de seda), sentía escaso interés por las riquezas personales y los placeres mundanos. Era feliz rodeado de poetas y hombres de ciencia, pero su mayor pasión era la yihad o guerra santa. Construyó mezquitas y escuelas islámicas por todos sus dominios y agasajó con dinero y prebendas a clérigos y estudiosos de la religión. Su meta era hacer resurgir el celo religioso que había permitido a los primeros seguidores del islam conquistar medio mundo conocido. Y una vez reavivada esa furia sagrada, la concentró en la única presa que aún se le resistía: Jerusalén.

La ciudad (entonces un pequeño puesto de avanzadilla alimentado por riachuelos) ocupaba un promontorio estratégico en la encrucijada de tres continentes, un pecado geográfico por el que sería castigada a lo largo de los siglos. Sitiada, saqueada, conquistada y reconquistada, Jerusalén había sido gobernada por jebuseos, egipcios, asirios, babilonios, persas, griegos, romanos, bizantinos y, naturalmente, judíos. Cuando Umar ibn Al Jattab, íntimo amigo de Mahoma, la conquistó en 639 con un pequeño contingente de camelleros árabes del Hiyaz y Yemen, Jerusalén era una ciudad mayoritariamente cristiana. Cuatro siglos y medio después, el papa Urbano II envió una fuerza expedicionaria compuesta por varios miles de cristianos europeos para reconquistar Jerusalén a los musulmanes, a los que consideraba un pueblo «ajeno a Dios». Los soldados cristianos, que con el paso del tiempo recibirían el nombre de cruzados, rompieron las defensas de la ciudad la noche del 13 de julio de 1099 y masacraron a sus habitantes, incluidos los tres mil hombres, mujeres y niños que habían buscado refugio en la gran mezquita de Al Aqsa, en el Monte del Templo.

Fue Saladino, hijo de un mercenario kurdo de Tikrit, quien devolvería el golpe. Tras humillar a los cruzados enloquecidos por la sed en la Batalla de Hattin, cerca de Tiberíades (Saladino en persona le cortó el brazo a Reinaldo de Châtillon), los musulmanes se hicieron con el control de Jerusalén tras negociar su rendición. Saladino mandó derruir la enorme cruz erigida sobre la Cúpula de la Roca, hizo fregar sus patios con agua de rosas de Damasco para eliminar las miasmas del infiel y vendió a miles de cristianas como esclavas o concubinas. Jerusalén siguió bajo control islámico hasta 1917, cuando los británicos se la arrebataron a los turcos otomanos. Y cuando el Imperio otomano se derrumbó en 1924, también se vino abajo el último califato musulmán.

Ahora, sin embargo, el ISIS había proclamado un nuevo califato. De momento, incluía solo algunas zonas del oeste de Irak y el este de Siria, con Raqqa como capital. Y Saladino, el nuevo Saladino, era su jefe de operaciones exteriores, o eso creían Fareed Barakat y el Departamento General de Inteligencia de Jordania. Lamentablemente, el GID no sabía nada más acerca de él, ni siquiera su verdadero nombre.

—¿Es iraquí?

—Podría serlo. O podría ser tunecino, o saudí, o egipcio, o inglés, o de cualquier otra nacionalidad, como esos chiflados que acuden a Siria para vivir en su nuevo paraíso islámico.

—Pero seguramente el GID no lo cree así.

—No, en efecto —reconoció Fareed—. Creemos que probablemente sea un exoficial del ejército iraquí. ¿Quién sabe? Puede que sea de Tikrit, igual que Saladino.

—Y que Sadam.

—Ah, sí, no nos olvidemos de Sadam. —Fareed exhaló una bocanada de humo hacia el alto techo de su despacho—. Tuvimos nuestros problemas con Sadam, pero advertimos a los americanos de que lamentarían el día en que le derrocaron. No nos escucharon, desde luego. Como tampoco nos escucharon cuando les pedimos que hicieran algo respecto a Siria. No es problema nuestro, dijeron. A partir de ahora vigilaremos Oriente Medio por el espejo retrovisor. Se acabaron las guerras americanas en tierras musulmanas. Y fíjese en la situación actual. Un cuarto de millón de muertos, cientos de miles de refugiados dirigiéndose hacia Europa, Rusia e Irán confabuladas para dominar Oriente Medio... —Sacudió la cabeza lentamente—. ¿Me dejo algo?

—Se ha olvidado de Saladino —repuso Gabriel.

—¿Qué quiere hacer respecto a él?

—Supongo que podríamos no hacer nada y agarrarnos a la esperanza de que desaparezca.

—Por culpa de la esperanza surgió Saladino —dijo Fareed—. Por culpa de la esperanza y de la soberbia.

—Entonces, lo mejor será retirarlo de la circulación cuanto antes.

—¿Qué hay de los americanos?

—¿Qué pasa con ellos? —preguntó Gabriel.

—Que querrán intervenir.

—No pueden, al menos todavía.

—Podría venirnos bien su tecnología.

—Nosotros también tenemos tecnología.

—No como la de los americanos —repuso Fareed—. Ellos son los *dueños* del ciberespacio, de los satélites y la telefonía móvil.

—Eso no significa nada si se desconoce el verdadero objetivo.

—Entiendo. Entonces ¿trabajamos juntos? ¿La Oficina y el GID?

—Y los franceses —añadió Gabriel.

—¿Quién actuará como maestro de ceremonias?

Al ver que Gabriel no contestaba, Fareed arrugó el entrecejo. Al jordano no le gustaban las imposiciones. Pero tampoco quería enemistarse con el hombre que con toda probabilidad iba a dirigir la Oficina una larguísima temporada.

—No permitiré que me traten como un sirviente. ¿Entendido? Bastante tengo que soportar a los americanos. Con excesiva frecuencia piensan que somos una sucursal de Langley.

—A mí jamás se me ocurriría, Fareed.

—Muy bien. —Esbozó una sonrisa servil—. Entonces, por favor, dígame cómo puede ayudar el GID.

—Puede empezar por darme todo lo que tenga sobre Jalal Nasser.

—¿Y después?

—Manténganse alejados de él. Yo me ocupo a partir de ahora.

—Todo suyo. Pero nada de daños colaterales. —El jordano le dio unas palmaditas en el dorso de la mano—. A Su Majestad no le gustan los daños colaterales. Y a mí tampoco.

Cuando llegó a King Saul Boulevard, Gabriel encontró a Uzi Navot solo en su despacho, almorzando desganadamente pescado blanco al vapor con una grisácea guarnición de verduras de aspecto marchito. Usaba un par de palillos lacados en vez de cuchillo y tenedor, lo que ralentizaba su ingesta y, teóricamente, hacía más satisfactoria su poco apetitosa comida. Era Bella, su exigente esposa, quien le imponía aquella humillación. Vigilaba cada bocado que entraba en la boca de su marido y controlaba su peso con el cuidado de un geólogo vigilando un volcán a punto de estallar. Dos veces al día, cuando se levantaba y antes de meterse exhausto en la cama, Navot debía subirse a la báscula de precisión que Bella tenía en el cuarto de baño. Su esposa anotaba sus fluctuaciones de peso en un cuaderno con tapas de cuero y le recompensaba o le castigaba conforme a ellas. Cuando Navot llevaba algún tiempo portándose bien, le permitía comer *strogonoff*, *goulash*, escalope vienés o alguno de esos otros platos de Europa del Este que tanto le gustaban. Y cuando se portaba mal, le obligaba a comer pescado hervido con palillos. Estaba claro, pensó Gabriel al verle, que Navot estaba haciendo penitencia por alguna infidelidad dietética.

—Da la impresión de que Fareed y tú os habéis entendido a las mil maravillas —comentó Navot después de que le refiriera su visita a Ammán—. A mí nunca me ha ofrecido más que dulces y *baklava*. Bella siempre lo nota, cuando voy a verle. Y pocas veces merece la pena.

—Intenté devolverle las perlas, pero no quiso ni oír hablar del asunto.

—Pues procura ponerlo en conocimiento de Personal. Bien sabe Dios que eres completamente incorruptible, pero no conviene que nadie se haga ideas equivocadas acerca de tu nuevo idilio con el GID.

Navot empujó su plato. No quedaba en él nada comestible. A Gabriel le sorprendió que no se hubiese comido los palillos y la funda de papel que los envolvía.

—¿De verdad crees que Fareed va a desentenderse de Jalal Nasser?

—Ni en un millón de años.

—Lo que significa que el espionaje jordano va a ocupar una butaca de primera fila en tu operación.

—Con las vistas muy mermadas.

Navot sonrió.

—¿Qué vas a hacer?

—Voy a infiltrarme en la red de Saladino. Voy a averiguar quién es y desde dónde opera. Y luego voy a soltar una bomba gigantesca sobre su cabeza.

—Eso supone enviar a un agente a Siria.

—Sí, Uzi, allí es donde está el ISIS.

—El nuevo califato es territorio prohibido. Si mandas un agente, tendrá suerte si consigue salir de allí con la cabeza todavía sobre los hombros.

—*Una* agente —puntualizó Gabriel—. Saladino prefiere a las mujeres.

Navot sacudió la cabeza, muy serio.

—Es demasiado peligroso.

—También es demasiado peligroso no hacerlo, Uzi.

Tras un silencio hostil, Navot preguntó:

—¿Nuestra o suya?

—Nuestra.

—¿Idiomas?

—Francés y árabe. Y quiero a alguien que tenga algo que ofrecer. El ISIS ya tiene suficientes perdedores. —Gabriel hizo una pausa y luego preguntó—: ¿Conoces a alguien así, Uzi?

—Podría ser —respondió Navot.

Una de las muchas mejoras que había introducido en el despacho de dirección era un panel de monitores de vídeo en el que emitían día y noche canales de noticias de todo el mundo. En aquel momento llenaban las pantallas las imágenes de la miseria humana que emanaba de los restos destrozados de un antiquísimo país llamado Siria. Navot estuvo un momento observando las pantallas. Después, introdujo la combinación de su caja fuerte y sacó de ella dos cosas: un dosier y una caja sin abrir de galletas vienesas de mantequilla. Le entregó el dosier a Gabriel. Las galletas se las quedó. Cuando Gabriel volvió a levantar la mirada, habían desaparecido.

—Es perfecta.

—Sí —convino Navot—. Y si le ocurre algo, serás tú el responsable, no yo.

16

CENTRO MÉDICO HADASSAH, JERUSALÉN

Nadie recordaba en realidad cuándo empezó todo. Puede que fuera cuando un conductor árabe atropelló a tres adolescentes judíos cerca de un asentamiento de Cisjordania, al sur de Jerusalén. O cuando un comerciante árabe apuñaló a dos estudiantes de *yeshivá* frente a la Puerta de Damasco de la Ciudad Vieja. O cuando un empleado árabe de un hotel de lujo trató de envenenar a un congresista de Ohio que estaba de visita. Inspirados por las proclamas y las acciones del ISIS, frustrados por las promesas de paz incumplidas, muchos jóvenes palestinos habían puesto literalmente manos a la obra. Era una violencia de bajo nivel, profundamente personal y difícil de atajar. Un árabe con un cinturón suicida era relativamente fácil de detectar. Un árabe armado con un cuchillo de cocina o con un automóvil era una pesadilla para cualquier servicio de seguridad, especialmente si estaba dispuesto a morir. La naturaleza aleatoria de los ataques preocupaba profundamente a la opinión pública israelí. Una encuesta reciente mostraba que una inmensa mayoría de la población temía sufrir agresiones en la calle. Eran muchos los que habían dejado de frecuentar lugares donde pudiera haber árabes, un empeño difícil en una ciudad como Jerusalén.

Invariablemente, los heridos y los moribundos eran trasladados al Cetro Médico Hadassah, el principal hospital de traumatología de Israel. Situado en Jerusalén Oeste, en la aldea árabe abandonada de Ein Kerem, el magnífico equipo de médicos y enfermeras del hospital atendía rutinariamente a las víctimas del conflicto más antiguo del mundo: los supervivientes mutilados de atentados suicidas, los soldados de las Fuerzas de Defensa de Israel heridos en combate, los manifestantes árabes abatidos por el fuego israelí. No hacían distinción entre árabes y judíos, víctimas y perpetradores. Atendían a todo aquel que cruzaba sus puertas, incluyendo a algunos de los más peligrosos enemigos de Israel. No era infrecuente ver a un miembro veterano de Hamás en Hadassah. Incluso los gobernantes de Siria, antes del estallido de la guerra civil, enviaban a sus enfermos más influyentes a recibir tratamiento a las colinas de Ein Kerem.

Según la tradición cristiana, Ein Kerem era el lugar de nacimiento de Juan el Bautista. Las torres de las iglesias se alzaban por encima de las chatas viviendas de caliza abandonadas por los árabes, y el tañido de las campanas marcaba el paso de los días. Entre la aldea antigua y el hospital moderno había un aparcamiento reservado a los médicos y al personal administrativo de mayor rango. A la doctora Natalie Mizrahi no le estaba permitido aparcar allí. Su plaza estaba en un aparcamiento más alejado, al borde de un profundo barranco. Llegó a las ocho y media y, como de costumbre, tuvo que esperar unos minutos a que llegara el autobús que llevaba al centro médico. La dejó a un corto trecho a pie de la entrada de urgencias. De momento todo parecía tranquilo. No había ambulancias en la explanada de entrada, y el pabellón de traumatología estaba a oscuras y en silencio, con una sola enfermera de guardia por si había que reunir a un equipo de urgencia.

En la sala de descanso del personal, Natalie dejó su bolso en una taquilla, se puso la bata blanca sobre el uniforme azul verdoso y se colgó el estetoscopio del cuello. Su turno empezaba a las nueve y terminaría a las nueve de la mañana del día siguiente. Examinó su cara en el espejo del aseo. Parecía razonablemente descansada y alerta, mucho mejor sin duda de lo que estaría veinticuatro horas después. Tenía la piel morena y los ojos casi negros, igual que el pelo, que llevaba recogido en un tenso moño sujeto con una sola goma negra. Unos cuantos mechones sueltos le caían por el cuello. No llevaba maquillaje ni perfume, y tenía las uñas cortas y pintadas con brillo transparente. El holgado uniforme del hospital ocultaba un cuerpo esbelto y tenso, de estrechas caderas, muslos ligeramente musculados y pantorrillas de corredora de larga distancia. Últimamente, Natalie tenía que conformarse con la cinta de correr del gimnasio. Como la mayoría de los jerosolimitanos, ya no se atrevía a salir sola.

Se limpió las manos con desinfectante y se inclinó hacia el espejo para observar de cerca su cara. Odiaba su nariz y pensaba que su boca, aunque sensual, era demasiado grande para su cara. Los ojos eran, en su opinión, su rasgo más atractivo: grandes, oscuros, inteligentes, seductores, con un rastro de perfidia y una pizca, quizá, de íntimo sufrimiento. Tras una década ejerciendo la medicina, ya no se consideraba bella, pero sabía por experiencia que los hombres la encontraban atractiva. No se había tropezado aún, sin embargo, con ningún ejemplar digno del matrimonio. Su vida amorosa había consistido en una serie de relaciones monógamas pero en definitiva infelices, primero en Francia, donde había vivido hasta los veintiséis años, y luego en Israel, adonde se había trasladado con sus padres cuando llegaron a la conclusión de que en Francia ya no había lugar para los judíos. Sus padres vivían en Netanya, en un piso con vistas al Mediterráneo. Se habían integrado en la sociedad israelí muy someramente. Veían la televisión francesa, leían la prensa francesa, compraban en mercados franceses, pasaban las tardes en cafés franceses y hablaban hebreo solo cuando era necesario. El hebreo de Natalie, aunque rápido y fluido, delataba su origen marsellés, igual que su árabe, que era impecable. En los mercados de la Ciudad Vieja, a veces oía cosas que le ponían los pelos de punta.

Al salir de la sala de descanso, se fijó en dos médicos que entraban a toda prisa en el pabellón de traumatología. La sala de urgencias estaba al fondo del pasillo. Solo dos de los reservados estaban ocupados. La doctora Ayelet Malkin, la supervisora de guardia, estaba sentada en el mostrador del centro de la sala, mirando fijamente la pantalla del ordenador.

—Justo a tiempo —dijo sin levantar la vista.

—¿Qué pasa?

—Un palestino de Jerusalén Este acaba de apuñalar a dos jaredíes en la calle, en Sultan Suleiman. Uno de ellos tiene pocas probabilidades de sobrevivir. El otro también está bastante mal.

—Otro día, otro atentado.

—La cosa no acaba ahí, me temo. Un transeúnte se abalanzó sobre el árabe y trató de desarmarlo. Cuando llegó la policía, vieron a dos hombres peleándose por una navaja, así que les dispararon a ambos.

—¿Gravedad?

—El héroe se llevó la peor parte. Está entrando en trauma.

—¿Y el terrorista?

—Un solo disparo con orificio de salida. Es todo tuyo.

Natalie entró a toda prisa en el pasillo a tiempo de ver cómo trasladaban al primer paciente al pabellón de traumatología. Vestía el traje negro, los calcetines hasta la rodilla y la camisa blanca de un judío jaredí ultraortodoxo. La chaqueta estaba hecha jirones y la camisa blanca empapada en sangre. Sus tirabuzones, de un rubio rojizo, colgaban del borde de la camilla. Tenía la cara cenicienta. Natalie le vio fugazmente, un segundo o dos, pero su intuición le dijo que no le quedaba mucho tiempo de vida.

El siguiente en llegar fue el israelí laico. Tenía unos treinta y cinco años y una máscara de oxígeno le cubría la cara. Había recibido un balazo en el pecho y estaba consciente, pero respiraba a duras penas. Le siguió un momento después la otra víctima apuñalada, un muchacho jaredí de catorce o quince años con múltiples heridas sangrantes. Luego, finalmente, llegó el causante de aquella carnicería: el palestino de Jerusalén Este que esa mañana, al despertar, había decidido matar a dos personas porque eran israelíes y judías. Tenía poco más de veinte años, calculó Natalie, veinticinco como mucho. Tenía una sola herida de bala en el lado izquierdo del pecho, entre la base del cuello y el hombro, y varios cortes y abrasiones en la cara. Tal vez el héroe había conseguido darle uno o dos golpes mientras trataba de desarmarle. O quizá, pensó Natalie, la policía le había dado una paliza durante el trayecto. Cuatro policías israelíes cuyas radios emitían un crepitar eléctrico rodeaban la camilla a la que el palestino estaba atado y esposado. Había también varios hombres vestidos de civil. Natalie dedujo que pertenecían al Shabak, el servicio de seguridad interior israelí.

Uno de los agentes del Shabak se acercó a ella y se presentó como Yoav. Llevaba el pelo casi cortado al cero y unas gafas de sol envolventes ocultaban sus ojos. Parecía decepcionado porque el paciente se contara aún entre los vivos.

—Tendremos que estar presentes mientras le atiende. Es peligroso.

—Puedo arreglármelas.

—Con este no. Este quiere morir.

Los camilleros condujeron al joven palestino por el pasillo, hasta la sala de urgencias, y ayudados por los policías le trasladaron de la camilla empapada de sangre a una cama limpia. El herido se debatió un instante mientras los policías le sujetaban las manos y los pies a las barandillas de aluminio de la cama con bridas de plástico. A petición de Natalie, salieron del reservado. El hombre del Shabak insistió en quedarse.

—Le está poniendo nervioso —protestó Natalie—. Necesito que esté tranquilo para limpiarle bien la herida.

—¿Y por qué va a estar tranquilo cuando los otros tres están luchando por su vida?

—Eso aquí y ahora no importa. Le llamaré si le necesito.

El agente tomó asiento junto al reservado. Natalie corrió la cortina y, a solas con el terrorista, examinó la herida.

—¿Cómo te llamas? —le preguntó en hebreo, una lengua que muchos árabes residentes en Jerusalén Este hablaban bien, sobre todo si trabajaban en la zona oeste.

El palestino vaciló. Luego dijo que se llamaba Hamid.

—Bien, Hamid, pues hoy es tu día de suerte. Un par de centímetros más abajo y seguramente estarías muerto.

—Quiero estar muerto. Quiero ser un *shahid*.

—Me temo que has venido a mal sitio para eso.

Natalie cogió unas tijeras de la bandeja del instrumental. El palestino forcejeó con sus ataduras, asustado.

—¿Qué pasa? —preguntó Natalie—. ¿No te gustan los objetos punzantes?

El palestino se encogió, pero no dijo nada.

Cambiando al árabe, Natalie añadió en tono tranquilizador:

—Descuida, Hamid, no voy a hacerte daño.

Él pareció sorprendido.

—Hablas muy bien árabe.

—¿Y por qué no iba a hablarlo bien?

—¿Eres de los nuestros?

Ella sonrió y procedió a cortar cuidadosamente la camisa ensangrentada del joven.

El informe inicial sobre el estado del paciente resultó ser erróneo. La herida no presentaba orificio de salida: la bala de nueve 9 milímetros seguía alojada cerca de la clavícula, que estaba fracturada a unos ocho centímetros del esternón. Natalie administró un anestésico local y, cuando el fármaco hizo efecto, se puso rápidamente a trabajar. Regó la herida con antibiótico y, sirviéndose de unas pinzas estériles, extrajo los fragmentos de hueso y varios pedazos de tela de la camisa de Hamid que habían quedado incrustados entre la carne. A continuación extrajo la bala de 9 milímetros, deformada por el impacto con la clavícula pero todavía entera. Hamid le pidió la bala como recuerdo de su atentado. Natalie arrugó el ceño, tiró la bala a la basura, cerró la herida con cuatro limpios puntos de sutura y la tapó con un vendaje protector. Había que inmovilizar el brazo izquierdo para que la clavícula soldara, lo que requería quitarle las bridas de plástico. Natalie decidió que eso podía esperar. Calculó que, si se las quitaban, Hamid empezaría de nuevo a forcejear y se haría más daño en el hueso y en los tejidos circundantes.

El paciente permaneció en urgencias una hora, descansando y reponiéndose. En ese plazo, dos de las víctimas sucumbieron a sus heridas al fondo del pasillo, en el pabellón de traumatología: el jaredí adulto y el laico al que habían disparado por error. Cuando los policías fueron a recoger al detenido, sus rostros reflejaban ira. Normalmente, Natalie habría mantenido ingresado en observación a un herido de bala al menos una noche. Permitió, sin embargo, que la policía y el Shabak se hicieran cargo de Hamid inmediatamente. Cuando le quitaron las bridas, le puso un cabestrillo en el brazo izquierdo y se lo sujetó con firmeza al cuerpo. Luego, sin una sola palabra tranquilizadora en árabe, dejó que se lo llevaran.

Esa misma tarde hubo otro atentado: un joven árabe de Jerusalén Este, un cuchillo de cocina, la ajetreada Estación Central de Autobuses de Jaffa Road. Esta vez, el árabe no sobrevivió. Le disparó un civil armado después de que apuñalara a dos mujeres, ambas septuagenarias. Una murió camino del Hadassah. La otra, en el pabellón de traumatología, mientras Natalie intentaba taponar la herida de su pecho. Más tarde, en la televisión de la sala de descanso del personal, vio al líder de la Autoridad Palestina diciéndole a su gente que era un deber nacional matar a tantos judíos como fuera posible.

—Cortadles el cuello —decía—, acuchillad sus malvados corazones. Cada gota de sangre derramada por Jerusalén es sagrada.

La noche trajo un paréntesis de tranquilidad. Natalie y Ayelet cenaron juntas en un restaurante del flamante centro comercial del hospital. Hablaron de asuntos mundanos, de hombres, de películas, de la vida sexual de una enfermera ninfómana del pabellón de pediatría, de cualquier cosa menos del horror que habían presenciado ese día. Las interrumpió otra crisis: cuatro víctimas de una colisión frontal iban camino de la sala de urgencias. Natalie se hizo cargo de la menor: una chica de catorce años, religiosa, originaria de Ciudad del Cabo, que vivía en una comunidad angloparlante en

Beit Shemesh. Había sufrido numerosos cortes, pero no tenía ningún hueso roto ni lesiones internas. Su padre, en cambio, no había tenido tanta suerte. Natalie estaba presente cuando le comunicaron su muerte.

Agotada, se tumbó en una cama de la sala de descanso para dormir un par de horas y soñó que la perseguía un grupo de encapuchados armados con cuchillos. Despertó sobresaltada y, guiñando los ojos, miró su teléfono móvil. Eran las siete y cuarto. Se levantó, se tomó un café solo con azúcar, hizo un intento poco decidido de atusarse el pelo y regresó a urgencias para ver qué clase de horrores le deparaban sus dos últimas horas de guardia. Todo permaneció en calma hasta las 8:55, cuando Ayelet fue informada de un nuevo apuñalamiento.

—¿Cuántos? —preguntó Natalie.

Su compañera levantó dos dedos.

—¿Dónde?

—En Netanya.

—¿En Netanya? ¿Estás segura?

Ayelet asintió amargamente con la cabeza. Natalie marcó enseguida el número del piso de sus padres. Su padre contestó de inmediato, como si estuviera sentado junto al teléfono esperando su llamada.

—¿Papá? —dijo aliviada, cerrando los ojos.

—Sí, claro. ¿Qué ocurre, cariño?

Oyó de fondo el sonido de un programa de televisión francés. Estuvo a punto de decirle que pusiera el Canal 1, pero se contuvo. Sus padres no necesitaban saber que su pequeño santuario francés junto al mar ya no era seguro.

—¿Y mamá? —preguntó Natalie—. ¿Está bien?

—Está aquí al lado. ¿Quieres hablar con ella?

—No, no hace falta. Te quiero, papá.

Natalie colgó el teléfono. Eran las nueve en punto. Ayelet había cedido su puesto en el mostrador al doctor Marc Geller, el supervisor de la siguiente guardia, un escocés rubio y pecoso.

—Quiero quedarme —dijo Natalie.

Marc Geller le señaló la puerta.

—Nos vemos dentro de tres días.

Natalie recogió sus pertenencias en la sala de personal y, aturdida por el cansancio, subió al autobús que llevaba al aparcamiento. Un guardia de seguridad armado cubierto con chaleco caqui la acompañó hasta su coche. «Así que esto es lo que significa ser judío en el siglo XXI», se dijo al sentarse tras el volante. Expulsados de Francia por una oleada creciente de antisemitismo, sus padres y ella habían llegado a la patria judía solo para encontrarse cara a cara con brutales apuñalamientos perpetrados por muchachos criados y adoctrinados en el odio. De momento, Israel no era un lugar seguro para los judíos. Pero, si no estaban a salvo en Israel, ¿dónde lo estarían? «Somos», pensó al poner en marcha el motor, «un pueblo siempre en el filo de la navaja».

Su piso estaba a escasa distancia del hospital, en Rehavia, un barrio caro en una ciudad cada vez más cara. Avanzó despacio entre el tráfico matinal siguiendo Ramban Street, torció a la izquierda en Ibn Ezra y aparcó en un hueco libre junto a la acera. Su edificio estaba al otro lado de la esquina, en Elkharizi Street, un pequeño callejón por el que apenas cabían los coches. Hacía fresco y el aire estaba cargado de olor a pinos y buganvillas. Natalie caminó rápidamente. Ni siquiera en Rehavia, un barrio completamente judío, se sentía ya a salvo. Cruzó la verja, entró en el portal y subió las escaleras hasta su piso. Al llegar a la puerta comenzó a sonar su teléfono. Echó un vistazo a la pantalla antes de contestar. Era el número de sus padres en Netanya.

—¿Pasa algo?

—En absoluto —contestó rotundamente en francés una voz de hombre.

Natalie miró de nuevo la pantalla.

—¿Quién es?

—No se preocupe —dijo el desconocido—. Sus padres están bien.

—¿Está en su piso?

—No.

—Entonces, ¿cómo es que me llama desde su teléfono?

—No la estoy llamando desde su teléfono. Es solo un pequeño truco que hemos usado para que no dejara saltar el contestador.

—¿Quiénes?

—Me llamo Uzi Navot. Puede que haya oído hablar de mí. Soy el jefe de...

—Sé quién es.

—Me alegro. Porque nosotros también sabemos quién es usted, Natalie.

—¿Por qué me llama? —preguntó con aspereza.

—Parece usted de los nuestros —contestó Navot con una risa.

—¿Una espía?

—Una israelí.

—*Soy* israelí.

—Ya no.

—¿Qué quiere decir?

—Escuche con atención, Natalie. Quiero que cuelgue y que entre en su apartamento. Dentro hay una mujer esperándola. No se asuste, trabaja para mí. Se ha tomado la libertad de hacerle la maleta.

—¿Por qué?

La llamada se cortó. Natalie se quedó un momento esperando, preguntándose qué debía hacer. Luego sacó las llaves del bolso, abrió la puerta y entró.

17

VALLE DE JEZREEL, ISRAEL

La mujer sentada a la mesa de la cocina no parecía una espía. Era baja, más baja que Natalie, y tenía una expresión entre triste y aburrida. Se había servido una taza de té. Junto a ella había un teléfono móvil, y al lado del teléfono estaba el pasaporte de Natalie, que antes descansaba en un sobre marrón, en el cajón de abajo de su mesita de noche. El sobre contenía también tres cartas extremadamente personales, escritas por un hombre al que había conocido en la universidad, en Francia. Siempre se arrepentía de no haberlas quemado, y en aquel instante se arrepintió más que nunca.

—Ábrala —dijo la mujer lanzando una mirada a la elegante maleta de Natalie.

Llevaba aún la etiqueta con el código de barras, vestigio de su último viaje a París, no con El Al sino con Air France, la aerolínea preferida de los exiliados francojudíos. Natalie descorrió la cremallera y echó un vistazo dentro. Estaba hecha apresuradamente y sin cuidado: un par de pantalones, dos blusas, una chaqueta de algodón, un solo par de bragas. ¿Qué clase de mujer, se dijo, metía en la maleta un solo par de bragas?

—¿Cuánto tiempo voy a estar fuera?

—Eso depende.

—¿De qué?

La mujer se limitó a beber un sorbo de té.

—¿Ni maquillaje? ¿Ni desodorante? ¿Ni champú? ¿Adónde voy? ¿A Siria?

Hubo un silencio. Luego la mujer dijo:

—Meta en la maleta lo que necesite. Pero no tarde. Está deseando conocerla. No debemos hacerle esperar.

—¿A quién? ¿A Uzi Navot?

—No —respondió la desconocida, sonriendo por primera vez—. El hombre al que va a conocer es mucho más importante que Uzi Navot.

—Tengo que volver al trabajo dentro de dos días.

—Sí, lo sabemos. A las nueve en punto. —Le tendió la mano—. Su teléfono.

—Pero...

—Por favor —dijo la mujer—, está usted perdiendo un tiempo muy valioso.

Natalie le entregó el teléfono y entró en su dormitorio. Parecía que lo habían saqueado. El contenido del sobre marrón estaba tirado sobre la cama, todo excepto las cartas, que habían desaparecido. Natalie se imaginó de pronto una sala llena de personas que leían pasajes en voz alta y rompían a reír a carcajadas. Reunió algunas prendas más y llenó un pequeño neceser con cosas de aseo, incluidas sus píldoras anticonceptivas y el analgésico que tomaba para los dolores de cabeza que a veces la asaltaban como una tormenta. Luego regresó a la cocina.

—¿Dónde están mis cartas?

—¿Qué cartas?

—Las que ha cogido de mi habitación.

—Yo no he cogido nada.

—¿Quién ha sido entonces?

—Vámonos —se limitó a decir la mujer.

Mientras bajaba la escalera con la maleta en una mano y el bolso en la otra, Natalie advirtió que la desconocida cojeaba un poco. Su coche estaba aparcado en Ibn Ezra, justo enfrente del de Natalie. Condujo con calma pero muy deprisa por los Montes de Judea, en

136

dirección a Tel Aviv y luego hacia el norte por la Llanura Costera, siguiendo la Autovía 6. Estuvieron un rato escuchando las noticias en la radio, pero solo hablaban de muertes y apuñalamientos, y de una inminente guerra apocalíptica entre judíos y musulmanes por el Monte del Templo. La mujer se negó a trabar conversación y a contestar preguntas, y Natalie contempló por la ventanilla los minaretes que despuntaban sobre las poblaciones de Cisjordania, más allá de la Barrera de Separación. Estaban tan cerca que le pareció que podía tocarlos. La proximidad de las aldeas palestinas a una carretera tan importante le hacía dudar de que la solución de los dos estados fuera viable. Los pueblecitos franceses y suizos coexistían pacíficamente, codo con codo, a lo largo de una frontera casi invisible, pero Suiza no deseaba borrar a Francia del mapa. Y los suizos no animaban a sus hijos a derramar la sangre de los infieles.

Poco a poco, la Llanura Costera quedó atrás y la carretera giró hacia los barrancos del monte Carmelo y el damero pardo y verde de los campos de Galilea. Se dirigían vagamente hacia Nazaret, pero unos kilómetros antes de llegar a la ciudad la mujer tomó una carretera comarcal que pasaba ante los campos deportivos de un colegio. Algo más allá, una cerca metálica rematada con pinchos les cerró el paso. La puerta se abrió automáticamente y avanzaron por una calle que zigzagueaba suavemente, flanqueada de árboles. Natalie esperaba ver una especie de instalación secreta, pero se encontró con un apacible pueblecito. Estaba dispuesto en círculo. Los bungalós daban a la calle y detrás de ellos, como los pliegues de un abanico, se extendían pastos y campos de labor.

—¿Dónde estamos?

—En Nahalal —contestó la mujer—. Es un *moshav*. ¿Conoce ese término? *¿Moshav?*

—Soy inmigrante —respondió Natalie con frialdad—, no idiota. Un *moshav* es una cooperativa de granjas particulares, lo que es distinto de un kibutz.

—Muy bien.

—Es verdad, ¿no?

—¿El qué?

—Que nos consideran idiotas. Nos animan a hacer la *aliyá* y luego nos tratan como si no fuéramos miembros de su club privado. ¿A qué se debe?

—La vida no es fácil en Israel. Desconfiamos automáticamente de quienes *deciden* venir a vivir aquí. Algunos no tenemos elección. Algunos, como yo, no tenemos otro sitio donde ir.

—¿Y eso la hace superior?

—No —contestó la mujer—. Me convierte en una cínica.

Siguió conduciendo lentamente, hasta más allá de los bungalós en sombras. Había niños entrando y saliendo de las adelfas.

—No está mal, ¿eh?

—No —repuso Natalie—, nada mal.

—Nahalal es el *moshav* más antiguo de Israel. Cuando llegaron los primeros judíos, en 1921, era un pantano infestado de mosquitos anófeles. —Hizo una pausa—. ¿Sabe a qué me refiero? Los anófeles transmiten la malaria.

—Soy médico —repuso Natalie cansinamente.

La mujer no pareció impresionada.

—Drenaron los pantanos y convirtieron este lugar en tierras fértiles. —Sacudió la cabeza—. Pensamos que nosotros lo tenemos difícil, pero ellos llegaron aquí con lo puesto y construyeron un país.

—Supongo que no se fijaron en *eso* —comentó Natalie señalando con la cabeza hacia la aldea árabe encaramada en lo alto de un cerro que daba al valle.

La desconocida la miró de reojo, desanimada.

—No se creerá de verdad esas bobadas, ¿no?

—¿Qué bobadas?

—Que les robamos sus tierras.

—¿Cómo lo describiría usted?

—Estas tierras las compró el Fondo Nacional Judío. Nadie *robó* nada. Pero si se avergüenza de nuestra historia, quizá debería haberse quedado en Francia.

—Eso ya no era posible.

—Es de Marsella, ¿verdad?

—Sí.

—Un sitio interesante, Marsella. Un poco sucio, pero bonito.

—¿Ha estado allí?

—Una vez —contestó—. Fui a matar a un terrorista.

Tomó el camino de entrada a un moderno bungaló. En el porche, con la cara oscurecida por las sombras, un hombre aguardaba de pie, vestido con vaqueros azules y chaqueta de cuero. La mujer detuvo el coche y apagó el motor.

—La envidio, Natalie. Ahora mismo, daría cualquier cosa por estar en su lugar, pero no puedo. No tengo sus dotes.

—Solo soy médico. ¿Cómo voy a poder ayudarlos?

—Dejaré que eso se lo explique él —respondió la mujer lanzando una mirada hacia el hombre del porche.

—¿Quién es?

La mujer sonrió y abrió la puerta.

—No se preocupe por su maleta. Alguien se encargará de ella.

Lo primero que notó Natalie al salir del coche fue el olor: un olor a tierra fértil y a hierba recién segada, a flores y a polen, a ganado y estiércol fresco. Su ropa, pensó de repente, era completamente inadecuada para un lugar como aquel, especialmente sus zapatos planos, casi unas bailarinas. Se enfadó con la mujer por no haberle dicho que su destino era una comuna agrícola en el valle de Jezreel. Luego, mientras cruzaban el espeso césped, reparó de nuevo en su cojera y olvidó todos sus pecados. El hombre del porche no se había movido. A pesar de las sombras, Natalie comprendió que la observaba con la intensidad de un pintor que estudiara a su modelo. Por fin bajó sin prisas los tres peldaños del porche, pasando de la sombra a la luz radiante del sol.

—Natalie —dijo al tenderle la mano—, cuánto me alegro de conocerla por fin. Espero que el viaje no haya sido duro. Bienvenida a Nahalal.

Sus sienes eran del color de la ceniza, sus ojos de un turbador tono de verde. Algo en su atractivo rostro le resultaba familiar. Luego, de pronto, se acordó de dónde lo había visto. Soltó su mano y dio un paso atrás.

—Usted es...

—Sí, así es. Y evidentemente estoy vivo, lo que significa que ahora está usted al corriente de un importante secreto de estado. Confío —añadió en tono confidencial— en que sabrá guardarlo.

Ella hizo un gesto afirmativo.

—Su necrológica en *Haaretz* era muy emotiva.

—Eso me pareció a mí también. Pero no debe creer todo lo que lea en los periódicos. Está a punto de descubrir que en torno al setenta por ciento de la historia es material clasificado. Y que las cosas más difíciles se logran casi siempre enteramente en secreto. —Su sonrisa se desvaneció y sus ojos verdes escudriñaron la cara de Natalie—. Me han dicho que ha tenido una noche muy larga.

—Las noches largas abundan mucho últimamente.

—Los médicos de París y Ámsterdam también las han tenido hace pocos días. —Ladeó la cabeza—. Supongo que habrá seguido con atención las noticias acerca del atentado en el Marais.

—¿Por qué tendría que haberlo hecho?

—Porque es usted francesa.

—Ahora soy israelí.

—Pero conservó el pasaporte francés después de hacer la *aliyá*.

Su pregunta sonó a reproche. Ella no respondió.

—Descuide, Natalie, no es mi intención criticarla. En momentos como estos, conviene tener un bote salvavidas. —Se llevó una mano a la barbilla—. ¿Lo ha hecho? —preguntó de repente.

—¿Si he hecho qué?

—Seguir las noticias de París.

—Admiraba mucho a *madame* Weinberg. De hecho, coincidí con ella una vez cuando estuvo en Marsella.

—Entonces usted y yo tenemos algo en común. Yo también admiraba mucho a Hannah, y tenía el placer de contarla entre mis amigos. Fue muy generosa con nuestro departamento. Nos ayudó cuando lo necesitamos, y gracias a ella pudimos eliminar una grave amenaza para nuestra seguridad nacional.

—¿Por eso ha muerto?

—Hannah Weinberg ha muerto —respondió él enfáticamente— por culpa de un hombre que se hace llamar Saladino. —Apartó la mano de la barbilla y miró fijamente a Natalie—. Ahora pertenece usted a un club muy exclusivo, Natalie. Ni siquiera la CIA ha oído hablar de ese hombre. Pero nos estamos adelantando. —Sonrió de nuevo y la cogió del brazo—. Venga. Vamos a comer algo y a conocernos mejor.

La condujo a través del porche, hacia el jardín en sombra donde, en una mesa puesta para cuatro personas, les aguardaba un almuerzo tradicional israelí a base de ensaladas y cremas de Oriente Medio. Una silla la ocupaba un hombre corpulento y de aspecto indolente, con el cabello gris cortado casi al rape y pequeñas gafas montadas al aire. Natalie le reconoció de inmediato. Le había visto en televisión, entrando apresuradamente en el gabinete del primer ministro en momentos de crisis.

—Natalie —dijo Uzi Navot, levantándose lentamente—. Me alegro de que haya aceptado nuestra invitación. Lamento que nos hayamos presentado en su casa tan de repente, pero así es como se han hecho las cosas siempre por aquí, y en mi opinión las viejas costumbres son las mejores.

A pocos pasos del jardín se alzaba un gran establo de metal corrugado, y junto a él se veían varios corrales llenos de caballos y ganado. Una cuña de campos de siembra se extendía hacia el monte Tabor, que se elevaba como un pezón desde las rasas planicies del valle.

—Esta granja pertenece a un amigo nuestro —explicó Gabriel Allon, al que se suponía muerto—. Yo nací justo allí. —Señaló hacia un cúmulo de edificios lejano, a la derecha del monte Tabor—. En Ramat David. Se fundó unos años después que Nahalal. Muchos de sus habitantes eran refugiados llegados de Alemania.

—Como sus padres.

—Evidentemente, leyó mi necrológica con mucha atención.

—Era fascinante. Pero muy triste. —Natalie desvió la mirada hacia el campo—. ¿Por qué estoy aquí?

—Primero vamos a comer. Luego hablaremos.

—¿Y si quiero marcharme?

—Se marcha usted.

—¿Y si me quedo?

—Solo puedo prometerle una cosa, Natalie. Que su vida nunca volverá a ser la misma.

—Y si nos cambiáramos los papeles, ¿qué haría usted?

—Seguramente le diría que se buscara a otro.

—Bien —dijo ella—. ¿Cómo voy a rechazar semejante oferta? ¿Comemos? Estoy muerta de hambre.

18

NAHALAL, ISRAEL

La habían arrancado del mundo visible sin levantar la más mínima turbulencia y la habían introducido en su bucólica ciudadela secreta. Ahora tocaba lo más difícil: el escrutinio, el sondeo, el interrogatorio. El objetivo de aquel desagradable ejercicio era determinar si la doctora Natalie Mizrahi, originaria de Marsella y residente en el barrio de Rehavia, en Jerusalén Oeste, estaba dotada por temperamento, intelecto y afinidades políticas para el trabajo que pensaban encomendarle. Por desgracia, pensó Gabriel, era un trabajo que ninguna mujer en su sano juicio aceptaría de buen grado.

El reclutamiento, solía decir el gran Ari Shamron, era como la seducción. Y la mayoría de los actos de seducción, incluso los llevados a cabo por agentes de espionaje bregados en su oficio, siempre conllevaban un mutuo desvelamiento del alma. Normalmente, el reclutador se envuelve en una identidad falsa, en un personaje ficticio que viste como un traje y una corbata y que cambia a su antojo. Pero en esta ocasión, en el valle de su infancia, el alma que Gabriel desveló ante Natalie Mizrahi era la suya propia.

—Que conste —comenzó a decir después de que Natalie se acomodara en su silla, ante la mesa del almuerzo— que el nombre que leyó en el periódico tras mi supuesto fallecimiento es mi verdadero nombre. No se trata de un seudónimo ni de un alias: es el nombre que me dieron al nacer. Lamentablemente, muchos otros datos acerca de mi vida también eran correctos. Pertenecí a la unidad que vengó el asesinato de nuestros atletas en Múnich. Maté al sub-comandante de la OLP en Túnez. Mi hijo murió en un atentado en Viena y mi esposa quedó gravemente herida.

No mencionó que hubiera vuelto a casarse y que era padre de nuevo. Su compromiso con la verdad llegó hasta ahí.

Y sí, prosiguió, señalando hacia el monte Tabor a través del valle pardo y marrón, había nacido en el asentamiento agrícola de Ramat David, unos años después de la fundación del Estado de Israel. Su madre llegó en 1948, tras salir medio muerta de Auschwitz. Conoció a un hombre de Múnich, un escritor, un intelectual que había escapado a Palestina antes de la guerra. En Alemania se llamaba Greenberg, pero en Israel adoptó el nombre hebreo de Allon. Al casarse, prometieron tener seis hijos, uno por cada millón de judíos asesinado, pero el vientre de ella solo dio fruto una vez. Su madre le llamó Gabriel, el mensajero de Dios, el defensor de Israel, el intérprete de las visiones de Daniel. Y luego, casi enseguida, le volvió la espalda.

Las barriadas de construcción estatal y los asentamientos de los primeros tiempos de Israel eran lugares de aflicción donde los muertos caminaban entre los vivos y los vivos hacían lo posible por abrirse camino en una tierra desconocida. En la casita de bloques de cemento donde vivían los Allon, ardían velas junto a las fotografías de los familiares aniquilados por el fuego de la Shoah. No tenían otra tumba. Eran humo al viento, cenizas en un río.

A los Allon no les gustaba especialmente el hebreo, y en casa hablaban solo alemán. Su padre lo hablaba con acento bávaro; su madre, con nítido acento de berlinesa. Ella era proclive a la melancolía y a los cambios de humor, y sufría pesadillas que turbaban su sueño. Rara vez se reía o esbozaba una sonrisa, era incapaz de mostrar alegría en las ocasiones festivas y no disfrutaba con la comida ni la bebida. Llevaba siempre manga larga, incluso con el calor abrasador del verano, y todas las mañanas se tapaba con un vendaje los números tatuados en su antebrazo izquierdo. Se refería a ellos como el estigma de la debilidad judía, el emblema de la vergüenza. De niño, Gabriel aprendió a guardar silencio cuando ella andaba cerca, no fuera a despertar sus demonios. Solo una vez se atrevió a preguntarle por la guerra. Tras ofrecerle un relato apresurado y esquivo de la época que había pasado en Auschwitz, cayó en una depresión profunda y estuvo muchos días en cama. En la casa de los Allon no volvió a hablarse de la guerra, ni del Holocausto. Gabriel se volvió retraído, solitario. Cuando no estaba pintando, daba largos paseos siguiendo los canales de riego del valle. Se convirtió de forma natural en un guardián de secretos, en un espía perfecto.

—Ojalá mi historia fuera única, Natalie, pero no lo es. La familia de Uzi era de Viena. Murieron todos. La de Dina era ucraniana. Los asesinaron en Babi Yar. Su padre era como mi madre: el único superviviente, el último vástago. Cuando llegó a Israel adoptó el apellido Sarid, que significa «resto». Y cuando nació su hija pequeña, la sexta, le puso de nombre Dina.

—«Vengada».

Gabriel asintió.

—Hasta ahora —comentó Natalie mirando a Dina por encima de la mesa—, no sabía que tenía nombre.

—A veces nuestra Dina me recuerda a mi madre, por eso la quiero tanto. Verá, Natalie, Dina también está de luto. Y se toma muy a pecho su trabajo. Como todos nosotros. Consideramos nuestro deber solemne asegurarnos de que eso no vuelva a ocurrir. —Sonrió en un intento de levantar el velo mortuorio que había caído sobre la mesa del almuerzo—. Discúlpeme, Natalie, pero me temo que este valle me ha traído viejos recuerdos. Espero que su infancia no fuera tan dura como la mía.

Era una invitación a compartir con ellos algo sobre su vida: una intimidad, un poso de dolor escondido. Natalie la rechazó.

—Enhorabuena, Natalie. Acabas de aprobar un examen importante. Nunca reveles nada sobre tu vida a tres agentes de inteligencia, a no ser que uno de ellos te esté apuntando a la cabeza con un arma.

—¿Eso está haciendo?

—Santo cielo, no. Además —se apresuró a añadir Gabriel—, ya sabemos mucho sobre usted. Sabemos, por ejemplo, que su familia procede de Argelia. Emigraron en 1962, después de acabar la guerra. No les quedó otro remedio. El nuevo régimen decretó que solo los musulmanes podían ser ciudadanos argelinos. —Hizo una pausa y añadió—: ¿Se imagina que nosotros hubiéramos hecho lo mismo? ¿Qué habrían dicho de nosotros entonces?

De nuevo, Natalie se reservó su opinión.

—Más de cien mil judíos fueron prácticamente empujados al exilio. Algunos vinieron a Israel. El resto, como su familia, eligió Francia. Se establecieron en Marsella, donde nació usted en 1984. Sus abuelos y sus padres hablaban el dialecto argelino del árabe, así como francés, y usted habla árabe desde que era niña. —Miró hacia el otro extremo del valle, hacia la aldea encaramada a lo alto de una colina—. Es otra cosa que usted y yo tenemos en común. Yo también aprendí a hablar un poco el árabe de niño. Era la única manera de comunicarme con nuestros vecinos de la tribu de Ismael.

Durante muchos años, prosiguió, los Mizrahi llevaron una buena vida en Francia, como el resto de los judíos. Avergonzados por el Holocausto, los franceses mantenían a raya su antisemitismo ancestral. Luego, sin embargo, la demografía del país comenzó a cambiar. La población musulmana creció exponencialmente, eclipsando a la pequeña y vulnerable comunidad judía, y el antiguo odio reapareció con nuevo ímpetu.

—Sus padres ya conocían la película, la habían visto de niños en Argelia, y no querían quedarse a ver el final. De modo que, por segunda vez en su vida, hicieron las maletas y emigraron, esta vez a Israel. Y luego usted, tras un largo periodo de indecisión, decidió reunirse con ellos.

—¿Hay algo más que desee decirme sobre mí misma?

—Perdóneme, Natalie, pero hace ya algún tiempo que nos fijamos en usted. Es una costumbre que tenemos. Nuestro servicio está siempre a la busca de jóvenes inmigrantes con talento y de turistas judíos que visitan nuestro país. La diáspora —añadió con una sonrisa— tiene sus ventajas.

—¿Y eso por qué?

—Por los idiomas, por de pronto. A mí me reclutaron porque hablaba alemán. No alemán de colegio, ni de cintas de casete, sino alemán de verdad, con acento berlinés, como mi madre.

—Imagino que siempre ha sabido disparar un arma.

—No muy bien, en realidad. Pasé por el ejército sin pena ni gloria, por decir algo. Se me daba mucho mejor manejar el pincel que el fusil. Pero eso no importa —añadió—. Lo que de verdad quiero saber es por qué dudaba en venir a vivir a Israel.

—Consideraba Francia mi hogar. Mi trabajo, mi *vida* —agregó— estaban en Francia.

—Y aun así aquí está.

—Sí.

—¿Por qué?

—No quería estar tan lejos de mis padres.

—¿Es una buena hija?

—Soy hija *única*.

—Como yo.

Natalie se quedó callada.

—Nos gustan las personas con buen corazón, Natalie. No nos interesa la gente que abandona a su mujer y a sus hijos y que no cuida de sus padres. Les damos trabajo como confidentes a cambio de un sueldo, si es necesario, pero no nos gusta codearnos con ellos.

—¿Cómo sabe que...?

—¿Que tiene buen corazón? Porque hemos estado vigilándola, discretamente y desde lejos. No se preocupe, no somos *voyeurs*, a menos que no nos quede otro remedio. Le hemos dejado una zona de intimidad, y hemos desviado los ojos siempre que ha sido posible.

—No tenían derecho.

—La verdad es —repuso Gabriel— que tenemos todo el derecho. Las normas que gobiernan nuestra conducta nos conceden cierto espacio para maniobrar.

—¿También les permiten leer el correo ajeno?

—A eso nos dedicamos.

—Quiero que me devuelvan esas cartas.

—¿Qué cartas?

—Las cartas que se han llevado de mi habitación.

Gabriel miró con reproche a Uzi Navot, que encogió sus gruesos hombros como reconociendo que cabía la posibilidad (que sin duda era cierto) de que ciertas cartas íntimas hubieran desaparecido del piso de Natalie.

—Sus efectos personales —dijo Gabriel en tono de disculpa— le serán devueltos lo antes posible.

—Muy considerado por su parte —replicó ella en tono resentido, cortante como el filo de un cuchillo.

—No se enfade, Natalie. Es todo parte del proceso.

—Pero yo nunca he pedido trabajar para...

—Para la Oficina —concluyó Gabriel—. Nosotros la llamamos simplemente la Oficina. Y ninguno de nosotros pidió unirse a ella. Nos *invitaron* a entrar. Así es como funciona.

—¿Por qué yo? No sé nada de su mundo ni de lo que hacen.

—Voy a contarle otro pequeño secreto, Natalie. Ninguno de nosotros lo sabía en su momento. Nadie estudia un máster para ser agente de inteligencia. Eres listo, tienes iniciativa y ciertas habilidades y rasgos de temperamento. El resto se aprende. Nuestro entrenamiento es muy riguroso. Nadie, ni siquiera los británicos, entrenan a sus espías tan bien como nosotros. Cuando hayamos acabado con usted, ya no será de los nuestros. Será una de *ellos*.

—¿De quién?

Gabriel levantó de nuevo la mirada hacia la aldea árabe.

—Dígame una cosa, Natalie. ¿En qué idioma sueña?

—En francés.

—¿Y en hebreo?

—Todavía no.

—¿Nunca?

—No, nunca.

—Eso está bien —dijo Gabriel sin dejar de mirar la aldea—. Tal vez debamos continuar esta conversación en francés.

19

NAHALAL, ISRAEL

Pero primero, antes de ir más lejos, Gabriel dio a Natalie otra oportunidad de marcharse. Podía volver a Jerusalén, a su trabajo en Hadassah, al mundo visible. Su dosier (porque, en efecto, reconoció Gabriel, había ya un dosier sobre ella) sería pasado por la trituradora de papel y quemado. No le reprocharían que les diera la espalda: se culparían a sí mismos por no haber sabido cerrar el trato. Hablarían bien de ella, en todo caso. Siempre pensarían en ella como esa joven a la que dejaron escapar.

Dijo todo esto no en hebreo, sino en francés. Y cuando Natalie le dio su respuesta, tras unos segundos de reflexión, fue en el mismo idioma, el idioma de sus sueños. Se quedaría, dijo, pero solo si le decía por qué la estaban invitando a unirse a su exclusivo club.

—*Shwaya, shwaya* —dijo Gabriel, una expresión árabe que, en este contexto, significaba «poco a poco».

Luego, sin darle tiempo a protestar, le habló de un hombre que se hacía llamar Saladino: no del hijo de un mercenario kurdo que unificó el mundo árabe y reconquistó Jerusalén a los cruzados, sino del Saladino que en el plazo de unos días había derramado sangre de infieles y apóstatas en las calles de París y Ámsterdam. Desconocían su verdadero nombre y su nacionalidad, pero no cabía duda de que su *nom de guerre* no era accidental: daba a entender que era un hombre ambicioso y versado en historia que planeaba utilizar el asesinato en masa como medio para unificar el mundo árabe e islámico bajo la negra bandera del ISIS y el califato. Al margen de cuáles fueran sus propósitos, era indudable que poseía un talento singular para la planificación de ataques terroristas. Había logrado construir ante las narices de los servicios de espionaje occidentales una red terrorista capaz de colocar potentes artefactos explosivos en objetivos elegidos con todo cuidado. Quizá siguiera empleando las mismas tácticas, o quizá tuviera planes más grandiosos. En todo caso, tenían que desmantelar su red.

—Y la forma más rápida de desmantelar una red —concluyó Gabriel— es indicarle a su líder la salida.

—¿Indicarle la salida? —preguntó Natalie.

Gabriel guardó silencio.

—¿Matarle? ¿Se refiere a eso?

—Matarle, eliminarle, asesinarle, liquidarle... Escoja usted la palabra. Me temo que nunca me han importado mucho los términos. Yo me dedico a salvar vidas inocentes.

—Yo no podría...

—¿Matar a nadie? No se preocupe, no le estamos pidiendo que se convierta en soldado o en agente de las fuerzas especiales. Tenemos muchos hombres de negro entrenados para ocuparse de esas cosas.

—Como usted.

—De eso hace mucho tiempo. Ahora lucho contra nuestros enemigos desde la comodidad de un despacho. Soy un héroe de sala de juntas.

—No es eso lo que se decía en *Haaretz*.

—Incluso el respetable *Haaretz* se equivoca de vez en cuando.

—Igual que los espías.

—¿Tiene algo contra el espionaje?

—Solo cuando los espías hacen cosas reprobables.

—¿Como cuáles?

—Torturar —contestó ella.

—Nosotros no torturamos a nadie.

—¿Y los americanos?

—Dejemos a los americanos al margen de esto de momento. Lo que quiero saber —añadió Gabriel— es si tiene usted algún escrúpulo de índole moral o filosófica que le impida tomar parte en una operación que podría tener como resultado la muerte de alguna persona.

—Puede que le sorprenda, señor Allon, pero es un tema que nunca me he planteado.

—Usted es médico, Natalie. Está entrenada para salvar vidas. Hace un juramento. No hacer daño. Ayer mismo, sin ir más lejos, atendió a un joven que mató a dos personas. Sin duda debe de resultarle difícil.

—En absoluto.

—¿Por qué?

—Porque es mi trabajo.

—Todavía no ha respondido a mi pregunta.

—La respuesta es no —dijo Natalie—. No tengo ningún escrúpulo moral o filosófico que me impida tomar parte en una operación cuyo resultado sea la muerte del hombre responsable de los atentados de París y Ámsterdam, siempre y cuando no se pierdan vidas inocentes en el proceso.

—Me parece, Natalie, que se refiere usted al programa americano de los drones.

—Israel también emplea el ataque aéreo.

—Y algunos disentimos de esa estrategia. Preferimos las operaciones especiales al bombardeo aéreo siempre que sea posible. Pero nuestros políticos se han enamorado de la idea de la presunta guerra *limpia*. Y los drones la hacen posible.

—No para los damnificados.

—Cierto. Han muerto demasiados inocentes. Pero la mejor manera de impedir que eso siga ocurriendo es el espionaje bien hecho. —Hizo una pausa y añadió—: Que es donde entra usted.

—¿Qué quieren que haga?

Él sonrió. *Shwaya, shwaya...*

* * *

No había tocado la comida, ninguno de ellos la había tocado, de modo que, antes de seguir adelante, Gabriel insistió en que comieran un poco. No siguió su propio consejo, porque a decir verdad nunca había sido muy aficionado a almorzar. Así que, mientras los demás compartían el bufé preparado por una empresa de *catering* de Tel Aviv aprobada por la Oficina, él habló de su infancia en el valle: de las incursiones árabes desde los cerros de Cisjordania, de las represalias israelíes, de la Guerra de los Seis Días, que se llevó a su padre, y de la del Yom Kippur, que acabó con su convicción de que Israel era invulnerable. La generación de los fundadores creía que la existencia de un Estado judío en la región histórica de Palestina traería progreso y estabilidad a Oriente Medio. Pero, en torno a Israel, en los estados fronterizos y en la periferia árabe, la ira y el resentimiento siguieron ardiendo mucho después de que se fundara el Estado judío, y las sociedades se estancaron, dominadas por el capricho de monarcas y dictadores. Mientras el resto del mundo avanzaba, los árabes, pese a su inmensa riqueza petrolera, retrocedieron. La radio árabe bramaba contra los judíos mientras los niños árabes iban descalzos y pasaban hambre. La prensa árabe publicaba libelos sangrantes que muy pocos árabes podían leer. Los gobernantes árabes se enriquecían y entre tanto el pueblo, desprovisto de todo, solo tenía su humillación, su resentimiento... y el islam.

—¿Acaso soy yo el culpable de su disfunción? —preguntó Gabriel sin dirigirse a nadie en particular, y nadie respondió—. ¿Sucedió porque vivía aquí, en este valle? ¿Me odian porque lo drené y maté a los mosquitos y lo hice florecer? Si yo no estuviera aquí, ¿los árabes serían libres, prósperos y estables?

Fugazmente, continuó Gabriel, pareció que la paz sería posible. Hubo un histórico apretón de manos en la Pradera Sur de la Casa Blanca. Arafat se instaló en Ramala, los israelíes se relajaron de repente. Y sin embargo, entre tanto, el hijo de un constructor saudí multimillonario estaba levantando una organización llamada

Al Qaeda, o La Base. Pese a su fervor islámico, la creación de Osama Bin Laden era un constructo extremadamente burocrático. Sus estatutos y normativas se asemejaban a los de cualquier empresa moderna. Todo estaba reglado: desde los días de vacaciones a los seguros médicos, pasando por los viajes en avión y las dietas para comprar muebles y menaje. Había normas que regulaban las pensiones por incapacidad y un procedimiento por el cual podía despedirse a un miembro de la organización. Quienes deseaban ingresar en los campos de entrenamiento que Bin Laden tenía en Afganistán debían rellenar un extenso cuestionario. Ningún aspecto de la vida del posible recluta escapaba al escrutinio de la organización.

—Pero el ISIS es distinto. Sí, tiene su cuestionario, pero no es ni mucho menos tan exhaustivo como el de Al Qaeda. Y es lógico que no lo sea. Verá, Natalie, un califato sin gente no es un califato. Es un trozo de desierto vacío entre Alepo y el Triángulo Suní de Irak. —Hizo una pausa. Luego dijo por segunda vez—: Y ahí es donde entra usted.

—No lo dirá en serio.

Su semblante inexpresivo dejó claro que sí.

—¿Quieren que me una al ISIS? —preguntó ella con incredulidad.

—No —respondió Gabriel—. Queremos que la *invite* a entrar.

—¿Quién?

—Saladino, por supuesto.

Siguió un silencio. Natalie miró sucesivamente sus caras: el rostro melancólico de la superviviente vengada, el semblante archiconocido del jefe de la Oficina, la cara de un hombre al que se suponía muerto. Fue a este último a quien dio su respuesta.

—No puedo hacer eso.

—¿Por qué no?

—Porque soy judía, y no puedo fingir que no lo soy simplemente porque hable su lengua.

—Lo hace usted constantemente, Natalie. En Hadassah le asignan a los pacientes palestinos porque los pacientes creen que es

153

usted de los suyos. Igual que los comerciantes árabes de la Ciudad Vieja.

—Los comerciantes árabes no son miembros del ISIS.

—Algunos sí. Pero eso no viene al caso. Posee usted ciertas cualidades intrínsecas. Es, como nos gusta decir aquí, un regalo de los dioses del espionaje. Nuestro entrenamiento completará la obra. Llevamos mucho tiempo dedicándonos a esto, Natalie, y lo hacemos muy bien. Podemos coger a un muchacho judío de un kibutz y convertirlo en un árabe de Yenín. Y no hay duda de que también podremos convertir a una persona como usted en una doctora palestina de París ansiosa por asestar un golpe a Occidente.

—¿Y por qué querría hacer esa doctora algo así?

—Porque, al igual que Dina, está de luto. Ansía venganza. Es una viuda negra.

Se hizo un largo silencio. Cuando por fin habló Natalie, lo hizo con clínico desapego.

—Esa chica de la que habla, ¿es francesa?

—Tiene pasaporte francés, se crio y se formó en Francia, pero es de etnia palestina.

—Entonces, ¿la operación tendrá lugar en París?

—Empezará allí —contestó Gabriel con cautela—, pero si la primera fase sale bien se hará necesario un traslado.

—¿Adónde?

Gabriel no contestó.

—¿A Siria?

—Me temo —respondió él— que es en Siria donde está el ISIS.

—¿Y saben ustedes lo que le ocurrirá a su doctora parisina si el ISIS averigua que es en realidad una judía de Marsella?

—Todos somos conscientes de...

—La decapitarán. Y colgarán el vídeo en Internet para que todo el mundo lo vea.

—Nunca lo sabrán.

—Pero yo sí lo sabré —replicó Natalie—. Yo no soy como

ustedes. Se me da muy mal mentir. No sé guardar un secreto. Tengo mala conciencia. Es imposible que haga algo así.

—Se subestima usted.

—Lo siento, señor Allon, pero se ha equivocado de persona. —Tras una pausa, añadió—: Búsquese a otra.

—¿Está segura?

—Estoy segura. —Dobló su servilleta, se levantó y le tendió la mano—. ¿Sin rencores?

—Ninguno en absoluto. —Gabriel se levantó y aceptó su mano de mala gana—. Ha sido un honor casi trabajar con usted, Natalie. Por favor, no le mencione esta conversación a nadie, ni siquiera a sus padres.

—Tiene usted mi palabra.

—Bien. —Soltó su mano—. Dina la llevará a Jerusalén.

20

NAHALAL, ISRAEL

Natalie siguió a Dina por el jardín en sombra y a través de las puertas vidrieras que daban al cuarto de estar del bungaló. Había escasos muebles, era más una oficina que una casa, y de sus paredes encaladas colgaban varias fotografías de gran tamaño que reflejaban el sufrimiento del pueblo palestino: la larga y polvorienta travesía hacia el exilio, los míseros campos de refugiados, las caras apergaminadas de los ancianos soñando con el paraíso perdido.

—Aquí es donde la habríamos entrenado —explicó Dina—. Donde la habríamos convertido en una de ellos.

—¿Dónde están mis cosas?

—Arriba —contestó Dina, y añadió—: En su habitación.

Había más fotografías flanqueando la escalera y, sobre la mesilla de noche de un minúsculo cuartito, reposaba un volumen de poesía de Mahmud Darwish, el poeta semioficial del nacionalismo palestino. Su maleta estaba a los pies de la cama, vacía.

—Nos hemos tomado la libertad de deshacerla —explicó Dina.

—Supongo que nadie les dice que no.

—Es usted la primera.

Natalie la vio cruzar la habitación cojeando y abrir el cajón de arriba de la cómoda de mimbre.

«Verá, Natalie, Dina también está de luto. Y se toma muy a pecho su trabajo...».

—¿Qué pasó? —preguntó Natalie en voz baja.

—Que ha dicho usted que no y que va a marcharse.

—Me refiero a su pierna.

—Eso no importa.

—A mí sí.

—¿Porque es médico? —Dina sacó un montón de ropa del cajón y la puso en la maleta—. Soy empleada del servicio secreto de inteligencia del Estado de Israel. No puede usted saber lo que le pasó a mi pierna. No se le *permite* saberlo. Es un secreto de estado. *Yo* soy un secreto de estado.

Natalie se sentó al borde de la cama mientras Dina seguía sacando ropa de la cómoda.

—Fue una bomba —dijo por fin—. ¿Contenta?

—¿Dónde?

—En Tel Aviv. —Dina cerró el cajón con más fuerza de la necesaria—. En la calle Dizengoff. El atentado contra el autobús número cinco. ¿Sabe cuál?

Natalie hizo un gesto afirmativo. Fue en octubre de 1994, mucho antes de que su familia y ella se trasladaran a Israel, pero había visto el pequeño monumento gris al pie de un cinamomo, en la acera, y por casualidad había comido una vez en un bonito café que había justo al lado.

—¿Iba *en* el autobús?

—No —contestó Dina—. Estaba en la acera. Pero mi madre y mis dos hermanas sí estaban dentro. Y le vi a él antes de que estallara la bomba.

—¿A quién?

—A Abdel Rahim Al Souwi —dijo Dina como si leyera su nombre en uno de sus gruesos expedientes—. Estaba sentado en el lazo izquierdo, detrás del conductor. Tenía una bolsa grande a sus pies. Contenía veinte kilos de dinamita de uso militar, clavos y tornillos empapados en matarratas. La bomba la construyó Yahya Ayyash, al que llamaban el Ingeniero. Fue una de las que le salió mejor, o eso decía él. Yo entonces no lo sabía, claro. No sabía nada. Era una cría. Una inocente.

—¿Y cuando estalló la bomba?

—El autobús se levantó casi un metro por encima del suelo y luego volvió a caer. Yo me caí. Veía gente gritando a mi alrededor, pero no oía nada. La onda expansiva me dañó los tímpanos. Vi a mi lado una pierna humana. Pensé que era mía, pero entonces me di cuenta de que seguía teniendo las dos. Los primeros policías en llegar se marearon con tanta sangre y el olor a carne quemada. Había miembros amputados en las cafeterías y trozos de carne colgando de los árboles. Mientras estaba tumbada en la acera, incapaz de moverme, me caía sangre encima. Esa mañana llovió sangre en la calle Dizengoff.

—¿Y su madre y sus hermanas?

—Murieron en el acto. Yo estaba presente mientras los rabinos recogían sus restos con pinzas y los metían en bolsas de plástico. Eso fue lo que enterramos. Piltrafas. *Restos.*

Natalie no dijo nada porque no había nada que decir.

—Así que me perdonará —prosiguió Dina pasados unos segundos— si su conducta de hoy me sorprende. No hacemos esto porque *queramos* hacerlo. Lo hacemos porque *tenemos* que hacerlo. Porque no tenemos elección. Es el único modo de que sobrevivamos en este país.

—Ojalá pudiera ayudarlos, pero no puedo.

—Lástima —dijo Dina—, porque es usted perfecta. Y sí —añadió—, yo daría cualquier cosa por estar en su lugar ahora mismo. Los he escuchado, los he visto, los he interrogado. Sé más sobre ellos que ellos mismos. Pero nunca he estado presente cuando traman sus operaciones y hacen planes. Sería como estar en el ojo del huracán. Daría cualquier cosa por tener esa oportunidad.

—¿Iría a Siria?

—Sin pensármelo dos veces.

—¿Y su vida? ¿Entregaría su vida por tener esa oportunidad?

—Nosotros no hacemos misiones suicidas. No somos como ellos.

—Pero no pueden garantizar mi seguridad.

158

—Lo único que puedo garantizarle —repuso Dina enfáticamente— es que Saladino está preparando más atentados y que va a morir más gente inocente.

Dina acabó de meter la ropa en la maleta abierta de Natalie. Había una prenda que no era suya. Era un retal de seda azul oscuro, más o menos de un metro por un metro.

—¿Qué es esto? —preguntó Natalie, levantándolo.

Y entonces, antes de que Dina pudiera contestar, lo entendió. Aquel metro cuadrado de seda azul oscura era un hiyab.

—¿Un regalo de despedida?

—Una herramienta para ayudarla en su transformación. La indumentaria árabe es muy eficaz a la hora de alterar la apariencia. Se lo demostraré. —Dina cogió el hiyab, hizo con él un triángulo y se envolvió rápidamente con él la cabeza y el cuello—. ¿Qué aspecto tengo?

—El de una askenazí con un pañuelo musulmán en la cabeza.

Dina arrugó el ceño, se quitó el hiyab y se lo ofreció a Natalie.

—Ahora usted.

—No quiero.

—Permítame ayudarla.

Antes de que Natalie pudiera apartarse, le había cubierto el cabello con el triángulo azul. Recogió la tela por debajo de la barbilla y la sujetó con un imperdible. Luego cogió dos picos sueltos, uno algo más largo que el otro, y los ató a la altura de su nuca.

—Ya está —dijo mientras le daba los últimos retoques—. Véalo usted misma.

Encima de la cómoda colgaba un espejo ovalado. Natalie estuvo mirándose un rato, fascinada. Por fin preguntó:

—¿Cómo me llamo?

—Natalie —respondió Dina—. Se llama Natalie.

—No —dijo sin apartar la mirada de la mujer velada del espejo—. Mi nombre, no. El *suyo*.

—Su nombre —contestó Dina— es Leila.

—Leila —repitió Natalie—. *Leila...*

***

Al marcharse de Nahalal, Dina reparó por primera vez en que Natalie era preciosa. Antes, en Jerusalén y durante el almuerzo con los demás, no había tenido tiempo de hacer esa observación. Natalie era entonces solo un objetivo: un medio para alcanzar un fin, y ese fin era Saladino. Ahora, en cambio, a solas con ella en el coche a la luz dorada del atardecer, mientras el aire cálido entraba por las ventanillas abiertas, pudo contemplarla con detenimiento. La línea que dibujaba su mandíbula, sus hermosos ojos marrones, la nariz larga y fina, los pechos pequeños y erguidos, los huesos delicados de sus muñecas y sus manos, unas manos capaces de salvar una vida –pensó Dina– o de reparar una pierna destrozada por una bomba terrorista. Su belleza no era de las que hacen volver la cabeza a la gente por la calle o detienen el tráfico. Era inteligente, digna, recatada incluso. Podía ocultarse, mitigarse. Y quizá –se dijo Dina fríamente– utilizarse.

Se preguntó, no por primera vez, por qué Natalie estaba soltera y no tenía pareja. Los investigadores de la Oficina no habían encontrado nada que sugiriera que no era idónea para trabajar como agente infiltrada. No tenía vicios, aparte de cierta predilección por el vino blanco, ni dolencias físicas o emocionales, salvo un insomnio producido por la irregularidad de sus horarios de trabajo. Dina también sufría de insomnio, aunque por otros motivos. Por las noches, cuando por fin lograba conciliar el sueño, veía sangre chorreando de los cinamomos y a su madre, reconstruida a partir de sus restos destrozados, cosida y parcheada, llamándola desde la puerta abierta del autobús número cinco. Y veía a Abdel Rahim Al Souwi con una bolsa a sus pies, sonriéndole desde su asiento de detrás del conductor. «Fue una de sus mejores bombas, o eso decía él...». Sí, se dijo de nuevo, daría cualquier cosa por estar en el lugar de Natalie.

Natalie no se había llevado nada del bungaló, excepto el hiyab, que llevaba enrollado alrededor del cuello como un fular. Miraba el sol que se ponía sobre el monte Carmelo y escuchaba atentamente las noticias de la radio. Había habido otro apuñalamiento, otra muerte, esta vez en las ruinas romanas de Cesarea. El culpable era un árabe israelí de una aldea situada en el rincón del país, densamente poblado de palestinos, conocido como el Triángulo. No recibiría tratamiento urgente de los médicos de Hadassah: un soldado israelí le había abatido de un disparo. En Ramala y Jericó era un día de fiesta. Otro mártir, otro judío muerto. Dios es grande. Pronto Palestina será libre otra vez.

Treinta y dos kilómetros al sur de Cesarea estaba Netanya. Las nuevas torres de apartamentos, blancas y con balcones, se alzaban sobre las dunas y los acantilados que bordeaban el Mediterráneo dándole a la ciudad un aire de opulencia que recordaba a la Riviera francesa. Los barrios interiores, en cambio, conservaban esa apariencia verdosa y áspera, esa sobriedad Bauhaus del Israel de los pioneros. Dina encontró aparcamiento en la calle, frente al Park Hotel, donde un suicida de Hamás mató a treinta personas durante la Pascua Judía de 2002, y acompañó a Natalie hasta Independence Square. Un batallón de niños jugaba al pilla pilla alrededor de la fuente, vigilados por mujeres cubiertas con faldas hasta los tobillos y pañuelos en la cabeza. Las mujeres, al igual que los niños y que los clientes de los cafés que flanqueaban la explanada, hablaban en francés. Las terrazas solían estar repletas a última hora de la tarde, pero ese día, en medio de aquella luz dorada y crepuscular, había numerosas mesas desocupadas. Los soldados y la policía montaban guardia. El miedo, pensó Dina, era palpable.

—¿Los ves?

—Allí —contestó Natalie, señalando al otro lado de la plaza—. Están en su mesa de siempre, en Chez Claude. —Era uno de los establecimientos nuevos que servían a la cada vez más populosa comunidad de judíos franceses de Netanya—. ¿Te gustaría conocerlos? Son muy simpáticos.

—Ve tú. Yo te espero aquí.

Dina se sentó en un banco al borde de la fuente y vio a Natalie cruzar la explanada, con los extremos de su hiyab azul ondeando como gallardetes sobre su blusa blanca. Azul y blanco, observó Dina. Qué maravillosamente israelí. Sin darse cuenta se frotó la pierna herida. Le dolía en los momentos más inapropiados: cuando estaba cansada o estresada, o –pensó sin apartar la vista de Natalie– cuando se reprochaba su conducta.

Natalie caminó en línea recta hacia el café. Su padre, delgado, canoso y bronceado por el sol y el mar, levantó la vista primero y se sorprendió al ver a su hija venir hacia él cruzando la plaza adoquinada, ataviada como una bandera israelí. Puso la mano en el brazo de su esposa, señaló a Natalie con la cabeza y una sonrisa se extendió por el noble semblante de la mujer. Era la cara de Natalie, pensó Dina. Natalie treinta años después. ¿Sobreviviría Israel otros treinta años? ¿Sobreviviría Natalie?

Se desvió de su camino únicamente para esquivar a una niña de siete u ocho años que corría detrás de una pelota extraviada. Besó a sus padres a la manera de los franceses, en cada mejilla, y se sentó en una de las dos sillas vacías. Quizá no por casualidad era la silla que daba la espalda a Dina.

Dina observó la cara de la mujer mayor. Su sonrisa se fue esfumando a medida que Natalie recitaba las palabras que Dina había compuesto para ella. «Voy a estar fuera una temporada. Es importante que no tratéis de poneros en contacto conmigo. Si alguien os pregunta, decid que estoy haciendo una investigación importante y que no se me puede molestar. No, no puedo contaros nada, pero alguien del gobierno vendrá a asegurarse de que estáis bien. Sí, estaré a salvo».

La pelota extraviada botaba ahora hacia Dina. La atrapó con el pie y con un giro del tobillo la mandó hacia la niña de siete u ocho años, un pequeño rasgo de bondad que hizo que una punzada de dolor le atravesara la pierna. Procuró ignorarlo porque Natalie estaba otra vez besando en las mejillas a sus padres, esta vez para despedirse. Mientras cruzaba la plaza con el sol poniente de cara, el fular azul ondeando al viento, una sola lágrima se deslizó por su mejilla. Natalie era muy bella, sí, observó Dina, incluso cuando lloraba. Se levantó y la siguió de regreso al coche, que estaba aparcado frente al ruinoso hotel en el que, durante una noche sagrada, murieron treinta personas. «Es nuestro oficio», se dijo Dina al meter la llave en el contacto. «Es nuestra razón de ser. Es el único modo que tenemos de sobrevivir en esta tierra. Es nuestro castigo por haber sobrevivido».

SEGUNDA PARTE

UNO DE LOS NUESTROS

21

NAHALAL, ISRAEL

Al día siguiente se informó por *e-mail* al Centro Médico Hadassah de que la doctora Natalie Mizrahi iba a tomarse una larga excedencia. El comunicado constaba de treinta palabras en total y era una obra maestra de oscuridad burocrática. No daba ninguna explicación, ni mencionaba fecha de regreso. Sus compañeros, por tanto, no tuvieron más remedio que especular acerca de los motivos de la repentina marcha de Natalie, labor a la que se dedicaron afanosamente porque les brindaba algo de qué hablar, aparte de los apuñalamientos. Se rumoreó que padecía una enfermedad grave, que había sufrido una crisis emocional, que había regresado a su añorada Francia. A fin de cuentas —dijo un sabio de cardiología—, ¿por qué alguien que tenía pasaporte francés iba a *querer* vivir en Israel en un momento como aquel? A Ayelet Malkin, que se consideraba la mejor amiga de Natalie en el hospital, todas estas teorías le parecían absurdas. Sabía que Natalie se encontraba perfectamente y la había oído hablar muchas veces del alivio que era para ella estar en Israel, donde podía vivir libremente como judía sin miedo a que la agredieran o a sufrir rechazo. Es más, había hecho una guardia de veinticuatro horas con Natalie esa misma semana, y habían estado cotilleando durante la cena, y Natalie no había mencionado en ningún momento que hubiera pedido una excedencia. En su opinión, todo aquello apestaba a tejemaneje del gobierno. Como muchos israelíes, Ayelet tenía un familiar —un tío, en este caso– que se dedicaba a tareas secretas para el estado. Iba y venía sin previo aviso y jamás hablaba de su trabajo o de sus viajes. Ayelet llegó a la conclusión de que Natalie, que dominaba tres idiomas, había sido reclutada como espía. O quizá lo fuera desde siempre.

Aunque su conclusión se asemejaba bastante a la verdad, no era técnicamente cierta, como descubrió Natalie durante el primer día completo que pasó en Nahalal. Ella no iba a ser una espía. Los espías, le dijeron, eran en rigor fuentes de información humanas reclutadas para *espiar* a los servicios de inteligencia, gobiernos, organizaciones terroristas, organismos internacionales o empresas comerciales a las que pertenecían. A veces espiaban por dinero; otras, por sexo o por respeto, y a veces por simple chantaje, debido a algún trapo sucio de su vida personal. En su caso, no había habido coacción, sino persuasión. De allí en adelante sería una empleada especial de la Oficina. Como tal, se regiría por las mismas normas y restricciones que se aplicaban a todos aquellos que trabajaban directamente para el departamento. No podría comunicar secretos de estado a gobiernos extranjeros, ni escribir unas memorias acerca de su labor sin previa autorización. No podría comentar su trabajo con personas ajenas a la Oficina, incluidos sus familiares. Su contrato entraría en vigor de inmediato y terminaría al concluir su misión. Sin embargo, si deseaba permanecer en la Oficina, podrían encontrarle un trabajo adecuado a sus capacidades. Una suma de cinco mil séqueles fue ingresada en una cuenta bancaria a su nombre. Además, se le pagaría el equivalente a su salario mensual en Hadassah. Un correo de la Oficina cuidaría de su piso en su ausencia. En caso de que falleciera, se indemnizaría a sus padres con dos millones de séqueles.

El primer día se fue entero en cuestiones de papeleo, informes y amonestaciones. El segundo, comenzó su educación formal. Natalie se sintió como una alumna de una universidad privada con un solo estudiante. Por las mañanas, nada más acabar el desayuno, aprendía técnicas para cambiar de identidad: los rudimentos del oficio, decían.

Tras un almuerzo ligero, se dedicaba a los estudios palestinos, y a continuación a los estudios islámicos y yihadistas. Nadie la llamaba Natalie. Era Leila, sin apellido: Leila a secas. Sus instructores se dirigían a ella únicamente en árabe y se hacían llamar Abdul, Muhammad o Ahmed. Había una pareja de informantes que se presentaba como Abdul y Abdul. Natalie los llamaba Doble A, para abreviar.

La última hora de luz solar era de libre disposición. Con la cabeza rebosante de nociones islámicas y yihadistas, salía a correr por los caminos de tierra de la granja. No le permitían ir sola: dos guardias de seguridad armados la seguían en un *quad* verde oscuro. A menudo, al regresar a casa, encontraba a Gabriel esperándola y daban un paseo de dos o tres kilómetros envueltos en el crepúsculo perfumado del valle. Gabriel, cuyo conocimiento del árabe no le permitía mantener una larga conversación, se dirigía a ella en francés. Le hablaba del entrenamiento y de las clases, pero jamás de su propia infancia en el valle o de la notable historia de aquel enclave. En lo que a Leila concernía, el valle representaba un robo, un acto de apropiación colonialista.

—Fíjate —le decía Gabriel señalando hacia la aldea árabe de la colina—. Imagina cómo deben sentirse cuando ven los logros de los judíos. Imagínate su rabia. Su vergüenza. Es tu rabia, Leila. Es tu vergüenza.

Más adelante, aprendió técnicas para descubrir si la seguían. O si había micrófonos en su piso o su despacho. O si la persona que ella creía que era su mejor amiga o su amante era en realidad su peor enemigo. Abdul y Abdul le enseñaron que debía asumir que estaba siendo seguida, observada y escuchada en todo momento. Eso no era problema, le dijeron, siempre y cuando se mantuviera fiel a su tapadera. Una tapadera adecuada era como un escudo. El típico agente infiltrado de la Oficina pasaba mucho más tiempo manteniendo su tapadera que recabando información. La tapadera, le dijeron, era absolutamente crucial.

Durante la segunda semana que pasó en la granja, sus estudios palestinos adquirieron un tinte decididamente radical. El movimiento sionista, le dijeron, se basaba por completo en un mito: el mito de que Palestina era una tierra sin pueblo aguardando a un pueblo sin tierra. De hecho, en 1881, un año antes de la llegada de los primeros colonos sionistas, vivían en Palestina 475 000 personas, en su inmensa mayoría musulmanas, que se concentraban en los montes de Judea, Galilea y el resto de las franjas de territorio que en aquel momento eran habitables. Aproximadamente el mismo número de personas se vieron empujadas al exilio durante la Al Nakba, la catástrofe que supuso la fundación de Israel en 1948. Y una segunda oleada tuvo que huir de sus aldeas de Cisjordania tras la conquista sionista de 1967. Languidecieron en los campos de refugiados (Jan Yunis, Shatila, Ein Al Hilweh, Yarmuk, Balata, Yenín, Tulkarm), soñando con sus olivares y sus limoneros. Muchos guardaban las escrituras de sus casas y terrenos. Algunos incluso conservaban aún las llaves de sus puertas. Aquella herida abierta era el semillero de todos los males del mundo árabe. Las guerras, el sufrimiento, la falta de progreso económico, el despotismo: todo ello era culpa de Israel.

—Venga ya —gruñó Natalie.

—¿Quién ha dicho eso? —preguntó ásperamente uno de los Abdules, un ser de aspecto cadavérico, blanco como la leche, que nunca se presentaba ante ella sin un cigarrillo o una taza de té—. ¿Ha sido Natalie o ha sido Leila? Porque Leila no cuestiona esas afirmaciones. Leila cree visceralmente que son ciertas. Las mamó con la leche de su madre. Las oyó de labios de toda su parentela. Leila cree que los judíos descienden de monos y cerdos. Sabe que utilizan sangre de niños palestinos para hacer su matzá. Cree que son un pueblo intrínsecamente malvado, que son hijos del diablo.

Sus estudios islámicos también se endurecieron. Tras hacer un curso intensivo de rituales y creencias, sus instructores la zambulleron en los conceptos del islamismo y la yihad. Leyó a Sayyid Qutb, el escritor y disidente egipcio considerado fundador del islamismo moderno, y se abrió paso a duras penas por entre los escritos de Ibn Taymiyyah, el teólogo islámico del siglo XIII que, según numerosos expertos en la materia, constituye la fuente primera del fundamentalismo islámico. Leyó a Bin Laden y a Al Zawahiri y escuchó durante horas los sermones de un clérigo yemení-estadounidense muerto en un ataque aéreo con drones. Vio vídeos de atentados contra las fuerzas estadounidenses en Irak y navegó por algunas de las páginas web islamistas más escabrosas, calificadas por sus instructores como «pornoyihadistas». Por las noches, antes de apagar la luz de su mesilla de noche, leía siempre algunos versos de Mahmud Darwish. *Mis raíces se hundieron antes de que naciera el tiempo...* En sueños, paseaba por un edén de olivares y limoneros.

Era una técnica semejante al lavado de cerebro y, poco a poco, comenzó a dar fruto. Natalie arrumbó su antigua identidad y su vida previa y se convirtió en Leila. Ignoraba su apellido. Le darían su «leyenda» (así la llamaban) al final, cuando los cimientos estuvieran echados y el armazón construido. Tanto de palabra como de obra, se volvió más piadosa, más visiblemente islámica. Por las tardes, cuando corría por los caminos de tierra de la granja, lo hacía con los brazos y las piernas cubiertos, y cada vez que sus instructores le hablaban de Palestina o del islam se ponía su hiyab. Probó varias formas de sujetárselo y finalmente se decantó por un método sencillo, con dos alfileres, que le tapaba por completo el cabello. Se encontraba guapa con el hiyab pero no le gustaba que centrara la atención sobre su nariz y su boca. Un velo parcial resolvería el problema, pero no encajaba con el perfil de Leila: una mujer culta, una doctora atrapada entre Oriente y Occidente, entre pasado y presente, que caminaba por la cuerda floja que se extendía entre la Casa del Islam y la Casa de la Guerra, esa parte del mundo donde aún no dominaba la fe. Una mujer en perpetuo conflicto. Una chica impresionable.

Le enseñaron algunos rudimentos de artes marciales pero nada sobre armas de fuego, porque ese conocimiento tampoco encajaba con el perfil de Leila. Luego, cuando llevaba tres semanas en la granja, la vistieron de pies a cabeza como una musulmana y la llevaron, fuertemente vigilada, a dar una vuelta en coche por Tayibe, la mayor ciudad árabe del Triángulo. Después visitó Ramala, la sede de la Autoridad Palestina en Cisjordania, y unos días más tarde, un cálido viernes de mediados de mayo, asistió a la oración en la mezquita de Al Aqsa, en la Ciudad Vieja de Jerusalén. Fue un día tenso: los israelíes impidieron la entrada de hombres jóvenes al Noble Santuario y después hubo una violenta manifestación. Natalie se vio separada unos instantes de sus escoltas camuflados. Finalmente la sacaron de allí a rastras, medio ahogada por los gases lacrimógenos, y tras introducirla en la parte de atrás de un coche la devolvieron a la granja.

—¿Cómo te has sentido? —le preguntó Gabriel esa tarde, mientras paseaban al aire fresco del valle.

Para entonces Natalie ya había dejado de correr, porque correr tampoco encajaba con el perfil de Leila.

—Me he puesto furiosa —respondió sin vacilar.

—¿Con quién?

—Con los israelíes, por supuesto.

—Bien —contestó él—. Por eso lo he hecho.

—¿Qué?

—Provocar una manifestación en la Ciudad Vieja. Por ti.

—¿Eso has hecho?

—Créeme, Natalie. No ha sido tan difícil.

Gabriel no fue a Nahalal al día siguiente, ni durante los cinco días posteriores. Solo más tarde se enteraría Natalie de que había estado en París y Ammán preparando su inserción: trabajos preliminares, lo llamaba él. Cuando por fin regresó a la granja, fue a mediodía de un jueves cálido y ventoso, mientras Natalie estaba familiarizándose con las aplicaciones secretas de su nuevo teléfono móvil. La informó de que iban a hacer otra excursión, ellos dos solos, y le pidió que se vistiera como Leila. Escogió un hiyab verde con los bordes festoneados, un blusón blanco que ocultaba la forma de sus caderas y sus pechos, y unos pantalones largos que solo dejaban a la vista los empeines de sus pies. Sus zapatos eran de Bruno Magli. Leila, al parecer, tenía debilidad por el calzado italiano.

—¿Adónde vamos?

—Al norte —se limitó a contestar él.

—No traes escoltas.

—Hoy no —respondió Gabriel—. Hoy soy libre.

El coche era un sedán de fabricación coreana, bastante corriente, que Gabriel condujo deprisa y con extraño desenfreno.

—Parece que te diviertes —observó Natalie.

—Hacía mucho tiempo que no me sentaba al volante de un coche. El mundo parece distinto desde el asiento trasero de un todoterreno blindado.

—¿Y qué ha cambiado hoy?

—Me temo que eso es secreto.

—Pero ahora soy de los vuestros.

—Todavía no —respondió él—, pero ya no falta mucho.

Fueron las últimas palabras que pronunció durante unos minutos. Natalie se puso unas elegantes gafas de sol y vio pasar ante su ventanilla una versión de Acre virada al sepia. Unos kilómetros más al norte estaba Lohamei HaGeta'ot, un kibutz fundado por supervivientes del levantamiento del gueto de Varsovia. Era una pequeña comunidad agrícola compuesta por casas pulcras, verdes praderas y calles regulares bordeadas de cipreses. La aparición de un hombre obviamente israelí conduciendo un coche cuya única pasajera era una mujer con velo solo despertó una tibia curiosidad entre sus habitantes.

—¿Qué es eso? —preguntó Natalie, señalando una estructura cónica de color blanco que se alzaba por encima de los tejados del kibutz.

—Se llama Yad Layeled. Es un monumento en recuerdo de los niños asesinados en el Holocausto. —Había una extraña nota de desapego en su voz—. Pero no hemos venido por eso. Hemos venido a ver algo mucho más importante.

173

—¿Qué?

—Tu hogar.

Condujo hasta un centro comercial situado al norte del kibutz y se detuvo en un rincón apartado del aparcamiento.

—Qué encantador —comentó Natalie.

—No es esto. —Señaló hacia una franja de tierra sin cultivar que había entre el aparcamiento y la Autovía 4—. Tu hogar está allí, Leila. El hogar que te robaron los judíos.

Salió del coche sin decir palabra y condujo a Natalie a través de la vía de servicio, hasta un descampado lleno de malas hierbas, chumberas y bloques de caliza rotos.

—Bienvenida a Sumayriyya, Leila. —Se volvió para mirarla—. Dilo, por favor. Dilo como si fuera la palabra más bonita que has oído nunca. Dilo como si fuera el nombre de tu madre.

—Sumayriyya —repitió ella.

—Muy bien. —Gabriel se volvió a observar el tráfico que circulaba por la autovía—. En mayo de 1948 vivían aquí ochocientas personas, todas ellas musulmanas. —Señaló hacia los arcos de un antiguo acueducto casi intacto que bordeaba un campo de soja—. Eso era suyo. Traía el agua desde los manantiales para regar los campos que daban los melones y los plátanos más dulces de toda Galilea. Enterraban a sus muertos allí —añadió girando el brazo hacia la izquierda—. Y rezaban a Alá aquí. —Apoyó la mano sobre las ruinas de un arco—. En la mezquita. Eran tus antepasados, Leila. De aquí es de donde procedes.

—*Mis raíces se hundieron antes de que naciera el tiempo.*

—Veo que has leído a Darwish. —Gabriel avanzó entre los hierbajos y las ruinas, acercándose a la carretera. Cuando volvió a hablar, tuvo que levantar la voz para hacerse oír por encima del fragor del tráfico—. Tu casa estaba allí. Tus antepasados se llamaban Hadawi. Y ese es también tu apellido. Eres Leila Hadawi. Naciste en Francia, te educaste en Francia y ejerces la medicina en Francia. Pero cada vez que alguien te pregunta de dónde eres, respondes «de Sumayriyya».

—¿Qué pasó aquí?

—La Al Nakba, eso pasó. La Operación Ben Amí. —La miró por encima del hombro—. ¿Te han hablado de ella tus instructores?

—Fue una operación que llevó a cabo la Haganá en la primavera de 1948 para asegurar la carretera costera entre Acre y la frontera libanesa y preparar la parte oeste de Galilea contra la invasión inminente de los ejércitos árabes.

—¡Mentiras sionistas! —exclamó Gabriel—. La Operación Ben Amí tenía solo un único propósito: ocupar las aldeas árabes del oeste de Galilea y mandar a sus habitantes al exilio.

—¿Eso es verdad?

—Da igual que sea verdad o no. Es lo que cree Leila. Es lo que *sabe* Leila. Verás, Leila, tu abuelo, Daoud Hadawi, estaba aquí la noche en que las fuerzas sionistas de la Haganá llegaron por la carretera de Acre en un convoy. Los pobladores de Sumayriyya estaban enterados de lo que había ocurrido en las otras aldeas conquistadas por los judíos, así que huyeron inmediatamente. Se quedaron unos pocos, pero la mayoría escapó al Líbano, donde esperaron a que los ejércitos árabes reconquistaran Palestina a los judíos. Y cuando los ejércitos árabes fueron derrotados, los pobladores de Sumayriyya se convirtieron en refugiados, en exiliados. La familia Hadawi vivía en Ein Al Hilweh, el mayor campamento de refugiados palestinos del Líbano. Retretes al aire libre, casas de bloques de cemento... El infierno terrenal.

Gabriel la llevó más allá de las casitas derruidas (dinamitadas por la Haganá poco después de que cayera Sumayriyya) y se detuvo al borde de un huerto.

—Pertenecía a la gente de Sumayriyya. Ahora es propiedad del kibutz. Hace muchos años, tuvieron problemas para conseguir que el agua circulara por las cañerías de riego. Apareció un hombre, un árabe que hablaba un poco de hebreo, y les explicó pacientemente cómo tenían que hacerlo. Los *kibutzniks* se quedaron de piedra y le preguntaron cómo es que sabía cómo hacer que corriera el agua. ¿Y sabes qué les dijo el árabe?

—Que el huerto era suyo.

—No, Leila, era *tu* huerto.

Gabriel se quedó callado. Solo se oía el viento entre las hierbas y el zumbido del tráfico en la carretera. Miraba fijamente las ruinas de una casa esparcidas a sus pies: ruinas de una vida, de un pueblo. Parecía enfadado, pero Natalie no pudo deducir si su enfado era sincero o si fingía para ella.

—¿Por qué has elegido este lugar para mí? —preguntó.

—No lo elegí yo —contestó él en tono ausente—. Me eligió él a mí.

—¿Cómo?

—Conocí a una mujer que era de aquí, una mujer como tú.

—¿Como Natalie o como Leila?

—No hay ninguna Natalie —repuso dirigiéndose a la mujer velada que permanecía de pie a su lado—. Ya no.

22

NAHALAL, ISRAEL

Cuando Natalie regresó a Nahalal, el libro de poemas de Darwish había desaparecido de la mesilla de noche de su habitación. En su lugar había un diario encuadernado, grueso como el manuscrito de un libro y redactado en francés. Era la continuación de la historia que Gabriel había empezado a contarle entre las ruinas de Sumayriyya, el relato de la vida de una joven doctora de origen palestino nacida en Francia. Su padre había llevado la vida itinerante propia de muchos expatriados palestinos con formación académica. Tras estudiar ingeniería en la Universidad de Bagdad, trabajó en Irak, Jordania, Libia y Kuwait, y finalmente se estableció en Francia, donde conoció a una palestina originaria de Nablús que trabajaba a tiempo parcial como intérprete para un organismo de la ONU relacionado con los refugiados y una pequeña editorial francesa. Tuvieron dos hijos, un varón que murió en un accidente de tráfico en Suiza a los veintitrés años y una hija a la que pusieron Leila en honor a Leila Khaled, la famosa luchadora por la libertad e integrante de Septiembre Negro que fue la primera mujer en secuestrar un avión. Los treinta y tres años de vida de Leila estaban consignados en las páginas del diario con el minucioso detalle y el tono confesional de una moderna autobiografía. Natalie tuvo que reconocer que era una lectura interesante. Estaban los desaires que sufrió en el colegio por ser árabe y musulmana. Su breve coqueteo con las drogas. Y una descripción anatómicamente muy explícita de su primera experiencia sexual a los dieciséis años, con un chico francés llamado Henri que le rompió el corazón. Junto a aquel pasaje había una fotografía de dos adolescentes –un chico que parecía francés y una chica de aspecto árabe– posando junto a la balaustrada del Pont Marie de París.

—¿Quiénes son? —preguntó Natalie al cadavérico Abdul.

—Son Leila y Henri, su novio, claro.

—Pero...

—Nada de peros, Leila. Esta es la historia de tu vida. Todo lo que estás leyendo en ese libro te ocurrió de verdad.

Natalie descubrió que, como judía francesa, tenía mucho en común con la mujer palestina en la que estaba a punto de convertirse. Ambas habían sufrido desplantes en el colegio debido a su origen nacional y su fe religiosa, ambas habían tenido experiencias sexuales desgraciadas con chicos franceses, y ambas habían empezado a estudiar Medicina en el otoño de 2003, Natalie en la Université de Montpellier –una de las facultades de Medicina más antiguas del mundo– y Leila en la de Paris-Sud. Aquella fue una época convulsa en Francia y en Oriente Medio. Unos meses antes los estadounidenses invadieron Irak, avivando así la ira del mundo árabe y de los musulmanes de toda Europa Occidental. En Cisjordania y Gaza arreciaba la Segunda Intifada. Y los musulmanes parecían acosados en todas partes. Leila se hallaba entre los miles de personas que se manifestaron en París contra la guerra de Irak y la política de mano dura de los israelíes en los Territorios Ocupados. A medida que aumentaba su interés por la política, se acrecentaba también su devoción al islam. Decidió adoptar el velo, lo que sorprendió a su madre que, sin embargo, unas semanas después, también comenzó a cubrirse el cabello.

Durante su tercer curso en la facultad de Medicina conoció a Ziad Al Masri, un jordano-palestino que estudiaba Ingeniería electrónica. Al principio fue una distracción agradable que le permitía olvidarse a ratos de sus estudios de farmacología, bacteriología, virología y parasitología. Pero Leila comprendió muy pronto que estaba locamente enamorada de él. Ziad era políticamente más activo que ella, y también más religioso. Se relacionaba con musulmanes radicales, formaba parte del grupo extremista Hizb ut-Tahrir y acudía a una mezquita en la que un clérigo saudí predicaba el mensaje de la yihad. Como era de esperar, sus actividades atrajeron la atención de los servicios de seguridad franceses, que le detuvieron dos veces para interrogarle. Los interrogatorios solo sirvieron para radicalizar las opiniones de Ziad, que, pese a las protestas de Leila, decidió viajar a Irak para unirse a la resistencia islámica. Solo consiguió llegar a Jordania, donde fue detenido y encerrado en una famosa prisión conocida como «La fábrica de uñas». Un mes después de su llegada había muerto. El Mukhabarat, la temible policía secreta, no se molestó en dar explicaciones a su familia.

El diario no era obra de un solo autor, sino el resultado de la labor conjunta de tres veteranos agentes de inteligencia pertenecientes a tres unidades de probada eficacia. El argumento carecía de fisuras, los personajes estaban perfectamente dibujados. Ningún crítico podría ponerle reparos, y ni el más avezado lector dudaría de su verosimilitud. A algunos quizá les extrañara la minuciosidad con que estaba narrada la infancia de la protagonista, pero la prolijidad de los autores estaba justificada: querían dotar a su protagonista de una abundante reserva de recuerdos de la que pudiera tirar cuando llegara el momento.

Aquellos pormenores aparentemente insignificantes (los nombres, los lugares, los colegios a los que había asistido, el plano del piso de su familia en París, sus viajes a los Alpes y al mar) fueron la principal materia de estudio de Natalie durante sus últimos días en la granja de Nahalal. Y naturalmente estaba también Ziad, su novio, el soldado de Alá muerto prematuramente. Tuvo que memorizar los detalles no de una vida, sino de dos, porque Ziad le había hablado a Leila de su infancia y de su vida en Jordania. Dina se convirtió durante esta fase en su principal tutora y supervisora. Le hablaba del compromiso de Ziad con la yihad y de su odio hacia Israel y Estados Unidos como si fueran hazañas encomiables. El camino que había seguido –decía– era digno de emulación, no de condena. Pero, sobre todo, su muerte exigía venganza.

Su formación médica le fue de gran ayuda porque le permitió memorizar y retener gran cantidad de datos. Sobre todo, números. Dina le hacía preguntas constantemente, la felicitaba por sus logros y la regañaba por el más leve error o la más mínima duda. Porque muy pronto, le advirtió, serían otros quienes le harían esas mismas preguntas.

Durante este periodo la visitaron varios observadores que asistían a sus clases sin participar en ellas. Hubo un hombre de aspecto duro, cabello oscuro cortado casi al cero y cara picada de viruela. Y otro calvo que tenía el porte aristocrático de un profesor de Oxford. Y otro más, semejante a un duende, con el cabello fino y ralo, cuya cara Natalie parecía incapaz de recordar por más que lo intentaba. Y por último fue a verla un hombre alto y larguirucho, de piel blanquísima y ojos del color del hielo de los glaciares. Cuando Natalie le preguntó a Dina cómo se llamaba, recibió una mirada de reproche.

—Leila jamás se sentiría atraída por un infiel —la reprendió—, y menos aún por un judío. Leila está enamorada del recuerdo de Ziad. Nadie ocupará nunca su lugar.

Aquel hombre visitó Nahalal en otras dos ocasiones, siempre acompañado por el hombrecillo de cabello ralo y rostro impreciso. La observaba con aire crítico mientras Dina la interrogaba sobre los detalles más nimios de la relación de Leila con Ziad: el restaurante al que fueron en su primera cita, la comida que pidieron, su primer beso, su último *e-mail*. Ziad lo había enviado desde un cibercafé de Ammán mientras aguardaba al correo que le conduciría hasta Irak cruzando la frontera. A la mañana siguiente fue detenido. No volvieron a hablar.

—¿Recuerdas lo que te decía? —preguntó Dina.

—Que creía que le estaban siguiendo.

—¿Y qué le dijiste tú?

—Le dije que me preocupaba que le pasara algo. Le pedí que cogiera el siguiente avión que saliera hacia París.

—No, Leila, tus palabras *exactas*. Fue la última vez que te comunicaste con el hombre al que amabas —añadió Dina, agitando una hoja de papel en la que simulaba tener el texto de los *e-mails*—. Seguro que te acuerdas de lo último que le dijiste a Ziad antes de que fuera detenido.

—Le dije que me moría de angustia. Le supliqué que volviera.

—Pero no fue lo único que le dijiste. Le dijiste que podía alojarse en casa de un familiar tuyo, ¿no es cierto?

—Sí.

—¿Quién era ese familiar?

—Mi tía.

—¿La hermana de tu madre?

—Así es.

—¿Vive en Ammán?

—En Zarqa.

—¿En el campo de refugiados o en la ciudad?

—En la ciudad.

—¿Le habías dicho a tu tía que Ziad iba a ir a Jordania?

—No.

—¿Se lo dijiste a tus padres?

—No.

—¿Y a la policía francesa?

—No.

—¿Y a tu contacto en el espionaje jordano? ¿Se lo dijiste a él, Leila?

—¿Qué?

—Contesta a la pregunta —le espetó Dina.

—No tengo ningún contacto en el espionaje jordano.

—¿Traicionaste a Ziad? ¿Le vendiste a los jordanos?

—No.

—¿Eres la responsable de su muerte?

—No.

—¿Y la noche de vuestra primera cita? —preguntó Dina, cambiando de rumbo bruscamente—. ¿Bebisteis vino con la cena?

181

—No.

—¿Por qué no?

—Porque es *haram* —respondió Natalie.

Esa noche, cuando se retiró a su cuarto, el libro de Darwish estaba otra vez en su mesilla de noche. Pronto se marcharía, pensó. Solo quedaba saber cuándo.

Esa misma pregunta (el cuándo) constituyó el tema de una reunión entre Gabriel y Uzi Navot en King Saul Boulevard a última hora de esa misma tarde. Entre ellos, dispersos sobre la mesa de reuniones de Navot, estaban los informes escritos de los instructores, médicos y psiquiatras asignados al caso. Todos ellos afirmaban que Natalie Mizrahi se hallaba en perfecto estado físico y mental y que era más que capaz de llevar a cabo la misión para la que había sido reclutada. Ninguna de aquellas evaluaciones, sin embargo, importaba tanto como la opinión del jefe de la Oficina y la del hombre destinado a sucederle. Ambos eran agentes veteranos que habían pasado gran parte de su carrera trabajando de incógnito. Y únicamente ellos sufrirían las consecuencias si algo salía mal.

—Solo es Francia —comentó Navot.

—Sí —dijo Gabriel sombríamente—. En Francia nunca pasa nada.

Se hizo un silencio.

—¿Y bien? —preguntó Navot finalmente.

—Me gustaría hacerle una última prueba.

—Ya le hemos hecho suficientes. Y las ha aprobado todas con nota.

—Vamos a sacarla de su zona de confort.

—¿Un interrogatorio colectivo?

—Un careo —repuso Gabriel.

—¿Muy duro?

—Lo suficiente para sacar a la luz cualquier fallo.

—¿Quién quieres que se ocupe?

—Yaakov.

—Yaakov me daría miedo hasta *a mí*.

—De eso se trata, Uzi.

—¿Cuándo quieres hacerlo?

Gabriel echó un vistazo a su reloj de pulsera. Navot levantó el teléfono.

Vinieron a buscarla en la hora previa al alba, cuando estaba soñando con los limoneros de Sumayriyya. Eran tres... ¿o quizá cuatro? Natalie no estaba segura. La habitación estaba a oscuras y sus captores vestían de negro. Le taparon la cabeza con una capucha, le ataron las manos con cinta de embalar y la llevaron a rastras abajo. Fuera, notó mojada la hierba bajo los pies descalzos, y un olor a campo y a ganado impregnaba el aire frío. La obligaron a subir a la parte de atrás de un coche. Uno se sentó a su izquierda y otro a su derecha, apretujando sus caderas y sus hombros. Asustada, llamó a Gabriel pero no recibió respuesta. Tampoco Dina respondió a su grito de auxilio.

—¿Adónde me llevan? —preguntó, y se sorprendió al oír que contestaban en árabe.

Como la mayoría de los médicos, tenía un buen reloj interno. El trayecto, un *rally* vertiginoso a toda velocidad, duró entre veinticinco y treinta minutos. Nadie le habló, ni siquiera cuando dijo en árabe que estaba a punto de vomitar. Por fin, el coche se detuvo bruscamente. De nuevo la llevaron a rastras por un sendero de tierra. Había un olor dulzón a pinos y hacía más frío que en el valle, pero solo alcanzó a ver la poca luz que se filtraba por la tela de la capucha. La hicieron cruzar el umbral de un edificio y la obligaron a tomar asiento. Le pusieron las manos sobre una mesa. Unos focos la calentaban.

Esperó en silencio, temblando ligeramente. Intuía una presencia más allá de las lámparas. Por fin, una voz de hombre dijo en árabe:

—Quitadle la capucha.

Se la quitaron limpiamente, como si desvelaran un objeto precioso ante un público expectante. Parpadeó varias veces mientras se acostumbraba a la desabrida luz de los focos. Luego sus ojos se posaron en el hombre sentado frente a ella, al otro lado de la mesa. Vestía enteramente de negro y se cubría la cara con una kufiya negra, excepto los ojos, que también eran negros. El individuo situado a su derecha llevaba el mismo atuendo, igual que el de la izquierda.

—Dime tu nombre —ordenó en árabe el desconocido sentado frente a ella.

—Me llamo Leila Hadawi.

—¡El nombre que te dieron los sionistas no! —gritó—. Tu verdadero nombre. Tu nombre judío.

—Ese es mi verdadero nombre. Me llamo Leila Hadawi. Crecí en Francia pero soy de Sumayriyya.

Pero él no se lo tragaba: ni su nombre, ni su presunto origen, ni su religión, ni la historia de su niñez en Francia. Al menos, no todo. Estaba en posesión de un dosier preparado, según dijo, por la sección de seguridad de su organización. No precisó qué organización era esa. Solo dijo que sus miembros emulaban a los primeros seguidores de Mahoma, la paz sea con él. Dicho dosier afirmaba que su verdadero nombre era Natalie Mizrahi, que era –evidentemente– judía, que formaba parte del servicio secreto israelí y que había recibido entrenamiento en una granja del valle de Jezreel. Ella contestó que nunca había puesto un pie en Israel ni lo pondría jamás, y que el único entrenamiento que había recibido era el que le dieron en la Université Paris-Sud, donde había estudiado Medicina.

—Mentira —respondió el hombre de negro.

De modo que no le quedaba más remedio, añadió, que empezar por el principio. Sometida a su implacable interrogatorio,

Natalie perdió la noción del tiempo. Tenía la sensación de que había pasado una semana desde que la sacaron bruscamente de sus sueños. Le dolía la cabeza por falta de cafeína, el resplandor de las luces era insoportable. Aun así, las respuestas le salían sin esfuerzo, como agua corriendo por la falda de un monte. No estaba recordando algo que le habían enseñado: estaba recordando lo que *sabía*. Ya no era Natalie. Era Leila. Leila de Sumayriyya. Leila la que amaba a Ziad. Leila la que buscaba venganza.

Por fin, el hombre del otro lado de la mesa cerró el dosier. Miró al personaje situado a su derecha y luego al de la izquierda. A continuación se quitó el pañuelo que le cubría la cara. Era el de las mejillas picadas de viruela. Los otros dos también se quitaron las kufiyas. El de la izquierda era aquel hombrecillo insignificante de cabello ralo. El de la derecha era el de la piel blanca y los ojos de hielo. Los tres sonreían. Natalie, en cambio, rompió a llorar de pronto. Gabriel se acercó a ella sin hacer ruido por la espalda y le puso una mano sobre el hombro mientras temblaba.

—Tranquila, Leila —dijo en voz baja—. Ya pasó.

Pero no había pasado, se dijo ella. Aquello solo era el principio.

Hay en Tel Aviv y sus alrededores una serie de pisos francos de la Oficina conocidos como «puntos de despegue». Son lugares donde, por normativa y por tradición, los agentes pasan su última noche antes de abandonar Israel para desempeñar una misión en el extranjero. Tres días después de su simulacro de interrogatorio, Dina y ella fueron en coche hasta un apartamento de lujo con vistas al mar, en Tel Aviv. Su ropa nueva, toda ella comprada en Francia, yacía pulcramente doblada sobre la cama. Al lado había un pasaporte francés, un permiso de conducir francés, tarjetas de crédito francesas, varias cartillas bancarias y diversas acreditaciones y diplomas médicos extendidos a nombre de Leila Hadawi. Había también varias fotografías del piso en el que iba a vivir en la *banlieu* parisina de Aubervilliers, un barrio densamente poblado de inmigrantes.

—Esperaba una acogedora buhardillita en la Rive Gauche.

—Te entiendo, pero cuando lo que una quiere es pescar —repuso Dina—, conviene ir donde hay peces.

Natalie hizo una sola petición: quería pasar la noche con sus padres. La petición fue denegada. Habían dedicado mucho tiempo y esfuerzo a transformarla en Leila Hadawi. Exponerla aunque fuera brevemente a su vida anterior se consideró demasiado arriesgado. Un agente con experiencia podía moverse libremente por entre la fina membrana que separaba su vida real de la vida que llevaba en nombre de su país. En cambio, los reclutas recién entrenados como Natalie eran a menudo frágiles flores que se marchitaban tan pronto les daba la luz directa del sol.

Así pues pasó esa noche –su última noche en Israel– con la sola compañía de aquella mujer melancólica que la había arrancado de su confortable vida anterior. Para distraerse, hizo y deshizo la maleta tres veces. Luego, tras pedir cordero con arroz para cenar, puso la televisión y estuvo viendo una teleserie egipcia a la que se habían enganchado en Nahalal. Después se sentó en el balcón a observar a los transeúntes, a los ciclistas y los patinadores que pasaban por la avenida aquella noche fresca y ventosa. Era un panorama magnífico, el sueño de los primeros sionistas hecho realidad, y sin embargo Natalie contemplaba a aquellos judíos satisfechos de sí mismos con la mirada resentida de Leila. Eran ocupantes, hijos y nietos de colonizadores que le habían arrebatado sus tierras a un pueblo más débil. Había que derrotarlos, expulsarlos de allí, igual que ellos habían echado a su familia de Sumayriyya una noche de mayo de 1948.

Se llevó su ira a la cama. Si soñó esa noche, no guardó recuerdo de sus sueños, y por la mañana estaba nerviosa y adormilada. Se puso la ropa de Leila y se cubrió el pelo con su hiyab favorito, de color verde esmeralda. Abajo la esperaba un taxi. No un taxi de verdad, sino un taxi de la Oficina conducido por uno de los agentes de seguridad que solían seguirla durante sus carreras por Nahalal. La llevó directamente al aeropuerto Ben Gurion, donde la registraron minuciosamente y la interrogaron por extenso antes de permitirle acceder a su puerta de embarque. Leila no se ofendió. Como musulmana con velo, estaba acostumbrada a que se sospechara de ella en las barreras de seguridad.

Dentro de la terminal, se dirigió a la puerta de embarque sin prestar atención a las miradas hostiles de los israelíes con los que se cruzaba y, cuando anunciaron su vuelo, guardó cola dócilmente para subir al avión. Su compañero de asiento era el hombre de los ojos grises y la piel lívida, y al otro lado del pasillo se sentaban el interrogador con la cara picada de viruela y su compañero, el del pelo como plumón. Ninguno de ellos se atrevió a mirar a aquella mujer velada que viajaba sola. De pronto se sintió exhausta. Le dijo tímidamente a la asistente de vuelo que no quería que la molestaran. Luego, mientras Israel iba empequeñeciéndose allá abajo, cerró los ojos y soñó con Sumayriyya.

23

AUBERVILLIERS, FRANCIA

Diez días después, la Clínica Jacques Chirac abrió sus puertas en la *banlieu* de Aubervilliers, al norte de París, con una discreta ceremonia de inauguración a la que asistieron el ministro de Sanidad y un famoso futbolista costamarfileño que cortó una banda tricolor entre los aplausos empapados por la lluvia de unos cuantos activistas vecinales reunidos para la ocasión. La televisión francesa emitió un breve reportaje acerca de la inauguración en el principal noticiario de esa noche y *Le Monde*, en un sucinto editorial, habló de su «comienzo prometedor».

La clínica tenía como objetivo mejorar la calidad de vida de los vecinos de una barriada conflictiva en la que abundaban la inseguridad ciudadana y el desempleo y escaseaban los servicios públicos. Oficialmente, el Ministerio de Sanidad se encargaba de supervisar el funcionamiento cotidiano del centro que era, de hecho, una iniciativa secreta conjunta del ministerio y el Grupo Alfa de Paul Rousseau. El director de la clínica, un tal Roland Girard, era un agente del Grupo Alfa, al igual que la voluptuosa recepcionista. Las seis enfermeras y dos de los tres médicos, en cambio, desconocían esa doble faceta de la clínica. Todos ellos trabajaban para el sistema sanitario estatal y habían sido escogidos para el proyecto tras un riguroso proceso de selección. Ninguno conocía de antes a la doctora Leila Hadawi: no habían coincidido con ella en la universidad, ni en ningún otro centro de trabajo.

La clínica estaba situada en la *avenue* Victor Hugo, entre una lavandería que abría toda la noche y un *tabac* frecuentado por miembros de una banda local de traficantes marroquíes. Varios plataneros daban sombra a la acera frente a su modesta entrada, sobre la que se alzaban los otros tres pisos del hermoso y antiguo edificio de fachada marrón con contraventanas. Más allá de la avenida, en cambio, se elevaban las gigantescas losas grises de las *cités*, las barriadas de vivienda pública que albergaban a los pobres y a los inmigrantes, llegados principalmente de África y de las excolonias francesas del Magreb. Era aquella una parte de Francia en la que los poetas y los escritores de viajes rara vez se aventuraban: la Francia del crimen organizado, del rencor de los inmigrantes y, cada vez más, del islam radical. La mitad de los vecinos de la *banlieu* (tres cuartas partes de los jóvenes) había nacido fuera de Francia. Alienados y marginados, eran reclutas del ISIS en ciernes.

Durante su primer día de funcionamiento, la clínica suscitó una tibia curiosidad teñida de escepticismo. A la mañana siguiente, sin embargo, comenzó a recibir un flujo constante de pacientes. Muchos de ellos no habían ido al médico desde hacía años. Para otros (especialmente para los recién llegados de zonas del interior de Marruecos y Argelia) fue su primera visita al médico. Como era de esperar, se sintieron sumamente cómodos con aquella *médecine généraliste* que vestía recatadamente, llevaba hiyab y les hablaba en su lengua materna.

Se ocupó de sus dolores de garganta, sus toses crónicas, sus achaques y dolores varios y de las enfermedades que habían traído del tercer mundo al primero. Informó a una madre de cuarenta y cuatro años de que los severos dolores de cabeza que sufría se debían a un tumor cerebral, y a un hombre de sesenta años de que, después de toda una vida fumando, se había hecho acreedor de un cáncer de pulmón incurable. Y cuando sus pacientes estaban demasiado enfermos para personarse en la clínica, los atendió en sus abarrotados pisos de los bloques de viviendas protegidas. En las escaleras que olían a orines y en los sórdidos patios donde la basura formaba remolinos, los niños y jóvenes de Aubervilliers la miraban con desconfianza. Las raras veces que hablaban con ella, la trataban educadamente y con respeto. Las mujeres y las adolescentes, en cambio, eran libres de chismorrear sobre ella a su antojo. Los bloques de viviendas no eran otra cosa que aldeas árabes en las que imperaban las habladurías y la segregación sexual, y la doctora Leila Hadawi constituía una novedad interesante. Querían saber de dónde procedía, cómo era su familia y dónde había estudiado. Pero sobre todo les interesaba saber por qué, a sus treinta y cuatro años, estaba soltera. A esta pregunta, ella respondía con una sonrisa melancólica que dejaba en su interlocutor la impresión de un amor no correspondido o, quizá, de un amor perdido en medio de la violencia y el caos del Oriente Medio moderno.

A diferencia de los demás miembros de la plantilla, la doctora Hadawi vivía en el barrio: no en el semillero de delincuentes que eran los bloques de vivienda pública, sino en un cómodo pisito de un *quartier* de clase trabajadora habitado mayoritariamente por franceses. Al otro lado de la calle había un bonito café en cuya terraza, cuando no estaba en la clínica, se la veía a menudo tomando café, nunca vino o cerveza, porque el vino y la cerveza eran *haram*. Era evidente que su hiyab ofendía a algunos de sus conciudadanos: lo notaba en el tono del comentario de un camarero y lo veía en las miradas hostiles de los viandantes. Era la otra, una extranjera. Ello alimentaba el rencor que sentía hacia su país natal y avivaba un íntimo sentimiento de rabia. Porque la doctora Leila Hadawi, funcionaria del servicio público de salud francés, no era lo que aparentaba ser. Se había radicalizado gracias a las guerras de Irak y Siria y a la ocupación de Palestina por los judíos, y gracias también a la muerte de Ziad Al Masri, su único amor, a manos del Mukhabarat jordano. Era una viuda negra, una bomba de relojería con el temporizador en marcha. Esto no se lo confesaba a nadie, solo a su ordenador. En él volcaba sus secretos.

Durante sus últimos días en la granja de Nahalal (una granja que, por más que se esforzaba, ya no lograba recordar), le habían proporcionado una lista de páginas web. Algunas de ellas eran corrientes; otras pertenecían a las turbias cloacas del lado oscuro de la red. Todas ellas versaban sobre asuntos relacionados con el islam y el yihadismo. Leía blogs, entraba en foros para mujeres musulmanas, escuchaba sermones de predicadores extremistas y veía vídeos que ninguna persona, creyente o atea, debería ver. Bombas, decapitaciones, piras humanas, crucifixiones: un día sangriento en la vida del ISIS. Aquellas imágenes no turbaban a Leila. Algunas de ellas, en cambio, hicieron que Natalie, acostumbrada como estaba a ver sangre, saliera corriendo al cuarto de baño, presa de violentas náuseas. Utilizaba un enrutamiento cebolla muy conocido entre los yihadistas que le permitía deambular por el califato virtual sin ser detectada. Se hacía llamar Umm Ziad. Era su seudónimo, su *nom de guerre*.

Tardaron poco en fijarse en ella. No le faltaban ciberadmiradores. Había una mujer de Hamburgo que tenía un primo en edad casadera. Un clérigo egipcio con el que se enzarzó en una larga discusión acerca de la apostasía. Y el creador de un blog especialmente virulento que llamó a su puerta virtual mientras estaba viendo la decapitación de un prisionero cristiano. El bloguero era un reclutador del ISIS. Le pidió que viajara a Siria para ayudar a construir el califato.

ME ENCANTARÍA, escribió Leila, PERO MI LABOR ESTÁ AQUÍ, EN FRANCIA. CUIDO DE NUESTROS HERMANOS Y HERMANAS EN EL PAÍS DE LOS KAFIRES. MIS PACIENTES ME NECESITAN.

¿ERES MÉDICO?

SÍ.

NECESITAMOS MÉDICOS EN EL CALIFATO. Y MUJERES, ADEMÁS.

Aquella conversación le produjo una sacudida eléctrica, un hormigueo en los dedos, un enturbiamiento de la mirada muy semejantes al primer arrebato de deseo. No informó de ella. No hacía falta. Tenían monitorizados su ordenador y su teléfono. La estaban vigilando. A veces los veía en las calles de Aubervilliers: el tipo duro con la cara picada de viruela que había dirigido su interrogatorio final en el país de los judíos, el hombre de la cara fácil de olvidar, el de los ojos de invierno. No les hacía caso, tal y como le habían enseñado, y seguía a sus asuntos. Atendía a sus pacientes, chismorreaba con las mujeres de los bloques, desviaba la mirada piadosamente en presencia de niños y jóvenes y, de noche, sola en su piso, deambulaba por las salas del extremismo islámico, parapetada detrás de su *software* protector y su ambiguo seudónimo. Era una viuda negra, una bomba de relojería con el cronómetro en marcha.

Pese a estar separadas por apenas treinta y dos kilómetros de distancia, la *banlieu* de Aubervilliers y la localidad de Seraincourt son dos mundos aparte. En Seraincourt no hay comercios *halal*, mezquitas, ni altísimos bloques de viviendas llenos de inmigrantes de países hostiles, y el francés es el único idioma que se oye en sus estrechas callejuelas o en la *brasserie* de al lado de la vetusta iglesia de piedra de la plaza del pueblo. Es una visión idealizada de Francia, la Francia de antaño, una Francia inexistente.

Algo más allá del pueblo, en un valle ribereño salpicado de cuidadas granjas y bosques acicalados, se alzaba Château Treville. Protegido de ojos indiscretos por tapias de casi cuatro metros, tenía piscina climatizada, dos canchas de tenis de tierra batida, catorce dormitorios exquisitamente decorados y un jardín de trece hectáreas por el que sus ocupantes, si ese era su deseo, podían pasear sus preocupaciones. Intendencia, la división de la Oficina encargada de adquirir y mantener los pisos francos, se hallaba en buenos términos, si bien completamente engañosos, con el propietario de la finca. El contrato –de seis meses, con opción a prórroga– se cerró con un rápido intercambio de faxes y una transferencia bancaria de varios miles de euros bien disimulados. El equipo ocupó el *château* el mismo día en que la doctora Leila Hadawi se instaló en su modesto pisito de Aubervilliers. La mayoría de sus miembros solo se quedaron el tiempo justo para dejar las maletas. Después, se fueron a trabajar.

Habían operado en Francia muchas otras veces, incluso en el apacible pueblecito de Seraincourt, pero nunca con el beneplácito de los servicios de seguridad franceses. Daban por sentado que la DGSI vigilaba constantemente sus movimientos y escuchaba cada palabra que decían, y actuaban conforme a esa suposición. Dentro del *château* hablaban un hebreo coloquial tan bronco que escapaba al alcance de los simples traductores. Y en las calles de Aubervilliers, donde vigilaban sin descanso a Natalie, hacían lo posible por no desvelar secretos de familia ante sus aliados franceses, que tampoco la perdían de vista. Rousseau se hizo con un apartamento justo enfrente del de Natalie, donde dos equipos de agentes, uno israelí y otro francés, se turnaban para mantener una vigilancia constante. Al principio, en el piso reinaba una atmósfera glacial. Luego, paulatinamente, a medida que se fueron conociendo mejor, el ambiente comenzó a descongelarse. Para bien o para mal, estaban en el mismo barco. Los pecados del pasado fueron relegados al olvido. La urbanidad era la nueva consigna.

El único miembro del equipo que nunca pisaba el puesto de observación ni las calles de Aubervilliers era su fundador y guía. Sus movimientos eran impredecibles: París un día, Bruselas o Londres al siguiente, Ammán cuando tenía que consultar con Fareed Barakat, Jerusalén cuando necesitaba reencontrarse con su mujer y sus hijos. Cada vez que visitaba el Château Treville, se quedaba sentado hasta tarde con Eli Lavon, su amigo más antiguo, su compañero de armas desde los tiempos de la Operación Ira de Dios, y leía atentamente los informes de vigilancia en busca de algún indicio preocupante. Natalie era su obra maestra. La había reclutado, entrenado y colgado en una galería de locura religiosa, a la vista de los monstruos. El periodo de exhibición estaba tocando a su fin. Después llegaría la venta. Pero la subasta estaría amañada, porque Gabriel no tenía intención de vendérsela a nadie, excepto a Saladino.

Y así fue como, dos meses después de que la Clínica Jacques Chirac abriera sus puertas, Gabriel se encontró en el despacho de Paul Rousseau en la *rue* de Grenelle. La primera fase de la operación, declaró mientras disipaba con la mano otra andanada de humo de pipa, había terminado. Era hora de poner en juego a su peón. Conforme a las condiciones del acuerdo de cooperación franco-israelí, se suponía que la decisión de dar paso a la segunda fase debía tomarse conjuntamente, pero la agente infiltrada era suya, y por lo tanto la decisión también le correspondía a él. Pasó esa noche en el piso franco de Seraincourt, en compañía de su equipo, y por la mañana, con Mijail a su lado y Eli Lavon cubriéndole las espaldas, subió a un tren en la Gare du Nord, rumbo a Bruselas. Rousseau no hizo intento de seguirlos. No quería saber nada de aquella fase de la operación. Era la fase en la que las cosas se pondrían feas.

24

RUE DU LOMBARD, BRUSELAS

En el transcurso de una de sus muchas visitas a la sede del GID en Ammán, Gabriel había entrado en posesión de varios discos duros portátiles. Grabado en ellos se hallaba el contenido del ordenador portátil de Jalal Nasser, descargado durante sus visitas a Jordania o durante los registros clandestinos de su piso en el barrio de Bethnal Green, al este de Londres. El GID no había encontrado nada sospechoso: ni yihadistas conocidos entre sus contactos, ni visitas a páginas web extremistas en su historial de búsqueda. Aun así, Fareed Barakat había accedido a que la Oficina le echara otro vistazo, y los cibersabuesos de King Saul Boulevard habían tardado menos de una hora en encontrar una trampilla astutamente oculta dentro de un videojuego de aspecto inofensivo. Conducía a un sótano profusamente encriptado lleno de nombres, números, direcciones de correo electrónico y fotografías, entre ellas varias del Centro Weinberg de París. Había incluso una instantánea de Hannah Weinberg saliendo de su portal de la *rue* Pavée. Gabriel le dio la noticia a Fareed con delicadeza, para no herir el enorme ego de su valioso aliado.

—A veces —dijo—, ayuda contar con una mirada nueva.

—O con un cerebrito judío doctorado en Caltech —repuso Fareed.

—Sí, esto también.

Entre los nombres que destacaban en medio de aquel tesoro escondido estaba el de Nabil Awad, originario de la ciudad de Irbid, al norte de Jordania, y residente en el distrito de Molenbeek, en Bruselas. Separado del elegante centro de la ciudad por un canal industrial, Molenbeek había estado habitado antaño por valones católicos y flamencos protestantes que trabajaban en las muchas fábricas, talleres y almacenes del distrito. Ahora, las fábricas eran un recuerdo del pasado, al igual que los primeros habitantes de Molenbeek. El distrito se había convertido en una localidad musulmana de cien mil habitantes donde la llamada a la oración resonaba cinco veces al día desde veintidós mezquitas. Nabil Awad vivía en la *rue* Ransfort, una callejuela flanqueada por hileras de desconchadas viviendas de ladrillo del siglo XIX, reconvertidas en atestadas casas de vecinos. Trabajaba a tiempo parcial en una copistería del centro de Bruselas, pero su principal ocupación, como la de muchos jóvenes que vivían en el distrito, era el islam radical. Entre los profesionales de la seguridad pública, se conocía a Molenbeek como la capital yihadista de Europa.

Aquel barrio no era el lugar más adecuado para un hombre de gustos tan refinados como Fareed Barakat, como tampoco lo era el hotel de la *rue* du Lombard (a sesenta euros la noche) en el que se reunió con Gabriel. Se había vestido de *sport* para la ocasión: americana italiana, pantalones grises claros y camisa de vestir con puños franceses, sin corbata. Al entrar en la pequeña y agobiante habitación de la segunda planta del hotel, contempló la tetera eléctrica como si nunca hubiera visto semejante chisme. Gabriel la llenó de agua del grifo en el lavabo del baño y se reunió con Fareed junto a la ventana. Justo frente al hotel, en la planta baja de un moderno edificio de oficinas de seis plantas, estaba la imprenta y copistería XTC.

—¿A qué hora llegó? —preguntó el jordano.

—A las diez en punto.

—Un empleado modelo.

—Eso parece.

Los ojos oscuros del jordano barrieron la calle: un halcón buscando su presa.

—No te molestes, Fareed. No vas a verlos.

—¿Te importa que lo intente?

—Como quieras.

—La furgoneta azul, los dos hombres en el coche aparcado al final de la manzana, la chica sentada sola junto a la ventana de la cafetería.

—Mal, mal y mal.

—¿Quiénes son los dos hombres del coche?

—Están esperando a que un amigo salga de la farmacia.

—O puede que sean del servicio de seguridad belga.

—Lo último que nos preocupa es la Sûreté. Por desgracia —añadió Gabriel con aire sombrío—, a los terroristas que viven en Molenbeek tampoco les quita el sueño.

—Dímelo a mí —masculló Fareed—. Aquí en Bélgica fabrican más terroristas que en Jordania.

—Y ya es decir.

—Tú sabes —repuso Fareed— que no tendríamos este problema si no fuera por vosotros, los israelíes. Trastocasteis el orden natural de las cosas en Oriente Medio, y ahora todos lo estamos pagando.

Gabriel se quedó mirando la calle.

—Quizá no haya sido tan buena idea, después de todo —dijo con calma.

—¿Que tú y yo trabajemos juntos?

Gabriel asintió.

—Necesitáis amigos donde podáis encontrarlos, *habibi*. Deberías considerarte afortunado.

Hirvió el agua y la tetera se apagó con un chasquido.

—¿Te importa? —preguntó el jordano—. Me temo que soy un inútil en la cocina.

—Claro, Fareed. A fin de cuentas, no tengo nada mejor que hacer.

—Azúcar, por favor. Montones de azúcar.

Gabriel sirvió agua en una taza, echó dentro una bolsita de té rancio y añadió tres sobrecitos de azúcar. El jordano sopló el té disimuladamente antes de llevarse la taza a los labios.

—¿Cómo está? —preguntó Gabriel.

—Pura ambrosía. —Fareed hizo amago de encender un cigarrillo, pero se detuvo cuando Gabriel señaló el cartel de *prohibido fumar*—. ¿No podrías haber reservado una habitación para fumadores?

—Estaban todas ocupadas.

Fareed volvió a dejar el cigarrillo en su pitillera de oro y se la guardó en el bolsillo de la americana.

—Puede que tengas razón —dijo, ceñudo—. Puede que no haya sido tan buena idea, a fin de cuentas.

Le vieron a las once de la mañana, cuando salió del local para ir a comprar cuatro cafés para sus compañeros, y otra vez a primera hora de la tarde, cuando fue a comer a una cafetería que había al otro lado de la esquina. Por fin, a las seis, le vieron salir de la tienda por última vez, seguido por el individuo más insignificante de todo Bruselas y por una pareja (un hombre alto, de porte aristocrático y una mujer de anchas caderas) que apenas podían quitarse las manos de encima. Aunque él no lo supiera aún, su vida había tocado prácticamente a su fin. Pronto, pensó Gabriel, existiría únicamente en el ciberespacio. Sería una persona virtual, ceros y unos, polvo digital. Pero solo si conseguían apoderarse de él limpiamente, sin que se enterasen sus colegas o la policía belga, sin dejar huella. No sería tarea fácil en una ciudad como Bruselas, de calles irregulares y densamente poblada. Pero, como había dicho una vez el gran Ari Shamron, las cosas que de verdad merecen la pena nunca son fáciles.

Seis puentes atraviesan el ancho canal industrial que separa el centro de Bruselas de Molenbeek. Cruzar cualquiera de ellos supone abandonar Occidente para entrar en el mundo islámico. Como de costumbre, Nabil Awad cruzó por una pasarela para peatones llena de pintadas que muy pocos belgas autóctonos se atrevían a pisar. En el lado de Molenbeek, aparcada junto a un muelle antiestético, había una furgoneta desvencijada que en algún momento había sido blanca, con la puerta lateral corrediza. Nabil Awad no pareció reparar en ella. Solo tenía ojos para el hombre alto y desgarbado que caminaba junto a las aguas de color sopa de guisantes del canal. Era raro ver una cara occidental en Molenbeek de noche, y más raro aún que el propietario de esa cara no fuera escoltado por un amigo o dos.

Nabil Awad, siempre alerta, se detuvo junto a la furgoneta para dejarle pasar, lo cual fue un error. Porque en ese instante la puerta lateral se deslizó sobre sus raíles bien engrasados y cuatro manos expertas tiraron de él hacia el interior de la furgoneta. El hombre de facciones no árabes subió al asiento del copiloto. La furgoneta arrancó y se alejó de la acera. Mientras cruzaba la localidad árabe conocida como Molenbeek, pasando junto a hombres calzados con sandalias y mujeres veladas, comercios *halal* y puestos de comida turca, el hombre que iba en su parte trasera, atado y con los ojos tapados, forcejeaba para salvar su vida, una vida que había terminado tal y como la conocía.

A las seis y media de esa tarde, dos hombres de edad madura (uno de ellos un árabe elegantemente vestido con cara de ave rapaz; el otro, de aspecto vagamente judío) abandonaron el hotel de la *rue* du Lombard y subieron a un coche que pareció surgir de la nada. El personal de limpieza del hotel entró en la habitación unos minutos después, esperando encontrar el desorden habitual tras una breve estancia de dos hombres de apariencia sospechosa. Encontraron la habitación en perfecto estado, salvo por dos tazas sucias que descansaban en el poyete de la ventana: una manchada de té, la otra llena de colillas, una clara infracción de las normas del hotel. Los de dirección se pusieron furiosos pero no se sorprendieron. Al fin y al cabo aquello era Bruselas, la capital delictiva de Europa Occidental. Añadieron cien euros a la factura por servicios adicionales de limpieza y le sumaron una abultada cuenta de comida y bebida que nadie había pedido al servicio de habitaciones. Confiaban en que no hubiera quejas.

25

NORTE DE FRANCIA

La participación de Paul Rousseau en lo que sucedió después se limitó a la adquisición de un piso franco cerca de la frontera con Bélgica, cuyo precio enterró en lo más profundo de su presupuesto de intendencia. Advirtió a Gabriel y a Fareed Barakat que evitaran emplear con el prisionero cualquier táctica que pudiera considerarse tortura aunque fuera remotamente. Aun así, estaba jugando con fuego. No había en las leyes francesas ninguna salvedad que permitiera la captura extrajudicial de un ciudadano belga en territorio belga, aunque dicho ciudadano belga fuera sospechoso de haber participado en un atentado terrorista cometido en Francia. Si la operación llegaba a salir a la luz, no había duda de que el escándalo resultante supondría la caída de Rousseau. Pero era un riesgo que estaba dispuesto a correr. Consideraba a sus homólogos de la Sûreté belga unos memos incompetentes por haber permitido que el ISIS se hiciera un nidito seguro en el mismo corazón de Europa. Habían sido muchas las ocasiones en que habían omitido comunicarles información esencial respecto a planes terroristas contra objetivos franceses. Así pues, en lo que a él respectaba, solo les estaba devolviendo el favor.

El piso franco era una pequeña granja aislada cerca de Lille, pero Nabil Awad nunca lo supo porque hizo el viaje con tapones en los oídos y una capucha que le impedía ver. El estrecho comedor estaba listo para su llegada: una mesa metálica, dos sillas, una lámpara con una bombilla que brillaba como el sol. Nada más. Mijail y Yaakov le ataron a una de las sillas con cinta americana y, a una indicación de Fareed Barakat –un movimiento apenas perceptible de su regia cabeza–, le quitaron la capucha. El joven jordano se echó hacia atrás, asustado, al ver al temido jefe del Mukhabarat sentado tranquilamente al otro lado de la mesa. Para alguien como él, un jordano de origen humilde, no podía haber peor sitio que aquel. Era el final del camino.

El silencio que siguió se prolongó varios minutos y puso nervioso incluso a Gabriel, que estaba observando desde un rincón en penumbra de la habitación, junto a Eli Lavon. Nabil Awad temblaba de miedo. Era lo que tenían los jordanos, pensó Gabriel. Que no necesitaban recurrir a la tortura: su fama los precedía. De ahí que se considerasen superiores a sus homólogos de Egipto. El Mukhabarat egipcio colgaba a sus prisioneros de ganchos antes de molestarse siquiera en saludarlos.

Con otro leve gesto, Fareed indicó a Mijail que volviera a ponerle la capucha al prisionero. Gabriel sabía que los jordanos eran grandes partidarios de la privación sensorial. Un hombre al que se impide ver y oír se desorienta muy rápidamente, a veces en cuestión de minutos. Se pone nervioso, se deprime, oye voces y sufre alucinaciones. Muy pronto se apodera de él una especie de locura. Con un solo susurro se le puede convencer casi de cualquier cosa. De que se le está desprendiendo la carne de los huesos. De que le falta un brazo. De que su padre, que murió hace tiempo, está sentado a su lado, asistiendo a su humillación. Y todo ello puede lograrse sin palizas, sin electricidad, sin agua. Lo único que se necesita es un poco de tiempo.

Pero el tiempo, se dijo Gabriel, no estaba necesariamente de su parte. Nabil Awad se hallaba en esos momentos en otro puente: un puente que separaba su vida previa de la vida que viviría muy pronto por orden de Fareed Barakat. Tenía que cruzar ese puente cuanto antes, sin que se enterasen los otros miembros de la red. De lo contrario, aquella fase de la operación –la fase que podía dar al traste con todo lo anterior– sería una colosal pérdida de tiempo, esfuerzo y valiosísimos recursos. De momento, Gabriel se limitó a asumir el papel de espectador. La operación se hallaba ahora en manos de su antiguo enemigo.

Fareed habló por fin: una pregunta breve, pronunciada con una hermosa voz de barítono que pareció sacudir las paredes de aquella salita francesa. No contenía ninguna amenaza porque no era necesario. Daba a entender que su dueño era un hombre poderoso, privilegiado y rico. Que era pariente de Su Majestad y, por tanto, descendiente del profeta Mahoma, la paz sea con él. Que él, Nabil Awad, no era nada. Y que si él decidía arrancarle la vida, lo haría sin pestañear. Y luego se tomaría una buena taza de té.

—¿Quién es? —fue la pregunta que formuló Fareed.

—¿Quién? —respondió una voz débil y derrotada debajo de la capucha.

—Saladino —respondió Fareed.

—Reconquistó Jerusalén a los...

—No, no —le interrumpió Fareed—, *ese* Saladino no. Me refiero al Saladino que te ordenó atentar contra el centro judío de París y el mercado callejero de Ámsterdam.

—¡Yo no tengo nada que ver con esos atentados! ¡Nada! ¡Se lo juro!

—Eso no es lo que me dijo Jalal.

—¿Quién es Jalal?

—Jalal Nasser, tu amigo de Londres.

—No conozco a nadie que se llame así.

—Claro que sí, *habibi*. Jalal ya me lo ha contado todo. Me ha dicho que fuiste tú quien planificó los atentados de París y Londres. Que eres la mano derecha de Saladino en Europa Occidental.

—¡Eso no es verdad!

—¿El qué?

—No conozco a ningún Jalal Nasser y no he planificado nada. Trabajo en una imprenta. Soy una persona normal y corriente. Por favor, tiene que creerme.

—¿Estás seguro, *habibi*? —preguntó Fareed suavemente, como si se sintiera decepcionado—. ¿Estás seguro de que esa es tu respuesta?

Se hizo el silencio bajo la capucha. Con una mirada, Fareed ordenó a Mijail y Yaakov que se llevaran al prisionero. Desde su puesto en el rincón, Gabriel vio a sus dos agentes obedecer la orden del jordano. De momento, era Fareed quien estaba al mando. Él era un simple observador.

Se había dispuesto una habitación en el sótano. Era pequeña, fría y húmeda y apestaba a humedad. Mijail y Yaakov encadenaron a Nabil Awad al camastro y cerraron la puerta reforzada e insonorizada. La luz del techo, protegida por una rejilla metálica, brillaba con fuerza. Pero poco importaba: para Nabil Awad, el sol se había puesto. Con la caperuza opaca tapándole los ojos, habitaba un mundo de oscuridad perpetua.

La oscuridad, el silencio y el miedo no tardaron en perforar un agujero en el cerebro de Nabil Awad. Fareed observaba las imágenes de la cámara colocada en el interior de la celda. Buscaba las señales reveladoras (los movimientos nerviosos, el retorcerse, los súbitos sobresaltos) que indicaban el comienzo de la desorientación y el pánico. Había dirigido personalmente incontables interrogatorios en los lúgubres sótanos de la sede del GID, y sabía cuándo hacer preguntas y cuándo dejar que la oscuridad y el silencio obraran por él. Algunos terroristas se resistían a ceder incluso cuando se les sometía a un interrogatorio brutal, pero intuía que Nabil Awad estaba hecho de una pasta más blanda. Si estaba en Europa y no en el califato, poniendo bombas, matando y cortando cabezas, era por algo. Awad no era un héroe yihadista. Era un peón, un subalterno, justo lo que necesitaban.

Transcurridas dos horas, Fareed pidió que sacaran al prisionero del sótano y le llevaran arriba. Le formuló tres preguntas. ¿Cuál fue tu participación exacta en los atentados de París y Ámsterdam?

¿Cómo te comunicas con Jalal Nasser? ¿Quién es Saladino? De nuevo, el joven jordano dijo no saber nada de terrorismo, ni de Jalal Nasser, ni de aquel personaje misterioso que se hacía llamar Saladino. Era un leal súbdito jordano. No creía en el terrorismo ni en la yihad. No iba a la mezquita con regularidad. Le gustaban las chicas, fumaba tabaco y bebía alcohol. Trabajaba en una copistería. Era un donnadie.

—¿Estás seguro, *habibi*? —preguntó Fareed antes de devolverle a su celda—. ¿Estás seguro de que esa es tu respuesta?

Y así siguieron toda la noche, cada dos horas, a veces un cuarto de hora menos, a veces más, para que Nabil Awad no pudiera poner en marcha su reloj interno y prepararse de ese modo para la sorda acometida de Fareed. En cada aparición el joven jordano se mostraba más nervioso, más desorientado. Le hacían siempre las mismas tres preguntas. ¿Qué papel desempeñaste en los atentos de París y Ámsterdam? ¿Cómo te comunicas con Jalal Nasser? ¿Quién es Saladino? Sus respuestas nunca variaban. Era un chico corriente. Un donnadie.

Entre tanto, su teléfono móvil sonaba y se iluminaba a medida que llegaban mensajes y actualizaciones de media docena de redes sociales. El teléfono se hallaba en las hábiles manos de Mordecai, un experto en electrónica que hurgaba sistemáticamente en su memoria en busca de información valiosa. Dos equipos, uno en la sede del GID y otro en King Saul Boulevard, analizaban los datos sin perder un instante. Juntos redactaban las respuestas que Mordecai enviaba desde el teléfono móvil a fin de mantener a Nabil Awad vivo entre sus amigos, familiares y compañeros de viaje del movimiento yihadista internacional. Un paso en falso, una palabra equivocada, podía dar al traste con toda la operación.

Fue una labor enormemente compleja y un ejemplo notable de cooperación entre agencias. Pero la guerra global contra el extremismo islámico obligaba a formar extraños binomios, ninguno de ellos tan extraño como el que formaban Gabriel Allon y Fareed Barakat. En su juventud habían estado en lados contrarios del inmenso abismo que separaba a árabes e israelíes, y sus países habían librado un conflicto espantoso en el que el bando de Fareed tenía como objetivo acabar con la vida de tantos judíos como fuera posible y empujar a los demás al mar. Ahora eran aliados en esta nueva guerra, una guerra contra aquellos que mataban en nombre del ilustre antepasado de Fareed. Era una guerra larga, una guerra quizá sin fin.

Esa noche, la guerra no se libraba en Yemen, Pakistán o Afganistán, sino en una pequeña granja aislada cerca de Lille, no muy lejos de la frontera belga. Se libraba a intervalos de dos horas –a veces dos horas y cuarto, a veces menos–, con tres preguntas cada vez. ¿Qué papel desempeñaste en los atentados de París y Ámsterdam? ¿Cómo te comunicas con Jalal Nasser? ¿Quién es Saladino?

—¿Estás seguro, *habibi*? ¿Seguro que esa es tu respuesta?

—Sí, estoy seguro.

Pero no estaba seguro en absoluto, y cada vez que comparecía encapuchado ante Fareed Barakat su confianza se debilitaba. Y también su voluntad de resistir. Al hacerse de día, hablaba con un compañero de celda inexistente, y a primera hora de la tarde ya no podía subir por su propio pie el tramo de empinadas escaleras que llevaba al sótano. Fue entonces cuando Fareed le quitó la capucha y le puso delante una fotografía de una mujer de cara redonda con el cabello cubierto por un velo. Siguieron otras fotografías: un hombre de rostro curtido ataviado con una kufiya blanca y negra, un chico de unos dieciséis años, una niña preciosa. Eran quienes pagarían por sus actos. Los viejos morirían sumidos en la vergüenza, los jóvenes no tendrían futuro. Otra cosa muy propia de los jordanos, pensó Gabriel: tenían el poder de arruinar vidas enteras, no solo las vidas de los terroristas, sino las de varias generaciones. Nadie lo sabía mejor que Nabil Awad, que pronto se echó a llorar entre los poderosos brazos de Fareed. Este le prometió que todo iría bien. Pero primero, dijo con suavidad, iban a tener una pequeña charla.

26

NORTE DE FRANCIA

Era una historia harto conocida: una historia de desengaño e insatisfacción, de deseos frustrados, de esperanzas económicas y amorosas aplastadas, de rabia contra Estados Unidos e Israel por su maltrato a los musulmanes. La mitad de los yihadistas del mundo podrían haber contado la misma triste historia. Era, pensó Gabriel, un terreno muy trillado. Sí, había algunas mentes brillantes y algunos jóvenes de buena familia entre los líderes del movimiento yihadista mundial, pero los soldados de a pie, la carne de cañón, eran en su mayor parte pobres diablos fanatizados. El extremismo islámico era su salvación, y el ISIS su paraíso. Daba una razón de ser a aquellas almas extraviadas y prometía una vida eterna de placeres carnales a quien pereciera por la causa. Era un mensaje potentísimo para el que Occidente no tenía antídoto.

La versión de aquella historia que contaba Nabil Awad comenzaba en Irbid, donde su padre tenía un puesto en el mercado central. Nabil era un estudiante aplicado y al acabar el bachillerato fue admitido en el University College de Londres. Corría el año 2011, Siria estaba en llamas y los musulmanes británicos hervían de rabia. Nabil, libre del control del Mukhabarat jordano, comenzó muy pronto a relacionarse con islamistas y radicales. Rezaba en la mezquita de East London e ingresó en la rama londinense de Hizb ut-Tahrir, la organización islamista suní que promovía la resurrección del califato mucho antes de que alguien oyera hablar de un grupo llamado ISIS. El Hizb, como se conocía popularmente a la organización, estaba presente en más de cincuenta países y contaba con más de un millón de seguidores. Uno de ellos era un jordano de Ammán llamado Jalal Nasser al que Nabil Awad conoció durante una reunión del Hizb en el barrio de Tower Hamlets, al este de Londres. Jalal Nasser ya había cruzado la línea: la frontera entre islamismo y yihadismo, entre política y terrorismo. A su debido tiempo, se llevó consigo a Nabil Awad.

—¿Cuándo le conociste exactamente? —preguntó Fareed.

—No me acuerdo.

—Claro que te acuerdas, *habibi*.

—En la primavera de 2013.

—Sabía que podías hacerlo —comentó Fareed con una sonrisa paternalista.

Le había desatado las muñecas y le había dado una taza de té azucarado para reanimarle. Fareed también bebía té... y fumaba, cosa que Nabil Awad, como salafista que era, no aprobaba. Gabriel ya no estaba presente. Observaba el interrogatorio a través de la pantalla de un ordenador portátil, en la habitación contigua, junto a los otros miembros de su equipo. Otros dos equipos lo observaban también a distancia: uno en la sede del GID, otro en King Saul Boulevard.

Dándole un empujoncito, Fareed instó a Nabil Awad a hablarle con detalle de su relación con Jalal Nasser, cosa que hizo. Al principio –contó–, Jalal se mostraba esquivo y desconfiado con su compatriota. Temía que fuera un agente del GID o del MI5, el servicio de seguridad británico. Pero poco a poco, tras varias conversaciones rayanas en el interrogatorio, le brindó su confianza. Le dijo que el ISIS le había enviado a Europa para ayudar a construir una red capaz de atentar en Occidente. Y que quería que Nabil le ayudara.

—¿Cómo?

—Buscando reclutas.

—¿Reclutas para el ISIS?

—Para la red —contestó Nabil.

—¿En Londres?

—No. Quería que me mudara a Bélgica.

—¿Por qué a Bélgica?

—Porque él podía arreglárselas solo en Inglaterra, y creía que Bélgica prometía.

—¿Porque allí hay muchos hermanos musulmanes?

—Muchos —respondió—. Sobre todo en Bruselas.

—¿Hablabas flamenco?

—Claro que no.

—¿Y francés?

—No.

—Pero aprendiste a hablarlo.

—Muy deprisa.

—Eres un chico listo, ¿verdad que sí, Nabil? Demasiado listo para perder el tiempo con esa mierda del yihadismo. Deberías haber acabado tus estudios. Te habría ido mejor.

—¿En Jordania? —Sacudió la cabeza—. A no ser que seas de una familia rica o emparentada con el rey, no tienes nada que hacer. ¿Qué iba a hacer? ¿Conducir un taxi? ¿Trabajar de camarero en un hotel occidental, sirviendo alcohol a infieles?

—Mejor ser camarero que encontrarte como te encuentras ahora, Nabil.

El joven jordano no dijo nada. Fareed abrió un dosier.

—Es una historia interesante —dijo—, pero me temo que Jalal la cuenta de manera un poco distinta. Dice que fuiste tú quien le abordó *a él*. Que fuiste tú quien montó la red en Europa.

—¡Eso no es cierto!

—He ahí mi problema, *habibi*, como verás. Él me dice una cosa y tú me dices la contraria.

—¡Yo le estoy diciendo la verdad! ¡Es él quien miente!

—Demuéstralo.

—¿Cómo?

—Dime algo que no sepa ya sobre Jalal. O mejor aún —añadió

Fareed como si se le ocurriera de repente—, enséñame algo en tu teléfono o tu ordenador.

—Mi ordenador está en mi habitación, en Molenbeek.

Fareed sonrió melancólicamente y dio unas palmaditas en la mano a su prisionero.

—Ya no, *habibi*.

Desde el comienzo de la guerra contra el terror, Al Qaeda y sus mortíferas ramificaciones habían demostrado una notable capacidad de adaptación. Expulsados de su primer santuario en Afganistán, habían encontrado nuevos reductos desde los que operar en Yemen, Irak, Siria, Libia, en la península egipcia del Sinaí y en el distrito bruselense de Molenbeek, e ideado nuevos métodos de comunicación para evitar ser detectados por la NSA y otras agencias de espionaje occidentales. Uno de los más innovadores era un programa de encriptación avanzado de 256 bits llamado Mujahideen Secrets. Tras instalarse en Bélgica, Nabil Awad lo utilizó para comunicarse de manera segura con Jalal Nasser. Solo tenía que escribir sus mensajes en el ordenador portátil, cifrarlos empleando el programa y grabarlos en un lápiz de memoria que era trasladado a mano hasta Londres. Los mensajes originales los deshacía y borraba. Aun así, a Mordecai no le costó mucho esfuerzo encontrar sus vestigios digitales en el disco duro del portátil. Sirviéndose de la contraseña de catorce caracteres de Nabil, resucitó los archivos y convirtió páginas y páginas de letras y números aparentemente inconexos en textos legibles. Uno de los documentos hacía referencia a una posible recluta muy prometedora: una francesa de origen argelino llamada Safia Bourihane.

—¿Fuiste tú quien la introdujo en la red? —preguntó Fareed al retomar el interrogatorio.

—No —contestó el joven jordano—. Fui quien la encontró. Del reclutamiento se ocupaba Jalal.

—¿Dónde la conociste?

—En Molenbeek.

—¿Qué hacía allí?

—Tiene familia en el barrio. Primos, creo. A su novio acababan de matarlo en Siria.

—¿Estaba muy apenada?

—Estaba furiosa.

—¿Con quién?

—Con los americanos, claro, pero sobre todo con los franceses. Su novio murió en un ataque aéreo francés.

—¿Quería vengarse?

—Lo estaba deseando.

—Hablaste con ella directamente.

—No, nunca.

—¿Dónde la viste?

—En una fiesta, en el piso de un amigo.

—¿Qué clase de fiesta?

—Una de esas a las que ningún buen musulmán debería ir.

—¿Qué hacías allí?

—Estaba trabajando.

—¿No os importa que vuestros reclutas beban alcohol?

—La mayoría beben. Recuerde —añadió Nabil Awad— que Al Zarqaui era alcohólico antes de descubrir la belleza del islam.

—¿Qué ocurrió después de que mandaras ese mensaje a Jalal?

—Me ordenó que averiguara más sobre ella. Estuve un par de días en Aulnay-sous-Bois, vigilándola.

—¿Conoces bien Francia?

—Forma parte de mi territorio.

—¿Y te gustó lo que viste?

—Mucho.

—Así que le mandaste un segundo mensaje cifrado a Jalal —prosiguió Fareed agitando ante él un papel impreso.

—Sí.

—¿Cómo?

—Mediante un correo.

—¿Cómo se llama el correo?

El joven jordano logró esbozar una sonrisa.

—Pregúnteselo a Jalal —dijo—. Él puede decírselo.

Fareed levantó una fotografía de la madre de Nabil, una mujer con el cabello cubierto por un velo.

—¿Cómo se llama el correo?

—No sé su nombre. Nunca nos hemos visto las caras.

—¿Utilizáis un sistema de buzón?

—Sí.

—¿Cómo avisas al correo?

—Cuelgo un mensaje en Twitter.

—¿El correo sigue tu cuenta?

—Evidentemente.

—¿Y los buzones?

—Tenemos cuatro.

—¿En Bruselas?

—O cerca.

—¿Cómo sabe el correo en qué buzón buscar?

—El mensaje contiene la ubicación.

En la sala contigua, Gabriel vio a Fareed Barakat colocar un cuaderno de hojas amarillas y un rotulador delante de Nabil Awad. El joven jordano, acobardado, se apresuró a coger el rotulador como un hombre que se ahoga cogería un salvavidas en medio del mar tempestuoso. Escribió en árabe, rápidamente, sin detenerse. Escribió por sus padres y sus hermanos y hermanas, y por todos aquellos que llevaban el apellido Awad. Pero, sobre todo, pensó Gabriel, escribió por Fareed Barakat. Fareed le había derrotado. Ahora, Nabil les pertenecía. Eran sus dueños.

Una vez acabada la tarea, Fareed le exigió un nombre más a su prisionero: el nombre de la persona que dirigía la red, que elegía los objetivos, que entrenaba a los terroristas y fabricaba los artefactos explosivos. El nombre del individuo que se hacía llamar Saladino.

Nabil Awad aseguró entre lágrimas no saberlo, y Fareed, quizá porque él también empezaba a cansarse, decidió creerle.

—Pero ¿has oído hablar de él?

—Sí, claro.

—¿Es jordano?

—Lo dudo.

—¿Sirio?

—Podría ser.

—¿Iraquí?

—Yo diría que sí.

—¿Por qué?

—Porque es muy profesional. Como usted —añadió Nabil rápidamente—. Se toma muy en serio su seguridad. No quiere ser una estrella, como Bin Laden. Lo único que quiere es matar infieles. Solo los de arriba saben su verdadero nombre o de dónde es.

Para entonces se había hecho de noche. Devolvieron a Nabil Awad, atado y con la capucha puesta, a la furgoneta que antes había sido blanca y le trasladaron al aeropuerto de Le Bourget, a las afueras de París, donde le esperaba un avión Gulfstream perteneciente al rey de Jordania. Nabil Awad subió a bordo sin resistirse y apenas seis horas después estaba encerrado en una celda, en las profundidades del GID en Ammán. En el universo paralelo de la World Wide Web, sin embargo, seguía siendo un hombre libre. Les dijo a sus amigos, a sus seguidores en las redes sociales y al encargado de la imprenta en la que trabajaba que había tenido que regresar a Jordania porque su padre había enfermado de repente. Su padre no pudo contradecir tal afirmación porque, al igual que todos los miembros de la extensa familia Awad, se hallaba bajo custodia del GID.

Durante las setenta y dos horas siguientes no dejaron de llegar a su móvil mensajes de condolencia. Dos equipos de analistas, uno en la sede del GID y otro en King Saul Boulevard, escudriñaban cada *e-mail* y cada mensaje en busca de cualquier indicio sospechoso. Además, redactaron y colgaron varias actualizaciones en la cuenta de Twitter de Nabil Awad. Al parecer, el enfermo había empeorado. Se recuperaría, Dios mediante, pero de momento las cosas no iban bien.

Para cualquier espectador poco avezado, las palabras que aparecían en las páginas de Nabil Awad en las redes sociales parecían del todo apropiadas para el hijo mayor de un hombre gravemente enfermo. Había, sin embargo, un mensaje cuya sintaxis y vocabulario entrañaban un significado distinto para un lector en concreto. El mensaje venía a decir que había un lata vacía de cerveza belga en un arbusto de aulaga situado al borde de un pequeño prado, no muy lejos del centro de Bruselas. Dentro de la lata, envuelta en plástico protector, había una memoria USB que contenía un solo documento cifrado. El tema del documento era una doctora palestina llamada Leila Hadawi.

27

SERAINCOURT, FRANCIA

Y así comenzó la gran espera, como la llamaron todos aquellos que tuvieron que sufrir aquel periodo agónico, de unas setenta y dos horas de duración, durante el cual el mensaje cifrado permaneció intacto en su pequeño sarcófago de aluminio, al pie de un poste de la luz de la Kerselaarstraat, en la localidad de Dilbeek, a las afueras de Bruselas. Los actores de aquel drama a cámara lenta se hallaban muy alejados entre sí: unos, en el barrio de Bethnal Green, al este de Londres; otros, en una *banlieu* de inmigrantes al norte de París; otros, en una sala situada en el centro de un edificio de Ammán conocido como La fábrica de uñas, donde se mantenía virtualmente con vida a un yihadista. Había precedentes para lo que estaban haciendo: durante la Segunda Guerra Mundial, el servicio secreto británico mantuvo viva y en funcionamiento toda una red de espías alemanes apresados a fin de engañar a sus superiores de la Abwehr, a los que transmitían informaciones falsas o engañosas. Los israelíes y los jordanos se veían a sí mismos como los mantenedores de esa llama sagrada.

El único lugar donde no había ni un solo miembro del equipo era Dilbeek. A pesar de que se hallaba a apenas dos kilómetros del centro de Bruselas, era una zona eminentemente rural rodeada por pequeñas explotaciones agrícolas.

—En otras palabras —declaró Eli Lavon, que se encargó de hacer el reconocimiento de la zona a la mañana siguiente del interrogatorio de Nabil Awad—, la pesadilla de un espía.

Instalar un punto de observación fijo estaba descartado. Tampoco era posible vigilar el objetivo desde un coche aparcado o una cafetería: en aquel tramo de Kerselaarstraat estaba prohibido aparcar, y los únicos bares que había estaban en el centro del pueblo.

La solución consistió en ocultar una minicámara en la franja de maleza del otro lado de la calle. Mordecai vigilaba la transmisión cifrada desde una habitación de hotel en el centro de Bruselas y desviaba la señal hacia una red segura, lo que permitía a los demás miembros del equipo ver las imágenes en tiempo real. Pronto se convirtió en el programa estrella, con una cuota de pantalla envidiable: en Londres, Tel Aviv, Ammán y París, agentes de inteligencia expertos y extremadamente motivados permanecían inmóviles ante sus monitores, mirando con fijeza una mata de aulaga al pie de un poste de cemento. De vez en cuando pasaba un coche, o un ciclista, o un jubilado del pueblo que salía a dar su paseo diario, pero durante la mayor parte del tiempo la imagen parecía una foto fija en vez de una imagen de vídeo en directo. Gabriel la observaba desde su centro de operaciones en Château Treville. Le parecía la cosa más antiestética que había hecho nunca. La tituló *Lata junto a un poste* y se maldecía para sus adentros por haber escogido el «buzón» de Dilbeek en lugar de las otras tres alternativas, que por otra parte no eran mucho mejores. Estaba claro que Jalal Nasser no las había seleccionado por su belleza.

La espera tenía también sus momentos entretenidos. Había un pastor belga, un bicho colosal, parecido a un lobo, que cagaba a diario en la mata de aulaga. Y un jubilado provisto de un detector de metales que desenterró la lata y, tras mirarla con detenimiento, volvió a dejarla en su sitio. Hubo también una tormenta de proporciones bíblicas, de cuatro horas de duración, que amenazó con llevarse la lata y su contenido, por no hablar del pueblo entero. Gabriel ordenó a Mordecai que fuera a comprobar que la memoria USB estaba en buen estado, pero Mordecai le convenció de que no era necesario. La había metido dentro de dos bolsas de plástico resellables que no dejaban pasar el agua, la técnica habitual de Nabil

Awad. Además, razonó Mordecai, era demasiado arriesgado ir a comprobarlo. Siempre cabía la posibilidad de que el correo llegara en ese mismo momento. Y de que no fueran ellos los únicos que vigilaban el «buzón».

El objetivo de esta estratagema, Jalal Nasser, el director de operaciones de Saladino en Europa, no dio ninguna pista respecto a sus intenciones. Para entonces había comenzado el verano y Jalal se hallaba por fin libre de la enorme carga de sus estudios en el King's College (un solo seminario relacionado con el impacto del imperialismo occidental en la economía del mundo árabe), de modo que podía dedicarse por entero a la yihad y el terrorismo. Daba la impresión, sin embargo, de disponer de todo el tiempo del mundo. Desayunaba sin prisas en su café favorito de Bethnal Green Road, iba de compras a Oxford Street, visitó la National Gallery para ver arte prohibido, vio una película de acción americana en un cine de Leicester Square. Incluso fue a un musical (*Jersey Boys*, nada menos), lo que hizo preguntarse a los equipos de Londres si no estaría planeando poner una bomba en la función. No vieron señal alguna de que estuviera vigilado por los británicos, pero en el Londres orwelliano las apariencias pueden ser engañosas. El MI5 no necesitaba recurrir a agentes para vigilar a sospechosos de terrorismo: los ojos de las cámaras de seguridad nunca pestañeaban.

Habían allanado y registrado su piso de soltero de Chilton Street y lo habían monitorizado de todas las formas posibles. Le veían comer, le veían dormir, le veían rezar, y atisbaban sigilosamente por encima de su hombro, como niños curiosos, cuando de madrugada se enfrascaba en su ordenador. No tenía un portátil sino dos: uno conectado a Internet y otro idéntico sin ninguna conexión al ciberespacio, o eso creía él. Si se estaba comunicando con otros elementos de la red de Saladino, no lo parecía a simple vista. Jalal Nasser podía ser un yihadista comprometido con su causa, un terrorista, pero en Internet era un inmigrante modélico residente en el Reino Unido y un súbdito leal del reino hachemita de Jordania.

¿Sabía, no obstante, que había una memoria USB esperando al pie de un poste de la luz, en una bucólica zona residencial de las afueras de Bruselas llamada Dilbeek? ¿Sabía que el hombre que presuntamente la había puesto allí estaba ahora en Jordania asistiendo a su padre gravemente enfermo? ¿Y acaso aquella confluencia de acontecimientos (el buzón y la súbita ausencia de su hombre de confianza) le parecía sospechosa? Gabriel estaba convencido de que así era. Y la prueba de ello, declaró, era que el correo no hubiera ido a vaciar el buzón. Su humor empeoraba con cada hora que pasaba. Deambulaba por las muchas habitaciones del Château Treville, recorría los senderos de los jardines, escudriñaba los informes de vigilancia. Pero sobre todo miraba fijamente la pantalla del ordenador, aquella imagen de un poste de cemento que se alzaba sobre una maraña de aulaga, posiblemente la estampa más fea de su magnífica trayectoria.

A última hora de la tarde del tercer día, el diluvio que había inundado Dilbeek puso sitio a las *banlieus* del norte de París. A Eli Lavon, el chaparrón le pilló en las calles de Aubervilliers, y cuando regresó a Château Treville podrían haberle tomado por un loco que había decidido darse un baño con la ropa puesta. Gabriel estaba de pie delante de su ordenador, inmóvil como una estatua de bronce. Sus ojos verdes, sin embargo, parecían arder.

—¿Y bien? —preguntó Lavon.

Gabriel estiró el brazo, tocó un par de teclas e hizo clic en el icono de PLAY de la pantalla. Unos segundos después apareció una motocicleta que cruzaba el encuadre a gran velocidad, de derecha a izquierda, formando un borrón negro.

—¿Sabes cuántos motociclistas han pasado por ese sitio hoy? —preguntó Lavon.

—Treinta y ocho —respondió Gabriel—. Pero solo uno hizo esto.

Volvió a poner el vídeo a cámara lenta y a continuación pulsó el botón de pausa. En el fotograma en el que se detuvo la imagen, el visor del casco del motociclista apuntaba directamente hacia la base del poste de la luz.

—Puede que le haya distraído algo —comentó Lavon.

—¿Como qué?

—Como una lata de cerveza con una memoria USB dentro.

Gabriel sonrió por primera vez en tres días. Tocó unas cuantas teclas más y en la pantalla volvió a aparecer la imagen de vídeo en directo. «*Lata junto a un poste*», se dijo. De pronto le pareció la cosa más bonita que había visto nunca.

Le vieron por segunda vez a las siete de esa tarde, y de nuevo a las ocho y media, cuando el anochecer oscurecía la imagen como un cuadro devorado lentamente por la suciedad y el amarilleo del barniz. En ambas ocasiones cruzó el encuadre de izquierda a derecha. Y en ambas ocasiones, al revisar la imagen a cámara lenta, le vieron girar la cabeza casi imperceptiblemente hacia la mata de aulaga situada al pie del poste de cemento. Cuando regresó por tercera vez, hacía ya largo rato que había anochecido y en la pantalla reinaba una negrura total. Esta vez se detuvo y apagó las luces de la moto. Mordecai puso la cámara en infrarrojo y un segundo más tarde Gabriel y Eli Lavon vieron una mancha amarilla y roja con forma de hombre entrar y salir rápidamente de la mata de aulaga, al borde de Kerselaarstraat.

La memoria USB era un modelo idéntico al que había empleado Nabil Awad en otras ocasiones, con una sutil diferencia: su placa estaba provista de un dispositivo de rastreo que permitía al equipo seguir todos sus movimientos. Desde Dilbeek se trasladó al centro de Bruselas, donde pasó una noche de descanso en un hotel bastante bueno. Luego, por la mañana, embarcó en el Eurostar de las 8:52 en Bruselas Midi y a las diez se deslizaba por un andén de la estación londinense de Saint Pancras. Yaakov Rossman consiguió fotografiar al correo cuando cruzaba el vestíbulo de llegadas. Más tarde le identificarían como un ciudadano egipcio que vivía cerca de Edgware Road y trabajaba como asistente de producción en la cadena de televisión Al Yazira.

La memoria USB llegó al este de Londres a pie y a mediodía cambió de manos con admirable discreción en una acera de Brick Lane. Unos minutos después, en el piso de soltero del número 36, fue insertada en un ordenador sin conexión a Internet (o eso creía su propietario), momento en el cual comenzó una nueva espera. Una espera que terminaría cuando Jalal Nasser, el lugarteniente de Saladino en Europa, fuera a París a conocer a su nueva recluta.

28

PARÍS

Natalie reparó en él por primera vez el sábado a las dos y media de la tarde, cuando iba cruzando los Jardines de Luxemburgo. En ese instante se dio cuenta de que le había visto ya varias veces antes. La tarde anterior, por ejemplo, en la cafetería que había enfrente de su casa, en Aubervilliers. Protegido del sol por una sombrilla de Pernod, bebía pausadamente una copa de vino blanco mientras se fingía absorto en un libro de bolsillo muy manoseado. La había mirado fijamente, sin ningún recato. Ella, creyendo que su interés estaba motivado por la lujuria, se había marchado del café antes de lo previsto. Echando la vista atrás, supuso que su reacción le había causado buena impresión.

Fue solo entonces, sin embargo, aquella perfecta tarde de sábado moteada de sol, cuando estuvo segura de que aquel hombre la estaba siguiendo. Tenía pensado tomarse todo el día libre pero una pandemia de amigdalitis en las *cités* la había obligado a pasar la noche en la clínica. Se había marchado a mediodía y había cogido un cercanías hasta el centro. Y mientras fingía mirar los escaparates de la *rue* Vavin, le había visto al otro lado de la calle, simulando hacer lo mismo. Unos minutos después, en los senderos de los Jardines de Luxemburgo, puso en práctica una de las técnicas que había aprendido en la granja de Nahalal (pararse de pronto, dar media vuelta, volver rápidamente sobre sus pasos). Y allí estaba de nuevo. Pasó a su lado mirando hacia otra parte. Aun así, sintió el peso de su mirada fija en ella. Unos pasos por detrás de él, vestido como un poeta revolucionario entrado en años, iba el vigilante de la Oficina, el de la cara borrosa, y detrás de él dos agentes de vigilancia franceses. Natalie regresó rápidamente a la *rue* Vavin y entró en una *boutique* que había visitado unos minutos antes. Al instante sonó su teléfono.

—¿Has olvidado que hoy íbamos a tomar café?

Natalie reconoció la voz.

—Claro que no —contestó enseguida—. Pero voy a llegar unos minutos tarde. ¿Dónde estás?

—En el Café de Flore. Está en...

—Sé dónde está —dijo con una nota de soberbia francesa—. Voy para allá.

Se cortó la llamada. Natalie dejó el teléfono en su bolso y salió a la calle. No vio a su perseguidor, pero uno de los agentes de vigilancia franceses estaba en la acera de enfrente. La siguió por el Quartier du Luxembourg hasta el bulevar Saint Germain, donde Dina Sarid la saludó desde la terraza de uno de los cafés más famosos de París. Llevaba un velo de colores vivos y unas grandes gafas de sol de estrella de cine.

—Hasta con esa ropa —dijo Natalie en voz baja al besarla en la mejilla—, sigues pareciendo una judía askenazí con hiyab.

—El *maître* no está de acuerdo. He tenido suerte de que me diera una mesa.

Natalie desdobló su servilleta sobre el regazo.

—Creo que me están siguiendo.

—Así es.

—¿Cuándo ibais a decírmelo?

Dina se limitó a sonreír.

—¿Es el que buscamos?

—Desde luego.

—¿Cómo queréis que reaccione?

—Hazte de rogar. Y recuerda —añadió Dina—: nada de besos en la primera cita.

Natalie abrió su carta y suspiró.

—Necesito una copa.

29

AUBERVILLIERS, FRANCIA

—¿Leila? ¿Eres tú de verdad? Soy Jalal. Jalal Nasser, de Londres. ¿Te acuerdas de mí? Nos conocimos hace unas semanas. ¿Te importa que me siente? Yo también iba a tomarme un café.

Habló atropelladamente, en el árabe clásico de Jordania, mientras se cernía sobre la mesa que Natalie solía ocupar en la cafetería que había enfrente de su edificio. Era a última hora de la mañana siguiente, un domingo. Corría un aire fresco y suave y el sol surcaba un cielo sin nubes. Había poco tráfico en la calle, y Natalie le había visto acercarse por la acera desde lejos. Al pasar junto a su mesa se había detenido bruscamente (igual que se había detenido ella en los senderos de los Jardines de Luxemburgo) y había dado media vuelta como si alguien le hubiera tocado el hombro. Se acercó despacio y se situó de tal forma que el sol le diera en la espalda y su larga sombra cayera sobre el periódico abierto de Natalie. Ella levantó la vista, se hizo visera con la mano y le miró con frialdad, como si le viera por primera vez. Tenía el pelo muy rizado, limpio y bien peinado, la mandíbula cuadrada y fuerte y una sonrisa contenida pero cálida. Las mujeres le encontraban atractivo, y él lo sabía.

—Me estás tapando la luz —dijo ella.

Él agarró el respaldo de una silla vacía.

—¿Puedo?

Antes de que Natalie pudiera contestar, apartó la silla de la mesa y se sentó. Y ya estaba, pensó ella. Después de todos los preparativos, de todo el entrenamiento, allí estaba él, sentado ante ella, el hombre al que buscaban, el que la pondría en manos de Saladino. De pronto se dio cuenta de que le tañía el corazón como una campana de hierro. Su malestar debió de hacerse visible porque él puso una mano sobre la manga de su recatada blusa de seda. Al encontrarse con su mirada de reproche, se apresuró a retirarla.

—Perdóname. No quiero ponerte nerviosa.

Pero ella no estaba nerviosa, se dijo Natalie. ¿Por qué iba a estarlo? Estaba en su café de siempre, enfrente de su piso. Era un miembro respetado de la comunidad, una médica que atendía a los vecinos de las *cités* y les hablaba en su lengua materna, aunque con evidente acento palestino. Era la doctora Leila Hadawi, licenciada en la Université Paris-Sud, colegiada y autorizada por el Estado francés para ejercer la medicina. Era Leila de Sumayriyya, Leila la que amaba a Ziad. Y el atractivo joven que acababa de interrumpir su café del domingo por la mañana, que se había atrevido a tocar el borde de su manga, no tenía la menor importancia.

—Lo siento —dijo, doblando distraídamente su periódico—, pero no me he quedado con tu nombre.

—Jalal —repitió él—. Jalal Nasser.

—¿Jalal de Londres?

—Sí.

—¿Y dices que ya nos conocemos?

—Fue solo un momento.

—Eso explica que no me acuerde de ti.

—Puede ser.

—¿Y dónde nos conocimos exactamente?

—Fue en la *place* de la République, hace dos meses. O puede que tres. Había una manifestación contra...

—Me acuerdo de la manifestación. —Entornó los ojos pensativamente—. Pero no me acuerdo de ti.

—Hablamos después. Te dije que admiraba tu pasión y tu compromiso con el tema palestino. Que me gustaría seguir discutiéndolo contigo. Te anoté mi número en la parte de atrás de un folleto y te lo di.

—Si tú lo dices. —Contempló la calle fingiéndose aburrida—. ¿Utilizas esta táctica con todas las mujeres a las que ves sentadas a solas en la terraza de un café?

—¿Me estás acusando de habérmelo inventado?

—Podría ser.

—¿Y cómo sé que estuviste en la manifestación de la *place* de la République si no estaba allí?

—Eso todavía no lo he descubierto.

—Sé que estuviste —añadió él—, porque yo también estaba allí.

—Eso dices tú.

Él llamó al camarero y pidió un *café crème*. Natalie giró la cabeza y sonrió.

—¿De qué te ríes?

—Tu francés es atroz.

—Vivo en Londres.

—Sí —repuso ella—, ya me ha quedado claro.

—Estudio en el King's College —explicó Jalal.

—¿No eres un poco mayor para estar estudiando todavía?

—Eso mismo dice mi padre.

—Tu padre parece un hombre sensato. ¿También vive en Londres?

—En Ammán. —Se quedó callado mientras el camarero le ponía delante la taza de café. Luego preguntó como si tal cosa—: Tu madre es jordana, ¿verdad?

Esta vez fue Leila quien guardó silencio. Era el silencio de la sospecha, el silencio de la exiliada.

—¿Cómo sabes que mi madre es jordana? —preguntó por fin.

—Me lo dijiste tú.

—¿Cuándo?

—En la manifestación, claro. Me dijiste que la familia de tu madre vivía en Nablús. Que huyeron a Jordania y que se vieron obligados a vivir en el campo de refugiados de Zarqa. Conozco ese campo, por cierto. Tengo muchos amigos que son de allí. He rezado muchas veces en su mezquita. ¿Conoces la mezquita del campo de Zarqa?

—¿Te refieres a la mezquita de Al Falah?

—Sí, a esa.

—La conozco muy bien —contestó—. Pero estoy segura de que yo no te he dicho nada de eso.

—¿Cómo iba a saber lo de tu madre si no me lo dijiste tú?

De nuevo se quedó callada.

—También me hablaste de tu padre.

—No puede ser.

Él ignoró su protesta.

—No era de Yenín, como tu madre. Era del oeste de Galilea. —Hizo una pausa y luego añadió—: De Sumayriyya.

Leila puso mala cara y comenzó a hacer una seric de pequeños gestos que los interrogadores denominaban «actividad de desplazamiento»: se ajustó el hiyab, tamborileó con una uña en el borde de su taza de café, miró con nerviosismo la apacible calle dominical. Miró a todas partes menos a la cara del hombre sentado al otro lado de la mesa, el hombre que la pondría en manos de Saladino.

—No sé quién eres —dijo por fin—, pero nunca te he dicho nada sobre mis padres. De hecho, estoy segura de que no te había visto nunca, hasta hace un momento.

—¿Nunca?

—No.

—Entonces, ¿cómo es que sé tantas cosas sobre ti?

—Puede que seas de la DGSI.

—¿Yo? ¿Del servicio secreto francés? Hablo un francés malísimo. Tú misma lo has dicho.

—Entonces quizá seas americano. O israelí —añadió.

—Estás paranoica.

—Será porque soy palestina. Y si no me dices quién eres de verdad y lo que quieres, me marcho. Y seguramente buscaré al gendarme que haya más cerca y le hablaré de un tipo muy raro que sabe cosas sobre mí que no debería saber.

—A ningún musulmán le conviene mezclarse con la policía francesa, Leila. Es muy probable que acaben abriéndote un expediente secreto. Y si lo hacen, podrían descubrir cosas que, dada tu posición, serían muy perjudiciales para ti.

Sin decir nada, ella puso un billete de cinco euros junto a su café e hizo amago de levantarse, pero Jalal volvió a ponerle la mano en el brazo, no con suavidad como la primera vez, sino con sorprendente firmeza. Y mientras tanto mantuvo una sonrisa que tenía como único objetivo engañar al camarero y a los transeúntes, inmigrantes y franceses, que paseaban a la luz suave del sol.

—¿Quién eres? —murmuró ella entre dientes.

—Me llamo Jalal Nasser.

—¿Jalal de Londres?

—Correcto.

—¿Nos hemos visto alguna vez?

—No.

—Me has mentido.

—Tenía que hacerlo.

—¿Qué haces aquí?

—Me han pedido que viniera.

—¿Quién?

—Tú, por supuesto. —Aflojó la mano con que la sujetaba—. No te pongas nerviosa, Leila —dijo con calma—. No voy a hacerte daño. Estoy aquí para ayudarte. Voy a darte la oportunidad que estás esperando. Voy a hacer que se cumplan tus sueños.

El puesto de observación de Paul Rousseau estaba situado justo sobre el café, y la cámara grababa en un ángulo tan picado que Natalie y Jalal parecían personajes de una película vanguardista francesa. El audio lo proporcionaba el teléfono móvil de Natalie, lo que significaba que, al ver las imágenes en vivo, el sonido llegaba con dos segundos de retraso. Más tarde, en el piso franco de Seraincourt, Mordecai editó la cinta del encuentro sincronizando sonido e imagen. Gabriel la vio tres veces de principio a fin, con Eli Lavon a su lado. Después deslizó el cursor hasta el minuto 11:17:38 y pulsó el icono de PLAY.

—*¿Qué haces aquí?*

—*Me han pedido que viniera.*

—*¿Quién?*

—*Tú, por supuesto.*

Gabriel pulsó la pausa.

—Impresionante actuación —comentó Eli Lavon.

—¿La de él o la de ella?

—La de los dos, en realidad.

Gabriel pulsó el PLAY.

—*Voy a darte la oportunidad que estás esperando. Voy a hacer que se cumplan tus sueños.*

—*¿Quién te ha hablado de mis sueños?*

—*Mi amigo Nabil. Puede que te acuerdes de él.*

—*Muy bien, sí.*

—*Nabil me habló de la conversación que tuvisteis después de la manifestación en la* place *de la République.*

—*¿Por qué hizo eso?*

—*Porque Nabil y yo trabajamos para la misma organización.*

—*¿Qué organización?*

—*No puedo decírtelo. Aquí no. Ahora mismo no.*

Gabriel detuvo la grabación y miró a Lavon.

—¿Por qué «aquí no»?

—No creerías de verdad que iba a proponerle algo en la terraza de la cafetería, ¿no?

Gabriel arrugó el entrecejo y puso de nuevo en marcha la grabación.

—*Quizá podamos vernos en algún sitio más discreto para hablar con calma.*

—*Quizá.*

—*¿Estás libre esta noche?*

—*Podría ser.*

—*¿Conoces La Courneuve?*

—*Claro.*

—*¿Puedes ir hasta allí?*

—*No está lejos. Puedo ir a pie.*

—*Hay un bloque de pisos muy grande en la* avenue *Leclerc.*

—*Lo conozco.*

—*Quedamos a las nueve delante de la farmacia. No traigas tu móvil ni ningún dispositivo electrónico. Y abrígate bien.*

Gabriel detuvo la imagen.

—Me da la impresión de que van a viajar en moto.

—Muy astuto —comentó Lavon.

—¿Jalal o yo?

Se hizo el silencio. Fue Lavon quien lo rompió por fin.

—¿Qué es lo que te preocupa?

—Me preocupa que la lleve a un lugar apartado, que la interrogue brutalmente y que luego le corte la cabeza. Aparte de eso, estoy tranquilísimo.

Otro silencio, más largo que el primero.

—¿Qué vas a hacer? —preguntó por fin Lavon.

Gabriel se quedó mirando la pantalla del ordenador con una mano en la barbilla y la cabeza levemente ladeada. Luego, sin decir palabra, bajó el brazo, movió el cursor y pulsó el PLAY.

—*¿Leila? ¿Eres tú de verdad? Soy Jalal. Jalal Nasser, de Londres...*

30

LA COURNEUVE, FRANCIA

Al caer la noche, el cielo despejado no era ya más que un grato recuerdo. Un viento frío y húmedo tiraba del hiyab de Natalie mientras avanzaba por la *avenue* Leclerc, y allá arriba un grueso manto de nubes cubría la luna y las estrellas. El mal tiempo era típico de las *banlieus* del norte, a las que una jugarreta de los vientos dominantes del suroeste confería un clima notoriamente más lúgubre que al centro de París. Lo que venía a sumarse a la atmósfera de miseria distópica que envolvía como un sudario gris las altas torres de cemento de las *cités*.

Una de las barriadas más grandes de todo el distrito se alzaba ahora ante Natalie: dos enormes bloques de estilo brutalista, uno alto y rectangular como un mazo de cartas gigantesco, el otro –en claro contrapunto arquitectónico– más bajo y alargado. Entre los dos edificios se abría una ancha explanada con numerosos arbolillos de hoja verde. Una bandada de mujeres veladas, algunas de ellas con la cara cubierta, conversaba apaciblemente en árabe mientras a unos pasos de distancia cuatro adolescentes se pasaban un porro a plena vista, sabedores de que era muy poco probable que la policía francesa hiciera una redada en el barrio. Natalie pasó junto a las mujeres, les devolvió el saludo y se dirigió hacia la hilera de locales comerciales que había en los bajos de una de las torres. Un supermercado, una peluquería, un pequeño restaurante de comida para llevar, una óptica, una farmacia: todo lo necesario para vivir, a mano. Ese era el objetivo de los urbanistas, crear utopías autosuficientes para las clases trabajadoras. Pocos vecinos de las *banlieus* pisaban el centro de París a no ser que trabajaran allí, y hasta los que tenían esa suerte comentaban en broma que para recorrer el breve trayecto hasta la capital –diez minutos en cercanías– hacía falta tener al día el pasaporte y la cartilla de vacunación.

Natalie se encaminó a la puerta de la farmacia. Fuera había un par de bancos de módulos de cemento, y sentados en ellos varios africanos ataviados con vaporosos trajes tradicionales. Calculaba que aún faltaban unos minutos para las nueve pero no estaba segura. Conforme a las instrucciones de Jalal, había acudido a la cita sin dispositivos electrónicos, ni siquiera un reloj de pulsera a pilas. Uno de los africanos, un hombre alto y flaco con la piel de ébano, le ofreció su asiento, pero ella le indicó con una sonrisa educada que prefería permanecer de pie. Contempló el tráfico nocturno que pasaba por la avenida, a las mujeres ocultas que conversaban sigilosamente en árabe y a los adolescentes emporrados que la observaban a su vez con malevolencia, como si vieran la verdad que se escondía bajo su velo. Respiró hondo para aminorar el latido de su corazón. «Estoy en Francia», se dijo. «Aquí no puede pasarme nada».

Pasaron unos minutos, los suficientes para que empezara a preguntarse si Jalal Nasser había decidido abortar el encuentro. La puerta de la farmacia se abrió a su espalda y de ella salió un francés al que podía confundirse con un norteafricano. Natalie le reconoció: era uno de los agentes de seguridad franceses que se encargaban de vigilarla. Pasó a su lado sin decir palabra y subió al asiento trasero de un Renault destartalado. Una escúter negra, con espacio suficiente para dos personas, se acercó al coche por detrás. Se detuvo delante de la farmacia, a unos pasos de Natalie. El conductor se levantó la visera del casco y sonrió.

—Llegas tarde —le dijo Natalie, molesta.

—La verdad es que tú has llegado temprano —repuso Jalal Nasser.

—¿Cómo lo sabes?

—Porque te he seguido.

Sacó otro casco del compartimento trasero. Natalie lo aceptó de mala gana. No habían previsto aquella eventualidad durante su entrenamiento en la granja de Nahalal: cómo ponerse un casco de moto encima de un hiyab. Se lo puso con cuidado, se abrochó la tira de sujeción bajo la barbilla y montó detrás de Jalal. Un instante después la moto se incorporó con una sacudida al tráfico. Mientras cruzaban vertiginosamente los desfiladeros de las *cités*, se agarró con todas sus fuerzas a la cintura de Jalal Nasser. «Estoy en Francia», se repetía para tranquilizarse. «Aquí no puede pasarme nada». Entonces se dio cuenta de su error. No estaba en Francia. Ya no.

Unas horas antes, en el elegante salón del Château Treville, había tenido lugar un intenso debate acerca del grado de vigilancia que requería la cita de esa noche. Gabriel, debido quizás al peso de la responsabilidad, quería que hubiera tantos ojos como fuera posible vigilando a su agente, tanto humanos como electrónicos. Solo Eli Lavon se atrevió a llevarle la contraria. Lavon conocía las ventajas de la vigilancia, y también sus inconvenientes. Estaba claro, arguyó, que Jalal Nasser pensaba llevar a su posible recluta a dar una vuelta de reconocimiento antes de desnudar ante ella su alma de yihadista. Y si descubría que los estaban siguiendo, la operación estaría condenada al fracaso antes de empezar. No era posible, por otro lado, proveer a Natalie con un dispositivo de seguimiento oculto porque los agentes del ISIS y Al Qaeda, expertos en tecnología, sabían cómo detectarlos.

Fue una discusión fraternal pero acalorada. Levantaron la voz, intercambiaron insultos suaves y, en un arrebato de frustración, Lavon llegó a lanzar una pieza de fruta (un plátano, nada menos). Más tarde aseguraría que la finta que había hecho Gabriel para esquivarlo, aunque impresionante, había sido innecesaria dado que el disparo no pretendía dar en el blanco. Finalmente se impuso Lavon, aunque solo fuera porque Gabriel sabía que, en el fondo, su viejo amigo tenía razón. Se mostró magnánimo en la derrota pero no menos preocupado por mandar a su agente a la cita sin escolta. A pesar de su aspecto inofensivo, Jalal Nasser era un asesino yihadista fanatizado e implacable que había llevado a cabo dos devastadores atentados terroristas. Y Natalie, pese a su entrenamiento y su inteligencia, solo era una joven judía que casualmente hablaba muy bien árabe.

Así pues, esa noche, a las nueve menos dos minutos, cuando Natalie pasó la pierna por encima del asiento de la Piaggio de Jalal Nasser, solo los franceses la vigilaban desde lejos. El Renault destartalado los siguió un trecho. Después le sustituyó un Citroën. El Citroën también desapareció al cabo de un rato, y solo quedaron las cámaras de seguridad para vigilarlos. Siguieron su pista hacia el norte, más allá del aeropuerto de Le Bourget y el Charles de Gaulle, y hacia el este a través de los pueblos de Thieux y Juilly. Luego, a las nueve y veinte, Paul Rousseau llamó a Gabriel para decirle que Natalie había desaparecido de las pantallas de sus radares.

Desde ese instante, Gabriel y su equipo se prepararon para otra larga espera. Mordecai y Oded se enzarzaron en una furiosa partida de pimpón. Mijail y Eli Lavon libraron una batalla sobre el tablero de ajedrez. Yossi y Rimona vieron una película americana en televisión. Solo Gabriel y Dina se negaron a entretenerse con trivialidades. Gabriel estuvo paseando por el jardín en sombras, muerto de preocupación, mientras Dina permanecía sentada a solas en la improvisada sala de operaciones, mirando fijamente la pantalla en negro del ordenador. Dina estaba de luto. Habría dado cualquier cosa por estar en el lugar de Natalie.

Tras dejar atrás los últimos suburbios de París siguieron viaje durante una hora, atravesando soñolientos campos de labor y pueblos de postal, sin rumbo, propósito o destino aparentes. ¿O fueron dos horas de viaje? Natalie no estaba segura. Su campo de visión era muy limitado: los hombros cuadrados de Jalal, la parte de atrás de su casco y su cintura estrecha, a la que se aferraba con un sentimiento de culpa porque pensaba en Ziad, su amado. Durante un rato trató de mantener el sentido de la orientación, fijarse en el nombre de los pueblos por los que pasaban y en el número de las carreteras. Pasado un tiempo se dio por vencida y levantó la cabeza hacia el cielo. Brillaban las estrellas en el firmamento negro. Una luna luminosa los perseguía por el paisaje. Estaba de nuevo en Francia, se dijo.

Por fin llegaron a las afueras de una población de tamaño medio. Natalie la conocía. Era Senlis, la antigua residencia de los reyes de Francia, situada en las lindes del bosque de Chantilly. Jalal cruzó velozmente los callejones adoquinados de la ciudad medieval y aparcó en un pequeño patio, flanqueado en dos de sus lados por altas tapias de pedernal gris. En el tercero se alzaba un edificio de dos plantas, a oscuras y con las contraventanas cerradas, que parecía deshabitado. En algún lugar tañía pesadamente una campana, pero por lo demás reinaba un silencio sepulcral. Jalal desmontó y se quitó el casco. Natalie hizo lo mismo.

—El hiyab también —murmuró él en árabe.

—¿Por qué?

—Porque este sitio no es para gente como nosotros.

Natalie se quitó los alfileres del hiyab y lo metió dentro del casco. Jalal la observó detenidamente en medio de la penumbra.

—¿Pasa algo?

—No, solo que eres...

—¿Qué?

—Más guapa de lo que imaginaba. —Guardó los dos cascos en el compartimento trasero de la moto. Luego se sacó del bolsillo de la chaqueta un objeto del tamaño aproximado de un antiguo buscapersonas—. ¿Has seguido mis instrucciones sobre los teléfonos y los dispositivos electrónicos?

—Claro que sí.

—¿Y no llevas tarjetas bancarias?

—No, ninguna.

—¿Te importa que lo compruebe?

Pasó metódicamente aquel objeto sobre su cuerpo, a lo largo de sus brazos y piernas, por encima de sus hombros, sus pechos, sus caderas y su columna vertebral.

—¿He pasado la prueba?

Sin decir nada, Jalal volvió a guardarse aquel aparato en el bolsillo.

—¿De verdad te llamas Jalal Nasser?

—¿Importa eso?

—A mí sí.

—Sí, me llamo Jalal.

—¿Y tu organización?

—Buscamos resucitar el califato en los países musulmanes de Oriente Medio y establecer el dominio del islam sobre el resto del mundo.

—Eres del ISIS.

Jalal dio media vuelta sin responder a su pregunta y la condujo por una calle desierta, hacia el sonido de las campanas.

—Cógeme del brazo —dijo en voz baja—. Háblame en francés.

—¿Sobre qué?

—Sobre lo que quieras. Da igual.

Le dio el brazo y comenzó a hablarle del día que había pasado en la clínica. Él asentía de vez en cuando, siempre cuando no debía, pero no hizo intento de hablarle en su pésimo francés. Por fin le preguntó en árabe:

—¿Quién era la mujer con la que tomaste café ayer por la tarde?

—¿Perdona?

—La mujer del Café de Flore, la del velo. ¿Quién es?

—¿Cuánto tiempo llevas siguiéndome?

—Contesta a la pregunta, por favor.

—Se llama Mona.

—¿Mona qué más?

—Mona El Baz. Estudiamos Medicina juntas. Ahora vive en Fráncfort.

—¿También es Palestina?

—Egipcia, en realidad.

—No me pareció egipcia.

—Procede de una familia muy antigua, muy aristocrática.

—Me gustaría conocerla.

—¿Por qué?

—Podría ser útil para la causa.

—No te molestes. Mona no piensa como nosotros.

Él pareció sorprendido.

—¿Y por qué te relacionas con ella?

—¿Por qué vas tú al King's College y vives en un país de kafires?

La calle desembocaba en una plaza. Las mesas de un pequeño restaurante invadían la acera adoquinada, y al otro lado de la plaza se alzaban las torres góticas y los ingrávidos arbotantes de la catedral de Senlis.

—¿Y esa tienda de ropa de la *rue* Vavin? —preguntó él haciéndose oír por encima del tañido de las campanas—. ¿Por qué volviste a entrar?

—Porque me olvidé la tarjeta de crédito.

—¿Estabas preocupada por algo?

—No necesariamente.

—¿Nerviosa?

—¿Por qué iba a estar nerviosa?

—¿Sabías que te estaba siguiendo?

—¿Me estabas siguiendo?

Le distrajeron las risas procedentes de las mesas del restaurante. La cogió de la mano y, mientras se acallaban las campanas, la condujo a través de la plaza.

—¿Hasta qué punto conoces el Corán y los Hadices? —preguntó de repente.

Natalie se alegró de que cambiara de tema, porque eso daba a entender que no sospechaba de su sinceridad. No le confesó, naturalmente, que hasta su estancia en aquella granja del valle de Jezreel jamás había abierto el Corán. Le explicó, en cambio, que sus padres no eran religiosos y que no había descubierto la belleza del libro sagrado hasta que estuvo en la universidad.

—¿Has oído hablar del Mahdí? —preguntó Jalal—. ¿Al que llaman el Redentor?

—Sí, claro. Los Hadices afirman que se presentará bajo la forma de un hombre corriente. «Su nombre será mi nombre –dijo Natalie, citando un pasaje concreto– y el nombre de su padre será el de mi padre». Será uno de los nuestros.

—Muy bien. Continúa, por favor.

—El Mahdí gobernará la tierra hasta el Día del Juicio y librará al mundo del mal. No habrá cristianos después de su venida. —Hizo una pausa y añadió—: Y tampoco judíos.

—Ni Estado de Israel.

—*Inshallah* —se oyó decir Natalie en voz baja.

—Sí, si Dios quiere. —Jalal se detuvo en el centro de la plaza y miró con desagrado la fachada sur de la vetusta catedral—. Pronto esto se parecerá al Coliseo de Roma y al Partenón de Atenas. Los guías turísticos musulmanes explicarán lo que sucedió aquí. Aquí es donde celebraban sus ritos los kafires, dirán. Aquí es donde bautizaban a sus hijos, donde sus sacerdotes susurraban encantamientos mágicos que convertían el pan y el vino en la sangre y el cuerpo de Isa, nuestro profeta. Se acerca el fin, Leila. El segundero está en marcha.

—¿Pensáis destruirlos?

—No hará falta. Se destruirán ellos mismos al invadir las tierras del califato. Habrá una última batalla entre los ejércitos de Roma y los ejércitos del islam en el pueblo sirio de Dabiq. Los Hadices afirman que las banderas negras vendrán del este, guiadas por hombres poderosos de larga barba y pelo largo que se llamarán como sus lugares de origen. Hombres como Al Zarqaui y Al Baghdadi. —Se volvió y la miró un momento en silencio. Luego dijo—: Y como tú, por supuesto.

—Yo no soy un soldado. No sé luchar.

—No dejamos luchar a nuestras mujeres, Leila. Al menos, en el campo de batalla. Pero eso no significa que no puedas ser un soldado.

Un escuadrón de grajos levantó ruidosamente el vuelo desde los contrafuertes de la catedral. Natalie vio sus negras siluetas ondear en el cielo como las banderas negras de aquellos poderosos hombres del este. Luego siguió a Jalal por el portal de la catedral, hasta el transepto sur. Una empleada, una señora de unos setenta años grisácea y demacrada, los informó de que faltaban diez minutos para que cerrara la catedral. Natalie aceptó un folleto y se reunió con Jalal en el crucero. Él miraba hacia el oeste, nave abajo. Natalie miró hacia el otro lado, por encima del coro, hacia el altar mayor. Las vidrieras emplomadas no se distinguían en la penumbra. No había nadie más en la catedral, aparte de la anciana empleada.

—La organización para la que trabajo —explicó Jalal, cuyas palabras en árabe resonaron suavemente entre las columnas de las arcadas— se ocupa de las relaciones exteriores del Estado Islámico. Nuestra meta es incitar a los estadounidenses y a sus aliados europeos a librar una campaña terrestre en Siria mediante actos de violencia calculada. Los atentados de París y Ámsterdam los llevó a cabo nuestra red. Tenemos planeados muchos más ataques, algunos en los próximos días.

Dijo todo esto sin apartar la mirada del fondo de la catedral. Natalie contestó mirando al ábside.

—¿Qué tengo yo que ver con todo eso?

—Me gustaría que trabajaras para nosotros.

—No podría involucrarme en algo como lo de París o Ámsterdam.

—No fue eso lo que le dijiste a mi amigo Nabil. Le dijiste que querías que los kafires sepan lo que es tener miedo. Que querías castigarlos por su apoyo a Israel. —Se volvió y la miró directamente a los ojos—. Dijiste que querías vengarte de ellos por lo que le pasó a Ziad.

—Imagino que Nabil también te habló de Ziad.

Jalal le quitó el folleto de la mano, lo consultó un instante y la condujo luego por el centro de la nave, hacia la fachada oeste.

—¿Sabes? —dijo—, creo que coincidí con él una vez.

—¿En serio? ¿Dónde?

—En una reunión de hermanos en Ammán. Por motivos de seguridad no usábamos nuestros nombres verdaderos. —Se detuvo y levantó el cuello hacia el techo—. Tienes miedo. Lo noto.

—Sí —contestó ella—. Tengo miedo.

—¿Por qué?

—Porque no iba en serio. Hablaba por hablar.

—¿Eres una yihadista de salón, Leila? ¿Prefieres llevar pancartas y gritar consignas?

—No. Pero no imaginaba que pudiera pasarme algo así.

—Esto no es Internet, Leila. Esto es real.

—Por eso tengo miedo.

Desde el otro lado de la catedral, la señora les indicó que era hora de marcharse. Jalal apartó la mirada del techo y la fijó en la cara de Natalie.

—¿Y si digo que sí? —preguntó ella.

—Tendrás que viajar al califato para recibir entrenamiento. Nosotros nos ocuparemos de todos los preparativos.

—No puedo estar fuera mucho tiempo.

—Solo serán necesarias un par de semanas.

—¿Y si las autoridades se enteran?

—No se enterarán, Leila, confía en mí. Tenemos nuestras vías. Y pasaportes falsos también. Tu estancia en Siria quedará entre nosotros.

—¿Y luego?

—Luego vuelves a Francia, sigues con tu trabajo en la clínica. Y esperas.

—¿A qué?

Le puso las manos sobre los hombros.

—¿Sabes, Leila?, tienes suerte. Vas a hacer algo increíblemente importante. Te envidio.

Ella sonrió a su pesar.

—Mi amiga Mona me dijo lo mismo.

—¿A qué se refería?

—A nada —contestó Natalie—. A nada en absoluto.

31

AUBERVILLIERS, FRANCIA

Esa noche, Natalie no pudo dormir. Estuvo un rato tumbada en la cama, despierta, memorizando cada palabra que le había dicho Jalal Nasser. Después libró un combate cuerpo a cuerpo con las sábanas mientras en su mente se sucedían vertiginosamente ideas acerca de lo que la aguardaba. Para distraerse, vio un tedioso documental de la televisión francesa y, como no le sirvió de nada, abrió su portátil y se puso a navegar por Internet. Pero no por páginas yihadistas. Jalal le había ordenado evitarlas. Ahora era una sierva con dos amos, una mujer con dos amantes. Cuando por fin cayó dormida, fue él quien la visitó en sueños. Le sujetaba un chaleco explosivo al cuerpo desnudo y la besaba con delicadeza. «Tienes suerte», decía. «Vas a hacer algo increíblemente importante».

Se despertó amodorrada y nerviosa, con una migraña que no lograron mitigar ni los fármacos ni la cafeína. Un dios benévolo le habría concedido un día tranquilo en la clínica, pero en cambio tuvo que enfrentarse a un largo desfile de enfermedades humanas que la mantuvo yendo y viniendo de sala en sala hasta las seis de la tarde. Cuando ya se marchaba, Roland Girard, el falso director administrativo de la clínica, la invitó a tomar un café. Al salir a la calle la ayudó a subir al asiento delantero de su Peugeot, y durante los siguientes cuarenta y cinco minutos, mientras avanzaba zigzagueando hacia el centro de París, no dijo ni una palabra. Cuando pasaban frente al Musée d'Orsay, la llegada de un mensaje hizo tintinear su teléfono móvil. Tras leerlo, cruzó el Sena y se dirigió a la *rue* de Grenelle, en el VII *Arrondissement,* donde metió el coche por la puerta de seguridad de un elegante edificio de color crema. Natalie echó una ojeada a la placa de latón bruñido que pasó junto a su ventanilla. Decía *Société internationale pour la littérature française.*

—¿Una velada literaria sobre Balzac?

Él apagó el motor y la escoltó al interior del edificio. En el portal vislumbró un instante al francés de aspecto árabe al que había visto saliendo de la farmacia en La Courneuve, y en la escalera se cruzó con un habitual de la terraza de la cafetería que había enfrente de su casa. El último piso del edificio parecía un banco cerrado al público. Una mujer de aspecto severo se sentaba detrás de un pulcro mostrador, y en un despacho contiguo un hombre trajeado miraba ceñudamente su ordenador, como si fuera un testigo poco dispuesto a cooperar. Dos hombres esperaban en una sala de reuniones rodeada de mamparas de cristal. Uno fumaba en pipa y vestía una americana arrugada. El otro era Gabriel.

—Leila —dijo ceremoniosamente—, cuánto me alegro de volver a verte. Tienes buen aspecto. Aunque pareces un poco cansada.

—Ha sido una noche muy larga.

—Para nosotros también. Nos llevamos una alegría cuando vimos parar esa moto delante de tu casa. —Gabriel salió lentamente de detrás de la mesa—. Confío en que tu cita de anoche con Jalal Nasser saliera bien.

—Muy bien, sí.

—¿Tiene planes para ti?

—Sí, creo que sí.

—Debido a las precauciones que tomó, no pudimos grabar la conversación. Espero que tú sí lo hicieras. Mentalmente, por supuesto.

—Creo que sí.

—Es importante que nos cuentes todo lo que te dijo anoche, *exactamente* lo que te dijo. ¿Podrás hacerlo, Leila?

Ella asintió con un gesto.

—Bien —dijo Gabriel sonriendo por primera vez—. Por favor, siéntate y empieza por el principio. ¿Qué fue lo primero que te dijo cuando os encontrasteis delante de la farmacia? ¿Habló durante el trayecto? ¿Dónde te llevó? ¿Qué ruta siguió? Cuéntanos todo lo que puedas. Todos los detalles son importantes.

Ella se acomodó en el asiento que le habían asignado, se ajustó el hiyab y comenzó a hablar. Pasados unos instantes, Gabriel estiró el brazo por encima de la mesa y posó la mano sobre la suya.

—¿He hecho algo mal? —preguntó ella.

—Lo estás haciendo maravillosamente, Leila. Pero, por favor, empieza otra vez desde el principio. Y esta vez —añadió—, sería de gran ayuda que hablaras en francés en vez de en árabe.

Llegados a este punto, se enfrentaron al primer dilema operativo de gravedad: porque dentro de los muros de la antiquísima catedral de Senlis, Jalal Nasser, el lugarteniente de Saladino en Europa occidental, le había confesado a su posible recluta que habría más atentados en días próximos. Paul Rousseau declaró que tenían el deber de informar al ministro francés, y quizás incluso al británico. El objetivo de la operación, dijo, era desmantelar la red terrorista. Con ayuda del MI5 podían detener a Jalal Nasser, interrogarle, descubrir sus planes y arrestar a sus colaboradores.

—¿Y dejarlo aquí? —preguntó Gabriel—. ¿Trabajo bien hecho y ya está?

—Da la casualidad de que es cierto.

—¿Y si Nasser no se rinde al amistoso interrogatorio que le harán en Londres? ¿Y si no revela sus planes ni el nombre de sus cómplices? ¿Y si hay redes y células paralelas que sobreviven aunque caiga una? —Hizo una pausa y añadió—: ¿Y qué hay de Saladino?

Rousseau le dio la razón. Pero respecto a la cuestión de informar a sus superiores –es decir, a su jefe y al ministro– se mostró inflexible. Y así fue como Gabriel Allon, el hombre que había operado en territorio francés con total impunidad dejando un rastro de cadáveres que iba desde París a Marsella, entró en el Ministerio del Interior a las diez y media de esa misma noche, acompañado por el jefe del Grupo Alfa. El ministro los esperaba en su lujoso despacho, junto con el jefe de la DGSI y Alain Lambert, el ayudante de campo, secretario, catador y factótum del ministro. Lambert acababa de salir de una fiesta. El ministro, de la cama. Le estrechó la mano a Gabriel como si temiera que le contagiase algo. Lambert evitó su mirada.

—¿Hasta qué punto es verosímil la posibilidad de otro atentado? —preguntó el ministro cuando Rousseau concluyó su informe.

—Todo lo verosímil que puede ser —contestó el jefe del Grupo Alfa.

—¿Será en Francia?

—No lo sabemos.

—¿*Qué* es lo que saben?

—Que nuestra agente ha sido reclutada e invitada a viajar a Siria para recibir entrenamiento.

—¿Nuestra agente? —El ministro sacudió la cabeza—. No, Paul, no es *nuestra* agente. —Señaló a Gabriel y añadió—: Es su agente.

Se hizo el silencio en el despacho.

—¿Está dispuesta a seguir adelante? —preguntó el ministro al cabo de un momento.

—Sí.

—¿Y usted, *monsieur* Allon? ¿Sigue dispuesto a enviarla?

—La mejor forma de averiguar el día y la hora del próximo atentado es infiltrar un agente directamente en la operación.

—Deduzco, entonces, que la respuesta es sí.

Gabriel asintió solemnemente. El ministro fingió reflexionar.

—¿Por qué medios tienen vigilado a ese tal Nasser? —preguntó.

—Por medios físicos y electrónicos.

—Pero ¿utiliza comunicaciones cifradas?

—Así es.

—Entonces, podría emitir una orden de atentar sin que nos enteráramos.

—Cabe esa posibilidad —repuso Gabriel con cautela.

—¿Y los británicos? ¿No están al corriente de sus actividades?

—Parece que no.

—No es mi intención decirle cómo ha de hacer su trabajo, *monsieur* Allon pero, si yo tuviera una agente a punto de viajar a Siria, no querría que al sujeto que la ha mandado allí lo detuvieran los británicos.

Gabriel no contradijo al ministro, principalmente porque llevaba algún tiempo pensando lo mismo. Así pues, al día siguiente, a última hora de la mañana, cruzó el Canal para informar a Graham Seymour, el jefe del MI6, el servicio secreto británico, de que la Oficina estaba vigilando a un agente de alto rango del ISIS que vivía en el barrio de Bethnal Green, al este de Londres. Seymour, como era de esperar, se quedó atónito, al igual que Amanda Wallace, la jefa del MI5, que escuchó la misma confesión una hora más tarde al otro lado del río, en Thames House. A modo de penitencia, Gabriel se vio obligado a incluir a los británicos en la operación en calidad de socios sin derecho a voto. Ya solo quedaban por intervenir los americanos –pensó– y el desastre sería total.

La mujer ahora conocida como Leila Hadawi ignoraba por completo la guerra entre servicios de espionaje que se libraba a su alrededor. Seguía atendiendo a sus pacientes en la clínica, pasaba su tiempo libre en la cafetería de enfrente de su casa y de vez en cuando iba al centro a comprar o a dar un paseo. Conforme a las órdenes que había recibido, ya no veía material extremista en Internet ni hablaba de sus convicciones políticas con sus amigos o compañeros de trabajo. Hablaba, en cambio, de sus vacaciones de verano, que pensaba pasar en Grecia con una amiga de sus tiempos en la universidad. Tres días antes de la fecha prevista para su partida llegó un paquete que contenía sus billetes de avión y reservas en diversos hoteles. Un agente de viajes de Londres llamado Farouk Ghazi se encargó de los trámites, y la doctora Hadawi no tuvo que pagar nada.

Con la llegada del paquete, Gabriel y el resto del equipo se pusieron en pie de guerra. Ellos también hicieron sus preparativos de viaje (en realidad fue King Saul Boulevard quien se ocupó de todo) y a primera hora de la mañana siguiente los primeros agentes se trasladaron discretamente a sus nuevos destinos. Solo Eli Lavon permaneció en Seraincourt junto a Gabriel, y enseguida se arrepintió de su decisión. Su viejo amigo estaba carcomido por la angustia. Vigilaba a Natalie como un padre a una hija enferma, buscando en todo momento señales de malestar, cambios de humor y de comportamiento. Natalie, sin embargo, no dio muestras de estar asustada, ni siquiera la última noche, cuando Gabriel hizo que la condujeran a la guarida de Paul Rousseau en la *rue* de Grenelle para mantener una breve reunión. Cuando le dio la oportunidad de cambiar de idea, ella se limitó a sonreír. Luego redactó una carta para sus padres que debían entregarles en caso de que muriera. Gabriel no se negó a aceptarla, lo cual resultaba muy esclarecedor. Metió la carta en un sobre, lo cerró y se lo guardó en el bolsillo de la pechera de la chaqueta. Y allí seguiría hasta el día en que Natalie saliera de Siria.

El ISIS solía proporcionar a sus reclutas europeos una lista detallada de las cosas que debían llevar en la maleta a la hora de emprender su viaje. La doctora Leila Hadawi no era, sin embargo, una recluta cualquiera. De ahí que hiciera la maleta con intenciones engañosas, llenándola con vestidos de verano de los que usaban las europeas promiscuas, impúdicos trajes de baño y ropa interior erótica. Por la mañana se vistió piadosamente, se colocó con esmero el hiyab y llevó su maleta con ruedas por las tranquilas calles de la *banlieu* hasta la estación de cercanías de Aubervilliers. El trayecto hasta el aeropuerto Charles de Gaulle duró diez minutos. Pasó por el control de seguridad, que fue especialmente exhaustivo en su caso, y subió a bordo de un avión de Air France con destino a Atenas. Sentado al otro lado del pasillo, vestido como para asistir a la junta directiva de una empresa de la lista Fortune 500, estaba el hombrecillo de la cara borrosa. Sonriendo, Natalie miró por su ventanilla mientras Francia se perdía de vista allá abajo. No estaba sola. Todavía no.

Se dio la circunstancia de que el día de la partida de Natalie fue especialmente violento en Oriente Medio, incluso para los sangrientos parámetros de la región. Hubo decapitaciones y ejecuciones con fuego en Siria, una serie de atentados suicidas simultáneos en Bagdad, un ataque talibán en Kabul, una nueva ronda de combates en Yemen, varios apuñalamientos en Jerusalén y Tel Aviv y un ataque con ametralladoras y granadas contra turistas occidentales en un hotel costero de Túnez. De ahí que la noticia de una escaramuza entre la policía jordana y un grupo de militantes islámicos pasara completamente desapercibida. El suceso ocurrió a las diez y cuarto de la mañana frente a la localidad de Ramtha, situada a escasos metros de la frontera con Siria. Los islamistas, cuatro en total, murieron en el breve tiroteo. Uno de ellos fue identificado posteriormente como Nabil Awad, un ciudadano jordano de veinticuatro años afincado en el distrito bruselense de Molenbeek. En un comunicado publicado en las redes sociales, el ISIS confirmó que Awad pertenecía a la organización y que había desempeñado un papel crucial en los atentados de París y Ámsterdam. Declaraba al terrorista santo y mártir y juraba vengar su muerte desatando «ríos de sangre». La batalla final, decía, se libraría en Dabiq.

32

SANTORINI, GRECIA

La doctora Leila Hadawi se quitó el velo en un aseo público del aeropuerto internacional de Atenas, diez minutos después de cruzar el control de pasaportes. Se despojó también de su recatada vestimenta, cambiándola por unos pantalones blancos tobilleros, una blusa sin mangas y unas sandalias planas de color dorado que dejaban al aire sus uñas recién pintadas. Mientras esperaba para embarcar en su siguiente vuelo, se acercó a un bar del aeropuerto y probó el alcohol (dos copas de acre vino blanco griego) por primera vez desde su reclutamiento. Cuando subió al avión, el de las tres y cuarto a Santorini, había olvidado por completo sus miedos. Siria no era más que un país conflictivo en el mapa, e Isis la esposa de Osiris, amiga de esclavos y pecadores y protectora de los muertos.

Leila Hadawi nunca había visitado Santorini, y lo mismo podía decirse de la mujer que portaba su identidad. Su primer atisbo de la isla desde el aire, con sus endiablados picachos alzándose al borde de una caldera inundada, fue una revelación. Y ya en el aeropuerto, al pisar el asfalto descolorido, el calor del sol sobre sus brazos desnudos fue como el primer beso de un amante. Subió a un taxi con destino a Thera y recorrió a pie la calle peatonal que conducía al hotel Panorama Boutique. Al entrar en el vestíbulo vio a un inglés alto y bronceado que gritaba histéricamente al conserje mientras una mujer de cabello rubio blanquecino y anchas caderas contemplaba la escena con expresión avergonzada. Natalie sonrió. No estaba sola. Todavía no.

Una joven griega montaba guardia tras el mostrador de recepción. Natalie se acercó y le dio su nombre.

—Tiene reservada una habitación doble para diez noches —afirmó la joven tras tocar unas cuantas teclas de su ordenador—. Según nuestros datos, va a acompañarla otra persona. La señorita Shirazi.

—Me temo que se ha retrasado.

—¿Algún problema con el vuelo?

—Un asunto familiar urgente.

—Nada grave, espero.

—Yo también.

—Su pasaporte, por favor.

Natalie deslizó su gastado pasaporte francés por el mostrador mientras Yossi Gavish y Rimona Stern, portando nombres falsos y bandera falsa, salían del vestíbulo hechos una furia. Hasta Natalie agradeció el repentino silencio.

—No les ha gustado su habitación —le explicó la recepcionista.

—Ya me lo imaginaba.

—La suya es preciosa, se lo aseguro.

Natalie cogió la llave y, tras declinar el ofrecimiento de la recepcionista para que la ayudaran con su equipaje, se dirigió a su habitación. Tenía dos camas individuales y un balconcito con vistas al borde de la caldera, en la que flotaban un par de yates como barquitos de juguete en medio de un mar en perfecta calma. Un último capricho, pensó, cortesía de la organización terrorista más rica de la historia.

Abrió su bolsa de viaje y sacó sus pertenencias como si se preparara para una estancia prolongada. Cuando acabó, el sol se alzaba apenas unos grados por encima del horizonte, inundando su habitación con una intensa luz anaranjada. Guardó el pasaporte en la caja fuerte de la habitación y bajó a la terraza del bar, que estaba atestada de turistas, en su mayoría británicos. Sentados entre ellos, de mucho mejor humor, estaban Yossi y Rimona.

Natalie se sentó a una mesa vacía y le pidió una copa de vino blanco a una camarera apresurada. Los huéspedes del hotel siguieron afluyendo poco a poco. Uno de ellos era un hombre larguirucho, de piel blanquísima y ojos como el hielo de los glaciares. Natalie confió en que se reuniera con ella, pero se sentó a la barra del bar, desde donde podía vigilar la terraza y fingir que coqueteaba con una chica muy guapa, de Bristol. Al oír su voz por primera vez, a Natalie le sorprendió su evidente acento ruso. Teniendo en cuenta la composición demográfica del Israel moderno, dedujo que el acento era auténtico.

El sol se puso detrás de los picos de Thirasia. Se oscureció el cielo, el mar se volvió negro. Natalie miró al hombre que hablaba con acento ruso pero estaba ocupado, así que se giró y fijó la vista a lo lejos, con la mirada perdida. Le habían dicho que alguien iría a buscarla. Pero en ese instante, en aquel lugar, Natalie solo deseaba al hombre de la barra.

Durante los tres días siguientes la doctora Leila Hadawi se comportó como una turista solitaria, pero corriente. Desayunaba a solas en el comedor del hotel Panorama, se tostaba la piel en la playa de guijarros negros de Perissa, recorrió a pie el borde de la caldera, visitó los yacimientos arqueológicos y geológicos de la isla, bebió vino en la terraza al atardecer. La isla era pequeña, de modo que era lógico que coincidiera con otros huéspedes del hotel en uno u otro sitio. Pasó una mañana desagradable en la playa a escasos metros de aquel inglés de pelo escaso y de su rubensiana esposa, y mientras recorría la ciudad enterrada de Acrotiri se tropezó con el ruso pálido, que la ignoró ostensiblemente. Al día siguiente, el cuarto que pasó en la isla, vio a aquella chica de Bristol tan guapa mientras estaba de compras en Thera. La doctora Hadawi salía de una tienda de bañadores. La chica estaba fuera, parada en la estrecha callejuela.

—Tú te alojas en mi hotel —dijo.

—Sí, creo que sí.

—Soy Miranda Ward.

La doctora Leila Hadawi le tendió la mano y se presentó.

—Qué nombre tan bonito. ¿Te apetece ir a tomar algo?

—Iba a volver al hotel.

—No soporto más nuestro hotel, menudo panorama. ¡Estoy harta de ingleses! Sobre todo de ese tío calvo y de su mujer, la gorda. ¡Qué aburrimiento, Dios mío! Si vuelve a quejarse del servicio, me corto las venas.

—Pues vamos a otro sitio entonces.

—Sí, vamos.

—¿Adónde?

—¿Has estado en el Tango?

—Creo que no.

—Es por aquí.

Agarró a Leila del brazo como si temiera perderla y la condujo entre las sombras de la calle. Era delgada, rubia y pecosa, y olía a coco y a caramelos de cereza. Sus sandalias restallaban sobre el empedrado de la calle como la palma de una mano golpeando la mejilla de un infiel.

—Eres francesa —dijo de pronto en tono de reproche.

—Sí.

—¿Francesa, francesa?

—Mi familia es de Palestina.

—Entiendo. Qué pena.

—¿Por qué?

—Por todo eso de los refugiados. ¡Y esos israelíes! Son horribles.

La doctora Hadawi sonrió pero no dijo nada.

—¿Estás sola? —preguntó Miranda Ward.

—No era ese el plan, pero por lo visto ahora sí lo estoy.

—¿Qué ha pasado?

—Mi amiga tuvo que cancelar el viaje en el último momento.

—El mío también. Me dejó por otra.

—Tu amigo es idiota.

—Pero estaba como un tren. Ya hemos llegado.

El Tango no solía animarse hasta más tarde. Cruzaron el interior del local, cavernoso y desierto, y salieron a la terraza. Natalie pidió una copa de vino de Santorini. Miranda Ward, un martini con vodka. Bebió un sorbito, hizo una mueca y dejó de nuevo la copa sobre la mesa.

—¿No te gusta? —preguntó Natalie.

—La verdad es que nunca pruebo el alcohol.

—¿En serio? Entonces, ¿por qué me has invitado a una copa?

—Necesitaba hablar contigo en privado. —Sonrió—. Es a mí a quien estabas esperando, Leila. Yo soy la amiga de Jalal.

Regresaron juntas al Panorama e informaron a la recepcionista de que pensaban hacer una excursión a Turquía. No, no necesitaban ayuda para reservar los billetes del ferri. Ya los tenían. Sí, querían conservar sus habitaciones. Su estancia en Turquía sería breve. Acto seguido, la doctora Hadawi regresó sola a su habitación e hizo las maletas. Después, envió un mensaje de texto a su «padre» para avisarle de sus planes. Su padre le rogó que tuviera cuidado. Un momento después le envió un segundo mensaje.

¿ESTÁS BIEN?

Natalie titubeó. Luego respondió:

SOLA, PERO BIEN.

¿NECESITAS COMPAÑÍA?

Otro titubeo. Luego dos toques en la pantalla.

SÍ.

No recibió respuesta. Bajó a la terraza del bar esperando ver a Miranda, pero no había ni rastro de ella. El ruso alto y pálido estaba en su sitio de costumbre, en la barra, donde había encontrado una nueva presa. Natalie se sentó de espaldas a él y tomó la última copa de vino que probaría en muchas semanas. Cuando terminó, la camarera le llevó otra.

—No la he pedido.

—Es de él. —La camarera miró hacia la barra. Luego le pasó a Natalie una hojita de papel doblada por la mitad—. Esto también es suyo. Por lo visto hoy no es tu día de suerte.

Cuando se marchó la camarera, Natalie leyó la nota. Sonriendo, se bebió la segunda copa, guardó la nota en el bolso y se marchó sin mirar siquiera al repulsivo individuo de la barra. Al llegar a su habitación se duchó rápidamente, colgó el letrero de *no molestar* en el picaporte y apagó las luces. Luego se sentó a oscuras y esperó la llamada a la puerta. Esta se produjo a las diez y veinte. Cuando abrió la puerta, él entró tan sigilosamente como un ladrón nocturno.

—Por favor —dijo ella desplomándose en sus brazos—. Dígale que quiero irme a casa. Dígale que no puedo hacerlo. Dígale que estoy muerta de miedo.

33

SANTORINI, GRECIA

—¿Cuál es su verdadero nombre? —preguntó Natalie.

—La dirección del hotel Panorama cree que Michael Danilov.

—¿Y lo es?

—Casi. —Estaba de pie delante de la puerta que daba al balcón. La luna pálida iluminaba su pálida cara—. Y usted, doctora Hadawi, no tendría que invitar a un hombre como yo a su habitación.

—Yo no he hecho nada semejante, señor Danilov. Dije que necesitaba compañía. Podrían haber mandado a la mujer.

—Considérese afortunada. La empatía no es su punto fuerte. —Ladeó ligeramente la cabeza, buscando sus ojos en la oscuridad—. Todos nos ponemos nerviosos antes de una gran operación, sobre todo los que actuamos en sitios donde no hay embajada si las cosas se tuercen. Pero confiamos en nuestra misión y en nuestros planes y seguimos adelante. Es nuestro trabajo.

—Yo no soy como ustedes.

—En realidad, se parece mucho más a mí de lo que cree.

—¿Qué clase de trabajo hace?

—Un trabajo del que nunca hablamos.

—¿Matar a personas?

—Elimino amenazas para nuestra seguridad. Y la noche previa a una operación importante, siempre me asusta pensar que vayan a eliminarme a mí.

—Pero aun así sigue adelante.

Él desvió los ojos y cambió de tema.

—De modo que la hermosa señorita Ward va a llevarla al otro lado.

—No parece sorprendido.

—No lo estoy. ¿Le ha dado ya la ruta?

—De Santorini a Cos, y de Cos a Bodrum.

—Dos chicas de vacaciones. Muy profesional. —Se dio la vuelta y añadió mirando hacia la noche—: Debe de tenerla en mucha estima.

—¿Quién?

—Saladino.

Oyeron voces en el pasillo, más allá de la puerta cerrada. Un grupo de ingleses borrachos. Cuando se hizo de nuevo el silencio, él miró la esfera luminosa de su reloj.

—El transbordador a Cos sale temprano. Debería dormir un poco.

—¿Dormir? No lo dirá en serio.

—Es importante. Mañana el día será muy largo.

Cerró las persianas dejando la habitación completamente a oscuras y se dirigió hacia la puerta.

—Por favor, no se vaya —susurró Natalie.

—Tengo que irme.

—No quiero estar sola.

Pasado un momento, él se sentó en la cama, apoyó la espalda contra el cabecero y estiró las largas piernas. Natalie colocó una almohada junto a su cabeza y apoyó la cabeza en ella. Él la tapó con una manta fina y le apartó el pelo de la cara.

—Cierre los ojos.

—Los tengo cerrados.

—No, nada de eso.

—¿Puede ver en la oscuridad?

—Pues sí, muy bien.

—Por lo menos quítese los zapatos.

—Prefiero dormir con ellos puestos.

—Está bromeando.

Su silencio fue como una negativa. Natalie se rio en voz baja y volvió a preguntarle su nombre. Esta vez, él le dijo la verdad. Se llamaba –dijo– Mijail Abramov.

—¿Cuándo llegó a Israel?

—Cuando era un adolescente.

—¿Por qué se marchó de Rusia su familia?

—Por la misma razón por la que la suya se marchó de Francia.

—Puede que no seamos tan distintos después de todo.

—Ya se lo dije.

—No está casado, ¿verdad? No quisiera pensar que...

—No estoy casado.

—¿Tiene pareja?

—Ya no.

—¿Qué ocurrió?

—Con este trabajo resulta difícil mantener una relación de pareja. Pronto se dará cuenta.

—No tengo intención de seguir en la Oficina cuando esto acabe.

—Si usted lo dice.

Posó la mano en el centro de la espalda de Natalie y movió suavemente los dedos a lo largo de su columna.

—¿Le han dicho alguna vez que se le da muy bien esto?

—Cierre los ojos.

Natalie obedeció, pero no porque de pronto se sintiera soñolienta. Su contacto había enviado una descarga eléctrica directamente a su abdomen. Pasó el brazo por encima de los muslos de Mijail Abramov. Sus dedos se detuvieron un instante. Luego siguieron recorriendo su espalda.

—¿Cree que podríamos tomar una copa cuando esto acabe? —preguntó Natalie—. ¿O no está permitido?

—Cierre los ojos —se limitó a contestar él.

Sus dedos se deslizaron unos centímetros más abajo, sobre su espalda. Natalie apoyó la palma abierta sobre su muslo y apretó suavemente.

—No —dijo él, y añadió—: Ahora no.

Ella apartó la mano y la colocó bajo su barbilla mientras los dedos de Mijail Abramov seguían recorrieron su columna vertebral. El sueño la acechaba. Ella lo mantenía a raya.

—Dígale que no puedo seguir con esto —dijo medio dormida—. Dígale que quiero irme a casa.

—Duérmase, Leila —repuso Mijail en voz baja, y ella se durmió. Y cuando despertó a la mañana siguiente él se había ido.

A las siete y cuarto, cuando Natalie y Miranda Ward salieron a la apacible callejuela, el amanecer seguía tiñendo de rosa las casas semejantes a terrones de azúcar de Thera. Se acercaron a la parada de taxi más cercana tirando cada una de su maleta con ruedas y alquilaron un coche para que las llevara a la terminal del ferri en Athinios. La travesía hacia el este, hasta Cos, duraba cuatro horas y media. Las pasaron en la cubierta empapada de sol, o en la cafetería del barco. Olvidándose de lo que le habían enseñado, Natalie escudriñó atentamente las caras de los pasajeros, buscando a sus guardianes con la esperanza de que Mijail estuviera entre ellos. No reconoció a nadie. Al parecer, ya estaba sola.

En Cos tuvieron que esperar una hora a que saliera el siguiente ferri con destino al puerto turco de Bodrum. El viaje era más corto, menos de una hora, y el control de pasaportes muy estricto en ambos extremos de la travesía. Miranda Ward le entregó un pasaporte belga y le ordenó que escondiera su pasaporte francés al fondo de la maleta. La fotografía del pasaporte belga era la de una mujer de treinta y tantos años, de origen marroquí. Cabello oscuro, ojos oscuros. No era ideal, pero se le acercaba.

—¿Quién es? —preguntó Natalie.

—Eres tú —respondió Miranda Ward.

El policía fronterizo griego de Cos también pareció pensarlo, al igual que su homólogo turco en Bodrum, que selló el pasaporte tras una breve inspección y frunciendo el ceño invitó a Natalie a entrar en Turquía. Miranda la siguió unos segundos después y juntas se encaminaron al caótico aparcamiento, donde una fila de taxis humeaba al sol abrasador de la tarde. Se oyó un claxon y un brazo les hizo señas desde la ventanilla delantera de un polvoriento Mercedes de color crema. Natalie y Miranda Ward metieron su equipaje en el maletero y subieron al coche, Miranda delante, Natalie en el asiento de atrás. Abrió su bolso, sacó su hiyab verde favorito y se lo puso piadosamente. El engaño había terminado. Volvía a ser Leila. Leila la que amaba a Ziad. Leila de Sumayriyya.

Contrariamente a lo que creía, Natalie no había hecho sola la travesía de Santorini a Bodrum. Yaakov Rossman la acompañó durante el primer tramo del viaje, y Oded durante el segundo. De hecho, le hizo una foto subiendo a la parte de atrás del Mercedes que envió de inmediato a King Saul Boulevard y al piso franco de Seraincourt.

A los pocos minutos de dejar la terminal el coche se dirigió hacia el este por la carretera D330, vigilado por un satélite espía israelí Ofek 10. Poco después de las dos de la madrugada entró en la ciudad fronteriza de Kilis, donde la cámara de infrarrojos del satélite captó a dos personas —ambas mujeres— entrando en una casa de pequeñas dimensiones. No estuvieron allí mucho tiempo: dos horas y veinte minutos, para ser exactos. Después cruzaron a pie la porosa frontera acompañadas por cuatro hombres y subieron a otro vehículo en la localidad siria de A'zaz. El coche los condujo hacia el sur, hasta Raqqa, la capital oficiosa del califato. Allí, envueltas en ropajes negros, entraron en un edificio de pisos cerca del parque Al Rasheed.

Para entonces eran casi las cuatro de la madrugada en París. Gabriel, que no había podido dormir, se sentó al volante de un coche alquilado y condujo hasta el aeropuerto Charles de Gaulle, donde subió a un avión con destino a Washington. Era hora de hablar con Langley para que el desastre fuera completo.

34

N STREET, GEORGETOWN

—¿Raqqa? Pero ¿es que te has vuelto loco, joder?

Adrian Carter rara vez empleaba palabras malsonantes, y menos aún de la variedad copulativa. Era hijo de un ministro episcopaliano de Nueva Inglaterra. A su modo de ver, el lenguaje soez era el refugio de las mentes inferiores, y quienes lo empleaban en su presencia, incluso si eran políticos poderosos, rara vez volvían a pisar su despacho de la sexta planta del cuartel general de la CIA en Langley. Carter era el jefe del Directorio de Operaciones de la Agencia, el que más años había ocupado el cargo en la historia de la institución. Durante una corta temporada tras el 11 de Septiembre, su reino había recibido el nombre de Servicio Nacional Clandestino. Pero el nuevo director de la CIA —el sexto en apenas diez años— había decidido devolverle su antigua denominación. Era lo que hacía la Agencia cuando cometía un error: cambiar las placas de los nombres, trasladar las mesas de los despachos. Muchos de los grandes fallos de la CIA llevaban impresa la huella de Carter (desde su ceguera a la hora de predecir el derrumbe de la Unión Soviética a la chapuza de la Evaluación Nacional de Inteligencia respecto a las armas de destrucción masiva en Irak), y sin embargo allí seguía. Era el hombre que sabía demasiado. Era intocable.

Al igual que Paul Rousseau, no encajaba en el perfil de espía. Con su cabello revuelto, su bigote anticuado y su voz meliflua, daba la impresión de ser un psicólogo que se pasaba la vida escuchando confesiones de deslices y aventuras extramatrimoniales. Su apariencia inofensiva y su talento para los idiomas le habían sido de gran ayuda, primero en el servicio activo (donde había trabajado en distintos destinos, siempre con resultados excelentes) y más tarde en el cuartel general. Tanto adversarios como aliados tendían a subestimarle, un error que Gabriel no había cometido nunca. Había trabajado mano a mano con Carter en diversas operaciones de alto nivel (incluida aquella en la que Hannah Weinberg desempeñó un pequeño papel), pero el pacto nuclear de Estados Unidos con Irán había alterado la dinámica de su relación bilateral. Antaño, Langley y la Oficina habían colaborado estrechamente para sabotear las aspiraciones nucleares de Irán. Ahora, en cambio, Estados Unidos estaba obligado por las cláusulas del acuerdo a proteger lo que quedaba de la infraestructura nuclear iraní. Gabriel tenía previsto espiar a Irán sin contemplaciones para asegurarse de que no violaba las condiciones del acuerdo. Y si veía cualquier indicio de que los mulás seguían enriqueciendo uranio o construyendo sistemas de lanzamiento de misiles, aconsejaría a su primer ministro el uso de la fuerza. Y bajo ninguna circunstancia consultaría primero con su buen amigo y aliado Adrian Carter.

—¿Es de los suyos —preguntó Carter— o de los vuestros?

—Es una mujer —repuso Gabriel—. Y es de los nuestros.

Carter maldijo en voz baja.

—Puede que sí te hayas vuelto loco.

Se sirvió una taza de café de un termo que había encima de un aparador. Se encontraban en la sala de estar de una casa de ladrillo rojo de N Street, Georgetown, la joya de la corona de la vasta red de pisos francos de la CIA en el área metropolitana de Washington. Gabriel había visitado con frecuencia aquella casa en tiempos del idilio entre la Oficina y Langley, tras el 11 de Septiembre. Allí había planificado operaciones, reclutado agentes y, en cierta ocasión, muy al principio del primer mandato del presidente, había accedido a dar caza y a eliminar a un terrorista que casualmente llevaba en el bolsillo un pasaporte estadounidense. Tal había sido su relación. Gabriel había servido de buen grado como brazo ejecutor de la CIA, llevando a cabo operaciones que Carter no podía acometer por motivos políticos. Pero pronto sería el jefe de su servicio, lo que significaba que, en cuestión de rango, estaría por encima de Carter. Gabriel tenía el íntimo convencimiento de que Carter ansiaba alcanzar el puesto de director. Su pasado, sin embargo, se lo impedía. En los meses posteriores al 11 de Septiembre había encerrado a terroristas en prisiones clandestinas, los había hecho trasladar a otros países para que fueran torturados y los había sometido a métodos de interrogatorio muy semejantes a los que Gabriel acababa de presenciar en una granja del norte de Francia. Carter, en suma, había hecho el trabajo sucio necesario para impedir que Al Qaeda volviera a lucirse en territorio estadounidense. Y como castigo por ello tendría que seguir el resto de su vida llamando cortésmente a la puerta de hombres de inferior categoría.

—Ignoraba que a la Oficina le interesara actuar contra el ISIS —comentó.

—Alguien tiene que hacerlo, Adrian. ¿Por qué no nosotros?

Carter le miró por encima del hombro, ceñudo. Se abstuvo ostensiblemente de ofrecerle un café.

—La última vez que hablé con Uzi sobre Siria se mostró encantado de que esos chiflados se mataran entre sí. El enemigo de mi enemigo es mi amigo... ¿No es esa la regla de oro que impera en tu encantador vecindario? Mientras el régimen, los iraníes, Hezbolá y los yihadistas suníes se liquidaran entre sí, la Oficina se contentaría con sentarse en primera fila y disfrutar del espectáculo. Así que no vengas a sermonearme ahora acusándome de estar de brazos cruzados y no hacer nada respecto al ISIS.

—Uzi dejará de ser jefe dentro de poco.

—Eso se rumorea —convino Carter—. De hecho, esperábamos que el relevo se produjera hace unos meses y nos llevamos una pequeña sorpresa cuando Uzi nos comunicó que iba a seguir en el puesto por tiempo indefinido. Durante una temporada nos preguntamos si los informes respecto a la desafortunada muerte de su sucesor *in pectore* eran ciertos. Ahora sabemos por qué razón Uzi sigue dirigiendo la Oficina. Porque su sucesor ha decidido intentar infiltrarse en la red terrorista mundial del ISIS sirviéndose de una agente de carne y hueso, una empresa muy loable pero increíblemente peligrosa.

Gabriel no contestó.

—Dicho sea de paso —prosiguió Carter—, me alegré enormemente de que la noticia de tu fallecimiento fuera prematura. Quizás algún día me cuentes a qué vino eso.

—Algún día, quizás. Y sí —añadió Gabriel—, me encantaría tomar un café.

Carter sirvió otra taza.

—Pensaba que estarías harto de Siria después de tu última operación —comentó al dársela a Gabriel—. ¿Cuánto os costó? Ocho mil millones de dólares, calculo yo.

—Ocho mil doscientos —respondió Gabriel—. Pero ¿quién lleva la cuenta?

—Un precio un tanto elevado por una sola vida humana.

—Fue el mejor trato que he hecho nunca. Y tú habrías hecho lo mismo en mi lugar.

—Pero yo no estaba *en* tu lugar —replicó Carter—, porque tampoco nos informaste de esa operación.

—Y tú no nos dijiste que tu gobierno estaba negociando en secreto con los iraníes, ¿verdad, Adrian? Después de todo el trabajo que hicimos juntos para retrasar el programa, nos dejaste en la estacada.

—Yo no os dejé en la estacada, fue mi presidente. Yo no me dedico a la política. Me dedico a robar secretos de estado y a emitir análisis. Y a decir verdad —añadió tras unos segundos de reflexión—, ya ni siquiera a eso. Principalmente, elimino terroristas.

—No los suficientes.

—Deduzco que te refieres a nuestra postura respecto al ISIS.

—Si quieres llamarla así. Primero, no visteis la tormenta que se estaba preparando. Y luego os negasteis a llevar un chubasquero y un paraguas.

—El ascenso del ISIS no nos pasó desapercibido solo a nosotros. La Oficina tampoco supo predecirlo.

—En aquel momento nos preocupaba más Irán. Te acuerdas de Irán, ¿verdad, Adrian?

Se hizo un silencio.

—Dejémoslo —dijo Carter pasado un momento—. Logramos demasiadas cosas juntos como para que un político se interponga entre nosotros.

Era una rama de olivo. Gabriel la aceptó con una inclinación de cabeza.

—Es cierto —dijo Carter—. Llegamos tarde a la fiesta del ISIS. También es cierto que incluso después de llegar a la fiesta evitamos el bufé y la fuente del ponche. Verás, llevamos muchos años asistiendo a ese tipo de fiestas y nos hemos cansado de ellas. Nuestro presidente nos ha dejado muy claro que la última, la de Irak, fue un aburrimiento. Y muy costosa, además, en sangre y dinero. No tiene interés en dar otra en Siria, y menos aún teniendo en cuenta que eso supondría una contradicción flagrante de su discurso.

—¿Qué discurso es ese?

—El que afirma que nuestra respuesta al 11 de Septiembre fue desmesurada. El que dice que el terrorismo es una simple molestia, no un peligro grave. El que afirma que podemos encajar otro golpe como el que puso de rodillas nuestra economía y nuestro sistema de transportes, y salir fortalecidos. Y no olvidemos —agregó Carter— los desafortunados comentarios del presidente acerca de que el ISIS era un equipo de segunda. A los presidentes no les gusta que los hechos les contradigan.

—A los espías tampoco, en realidad.

—Yo no me dedico a la política —repitió Carter—. Me dedico al espionaje. Y en estos momentos las informaciones que obran en mi poder pintan un cuadro muy negro del panorama al que nos enfrentamos. Los atentados de París y Ámsterdam no han sido más que el tráiler de una película que va a estrenarse en cines de todo el mundo, incluida Norteamérica.

—Intuyo —dijo Gabriel— que va a ser un taquillazo.

—Los consejeros más allegados al presidente son de la misma opinión. Les preocupa que un atentado en territorio nacional a estas alturas de su segundo mandato deje una mancha indeleble sobre su legado. Han ordenado a la Agencia en términos muy claros que mantenga a la bestia a raya al menos hasta que el presidente se suba al Marine One por última vez.

—Entonces te sugiero que os pongáis manos a la obra, Adrian, porque la bestia ya está llamando a vuestra puerta.

—Somos conscientes de ello. Pero por desgracia la bestia es prácticamente inmune a nuestro control del ciberespacio, y no tenemos confidentes dentro del ISIS. —Carter hizo una pausa y luego añadió—. O no los teníamos hasta ahora.

Gabriel se quedó callado.

—¿Por qué no nos habéis dicho que estabais intentando infiltraros?

—Porque es nuestra operación.

—¿Estáis trabajando solos?

—Tenemos varios socios.

—¿Dónde?

—En Europa Occidental y la región.

—¿Los franceses y los jordanos?

—Los británicos también se han unido a la fiesta.

—Son la monda, los británicos. —Carter hizo una pausa y luego preguntó—: Entonces, ¿por qué recurres ahora a nosotros?

—Porque preferiría que no dejarais caer una bomba o un misil en un edificio de pisos cerca del parque Al Rasheed, en el centro de Raqqa.

—Tendrás que pagar por ello —repuso Carter.

—¿Cuánto?

Carter sonrió.

—Me alegro de volver a tenerte en casa, Gabriel. Hacía mucho tiempo que no venías por aquí.

35

N STREET, GEORGETOWN

Era pleno verano en Washington, esa época inhospitalaria del año en que la mayoría de los acomodados habitantes de Georgetown huyen de su pueblecito para instalarse en segundas residencias de Maine o Martha's Vineyard, o en las montañas de Sun Valley y Aspen. Y con razón, pensó Gabriel. Hacía un calor ecuatorial. Se preguntaba, como de costumbre, por qué los fundadores de Estados Unidos habían ubicado voluntariamente su capital en medio de un pantano infestado de malaria. Jerusalén había elegido a los judíos. Los estadounidenses solo podían culparse a sí mismos.

—¿Por qué estamos dando un paseo, Adrian? ¿Por qué no podemos sentarnos en un sitio con aire acondicionado a tomar julepe de menta, como todo el mundo?

—Necesitaba estirar las piernas. Además, creía que estabas acostumbrado al calor. Esto no es nada comparado con el valle de Jezreel.

—Por algo me encanta Cornualles. Allí no hace calor.

—Pronto lo hará. Langley calcula que, debido al calentamiento global, el sur de Inglaterra se convertirá algún día en el mayor productor de vinos selectos del mundo.

—Si lo dice Langley —comentó Gabriel—, estoy seguro de que no pasará.

Habían llegado a los límites de la Universidad de Georgetown, educadora de futuros diplomáticos estadounidenses y hogar de retiro de numerosos espías veteranos. Tras dejar el piso franco, Gabriel le había hablado a Carter de su extraña asociación con Paul Rousseau y Fareed Barakat, acerca de un mando del ISIS radicado en Londres llamado Jalal Nasser, y de un cazatalentos del ISIS residente en Bruselas llamado Nabil Awad. Ahora, mientras paseaban por la calle Treinta y siete, pegándose a las escuálidas sombras en busca de un poco de fresco, le refirió el resto de la historia: que su equipo y él habían hecho desaparecer a Nabil Awad de las calles de Molenbeek sin dejar rastro, que le habían mantenido vivo a ojos del ISIS en la tradición de los grandes conspiradores de la época de la guerra y que le habían utilizado para hacer llegar a Jalal Nasser el nombre de una posible recluta, una mujer de una *banlieu* del norte de París a la que posteriormente el ISIS había enviado a Turquía, desde donde había cruzado la frontera de Siria. No mencionó, en cambio, el nombre de la mujer (ni su verdadero nombre ni el falso) y Carter tuvo el decoro profesional de no preguntárselo.

—¿Es judía, esa chica?

—No que tú sepas.

—Dios te asista, Gabriel.

—Suele hacerlo.

Carter sonrió.

—Imagino que esa chica tuya no se hacía llamar Umm Ziad en Internet, ¿verdad?

Gabriel se quedó callado.

—Me lo tomaré como un sí.

—¿Cómo lo sabes?

—Turbulence.

Gabriel conocía aquel nombre en clave. Turbulence era un programa de vigilancia informática ultrasecreto de la NSA que barría constantemente la red en busca de páginas web militantes y foros yihadistas.

—La NSA la identificó como una extremista en potencia poco después de que apareciera en la red —explicó Carter—. Trataron de implantar un *software* de vigilancia en su ordenador, pero resistió todos nuestros asaltos. Ni siquiera conocían su ubicación. Ahora ya sabemos por qué. —Mirando a Gabriel de reojo preguntó—: ¿Quién es Ziad, por cierto?

—El novio muerto.

—¿Es una viuda negra, tu chica?

Gabriel asintió.

—Bonito toque.

Doblaron la esquina de P Street y siguieron caminando junto a un alto muro de piedra que rodeaba un convento de clausura. Las aceras de ladrillo rojo estaban desiertas, salvo por los escoltas de Carter. Dos guardaespaldas caminaban delante y dos detrás.

—Te alegrará saber —dijo Carter— que tu nuevo amigo Fareed Barakat no me dijo ni una palabra de esto la última vez que hablamos. Tampoco mencionó a Saladino. —Se detuvo y añadió—: Imagino que con diez millones de dólares depositados en una cuenta suiza no se compra mucha lealtad en estos tiempos.

—¿Existe?

—¿Saladino? Sin duda. Él, o alguien como él. Y es imposible que sea sirio.

—¿Es uno de los nuestros?

—¿Un profesional de los servicios de inteligencia?

—Sí.

—Creemos que podría ser un exmiembro del Mukhabarat iraquí.

—Eso pensaba también Nabil Awad.

—Descanse en paz. —Carter arrugó el ceño—. ¿De veras está muerto, o el tiroteo también fue una estratagema?

Gabriel indicó con un encogimiento de hombros que se trataba de lo primero.

—Me alegro de que todavía haya alguien que sepa jugar duro. A mí, si se me ocurriera decir una palabra injuriosa de un terrorista, me procesarían. Pero utilizar drones contra terroristas y sus hijos, eso sí está bien.

—¿Sabes, Adrian?, a veces un terrorista vivo es mejor que un terrorista muerto. Un terrorista vivo puede decirte cosas, como dónde y cuándo será el próximo atentado.

—Mi presidente no está de acuerdo. Cree que detener a terroristas solo sirve para engendrar a más ejemplares de su especie.

—El éxito engendra terroristas, Adrian. Y no hay éxito mayor que un atentado en territorio estadounidense.

—Lo que nos devuelve al punto de partida —repuso Carter limpiándose una gota de sudor de un lado del cuello—. Convenceré al Pentágono para que tengan cuidado con su campaña aérea en Siria. A cambio, tú me informarás de todo lo que averigüe tu chica durante sus vacaciones en el califato.

—Conforme —contestó Gabriel.

—Imagino que el ejército francés está al tanto.

—Y también el británico.

—No sé si me agrada ser el último en enterarme de esto.

—Bienvenido al mundo posamericano.

Carter no contestó.

—Nada de ataques aéreos sobre ese edificio —insistió Gabriel con calma—. Y manteneos alejados de los campos de entrenamiento hasta que salga de allí.

—¿Cuándo crees que será eso?

—A finales de agosto, a no ser que Saladino tenga otros planes.

—No caerá esa breva.

Habían vuelto al piso franco de N Street. Carter se detuvo a los pies de la escalinata curva.

—¿Cómo están los niños? —preguntó de repente.

—No estoy seguro.

—No la cagues con ellos. Eres demasiado viejo para tener más.

Gabriel sonrió.

—¿Sabes? —prosiguió Carter—, durante doce horas pensé que de verdad estabas muerto. Fue una verdadera guarrada hacer eso.

—No tenía elección.

—Estoy seguro —repuso Carter—, pero la próxima no me mantengas en la ignorancia. Yo no soy el enemigo. Estoy aquí para ayudar.

36

RAQQA, SIRIA

Le había dejado claro desde el principio a Jalal Nasser que solo podía quedarse en Siria una temporada corta. El treinta de agosto, como muy tarde, tenía que estar de vuelta en la clínica, al acabarse sus vacaciones de verano. Si se retrasaba, sus compañeros y su familia se pondrían en lo peor. A fin de cuentas, conocían su compromiso político, había dejado huellas en Internet y su único amor había muerto en la yihad. No cabía duda de que alguien acudiría a la policía, y la policía a la DGSI, y la DGSI añadiría su nombre a la larga lista de musulmanes europeos que se habían sumado a las filas del ISIS. Si eso ocurría no tendría más remedio que quedarse en Siria, lo que no era su deseo, al menos todavía. Primero quería vengar la muerte de Ziad asestando un golpe a Occidente. Luego, *inshallah*, regresaría a Siria, se casaría con un combatiente y pariría muchos hijos para el califato.

Jalal Nasser le había dicho que él deseaba lo mismo. Así pues para ella fue una sorpresa que, pasados tres días con sus noches desde su llegada a Raqqa, nadie hubiera ido a buscarla. Miranda Ward, su compañera de viaje, se había quedado con ella en el piso cercano al parque Al Rasheed para servirle de guía y guardiana. No era la primera vez que visitaba Raqqa. Servía como *sherpa* en el corredor secreto que conducía a los musulmanes británicos del este de Londres a las Midlands y de allí a Siria y al califato islámico. Era el señuelo, la carnada, la cara bonita y limpia. Había escoltado a hombres y mujeres haciéndose pasar por novia y amiga. Era, decía ella en broma, «biyihadista».

El piso no era en realidad un piso. Era un cuartito vacío con un lavabo atornillado a la pared y unas cuantas mantas en el suelo. Había una sola ventana a través de la cual entraban libremente las partículas de polvo, como por ósmosis. Las mantas olían a animales del desierto, a camellos y cabras. A veces salía un hilillo de agua del grifo del lavabo, que normalmente estaba seco. El agua se la proporcionaba un camión cisterna del ISIS que pasaba por la calle, y cuando no pasaba tenían que acarrearla desde el Éufrates. En Raqqa el tiempo había retrocedido. Allí se estaba en el siglo VII, espiritual y materialmente.

No había electricidad (unos minutos al día, como mucho), ni gas para cocinar. Aunque de todas formas tampoco había gran cosa que comer. El pan (una necesidad básica en un país como Siria) escaseaba. Los días comenzaban invariablemente con la búsqueda de una preciosa hogaza o dos. El dinar del ISIS era la moneda oficial del califato, pero en los mercados la mayoría de las transacciones se hacían en libras sirias o dólares. Incluso el ISIS comerciaba con la divisa del enemigo. Por consejo de Jalal Nasser, Natalie había llevado consigo varios cientos de dólares desde Francia. El dinero abría muchas puertas detrás de las cuales había despensas llenas de arroz, alubias, aceitunas y hasta un poco de carne. Los que estaban dispuestos a arriesgarse a suscitar la cólera de la temible *husbah*, la policía de la *sharía*, también podían conseguir tabaco y alcohol en el mercado negro. El castigo por fumar o beber era severo: el látigo, la cruz o el tajo. Natalie había visto una vez a un *husbah* azotando a un hombre por maldecir. Maldecir era *haram*.

Entrar en las calles de Raqqa era entrar en un mundo que se había vuelto loco. Como los semáforos no funcionaban por falta de electricidad, los agentes de tráfico del ISIS controlaban las intersecciones. Llevaban pistola pero no silbato porque los silbatos eran *haram*. Las fotografías de modelos de los escaparates de las tiendas habían sido retocadas conforme al estricto código indumentario del ISIS. Las caras estaban tachadas porque era *haram* hacer representaciones gráficas de seres humanos o animales –creaciones de Dios– y colgarlas en la pared. La estatua de dos campesinos que había encima de la famosa torre del reloj de Raqqa también había sufrido retoques: las figuras habían sido decapitadas. La plaza Na'eem, antaño lugar predilecto de los niños de la ciudad, estaba ahora llena de cabezas cortadas, no de piedra, sino humanas. Miraban tristemente desde los barrotes de una verja de hierro: soldados sirios, combatientes kurdos, traidores, saboteadores, rehenes muertos. La fuerza aérea siria bombardeaba con frecuencia el parque como represalia. Tal era la vida en el califato islámico: bombas cayendo sobre cabezas cortadas, en un parque donde antaño jugaban los niños.

Era un mundo negro: negro de espíritu y de color. Banderas negras ondeaban en todos los edificios y las farolas, hombres vestidos de negro como *ninjas* desfilaban por las calles y mujeres cubiertas con *abayas* negras se movían como negros fantasmas por los mercados. A Natalie le habían dado su *abaya* poco después de cruzar la frontera turca. Era una prenda pesada y rasposa que se le ajustaba al cuerpo como una sábana echada descuidadamente sobre un mueble. Debajo llevaba solo prendas negras porque los demás colores, incluso el marrón, eran *haram* y podían desencadenar las iras de la *husbah*. El velo hacía prácticamente indistinguibles sus rasgos, y a través de él veía un mundo borroso, de un turbio color gris oscuro. Al calor del mediodía se sentía como atrapada dentro de su horno particular, asándose lentamente, como una delicia del ISIS. Pero la *abaya* entrañaba además un peligro: el peligro de creerse invisible. Natalie no sucumbió a él. Sabía que la vigilaban constantemente.

El ISIS no estaba solo en su empeño por alterar el paisaje de Raqqa. La fuerza aérea siria y sus cómplices rusos bombardeaban de día. Los estadounidenses y sus socios de coalición, de noche. Había peligro en todas partes: edificios de pisos derruidos, coches y camiones quemados, tanques y transportes blindados ennegrecidos. El ISIS había respondido a los ataques aéreos ocultando a sus combatientes y su armamento entre la población civil. La planta baja del edificio de Natalie estaba llena de balas, obuses, granadas para lanzacohetes y armas de todo tipo. Las plantas primera y segunda servían como acuartelamiento a barbudos milicianos del ISIS vestidos de negro. Entre ellos había algunos sirios, pero la mayoría eran saudíes, egipcios, tunecinos o guerreros islámicos de ojos enloquecidos procedentes del Cáucaso, encantados de combatir de nuevo contra los rusos. Había numerosos europeos, incluyendo tres franceses. Sabían que Natalie estaba allí pero no hicieron ningún intento de comunicarse con ella. Era territorio prohibido. Era la chica de Saladino.

Los sirios y los rusos no vacilaban en bombardear objetivos civiles. Los estadounidenses, en cambio, eran más selectivos. Todo el mundo estaba de acuerdo en que últimamente bombardeaban menos. Nadie sabía por qué, pero todos tenían su opinión al respecto, sobre todo los combatientes extranjeros, que alardeaban de que Estados Unidos, aquella América decadente e infiel, ya no tenía agallas para el combate. Ninguno de ellos sospechaba que el motivo de aquel paréntesis en la ofensiva aérea americana vivía entre ellos, en una habitación con una sola ventana que daba al parque Al Rasheed y unas mantas con olor a camello y cabra.

La sanidad siria, que era ya deplorable antes del levantamiento, prácticamente había desaparecido en medio del caos de la guerra civil. El Hospital Nacional de Raqqa era una ruina desprovista de suministros y fármacos y llena a rebosar de combatientes heridos del ISIS. El resto de los infortunados vecinos de la ciudad tenían que acudir a pequeños consultorios dispersos por los distintos barrios. Natalie se tropezó por casualidad con uno mientras buscaba pan el segundo día que pasó en Raqqa, y lo encontró lleno de víctimas civiles de un ataque aéreo ruso, muchas de ellas muertas y otras agonizantes. No había ningún médico, solo conductores de ambulancias y «enfermeros» del ISIS que habían recibido una formación rudimentaria. Natalie declaró que era médico y se puso de inmediato a atender a los heridos con los pocos suministros que consiguió encontrar. Trabajó vestida con su incómoda *abaya* sin esterilizar porque un *husbah* de mirada torva amenazó con golpearla si se lo quitaba. Esa noche, cuando por fin volvió a su piso, lavó la sangre de la *abaya* con agua del Éufrates. En Raqqa, el tiempo había retrocedido.

En el piso no llevaban la *abaya* puesta, solo el hiyab. A Miranda el suyo le sentaba bien: enmarcaba sus delicados rasgos celtas y realzaba sus ojos verde mar. Esa noche, mientras preparaba la cena, le contó a Natalie cómo se había convertido al islam. Se había criado en un lugar extremadamente infeliz: su madre era alcohólica y su padre, siempre desempleado, era una mala bestia que abusaba sexualmente de ella. A los trece años comenzó a beber y a drogarse. Se quedó embarazada dos veces y abortó las dos.

—Era un desastre —dijo—. Iba de culo.

Luego, un día que iba borracha y colocada, se encontró frente a una librería islámica del centro de Bristol. Un musulmán la vio mirando el escaparate y la invitó a entrar. Ella rehusó la invitación, pero aceptó el libro gratis que le ofreció.

—Me dieron ganas de tirarlo a la primera papelera que vi. Me alegro de no haberlo hecho. Ese libro me cambió la vida.

Dejó de beber, de drogarse y de acostarse con chicos a los que apenas conocía. Luego se convirtió al islam, adoptó el velo y comenzó a rezar cinco veces al día. Sus padres, que se habían criado en la tradición anglicana pero no creían en Dios, no querían una hija musulmana. La echaron de casa y, con una maleta y cien libras en metálico, se fue al este de Londres, donde la acogió un grupo de musulmanes del barrio de Tower Hamlets. Allí conoció a un jordano llamado Jalal Nasser que le mostró la belleza de la yihad y el martirio. Se unió al ISIS, viajó en secreto a Siria para recibir entrenamiento y regresó a Gran Bretaña sin ser descubierta. Admiraba mucho a Jalal. Quizás incluso estaba un poco enamorada de él.

—Si alguna vez se casa —dijo—, espero ser una de sus esposas. Pero de momento está demasiado ocupado para pensar en eso. Está casado con Saladino.

Natalie estaba familiarizada con aquel nombre, pero la doctora Hadawi no. De ahí su respuesta.

—¿Con quién? —preguntó cautelosamente.

—Con Saladino. Es el líder de la red.

—¿Tú le conoces?

—¿A Saladino? —Sonrió con expresión soñadora y negó con la cabeza—. Yo estoy demasiado abajo en el escalafón. Solo los mandos saben quién es. Pero quién sabe. Puede que tú sí llegues a conocerle.

—¿Por qué dices eso?

—Porque tienen grandes planes para ti.

—¿Te lo dijo Jalal?

—No hacía falta que me lo dijera.

Pero Natalie no estaba del todo convencida. De hecho, parecía más bien lo contrario: que se habían olvidado de ella. Esa noche y la siguiente permaneció despierta sobre su manta, mirando el recuadro de cielo que dejaba ver la ventana. Por las noches reinaba en la ciudad una oscuridad completa y las estrellas brillaban incandescentes. Imaginó un satélite espía Ofek 10 observándola y siguiéndola por las calles de la ciudad negra.

Finalmente, la tercera noche, poco antes de que amaneciera y no mucho después de un ataque aéreo estadounidense en el norte, oyó pasos en el pasillo, fuera de su habitación. Cuatro mazazos sacudieron la puerta, que se abrió de golpe, como empujada por el estallido de un coche bomba. Natalie se tapó al instante con la *abaya*. Un segundo después, una linterna alumbró su cara. Se la llevaron solo a ella. Miranda se quedó atrás. Fuera, en la calle, esperaba un todoterreno abollado y polvoriento. Aquellos guerreros del islam barbudos y ataviados de negro la obligaron a subir al asiento de atrás, y el coche arrancó bruscamente. Natalie miró por la ventanilla tintada, a través del velo oscuro de su *abaya*, la locura que se extendía más allá: las cabezas cortadas ensartadas en picas de hierro, los cuerpos retorciéndose en las cruces, las fotografías de mujeres sin rostro en los escaparates de las tiendas. «Soy la doctora Leila Hadawi», se decía. «Soy Leila la que ama a Ziad, Leila de Sumayriyya. Y estoy a punto de morir».

37

ESTE DE SIRIA

Se dirigieron al este, de cara al sol naciente, por una carretera recta como una regla y ennegrecida por el aceite. Había poco tráfico: un camión que traía cargamento de la provincia iraquí de Ambar, un campesino que llevaba verduras al mercado de Raqqa, una camioneta rebosante de yihadistas sedientos de sangre tras una noche de combates en el norte. La hora punta en el califato, pensó Natalie. De vez en cuando pasaban junto a un tanque o un transporte blindado carbonizados. En medio del paisaje vacío, sus restos parecían cadáveres de insectos achicharrados por la lupa de un niño. Una camioneta de fabricación japonesa ardía aún cuando pasaron a su lado. En la parte de atrás, un combatiente carbonizado se aferraba todavía a su ametralladora del calibre 50, que apuntaba hacia el cielo.

—*Allahu Akbar* —murmuró el conductor del todoterreno, y bajo su *abaya* negra Natalie respondió:

—*Allahu Akbar*.

Sus únicas guías eran el sol, el velocímetro y el reloj del salpicadero. Sabía por el sol que después de salir de Raqqa habían mantenido un rumbo constante hacia el este, y por el velocímetro y el reloj que llevaban una hora y cuarto viajando a más de ciento cuarenta kilómetros por hora. Raqqa estaba aproximadamente a ciento sesenta kilómetros de la frontera iraquí. De la antigua frontera, se corrigió rápidamente. Porque ya no había frontera: las líneas dibujadas en un mapa por diplomáticos infieles de París y Londres habían sido borradas. Incluso habían desaparecido los indicadores de las carreteras sirias.

—*Allahu Akbar* —repitió el conductor cuando pasaron junto a otro vehículo en llamas.

Y Natalie, ahogándose bajo su *abaya*, respondió:

—*Allahu Akbar.*

Siguieron hacia el este otros veinte minutos. A cada kilómetro que recorrían, el terreno se volvía más seco y desolado. Era todavía temprano (las siete y veinte, según el reloj), pero la ventanilla de Natalie ya quemaba al tocarla. Al fin llegaron a un pueblecito de casas de piedra blanqueadas. La calle principal tenía la anchura justa para que cupiera un coche, pero más allá se extendía un laberinto de pasadizos por el que unos pocos paisanos (mujeres veladas, hombres con túnica y kufiya, niños descalzos) deambulaban aletargados por el calor. En la calle principal había un mercado y un pequeño café donde unos cuantos ancianos resecos escuchaban un sermón grabado de Abu Bark Al Baghdadi, el califa en persona. Natalie escudriñó la calle en busca del nombre del pueblo pero no lo encontró. Temía haber cruzado la invisible frontera de Irak.

De pronto, el todoterreno se metió bajo un arco y se detuvo en el patio de una casona. Había palmeras en el patio y, reclinados a su sombra, media docena de combatientes del ISIS. Uno, un joven de unos veinticinco años cuya barba rojiza estaba todavía en ciernes, le abrió la puerta a Natalie y la condujo dentro. Hacía fresco en la casa, y de algún lugar llegaba la cháchara tranquilizadora de unas mujeres. En una habitación provista únicamente de alfombras y cojines, el joven de la escuálida barba rojiza invitó a Natalie a sentarse. Después se retiró rápidamente y apareció una mujer velada con un vaso de té. Luego también se marchó la mujer y Natalie se quedó a solas en la habitación.

Se retiró el velo y se acercó el vaso de té a los labios con cautela. El té azucarado penetró en su torrente sanguíneo como una droga inyectada. Se lo bebió despacio, con cuidado de no escaldarse la

boca, y vio que una sombra se acercaba lentamente a ella por la alfombra. Cuando la sombra alcanzó su tobillo, reapareció la mujer
para llevarse el vaso. Un momento después, al entrar otro vehículo
en el patio, tembló la habitación. Cuatro puertas se abrieron y se
cerraron al unísono. Cuatro hombres entraron en la casa.

Enseguida se hizo evidente cuál de los cuatro era el líder. Era
algo mayor que los otros, se movía con más decisión y aparentaba
más calma. Los tres más jóvenes llevaban grandes fusiles de combate automáticos de un modelo que Natalie no supo identificar. El
cabecilla, en cambio, solo llevaba una pistola en una funda sujeta a
la cadera. Vestía a la manera de Abú Musab Al Zarqaui: mono negro,
deportivas blancas, una kufiya negra prietamente atada alrededor de
la voluminosa cabeza. Tenía la barba descuidada, entreverada de canas y mojada por el sudor. Sus ojos eran marrones y de mirada
extrañamente suave, como los de Bin Laden. Tenía la mano derecha intacta, pero en la izquierda solo conservaba el dedo pulgar y el
índice, señal de que había fabricado artefactos explosivos. Pasó
unos minutos mirando en silencio el bulto negro sentado inmóvil
sobre la alfombra. Cuando finalmente se dirigió a ella, lo hizo en
árabe con acento iraquí.

—Quítate el velo.

Natalie no se movió. En el Estado Islámico era *haram* que una
mujer se descubriera la cara ante un hombre que no fuera pariente
suyo, incluso si ese hombre era un mandamás iraquí de la red de
Saladino.

—No pasa nada —dijo él por fin—. Es necesario.

Lentamente, con cautela, Natalie se levantó el velo. Fijó la mirada en la alfombra.

—Mírame —ordenó el hombre, y ella levantó obedientemente
la mirada.

Estuvo observándola un rato. Luego la agarró de la barbilla con
el pulgar y el índice de la mano mutilada y le volvió la cara a un

lado y a otro para examinarla de perfil. La observaba con mirada crítica, como si examinara la carne de un caballo.

—Me han dicho que eres palestina.

Ella asintió con la cabeza.

—Tienes pinta de judía, pero reconozco que a mí todos los palestinos me parecen judíos —dijo en el tono desdeñoso del árabe del desierto que desprecia a todo aquel que viva en la ciudad, la marisma o la costa. Seguía sujetándola por la barbilla—. ¿Has estado en Palestina?

—No, nunca.

—Pero tienes pasaporte francés. Podrías haber ido fácilmente.

—Habría sido demasiado doloroso ver el país de mis antepasados gobernado por sionistas.

Su respuesta pareció agradarle. Con un gesto, le ordenó que se cubriera la cara. Natalie se alegró de poder cobijarse tras el velo, porque ello le permitió unos segundos para recomponerse. Escondida bajo su negra tienda, con la cara tapada, se preparó para el interrogatorio que se avecinaba. Le sorprendió la facilidad con que la historia de Leila emanaba de su subconsciente. El entrenamiento intensivo había dado resultado. Era como si rememorara acontecimientos reales. Natalie Mizrahi ya no existía: estaba muerta y enterrada. Era a Leila Hadawi a quien habían llevado a aquel pueblecito en medio del desierto. Era Leila Hadawi quien esperaba serenamente la mayor prueba de su vida.

Enseguida reapareció la mujer con té para todos. El iraquí se sentó frente a Natalie, y los otros tres se acomodaron tras él, con las armas terciadas sobre los muslos. Una imagen afloró de pronto a la memoria de Natalie como un fogonazo: un condenado vestido con mono naranja, un occidental pálido como la muerte sentado con las manos atadas frente a una formación de milicianos vestidos de negro, como un coro de hombres sin rostro. Refugiada bajo su *abaya*, borró de su mente aquella horrible imagen. Se dio cuenta de que estaba sudando. El sudor le corría por la espalda y goteaba entre sus pechos. Tenía permitido sudar, se dijo. Era una parisina consentida, nada acostumbrada al calor del desierto, y en la habitación ya no hacía fresco. La casa empezaba a calentarse, asediada por el sol de última hora de la mañana.

—Eres médico —dijo el iraquí por fin, sujetando el vaso de té entre el índice y el pulgar como un momento antes había sujetado la cara de Natalie.

Sí, dijo ella, luchando con su propio vaso de té bajo el velo. Era médico. Había estudiado en la Université Paris-Sud y trabajaba en la Clinique Jacques Chirac, en la *banlieu* parisina de Aubervilliers. Explicó a continuación que Aubervilliers era un barrio mayoritariamente musulmán y que gran parte de sus pacientes eran árabes del Norte de África.

—Sí, lo sé —dijo el iraquí con impaciencia, dejándole claro que estaba al tanto de su biografía—. Me han dicho que ayer estuviste unas horas atendiendo a pacientes en una clínica de Raqqa.

—Fue anteayer —puntualizó ella.

«Y obviamente», pensó mientras miraba al iraquí a través de la gasa negra de su velo, «tus amigos y tú me estabais vigilando».

—Deberías haber venido hace mucho tiempo —añadió él—. Tenemos gran necesidad de médicos en el califato.

—Mi trabajo está en París.

—Pero ahora estás aquí —repuso él.

—Estoy aquí —dijo ella con precaución—, porque me pidieron que viniera.

—Te lo pidió Jalal.

Ella no contestó. El iraquí bebió pensativamente su té.

—A Jalal se le da muy bien mandarme europeos entusiastas, pero soy yo quien decide si merecen entrar en nuestros campos de entrenamiento. —Había en su voz una nota de amenaza, y Natalie dedujo que era intencionada—. ¿Deseas luchar por el Estado Islámico?

—Sí.

—¿Y por qué no por Palestina?

—Eso estoy haciendo.

—¿Cómo?

—Luchando por el Estado Islámico.

La mirada del iraquí se suavizó.

—Al Zarqaui decía siempre que el camino hacia Palestina pasa por Ammán. Primero tomaremos el resto de Irak y Siria. Después Jordania. Y luego, *inshallah*, Jerusalén.

—Como Saladino —contestó ella.

Y se preguntó, no por primera vez, si el hombre al que llamaban Saladino estaba sentado ante ella.

—¿Has oído ese nombre? —preguntó él—. ¿Saladino?

Ella hizo un gesto afirmativo. El iraquí miró hacia atrás y le murmuró algo a uno de los tres hombres sentados a su espalda. El hombre le entregó un fajo de papeles sujetos con un clip. Natalie comprendió que era su expediente personal confeccionado por el ISIS, y al pensarlo estuvo a punto de sonreír bajo la *abaya*. El iraquí echó un vistazo a las hojas con aire de aburrimiento burocrático. Natalie se preguntó a qué se habría dedicado antes de que la invasión estadounidense pusiera patas arriba Irak. ¿Habría sido oficinista en un ministerio? ¿Maestro o empleado de banca? ¿Habría vendido verduras en un mercado? No, pensó, no era un comerciante pobre. Era un exoficial del ejército iraquí. O quizá, pensó mientras el sudor le corría por la espalda, había trabajado en la temible policía secreta de Sadam.

—Eres soltera —dijo de repente.

—Sí —contestaron a la vez Leila y Natalie.

—Pero ¿estuviste prometida una vez?

—No, no del todo.

—¿Él era de los nuestros?

—No del todo —repitió ella—. Le detuvieron los jordanos antes de que pudiera cruzar la frontera de Siria.

—¿Murió preso en Jordania?

Ella asintió lentamente.

—¿Dónde le conociste?

—En Paris-Sud.

—¿Y qué estudiaba?

—Electrónica.

—Sí, lo sé. —Dejó las hojas de su expediente sobre la alfombra—. Tenemos muchos seguidores en Jordania. Muchos de nuestros hermanos eran antes ciudadanos jordanos. Y ninguno —añadió— ha oído hablar de un tal Ziad Al Masri.

—Ziad no llegó a militar en Jordania —respondió ella con mucha más calma de la que creía posible—. Se radicalizó cuando ya vivía en Europa.

—¿Era miembro del Hizb ut-Tahrir?

—Formalmente, no.

—Eso explica por qué tampoco nuestros hermanos del Hizb ut-Tahrir han oído hablar de él. —Miró a Natalie con calma mientras otra cascada de sudor le chorreaba por la espalda—. No estás bebiendo té —señaló.

—Eso es porque me está poniendo usted nerviosa.

—Esa era mi intención. —Su respuesta hizo reír en voz baja a los tres hombres sentados a su espalda. Esperó a que las risas se apagaran antes de añadir—: Los americanos y sus amigos de Europa no nos tomaron en serio durante mucho tiempo. Nos ninguneaban, se mofaban de nosotros. Pero ahora se dan cuenta de que somos un peligro para ellos y están intentando infiltrarse en nuestras filas. Los británicos son los peores. Cada vez que pillan a un musulmán británico intentando viajar al califato, tratan de convertirlo en un espía. Pero los descubrimos enseguida. A veces los utilizamos contra los británicos, y a veces —añadió encogiéndose de hombros— simplemente los matamos.

Dejó que el silencio pesara como una losa sobre la bochornosa habitación. Fue Natalie quien lo rompió.

—Yo no pedí venir —dijo—. Me lo pidió usted.

—No, fue Jalal quien te pidió que vinieras a Siria, no yo. Pero soy yo quien decidirá si vas a quedarte. —Recogió las hojas del expediente—. Me gustaría oír tu historia desde el principio, Leila. Sería muy útil.

—Nací...

—No —la interrumpió él—. He dicho desde el principio.

Confusa, ella no dijo nada. El iraquí miraba de nuevo su expediente.

—Aquí dice que tu familia era de un sitio llamado Sumayriyya.

—La familia de mi padre —contestó ella.

—¿Dónde está ese lugar?

—*Estaba* en el oeste de Galilea. Pero ya no.

—Háblame de eso —ordenó él—. Cuéntamelo todo.

Natalie cerró los ojos bajo su velo. Se vio caminando por un campo de zarzas y piedras amontonadas, junto a un hombre de estatura media cuya cara y cuyo nombre ya no recordaba. El hombre le habló como desde el fondo de un pozo, y ella hizo suyas sus palabras. Cultivaban plátanos y melones en Sumayriyya, los melones más dulces de toda Palestina. Regaban los campos con agua de un antiguo acueducto y enterraban a sus muertos en un cementerio que había cerca de la mezquita. Sumayriyya era el paraíso terrenal, era el jardín del Edén. Luego, una noche de mayo de 1948, llegaron los judíos por la carretera de la costa en un convoy con los faros encendidos, y Sumayriyya dejó de existir.

En el centro de operaciones de King Saul Boulevard hay una silla reservada para el jefe. Nadie más puede sentarse en ella. Nadie se atreve siquiera a tocarla. A lo largo de ese día, la silla chirrió y se tambaleó bajo la mole de Uzi Navot. Gabriel no se movió de su lado. A veces, ocupando la silla del subdirector. Otras en pie, nervioso, con la mano en la barbilla y la cabeza ligeramente ladeada.

Como todo el mundo en el centro de operaciones, solo tenían ojos para la principal pantalla de vídeo de la sala. En ella aparecía la imagen emitida por satélite de una casona en un pueblecito cerca de la frontera siria. En el patio de la casa, varios hombres descansaban recostados a la sombra de las palmeras. Había dos todoterrenos en el patio. Uno había trasladado a la mujer desde el centro de Raqqa. El otro había llevado a cuatro hombres desde el Triángulo Suní de Irak. Gabriel había remitido las coordenadas de la casa a Adrian Carter al cuartel general de la CIA, y Carter había enviado un dron desde una base secreta en Turquía. El aparato cruzaba de vez en cuando la imagen del Ofek 10, sobrevolando el objetivo en círculos, pausadamente, a doce mil pies de altura, pilotado por un chaval en un tráiler, en otro desierto, en otra parte del mundo.

Adrian había aportado otros recursos para vigilar el objetivo. Concretamente, había pedido a la NSA que recogiera todos los datos de telefonía móvil procedentes de la casa que pudiera encontrar. La NSA había localizado no menos de doce teléfonos, uno de los cuales ya estaba vinculado a un tal Abú Ahmed Al Tikriti, un excoronel del servicio de inteligencia iraquí del que se sospechaba que era un alto mando del ISIS. Gabriel dedujo que era Al Tikriti el encargado de interrogar a su agente. Se le encogía el estómago al pensarlo, pero procuraba tranquilizarse diciéndose a sí mismo que la había entrenado bien. Aun así, de buen grado se habría cambiado por ella. Quizá no tuviera madera de jefe después de todo, pensó mirando a Uzi Navot, que permanecía tranquilamente sentado en su sillón.

El día pasó muy despacio. Los dos todoterrenos seguían en el patio. Los yihadistas, recostados a la sombra de las palmeras. Luego, al ponerse el sol, las sombras se disolvieron y comenzaron a brillar fuegos en la oscuridad. El Ofek 10 pasó a modo infrarrojo. A las nueve de la noche captó cinco manchas con forma humana saliendo de la casa. Cuatro de aquellas manchas entraron en uno de los todoterrenos. La quinta, una mujer, subió al otro. El dron siguió a uno de los vehículos hasta Mosul. El Ofek 10 vigiló el avance del segundo de regreso a Raqqa. Al llegar allí, el coche se detuvo delante de un edificio de pisos cercano al parque Al Rasheed y del asiento de atrás se apeó una sola mancha luminosa: la silueta de una mujer. Entró en el edificio poco antes de la medianoche y se perdió de vista.

* * *

En una habitación de la primera planta del edificio, un clérigo saudí marchito y flaco sermoneaba a varias decenas de fascinados combatientes acerca del papel que iban a desempeñar, *inshallah*, en el apocalipsis. La hora estaba cerca, afirmó, más cerca de lo que imaginaban. Agotada por el interrogatorio implacable y cegada por el cansancio y por la *abaya*, Natalie no tenía motivos para dudar de la profecía del viejo predicador.

La escalera, como de costumbre, estaba oscura como boca de lobo. Fue contando para sus adentros en árabe mientras subía: catorce escalones por tramo, dos tramos por piso. Su habitación estaba en el quinto, a doce pasos de la escalera. Entró y cerró la puerta a su espalda sin hacer ruido. Un rayo de luna se extendía desde la ventana hasta la figura femenina acurrucada en el suelo. Natalie se quitó la *abaya* en silencio y se hizo la cama. Pero al apoyar la cabeza en la almohada, la figura femenina tumbada al otro lado del cuarto se rebulló y se incorporó.

—¿Miranda? —preguntó Natalie, pero la otra figura no contestó. Se limitó a encender una cerilla cuya llama tocó la mecha de una lámpara de aceite de oliva. Una luz cálida inundó la habitación.

Natalie se incorporó también, esperando ver aquella cara de delicados rasgos celtas. Se encontró, sin embargo, mirando unos ojos grandes, hipnóticos, de color avellana y cobre.

—¿Quién eres tú? —preguntó en árabe, pero su nueva compañera de piso contestó en francés.

—Me llamo Safia Bourihane —contestó tendiéndole la mano—. Bienvenida al califato.

38

PALMIRA, SIRIA

El campamento estaba a las afueras de la milenaria ciudad de Palmira, no muy lejos de la famosa prisión de Tadmor, en pleno desierto, donde el padre del presidente sirio solía encerrar a todo aquel que osaba ponerse en su contra. Antes de que estallara la guerra civil era un acuartelamiento del ejército sirio en la provincia de Homs, pero en la primavera de 2015 el ISIS se apoderó de él prácticamente intacto y sin apenas resistencia. Los yihadistas saquearon y destruyeron muchas de las deslumbrantes ruinas de Palmira, así como la prisión, pero respetaron el campo de entrenamiento. Rodeado por un muro de casi cuatro metros de alto rematado con alambre de concertina, estaba provisto de barracones para quinientas personas, comedor, una sala de ocio y otra de reuniones, gimnasio y un generador diésel que proporcionaba aire acondicionado durante el día y luz por la noche. Los antiguos letreros sirios habían sido retirados, y la bandera negra del ISIS ondeaba y restallaba por encima de la explanada central. El nombre anterior del cuartel había caído en desuso. Los reclutas se referían a él como Camp Saladin.

Natalie viajó hasta allí en todoterreno al día siguiente, acompañada por Safia Bourihane. Habían pasado cuatro meses desde el atentado contra el Centro Weinberg de París, cuando Safia se convirtió en icono del yihadismo. Había poemas en su honor, calles y plazas con su nombre, jóvenes que soñaban con emular sus hazañas. En un mundo que rendía culto a la muerte, el ISIS invertía considerables esfuerzos en mantener a Safia con vida. Se trasladaba constantemente de un piso franco a otro, entre Siria e Irak, siempre con escolta armada. La única vez que había aparecido en un vídeo propagandístico del ISIS, llevaba la cara cubierta con un velo. No utilizaba el teléfono y jamás tocaba un ordenador. A Natalie la tranquilizó saber que le habían permitido conocerla. De ello se deducía que había superado el interrogatorio sin levantar sospechas. Ya era uno de ellos.

Saltaba a la vista que Safia se había acostumbrado a la admiración que despertaba. En Francia era una ciudadana de segunda con escasas perspectivas profesionales. En el mundo al revés del califato islámico, en cambio, era famosa. Resultaba evidente que desconfiaba de Natalie porque suponía una amenaza para su posición. Natalie, por su parte, se contentaba con hacer el papel de terrorista advenediza. Safia Bourihane era el boceto en el que se inspiraba el personaje de la doctora Leila Hadawi. Pero mientras que Leila Hadawi admiraba a Safia, a Natalie Mizrahi la ponía enferma hallarse en su presencia y, de haber tenido ocasión, de buena gana le habría inyectado una dosis mortal de veneno. *Inshallah*, pensó mientras el todoterreno cruzaba a toda velocidad el desierto sirio.

El árabe de Safia era, a lo sumo, rudimentario. Así pues, pasaron el viaje conversando en francés, en voz baja, ocultas ambas bajo la tienda de campaña de sus *abayas*. Hablaron de sus respectivas infancias y descubrieron que tenían muy poco en común. Como hija de palestinos cultos, Leila Hadawi había llevado una vida muy distinta a la de la hija de una pareja de obreros argelinos de una *banlieu*. El islam era el único puente que las unía, a pesar de que Safia apenas conocía los principios de la yihad o los rudimentos de la doctrina islámica. Reconocía que echaba de menos el sabor del vino francés. Sobre todo, tenía curiosidad por saber cómo se la recordaba en el país al que había atacado: no en la Francia de las grandes ciudades y las zonas rurales, sino en la Francia árabe de las *banlieus*. Natalie le contó la verdad: que en las *cités* de Aubervilliers se hablaba de ella con cariño. Aquello le agradó. Confiaba en regresar algún día.

—¿A Francia? —preguntó Natalie, incrédula.

—Sí, claro.

—Eres la mujer más buscada del país. Es imposible.

—Eso es porque Francia sigue estando gobernada por los franceses, pero Saladino dice que pronto formará parte del califato.

—¿Le has visto?

—¿A Saladino? Sí, le he visto.

—¿Dónde? —preguntó Natalie tranquilamente.

—No estoy segura. Me taparon los ojos por el camino.

—¿Cuándo fue eso?

—Un par de semanas después de mi atentado. Quería felicitarme personalmente.

—Dicen que es iraquí.

—No estoy segura. No domino el árabe lo suficiente para distinguir entre un sirio y un iraquí.

—¿Cómo es?

—Muy grande y muy fuerte, y tiene unos ojos maravillosos. Es todo lo que te puedas imaginar. *Inshallah*, algún día le conocerás.

La llegada de Safia al campo de entrenamiento dio ocasión a una salva de disparos acompañada por gritos de *¡Allahu Akbar!* Natalie, la nueva recluta, quedó en segundo plano. Le asignaron una habitación privada (la antigua vivienda de un oficial sirio) y esa noche, después de la oración, comió por primera vez en el comedor. Las mujeres comían separadas de los hombres por una cortina negra. La comida era deplorable pero abundante: arroz, pan, carne de ave asada y un estofado cartilaginoso, de un color entre marrón y gris. A pesar de su segregación, las mujeres estaban obligadas a llevar la *abaya*, lo que dificultaba enormemente la operación de comer. Natalie devoró el pan y el arroz, pero su formación médica le recomendó que evitara la carne. La mujer sentada a su izquierda era una saudí taciturna llanada Bushra. A su derecha se sentaba Selma, una tunecina locuaz que había llegado al califato en pos de su marido. El marido había muerto luchando contra los kurdos y ahora ella buscaba venganza. Deseaba hacerse saltar por los aires. Tenía diecinueve años.

Después de la cena hubo diversas actividades. Un clérigo dio un sermón y un combatiente leyó un poema compuesto por él. A continuación, un astuto musulmán británico que trabajaba en el departamento de publicidad y *marketing* del ISIS «entrevistó» a Safia. Esa noche, el desierto retumbó sacudido por los ataques aéreos de la coalición. Sola en su cuarto, Natalie rezaba para que la rescataran.

Su formación terrorista dio comienzo a la mañana siguiente, después del desayuno, cuando la condujeron al desierto para iniciarla en el manejo de distintas armas de fuego: fusiles de asalto, pistolas, lanzacohetes y granadas. Desde entonces regresó al desierto todas las mañanas, incluso después de que sus instructores le dieran el aprobado. Los instructores no eran yihadistas de ojos desquiciados: eran todos ellos iraquíes, exmilitares y curtidos veteranos de la insurgencia suní que habían luchado contra los americanos en Irak sin un resultado claro y estaban deseando luchar contra ellos de nuevo en las llanuras del norte de Siria, en un lugar llamado Dabiq. A los americanos y sus aliados (a los ejércitos de Roma, en el léxico del ISIS) había que pincharlos y provocarlos, había que aguijonearlos para provocar su cólera. Los iraquíes tenían planeado cómo hacerlo, y los alumnos del campo de entrenamiento serían su aguijón.

Durante las horas centrales del día, Natalie acudía a las salas con aire acondicionado del campamento para aprender a ensamblar una bomba o a asegurar las comunicaciones. También tenía que soportar largos sermones acerca de los placeres del paraíso, por si era elegida para una misión suicida. Sus instructores iraquíes le preguntaban una y otra vez si estaba dispuesta a morir por el califato, y ella contestaba que sí sin vacilar. Al poco tiempo de su llegada le hicieron llevar un pesado chaleco suicida durante las clases de entrenamiento con armas, y le enseñaron a activar el artefacto y a hacerlo estallar sirviéndose de un interruptor oculto en la palma de la mano. La primera vez que el instructor le ordenó que pulsara el detonador, su pulgar se detuvo, congelado y entumecido, a escasos centímetros del botón.

—*Yalla* —insistió él—. No va a estallar de verdad.

Natalie cerró los ojos y apretó el detonador.

—*Bum* —susurró el instructor—. Y ya vas camino del paraíso.

Con permiso del director del campo, Natalie comenzó a pasar consulta en la antigua enfermería de la base. Al principio, los otros alumnos dudaban en acudir a ella por miedo a que los instructores iraquíes los consideraran unos blandos. Pronto, sin embargo, comenzó a recibir un flujo constante de pacientes durante sus «horas de consulta», después de su clase de fabricación de bombas y antes de las oraciones de la tarde. Sus dolencias iban desde heridas de guerra infectadas a constipados, diabetes y sinusitis. Natalie disponía de escasos suministros y muy pocas medicinas, pero atendía con paciencia a todo el mundo. Y de paso descubrió muchas cosas acerca de sus compañeros de clase: sus nombres, sus países de origen, las circunstancias de su viaje al califato y la vigencia de sus pasaportes. Entre los que fueron a verla estaba Safia Bourihane. Estaba algo baja de peso, un poco deprimida y necesitaba gafas. Por lo demás, gozaba de buena salud. Natalie se resistió a la tentación de inyectarle una sobredosis de morfina.

—Me voy por la mañana —anunció Safia mientras se ponía la *abaya*.

—¿Adónde vas?

—No me lo han dicho. *Nunca* me lo dicen. ¿Y tú? —preguntó.

Natalie se encogió de hombros.

—Dentro de una semana tengo que estar de vuelta en Francia.

—Qué suerte la tuya. —Safia se bajó como una niña de la camilla y se dirigió a la puerta.

—¿Cómo fue? —preguntó Natalie de repente.

Safia se volvió. Incluso a través de la rejilla de su *abaya* sus ojos eran asombrosamente hermosos.

—¿Cómo fue *qué?* —preguntó por fin.

—La operación. —Natalie titubeó. Luego añadió—: Matar a los judíos.

—Fue precioso —contestó—. Un sueño hecho realidad.

—¿Y si hubiera sido una misión suicida? ¿Podrías haberlo hecho?

Safia sonrió melancólicamente.

—Ojalá lo hubiera sido.

39

PALMIRA, SIRIA

El director del campo era un iraquí llamado Massoud, de la provincia de Ambar, que había perdido el ojo izquierdo luchando contra los estadounidenses durante la ofensiva americana de 2006. El derecho lo fijó en Natalie con desconfianza cuando, tras una cena poco apetitosa en el comedor, pidió permiso para salir a dar un paseo a solas por el recinto.

—No hace falta que nos mienta —dijo pasado un momento—. Si desea marcharse, es libre de hacerlo, doctora Hadawi.

—No deseo marcharme.

—¿No es feliz aquí? ¿No la hemos tratado bien?

—Muy bien, sí.

Massoud el tuerto fingió reflexionar.

—En el pueblo no hay teléfono, si es en eso en lo que está pensando.

—No es eso.

—Tampoco hay cobertura móvil, ni servicio de Internet.

Se hizo un corto silencio.

—Le diré a un muyahidín que la acompañe —añadió Massoud.

—No es necesario.

—Sí lo es. Es usted demasiado vulnerable para caminar por ahí sola.

El muyahidín escogido por Massoud para acompañarla era un

guapo cairota con formación universitaria llamado Ismail que se había unido al ISIS movido por la frustración, poco después del golpe de mano que alejó a los Hermanos Musulmanes del poder en Egipto. Salieron del campo cuando pasaban pocos minutos de las nueve. La luna pendía baja sobre el cinturón montañoso del norte de Palmira (un sol blanco sobre un cielo negro), iluminando como un faro los montes del sur. Natalie perseguía a su propia sombra por el sendero de tierra. Ismail caminaba unos pasos por detrás de ella, con la negra vestimenta refulgiendo a la luz de la luna y un arma terciada sobre el pecho. A ambos lados del camino, ordenados palmerales se perdían en la noche encendida. Las palmeras prosperaban en el rico suelo ribereño del *wadi* Al Qubur, alimentado por el manantial de Efqa. Era el manantial y su oasis circundante lo que primero había atraído a los humanos a aquel lugar, unos siete mil años antes de Cristo. Allí se levantaba una ciudad amurallada de doscientos mil habitantes cuyos pobladores hablaban un dialecto del arameo y se habían enriquecido gracias a las caravanas comerciales que recorrían la Ruta de la Seda. Los imperios iban y venían, y en el siglo I d.C. los romanos sometieron Palmira. La antigua ciudad situada al borde de un oasis no volvería a ser la misma.

La brisa fresca del desierto agitaba las palmeras a lo largo del camino. Por fin, los palmerales quedaron atrás y apareció el templo de Bel, el centro de la vida religiosa en la antigua Palmira. Natalie se detuvo y contempló boquiabierta la catástrofe que se extendía ante sus ojos, sobre la arena del desierto. Las ruinas del templo, con sus puertas y columnas monumentales, estaban entre las mejor conservadas de Palmira. Ahora, las ruinas estaban en ruinas. Solo una parte de una pared permanecía intacta. A Ismail el egipcio no pareció turbarle la escena.

—*Shirk* —dijo con un encogimiento de hombros, empleando la palabra árabe para politeísmo—. Había que destruirlo.

—¿Tú estabas aquí cuando ocurrió?

—Ayudé a colocar las cargas.

—*Alhamdulillah* —se oyó susurrar Natalie. Alabado sea Dios.

Las piedras caídas brillaban a la fría luz de la luna. Natalie avanzó lentamente entre los cascotes con cuidado de no torcerse un tobillo, y echó a andar por la gran columnata, la avenida ceremonial que se extendía desde el templo de Bel al arco de triunfo y de allí al tetrápilo y el templo funerario. También allí el ISIS había condenado a muerte y ejecutado el pasado no islámico de la ciudad. Las columnas habían sido derruidas, los arcos echados por tierra. Fuera cual fuese el destino final del ISIS, había dejado una huella indeleble en Oriente Medio. Palmira, pensó Natalie, ya nunca sería la misma.

—¿Esto también lo hiciste tú?

—Ayudé —reconoció Ismail con una sonrisa.

—¿Y las grandes pirámides de Giza? —preguntó ella enfáticamente—. ¿También las destruiremos?

—*Inshallah* —susurró Ismail.

Natalie echó a andar hacia el templo de Baalshamin, pero al poco rato sintió los miembros embotados y las lágrimas le nublaron la vista. Dio media vuelta y, con Ismail a la zaga, regresó entre las palmeras hasta las puertas de Camp Saladin. En la sala de recreo, unos cuantos reclutas estaban viendo un nuevo vídeo del ISIS en el que se promocionaban los gozos del califato: un joven yihadista barbudo jugaba con un niño en un parque frondoso y verde, sin cabezas cortadas a la vista, como es lógico. En el comedor tomó un té con Selma, su amiga de Túnez, y le habló embelesada de las maravillas que había más allá de las tapias del campamento. Luego regresó a su habitación y se desplomó en la cama. En sueños se vio caminando entre ruinas: las ruinas de una gran ciudad romana y de una aldea árabe en Galilea. Le hacía de guía una mujer empapada en sangre con ojos de avellana y cobre. «Es todo lo que puedas imaginar», le decía. «*Inshallah*, algún día tú también le conocerás».

En el último sueño que tuvo, se vio durmiendo en su cama, no en su cama de Jerusalén, sino en la cama que tenía de niña, en

Francia. Llamaban a la puerta y de pronto su habitación se llenaba de hombres corpulentos, con pelo largo y largas barbas, cuyos nombres recordaban los de sus aldeas en Oriente. Se incorporó sobresaltada y comprendió que ya no estaba soñando. La habitación era su cuarto en el campo de entrenamiento. Y los hombres eran de carne y hueso.

40

PROVINCIA DE AMBAR, IRAK

Esta vez, no pudo orientarse por el sol ni por los diales del salpicadero porque a los pocos minutos de salir de Palmira le vendaron los ojos. Durante el poco rato que pudo ver, logró recabar tres datos: que sus captores eran cuatro, que se hallaba en el asiento trasero de otro todoterreno y que se dirigían hacia el este por la carretera siria que antes se denominaba M20. Preguntó a sus captores adónde la llevaban pero no recibió respuesta. Protestó alegando que no había hecho nada malo en Palmira, que solo había querido ver con sus propios ojos los templos paganos destruidos, pero sus captores siguieron guardando silencio. De hecho, no cruzaron palabra en todo el trayecto. Para entretenerse escucharon un largo sermón del califa. Y, cuando acabó el sermón, escucharon un programa de Al Bayan, la emisora de radio del ISIS, que tenía su sede en Mosul y emitía en frecuencia modulada. Los tertulianos estaban debatiendo una fetua reciente del Estado Islámico relativa a las relaciones sexuales entre varones y sus esclavas. Al principio la señal procedente de Mosul llegaba débil y llena de interferencias, pero fue haciéndose más fuerte a medida que avanzaban.

Pararon una vez para añadir combustible al depósito con una garrafa, y otra vez para cruzar un puesto de control del ISIS. El guardia, que hablaba con acento iraquí, se mostró respetuoso con los hombres del todoterreno. Casi sumiso. A través de la ventanilla abierta, Natalie oyó un gran alboroto a lo lejos: órdenes dadas a gritos, niños que lloraban y mujeres lamentándose.

—¡*Yalla, yalla!* —gritó alguien—. ¡Seguid adelante! ¡Ya no está muy lejos!

En la mente de Natalie se formó una imagen: una estrecha fila de infieles desharrapados, un rastro de lágrimas que conducía a una fosa común. Pronto, pensó, ella seguiría el mismo camino.

Pasó cerca de media hora antes de que el todoterreno se detuviera de nuevo. El motor se apagó y las puertas se abrieron con estruendo, dejando entrar una desagradable ráfaga de calor denso y húmedo. Un instante después Natalie sintió que empezaba a correr agua por debajo de la tela de su *abaya*. Una mano la agarró de la muñeca y tiró de ella suavemente. Se deslizó por el asiento, descolgó las piernas por un lado y se dejó caer hasta que sus pies tocaron el suelo. Entre tanto, aquella mano siguió agarrándole la muñeca sin malicia, solo para guiarla.

La habían evacuado del campo de entrenamiento con tanta precipitación que no había tenido tiempo de ponerse las sandalias. La tierra ardía bajo las plantas de sus pies descalzos. Un recuerdo se agitó en su memoria, tan ingrato como el calor. Entonces, como ahora, era agosto. Estaba en una playa del sur de Francia y su madre le decía que se quitara la estrella de David del cuello, no fuera a ser que lo viera alguien. Se quitó el colgante, se lo entregó a su madre y echó a correr hacia el Mediterráneo azul para que la arena ardiente no le quemara los pies.

—Cuidado —dijo una voz, la primera que le habló desde su salida del campamento—. Hay escalones delante.

Eran anchos y suaves. Cuando Natalie llegó al de arriba, la mano tiró suavemente de ella hacia delante. Tuvo la sensación de cruzar una casa grande, de atravesar frescas estancias y patios anegados de sol. Por fin llegó a otro tramo de escaleras, más largo que el primero: doce escalones en vez de seis. Al llegar arriba percibió la presencia de varios hombres y oyó el chasquido sordo de armas automáticas manejadas con destreza.

Los hombres cruzaron unas palabras en voz baja y se abrió una puerta. Natalie avanzó diez pasos exactamente. Luego, la mano le apretó la muñeca y tiró sutilmente de ella hacia abajo. Ella se agachó obedientemente y se sentó con las piernas cruzadas sobre una alfombra, con las manos pudorosamente cruzadas sobre el regazo. Le quitaron la venda de los ojos. A través de la rejilla del velo que cubría su cara, vio a un hombre sentado ante ella en idéntica postura. Reconoció su cara de inmediato. Era el veterano iraquí que la había interrogado antes de su traslado a Palmira. Había perdido su porte de entonces, sin embargo. Tenía la ropa negra cubierta de polvo y los ojos marrones enrojecidos y fatigados. La noche, pensó Natalie, le había maltratado.

Con un ademán de la mano le ordenó que se levantara el velo. Ella dudó un momento, pero al fin obedeció. Aquellos ojos marrones se clavaron en ella unos instantes mientras observaba el dibujo de la alfombra. Por fin, el iraquí agarró su barbilla con la pinza de langosta de su mano mutilada y le alzó la cara.

—Doctora Hadawi —dijo con voz apacible—, muchísimas gracias por venir.

Cruzó una puerta más, penetró en otra estancia. El suelo era tan blanco y estaba tan desnudo como las paredes. En el techo había una pequeña abertura redonda a través de la cual entraba un rayo de sol abrasador. Por lo demás, imperaban las sombras. En el rincón más alejado, cuatro milicianos del ISIS fuertemente armados aguardaban de pie formando un círculo irregular, con los ojos bajos, como dolientes ante una tumba. Sus negras vestimentas estaban cubiertas de polvo, pero no era el polvo de color caqui del desierto. Era una sustancia pálida y gris: cemento reducido a polvo por una mole caída del cielo. Tendido a los pies de los cuatro hombres había otro. Yacía boca arriba sobre una camilla, con un brazo sobre el pecho y el otro, el izquierdo, junto al costado. Tenía la mano izquierda ensangrentada y había manchas de sangre en el suelo, a su alrededor. Su cara estaba pálida como la muerte. ¿O era otra vez aquel polvo gris? Desde el otro extremo de la habitación, Natalie no alcanzaba a distinguirlo.

El veterano iraquí la empujó suavemente hacia delante. Cruzó el cilindro de sol: su calor quemaba. Los dolientes se movieron para dejarle sitio. Se detuvo y miró al hombre tendido en la camilla. No tenía polvo en la cara. Aquella palidez cenicienta era suya, resultado de una cuantiosa pérdida de sangre. Presentaba dos heridas visibles: una en la parte superior del torso y otra en el muslo derecho. Heridas, pensó Natalie, que podrían haber sido fatales en un hombre corriente, pero no en él. Él era muy grande y fornido.

«Es todo cuanto puedas imaginar...».

—¿Quién es? —preguntó pasados unos segundos.

—Eso no importa —respondió el iraquí—. Lo único que importa es que sobreviva. No debe usted dejarle morir.

Natalie arrebujó su *abaya*, se agachó junto a la camilla y acercó la mano a la herida del pecho. Al instante, uno de los milicianos le agarró la muñeca, no con suavidad esta vez. Natalie tuvo la sensación de que iba a partirle los huesos. Miró con enfado al hombre, reprochándole en silencio que se atreviera a tocarla, a ella, a una mujer que no era pariente suya, y acto seguido clavó en el iraquí una mirada idéntica. El iraquí hizo un gesto afirmativo con la cabeza y la mano que la sujetaba se aflojó. Natalie paladeó su pequeña victoria. Por primera vez desde su llegada a Siria, se sentía poderosa. De momento, se dijo, los tenía a su merced.

Acercó de nuevo la mano a la herida sin que nadie se lo impidiera y apartó la tela negra hecha jirones. Era una herida grande, de unos cinco centímetros en su parte más ancha y bordes desiguales. Algún objeto caliente y aserrado había penetrado en su cuerpo a gran velocidad dejando a su paso lesiones espantosas: huesos rotos, tejidos desgarrados, vasos sanguíneos cercenados. Su respiración era somera y leve. Era un milagro que aún respirara.

—¿Qué ha pasado?

Nadie respondió.

—No puedo hacer nada por él si no sé qué ha causado estas heridas.

—Estaba en una casa en la que estalló una bomba.

—¿Una bomba?

—Un ataque aéreo.

—¿Un dron?

—Mucho mayor que un dron. —El hombre hablaba como si lo supiera por experiencia—. Le encontramos debajo de los cascotes. Estaba inconsciente, pero respiraba.

—¿Ha dejado de respirar en algún momento?

—No.

—¿Ha vuelto en sí?

—No, ni un segundo.

Natalie examinó el cráneo, cubierto por un espeso cabello oscuro. No presentaba laceraciones ni contusiones visibles, pero eso no quería decir nada: seguía cabiendo la posibilidad de que hubiera sufrido un traumatismo cerebral grave. Le levantó el párpado izquierdo y luego el derecho. Las pupilas respondían, buena señal. ¿O no? Soltó el párpado derecho.

—¿A qué hora ocurrió?

—La bomba cayó poco después de medianoche.

—¿Qué hora es ahora?

—Las diez y cuarto.

Natalie examinó la herida abierta de la pierna. Un caso difícil, como mínimo, pensó desapasionadamente. El paciente llevaba diez horas en estado comatoso. Había sufrido dos traumatismos graves y era muy posible que presentara numerosas fracturas y contusiones adicionales, como era normal en las víctimas de derrumbes. No había duda de que sufría una hemorragia interna y de que la septicemia estaba a la vuelta de la esquina. Para que tuviera alguna posibilidad de sobrevivir, habría que trasladarlo inmediatamente a un hospital de traumatología. Así se lo dijo al iraquí de la mano mutilada.

—Eso está descartado —repuso él.

—Necesita cirugía urgente.

—Esto no es París, doctora Hadawi.

—¿Dónde estamos?

—No puedo decírselo.

—¿Por qué?

—Por motivos de seguridad —explicó él.

—¿Estamos en Irak?

—Hace usted demasiadas preguntas.

—¿Estamos en Irak? —insistió ella.

El silencio del iraquí confirmó que así era.

—Hay un hospital en Ramadi, ¿verdad?

—Allí no está garantizada su seguridad.

—¿Y Faluya? —No podía creer que aquel nombre hubiera salido de su boca. *Faluya*...

—No va a ir a ninguna parte —respondió el iraquí—. El único sitio seguro es este.

—Si se queda aquí, morirá.

—No, no morirá —repuso el iraquí—. Porque usted va a salvarle.

—¿Con qué?

Uno de los milicianos le acercó una caja de cartón con una cruz roja estampada.

—Es un botiquín de primeros auxilios.

—Es lo único que tenemos.

—¿No hay un hospital o una clínica cerca?

El iraquí titubeó. Luego dijo:

—Mosul está a una hora en coche, pero los americanos están atacando a los vehículos que circulan por las carreteras.

—Alguien tiene que intentar llegar hasta allí.

—Hágame una lista de las cosas que necesita —dijo el iraquí, sacando una sucia libreta del bolsillo de su uniforme negro—. Mandaré a una de las mujeres. Puede que tarde un tiempo.

Natalie cogió la libreta y un lápiz y anotó lo que necesitaba: antibióticos, jeringuillas, instrumental quirúrgico, guantes, material de sutura, un estetoscopio, bolsas de suero, tubo torácico, pinzas, analgésicos, calmantes, gasa, vendas de escayola y cinta de fibra de vidrio para inmovilizar fracturas.

—No sabrá por casualidad cuál es su grupo sanguíneo, ¿verdad?

—¿Su grupo sanguíneo?

—Necesita sangre. Si no, se va a morir.

El iraquí meneó la cabeza. Natalie le entregó la lista de suministros. Luego abrió el botiquín y echó un vistazo dentro. Vendas, pomada, una rollo de gasa, aspirinas. Todo inútil. Se arrodilló junto al herido y le levantó un párpado. Seguía respondiendo.

—Necesito saber su nombre —dijo.

—¿Por qué?

—Necesito dirigirme a él por su verdadero nombre para intentar sacarle del coma.

—Me temo que eso no es posible, doctora Hadawi.

—Entonces, ¿cómo debo llamarle?

El iraquí miró al hombre que agonizaba a sus pies.

—Si tiene que llamarle de alguna forma —dijo pasado un momento—, puede llamarle Saladino.

41

PROVINCIA DE AMBAR, IRAK

Cuando trabajaba en la sala de urgencias del Centro Médico Hadassah en Jerusalén, la doctora Natalie Mizrahi había tenido que enfrentarse a arduos dilemas éticos casi a diario. Estaban por un lado los heridos graves y los moribundos que recibían un tratamiento heroico a pesar de no tener posibilidades de sobrevivir. Y, por otro, los asesinos, los suicidas frustrados, los carniceros armados con cuchillos, cuyas heridas atendía con la más tierna de las misericordias.

La situación a la que se enfrentaba ahora, sin embargo, no podía compararse con sus experiencias anteriores... ni probablemente con las futuras, pensó. El hombre tendido en aquella desnuda habitación cercana a Mosul era el líder de una red terrorista que había llevado a cabo atentados devastadores en París y Ámsterdam. Natalie se había infiltrado con éxito en aquella red como parte de una operación secreta cuyo objetivo era identificar y eliminar a sus mandos. Y ahora, gracias a un ataque aéreo americano, la vida del cerebro de la red descansaba en sus diestras manos. Como médico, estaba moralmente obligada a salvarle. Pero como habitante del mundo civilizado, se sentía inclinada a dejarle morir lentamente, concluyendo así la misión para la que la habían reclutado.

Pero ¿qué harían los hombres del ISIS con la doctora que había permitido que Saladino muriera antes de completar su misión de unificar el mundo islámico bajo la negra bandera del califato?

Sin duda, pensó, no le darían las gracias por sus esfuerzos y la dejarían marchar en paz. Su destino sería probablemente la piedra o el cuchillo. No había viajado a Siria en misión suicida, ni tenía intención de morir en aquel maldito lugar, a manos de aquellos profetas del apocalipsis ataviados de negro. Es más, la situación de Saladino le brindaba una oportunidad única: la oportunidad de devolverle la salud, de hacerse amiga suya, de ganarse su confianza, y de robar los mortíferos secretos que poblaban su cabeza. «No debe dejarle morir», había dicho el iraquí. Pero ¿por qué? La respuesta, pensó Natalie, era sencilla. El iraquí no sabía lo que sabía Saladino. Saladino no podía morir porque las aspiraciones de la red terrorista morirían con él.

Al final, los suministros solo tardaron hora y media en llegar. La mujer enviada, fuera quien fuese, había conseguido casi todo lo que necesitaba Natalie. Tras ponerse unos guantes y una mascarilla quirúrgica, insertó rápidamente una vía en el brazo izquierdo de Saladino y le dio la bolsa de suero al iraquí, que la observaba ansiosamente por encima de su hombro. Luego, sirviéndose de unas tijeras quirúrgicas, cortó la ropa sucia y empapada de sangre del herido. El estetoscopio era prácticamente una pieza de museo pero funcionaba bien. El pulmón izquierdo sonaba normal, pero del derecho no le llegaba ningún sonido.

—Tiene un hemoneumotórax.

—¿Qué quiere decir eso?

—Que su pulmón derecho ha dejado de funcionar porque está lleno de aire y sangre. Necesito moverle.

El iraquí hizo una seña a uno de los milicianos, que ayudó a Natalie a poner a Saladino de costado, apoyado sobre el lado izquierdo. Luego, practicó una pequeña incisión entre la costilla novena y la décima, colocó una pinza hemostática e introdujo un tubo en el tejido del pulmón derecho. Se oyó salir un soplo de aire. Luego la sangre de Saladino comenzó a fluir por el tubo, cayendo al suelo.

—¡Se va a desangrar! —gritó el iraquí.

—Cállese —le espetó Natalie—. O tendré que pedirle que se marche.

Salió medio litro de sangre o más antes de que el flujo amainara hasta convertirse en un goteo. Natalie pinzó el tubo para impedir que entrara aire de fuera en el pulmón. Luego, con mucho cuidado, tumbó al herido de espaldas y se centró en la herida del pecho.

El trozo de metralla había roto dos costillas y causado graves daños en el músculo pectoral mayor. Natalie regó la herida con alcohol. Luego, empleando un par de pinzas quirúrgicas de punta curva, extrajo la esquirla. La hemorragia que se produjo no revestía gravedad. Extrajo varios fragmentos óseos de pequeño tamaño, e hilos de la ropa negra de Saladino. Después, no pudo hacer nada más. Si sobrevivía, las costillas se soldarían pero el músculo pectoral no volvería a recuperar su forma original ni su vigor. Cerró el tejido profundo con puntos de sutura pero dejó la piel abierta. Habían pasado doce horas desde que se produjera la herida. Si cosía la piel estaría encerrando en el organismo agentes infecciosos que desencadenarían una septicemia y, por tanto, una muerte lenta y dolorosa. Resultaba tentador, se dijo, pero desde un punto de vista médico era una insensatez. Cubrió la herida con gasas y vendas y fijó su atención en la pierna.

Allí, de nuevo, Saladino había tenido suerte. El pedazo de metralla había causado graves destrozos pero selectivamente, dañando hueso y tejido sin tocar los principales vasos sanguíneos. Natalie procedió del mismo modo que con la herida anterior: irrigación con alcohol, extracción de los fragmentos de hueso y las fibras de ropa, sutura del tejido profundo y aplicación de un vendaje sobre la piel abierta. La tosca operación duró en total menos de una hora. Añadió una dosis de antibiótico a la vía y arropó al paciente con una sábana blanca limpia, sin retirar el tubo torácico.

—Parece una mortaja —comentó el iraquí sombríamente.

—Todavía no lo es —respondió Natalie.

—¿No le da nada para el dolor?

—En este momento —repuso ella—, es dolor es nuestro aliado. Actúa como estimulante. Le ayudará a recobrar la consciencia.

—¿La recobrará?

—¿Qué respuesta quiere oír?

—La verdad.

—La verdad —dijo Natalie— es que es muy probable que muera.

—Si él muere —contestó el iraquí con frialdad—, usted morirá poco después.

Natalie se quedó callada. El iraquí miró al hombre fornido envuelto en su mortaja blanca.

—Haga todo lo que pueda para que vuelva en sí —dijo—. Aunque sean solo unos segundos. Es esencial que hable con él.

Pero ¿por qué?, pensó Natalie mientras el iraquí salía de la habitación. Porque el iraquí no sabía lo que sabía Saladino. Porque, si Saladino moría, la red moriría con él.

Acabada la intervención, Natalie se cubrió debidamente con su *abaya*, no fuera a ser que el gran Saladino se despertara y encontrara a una mujer destapada en su aposento. Pidió un reloj para ir controlando la evolución del paciente y el iraquí le dio su Seiko digital. Tomó el pulso y la presión sanguínea al paciente cada media hora y vigiló la administración del suero a través de la vía intravenosa. Su pulso seguía siendo rápido y débil pero su presión sanguínea iba subiendo paulatinamente, lo que era buena señal: daba a entender que no había otras causas de hemorragia interna y que el suero estaba ayudando a aumentar su volumen sanguíneo. Aun así, seguía inconsciente y no respondía a los estímulos. Seguramente se debía a la enorme pérdida de sangre y al *shock* que había sufrido al resultar herido, pero Natalie no podía descartar un traumatismo craneoencefálico. La única forma de comprobar si había derrame e inflamación cerebrales era hacerle un TAC, pero el iraquí había dejado muy claro que no se le podía trasladar. De todas formas poco importaba, pensó Natalie. En un país donde escaseaba el pan y las mujeres acarreaban agua desde el Éufrates, las posibilidades de encontrar un escáner en buen uso eran casi nulas.

Un par de milicianos permanecían en la habitación en todo momento, y el iraquí regresaba cada hora y se quedaba mirando fijamente al hombre tendido en el suelo, como si con la sola fuerza de su mirada pudiera hacerle recobrar la consciencia. Durante su tercera visita, Natalie tiró a Saladino del lóbulo de la oreja y de la espesa barba, sin obtener respuesta.

—¿Es necesario que haga eso? —preguntó el iraquí.

—Sí —contestó ella—, es necesario.

Le pellizcó el dorso de la mano. Nada.

—Intente hablar con él —sugirió—. Una voz conocida puede ayudar.

El iraquí se agachó junto a la camilla y murmuró al oído de Saladino algo que Natalie no alcanzó a entender.

—Convendría que le dijera algo que de verdad pueda oír. Que le grite, de hecho.

—¿Gritar a Saladino? —El iraquí meneó la cabeza—. Con Saladino ni siquiera levanta uno la voz.

Para entonces era ya última hora de la tarde. El rayo de luz de la claraboya había ido deslizándose lentamente por el piso y ahora calentaba la franja de suelo desnudo en la que se sentaba Natalie. Se imaginó que Dios la observaba a través de aquella abertura, juzgándola. Se imaginó que Gabriel también la observaba. Seguramente, el célebre espía israelí no había contemplado un escenario como aquel ni en sus fantasías más osadas. Natalie se imaginó su vuelta a casa: una reunión en un piso franco, un tenso interrogatorio durante el cual se vería obligada a defender su intento de salvar la vida al terrorista más peligroso del mundo. Ahuyentó de su cabeza aquella idea, por ser peligrosa. Nunca había conocido a un hombre llamado Gabriel Allon, se recordó, y la opinión de su dios carecía de interés para ella. A Leila Hadawi solo le interesaba el juicio de Alá, y no había duda de que Alá aprobaría su conducta.

No había electricidad en la casa, que quedó sumida en la oscuridad al caer la noche. Los milicianos encendieron anticuados quinqués y los distribuyeron por la habitación. El iraquí se reunió con Natalie a la hora de la cena. La comida era mucho mejor que en el campo de entrenamiento de Palmira: un cuscús digno de un café de la Rive Gauche. No se lo dijo, sin embargo, a su acompañante, que estaba de un humor sombrío y no parecía tener ganas de conversar.

—Supongo que no puede decirme su nombre —dijo Natalie.

—No —contestó el iraquí con la boca llena—. Supongo que no.

—¿No se fía de mí? ¿Ni siquiera ahora?

—No es cuestión de confianza. Si la detienen cuando regrese a París la semana que viene, el espionaje francés le preguntará a quién ha conocido durante sus vacaciones en el califato. Y usted les dará mi nombre.

—Yo jamás hablaría con el espionaje francés.

—Todo el mundo habla. —De nuevo parecía hablar por experiencia—. Además —añadió pasado un momento—, tenemos planes para usted.

—¿Qué clase de planes?

—Su operación.

—¿Cuándo me dirán de qué se trata?

El iraquí no contestó.

—¿Y si él muere? —preguntó Natalie lanzando una mirada a Saladino—. ¿La operación seguirá adelante?

—Eso no es asunto suyo. —Él cogió una cucharada de cuscús.

—¿Estaba usted presente cuando sucedió?

—¿Por qué lo pregunta?

—Trato de conversar.

—En el califato, conversar puede ser peligroso.

—Olvide que se lo he preguntado.

Él no lo olvidó.

—Llegué poco después —explicó—. Ayudé a sacarle de los escombros. Creí que estaba muerto.

—¿Hubo otras bajas?

—Muchas, sí.

—¿Puedo hacer algo por...?

—Tiene usted un paciente y solo uno. —El iraquí fijó sus ojos oscuros en Saladino—. ¿Cuánto tiempo puede seguir así?

—Es un hombre grande, fuerte y por lo demás sano. Podría seguir así mucho tiempo.

—¿Puede hacer algo más para que salga del coma? ¿Inyectarle algo?

—Lo mejor que puede hacer es hablarle. Diga su nombre en voz alta. No su apodo —insistió ella—. Su nombre auténtico. El nombre por el que le llamaba su madre.

—Él no tuvo madre.

Con esas palabras, salió de la habitación. Una mujer se llevó el cuscús y trajo té y *baklava*, un lujo impensable en la franja siria del califato. Natalie siguió tomando el pulso y la tensión a Saladino cada media hora, y comprobando su función pulmonar. Todo ello mostraba signos de mejoría. Su ritmo cardíaco se estaba ralentizando y fortaleciéndose, su presión sanguínea aumentaba y su pulmón derecho se estaba despejando. Le examinaba también los ojos a la luz de un encendedor de butano: primero el derecho, luego el izquierdo. Las pupilas seguían respondiendo. Su cerebro, a pesar de su estado, seguía vivo.

A medianoche, unas veinticuatro horas después del bombardeo americano, Natalie sintió la necesidad imperiosa de dormir unas horas. Por la abertura del techo entraba una luz fría y blanca, la misma luz de luna que había iluminado las ruinas de Palmira. Comprobó de nuevo el pulso, la tensión, los pulmones. Seguían mejorando. Luego examinó los ojos al resplandor azulado del encendedor. Primero el derecho, luego el izquierdo.

Los dos permanecieron abiertos después de su examen.

—¿Quién eres tú? —preguntó una voz con una fuerza y una resonancia sorprendentes.

Sobresaltada, Natalie tuvo que reponerse antes de contestar.

—Soy la doctora Leila Hadawi. Le estoy atendiendo.

—¿Qué ha ocurrido?

—Resultó herido en un ataque aéreo.

—¿Dónde estoy?

—No estoy segura.

Pareció desconcertado un momento. Luego lo entendió.

—¿Dónde está Abú Ahmed? —preguntó, fatigado.

—¿Quién?

Él levantó cansinamente la mano izquierda y simuló una pinza con el índice y el pulgar. Natalie sonrió a su pesar.

—Está ahí fuera. Ansioso por hablar con usted.

Saladino cerró los ojos.

—Ya me lo imagino.

42

PROVINCIA DE AMBAR, IRAK

—Eres mi Maimónides.

—¿Quién?

—Maimónides. El judío que atendía a Saladino cuando estaba en El Cairo.

Natalie se quedó callada.

—Lo digo como un cumplido. Te debo la vida.

Saladino cerró los ojos. Era última hora de la mañana. El círculo de luz de la claraboya acababa de iniciar su lento avance por el suelo desnudo, y la habitación seguía estando agradablemente fresca. Tras volver en sí, Saladino había pasado una noche tranquila, gracias en parte a la dosis de morfina que Natalie había añadido a su goteo. Al principio él se había negado a que le administrara la morfina, pero Natalie le había convencido de que era necesario.

—Tardará más en restablecerse si tiene dolores —le regañó—. Por el bien del califato, debe aceptarlo.

De nuevo, le había sorprendido que aquellas palabras salieran de su boca.

Ahora acercó la campana del estetoscopio a su pecho. Él se encogió ligeramente por el frío.

—¿Sigo vivo? —preguntó.

—Cállese, por favor. No oigo correctamente si habla.

Él no dijo nada más. Su pulmón derecho parecía haber vuelto a la normalidad. Su latido cardíaco era fuerte y regular. Natalie le ciñó el brazalete del tensiómetro a la parte superior del brazo izquierdo y lo infló estrujando varias veces la perilla. Él hizo una mueca.

—¿Pasa algo?

—No, nada —contestó entre dientes.

—¿Le duele?

—No, en absoluto.

—Dígame la verdad.

—El brazo —dijo él al cabo de un momento.

Natalie aflojó la presión, retiró el brazalete y palpó delicadamente el brazo con las yemas de los dedos. Se había fijado en la inflamación la noche anterior y había sospechado que se trataba de una fractura. Ahora, estando consciente el enfermo, pudo constatarlo.

—Lo único que puedo hacer es inmovilizarlo.

—Quizá convendría hacerlo.

Natalie le colocó el brazalete en el brazo derecho.

—¿Le duele?

—No.

Tenía la tensión algo baja. Natalie le quitó el brazalete y le cambió los vendajes del pecho y la pierna. Las heridas no presentaban signos de infección. Milagrosamente, parecía haber superado la operación sin contraer una septicemia a pesar de que el entorno no estaba esterilizado. A no ser que empeorara súbitamente, Saladino iba a sobrevivir.

Natalie abrió un paquete de venda de fibra de vidrio y comenzó a inmovilizarle el brazo. Saladino la observaba atentamente.

—No es necesario que te tapes la cara en mi presencia. A fin de cuentas —dijo tocando la sábana blanca que cubría su cuerpo desnudo—, nos conocemos bien. Con un hiyab es suficiente.

Natalie vaciló. Luego se quitó la gruesa túnica negra. Saladino miró fijamente su cara.

—Eres muy bella. Pero Abú Ahmed tiene razón. Pareces judía.

—¿Se supone que eso también es un cumplido?

—He conocido a muchas judías hermosas. Y todo el mundo sabe que los mejores médicos son siempre judíos.

—Como doctora árabe —repuso Natalie—, no puedo estar de acuerdo.

—Tú no eres árabe, eres palestina. Es distinto.

—En eso tampoco estoy de acuerdo.

Siguió vendándole el brazo en silencio con la cinta de fibra de vidrio. La ortopedia no era su especialidad, pero tampoco lo era la cirugía.

—Ha sido un error por mi parte —dijo Saladino mientras la miraba trabajar— mencionar el nombre de Abú Ahmed en tu presencia. Los nombres tienen la rara virtud de matar a la gente. Harás bien en olvidar que lo has oído.

—Ya lo he olvidado.

—Me han dicho que eres francesa.

—¿Quién? —preguntó en broma, pero Saladino no picó el anzuelo—. Sí —añadió—, soy francesa.

—¿Qué te pareció nuestro atentado contra el Centro Weinberg?

—Me hizo llorar de alegría —respondió Natalie.

—La prensa occidental dijo que era un objetivo insignificante. Pero te aseguro que no es así. Hannah Weinberg colaboraba con un agente de la inteligencia israelí llamado Gabriel Allon, y su presunto centro para el estudio del antisemitismo era una tapadera del espionaje israelí. Por eso lo elegí. —Se quedó callado. Natalie sintió el peso de su mirada fijo en ella mientras le vendaba el brazo—. Puede que hayas oído hablar de ese tal Gabriel Allon —dijo por fin—. Es un enemigo del pueblo palestino.

—Creo que leí algo acerca de él en el periódico, hace unos meses —respondió Natalie—. Es el que murió en Londres, ¿verdad?

—¿Gabriel Allon, muerto? —Saladino sacudió la cabeza lentamente—. No me lo creo.

—Quédese callado un momento —le ordenó Natalie—. Es importante que le inmovilice bien el brazo. Si no, le dará problemas más adelante.

—¿Y la pierna?

—Necesita cirugía. Cirugía de verdad, en un hospital de verdad. Si no, me temo que quedará muy dañada.

—¿Me convertiré en un tullido? ¿Es eso lo que quieres decir?

—Tendrá dificultades para moverse, necesitará un bastón para caminar y sufrirá dolores crónicos.

—Ya tengo dificultades para moverme —dijo en broma, con una sonrisa—. Dicen que Saladino cojeaba, el *verdadero* Saladino. Pero eso no le detuvo, y a mí tampoco me detendrá.

—Le creo —repuso Natalie—. Un hombre normal no habría sobrevivido a heridas tan graves como las suyas. No hay duda de que Alá le protege. Tiene planes para usted.

—Y yo —respondió Saladino— tengo planes para *ti*.

Ella acabó de colocar la venda sin decir nada. El resultado le agradó. Y a Saladino también.

—Quizá cuando concluyas tu misión puedas regresar al califato para ser mi médico personal.

—¿Su Maimónides?

—Exacto.

—Sería un honor —se oyó decir.

—Pero no estaremos en El Cairo. Como Saladino, siempre he preferido Damasco.

—¿Y Bagdad?

—Bagdad es una ciudad de *rafida* —dijo, empleando el término despectivo con el que los suníes se referían a los chiíes. Sin decir nada, Natalie preparó una bolsa nueva para el goteo—. ¿Qué vas a poner en el suero? —preguntó él.

—Algo para el dolor. Le ayudará a dormir esta tarde, con el calor.

—No tengo dolores. Y no quiero dormir.

Natalie fijó la bolsa al tubo de la vía y la apretó para que el líquido empezara a penetrar en sus venas. A los pocos segundos, los ojos de Saladino comenzaron a perder su viveza. Luchó por mantenerlos abiertos.

—Abú Ahmed tiene razón —dijo observándola—. Pareces judía.

—Y usted —repuso Natalie— necesita descansar.

Sus párpados se cerraron como persianas sobre una ventana y, sin poder evitarlo, Saladino se quedó dormido.

43

PROVINCIA DE AMBAR, IRAK

Sus días se movían al ritmo de Saladino. Dormía cuando él dormía y se despertaba cada vez que él se rebullía en su cama de enfermo. Vigilaba sus constantes vitales, le cambiaba los vendajes, le administraba morfina para el dolor en contra de su voluntad. Durante unos pocos segundos, después de que la droga penetrara en su cuerpo, permanecía en un estado alucinatorio. Entonces se le escapaban palabras de la boca, como el aire había escapado de su pulmón herido. Natalie podría haber prolongado aquel estado de locuacidad dándole una dosis menor o, al contrario, podría haberle puesto al borde de la muerte aumentando la dosis. Pero nunca estaba a solas con su paciente. Dos milicianos le custodiaban continuamente, y Abú Ahmed (el de la pinza de langosta y la mirada ceñuda) nunca andaba lejos. Consultaba frecuentemente con Saladino sin que ella llegara a saber de qué hablaban. Cuando trataban asuntos de gobierno o terrorismo, la hacían salir de la habitación.

No le permitían ir muy lejos: a la habitación contigua, al aseo, a un patio bañado de sol en el que Abú Ahmed la animaba a hacer ejercicio para mantenerse en forma con vistas a su operación. Nunca le dejaban ver el resto de la casona ni le decían dónde estaba, aunque, cuando escuchaba Al Bayan en el viejo transistor que le prestaban, la señal llegaba sin interferencias. Cualquier otra emisora de radio estaba prohibida, no fuera a verse expuesta a ideas contrarias al islam o (Dios no lo quisiera) al contagio de la música.

La ausencia de música se le hacía mucho menos llevadera de lo que había imaginado. Ansiaba oír unas pocas notas de una melodía: un niño ensayando torpemente una escala, o incluso el latido del *hip-hop* en un coche, al pasar por la calle. Sus habitaciones se convirtieron en una prisión. El campo de entrenamiento de Palmira era, en comparación, un paraíso. Incluso Raqqa era preferible, porque allí al menos le permitían caminar por la calle y, pese a las cabezas cortadas y los hombres crucificados, aún se palpaba la vida. El califato, se dijo con amargura, tenía el don de reducir drásticamente tus expectativas.

Entre tanto, veía avanzar un reloj imaginario e iba pasando las páginas de un calendario que solo existía dentro de su cabeza. Debía volar de Atenas a París el domingo por la tarde y estar de vuelta en la clínica de Aubervilliers el lunes por la mañana. Pero primero tenía que salir del califato, pasar a Turquía y de allí a Santorini. Saladino y Abú Ahmed hablaban con frecuencia del papel decisivo que iba a desempeñar en una operación inminente, pero Natalie se preguntaba si no habrían cambiado de idea. Saladino iba a necesitar atención médica constante durante varios meses. ¿Y quién mejor para atenderle que la mujer que le había salvado la vida?

Seguía refiriéndose a ella como Maimónides y Natalie, a falta de un nombre mejor, le llamaba Saladino. No se hicieron amigos ni confidentes, ni siquiera remotamente, pero entre ellos se forjó un vínculo. Natalie jugaba con él al mismo juego que con Abú Ahmed: trataba de adivinar a qué se había dedicado antes de que la invasión americana sumiera a Irak en el caos. Era —saltaba a la vista— un hombre extremadamente inteligente y versado en historia. En el curso de una de sus conversaciones le dijo que había estado en París muchas veces. Omitió, en cambio, el motivo de aquellas visitas. El francés lo hablaba mal, aunque con gran entusiasmo. Su dominio del inglés era mucho mejor. Quizá, pensaba Natalie, había ido a un colegio o a una academia militar de lengua inglesa. Trataba de imaginárselo sin su cabello desgreñado y su larga barba. Le vestía con traje occidental y corbata, pero no casaban bien con su persona. En

cambio, el uniforme verde oliva le sentaba como un guante. Si le aña-
día un grueso bigote como los que solían llevar los partidarios de
Sadam, el cuadro estaba completo. Saladino, decidió, había pertenecí-
do a la policía secreta o los servicios de espionaje. De ahí que Natalie
nunca se relajara en su presencia.

No era un yihadista de los que arrojaban fuego por la boca. Su
islamismo, mucho más político que espiritual, era una herramienta
con la que pensaba redibujar el mapa de Oriente Medio. El nuevo
califato estaría gobernado por un gran Estado suní que se extende-
ría desde Bagdad a la península de Arabia y a lo largo y ancho de
Levante y el Norte de África. No vociferaba ni escupía veneno, ni
recitaba versículos del Corán o dichos del profeta. Se mostraba absolutamente razonable, lo que le hacía aún más aterrador. La liberación de Jerusalén, afirmaba, era una de sus prioridades. Era su
deseo rezar en el Noble Santuario al menos una vez antes de morir.

—¿Has estado allí, Maimónides?

—¿En Jerusalén? No, nunca.

—Sí, lo sé. Me lo dijo Abú Ahmed.

—¿Quién?

Finalmente, le contó que se había criado en un pueblecito pobre del Triángulo Suní de Irak, aunque no mencionó el nombre de
su localidad natal. Ingresó en el ejército iraquí, lo cual no era de extrañar en un país en el que imperaba el reclutamiento forzoso, y luchó en la larga guerra contra los iraníes, a los que siempre se refería
como «persas» o «*rafida*». Los años transcurridos entre la guerra con
Irán y la primera Guerra del Golfo eran un espacio en blanco. Saladino dijo algo acerca de un empleo en la administración, pero no
dio más explicaciones. En cambio, al hablarle de la segunda guerra
con los americanos, la guerra que destruyó Irak tal y como él lo conocía, sus ojos brillaron llenos de ira. Cuando los estadounidenses
desmantelaron el ejército iraquí y expulsaron de la administración
a todos los miembros del Partido Baas, se quedó en la calle, como
miles de iraquíes, principalmente suníes. Entonces se unió a la resistencia secular y, más tarde, a la rama de Al Qaeda en Irak, donde

conoció y se hizo amigo de Abú Musab Al Zarqaui. A diferencia de Al Zarqaui, que disfrutaba con su papel de superestrella del terrorismo, al estilo de Bin Laden, Saladino prefería mantener un perfil bajo. Había sido Saladino, y no Al Zarqaui, quien había ideado algunos de los atentados más espectaculares y mortíferos de Al Qaeda en Irak. Y sin embargo, afirmó, los estadounidenses y los jordanos seguían sin saber su nombre.

—Tú, Maimónides, no vas a tener esa suerte. Pronto serás la mujer más buscada del planeta. Todo el mundo conocerá tu nombre. Sobre todo, los americanos.

Natalie volvió a preguntar cuál sería el blanco de su ataque. Irritado, él se negó a decírselo. Por motivos de seguridad, explicó, los reclutas no eran informados de su objetivo hasta el último momento.

—Tu amiga Safia Bourihane no supo cuál era su objetivo hasta la víspera de la operación. Pero tu objetivo será mucho más grande que el suyo. Algún día escribirán libros sobre ti.

—¿Es una misión suicida?

—Maimónides, por favor.

—Debo saberlo.

—¿No te he dicho que vas a ser mi médico personal? ¿No te he dicho que vamos a vivir juntos en Damasco?

Fatigado de pronto, cerró los ojos. Sus palabras carecían de convicción, pensó Natalie, y en ese momento supo que la doctora Leila Hadawi no regresaría al califato. Había salvado la vida a Saladino y sin embargo Saladino se disponía a enviarla a la muerte sin un ápice de duda o de mala conciencia.

—¿Tiene dolores? —preguntó.

—No siento nada.

Ella le puso el dedo índice en el centro del pecho y apretó. Él abrió los ojos de golpe.

—Parece que sí le duele, después de todo.

—Un poco —confesó.

Natalie preparó su dosis de morfina.

—Espera, Maimónides. Hay algo que debo decirte.

Ella se detuvo.

—Vas a marcharte de aquí dentro de unas horas para emprender tu viaje de regreso a Francia. Dentro de un tiempo, alguien se pondrá en contacto contigo y te dirá lo que debes hacer.

Natalie acabó de preparar la dosis.

—Quizá volvamos a encontrarnos en el paraíso —dijo.

—*Inshallah*, Maimónides.

Le inyectó la morfina a través de la vía. Sus ojos se desenfocaron, perdieron expresión. Estaba indefenso. Natalie deseó ponerle otra dosis, empujarle más allá del umbral de la muerte, pero no tuvo valor. Si moría, la piedra o el cuchillo serían su destino.

Finalmente, Saladino quedó inconsciente y cerró los ojos. Natalie comprobó sus signos vitales por última vez y, mientras dormía, le extrajo el tubo torácico y cosió la incisión. Esa noche, después de cenar, le vendaron los ojos y la hicieron subir al asiento trasero de otro todoterreno. Estaba cansada de tener miedo. Cayó en un sopor sin sueños y cuando despertó estaban ya cerca de la frontera turca. Un par de contrabandistas la llevaron al otro lado y la condujeron hasta la terminal del ferri de Bodrum, donde la esperaba Miranda Ward. Viajaron juntas en el transbordador hasta Santorini y esa noche compartieron habitación en el hotel Panorama. Miranda no le devolvió su teléfono móvil hasta última hora de la mañana siguiente, cuando llegaron a Atenas. Natalie envió un mensaje de texto a su «padre» diciéndole que su viaje había ido bien y que estaba a salvo. Luego, ya a solas, embarcó en un vuelo de Air France con destino a París.

TERCERA PARTE

EL FIN DEL MUNDO

44

AEROPUERTO CHARLES DE GAULLE, PARÍS

En el letrero de papel había un nombre escrito: *moresby*. Christian Bouchard lo había elegido en persona. Procedía de un libro que había leído una vez acerca de unos americanos ricos e ingenuos que vagabundeaban entre los árabes del Norte de África. La historia acababa mal: uno de los americanos moría. A Bouchard no le había impresionado la novela, pero él era el primero en reconocer que no era un gran lector. Ese defecto no le había granjeado en un principio las simpatías de Paul Rousseau, que según se decía leía incluso mientras se lavaba los dientes. Rousseau endosaba continuamente densos volúmenes de prosa y de poesía a su inculto ayudante, y Bouchard exhibía los libros encima de la mesa de café de su apartamento para impresionar a los amigos de su mujer.

Sujetaba el letrero de papel con la sudorosa mano derecha. En la izquierda sostenía un teléfono móvil que desde hacía varias horas tintineaba cada pocos minutos, recibiendo un flujo constante de mensajes relativos a una tal doctora Leila Hadawi, ciudadana francesa de origen árabe palestino. La doctora Hadawi había embarcado en el vuelo 1533 de Air France en Atenas esa misma tarde, tras pasar un mes de vacaciones en Grecia. Le habían permitido regresar a Francia sin hacerle preguntas acerca del itinerario de su viaje, y en ese momento se hallaba cruzando el vestíbulo de llegadas de la Terminal 2F, o eso afirmaba el último mensaje recibido por Bouchard. Lo creería cuando lo viera con sus propios ojos. El israelí que esperaba a su lado parecía de la misma opinión. Era el larguirucho de los ojos grises, ese al que los miembros del equipo francés llamaban Michel. Había algo en él que ponía nervioso a Bouchard. No costaba imaginárselo con una pistola en la mano, apuntando a un hombre que estaba a punto de morir.

—Ahí está —murmuró el israelí como hablando con sus zapatos.

Bouchard, sin embargo, no la vio. Un vuelo procedente de El Cairo había llegado al mismo tiempo que el de Atenas, y había hijabs por todas partes.

—¿De qué color es? —preguntó, y el israelí contestó:

—Burdeos.

Era una de las pocas palabras francesas que conocía.

Bouchard barrió con la mirada la marea humana que tenía ante sí y luego, de pronto, la vio: una hoja otoñal flotando en un arroyo turbulento. Caminaba a escasos pasos de donde estaban ellos, tirando de su maletita con ruedas, los ojos fijos hacia delante y la barbilla ligeramente levantada. Cruzó la puerta exterior y desapareció de nuevo.

Bouchard miró al israelí, que de pronto estaba sonriendo. Su alivio era palpable, pero Bouchard creyó percibir algo más. Como buen francés, sabía una o dos cosas acerca de los asuntos del corazón. El israelí estaba enamorado de la mujer que acababa de regresar de Siria. De eso estaba seguro.

Se instaló discretamente en su pisito de la *banlieu* de Aubervilliers y retomó su vida anterior. Era la Leila de antes de que Jalal Nasser la abordara en el café del otro lado de la calle, la Leila de antes de que una chica guapa de Bristol la llevara en secreto a Siria. Nunca había presenciado los horrores de Raqqa ni la tragedia de Palmira, nunca había extraído un trozo de metralla del cuerpo de un hombre al que apodaban Saladino. Había estado en Grecia, en la isla encantada de Santorini. Sí, había sido tan maravilloso como imaginaba. No, seguramente no volvería. Con una vez era suficiente.

Estaba sorprendentemente delgada para haber estado de vacaciones, y su cara mostraba signos evidentes de cansancio y tensión. El cansancio no remitió, porque el sueño siguió eludiéndola incluso después de su regreso. Tampoco consiguió recuperar el apetito. Se obligó a comer cruasanes, *baguettes,* Camembert y pasta, y pronto recuperó uno o dos kilos, pero su aspecto no mejoró. Parecía un ciclista que acabara de terminar el Tour de Francia... o una yihadista que acabara de pasar un mes de entrenamiento en Siria o Irak.

Roland Girard, el falso gerente de la clínica, trató de aligerar su carga de trabajo, pero ella no quiso ni oír hablar del asunto. Después de pasar cuatro semanas en el mundo al revés del califato estaba deseando regresar a la normalidad, aunque fuera la normalidad de Leila, no la suya. Descubrió que echaba de menos a sus pacientes, a los vecinos de las *cités*, a los ciudadanos de aquella otra Francia. Y por primera vez vio el mundo árabe como sin duda lo veían ellos: como un lugar cruel e implacable, un lugar sin futuro, un lugar del que escapar. La inmensa mayoría de ellos solo quería vivir en paz y ocuparse de su familia. Pero una pequeña minoría (pequeña en porcentaje pero grande en número) había caído presa de los cantos de sirena del islam radical. Algunos estaban dispuestos a masacrar a sus conciudadanos franceses en nombre del califato. Y otros no habrían dudado en degollar a la doctora Hadawi de haber sabido el secreto que ocultaba bajo su hiyab.

Aun así, le alegraba hallarse de nuevo entre ellos, de vuelta en Francia. Le intrigaba, sobre todo, por qué no la habían convocado a aquella reunión que temía íntimamente. Estaban vigilándola: los veía en las calles de la *banlieu* y en la ventana del piso de enfrente. Suponía que estaban extremando las precauciones, porque sin duda no eran los únicos que la vigilaban. Sin duda, pensó, Saladino también la tenía en el punto de mira.

Por fin, la tarde del viernes posterior a su regreso, Roland Girard volvió a invitarla a tomar un café después del trabajo. Pero en lugar de dirigirse al centro de París, como antes de su partida hacia Siria, la llevó al campo, en dirección norte.

—¿No vas a vendarme los ojos? —preguntó ella.

—¿Cómo dices?

Natalie observó en silencio el reloj y el velocímetro y se acordó de una carretera recta como una regla y manchada de aceite que se adentraba en el desierto, hacia el este. Al final de aquella carretera había una casona con muchas habitaciones y patios. Y en una de esas habitaciones, vendado y débil, estaba Saladino.

—¿Puedes hacerme un favor, Roland?

—Claro.

—Pon algo de música.

—¿De qué tipo?

—Da igual. Cualquiera me sirve.

La verja era imponente, la avenida larga y cubierta de grava. En su extremo se alzaba una enorme y majestuosa casa solariega cubierta de hiedra. Roland Girard detuvo el coche a escasos metros de la entrada principal. Dejó el motor en marcha.

—Yo no puedo ir más lejos. Y es una pena. Me gustaría saber cómo ha sido.

Ella no respondió.

—Eres una mujer muy valiente por haber ido a ese lugar, por haber estado en compañía de esos monstruos.

—Tú habrías hecho lo mismo.

—No, ni en un millón de años.

Una luz exterior brilló de pronto en la oscuridad. La puerta de entrada se abrió.

—Anda, ve —dijo Roland Girard—. Han esperado mucho para verte.

Mijail estaba de pie en la entrada de la casa. Natalie salió del coche y se acercó a él lentamente.

—Empezaba a creer que os habíais olvidado de mí.

—Ni por un instante. —La observó atentamente—. Tienes mala cara.

Natalie miró más allá de él, hacia el interior de la mansión.

—Qué bonito. Mucho más que mi pisito de Aubervilliers.

—O que ese estercolero cerca del parque Al Rasheed.

—¿Estabais vigilando?

—Todo lo que podíamos. Sabemos que te llevaron a una aldea cerca de la frontera iraquí, donde sin duda te interrogó un tal Abú Ahmed Al Tikriti. Y sabemos que pasaste unos días en un campo de entrenamiento, en Palmira, donde incluso tuviste tiempo de dar una paseo por las ruinas a la luz de la luna. —Vaciló antes de continuar—. Y sabemos —dijo— que te llevaron a un pueblecito cerca de Mosul, donde pasaste una temporada en una casa grande. Te vimos pasear por un patio pequeño.

—Deberíais haber bombardeado esa casa.

Mijail se apartó y con un ademán la invitó a entrar. Ella permaneció donde estaba.

—¿Qué ocurre?

—Me temo que voy a decepcionarle.

—Eso es imposible.

—Ya veremos —repuso Natalie, y entró.

La abrazaron, la besaron en las mejillas, se agarraron a ella como si temieran que se les escapara y no volviera nunca. Dina le quitó el hiyab; Gabriel le puso una copa de vino blanco en la mano. Era *sauvignon blanc* del oeste de Galilea, el que tanto le gustaba a Natalie.

—No puedo —respondió riendo—. Es *haram*.

—Esta noche no —dijo Gabriel—. Esta noche vuelves a ser de los nuestros.

Había comida y música, y mil preguntas que nadie se atrevía a formular. Ya habría tiempo para eso más tarde. Habían mandado a una agente al vientre de la bestia, y había regresado sana y salva. Iban a saborear su victoria. A celebrar la vida.

Solo Gabriel pareció mantenerse al margen. No comió ni tomó vino, solo café. Se dedicó a observar a Natalie con turbadora intensidad, como si estuviera preparándose para retratarla. Ella se acordó de las cosas que él le había contado sobre su madre aquel primer día en la granja del valle de Jezreel: que rara vez se reía o esbozaba una sonrisa, que no sabía mostrarse alegre cuando había algo que celebrar. Tal vez Gabriel hubiera heredado su temperamento. O quizá, pensó Natalie, era consciente de que esa noche no había nada que festejar.

Por fin, como obedeciendo a una señal imperceptible, la fiesta tocó a su fin. Se retiraron los platos y desapareció el vino. En una de las salas de estar había un sillón reservado para Natalie. No había cámaras ni micrófonos visibles, pero sin duda –pensó– alguien grabaría la conversación. Gabriel optó por quedarse de pie.

—Normalmente —dijo—, prefiero que los agentes comiencen sus informes desde el principio. Pero quizás esta noche deberíamos empezar por el final.

—Sí —convino Natalie—. Puede que sí.

—¿Quién se alojaba en esa casona cerca de Mosul?

—Saladino —respondió sin vacilar.

—¿Por qué te llevaron allí?

—Porque necesitaba atención médica.

—¿Y se la prestaste?

—Sí.

—¿Por qué?

—Porque —contestó Natalie— iba a morir.

45

SERAINCOURT, FRANCIA

—Algún día —dijo Gabriel—, escribirán un libro sobre ti.

—Tiene gracia —contestó Natalie—, eso mismo me dijo Saladino.

Iban paseando por un sendero del jardín del *château*. Un poco de luz se filtraba por las puertas acristaladas del cuarto de estar. Por lo demás, todo estaba a oscuras. Durante las muchas horas que había durado su informe, había habido una tormenta y la grava estaba mojada bajo sus pies. Natalie se estremeció. El frescor del aire anunciaba el otoño.

—Tienes frío —dijo Gabriel—. Deberíamos entrar.

—Todavía no. Hay una cosa que quería decirte en privado.

Él se detuvo y se volvió para mirarla.

—Sabe quién eres.

—¿Saladino? —Gabriel sonrió—. Me halaga, pero no me sorprende. Tengo muchos seguidores en el mundo árabe.

—Me temo que no se trata solo de eso. Sabe de tu relación con Hannah Weinberg. Y sospecha que estás vivo.

Esta vez no restó importancia a sus palabras con una sonrisa.

—¿Qué deduces de ello? —preguntó Natalie.

—Que teníamos razón al sospechar que Saladino es un ex-agente del espionaje iraquí. Y que seguramente tiene vínculos con ciertos elementos de Arabia Saudí. Quién sabe. Puede que esté recibiendo ayuda suya.

—Pero el ISIS quiere destruir a la Casa de Saud e incorporar la península arábiga al califato.

—En teoría.

—Entonces, ¿por qué iban a apoyarlos los saudíes?

—Ahora eres nuestra principal experta en el ISIS. Dímelo tú.

—Arabia Saudí es el típico estado que juega a dos bandas. Combate el extremismo suní y al mismo tiempo lo alimenta. Es como un hombre sujetando a un tigre por las orejas. Si suelta al tigre, le devora.

—Está claro que prestaste atención durante esos largos sermones en la granja —dijo Gabriel con admiración—. Pero te has olvidado de un factor importante, y es Irán. Los saudíes temen más a Irán que al ISIS. Irán es chií. Y el ISIS, a pesar de toda su maldad, es suní.

—Y desde el punto de vista de los saudíes —prosiguió Natalie—, un califato suní es preferible a un imperio chií que se extienda desde Irán al Líbano.

—Exacto. —Gabriel volvió a sonreír—. Vas a ser una agente de inteligencia formidable. De hecho —puntualizó—, ya lo eres.

—Una buena agente de inteligencia no le habría salvado la vida a un monstruo como Saladino.

—Hiciste lo correcto, ni más ni menos.

—¿Sí?

—Nosotros no somos como ellos, Natalie. Si quieren morir por Alá, les prestaremos toda la ayuda posible. Pero no vamos a inmolarnos con ese propósito. Además —añadió al cabo de un momento—, si hubieras matado a Saladino, Abú Ahmed Al Tikriti habría ocupado su lugar.

—Entonces, ¿para qué molestarse en matarlos? Siempre habrá otros que los reemplacen.

—Esa es una pregunta con la que llevamos mucho tiempo debatiéndonos.

—¿Y la respuesta?

—¿Qué otra cosa podemos hacer?

—Quizá deberíamos bombardear esa casa.

—Mala idea.

—¿Por qué?

—Dímelo tú.

Natalie sopesó cuidadosamente la pregunta antes de responder.

—Porque sospecharían que la mujer que salvó a Saladino, la mujer a la que él llamaba Maimónides, era una espía, y que ha revelado la ubicación de la casa a sus superiores.

—Muy bien. Además, puedes estar segura de que le trasladaron en cuanto cruzaste la frontera de Turquía.

—¿Estabais vigilando?

—Nuestro satélite había sido reprogramado para seguirte.

—Vi a Al Tikriti usar un teléfono varias veces.

—Ese teléfono ya no funciona. Pediré a los americanos que revisen sus datos de satélite y móvil. Es posible que puedan seguirle la pista a Saladino, pero lo creo poco probable. Llevan mucho tiempo buscando a Al Baghdadi y no lo han encontrado. En un caso como este, lo importante es saber dónde *va* a estar Saladino, no dónde ha estado. ¿Hay alguna posibilidad de que haya muerto como consecuencia de sus heridas? —preguntó mirándola de reojo.

—Siempre cabe esa posibilidad. Pero me temo que tenía una doctora excelente.

—Eso es porque era judía. Todo el mundo sabe que los mejores médicos son los judíos.

Ella sonrió.

—¿Lo niegas?

—No. Es solo que eso mismo me dijo Saladino.

—Hasta un reloj parado acierta al dar la hora dos veces al día.

Siguieron caminando en silencio un rato, haciendo crujir la grava del camino bajo sus pies. Una reproducción de Apolo emergió como un espectro de la oscuridad. Por un instante, Natalie se creyó de nuevo en Palmira.

—¿Y ahora qué? —preguntó por fin.

—Ahora esperamos a que Saladino te convoque. Y frustramos el próximo atentado.

—¿Y si no me elige a mí?

—Han invertido mucho tiempo y esfuerzo en ti. Casi tanto como nosotros —repuso Gabriel.

—¿Cuánto tiempo tendremos que esperar?

—Una semana, un mes... —Se encogió de hombros—. Saladino lleva mucho tiempo en esto. Mil años, en realidad. Obviamente, es un hombre paciente.

—No puedo seguir haciéndome pasar por Leila Hadawi.

Él no dijo nada.

—¿Cómo están mis padres?

—Preocupados, pero bien.

—¿Saben que he ido a Siria?

—No. Pero saben que estás a salvo.

—Quiero pedirte una cosa.

—Lo que quieras —contestó Gabriel—. Dentro de un límite, claro.

—Quiero ver a mis padres.

—Imposible —respondió con un ademán tajante.

—Por favor —suplicó ella—. Solo unos minutos.

—¿Unos minutos?

—Sí, nada más. Solo quiero oír la voz de mi madre. Quiero que mi padre me abrace.

Él fingió pensárselo.

—Creo que puede arreglarse.

—¿De verdad? ¿Cuándo?

—Ahora —contestó Gabriel.

—¿Qué dices?

Señaló hacia la fachada de la casa, hacia la luz que salía por las puertas acristaladas. Natalie se volvió y echó a correr como una chiquilla por el sendero en sombras del jardín. Era preciosa, pensó Gabriel, incluso cuando lloraba.

46

PARÍS - TIBERÍADES, ISRAEL

El resto de septiembre transcurrió sin novedad, y también octubre entero, un mes que en París estuvo bañado de sol y fue más cálido de lo normal, para deleite de los artistas de la vigilancia, los héroes en la sombra de la operación. Al llegar la primera semana de noviembre, una sensación cercana al pánico comenzó a apoderarse del equipo. Incluso Paul Rousseau, normalmente tan plácido, estaba fuera de sí. Pero nadie podía reprochárselo: su jefe y el ministro del Interior le apretaban las tuercas, y la posición política de su presidente era tan débil que no sobreviviría a otro atentado en territorio francés. El presidente viajaría pronto a Washington para celebrar un encuentro con su homólogo estadounidense, de lo cual Rousseau se alegraba enormemente.

Natalie siguió adelante, aunque resultaba evidente que estaba cansada de su doble vida en la lúgubre *banlieu*. No hubo más reuniones de equipo. Se comunicaban únicamente mediante mensajes de texto. Ella respondía escuetamente a las comprobaciones rutinarias. Estaba bien. Normal. Aburrida. Y sola. En sus días libres, escapaba de la *banlieu* cogiendo el tren de cercanías y dejaba exhaustos a sus guardianes recorriendo las calles del centro de París. Durante una de esas visitas la increpó una mujer del Frente Nacional, ofendida por su hiyab. Natalie se revolvió y un instante después se encararon las dos en una transitada esquina de París. De no ser porque las separó un gendarme, habrían llegado a las manos.

—Una interpretación admirable —le dijo Paul Rousseau a Gabriel esa tarde en la sede del Grupo Alfa en la *rue* de Grenelle—. Confiemos en que Saladino estuviera mirando.

—Sí —repuso Gabriel—. Eso espero.

Pero ¿estaba vivo Saladino? Y si lo estaba, ¿no confiaba ya en la mujer que le había salvado la vida? Ese era su mayor temor: que el tren del terror de Saladino hubiera salido de la estación y que la doctora Leila Hadawi se hubiera quedado sin billete. Entre tanto, las luces rojas del sistema parpadeaban constantemente. Las capitales europeas, incluida París, se hallaban en estado de máxima alerta, y en Washington el Departamento de Seguridad Nacional elevó de mala gana el nivel de alerta, aunque de cara al público el presidente siguiera restando importancia al peligro terrorista. El hecho de que hubiera continuas advertencias sin que llegara a producirse un atentado parecía confirmar su teoría de que el grupo terrorista no tenía capacidad para llevar a cabo un ataque de grandes proporciones en territorio estadounidense. Se firmó un acuerdo sobre el cambio climático, una famosa estrella del pop lanzó un disco muy esperado, la bolsa china se desplomó y el mundo se olvidó muy pronto del peligro terrorista. Pero el mundo no sabía lo que sabían Gabriel, Natalie y el resto del equipo: que en algún punto de Irak o Siria había un hombre al que llamaban Saladino. Y que no era un loco de atar, sino un hombre racional, un nacionalista suní, posiblemente un exagente de inteligencia. Que había sufrido dos heridas de metralla graves en el lado derecho del cuerpo, una en el pecho y otra en el muslo. Que si podía caminar, casi con toda seguridad necesitaría muletas o bastón. Y que sus cicatrices le harían fácilmente identificable. Igual que su ambición. Porque Saladino planeaba llevar a cabo un atentado tan grave que Occidente no tendría más remedio que invadir el califato islámico. Los ejércitos de Roma y los hombres de las banderas negras, los barbudos de larga cabellera, chocarían en un lugar llamado Dabiq, en las llanuras del norte de Siria. Los portadores de las banderas negras vencerían, desencadenando así una serie de acontecimientos apocalípticos que señalarían el advenimiento del Mahdí y el fin del mundo.

Pero incluso en la ciudad sagrada de Jerusalén, objetivo último de Saladino, había otros asuntos de interés. Habían pasado varios meses desde la fecha prevista para que Gabriel tomara el mando de la Oficina, y hasta el primer ministro, que había accedido a posponer el relevo, empezaba a perder la paciencia. Contaba, además, con el apoyo de Ari Shamron, que nunca había visto con buenos ojos el retraso. Irritado, Shamron telefoneó a un periodista obediente (anónimamente, desde luego) para decirle que el relevo en la dirección de la Oficina era inminente, cuestión de días. Y de paso le dejó caer que el nombre de la persona elegida sería, como mínimo, una sorpresa. Ello desencadenó una oleada de especulaciones en los medios de comunicación. Se barajaron numerosos nombres, pero el de Gabriel Allon solo se mencionó de pasada y con tristeza. Gabriel era el jefe que ya nunca podría ser. Gabriel estaba muerto.

Pero no lo estaba, por supuesto. Estaba aturdido por el *jet lag*, estaba nervioso, estaba preocupado porque su operación, tan meticulosamente planeada y ejecutada, quedara en nada, pero estaba vivito y coleando. Un viernes de mediados de noviembre, por la tarde, regresó a Jerusalén tras pasar varios días en París, con la esperanza de disfrutar de un fin de semana tranquilo con su mujer y sus hijos. Pero a los pocos minutos de su llegada Chiara le informó de que los esperaban para cenar en la casa que los Shamron tenían en Tiberíades.

—Ni hablar —dijo.

—Es *sabbat* —contestó Chiara, y no dijo nada más. Era hija del rabino mayor de Venecia. En el mundo de Chiara, el *sabbat* era la carta más poderosa de la baraja. No hizo falta decir más. El caso estaba cerrado.

—Estoy muy cansado. Llama a Gilah y dile que iremos otra noche.

—Llámala *tú*.

Eso hizo Gabriel. La conversación fue breve, duró menos de un minuto.

—¿Qué te ha dicho?

—Que es *sabbat*.

—¿Nada más?

—No. También ha dicho que Ari no se encuentra bien.

—Lleva todo el otoño enfermo. Has estado demasiado ocupado para darte cuenta, y Gilah no quería preocuparte.

—¿Qué es esta vez?

Chiara se encogió de hombros.

—Tu *abba* está mayor, Gabriel.

Trasladar a la familia Allon no era tarea fácil. Había que colocar las sillas de seguridad de los niños en el asiento trasero del todoterreno de Gabriel, y añadir un vehículo más al convoy de seguridad. Recorrieron a toda velocidad Bab al Wad en hora punta, se dirigieron hacia el norte por la Llanura Costera y viraron luego hacia el oeste cruzando Galilea. La casa de color miel de Shamron se alzaba sobre un acantilado rocoso con vistas al lago. Detrás de la verja, donde empezaba el camino de entrada, había una caseta en la que montaban guardia varios escoltas. Era como entrar en un enclave militar en territorio hostil.

Faltaban exactamente tres minutos para que se pusiera el sol cuando el convoy se detuvo delante de la entrada de la villa. Gilah Shamron los esperaba en la escalinata, dando golpecitos con el dedo a su reloj de pulsera para indicar que se estaba haciendo tarde para encender las velas. Gabriel llevó a los niños dentro mientras Chiara se ocupaba de la comida que se había pasado la tarde preparando. Gilah también se había pasado el día en la cocina. Había suficiente comida para alimentar a una muchedumbre.

La descripción que le había hecho Chiara del estado de salud de Shamron había hecho que Gabriel se esperara lo peor, y se sintió inmensamente aliviado al encontrar a su mentor con buen aspecto. De hecho, tenía mejor cara que la última vez que se habían visto. Iba vestido, como de costumbre, con una camisa Oxford blanca y pantalones chinos bien planchados, aunque esa noche había añadido a su indumentaria una chaqueta de punto azul marino para protegerse del frío de noviembre. Le quedaba poco pelo y su piel era pálida y traslúcida, pero sus ojos azules brillaron intensamente detrás de las feas gafas metálicas cuando Gabriel entró llevando a un bebé en cada brazo. Shamron levantó sus manos cubiertas de manchas hepáticas (unas manos demasiado grandes para un hombre tan pequeño) y Gabriel le entregó a Raphael sin vacilar un momento. Shamron sujetó al niño como si fuera una granada viviente y le susurró bobadas al oído con su horrendo acento polaco. Cuando Raphael soltó una carcajada, Gabriel se alegró al instante de estar allí.

Se había criado en un hogar laico pero, como le ocurría siempre, cuando Gilah se acercó a los ojos la luz de las velas del *sabbat* mientras recitaba la bendición, pensó que aquella era la cosa más bonita que había visto nunca. Shamron bendijo a continuación el pan y el vino en la lengua yidis de su juventud, y dio comienzo la cena. Gabriel no había probado aún el primer bocado cuando Shamron trató de interrogarle sobre la operación, pero Gilah cambió hábilmente de tema preguntándoles por los niños. Chiara los informó de las últimas noticias: cambios dietéticos, evolución de peso y altura, intentos de hablar y moverse. Gabriel solo había vislumbrado de pasada aquellos cambios durante los muchos meses que duraba ya la operación. Unas semanas después volverían a reunirse en Tiberíades para celebrar el primer cumpleaños de los gemelos. Se preguntó si Saladino le permitiría asistir a la fiesta.

Trató, sin embargo, de olvidarse de la operación el tiempo necesario para disfrutar de la apacible velada en compañía de su familia. No se atrevió a apagar el teléfono, pero no miró si tenía mensajes de París. No era necesario. Sabía que faltaban pocos minutos para que Natalie saliera de la clínica de la *avenue* Victor Hugo, en la *banlieu* de Aubervilliers. Quizá se pasara por su café preferido para tomar algo, o quizá volvería directamente a su piso para pasar otra noche sola. Gabriel sintió una punzada de culpa. Natalie, se dijo, también debería estar pasando el *sabbat* en compañía de su familia. Se preguntaba cuánto tiempo más podría aguantar. El suficiente, esperaba, para que Saladino volviera a llamar a su puerta.

Shamron estuvo muy callado durante la cena. La charla insustancial nunca había sido su fuerte. Cuando acabó de tomarse el café, se puso su vieja cazadora de piel y llevó a Gabriel fuera, a la terraza que daba al este, sobre la plateada superficie del lago y la negra masa de los Altos del Golán. Detrás de ellos se elevaba el monte Arbel, con su antigua sinagoga y sus fortificaciones excavadas en la roca. En su falda sureste había un pueblecito que había tomado el nombre del monte. Antaño había sido una aldea árabe llamada Hittin, y mucho antes de eso, mil años atrás, se había llamado Hattin. Había sido allí, a tiro de piedra del lugar donde se hallaban ahora Gabriel y Shamron, donde Saladino –el *auténtico* Saladino– había derrotado a los ejércitos de Roma.

Shamron encendió un par de estufas de gas para caldear el ambiente. Luego, tras atajar el sermón que, con escasa convicción, se disponía a echarle Gabriel, encendió también uno de sus cigarrillos turcos. Se sentaron en unas sillas al borde de la terraza, Gabriel a la derecha de Shamron, con el teléfono sobre la mesita que había entre ellos. Una media luna de minarete flotaba sobre los Altos del Golán, arrojando su luz benévola sobre las tierras del califato. Desde atrás, a través de la puerta abierta, les llegaban las voces de Gilah y Chiara y los gorjeos y las risas de los niños.

—¿Te has dado cuenta —preguntó Shamron— de lo mucho que se parece tu hijo a Daniel?

—Es difícil no darse cuenta.

—Es impresionante.

—Sí —repuso Gabriel con los ojos fijos en la luna.

—Eres un hombre afortunado.

—¿De veras?

—No siempre tenemos otra oportunidad de ser felices.

—Pero con la felicidad viene la culpa —comentó Gabriel.

—No tienes por qué sentirte culpable. Fui yo quien te reclutó. Y fui yo quien permitió que te llevaras a tu mujer y tu hijo a Viena. Si hay alguien que deba sentirse culpable —añadió Shamron con gravedad—, soy yo. Y me acuerdo de esa culpa cada vez que veo la cara de tu hijo.

—Y cada vez que te pones esa vieja cazadora.

Shamron se había hecho una raja en el hombro izquierdo de la chaqueta al subir precipitadamente al coche la noche del atentado de Viena. Nunca la había reparado: era el desgarro de Daniel. A su espalda se oyeron la voces atenuadas de las mujeres y las risas de un bebé, Gabriel no supo de cuál de ellos. Sí, pensó, era feliz. Pero no pasaba una sola hora del día sin que abrazara el cuerpo sin vida de su hijo o sacara a su esposa del asiento del conductor de un coche en llamas. La felicidad era su castigo por haber sobrevivido.

—Me gustó el artículo sobre el inminente relevo en la dirección de la Oficina.

—¿Sí? —Hasta Shamron pareció aliviado porque cambiara de tema—. Me alegro.

—Ha sido un golpe bajo, Ari, hasta tratándose de ti.

—Nunca he creído en el juego limpio. Por eso soy espía, no militar.

—Ha sido muy perturbador —comentó Gabriel.

—Por eso lo hice.

—¿Sabe el primer ministro que fue cosa tuya?

—¿Quién crees que me lo pidió? —Shamron se llevó el cigarrillo a los labios con mano trémula—. Esta situación —dijo desdeñosamente— ya dura demasiado.

—Estoy dirigiendo una operación.

—Uno puede andar y mascar chicle al mismo tiempo.

—¿Y?

—Yo fui jefe de operaciones —respondió Shamron—, y espero que tú también lo seas.

—En cuanto la red de Saladino vuelva a contactar con Natalie tendremos que ponernos en pie de guerra. No puedo estar preocupándome de asuntos personales o de privilegios de aparcamiento mientras trato de impedir el próximo atentado.

—Si es que vuelve a contactar con ella. —Shamron apagó lentamente el cigarrillo—. Dos meses y medio es mucho tiempo.

—Dos meses y medio no son nada, y tú lo sabes. Además, es lo normal teniendo en cuenta el perfil de la red. Safia Bourihane pasó muchos meses inactiva después de regresar de Siria. Tan inactiva, de hecho, que los franceses perdieron interés por ella, justo lo que pretendía Saladino.

—Me temo que el primer ministro no está dispuesto a esperar mucho más. Ni yo tampoco.

—¿De veras? Me alegra saber que todavía cuentas con la confianza del primer ministro.

—¿Qué te hace pensar que la había perdido? —El viejo encendedor Zippo de Shamron volvió a encenderse. Acercó la llama a la punta de otro cigarrillo.

—¿De cuánto tiempo dispongo? —preguntó Gabriel.

—Si la red de Saladino no se ha puesto en contacto con Natalie el próximo viernes, el primer ministro anunciará tu nombramiento en directo por televisión. Y el próximo domingo asistirás a tu primera reunión del Consejo de Ministros como director de la Oficina.

—¿Cuándo pensaba comunicármelo el primer ministro?

—Te lo está comunicando ahora —contestó Shamron.

—¿Y por qué ahora? ¿Por qué de pronto tantas prisas para que tome el relevo?

—Política —dijo Shamron—. La coalición de gobierno corre el riesgo de romperse. El primer ministro necesita venirse arriba y confía en que tú le des un empujoncito.

—No tengo ningún interés en acudir en auxilio del primer ministro, ni ahora ni nunca.

—¿Puedo darte un consejo, hijo mío?

—Si es necesario.

—Algún día, no tardando mucho, cometerás un error. Habrá un escándalo o una operación desastrosa. Y necesitarás que el primer ministro te salve. No te enemistes con él.

—Confío en reducir al máximo los escándalos y las operaciones desastrosas.

—Por favor, no lo hagas. Recuerda, una carrera sin escándalos...

—No es una carrera.

—Parece que sí estabas escuchando, a fin de cuentas.

—Cada palabra.

Shamron levantó su mirada lacrimosa hacia los Altos del Golán.

—¿Dónde supones que está?

—¿Saladino?

Shamron asintió.

—Los americanos creen que está cerca de Mosul.

—No se lo he preguntado a los americanos, te lo he preguntado a ti.

—No tengo ni idea.

—Yo procuraría no utilizar frases como esa cuando informes al primer ministro.

—Trataré de recordarlo.

Se hizo un breve silencio.

—¿Es verdad que le salvó la vida? —preguntó Shamron.

—Me temo que sí.

—Y para agradecérselo Saladino va a enviarla a la muerte.

—Con un poco de suerte.

En ese instante se iluminó su teléfono. La pantalla bañó de luz su cara cuando leyó el mensaje. Shamron vio que sonreía.

—¿Buenas noticias? —preguntó.

—Excelentes.

—¿Qué ocurre?

—Parece que se me ha concedido otra moratoria.

—¿El primer ministro?

—No —contestó Gabriel apagando el teléfono—. Saladino.

47

AMMÁN, JORDANIA - CUARTEL GENERAL DE LA CIA

Gabriel regresó a Narkiss Street con el tiempo justo para meter unas cuantas prendas de ropa en una maleta. Acto seguido subió al asiento trasero de su todoterreno y cruzó Cisjordania a toda velocidad, hasta el aeropuerto Queen Alia de Ammán, donde uno de los Gulfstreams de Su Majestad esperaba con el depósito lleno y listo para despegar. Fareed Barakat estaba arrellanado en uno de los sillones giratorios, con la corbata floja, como un ejecutivo estresado al final de una larga pero lucrativa jornada. El avión se puso en marcha antes de que Gabriel acabara de acomodarse en su asiento y apenas segundos después despegó. Seguía ascendiendo cuando sobrevolaron Jerusalén.

—Mira los asentamientos —comentó Fareed señalando las ordenadas hileras de farolas amarillas que descendían desde las vetustas colinas, hacia Cisjordania—. Cada año son más y más. Al ritmo al que construís, Ammán será pronto un barrio de Jerusalén.

Gabriel tenía la mirada fija en otra parte, en el viejo edificio de apartamentos de piedra caliza, casi al extremo de Narkiss Street, donde su esposa y sus hijos dormían en paz gracias a personas como él.

—Puede que esto sea un error —dijo con calma.

—¿Preferirías volar con El Al?

—Allí me dan comida *kosher*, y además no tengo que escuchar sermones sobre las maldades de Israel.

—Me temo que no tenemos comida *kosher* a bordo.

—Descuida, Fareed, ya he cenado.

—¿Te apetece algo de beber? ¿O ver una película? Su Majestad tiene todas las películas americanas de estreno. Se las mandan sus amigos de Hollywood.

—Creo que prefiero dormir.

—Sabia decisión.

Fareed apagó la luz mientras el Gulfstream salía del espacio aéreo israelí, y al poco rato estaba profundamente dormido. Gabriel nunca había podido dormir en los aviones, un infortunio que ni siquiera el sillón completamente reclinable del Gulfstream pudo remediar. Pidió café a la tripulación y miró distraídamente la anodina película que emitía su pantalla privada. Su teléfono móvil no podía hacerle compañía. El avión tenía wifi, pero Gabriel había apagado y desmontado el terminal antes de cruzar la frontera jordana. Tenía por norma no permitir que su móvil se conectara a la red inalámbrica de un monarca extranjero... ni tampoco a una israelí.

Faltaba una hora para que llegaran a la costa este de Estados Unidos cuando Fareed se despertó suavemente, como si un mayordomo invisible hubiera tocado su hombro con toda delicadeza. Se levantó y entró en la habitación privada de Su Majestad, donde se afeitó, se duchó y se puso un traje y una corbata limpios. Un auxiliar de vuelo le llevó un delicioso desayuno inglés. Fareed levantó la tapa de la tetera y olfateó su contenido. El Earl Grey estaba en su punto.

—Yo he tomado un tentempié mientras dormías —mintió Gabriel.

—Estás en tu casa: puedes utilizar las instalaciones de Su Majestad.

—Creo que me limitaré a robar una toalla como recuerdo.

El avión aterrizó en el aeropuerto Dulles una mañana gris y lluviosa y recorrió la pista hasta un hangar lejano donde esperaban tres todoterrenos negros, junto con un nutrido grupo de escoltas estadounidenses. Gabriel y Fareed subieron a uno de los vehículos y el convoy partió de inmediato hacia el este por la carretera de acceso al aeropuerto, hacia la autopista de circunvalación de la capital. El Campus de Inteligencia Liberty Crossing, la zona cero del complejo de seguridad nacional tras el 11 de Septiembre, ocupaba varias hectáreas de terreno contiguas al gigantesco nudo de carreteras. Su destino, sin embargo, se hallaba unos kilómetros más al este siguiendo la Ruta 123. Era el Centro de Inteligencia George Bush, más conocido como el cuartel general de la CIA.

Tras cruzar la enorme barrera de seguridad, fueron conducidos a un aparcamiento subterráneo. Allí subieron a un ascensor de uso restringido que los llevó a la sexta planta del edificio original de la CIA. Varios agentes de seguridad los esperaban en el vestíbulo forrado de paneles de madera para despojarlos de sus teléfonos móviles. Fareed entregó obedientemente el suyo, pero Gabriel se negó. Hubo unos instantes de tensión hasta que por fin le permitieron seguir adelante.

—¿Por qué no se me habrá ocurrido? —murmuró Fareed mientras avanzaban sin hacer ruido por el pasillo cubierto por una gruesa moqueta.

—¿Qué creen que voy a hacer? ¿Espiarme a mí mismo?

Los condujeron a una sala de reuniones cuyos ventanales daban a los bosques del Potomac. Allí los esperaba Adrian Carter. Vestía americana azul y unos chinos arrugados, el atuendo típico de un jefe de los servicios secretos un sábado por la mañana. Al ver a sus dos principales aliados en Oriente Medio, su desagrado se hizo evidente.

—Imagino que no se trata de una visita de cortesía.

—Me temo que no —respondió Gabriel.

—¿Qué tenéis?

—Un billete de avión, una reserva de hotel y un coche de alquiler.

—¿Y qué significa?

—Significa que el equipo de segunda división está a punto de lanzar un ataque terrorista de gran magnitud en territorio estadounidense.

Carter palideció. No dijo nada.

—¿Estoy perdonado, Adrian?

—Eso depende.

—¿De qué?

—De que puedas ayudarme a impedirlo.

—¿En qué vuelo llega?

—Air France 54.

—¿Cuándo?

—El martes.

—Horas antes de que llegue el presidente francés —señaló Carter.

—Dudo que sea una coincidencia.

—¿Cuál es el hotel?

—El Key Bridge Marriott.

—¿Y la agencia de alquiler de coches?

—Hertz.

—Imagino que no le han comunicado el objetivo.

—Lo siento, Adrian, pero ese no es el estilo de Saladino.

—Valía la pena preguntar. Después de todo, le salvó la vida.

Gabriel arrugó el ceño pero no dijo nada.

—Doy por sentado —añadió Carter— que vas a permitirle subir a ese avión.

—Con tu consentimiento —contestó Gabriel—. Y tú harías bien dejándola entrar en el país.

—¿Ponerla bajo vigilancia? ¿Es eso lo que estás sugiriendo? ¿Esperar a que otros miembros de la célula contacten con ella? ¿Detenerlos a todos antes de que puedan atentar?

—¿Se te ocurre una idea mejor?

—¿Y si no es la única agente destinada a la operación? ¿Y si hay otros equipos? ¿Otros objetivos?

—Tenéis que dar por sentado que *hay* otros equipos y otros objetivos, Adrian. Muchos, en realidad. Saladino le dijo a Natalie que iba a participar en algo muy gordo: tan gordo que Estados Unidos no tendría más remedio que mandar sus tropas a Siria.

—¿Y si no contactan con ella? ¿Y si forma parte de una segunda oleada de atentados?

—Discúlpame por no haberte traído el plan detallado de la operación envuelto en papel de regalo, Adrian, pero en el mundo real las cosas no funcionan así.

Fareed Barakat sonrió. Pocas veces tenía oportunidad de presenciar en primera fila un rifirrafe entre americanos e israelíes.

—¿Qué sabe exactamente Jalal Nasser? —preguntó Carter.

—¿Quieres que le llame y se lo pregunte? Estoy seguro de que le encantaría ayudarnos.

—Puede que sea hora de invitarle a mantener una pequeña charla.

Fareed negó con la cabeza, muy serio.

—Mala idea.

—¿Por qué?

—Porque es muy probable que no esté al tanto de todo el plan. Además —añadió el jordano—, si detenemos a Jalal, Saladino se dará cuenta de que su red está en peligro.

—Quizá convenga que se dé cuenta.

—Se revolverá, Adrian. Os atacará por cualquier medio a su alcance.

Carter exhaló lentamente un suspiro.

—¿Quién se está ocupando de la vigilancia en Londres?

—Estamos trabajando conjuntamente con los británicos.

—Quiero que también nos incluyáis.

—Tres son multitud, Adrian.

—Me importa una mierda. —El estadounidense miró su reloj, ceñudo. Eran las ocho y media de un sábado por la mañana—. ¿Por qué estas cosas siempre tienen que pasar en fin de semana? —Nadie respondió. Carter miró a Gabriel—. Dentro de unos minutos, varios cientos de empleados del Gobierno de Estados Unidos sabrán que la Oficina ha conseguido infiltrar un agente en el corazón del ISIS. ¿Estás preparado para eso?

—De lo contrario no estaría aquí.

—En cuanto se baje de ese avión, dejará de ser tu agente. Será nuestra agente, y *nuestra* operación. ¿Está claro?

—Perfectamente claro —respondió Gabriel—. Pero, hagáis lo que hagáis, aseguraos de que no le pase nada.

Carter levantó el teléfono y marcó.

—Necesito hablar con el director. *Ahora*.

48

ARLINGTON, VIRGINIA

Qassam El Banna se despertó con la llamada a la oración. Había tenido un sueño que no conseguía recordar. Los sueños, como la felicidad, se le escapaban. Desde edad muy temprana, cuando todavía era niño, en el delta del Nilo, en Egipto, creía estar destinado a algo grande. Se había aplicado en la escuela, había conseguido que le admitieran en una universidad medianamente prestigiosa del este de los Estados Unidos, y después de una larga pugna había convencido a los americanos de que le permitieran quedarse en el país para trabajar. Y pese a todos sus esfuerzos, su recompensa había sido una vida de tedio ininterrumpido: el tedio típicamente americano de los embotellamientos de tráfico, la deuda de la tarjeta de crédito, la comida rápida y las visitas de fin de semana al centro comercial de Tysons Corner, donde tenía que empujar a su hijo para que pasara de largo ante los escaparates llenos de fotografías de mujeres medio desnudas y con la cabeza descubierta. Durante mucho tiempo había culpado a Alá de su situación. ¿Por qué le había concedido aquellas aspiraciones grandiosas para luego condenarle a la mediocridad? Y lo que era peor aún, debido a sus absurdas ambiciones ahora se veía obligado a vivir en la Casa de la Guerra, en un país de infieles. Tras mucha reflexión había llegado a la conclusión de que Alá le había situado en Estados Unidos con un propósito concreto. Le había mostrado un camino hacia la grandeza. Y la grandeza iría acompañada de la inmortalidad.

Qassam El Banna cogió su Samsung de la mesilla de noche y silenció el lamento levemente nasal del muecín. Amina no se había despertado. Qassam había descubierto que su esposa era capaz de dormir en cualquier circunstancia. Nada la despertaba: ni el llanto de un niño, ni los truenos, ni las alarmas contraincendios, ni el tamborileo de sus dedos sobre el teclado del ordenador portátil. Amina también estaba desilusionada, no con Alá, sino con él, con Qassam. Había llegado a Estados Unidos con la cabeza llena de fantasías televisivas: ella, que soñaba con vivir en Bel Air, se había encontrado viviendo a la vuelta de la esquina de un 7 Eleven, cerca de Carlin Springs Road. Todos los días le reprochaba que no ganara más dinero y se consolaba aumentando la ya enorme cifra de sus deudas. Su última adquisición era un coche de lujo. El concesionario había aprobado la venta pese a su bajísima solvencia crediticia. Solo en América pasaban esas cosas, se dijo Qassam.

Se levantó sin hacer ruido, desplegó una esterilla y rezó por primera vez ese día. Pegaba la frente al suelo lo justo para que no le saliera la *zabiba* («pasa», en árabe), el callo oscuro que sus paisanos más piadosos lucían en la frente. El islam no había dejado huellas visibles en Qassam. No rezaba en ninguna de las mezquitas del norte de Virginia y evitaba relacionarse con otros musulmanes siempre que le era posible. Incluso procuraba disimular su nombre árabe. En su último empleo, en una pequeña consultoría informática, le llamaban Q o Q-Ban, y a él le gustaba aquel nombre por sus resonancias vagamente hispanas y raperas. No era de esos musulmanes con la cara pegada al suelo y el culo siempre en pompa, les decía a sus compañeros de trabajo cuando salían a tomar una cerveza, con su inglés levemente acentuado. Había venido a América porque quería escapar de todo eso. Sí, su mujer llevaba hiyab, pero más por tradición y por moda que por convicción religiosa. Y sí, su hijo se llamaba Mohamed, pero no por el Profeta. Eso al menos era cierto. Su hijo se llamaba así por Mohamed Atta, el líder del complot terrorista del 11 de Septiembre. Atta, al igual que Qassam, había nacido en el delta del Nilo. Y esa circunstancia no era lo único que tenían en común.

Tras concluir sus plegarias, Qassam se levantó, bajó a la cocina sin hacer ruido y metió una cápsula de café (tueste francés) en la Keurig. Luego, en el cuarto de estar, hizo doscientas flexiones y quinientos abdominales. Esa rutina de ejercicios, repetida dos veces al día, había remodelado su cuerpo. Ya no era aquel chaval flacucho del delta. Ahora tenía el cuerpo de un luchador de MMA. Además de sus ejercicios diarios, dominaba el kárate y el jiu jitsu brasileño. Qassam El Banna, o Q-Ban, era una máquina de matar.

Acabó su entrenamiento con unos cuantos movimientos letales de cada disciplina y volvió a subir a la planta de arriba. Amina seguía durmiendo, igual que Mohamed. Qassam utilizaba la tercera habitación del pequeño dúplex como despacho. Era el paraíso de un *hacker*. Entró, se sentó delante de uno de los tres ordenadores y revisó rápidamente una docena de cuentas de correo electrónico y páginas de redes sociales. Tocando unas cuantas teclas más, llegó a un portal que daba acceso a la red oscura, el turbio mundo de Internet que se escondía bajo la superficie de la web, al que solo podía accederse si el usuario disponía del protocolo, los puertos, las contraseñas y las aplicaciones de *software* correctas. Qassam, informático profesional, tenía todo lo que necesitaba y más.

Cruzó fácilmente la puerta y pronto se encontró ante otra. La contraseña adecuada le franqueó la entrada, y una línea de texto le deseó paz y le preguntó qué deseaba. Escribió su respuesta en la casilla destinada a ello y pasados unos segundos vio que tenía un mensaje en espera.

—*Alhamdulillah* —murmuró Qassam

El corazón comenzó a latirle a toda velocidad, más deprisa aún que cuando entrenaba. Tuvo que escribir dos veces la contraseña porque con las prisas la tecleó incorrectamente. Al principio, el mensaje parecía incomprensible: líneas, letras y números sin sentido aparente. Pero, al introducir la contraseña adecuada, aquel galimatías se convirtió de inmediato en un mensaje legible. Qassam lo leyó despacio porque no podía imprimirlo, guardarlo, copiarlo o recuperarlo. Las palabras de las que se componía también estaban cifradas, pero Qassam conocía su significado exacto. Alá le había puesto por fin en el camino de la grandeza. Y con la grandeza, pensó, llegaría la inmortalidad.

Gabriel declinó la invitación de Carter a acompañarle a la Casa Blanca. Su único encuentro anterior con el presidente había estado cargado de tensión, y su presencia en el Ala Oeste solo serviría para desviar la atención del asunto que los ocupaba. Era preferible dejar que Adrian se encargara de informar al Gobierno de Estados Unidos de que su territorio estaba a punto de ser atacado por un grupo terrorista al que el presidente había tachado una vez de débil e ineficaz. Oír semejante noticia de labios de un israelí solo invitaría al escepticismo, algo que no podían permitirse en esos momentos.

Aceptó, en cambio, la oferta de Carter de utilizar el piso franco de N Street y el todoterreno y la escolta de la CIA. Tras abandonar Langley, se dirigió a la embajada israelí, en el extremo noroeste de Washington. Allí, en la cripta (la sala de comunicaciones seguras de la Oficina), conferenció con sus equipos de París y Londres antes de telefonear a Paul Rousseau a su despacho de la *rue* de Grenelle. Rousseau acababa de regresar del Palacio del Elíseo, donde había trasladado a su presidente el mismo mensaje que Adrian Carter había llevado a la Casa Blanca: el ISIS planeaba un atentado en territorio estadounidense, con toda probabilidad mientras el presidente francés estuviera de visita en la capital.

—¿Qué más cosas tiene en la agenda, aparte de la reunión con el presidente y la cena de gala en la Casa Blanca?

—Un cóctel en la embajada francesa.

—Canceladlo.

—Se niega a cambiar su agenda.

—Qué valiente por su parte.

Rousseau prefirió no contestar. Gabriel le preguntó cuándo llegaba a Washington.

—El lunes por la noche, con el equipo de avanzadilla. Nos alojaremos en el Four Seasons.

—¿Cenamos juntos?

—Claro.

Al salir de la embajada, Gabriel se marchó al piso franco: le hacía mucha falta dormir unas horas. Carter le despertó a última hora de la tarde.

—Ya está —se limitó a decir.

—¿Has hablado con el gran hombre?

—Un minuto o dos.

—¿Cómo se ha tomado la noticia?

—Como cabía esperar.

—¿Ha salido a relucir mi nombre?

—Oh, sí.

—¿Y?

—Te manda saludos.

—¿Eso es todo?

—Por lo menos sabe tu nombre. A mí todavía me llama Andrew.

Gabriel trató de volver a dormir, pero no lo consiguió. Se duchó, se cambió de ropa y, seguido por un equipo de seguridad de la CIA, salió del piso franco cuando apenas quedaban unos minutos para que anocheciera. Hacía fresco y el aire olía a tormenta. Hojas de color cobre y oro cubrían las aceras de ladrillos rojos. Tomó un *café crème* en una pastelería de Wisconsin Avenue y dio un paseo por el East Village de Georgetown hasta M Street, con su desfile de tiendas, restaurantes y hoteles. Sí, se dijo, habría otros equipos y otros objetivos. Y aunque lograran detener el atentado de la doctora Leila Hadawi, era muy probable que unos días después volvieran a morir ciudadanos estadounidenses en su propio país en nombre de una ideología y una fe religiosa que la mayoría de la gente no sabía localizar en un mapa. No podía desdeñarse al enemigo. No se podía razonar con él, ni se dejaría aplacar por la retirada americana del mundo islámico. Los estadounidenses podían marcharse de Oriente Medio, pensó Gabriel, pero Oriente Medio los seguiría hasta casa.

De repente estalló la tormenta y los transeúntes que caminaban por M Street corrieron a refugiarse del aguacero. Gabriel los observó un momento. En su mente, sin embargo, corrían para escapar de otra cosa: de hombres de largo cabello y barba larga, cuyos nombres procedían de sus lugares de origen. La aparición de un todoterreno junto a la acera le devolvió al presente. Subió al coche con la chaqueta de cuero empapada y regresó a N Street en medio de la lluvia.

49

ALEXANDRIA, VIRGINIA

La misma lluvia que empapó Georgetown fustigó el modesto coche de fabricación coreana de Qassam El Banna mientras circulaba por un tramo bordeado de árboles de la Ruta 7. Le había dicho a Amina que tenía que hacer una visita de trabajo. Una mentirijilla insignificante.

Hacía más de un año que había dejado su trabajo en la consultoría informática. Les dijo a sus compañeros de trabajo y a su mujer que iba a montar su propio negocio, una apuesta arriesgada en el superpoblado mundillo tecnológico del norte de Virginia. Los verdaderos motivos de aquel cambio de rumbo eran otros, sin embargo. Qassam había dejado su trabajo porque necesitaba algo más valioso que el dinero. Necesitaba tiempo. No podía estar a disposición de Larry Blackburn, su antiguo supervisor: Larry el del aliento de cloaca, el de la adicción secreta a los calmantes, el aficionado a las putas baratas salvadoreñas. Ahora se debía a un hombre cuyas aspiraciones eran mucho más elevadas. No conocía su verdadero nombre, solo su *nom de guerre*. Era iraquí y le apodaban Saladino.

El viaje de Qassam, como era fácil suponer, había comenzado en el ciberespacio, donde, cuidadosamente parapetado tras una identidad falsa, se había entregado a su apetito insaciable por la sangre y las bombas del pornoyihadismo: un apetito que había desarrollado durante la ocupación americana de Irak, cuando aún estudiaba en la universidad. Una noche, tras un mal día en el trabajo y un trayecto infernal de regreso a casa, llamó a la ciberpuerta de un reclutador del ISIS y preguntó si podía viajar a Siria para unirse a sus filas. El reclutador le hizo diversas preguntas y le convenció para que se quedara en el extrarradio de Washington. Al poco tiempo, más o menos un mes después, Qassam se dio cuenta de que le estaban siguiendo. Al principio temió que fuera el FBI, pero pronto advirtió que se trataba siempre del mismo hombre. Por fin, aquel individuo le abordó en un Starbucks cerca de Seven Corners y se presentó. Era un jordano que vivía en Londres. Se llamaba Jalal Nasser.

La lluvia caía torrencialmente. Era más una tormenta de verano que una llovizna otoñal, lenta y sostenida. Quizá las profecías del Día del Juicio fueran ciertas, después de todo. Quizá la Tierra estuviera arruinada sin remedio. Siguió por la Ruta 7 hasta el centro de Alexandria y desde allí se dirigió a una zona industrial en Eisenhower Avenue. Las oficinas de la empresa de mudanzas Dominion Movers estaban encajadas entre un taller mecánico y una galería de tiro. Dos de los camiones de fabricación americana de la empresa estaban aparcados fuera. Otros dos estaban aparcados dentro de la nave, de donde no se habían movido en los últimos seis meses. Qassam El Banna era el propietario nominal de la empresa. Tenía doce empleados. Siete habían llegado recientemente a Norteamérica. Los otros cinco eran ciudadanos estadounidenses. Todos ellos pertenecían al ISIS.

Qassam El Banna no entró en el local de su empresa de mudanzas. Puso en marcha el cronómetro de su móvil y regresó a Eisenhower Avenue. Su coche coreano era rápido y manejable, pero Qassam condujo al ritmo lento y pausado de un camión de mudanzas cargado hasta el máximo de su capacidad. Tomó el ramal de Eisenhower Avenue que conectaba con la autopista de circunvalación de Washington y siguió esta en el sentido de las agujas del reloj hasta la Ruta 123, a la altura de Tysons. Cuando se acercaba a Anderson Road, el semáforo se puso en ámbar. Normalmente, Qassam habría pisado a fondo el acelerador. Ahora, en cambio, imaginándose que iba al volante de un camión cargado, aminoró la marcha hasta detenerse.

Cuando el semáforo se puso en verde, aceleró tan despacio que el conductor de atrás encendió las luces varias veces y tocó el claxon. Impertérrito, Qassam siguió circulando a una velocidad ocho kilómetros por debajo del límite permitido hasta que llegó a Lewisville Road, donde torció a la izquierda. Desde allí había unos cuatrocientos metros hasta el cruce con Tysons McLean Drive. A la izquierda, la carretera ascendía suavemente, adentrándose en lo que parecían ser los terrenos de una empresa de alta tecnología. Giró a la derecha y se detuvo junto a un cartel de color amarillo en el que se leía *circule con precaución*. Qassam miró su teléfono. *24:23:45... 24:23:46... 24:23:47... 24:23:48...*

Cuando el cronómetro marcó veinticinco minutos exactos, sonrió y susurró:

—Bum.

50

GEORGETOWN

La lluvia siguió cayendo de manera constante todo el fin de semana, convirtiendo de nuevo Washington en la ciénaga que había sido en el pasado. Gabriel vivía prácticamente recluido en el piso franco de N Street. Una vez al día se trasladaba a la embajada israelí para conferenciar con su equipo y con King Saul Boulevard, y recibía una llamada de Adrian Carter informándole de las novedades. El FBI y las demás agencias de seguridad interior estadounidenses estaban vigilando de cerca a más de un millar de personas de las que se sabía o se sospechaba que formaban parte del ISIS.

—Y ni una sola —dijo Carter— parece estar ultimando un atentado.

—Hay un problema, Adrian.

—¿Cuál?

—Que el FBI está vigilando a quien no debe.

El lunes por la tarde la lluvia comenzó a amainar, y esa noche empezaron a verse algunas estrellas entre las nubes cada vez más dispersas. Gabriel quiso ir a pie al Four Seasons, donde había quedado en cenar con Paul Rousseau, pero sus escoltas de la CIA le convencieron de que fuera en el todoterreno. El coche le depositó frente a la entrada entoldada del hotel y, seguido por un guardaespaldas, entró en el vestíbulo. Varios funcionarios franceses de mirada soñolienta, arrugados sus trajes por el viaje trasatlántico, esperaban en recepción detrás de un hombre alto y de hombros anchos, de aspecto árabe, que parecía compartir sastre con Fareed Barakat. Solo él reparó en el enjuto israelí que entraba acompañado por un escolta americano. Sus ojos se cruzaron un instante. Luego, aquel individuo alto de aspecto árabe fijó de nuevo la mirada en la mujer que atendía el mostrador. Gabriel observó su espalda al pasar. No parecía ir armado. En el suelo, junto a su pie derecho, había un maletín de piel. Y apoyado contra el mostrador de recepción, un elegante bastón negro y reluciente.

Gabriel siguió cruzando el vestíbulo y entró en el restaurante. El bar parecía estar ocupado por una convención de personas duras de oído. Gabriel dio al *maître* un nombre falso y fue conducido a una mesa con vistas a Rock Creek Parkway. Lo más interesante era, sin embargo, que desde allí se veía claramente el vestíbulo, donde aquel árabe alto e impecablemente vestido caminaba ahora despacio, cojeando, hacia los ascensores.

Había pedido una *suite* en el último piso del hotel y se la habían concedido, en gran parte porque el gerente del hotel le creía pariente lejano del rey de Arabia Saudí. Segundos después de que entrara en la habitación llamaron discretamente a la puerta. Era el botones con su equipaje. El árabe alto admiró el panorama que se divisaba desde su ventana mientras el botones, un africano, colgaba su bolsa de trajes en el armario y colocaba la maleta sobre una repisa, en el dormitorio. Siguió la conversación que antecede siempre a la propina, con sus muchos ofrecimientos de ayuda extra, pero un terso billete de veinte dólares hizo desfilar al agradecido botones hacia la puerta. Esta se cerró suavemente y el árabe alto se quedó de nuevo a solas.

Tenía la mirada fija en el tráfico que circulaba por Rock Creek Parkway. Pensaba, sin embargo, en el hombre al que había visto abajo, en el vestíbulo: aquel hombre de sienes grises y extraños ojos verdes. Estaba casi seguro de haberle visto antes, no en persona, sino en fotografías y noticias periodísticas. Cabía la posibilidad de que estuviese equivocado. De hecho, pensó, era lo más probable. Aun así, había aprendido hacía mucho tiempo a confiar en su instinto, aguzado como el filo de una navaja por sus muchos años al servicio del dictador más cruel del mundo árabe. Su intuición le había ayudado a sobrevivir a la larga lucha contra los americanos cuando muchos otros hombres como él habían perecido, pulverizados por armas que atacaban desde el cielo con la rapidez del rayo.

Sacó un ordenador portátil de su maletín y lo conectó a la red inalámbrica del hotel. Dado que el Four Seasons era uno de los hoteles preferidos de los dignatarios extranjeros que visitaban Washington, no cabía duda de que la NSA se habría infiltrado en su red. No importaba, sin embargo: el disco duro de su ordenador era una página en blanco. Abrió el buscador y escribió un nombre en la casilla de búsqueda. En la pantalla aparecieron varias fotografías, entre ellas una del *Telegraph* de Londres que mostraba a un hombre corriendo por un sendero, frente a la abadía de Westminster, con una pistola en la mano. Enlazado a la fotografía había un artículo periodístico escrito por una tal Samantha Cooke en el que se hablaba de la muerte violenta de aquel hombre. Pero la periodista, al parecer, se equivocaba: el sujeto en cuestión acababa de cruzar el vestíbulo del hotel Four Seasons de Washington.

Llamaron de nuevo a la puerta, suavemente, casi disculpándose: la obligada bandeja de fruta con una nota dirigida al señor Omar Al Farouk en la que se le prometía dar satisfacción a todos sus deseos. Pero en aquel momento solo deseaba unos minutos de soledad sin interrupciones. Tecleó una dirección de la red oscura, abrió la cerradura de una puerta protegida con contraseña y entró en un foro en el que todo estaba cifrado. Allí le esperaba un viejo amigo.

¿QUÉ TAL TU VIAJE?, preguntó el viejo amigo.

BIEN, tecleó, AUNQUE NUNCA ADIVINARÍAS A QUIÉN ACABO DE VER.

¿A QUIÉN?

Escribió el nombre y el apellido: el nombre de un arcángel seguido de un apellido israelí bastante común. La respuesta tardó unos segundos en llegar.

NO DEBERÍAS BROMEAR CON ESTAS COSAS.

NO ES UNA BROMA.

¿QUÉ CREES QUE SIGNIFICA?

Una muy buena pregunta. Se desconectó, apagó el ordenador y se acercó cojeando a la ventana. Le dolía el pecho y tenía la sensación de llevar un puñal clavado en el muslo. Contempló el tráfico que circulaba por la avenida y durante unos segundos el dolor pareció remitir. Luego la imagen del tráfico se difuminó, y se vio a sí mismo montado a horcajadas sobre un poderoso caballo árabe, en la cima de una montaña cerca del mar de Galilea, contemplando un lugar abrasado por el sol llamado Hattin. No era una visión nueva para él: la tenía a menudo. Normalmente, dos poderosos ejércitos (uno musulmán, el otro cruzado: las huestes de Roma) se aprestaban para la batalla. Ahora, en cambio, solo aparecían dos hombres. Uno era un israelí llamado Gabriel Allon. El otro era Saladino.

Paul Rousseau no se había acostumbrado aún al cambio de hora, de modo que no prolongaron demasiado la cena. Gabriel le deseó buenas noches junto a los ascensores y, seguido por su escolta, volvió a cruzar el vestíbulo. Detrás del mostrador seguía estando la misma recepcionista.

—¿Puedo ayudarle en algo? —preguntó al acercarse Gabriel.

—Confío en que sí. Esta noche, hace un rato, vi registrándose a un caballero. Alto, muy bien vestido, caminaba con un bastón.

—¿El señor Al Farouk?

—Sí, ese. Trabajamos juntos hace mucho tiempo.

—Entiendo.

—¿Sabe cuánto tiempo va a quedarse?

—Lo siento pero no estoy...

Gabriel levantó una mano.

—No se disculpe. Entiendo sus normas.

—Le daré encantada un mensaje si lo desea.

—No es necesario. Le llamaré por la mañana. Pero no le diga nada. Quiero darle una sorpresa —añadió en tono confidencial.

Salió al frío de la noche. Esperó hasta estar de nuevo en el asiento trasero de su Suburban. Luego telefoneó a Adrian Carter, que estaba aún en su despacho de Langley.

—Quiero que te informes sobre un tal Al Farouk. Tiene unos cuarenta y cinco años, puede que cincuenta. No sé su nombre ni de qué color es su pasaporte.

—¿Y qué sabes de él?

—Que se aloja en el Four Seasons.

—¿Me estoy perdiendo algo?

—Noto un extraño hormigueo en la nuca, Adrian. Averigua quién es.

Se cortó la comunicación. Gabriel se guardó el teléfono en el bolsillo de la chaqueta.

—¿Volvemos a N Street? —preguntó el conductor.

—No —contestó Gabriel—. Lléveme a la embajada.

51

AUBERVILLIERS, FRANCIA

La alarma del teléfono móvil de Natalie sonó a las siete y cuarto, lo que era extraño porque no recordaba haberla puesto. De hecho, estaba segura de no haberlo hecho. Silenció el teléfono con gesto de fastidio e intentó dormir un poco más, pero cinco minutos después la alarma volvió a sonar.

—Está bien —le dijo a la mancha del techo en la que imaginaba que estaba escondida la cámara—. Tú ganas. Ya me levanto.

Apartó las mantas y puso los pies en el suelo. En la cocina, preparó un Carte Noire denso como el petróleo en la cafetera italiana y se sirvió un poco en una taza de leche bien caliente. Fuera, la noche se retiraba sin prisas de su lúgubre calle. Con toda probabilidad, aquella sería la última mañana parisina que viera la doctora Leila Hadawi, porque, si Saladino se salía con la suya, no regresaría a Francia de su repentino viaje a Estados Unidos. Que regresara Natalie tampoco era seguro. De pie junto a su ventanita manchada de polvo negruzco, con el café con leche entre las manos, se dio cuenta de que no iba a echarlo de menos. Su vida en las *banlieus* solo había reforzado su convicción de que los judíos no tenían futuro en Francia. Israel era su hogar: Israel y la Oficina. Gabriel tenía razón. Ya era uno de ellos.

Ni el ISIS ni la Oficina le habían dado instrucciones respecto al equipaje, de modo que, haciendo caso de su intuición, cogió lo imprescindible. Su vuelo salía del aeropuerto Charles de Gaulle a las 13:45. Fue al aeropuerto en cercanías y a las once y media se sumó a la larga cola del mostrador de embarque de clase turista. Tras esperar media hora, una francesa antipática la informó de que la habían cambiado a *business class*.

—¿Por qué?

—¿Prefiere ir en turista?

La mujer le entregó su tarjeta de embarque y le devolvió el pasaporte. Natalie pasó unos minutos en las tiendas *duty free*, observada por los vigilantes del DGSI, y a continuación se dirigió a la puerta de embarque. El vuelo 54 se dirigía a Estados Unidos. Había, por tanto, medidas de seguridad especiales. Debido a su hiyab y a su nombre árabe fue sometida a unos minutos más de registro, pero finalmente le permitieron entrar en la sala de preembarque. Buscó caras conocidas pero no encontró ninguna. En un ejemplar de cortesía de *Le Monde* leyó acerca de la inminente visita del presidente francés a Estados Unidos y, en una página interior, acerca de una nueva oleada de apuñalamientos en Israel. Ardió de indignación. Y de regocijo.

Pasado un rato, una áspera llamada a embarcar la hizo ponerse en pie. Le habían asignado un asiento en el lado derecho del avión, junto a la ventana. El asiento contiguo seguía desocupado mucho tiempo después de que embarcaran los pasajeros de la clase turista, y pensó esperanzada que quizá no tendría que pasar las siguientes siete horas y media en compañía de un perfecto desconocido. Pero sus esperanzas se vinieron abajo cuando un hombre trajeado, de cabello negro como el carbón y gafas a juego, se acomodó en el asiento. No pareció agradarle tener que sentarse junto a una árabe con hiyab. Clavó la mirada en su teléfono móvil y Natalie hizo lo propio con el suyo.

Unos segundos después apareció un mensaje en su pantalla.

¿TE SIENTES SOLA?

sí, escribió.

¿QUIERES COMPAÑÍA?

ME ENCANTARÍA.

Obedeció. El hombre de cabello negro y gafas a juego seguía mirando fijamente su teléfono, pero ahora sonreía.

—¿Es buena idea? —preguntó ella.

—¿Cuál? —preguntó Mijail.

—¿Que estemos juntos?

—Te lo diré cuando aterricemos.

—¿Qué pasará entonces?

Antes de que él pudiera contestar, una grabación pidió a los pasajeros que apagaran sus teléfonos móviles. Natalie y su compañero de asiento obedecieron. Mientras el avión avanzaba tronando por la pista de despegue, puso la mano sobre la de Mijail.

—Todavía no —susurró él.

—¿Cuándo? —preguntó ella apartando la mano.

—Pronto —dijo—. Muy pronto.

52

HUME, VIRGINIA

En Washington había dejado por fin de llover y una racha de aire frío y limpio había borrado del cielo los últimos nubarrones. Los grandes monumentos de mármol refulgían, blancos como el hueso, a la luz acerada del sol y un viento áspero perseguía a las hojas caídas por las calles de Georgetown. Solo el río Potomac mostraba aún los estragos del diluvio. Crecido por el temporal, repleto de ramas y desechos, corría denso y pardo bajo Key Bridge cuando Saladino cruzó el puente en dirección a Virginia. Iba vestido como para pasar un fin de semana en la campiña inglesa: pantalones de pana, jersey de lana de cuello redondo, chaqueta Barbour verde oscura. Giró a la derecha, hacia George Washington Memorial Parkway, y puso rumbo al oeste.

La carretera discurría junto a la ribera del río por espacio de unos cuatrocientos metros antes de comenzar a ascender hacia lo alto del desfiladero. Los árboles de hoja otoñal relumbraban a la luz del sol y, al otro lado del turbio río, el tráfico fluía por una carretera paralela. Incluso Saladino tenía que reconocer que era un cambio agradable después de pasar una temporada en el desabrido mundo del oeste de Irak y el califato. El cómodo asiento de piel de su lujosa berlina alemana le sostenía con la ternura de una mano cóncava. Un miembro de la red le había dejado el coche en un pequeño aparcamiento en la esquina de M Street y Wisconsin Avenue, un penoso paseo de un par de manzanas desde el hotel Four Seasons.

Sintió la tentación de pisar el acelerador y poner a prueba su destreza al volante por aquella carretera suave y sinuosa, pero se ciñó al límite de velocidad que marcaban los indicadores mientras otros conductores se pegaban a su parachoques trasero y le hacían gestos obscenos al adelantarle por la izquierda. Americanos, se dijo. Siempre con prisas. Aquel era su fuerte y al mismo tiempo su perdición. Qué ilusos eran al pensar que, con solo chasquear los dedos, podían alterar el paisaje político de Oriente Medio. Los hombres como él no medían el tiempo en ciclos electorales de cuatro años. De niño había vivido a orillas de uno de los cuatro ríos que nacían en el Jardín del Edén. Su civilización había florecido en las duras e inhospitalarias tierras de Mesopotamia miles de años antes de que alguien oyera hablar de un lugar llamado América. Y sobreviviría mucho tiempo después de que el gran experimento americano cayera en el olvido de la historia. De eso estaba seguro. Todos los grandes imperios acababan por desplomarse. Solo el islam era eterno.

El navegador del coche le condujo hacia la autopista de circunvalación de la capital. Se dirigió al sur, cruzó Dulles Access Road, dejó atrás los centros comerciales de Tysons Corner y llegó a la Interestatal 66, donde de nuevo viró hacia el oeste, hacia las estribaciones de los montes Shenandoah. Los carriles que se dirigían hacia el este seguían congestionados por el tráfico de primera hora de la mañana, pero ante Saladino se abría un largo trecho de asfalto vacío, cosa que rara vez sucedía cuando se circulaba por la zona metropolitana de Washington. Siguió respetando escrupulosamente el límite de velocidad mientras otros coches le adelantaban. No quería poner en peligro una complejísima trama que había requerido meses de cuidadosa planificación porque le parara la policía. Los atentados de París y Ámsterdam habían sido simples ensayos de vestuario. Washington era su objetivo final, porque únicamente los americanos podían desencadenar la serie de acontecimientos que trataba de provocar. Ya solo quedaba una última revisión del plan con su principal agente en Washington. Era arriesgado (siempre cabía la posibilidad de que el agente estuviera siendo vigilado), pero Saladino quería oír de sus labios que estaba todo listo.

Dejó atrás el desvío hacia una localidad de nombre netamente americano: Gainesville. El tráfico comenzó a menguar, el paisaje se llenó de colinas y los picos azules de los montes Shenandoah parecieron de pronto al alcance de la mano. Llevaba tres cuartos de hora conduciendo y la pierna derecha empezaba a dolerle por el esfuerzo de controlar la velocidad. Para distraerse del dolor dejó volar su mente, que al instante fue a posarse en el recuerdo de aquel hombre al que había visto la víspera en el vestíbulo del hotel Four Seasons.

«Gabriel Allon...».

Cabía la posibilidad de que su presencia en Washington fuera una simple coincidencia (a fin de cuentas, americanos e israelíes colaboraban estrechamente desde hacía muchos años), pero Saladino dudaba de que así fuera. En el atentado de París habían muerto varios ciudadanos israelíes, además de Hannah Weinberg, amiga personal de Allon y colaboradora del espionaje israelí. Era del todo posible que Allon hubiera tomado parte en la investigación posterior al atentado. Tal vez había descubierto la existencia de su red. Y quizás también que estaban a punto de atentar en Estados Unidos. «Pero ¿cómo lo había descubierto?» La respuesta a esa pregunta era bastante sencilla. Tenía que dar por sentado que Allon había conseguido infiltrarse en su red. Al fin y al cabo era su especialidad, pensó el iraquí. Y si Allon sabía lo de la red, los americanos también estarían al corriente. La mayoría de sus agentes habían entrado en el país a través del poroso sistema de inmigración y visados estadounidense. Pero algunos de ellos, como el hombre con el que iba a encontrarse, residían en Estados Unidos y estaban por tanto más expuestos a las medidas antiterroristas del gobierno. Eran esenciales para el éxito de la operación, pero también constituían el eslabón más débil de la larga cadena de la red terrorista.

El navegador le avisó de que abandonara la Interestatal 66 en la salida 18. Siguió las indicaciones y se encontró en un pueblo llamado

Markham. No, pensó, no era un pueblo: era un grupito de casas con porche y vistas a agrestes praderas de césped. Siguió hacia el sur por Leeds Manor Road dejando atrás prados cercados y establos, hasta que llegó a una localidad llamada Hume. Era ligeramente mayor que la primera. Aun así, no había tiendas ni supermercados: solo un taller mecánico, un hotel rural y un par de iglesias en las que los infieles rendían culto a su blasfema versión de Dios.

El navegador ya no le servía de nada: su destino estaba demasiado apartado. Torció a la derecha por Hume Road y siguió adelante cerca de un kilómetro, hasta que llegó a un camino sin asfaltar. Cruzó un prado, pasó por la cresta de varias colinas cubiertas de árboles y entró en un pequeño valle en el que había una laguna negra, lisa como el cristal, y una casita de madera con el tejado triangular. Cuando apagó el motor, el silencio le recordó al del desierto. Abrió el maletero. Dentro había una Glock 19 de 9 milímetros y un silenciador último modelo, comprados ambos legalmente en Virginia por un miembro de su red.

Con la pistola en la mano izquierda y el bastón en la derecha, Saladino entró en la casa precavidamente. Los muebles eran rústicos y escasos. En la cocina puso a hervir un cazo con agua que por su olor parecía proceder directamente de la laguna y, con una apergaminada bolsita de Twinings, se preparó una taza de té flojo. Regresó al cuarto de estar, se acomodó en el sofá y, a través del ventanal triangular, contempló las colinas que acababa de cruzar. Pasados unos minutos apareció un pequeño sedán coreano, seguido por una nube de polvo. Saladino escondió la pistola debajo de un cojín bordado en el que se leía *Dios bendiga esta casa*. Luego sopló su té y esperó.

No conocía al agente en persona, pero sabía que era un ciudadano egipcio con tarjeta de residencia llamado Qassam El Banna: uno setenta y cuatro de estatura, setenta y cinco kilos de peso, cabello rizado y ojos marrones claros. El individuo que entró en la casa encajaba con esa descripción. Parecía nervioso. Con una inclinación de cabeza, Saladino le indicó que tomara asiento. Luego dijo en árabe:

—La paz sea contigo, hermano Qassam.

El joven egipcio se sintió visiblemente halagado. Repitió en voz baja el saludo tradicional islámico sin mencionar el nombre de su interlocutor.

—¿Sabes quién soy? —preguntó Saladino.

—No —contestó el egipcio al instante—. Nunca nos hemos visto.

—Pero seguramente habrás oído hablar de mí.

El joven egipcio, que evidentemente no sabía cómo contestar a esa pregunta, respondió con cautela:

—Recibí un mensaje ordenándome que viniera a este lugar para una reunión. No me dijeron quién estaría aquí ni para qué quería verme.

—¿Te han seguido?

—No.

—¿Estás seguro?

El joven asintió vigorosamente con la cabeza.

—¿Y la empresa de mudanzas? —preguntó Saladino—. Confío en que no haya ningún problema.

Se hizo un breve silencio.

—¿La empresa de mudanzas?

Saladino le dedicó una sonrisa tranquilizadora. Era sorprendentemente encantadora: la sonrisa de un profesional.

—Tu cautela es admirable, Qassam. Pero te aseguro que no es necesaria.

El egipcio guardó silencio.

—¿Sabes quién soy? —insistió Saladino.

—Sí, creo que sí.

—Entonces contesta a mi pregunta.

—No —respondió el egipcio—. No hay ningún problema en la empresa de mudanzas. Está todo listo.

Saladino volvió a sonreír.

—Eso seré yo quien lo juzgue.

Interrogó al joven egipcio con la paciencia de un experto. Su profesionalidad, sin embargo, tenía un doble filo: era por un lado un exagente de inteligencia y por otro un líder terrorista. Había perfeccionado sus habilidades en los yermos de la provincia de Ambar, donde había tramado incontables atentados con coche bomba y ataques suicidas, durmiendo cada noche en una cama distinta, huyendo siempre de los drones y los F-16. Ahora se disponía a atacar la capital de Estados Unidos desde la comodidad del hotel Four Seasons. Una ironía exquisita, se dijo. Estaba preparado para aquel momento como ningún otro terrorista de la historia. Era una creación americana. La pesadilla de Estados Unidos.

Ningún detalle, por nimio que fuese, escapó a su atención: ni los objetivos principales, ni los secundarios, ni las armas, ni las bombas transportadas en vehículos, ni los chalecos suicidas. El joven egipcio respondió a cada pregunta exhaustivamente y sin vacilar. Jalal Nasser y Abú Ahmed Al Tikriti habían hecho bien al elegirle: su cerebro funcionaba como el disco duro de un ordenador. Los demás agentes conocían solo algunas partes del plan. Qassam El Banna, en cambio, lo sabía casi todo. Sería una catástrofe que cayera en manos del FBI en el viaje de regreso a Arlington. Por eso mismo no saldría vivo de aquella casita apartada, a las afueras de Hume.

—¿Todos los agentes han sido informados de sus objetivos? —preguntó Saladino.

—Todos excepto la doctora palestina.

—¿Cuándo llega?

—Estaba previsto que su avión aterrizara a las cuatro y media, pero va con unos minutos de adelanto.

—¿Lo has comprobado?

Qassam asintió. Era bueno, pensó Saladino, tan bueno como Mohamed Atta. Lástima que no fuera a conseguir la misma fama.

De Mohamed Atta se hablaba con fervor en los círculos yihadistas. En cambio, el nombre de Qassam El Banna solo lo conocerían un puñado de personas dentro del movimiento.

—Me temo —dijo Saladino— que ha habido un ligero cambio de planes.

—¿Respecto a qué?

—A ti.

—¿Qué pasa conmigo?

—Quiero que salgas del país esta misma noche y que viajes al califato.

—Pero si hago una reserva de última hora los americanos...

—No sospecharán nada —dijo Saladino con firmeza—. Es muy peligroso que te quedes aquí, hermano Qassam. Sabes demasiado.

El egipcio no contestó.

—¿Has vaciado tus ordenadores? —preguntó Saladino.

—Sí, claro.

—¿Y tu mujer no sabe nada de tu labor?

—Nada.

—¿Irá a reunirse contigo?

—Lo dudo.

—Es una pena —repuso Saladino—. Pero te aseguro que en el califato no escasean las mujeres hermosas.

—Eso he oído.

El joven egipcio sonrió por primera vez. Cuando Saladino levantó el cojín bordado dejando a la vista la Glock, su sonrisa se evaporó.

—No te preocupes, hermano mío —dijo Saladino—. Era solo una precaución por si quien entraba por esa puerta era el FBI y no tú. —Le tendió la mano—. Ayúdame a levantarme. Te acompaño fuera.

Con la pistola en una mano y el bastón en la otra, Saladino siguió a Qassam El Banna hasta su coche.

—Si por algún motivo te detienen camino del aeropuerto...

—No les diré nada —contestó con vehemencia el joven egipcio—, ni aunque me torturen metiéndome la cabeza bajo el agua.

—¿No te has enterado, hermano Qassam, de que los americanos ya no hacen esas cosas?

Qassam El Banna se sentó al volante de su coche, cerró la puerta y encendió el motor. Saladino tocó ligeramente en la ventanilla con la empuñadura del bastón. El cristal bajó suavemente. El joven egipcio le interrogó con la mirada.

—Hay una cosa más —dijo Saladino.

—¿Sí?

Saladino apuntó con la Glock silenciada por la ventanilla abierta y efectuó cuatro disparos en rápida sucesión. Luego introdujo el brazo por el hueco con cuidado de no mancharse la chaqueta de sangre y puso la primera marcha. Un momento después, el coche se hundió en la laguna negra. Saladino esperó a que el agua dejara de burbujear y la superficie de la laguna estuviera de nuevo lisa como el cristal. Luego subió a su coche y emprendió el viaje de regreso a Washington.

53

LIBERTY CROSSING, VIRGINIA

A diferencia de Saladino, Gabriel pasó una mañana apacible, aunque inquieta, en el piso franco de N Street, viendo cómo un minúsculo avión de color verde menta avanzaba lentamente por la pantalla de su móvil Samsung. Por fin, a las dos y media de la tarde, subió al asiento trasero de un Suburban negro que, cruzando Chain Bridge, le condujo al acaudalado barrio de McLean, en Virginia. En la Ruta 123 vio un indicador hacia el Centro de Inteligencia George Bush. El conductor dejó atrás el desvío sin aminorar la velocidad.

—Se ha pasado el desvío —dijo Gabriel.

El conductor sonrió pero no dijo nada. Siguió por la 123, pasó delante de los discretos centros comerciales y los parques empresariales del centro de McLean y por fin enfiló Lewisville Road. Cuatrocientos metros más allá cambió de nuevo de dirección para tomar Tysons McLean Drive y subió por la suave pendiente de la avenida. La carretera giró a la izquierda y luego a la derecha antes de conducirlos a una barrera de control atendida por una docena de guardias uniformados y armados hasta los dientes. Después de que consultaran un portafolios, un perro olfateó el coche en busca de explosivos. Acto seguido, el Suburban avanzó lentamente hasta la explanada que precedía a un gran edificio de oficinas: la sede del NCTC, el Centro Nacional de Lucha Antiterrorista. Al otro lado de la explanada, sobre la que cruzaba un puente colgante, se hallaba la Oficina del Director Nacional de Inteligencia. El complejo, pensó

Gabriel, era un monumento al fracaso. El espionaje estadounidense, el mayor y el más avanzado que había conocido el mundo, no había logrado impedir los atentados del 11 de Septiembre. Y a cambio de sus errores había sido remodelado y recompensado con dinero, propiedades inmobiliarias y bonitos edificios.

Una empleada del centro (una mujer de unos treinta años, con coleta y traje pantalón) aguardaba a Gabriel en el vestíbulo. Le entregó un pase de invitado que él se prendió del bolsillo de la americana y le condujo a la Sala de Operaciones, el centro neurálgico del NCTC. Las gigantescas pantallas de vídeo y los escritorios en forma de riñón le daban la apariencia de un plató televisivo. Las mesas, de un optimista color pino, parecían salidas de un catálogo de Ikea. Alrededor de una de ellas se sentaban Adrian Carter, Fareed Barakat y Paul Rousseau. Cuando Gabriel ocupó la silla que tenía reservada, Carter le entregó una fotografía de un hombre de cabello moreno y unos cuarenta y cinco años de edad.

—¿Es este el tipo al que viste en el Four Seasons?

—Se le parece bastante, sí. ¿Quién es?

—Omar Al Farouk, de nacionalidad saudí. No es miembro de la familia real, pero casi.

—¿Quién lo dice?

—Lo dice nuestro hombre en Riad. Se ha informado sobre él. Está limpio.

—¿Cómo se ha informado sobre él? ¿A quién ha preguntado?

—A los saudíes.

—Bien —dijo Gabriel con cinismo—, entonces está todo claro.

Carter no dijo nada.

—Ponle bajo vigilancia, Adrian.

—Puede que no me hayas oído la primera vez. No es un miembro de la familia real, pero casi. Además, Arabia Saudí es nuestra aliada en la lucha contra el ISIS. Todos los meses —añadió Carter lanzando una mirada a Fareed Barakat—, los saudíes extienden un sustancioso cheque a nombre del rey de Jordania para financiar sus esfuerzos contra el ISIS. ¿No es verdad, Fareed?

—Y todos los meses —repuso el jordano—, ciertos saudíes ricos hacen llegar dinero y otros activos al ISIS. Y no son los únicos. Los cataríes y los emiratíes hacen lo mismo.

Carter no se inmutó. Miró a Gabriel y dijo:

—El FBI no tiene recursos para vigilar a todo el que te produzca un hormigueo en la nuca.

—Entonces deja que nos encarguemos nosotros de vigilarle.

—Voy a hacer como que no he oído eso. —El móvil de Carter emitió un tintineo. Echó un vistazo a la pantalla y arrugó el ceño—. Es la Casa Blanca. Tengo que atender la llamada en privado.

Entró en uno de los despachos acristalados que rodeaban la Sala de Operaciones y cerró la puerta. Gabriel miró una de las pantallas de vídeo y vio un avión de color menta acercándose al litoral estadounidense.

—¿Qué tal son tus fuentes en Arabia Saudí? —le preguntó a Fareed Barakat en voz baja.

—Mejores que las tuyas, amigo mío.

—Entonces hazme un favor. —Gabriel le entregó la fotografía—. Averigua quién es de verdad este capullo.

Fareed fotografió la imagen con su teléfono móvil y la envió a la sede del GIF en Ammán. Al mismo tiempo, Gabriel mandó un mensaje a King Saul Boulevard ordenando que se mantuviera vigilado a un tal Omar Al Farouk que se alojaba en el hotel Four Seasons.

—¿Te das cuenta —murmuró Fareed— de que estamos agotados?

—Le mandaré una cesta de frutas a Adrian cuando esto se acabe.

—Tiene prohibido aceptar regalos. Créeme, amigo mío, ya lo he intentado.

Gabriel sonrió a su pesar y volvió a mirar la pantalla de vídeo. El avión verde menta acababa de entrar en el espacio aéreo estadounidense.

54

AEROPUERTO INTERNACIONAL DULLES

La doctora Leila Hadawi tardó una hora en cruzar el gélido felpudo de bienvenida del control de pasaportes del aeropuerto Dulles: cuarenta minutos en la larga y laberíntica cola y otros veinte de pie ante el estrado del funcionario de Aduanas y Seguridad Fronteriza. Evidentemente, el funcionario no formaba parte de la operación. Interrogó minuciosamente a la doctora Hadawi acerca de sus viajes recientes, interesándose especialmente por su estancia en Grecia, y acerca del objeto de su visita a Estados Unidos. Ella contestó que había ido a visitar a unos amigos, pero el funcionario había oído muchas otras veces esa misma respuesta.

—¿Dónde viven esos amigos suyos?

—En Falls Church.

—¿Cómo se llaman?

Le dio dos nombres árabes.

—¿Va a alojarse en su domicilio?

—No.

—¿*Dónde* va a alojarse?

Y así prosiguió hasta que por fin la invitó a sonreír para una cámara y le hizo poner los dedos sobre el fresco cristal del escáner. Al devolverle el pasaporte, le deseó secamente una feliz estancia en Estados Unidos. Ella se dirigió a la zona de recogida de equipajes, donde su maleta daba vueltas lentamente por la cinta transportadora vacía. En el vestíbulo de llegadas buscó a un hombre de cabello negro como el carbón y gafas a juego, pero no le vio por ninguna parte. No le sorprendió. Mientras cruzaban el Atlántico, él le había dicho que la Oficina quedaría relegada a un segundo plano, que los americanos estaban ahora al mando y que serían ellos los encargados de dirigir la operación.

—¿Y cuando me informen de mi objetivo? —había preguntado ella.

—Mándanos un mensaje por el canal habitual.

—¿Y si me quitan el teléfono?

—Date un paseo. Con el bolso colgado del hombro izquierdo.

—¿Y si no me dejan salir a dar un paseo?

Salió a la calle tirando de su maleta y, ayudada por un fornido americano con el pelo cortado a cepillo, subió a uno de los autobuses Hertz que servían de lanzaderas entre terminales. Su coche, un Chevrolet Impala rojo brillante, estaba en el sitio estipulado. Metió su equipaje en el maletero, se sentó tras el volante y encendió el motor, indecisa. Los botones y marcadores del salpicadero le eran completamente desconocidos. Entonces se dio cuenta de que no conducía un coche desde la mañana en que, al regresar a su piso en Jerusalén, se encontró a Dina Sarid sentada a la mesa de la cocina. Qué desastre sería, se dijo, que se matara o quedara gravemente herida en un accidente de coche. Introdujo una dirección de destino en su teléfono móvil y fue informada de que tardaría más de una hora en recorrer los treinta y nueve kilómetros del trayecto debido a la inusitada densidad del tráfico. Sonrió, aliviada porque el viaje se prolongara. Se quitó el hiyab y lo guardó cuidadosamente en su bolso. Luego arrancó y se dirigió lentamente hacia la salida.

No era una coincidencia que el Impala fuera rojo: el FBI había intervenido en su reserva. Sus técnicos le habían provisto, además, de un dispositivo de seguimiento y habían colocado un micrófono en su interior. Como resultado de ello, los analistas de guardia en la Sala de Operaciones del NCTC oyeron a Natalie canturrear suavemente en francés mientras conducía por la carretera del aeropuerto en dirección a Washington. En una de las grandes pantallas de vídeo, las cámaras de tráfico seguían cada uno de sus movimientos. En otra, parpadeaba la luz azul del dispositivo de seguimiento. Su teléfono móvil emitía una señal distinta. Su número de teléfono francés aparecía en un recuadro sombreado, junto a la luz azul intermitente. La Oficina tenía acceso en tiempo real a sus llamadas de voz, mensajes de texto y correos electrónicos. Y ahora que el teléfono estaba en territorio estadounidense, conectado a la red celular norteamericana, el NCTC también podía acceder a ellos.

El coche rojo brillante pasó a unos centenares de metros del recinto de Liberty Crossing y siguió por la Interestatal 66 hasta el barrio de Rosslyn, en Arlington, Virginia, donde entró en el aparcamiento al aire libre del hotel Key Bridge Marriott. Allí, la luz intermitente del dispositivo de seguimiento se detuvo, pero tras un paréntesis de treinta segundos (el tiempo justo para que la mujer se atusara el pelo y sacara su equipaje del maletero), el recuadro sombreado del teléfono móvil comenzó a moverse hacia la entrada del hotel. Se detuvo brevemente en recepción, donde la dueña del terminal, una mujer árabe de treinta y pocos años, con velo y pasaporte francés, le dio su nombre al recepcionista. No tuvo que presentar su tarjeta de crédito: el ISIS ya había pagado la habitación y los gastos derivados de su estancia en el hotel. Cansada tras un largo día de viaje, aceptó agradecida la llave electrónica y cruzó lentamente el vestíbulo hacia los ascensores.

Tras pulsar el botón de llamada, Natalie reparó en una mujer atractiva, de veintitantos años, con el cabello rubio y largo hasta los hombros y una lujosa maleta Vuitton, que la observaba desde un taburete de la sala de espera del vestíbulo, decorada en acabados de laminado y cromo. Dedujo que pertenecía a los servicios secretos estadounidenses y, sin cruzar la mirada con ella, subió al primer ascensor disponible. Pulsó el botón de la octava planta y se situó en un rincón del ascensor, pero cuando las puertas estaban a punto de cerrarse una mano apareció en la abertura. Pertenecía a la atractiva rubia de la sala de espera. La mujer se situó al otro lado del ascensor y miró fijamente hacia adelante. Su denso perfume a lilas era mareante.

—¿A qué piso va? —preguntó Natalie en inglés.

—El ocho está bien. —Tenía acento francés y su voz le resultaba vagamente familiar.

No volvieron a hablar mientras el ascensor subía lentamente. Cuando se abrieron las puertas en el octavo piso, Natalie fue la primera en salir. Se detuvo un momento para orientarse y luego echó a andar por el pasillo. La atractiva rubia la siguió. Y cuando se detuvo frente a la habitación 822, ella también se detuvo. Fue entonces cuando Natalie la miró a los ojos por primera vez. De algún modo logró sonreír.

Eran los ojos de Safia Bourihane.

Anticipándose a su llegada, el FBI había situado a un par de agentes –un hombre y una mujer– en la misma sala de espera del Key Bridge Marriott. También había intervenido el sistema de seguridad del hotel, dando acceso al NCTC a sus casi trescientas cámaras de seguridad. Tanto los agentes como las cámaras repararon en la atractiva rubia que subió con Natalie en el ascensor. Los agentes no hicieron intento de seguirlas, pero las cámaras no se mostraron tan timoratas. Observaron desde arriba su breve conversación y las siguieron por el pasillo tenuemente iluminado, hasta la puerta de la habitación 822, intervenida también por el FBI. Dentro había cuatro micrófonos y cuatro cámaras que captaron simultáneamente la entrada de las dos mujeres. La rubia murmuró algo en francés que los micrófonos no consiguieron captar. Luego, diez segundos más tarde, el recuadro sombreado desapareció de la enorme pantalla de vídeo del NCTC.

—Parece que la red acaba de contactar con ella —comentó Carter mientras veía a las dos mujeres acomodarse en la habitación—. Lástima que hayan desconectado el teléfono.

—Era de esperar.

—Sí —convino Carter—. Habría sido demasiado pedir.

Gabriel pidió que volvieran a ponerle la grabación del ascensor. Carter dio la orden y unos segundos después apareció en la pantalla.

—Una chica muy guapa —dijo Carter.

—¿Natalie o la rubia?

—Las dos, en realidad, pero me refería a la rubia. ¿Crees que es natural?

—Ni soñarlo —contestó Gabriel. Pidió ver un primer plano de la cara de la mujer. Carter dio de nuevo la orden.

—¿La reconoces?

—Sí —dijo Gabriel mirando a Paul Rousseau—. Me temo que sí.

—¿Quién es?

—Alguien que no debería estar en este país —repuso Gabriel sombríamente—. Y si está aquí, eso significa que hay muchos más como ella.

55

ARLINGTON, VIRGINIA

El presidente francés y su sofisticada esposa, una conocida exmodelo, llegaron a la base militar de Andrews a las siete de la tarde. La comitiva que trasladó a la pareja desde el extrarradio de Washington a Blair House (la mansión de estilo federal donde se alojaban los invitados presidenciales, situada en Pennsylvania Avenue, frente a la Casa Blanca) fue la mayor que se recordaba. El cierre de las calles adyacentes atascó los puentes del río Potomac y convirtió el centro de Washington en un enorme aparcamiento para miles de personas que acudían a trabajar a la capital. Por desgracia, el desbarajuste no haría más que empeorar durante las horas siguientes. Según afirmaba *The Washington Post* esa misma mañana, no se veía un dispositivo de seguridad semejante desde la última ceremonia de investidura. El principal peligro, afirmaba el diario, era un atentado del ISIS. Pero ni siquiera el venerable rotativo, con sus muchas fuentes de información dentro de los servicios secretos estadounidenses, conocía la verdadera índole de la amenaza que se cernía sobre la ciudad.

Esa tarde, los denodados esfuerzos de las autoridades por impedir un atentado se centraron en un hotel al pie de Key Bridge, en Arlington, Virginia. En una habitación de la octava planta del edificio había dos mujeres: una agente del espionaje israelí y una enviada de un hombre al que apodaban Saladino. La presencia de esta última en territorio estadounidense había disparado todas las alarmas dentro del NCTC y del resto de las agencias de seguridad interior de Estados

Unidos. Una docena de organismos gubernamentales trataban frenéticamente de descubrir cómo había logrado entrar en el país y cuánto tiempo llevaba en él. La Casa Blanca había sido advertida de la situación. El presidente, según decían, se había puesto pálido.

Esa noche, a las ocho y media, las dos mujeres decidieron salir a cenar fuera del hotel. El conserje les aconsejó que evitaran Georgetown («Es un circo por culpa del tráfico») y les dio indicaciones para llegar a un bar parrilla en el barrio de Clarendon, en Arlington. Natalie condujo el Impala rojo brillante y estacionó en un aparcamiento público cerca de Wilson Boulevard. El bar parrilla no admitía reservas y era famoso por el tamaño de sus raciones y la longitud de sus colas. Tuvieron que esperar media hora, pero por fin consiguieron una mesa pequeña y alta en la zona de la barra. La carta de diez páginas estaba plastificada y encuadernada con espiral. Safia Bourihane la hojeó desganadamente, con cara de perplejidad.

—¿Quién puede comer tanto? —preguntó en francés mientras pasaba otra página.

—Los americanos —respondió Natalie echando una vistazo a la bien alimentada clientela que había a su alrededor.

En el local de techos altos reinaba un bullicio insoportable. Era, por tanto, el lugar perfecto para hablar.

—Creo que he perdido el apetito —comentó Safia.

—Deberías comer algo.

—Ya comí en el tren.

—¿En qué tren?

—En el de Nueva York.

—¿Cuánto tiempo estuviste allí?

—Solo un día. Llegué en avión desde París.

—Será una broma.

—Te dije que algún día volvería a Francia.

Safia sonrió. Parecía muy francesa, con su cabello rubio y su vestido ajustado. Natalie trató de imaginarse a la mujer en la que podría haberse convertido de no ser por el islamismo radical y el ISIS.

Una camarera tomó nota de sus bebidas. Las dos pidieron té. A Natalie le molestó la interrupción. Safia parecía tener ganas de hablar.

—¿Cómo conseguiste volver a Francia?

—¿Tú qué crees?

—¿Con un pasaporte prestado?

Safia asintió.

—¿De quién era?

—De una chica nueva. Medíamos y pesábamos más o menos lo mismo, y nos parecíamos un poco de cara.

—¿Una argelina?

—Claro.

—¿Cómo viajaste?

—En autobús y en tren, sobre todo. Y en cuanto estuve en la UE nadie volvió a mirar mi pasaporte.

—¿Cuánto tiempo has estado en Francia?

—Unos diez días.

—¿En París?

—Solo al final.

—¿Y antes?

—Me escondió una célula en Vaulx-en-Velin.

—¿Has usado el mismo pasaporte para venir aquí?

Safia asintió.

—¿Y no has tenido ningún problema?

—Qué va, ninguno. La verdad es que los funcionarios de aduanas fueron muy amables conmigo.

—¿Llevabas ese vestido?

Llegó el té antes de que Safia pudiera contestar. Natalie abrió por fin su carta.

—¿A nombre de quién está el pasaporte?

—¿Por qué lo preguntas?

—¿Y si nos detienen? ¿Y si me preguntan cómo te llamas y no lo sé?

Safia pareció pensárselo seriamente.

—Está a nombre de Asma —dijo por fin—. Asma Doumaz.

—¿De dónde es?

Safia torció la boca y contestó:

—De Clichy-sous-Bois.

—Lo siento por ti.

—¿Qué vas a tomar?

—Una tortilla.

—¿Crees que sabrán hacer una tortilla de verdad?

—Ya veremos.

—¿Vas a tomar algo antes?

—Estaba pensando en pedir la sopa.

—Tiene un aspecto horrible. Pide una ensalada mejor.

—Son enormes.

—Podemos compartirla. Pero no pidas esos aliños tan horribles. Solo aceite y vinagre.

Volvió la camarera y Natalie se ocupó de pedir.

—Hablas muy bien inglés —dijo Safia con cierto resquemor.

—Mis padres lo hablan, y lo estudié en el colegio.

—Yo en el colegio no aprendí nada. —Safia miró la televisión que había encima de la barra. Estaba puesta la CNN—. ¿De qué hablan?

—Del peligro de que haya un atentado del ISIS durante la visita del presidente francés.

Safia se quedó callada.

—¿Te han dicho ya tu objetivo? —preguntó Natalie en voz baja.

—Sí.

—¿Es una misión suicida?

Safia, con los ojos fijos en la pantalla, asintió lentamente.

—¿Y yo?

—Te lo diremos pronto.

—¿Quiénes?

Safia se encogió de hombros ambiguamente.

—¿Tú sabes cuál es?

—No.

Natalie miró el televisor.

—¿Qué dicen ahora? —preguntó Safia.

—Lo mismo.

—Siempre dicen lo mismo.

Natalie se bajó del taburete.

—¿Adónde vas?

Natalie señaló con la cabeza el pasillo que llevaba a los aseos.

—Pero si has ido antes de salir del hotel.

—Es el té.

—No tardes.

Natalie se colgó el bolso del hombro izquierdo y cruzó lentamente el local, zigzagueando entre el laberinto de mesas altas. El aseo de señoras estaba vacío. Entró en uno de los reservados, cerró la puerta con pestillo y comenzó a contar lentamente para sus adentros. Cuando llegó a cuarenta y cinco, oyó que la puerta de fuera se abría y se cerraba. Un momento después oyó correr el agua de uno de los lavabos y el estruendo del secador de manos. A esta sinfonía de sonidos de tocador, Natalie añadió el fragor de la cisterna de su retrete. Al salir del reservado vio a una mujer parada delante del espejo, maquillándose. Tenía treinta y pocos años y vestía vaqueros ceñidos y un jersey sin mangas que no le hacía ningún favor a su fornida figura. Tenía las espaldas anchas y los brazos musculosos de una esquiadora olímpica. Su piel, seca y porosa, era la piel de una mujer que había vivido en el desierto o en la montaña.

Natalie se acercó a otro lavabo y abrió el grifo. Al mirarse al espejo, vio que la desconocida miraba fijamente su reflejo.

—¿Cómo estás, Leila?

—¿Quién es usted?

—Eso no importa.

—A no ser que sea uno de ellos. Entonces importa muchísimo.

La mujer siguió aplicándose maquillaje en la basta piel de la cara.

—Soy Megan —dijo sin apartar la mirada del espejo—. Megan del FBI. Y estás perdiendo un tiempo muy valioso.

—¿Sabe quién es esa mujer?

La mujer asintió, dejó a un lado el estuche de maquillaje y comenzó a pintarse los labios.

—¿Cómo ha entrado en el país?

—Con un pasaporte falso.

—¿Por dónde entró?

Natalie respondió.

—¿Kennedy o Newark? —insistió la desconocida.

—No lo sé.

—¿Cómo llegó a Washington?

—En tren.

—¿A qué nombre está el pasaporte?

—Asma Doumaz.

—¿Te han dado un objetivo?

—No. Pero a ella sí. Es un ataque suicida.

—¿Conoce su objetivo?

—No.

—¿Has conocido a algún otro miembro de las células?

—No.

—¿Dónde está tu teléfono?

—Me lo quitó ella. No intenten mandarme mensajes.

—Sal de aquí.

Natalie cerró el grifo y salió. Safia la miró con desconfianza mientras se acercaba a la mesa. Luego fijó los ojos en la mujer de aspecto atlético y piel curtida que volvió a sentarse junto a la barra.

—¿Ha intentado hablar contigo esa mujer?

—¿Qué mujer?

Safia señaló con la cabeza hacia la barra.

—¿Esa? —Natalie negó con la cabeza—. No ha parado de hablar por teléfono.

—¿En serio? —Safia aliñó hábilmente la ensalada con aceite y vinagre—. *Bon appétit.*

56

HOTEL KEY BRIDGE MARRIOTT, ARLINGTON

La habitación era sencilla y en la cama apenas había sitio para dos personas. Safia durmió sorprendentemente bien teniendo en cuenta que sabía que pronto estaría muerta, aunque en cierto momento de la noche se incorporó bruscamente y farfulló una serie de explicaciones acerca de cómo ponerse un chaleco suicida. Natalie escuchó atentamente sus palabras buscando pistas sobre su objetivo, pero Safia volvió a dormirse enseguida. Poco después de las tres de la madrugada, ella también se quedó dormida. Cuando despertó, Safia estaba abrazada a su espalda como un marsupial. Fuera hacía un día gris y húmedo, y el cambio de presión durante la noche le había producido un intenso dolor de cabeza. Se tomó dos analgésicos y se sumió en un agradable duermevela, hasta que el estruendo de un avión la despertó por segunda vez. Pareció pasar a escasos metros de la ventana. Luego descendió sobre el Potomac y desapareció entre las nubes antes de alcanzar el extremo de una de las pistas del Aeropuerto Nacional Reagan.

Natalie se giró y vio que Safia se había incorporado y estaba mirando su móvil.

—¿Qué tal has dormido? —preguntó Safia sin apartar los ojos de la pantalla.

—Bien. ¿Y tú?

—Bastante bien. —Apagó el teléfono—. Vístete. Tenemos cosas que hacer.

* * *

Tras ducharse y vestirse, bajaron al vestíbulo a tomar el desayuno incluido en el precio de la habitación. Safia no tenía apetito. Natalie tampoco. Se tomó tres cafés para aliviar el dolor de cabeza y se obligó a comer un yogur griego. El restaurante estaba lleno de turistas, pero había dos hombres de aspecto pulcro y refinado que parecían estar allí en viaje de negocios. Uno de ellos no le quitaba ojo a Safia. El otro miraba las noticias en el televisor de la sala. Junto al icono de la cadena, en la esquina inferior derecha de la pantalla, se leía *directo*. El presidente de Estados Unidos y el de Francia estaban sentados ante la chimenea del Despacho Oval. El americano decía algo. El francés no parecía muy contento.

—¿Qué dice? —preguntó Safia.

—Algo así como que tienen que colaborar con sus amigos y aliados de Oriente Medio para derrotar al ISIS.

—¿Habla en serio?

—Nuestro presidente parece dudarlo.

Safia se tropezó con la mirada de su admirador, que seguía observándola ostensiblemente desde el otro lado del comedor. Desvió los ojos rápidamente.

—¿Por qué me mira tanto ese hombre?

—Porque te encuentra atractiva.

—¿Seguro que es solo eso?

Natalie asintió.

—Es un fastidio.

—Lo sé.

—Ojalá pudiera ponerme el hiyab.

—No serviría de nada.

—¿Por qué?

—Porque sigues siendo preciosa. —Natalie rebañó el fondo del recipiente de plástico del yogur—. En serio, deberías comer algo.

—¿Por qué?

Natalie no supo qué contestar.

386

—¿Adónde vamos a ir esta mañana? —preguntó.

—De compras.

—¿Necesitamos algo?

—Ropa.

—Yo ya tengo ropa.

—Ropa *bonita*.

Safia miró la pantalla del televisor, donde el secretario de prensa de la Casa Blanca estaba haciendo salir a los periodistas del Despacho Oval. Luego se levantó sin decir palabra y salió del restaurante. Natalie la siguió, algo rezagada, con el bolso colgado del hombro derecho. Fuera, el aguacero había remitido hasta convertirse en una fría llovizna. Cruzaron rápidamente el aparcamiento y subieron al Impala. Natalie metió la llave en el contacto y encendió el motor mientras Safia sacaba su móvil del bolso y tecleaba *Tysons Corner* en Google Maps. Cuando la línea azul de la ruta apareció en la pantalla, señaló hacia Lee Highway.

—Gira a la derecha.

En la Sala de Operaciones del NCTC, Gabriel y Adrian Carter vieron entrar el Impala rojo en el carril de la I-66 que se dirigía hacia el oeste, seguido por un Ford Explorer ocupado por dos agentes del Grupo de Vigilancia Especial del FBI. En la pantalla vecina, la luz azul del dispositivo de seguimiento parpadeaba sobre un gigantesco mapa digital del área metropolitana de Washington.

—¿Qué vais a hacer, Adrian? —preguntó Gabriel.

—Eso no depende de mí. Ni por asomo.

—¿De quién depende, entonces?

—De él —respondió Carter indicando con la cabeza el plano del Despacho Oval que emitía en directo la CNN—. Va camino de la Sala de Crisis. Todos los altos mandos de la seguridad nacional están allí.

En ese momento sonó el teléfono que tenía delante. Fue una conversación decididamente unilateral.

—Entendido —se limitó a decir Carter. Luego colgó y miró la luz azul que se movía hacia el oeste por la I-66.

—¿Qué ha decidido? —preguntó Gabriel.

—Vamos a dejar que sigan adelante.

—Buena idea.

—Puede que sí —comentó Carter—. O puede que no.

Natalie siguió la I-66 hasta la autopista de circunvalación y desde allí se desvió al centro comercial de Tysons Corner Center. Había varios sitios libres en el primer nivel del Aparcamiento B, pero Safia le indicó que fuera al segundo nivel.

—Allí —dijo, señalando un rincón desierto del aparcamiento—. Aparca allí.

—¿Tan lejos de la entrada? ¿Por qué?

—Tú haz lo que te digo —siseó Safia.

Natalie aparcó y apagó el motor. Safia miró atentamente el salpicadero mientras un Ford Explorer pasaba detrás de ellas. Aparcó al final de la misma fila, y dos hombres de treinta y tantos años, ostensiblemente americanos, salieron del coche y se dirigieron al centro comercial. Safia no pareció reparar en ellos. Seguía mirando el salpicadero.

—¿Este coche tiene un mando para abrir el maletero desde dentro?

—Ahí —dijo Natalie, señalando el botón que había cerca del centro del salpicadero.

—No cierres las puertas.

—¿Por qué?

—Porque lo digo yo.

Safia salió del coche sin decir nada más. Se dirigieron juntas a la escalera y bajaron a la entrada de Bloomingdale. Aquellos dos hombres ostensiblemente americanos estaban fingiendo que compraban chaquetas de invierno. Safia siguió las indicaciones de la sección de señoras y pasó la siguiente media hora yendo de marca en marca y de perchero en perchero. Natalie le explicó a la dependienta que su amiga estaba buscando algo adecuado para una cena de trabajo. Una falda y una chaqueta, pero la chaqueta no podía ser muy ajustada. Safia se probó varias de las prendas que le sugirió la dependienta, pero ninguna le gustó.

—Demasiado ajustado —dijo en su inglés esforzado, pasándose las manos por las caderas rotundas y el vientre plano—. Tiene que ser más suelto.

—Si yo tuviera ese cuerpo —comentó la dependienta—, llevaría la ropa lo más ajustada posible.

—Quiere causar buena impresión —explicó Natalie.

—Dígale que pruebe en Macy's. Quizás allí tenga más suerte.

Así fue, en efecto. A los pocos minutos encontró una chaqueta de Taharia, larga y con cinco botones, que le pareció conveniente. Eligió dos: una roja y otra gris, ambas de la talla 40.

—Es una talla demasiado grande —comentó la dependienta—. Usa una treinta y ocho, como máximo.

Natalie no dijo nada, se limitó a pasar su tarjeta de crédito por el escáner y a garabatear su firma en la pantalla táctil. La dependienta metió las dos chaquetas en una bolsa de plástico blanca con el logotipo de Macy's y se la entregó. Natalie la cogió y salió de la tienda detrás de Safia.

—¿Por qué has comprado dos chaquetas?

—Una es para ti.

Natalie se sintió enferma de repente.

—¿Cuál?

—La roja, claro.

—Nunca me ha sentado bien el rojo.

—No seas tonta.

Fuera, en el centro comercial, Safia echó una ojeada a su teléfono.

—¿Tú necesitas algo? —preguntó.

—¿Como qué?

—Maquillaje, bisutería...

—Dímelo tú.

—¿Y si tomamos un café?

A Natalie no le apetecía mucho, pero no quería enemistarse con Safia. Fueron al Starbucks que había allí al lado, pidieron dos cafés con leche y se sentaron fuera, en el pasillo del centro comercial. Varias mujeres musulmanas, todas ellas con velo, conversaban en árabe en voz baja, y muchas otras cubiertas con hiyab (algunas de ellas de mediana edad; otras apenas unas niñas) paseaban por los pasillos. Natalie tuvo la sensación de encontrarse de nuevo en su *banlieu*. Miró a Safia, que tenía la mirada perdida a lo lejos. Sostenía en la mano el teléfono móvil, muy apretado. Su café seguía intacto sobre la mesa.

—Necesito ir al baño —dijo Natalie.

—No puedes.

—¿Por qué?

—Porque está prohibido.

El teléfono de Safia vibró. Leyó el mensaje y se levantó bruscamente.

—Ya podemos irnos.

Regresaron al Aparcamiento B y subieron al nivel dos. El rincón del fondo estaba ahora lleno de coches. Al acercarse al Impala rojo, Natalie abrió el maletero con el mando a distancia, pero Safia se apresuró a cerrarlo.

—Cuelga la ropa detrás.

Natalie obedeció. Luego se sentó detrás del volante y encendió el motor mientras Safia introducía *key bridge marriott* en Google Maps.

—Sigue los indicadores de la salida —ordenó—. Y luego tuerce a la izquierda.

Los escuetos informes de los equipos de vigilancia del FBI aparecían en las pantallas de vídeo de la sede del NCTC como actualizaciones en el panel de salidas de un aeropuerto. *Sujetos comprando ropa en macy's... Sujetos tomando café en Starbucks.... Sujetos saliendo centro comercial... Solicitamos instrucciones...* Apiñados en la Sala de Crisis de la Casa Blanca, el presidente y sus asesores de seguridad nacional habían emitido su veredicto. Escuchar, observar, esperar. Dejarles seguir adelante.

—Buena idea —dijo Gabriel.

—Puede que sí —dijo Adrian Carter—. O puede que no.

A las doce y cuarto, el Impala rojo entró en el aparcamiento del hotel Key Bridge Marriott y aparcó en el mismo sitio del que había salido dos horas antes. Las cámaras de seguridad del hotel expusieron parte de la historia. Los lacónicos mensajes de los agentes del FBI contaron el resto. Las dos mujeres estaban saliendo del vehículo. La primera, la agente israelí, recogió la bolsa de Macy's del asiento trasero. La otra, la francesa, sacó dos grandes bolsas de papel del maletero.

—¿Dos bolsas? —preguntó Gabriel.

Carter guardó silencio.

—¿De dónde son las bolsas? —gritó de pronto, dirigiéndose a la Sala de Operaciones.

La respuesta apareció en la pantalla unos segundos después.

Las bolsas eran de L. L. Bean.

—Mierda —dijeron Gabriel y Carter al unísono.

Natalie y Safia no habían entrado en L. L. Bean.

57

LA CASA BLANCA

Tiempo después, la cumbre entre el presidente americano y el francés se recordaría como la más accidentada de la historia. En tres ocasiones se requirió la presencia del primero en la Sala de Crisis. Dos de ellas acudió solo, dejando al presidente francés y a sus más estrechos colaboradores en el Despacho Oval. La tercera vez le acompañó su homólogo galo. A fin de cuentas, las dos mujeres de la habitación 822 del hotel Key Bridge Marriott portaban pasaportes franceses, aunque fueran fraudulentos. Finalmente, los dos estadistas pudieron pasar una hora reunidos sin interrupciones antes de dirigirse a la Sala Este para ofrecer una conferencia de prensa conjunta. El presidente americano mantuvo una expresión ceñuda y sus respuestas fueron extrañamente difusas e inconexas. Un periodista comentó que parecía enojado con su colega francés. Nada más lejos de la realidad.

El presidente galo abandonó la Casa Blanca a las tres de la tarde para regresar a Blair House. En ese mismo momento, el Departamento de Seguridad Nacional publicó una vaga advertencia acerca de la posibilidad de que se produjera un atentado terrorista en suelo estadounidense, quizás en la zona metropolitana de Washington. Como el comunicado no suscitó suficiente interés entre los medios de comunicación (solo una cadena de televisión por cable se molestó en mencionarlo), el responsable del Departamento convocó apresuradamente una rueda de prensa para repetir el aviso ante las cámaras. Su actitud crispada dejó claro que no se trataba de una declaración rutinaria para cubrirse las espaldas. El peligro era real.

—¿Se espera algún cambio en la agenda del presidente? —preguntó un periodista.

—En este momento no —contestó el secretario crípticamente.

A continuación procedió a enumerar las distintas medidas que había tomado el Gobierno federal para impedir o frustrar un posible atentado, aunque no mencionó la crisis que se estaba desarrollando al otro lado del río Potomac, donde a las 12:18 del mediodía dos mujeres (conocidas como Sujetos 1 y 2) habían regresado a su hotel tras una breve salida de compras. El Sujeto 1 había colgado la bolsa de Macy's en el armario mientras el Sujeto 2 colocaba dos paquetes sospechosos (bolsas de la marca L. L. Bean) en el suelo, junto a la ventana. En tres ocasiones, los micrófonos captaron al Sujeto 1 preguntando por el contenido de las bolsas. Y otras tantas el Sujeto 2 se negó a contestar.

Todo el aparato de seguridad nacional de Estados Unidos se hacía en esos momentos la misma pregunta. La cuestión de cómo habían llegado aquellas dos bolsas al maletero del Impala, en cambio, había encontrado pronta respuesta con ayuda del enorme sistema de cámaras de seguridad de Tysons Corner. La entrega había tenido lugar a las 11:37 en el nivel dos del Aparcamiento B. Un hombre con sombrero y abrigo, de edad y etnia indeterminadas, había entrado a pie en el aparcamiento subterráneo, llevando una bolsa de L. L. Bean en cada mano. Tras acceder al interior del Impala, cuyas puertas no estaban cerradas, guardó ambas bolsas en el maletero. Luego salió del aparcamiento, también a pie, y se dirigió a la Ruta 7, donde las cámaras de tráfico le vieron subir a un Nissan Altima con matrícula de Delaware. El coche había sido alquilado el viernes por la tarde en un local de Hertz en Union Station. Los registros de la agencia de alquiler de vehículos identificaron a la clienta como una ciudadana francesa llamada Asma Doumaz. El hombre no les sonaba de nada.

Todo lo cual no aclaraba qué contenían las bolsas, aunque el método de entrega, extremadamente profesional, hacía temer lo peor. Al menos un mando del FBI (por no hablar del principal asesor político del presidente) recomendó que se asaltara de inmediato la habitación. Pero finalmente se impuso el criterio de quienes abogaban por conservar la calma, incluido el presidente. Las cámaras y los micrófonos alertarían al FBI en el instante en que los dos sujetos se dispusieran a actuar. Entre tanto, los dispositivos de vigilancia podían proporcionarles información valiosísima respecto a los objetivos y la identidad de otros miembros de las células terroristas. Como medida de precaución, varios equipos de rescate de rehenes y de las fuerzas especiales del FBI se apostaron discretamente en torno al hotel. La gerencia del Marriott, de momento, seguía sin saber nada.

La señal de las cámaras y los micrófonos de la habitación 822 llegaba a través del NCTC hasta la Casa Blanca y más allá. La cámara principal estaba oculta dentro del mueble de la televisión. Enfocaba a sus sujetos de estudio como una telepantalla orwelliana vigilando a Winston Smith en su piso de Victory Mansions. La mujer conocida como Sujeto 2 estaba tumbada en la cama, semidesnuda, fumando pese a las normas del hotel y las leyes del ISIS. La mujer conocida como Sujeto 1, enemiga acérrima del tabaco, había pedido permiso para salir de la habitación a tomar un poco el aire, pero el Sujeto 2 se lo había denegado. Salir, dijo, era *haram*.

—¿Quién lo dice? —preguntó el Sujeto 1.

—Lo dice Saladino.

Aquella mención al cerebro de la red terrorista avivó las esperanzas del NCTC y la Casa Blanca, que confiaron en que el Sujeto 2 dejara escapar de un momento a otro alguna información de importancia crítica. Pero la mujer se limitó a encender otro cigarrillo y a poner la televisión con el mando a distancia. El secretario de Seguridad Nacional estaba ante el atril de la sala de prensa.

—¿Qué está diciendo?

—Dice que va a haber un atentado.

—¿Cómo lo sabe?

—Eso no va a decirlo.

Sin dejar de fumar, el Sujeto 2 echó un vistazo a su teléfono: un teléfono que ni el FBI y la NSA habían logrado intervenir. Luego miró el televisor con los ojos entornados. El secretario de Seguridad Nacional había concluido su conferencia de prensa. Un grupo de expertos en terrorismo estaba analizando la noticia.

—¿Qué dicen?

—Lo mismo —contestó el Sujeto 1—. Que va a haber un atentado.

—¿Saben lo nuestro?

—Si lo supieran ya nos habrían detenido.

Aquello no pareció convencer al Sujeto 2. Miró su teléfono, volvió a mirarlo quince segundos después, y otra vez diez segundos más tarde. Saltaba a la vista que estaba esperando un comunicado inminente de su red. Llegó a las 16:47.

—*Alhamdulillah* —susurró el Sujeto 2.

—¿Qué ocurre?

—Es la hora.

El Sujeto 2 apagó el cigarrillo y el televisor. En la Sala de Operaciones del Centro Nacional de Lucha Antiterrorista, varias decenas de analistas y agentes especiales observaban y esperaban. También estaban presentes el jefe de una unidad de élite francesa dedicada a la lucha antiterrorista, el director del GID jordano y el futuro jefe del servicio de inteligencia israelí. El único que no veía lo que estaba pasando era el israelí que, sentado en el sitio que le habían asignado, en la mesa en forma de riñón, con los brazos apoyados sobre la madera clara y las manos sobre los ojos, escuchaba atentamente.

—En el nombre de Dios, el grande, el misericordioso...

Natalie estaba grabando su vídeo suicida.

58

ALEXANDRIA, VIRGINIA

Fue un día excepcionalmente tranquilo en la empresa de mudanzas Dominion Movers, en Alexandria, Virginia. Hubo un único trabajillo: una mujer soltera que iba a cambiar su ruinoso piso alquilado en Capitol Hill por una angosta casita de 700 000 dólares en North Arlington, todo un robo. El trabajo requirió un solo camión y dos empleados. Uno de ellos era de nacionalidad jordana. El otro era tunecino. Ambos formaban parte del ISIS y habían combatido en Siria, donde también habían recibido entrenamiento. La mujer, que trabajaba como asistente de un destacado senador republicano, no sabía nada de esto, naturalmente. Les invitó a café y a galletas y al acabar la mudanza les dio una buena propina.

Los dos operarios salieron de North Arlington a las cinco y media y emprendieron el viaje de regreso a la sede de la empresa en Eisenhower Avenue, Alexandria. Debido a la densidad del tráfico, no llegaron hasta las seis y cuarto, unos minutos más tarde de lo que preveían. Aparcaron el camión –un Freightliner de 2011– frente a la nave y entraron en la oficina por la puerta de cristal. Fatimah, la joven que contestaba al teléfono, estaba ausente y su mesa vacía. Se había marchado a Fráncfort la noche anterior y ahora estaba en Estambul. A la mañana siguiente, *inshallah*, estaría en el califato.

Otra puerta conducía al interior de la nave. Allí había otros dos Freightliner, ambos pintados con el logotipo de Dominion, y tres Hondas Pilot blancos. Dentro de los Hondas había un arsenal de fusiles de asalto AR-15 y pistolas Glock calibre 45, además de una mochila bomba y un chaleco suicida. Los Freightliner estaban cargados con sendas bombas de nitrato de amonio y fueloil, de cuatrocientos cincuenta kilos cada una. Los artefactos eran réplicas exactas de la enorme bomba que en febrero de 1996 arrasó el barrio londinense de Canary Wharf. El hombre que construyó la bomba, un exintegrante del IRA llamado Eamon Quinn, había vendido el diseño al ISIS por dos millones de dólares.

Los otros miembros de la célula ya estaban allí. Dos vestían ropa occidental corriente. Los otros, once en total, llevaban trajes tácticos negros y deportivas blancas en homenaje a Abú Musab Al Zarqaui. Por motivos logísticos, el tunecino y el jordano no se quitaron sus monos azules. Tenían que hacer un último porte.

A las siete en punto, los quince hombres rezaron juntos una última vez. Poco después se marcharon todos, excepto el tunecino y el jordano, que a las siete y media subieron a las cabinas de los Freightliners. El tunecino había elegido conducir el camión que iría delante. En muchos sentidos era la misión más importante porque, si él fallaba, el segundo camión no conseguiría alcanzar su objetivo. Había bautizado al camión con el nombre de Buraq, el corcel celestial que había llevado al profeta Mahoma de La Meca a Jerusalén durante el Viaje Nocturno. El tunecino haría un viaje parecido esa noche: un viaje que, *inshallah*, concluiría en el paraíso.

Comenzó, sin embargo, en un desangelado polígono industrial de Eisenhower Avenue. El tunecino siguió la avenida y, tomando la carretera de enlace, llegó a la autopista de circunvalación. Pese a que había mucho tráfico, los coches circulaban casi al límite de velocidad. El tunecino tomó el carril derecho y miró por el retrovisor lateral. El otro camión circulaba unos cuatrocientos metros más atrás, como estaba previsto. El tunecino fijó la mirada adelante y comenzó a rezar.

—En el nombre de Alá, el grande, el misericordioso...

* * *

Saladino cumplió también con la oración vespertina, aunque con mucho menos fervor que los hombres de la nave industrial, puesto que no tenía intención de alcanzar el martirio esa noche. Acto seguido se puso un traje gris oscuro, una camisa blanca y una corbata azul marino. Su maleta esperaba, ya hecha, junto a la puerta. Salió al pasillo tirando de ella y, apoyándose en el bastón, se dirigió al ascensor. Abajo, en recepción, recogió una factura impresa antes de salir a la calle. El coche ya estaba esperando. Indicó al portero que guardara su equipaje en el maletero y se sentó tras el volante.

Justo enfrente del Four Seasons, al otro lado de la calle, delante de una farmacia CVS, había aparcado un Buick Regal de alquiler. Eli Lavon ocupaba el asiento del copiloto y Mijail Abramov el del conductor. Habían pasado aquel largo día vigilando la entrada del hotel, a veces cómodamente sentados en el coche, otras desde la acera o desde un café y, durante un rato, desde el interior del propio hotel. En todo ese tiempo no habían visto ni rastro de su objetivo: el presunto ciudadano saudí Omar Al Farouk. Una llamada a la centralita les había confirmado, sin embargo, que el señor Al Farouk —fuera quien fuese— seguía alojado en el hotel. Al parecer, había dado orden de que no le pasaran ninguna llamada. Del pomo de su puerta colgaba (como pudieron comprobar al pasar discretamente ante su habitación) un cartel de *no molesten*.

Mijail, hombre de acción más que de observación, tamborileaba nerviosamente sobre el salpicadero, mientras Lavon, veterano curtido en un sinfín de vigilias semejantes, permanecía quieto como un Buda de piedra. Tenía los ojos marrones fijos en la salida del hotel, donde un BMW negro esperaba para incorporarse a M Street.

—Ahí está nuestro hombre —comentó.

—¿Seguro que es él?

—Segurísimo.

El BMW rodeó una isleta de pequeños árboles y arbustos y aceleró al tomar M Street.

—Es él, no hay duda —convino Mijail.

—Hace mucho tiempo que me dedico a esto.

—¿Dónde crees que va?

—Buena pregunta. Quizá deberías seguirle para averiguarlo.

Saladino torció a la derecha, hacia Wisconsin Avenue, y viró rápidamente a la izquierda para tomar Prospect Street. En el lado norte de la calle estaba el Café Milano, un conocido restaurante de Georgetown. Justo enfrente se hallaba uno de los aparcamientos más caros de Washington. Saladino dejó el BMW en manos de un aparcacoches y entró en el restaurante. En la entrada, detrás de un mostrador semejante a un púlpito, aguardaban el *maître* y dos recepcionistas.

—Al Farouk —dijo Saladino—. Tengo una reserva para dos.

Una de las recepcionistas consultó el ordenador.

—¿A las ocho?

—Sí —contestó él esquivando su mirada.

—Llega temprano.

—Confío en que eso no sea problema.

—En absoluto. ¿Su acompañante ya está aquí?

—No, todavía no.

—Puedo acompañarle a su mesa o, si lo prefiere, puede esperar en el bar.

—Prefiero sentarme.

La recepcionista le condujo a una mesa muy codiciada cerca de la entrada del restaurante, a escasos metros del bar.

—Voy a cenar con una señorita. Llegará dentro de unos minutos.

La recepcionista sonrió antes de retirarse. Saladino tomó asiento y recorrió con la mirada el interior del local. La clientela estaba formada por personas acomodadas y poderosas. Le sorprendió reconocer a unas cuantas, entre ellas el hombre sentado en la mesa de al lado. Era un columnista de *The New York Times* que había apoyado (no, pensó Saladino: esa era una palabra demasiado débil), que había *hecho campaña* a favor de la invasión americana de Irak. Saladino sonrió. Qassam El Banna había elegido bien. Era una lástima que no pudiera ver el fruto de sus esfuerzos.

Apareció un camarero para ofrecerle un cóctel. Con ensayado aplomo, Saladino pidió un martini con vodka especificando la marca. La bebida llegó unos minutos después, y el camarero se la sirvió con gran ceremonia usando una coctelera de plata. La copa permaneció intacta ante él, y en el cristal fueron formándose gotas de condensación. En el bar, tres mujeres medio desnudas se reían a gritos, y en la mesa de al lado el columnista de *The New York Times* hablaba con vehemencia del tema de Siria. Por lo visto, no creía que esa banda de matones del ISIS representara un gran peligro para Estados Unidos. Saladino sonrió y consultó su reloj.

No había sitio libre para aparcar en Prospect Street, de modo que Mijail dio media vuelta al final de la manzana y aparcó en zona prohibida, frente a una sandwichería que servía principalmente a estudiantes de la Universidad de Georgetown. El Café Milano era una mancha a lo lejos, a más de cien metros de distancia.

—Esto no sirve —comentó Eli Lavon, constatando lo obvio—. Uno de los dos tiene que entrar y vigilarle.

—Ve tú. Yo me ocupo del coche.

—La verdad es que no es un sitio muy de mi estilo.

Mijail salió y echó a andar hacia el Café Milano. No era el único restaurante de la calle. Además de la sandwichería había un restaurante tailandés y un lujoso *bistrot*. Mijail pasó de largo y bajó los dos peldaños de la entrada del Café Milano. El *maître* sonrió como si le estuviera esperando.

—He quedado con un amigo en el bar.

El *maître* le indicó el camino. Solo había un taburete libre, a unos pasos del lugar donde un árabe bien vestido estaba sentado a solas a un mesa. Había una silla libre enfrente, lo que significaba que, muy posiblemente, el árabe no cenaría solo. Mijail ocupó el taburete vacío. Estaba demasiado cerca del objetivo pero tenía la ventaja de que desde allí se divisaba claramente la entrada del local. Pidió una copa de vino y se sacó el móvil del bolsillo.

Gabriel recibió el mensaje de Mijail treinta segundos después. Ahora tenía que tomar una decisión: callárselo, o confesarle a Adrian Carter que le había engañado. Dadas las circunstancias, eligió lo segundo. Carter se lo tomó sorprendentemente bien.

—Estás perdiendo tu tiempo —dijo— y el mío.

—Entonces no te importará que nos quedemos un rato más para ver con quién cena.

—No te molestes. Que un saudí rico cene con gente guapa en el Café Milano carece de importancia. Tenemos cosas mucho más importantes de las que preocuparnos.

—¿Como cuáles?

—Como *eso*.

Carter indicó con la cabeza la pantalla de vídeo, en la que se veía a Safia Bourihane, conocida también como Sujeto número 2, colocando las bolsas de L. L. Bean sobre la cama. Extrajo de una de ellas, con mucho cuidado, un chaleco de nailon negro forrado de cables y explosivos y se lo ciñó al pecho. Luego, sonriendo, se miró al espejo mientras la plana mayor de la lucha antiterrorista estadounidense la observaba horrorizada.

—Se acabó el juego —dijo Gabriel—. Sacad a mi chica de ahí.

59

HOTEL KEY BRIDGE MARRIOTT

Hubo un momento de confusión respecto a qué chaleco suicida llevaría cada una. A Natalie le extrañó, porque los chalecos parecían exactamente iguales, pero Safia insistió en que se pusiera el que tenía una fina costura roja por la parte interior de la cremallera. Natalie lo aceptó sin rechistar y lo llevó al cuarto de baño con mucha precaución, como si fuera una taza llena de un líquido caliente. Había atendido a víctimas de armas como aquella: a pobres diablos como Dina Sarid cuyos miembros y órganos vitales quedaban desgarrados por los clavos y los rodamientos usados como metralla, o dañados irremediablemente por el poder destructor, aunque invisible, de la onda expansiva. Y había escuchado las macabras historias que se contaban sobre el estado en que quedaban los cuerpos de quienes se dejaban persuadir para ceñirse al pecho una de aquellas bombas. Ayelet Malkin, su amiga del Centro Médico Hadassah, estaba sentada en su piso de Jerusalén una tarde cuando la cabeza de un suicida cayó como un coco desprendido sobre su balcón. Estuvo allí más de una hora, mirando a Ayelet con cara de reproche, hasta que por fin una agente de policía la metió en una bolsa de plástico y se la llevó.

Natalie olfateó el explosivo. Olía a mazapán. Sujetó delicadamente el detonador con la mano derecha y, con mucho cuidado, metió el brazo por la manga de la chaqueta roja de Tahari. Con la otra manga tuvo más dificultades. No se atrevió a usar la mano derecha por miedo a pulsar accidentalmente el botón del detonador y saltar por los aires, llevándose por delante parte de la octava planta del hotel. Por fin, sirviéndose solo de la mano izquierda, se abrochó los cinco botones decorativos de la chaqueta, se alisó la parte delantera y cuadró los hombros. Al mirarse al espejo pensó que Safia había elegido bien. El corte de la prenda ocultaba perfectamente la bomba. Ni siquiera ella, a pesar de que le dolía la espalda por el peso de las bolas de metal, distinguía el chaleco bajo la chaqueta. Solo notaba aquel olor, aquel leve aroma a almendras y azúcar.

Recorrió el cuarto de baño con la mirada, los bordes del espejo, el plafón del techo. Sin duda los americanos estaban mirando y escuchando. Y sin duda, pensó, Gabriel también. Se preguntó a qué estaban esperando. Había ido a Washington con objeto de descubrir los objetivos del ataque terrorista e identificar a otros miembros de la red. De momento no había averiguado casi nada porque Safia no le había dado ni los datos más básicos acerca de la operación. Pero ¿por qué? ¿Y por qué había insistido en que se pusiera el chaleco suicida con la costura roja? Inspeccionó de nuevo el cuarto de baño con la mirada. «¿Me estáis viendo? ¿Veis lo que está pasando?». Evidentemente, pensaban esperar un poco más. Pero no demasiado, pensó. Los americanos no permitirían que una terrorista como Safia, una viuda negra con las manos manchadas de sangre, se paseara por las calles de Washington llevando un chaleco suicida. Como israelí que era, Natalie sabía que tales operaciones eran de por sí peligrosas e impredecibles. Tendrían que abatir a Safia atravesándole el bulbo raquídeo con una bala de gran calibre para asegurarse de que no pulsaba el detonador como consecuencia de un espasmo agónico. Si lo pulsaba, cualquiera que estuviera cerca volaría hecho pedazos.

Escudriñó su cara una última vez en el espejo como si tratara de memorizar sus propias facciones: aquella nariz que detestaba, la boca que le parecía demasiado grande, los ojos oscuros y atrayentes. Luego, de repente, vio a un hombre a su lado: un hombre de piel pálida y ojos del color del hielo de los glaciares. Iba vestido para una ocasión especial, para una boda o quizá un funeral, y tenía unas pistola en la mano.

«En realidad, se parece mucho más a mí de lo que cree...».

Apagó la luz y entró en la habitación contigua. Safia estaba sentada a los pies de la cama, vestida con su chaleco suicida y su chaqueta gris. Miraba inexpresivamente la televisión. Tenía la piel blanca como la leche y el cabello le colgaba, pesado y lacio, a un lado del cuello. La joven que había llevado a cabo una matanza de inocentes en nombre del islam estaba visiblemente asustada.

—¿Estás lista? —preguntó Natalie.

—No puedo —dijo Safia como si una mano le oprimiera la garganta.

—Claro que puedes. No hay por qué tener miedo.

Safia sostenía un cigarrillo entre los dedos temblorosos de la mano izquierda. Con la mano derecha sujetaba el detonador. Con excesiva fuerza, pensó Natalie.

—Quizá debería beber un poco de vodka o de whisky —dijo Safia—. Dicen que ayuda.

—¿De verdad quieres presentarte delante de Alá apestando a alcohol?

—Supongo que no. —Sus ojos se desviaron del televisor para posarse en Natalie—. ¿Tú no tienes miedo?

—Un poco.

—No lo parece. De hecho, pareces contenta.

—Llevo mucho tiempo esperando esto.

—¿La muerte?

—La venganza —dijo Natalie.

—Yo también creía que quería venganza. Creía que quería morir...

La mano invisible había vuelto a cerrarse sobre su garganta. Parecía incapaz de hablar. Natalie le quitó el cigarrillo de los dedos, lo apagó y lo dejó junto a las colillas de los otros doce cigarrillos que se había fumado esa tarde.

—¿No deberíamos irnos?

—Dentro de un minuto.

—¿Adónde vamos?

Safia no contestó.

—Tienes que decirme el objetivo, Safia.

—Lo sabrás dentro de poco. —Su voz sonaba tan quebradiza como las hojas muertas. Estaba pálida como un cadáver—. ¿Crees que es verdad? —preguntó—. ¿Crees que iremos al paraíso cuando estallen nuestras bombas?

«No sé dónde irás tú», pensó Natalie, «pero yo no pienso acabar en los amorosos brazos de Dios».

—¿Por qué no iba a ser cierto? —preguntó.

—A veces me pregunto si no será solo... —De nuevo le falló la voz.

—¿Qué?

—Algo que los hombres como Jalal y Saladino les dicen a las mujeres como nosotras para convertirlas en mártires.

—Saladino se pondría el chaleco si estuviera aquí.

—¿De veras?

—Le conocí después de que te marcharas del campo de Palmira.

—Lo sé. Te tiene mucho cariño —dijo con una nota de envidia. Al parecer era capaz de sentir al menos una emoción más, aparte de miedo—. Me dijo que le salvaste la vida.

—Sí.

—Y ahora te manda a la muerte.

Natalie no dijo nada.

—¿Y qué hay de la gente a la que mataremos esta noche? —preguntó Safia—. ¿O de la gente que maté en París?

—Eran infieles.

Natalie notó de pronto el detonador caliente, como si estuviera agarrando un ascua. Deseó con todas sus fuerzas quitarse de encima el chaleco. Recorrió la habitación con la mirada.

«¿Estáis mirando? ¿A qué estáis esperando?».

—A esa francesa la maté yo —continuó Safia—. A la tal Weinberg, la judía. Estaba muy malherida, iba a morirse, pero aun así le disparé. Me da miedo... —Se interrumpió.

—¿Qué?

—Volver a encontrármela en el paraíso.

Natalie no consiguió extraer ninguna respuesta de la reserva de mentiras que llevaba dentro. Le puso una mano sobre el hombro, levemente, para no sobresaltarla.

—¿No deberíamos irnos?

Safia miró vacuamente su teléfono móvil, drogada por el opiáceo del miedo, y se tambaleó al levantarse. Tanto, que Natalie temió que apretara involuntariamente el detonador al tratar de mantener el equilibrio.

—¿Qué aspecto tengo? —preguntó.

«El aspecto de quien sabe que solo le quedan unos minutos de vida», se dijo Natalie.

—Estás preciosa, Safia. Tú siempre estás preciosa.

Safia se acercó a la puerta y la abrió sin vacilar. Natalie, en cambio, se puso a buscar algo entre la maraña de sábanas y mantas de la cama. Confiaba en oír el silbido de un arma de gran calibre enviando a Safia al paraíso. Pero oyó la voz de Safia. El miedo se había evaporado. Parecía ligeramente enojada.

—¿A qué estás esperando? —preguntó con aspereza—. Es la hora.

60

LA CASA BLANCA

La cena oficial estaba prevista para las ocho de esa noche. El presidente francés y su esposa llegaron puntuales al Pórtico Norte tras cruzar desde Blair House en tiempo récord, rodeados por el mayor dispositivo de seguridad que se hubiera visto nunca. Entraron apresuradamente, como si trataran de escapar de un súbito aguacero, y encontraron al presidente estadounidense y a la primera dama esperándolos en el vestíbulo, ambos vestidos de gala. El presidente tenía una sonrisa deslumbrante, pero saludó a su homólogo francés con un apretón de manos sudoroso y cargado de tensión.

—Tenemos un problema —dijo en voz baja mientras a su alrededor centelleaban los *flashs*.

—¿Un problema?

—Enseguida se lo explico.

La ronda de fotografías duró mucho menos de lo normal: quince segundos exactamente. Luego, el presidente norteamericano condujo a sus invitados por el pasillo conocido como Cross Hall. La primera dama y su homóloga francesa torcieron a la izquierda, hacia la Sala Este. Los dos presidentes se encaminaron a la derecha, hacia el Ala Oeste. Abajo, en la Sala de Crisis, solo quedaba sitio para estar de pie: los altos mandos ocupaban sus puestos alrededor de la mesa y sus ayudantes y asesores se pegaban a las paredes. En una de las pantallas, dos mujeres –una rubia, la otra morena– caminaban por el pasillo de un hotel.

—¿Safia Bourihane y la agente israelí?

El presidente de Estados Unidos asintió gravemente y puso al corriente de la situación al mandatario francés. Unos minutos antes, Safia Bourihane había sacado un par de chalecos suicidas. Se había rechazado la propuesta de evacuar de inmediato el hotel, por ser demasiado arriesgado y requerir un tiempo precioso. También se había descartado la posibilidad de asaltar la habitación.

—Entonces, ¿qué nos queda? —preguntó el presidente francés.

—Hay varios equipos de rescate de rehenes y de las fuerzas de intervención rápida camuflados frente al hotel y dentro del vestíbulo. Si tienen ocasión de matar a Safia Bourihane sin peligro de que haya daños colaterales, pedirán permiso para disparar.

—¿Quién dará la orden?

—Yo y solo yo. —El presidente miró sombríamente a su colega francés—. No necesito su permiso para hacerlo, pero me gustaría contar con su aprobación.

—La tiene usted, señor presidente. —El mandatario francés vio a las dos mujeres entrar en el ascensor—. Pero ¿me permite darle un pequeño consejo?

—Naturalmente.

—Dígales a sus francotiradores que no fallen.

Cuando el tunecino llegó a la salida de la Ruta 123, el segundo camión estaba justo detrás de él, exactamente donde debía estar. El tunecino consultó su reloj. Eran las ocho y cinco. Iban con un minuto de adelanto respecto al horario previsto: no era lo ideal, pero sí mejor que lo contrario. La sincronización era el sello distintivo de Saladino, que creía que, en el terror como en la vida, el sentido de la oportunidad era lo fundamental.

Seis veces había ensayado el trayecto el tunecino, y otras tantas el semáforo de Lewisville Road había detenido momentáneamente su avance, igual que ahora. Cuando se puso en verde, avanzó lentamente por la carretera suburbana seguido por el segundo Freightliner. Justo delante estaba el cruce con Tysons McLean Drive. El tunecino consultó de nuevo el reloj: iban con retraso. Torció a la izquierda y el camión, lastrado por su carga, subió trabajosamente la suave cuesta de la colina.

Aquel era el tramo del recorrido que no había hecho nunca, aunque el jordano y él lo habían ensayado muchas veces mediante un sofisticado simulador informático. La carretera giraba poco a poco a la izquierda y luego, al llegar arriba, viraba bruscamente a la derecha para desembocar en una compleja barrera de seguridad. A esas alturas, los guardias armados y exhaustivamente entrenados de la entrada ya estarían al tanto de su presencia. No era la primera vez que los americanos sufrían atentados con coche bomba: el ataque contra el cuartel de los marines en Beirut en 1983, por ejemplo, o el de las Torres Khobar de Arabia Saudí en 1996. Sin duda estaban preparados para tal eventualidad en un complejo de importancia crítica como aquel, el centro neurálgico de la lucha antiterrorista. Pero, por desgracia para ellos, Saladino también estaba preparado. El bloque motor de los camiones estaba rodeado por una cubierta de arrabio, y tanto las ruedas como los parabrisas estaban blindados. Solo el impacto directo de un misil antitanque podría detener a los dos camiones.

El tunecino esperó hasta haber superado el primer recodo hacia la izquierda para pisar a fondo el acelerador. A la derecha, una fila de conos naranjas desviaba el tráfico de entrada hacia un solo carril. El tunecino no hizo ningún esfuerzo por esquivarlo, indicando así a los americanos que sus intenciones distaban mucho de ser amigables.

Tomó la curva a la derecha sin aminorar la velocidad y por un instante temió que el camión volcara. Delante de él, varios guardias hacían frenéticos aspavientos para que se detuviera. Otros ya le apuntaban con sus armas. Súbitamente le cegó una luz blanca y abrasadora: lámparas de arco, tal vez un láser. Se oyeron entonces los primeros disparos, que rebotaron en el parabrisas como granizo.

El tunecino agarró el volante con la mano izquierda y el detonador con la derecha.

—En nombre de Alá, el grande, el misericordioso...

Los hombres y mujeres reunidos en la Sala de Operaciones del Centro Nacional de Lucha Antiterrorista ignoraban lo que estaba sucediendo en el acceso principal del complejo. Solo tenían ojos para la enorme pantalla de vídeo que ocupaba el frente de la sala, en la que dos mujeres (una morena, la otra rubia, conocidas respectivamente como Sujetos 1 y 2) acababan de subir a un ascensor en el cercano barrio de Arlington. El plano que mostraba la pantalla estaba tomado desde arriba y en ángulo abierto. La mujer rubia –el Sujeto 2– parecía paralizada por el miedo. La morena, en cambio, se mostraba extrañamente serena. Miraba fijamente la lente de la cámara como si posara para un último retrato. Gabriel la contemplaba absorto, en pie, con la mano en la barbilla y la cabeza levemente ladeada. Adrian Carter se hallaba a su lado con un teléfono en cada oreja. Fareed Barakat daba vueltas a un cigarrillo sin encender entre los dedos exquisitamente cuidados y los ojos de color negro ónice clavados en la pantalla. Solo Paul Rousseau, que detestaba la sangre, no tenía ánimos para mirar. Con los ojos fijos en la moqueta, parecía buscar algún objeto extraviado.

El Impala rojo estaba aparcado frente al hotel, en el aparcamiento al aire libre, vigilado subrepticiamente por agentes del Grupo de Intervención Rápida del FBI. El destello azul del dispositivo de seguimiento parpadeó en las pantallas del NCTC como la luz de señalización de una boya. Los micrófonos ocultos en el coche captaban el leve zumbido del tráfico que circulaba por North Fort Meyer Drive. Dos agentes de las fuerzas especiales vestidos de paisano charlaban amigablemente frente a la entrada del hotel. Otros dos esperaban cerca de la parada de taxis. Dentro del hotel había más agentes: dos en la sala de espera del vestíbulo y otros dos frente al mostrador del conserje. Todos ellos portaban una pistola

Springfield semiautomática del calibre 45 con un cargador de ocho proyectiles y una bala extra en la recámara. Uno de los agentes situados frente al mostrador del conserje, un veterano de la guerra de Irak, era el elegido para efectuar el disparo. Pensaba aproximarse al objetivo –el Sujeto 2– por la espalda. Si el presidente así lo ordenaba (y si no había peligro de que murieran personas inocentes), tiraría a matar.

Los ocho miembros del equipo se pusieron en guardia cuando se abrieron las puertas del ascensor y salieron las dos mujeres. Otra cámara las siguió por el vestíbulo, casi hasta la entrada. Allí, la rubia se paró bruscamente y agarró del brazo a la morena, haciéndola detenerse. Cambiaron unas palabras inaudibles dentro del NCTC y la rubia miró su teléfono móvil. Entonces sucedió algo que nadie había previsto: ni los equipos del FBI situados dentro y fuera del hotel, ni el presidente y sus colaboradores en la Sala de Crisis, y menos aún los cuatro jefes de espías que observaban la escena desde la Sala de Operaciones del NCTC. Sin previo aviso, las dos mujeres se alejaron de la puerta y echaron a andar por un pasillo de la planta baja, hacia la parte de atrás del hotel.

—Van mal —dijo Carter.

—No, nada de eso —contestó Gabriel—. Van por donde les ha dicho Saladino que vayan.

Carter se quedó callado.

—Diles a los equipos especiales que las sigan. Diles que disparen a matar.

—No pueden —contestó Carter ásperamente—. Dentro del hotel, no.

—Hazlo ahora, Adrian, porque no vamos a tener otra oportunidad.

Justo en ese momento, un intenso fogonazo de luz blanca inundó la Sala de Operaciones. Un instante después se oyó un estruendo que sacudió violentamente el edificio. La confusión se apoderó momentáneamente de Carter y Paul Rousseau. Gabriel y Fareed Barakat, acostumbrados a vivir en Oriente Medio, reaccionaron de inmediato.

Gabriel corrió a la ventana en el instante en que una nube de fuego en forma de hongo se alzaba sobre la principal barrera de seguridad del complejo. Segundos después vio que un enorme camión de carga avanzaba a toda velocidad por la explanada que separaba el NCTC de la Oficina del Director Nacional de Inteligencia.

Gabriel giró bruscamente sobre sus talones y, gritando como un loco, ordenó a los demás alejarse de las ventanas. Lanzó una ojeada a la gran pantalla de vídeo y vio que las dos mujeres, los Sujetos 1 y 2, entraban en el aparcamiento del hotel Key Bridge Marriott. Entonces se oyó una segunda explosión y la pantalla, como todo lo demás, quedó en negro.

En la Sala de Crisis de la Casa Blanca, las pantallas también se cubrieron de negro. Y lo mismo sucedió con la videoconferencia que comunicaba la sala con la dirección del NCTC.

—¿Qué ha pasado? —preguntó el presidente.

Fue el secretario de Seguridad Nacional quien contestó.

—Evidentemente, hay algún problema de conexión.

—No puedo ordenar a los equipos especiales que procedan si no veo lo que está pasando.

—Lo estamos comprobando, señor presidente.

Lo mismo hacían todos los directores, asistentes y asesores presentes en la sala. Fue el director de la CIA quien, treinta segundos después, informó al presidente de que se habían oído dos fuertes explosiones en la zona de McLean-Tysons Corner, cerca del cruce de la Ruta 123 con la autopista de circunvalación.

—¿Quién las ha oído? —preguntó el presidente.

—Se han oído en el cuartel general de la CIA, señor.

—¿A casi tres kilómetros de distancia?

—Más bien a cinco, señor.

El presidente miró la pantalla ennegrecida.

—¿Qué ha pasado? —preguntó de nuevo, pero esta vez nadie respondió. Solo se oyó el sordo estruendo de otra explosión, tan cerca que hizo temblar la Casa Blanca—. ¿Qué demonios ha sido eso?

—Lo estamos comprobando, señor.

—Pues dense prisa.

Quince segundos después el presidente obtuvo su respuesta. No se la dieron los mandos reunidos dentro de la Sala de Crisis, sino los agentes del Servicio Secreto que montaban guardia en el tejado de la residencia presidencial: una columna de humo se alzaba sobre el Monumento a Lincoln.

Estados Unidos estaba siendo atacado.

61

MONUMENTO A LINCOLN, WASHINGTON

Llegó a pie: un hombre solo, cabello oscuro, metro setenta de estatura, protegido del frío del anochecer por un voluminoso chaquetón de lana, con una mochila cargada al hombro. Más tarde, el FBI descubriría que un todoterreno Honda Pilot con matrícula de Virginia le había depositado en la esquina de la Veintitrés con Constitution Avenue. Acto seguido, el Honda Pilot había seguido viaje hacia el norte hasta Virginia Avenue, donde torció a la izquierda. El hombre del chaquetón de lana y la mochila se encaminó hacia el sur, cruzando el extremo oeste de Washington Mall hasta el Monumento a Lincoln. Varios agentes de policía montaban guardia al pie de la escalinata. No dieron el alto al hombre de la mochila y el chaquetón. Ni siquiera parecieron reparar en él.

El monumento construido en forma de templo dórico estaba bañado por una cálida luz dorada que parecía irradiar desde dentro. El hombre de la mochila se detuvo unos instantes en el lugar donde Martin Luther King pronunció su famoso discurso *Tengo un sueño* y subió a continuación el último tramo de la escalinata, penetrando en el atrio central del monumento. Ante la estatua sedente de Lincoln, de casi seis metros de altura, había reunida una veintena de turistas. Otros tantos se habían congregado en las dos salas laterales, frente a las altas paredes grabadas con el Discurso de Gettysburg y el Segundo Discurso de Investidura. El hombre del chaquetón dejó su mochila junto a la base de una de las columnas jónicas, se sacó un móvil del bolsillo y comenzó a fotografiar la estatua. Curiosamente, sus labios se movían.

«En el nombre de Alá, el grande, el misericordioso...».

Una pareja joven le preguntó en un inglés dubitativo si podía hacerles una foto delante de la estatua. El hombre se negó y, volviéndose bruscamente, echó a correr escalinata abajo, en dirección al estanque. Demasiado tarde ya, una agente de policía de veintiocho años, madre de dos hijos, reparó en la mochila abandonada y pidió a los turistas que evacuaran el monumento. Un instante después, la agente resultó decapitada por la sierra circular formada por los rodamientos metálicos que salieron despedidos de la mochila en el momento de la detonación, al igual que el hombre y la mujer que habían pedido que los fotografiaran. El terrorista salió despedido por la fuerza de la explosión. Un turista de Oklahoma de sesenta y nueve años de edad, veterano del Vietnam, le ayudó a levantarse sin saber quién era y, como recompensa por su gesto de bondad, recibió un disparo en el corazón efectuado por la Glock 19 que el terrorista se sacó del chaquetón. Consiguió matar a seis personas más antes de ser abatido por la policía al pie de la escalinata. Murieron en total veintiocho personas.

En el instante en que estallaba la bomba, el Honda Pilot se detuvo bruscamente frente a la entrada principal del Centro John F. Kennedy para las Artes Escénicas. Un individuo se apeó del coche y entró en el Salón de las Naciones. Llevaba un chaquetón idéntico al del terrorista del Monumento a Lincoln pero no portaba mochila: llevaba la bomba ceñida al cuerpo. Pasó por delante del mostrador de información y se acercó a la taquilla principal, donde hizo detonar el artefacto. Otros tres hombres salieron del Honda, entre ellos el conductor. Iban armados con fusiles de asalto semiautomáticos AR-15. Remataron a los heridos y a los moribundos del Salón de las Naciones y acto seguido se trasladaron metódicamente del Teatro Eisenhower al teatro de la ópera y de allí a la sala de conciertos, matando indiscriminadamente. Murieron más de trescientas personas.

Para cuando llegaron las primeras unidades de la Policía Metropolitana, los tres terroristas que aún quedaban con vida habían cruzado a pie Rock Creek and Potomac Parkway y estaban entrando en Washington Harbour. Allí, se trasladaron de restaurante en restaurante matando sin piedad. El Fiola Mare, el Nick's Riverside Grill, el Sequoia: todos fueron ametrallados. Tampoco allí encontraron resistencia de la Policía Metropolitana. Al parecer, habían pillado a los americanos completamente desprevenidos. O quizá, pensó el líder de la célula terrorista, Saladino los había engañado. Los tres hombres volvieron a cargar sus armas y avanzaron hacia el corazón de Georgetown en busca de nuevas presas.

Mientras en Washington se desataba el caos, las dos mujeres (una morena, la otra rubia: los Sujetos 1 y 2) salieron al aparcamiento trasero del hotel Key Bridge Marriott. Un segundo coche, un Toyota Corolla alquilado, las estaba esperando. Mucho después se llegaría a la conclusión de que el vehículo había sido depositado en el aparcamiento horas antes por el mismo individuo que había trasladado los chalecos suicidas al centro comercial de Tysons Corner.

Normalmente era el Sujeto 1 —la agente israelí— quien conducía, pero esta vez fue el Sujeto 2, la francesa, quien se sentó tras el volante. Al salir del aparcamiento, pasó a toda velocidad ante la pequeña caseta del vigilante, destrozando la barrera, y se dirigió a la salida del hotel que daba a Lee Highway. Los equipos de las fuerzas especiales apostados en el aparcamiento al aire libre no abrieron fuego porque no habían recibido autorización del presidente ni del director del FBI. Por su parte, los equipos de vigilancia cayeron en una parálisis momentánea al no recibir ninguna indicación del NCTC. Segundos antes, los agentes habían escuchado algo parecido a una explosión a través de sus aparatos de radio. Ahora solo llegaba silencio del NCTC.

La salida del hotel a Lee Highway obligaba a girar a la derecha. La francesa giró, en cambio, a la izquierda. Esquivó los coches que venían de frente con notable destreza, torció a la izquierda en North Lynn Street y unos segundos después avanzaba a toda velocidad por

Key Bridge en dirección a Georgetown. Los agentes de las fuerzas especiales y los equipos de vigilancia del FBI no tuvieron más remedio que seguir el mismo itinerario. Dos vehículos surgieron de la salida de Lee Highway y otros dos enfilaron North Fort Meyer Drive. Cuando llegaron a Key Bridge, el Corolla ya estaba tomando M Street. No llevaba dispositivo de seguimiento ni micrófonos interiores. Desde lo alto del puente, los equipos del FBI vieron brillar luces rojas y azules avanzando velozmente hacia Georgetown.

62

CENTRO NACIONAL DE LUCHA ANTITERRORISTA

Gabriel abrió un ojo y luego, lenta y dolorosamente, el otro. Había perdido el conocimiento, no sabía cuánto tiempo: ¿unos segundos, unos minutos, una hora o más? Tampoco podía evaluar su estado físico. Sabía que estaba sumergido en un mar de cascotes pero no distinguía si estaba boca abajo o boca arriba, en posición vertical o en horizontal. No sentía presión en la cabeza, lo que le parecía una buena señal, aunque temía haber perdido el oído. Los últimos sonidos que recordaba eran el estruendo de la detonación y el silbido sordo del efecto vacío. El estallido supersónico parecía haberle revuelto las entrañas. Le dolía todo: los pulmones, el corazón, el hígado, *todo*.

Empujó con las manos y los cascotes cedieron. Entre la polvareda, vislumbró el esqueleto de acero del edificio y las arterias seccionadas de los cables eléctricos y telefónicos. Llovían chispas como de fuegos artificiales, y a través de la grieta abierta en el techo distinguió la cola de la Osa Mayor. El aire frío de noviembre le heló hasta los huesos. Un pinzón se posó al alcance de su mano, le observó desapasionadamente y echó a volar.

Gabriel apartó más cascotes y, con una mueca de dolor, se incorporó. Una de las mesas en forma de riñón había ido a caer sobre sus piernas. Tendida junto a él, inmóvil y cubierta de polvo, había una mujer. Tenía la cara intacta, excepto por algunos pequeños cortes producidos por esquirlas de cristal. Sus ojos, abiertos y fijos, tenían esa mirada kilométrica de la muerte. Gabriel la reconoció: era una analista que trabajaba en una mesa cercana a la suya. Se llamaba Jill. ¿O era Jen? Su trabajo consistía en revisar las listas de pasajeros de los vuelos entrantes en busca de posibles terroristas. Era una joven brillante, recién salida de la universidad, posiblemente originaria de algún sencillo pueblecito de Iowa o Utah. Había llegado a Washington para ayudar a defender su país —pensó Gabriel— y ahora estaba muerta.

Posó delicadamente la mano sobre la cara de la joven y le cerró los ojos. Luego apartó la mesa y se levantó tambaleándose. Al instante, las ruinas de la Sala de Operaciones comenzaron a girar vertiginosamente a su alrededor. Apoyó las manos en las rodillas hasta que se detuvo el tiovivo. Notaba el lado derecho de la cabeza caliente y húmedo. La sangre se le metía en los ojos.

Se la limpió y echó a andar hacia la ventana desde la que había visto acercarse el camión. A aquel lado del edificio no había cadáveres, ni apenas cascotes: todo había volado hacia dentro. Tampoco había ventanas ni paredes exteriores. La fachada sur del Centro Nacional de Lucha Antiterrorista se había pulverizado por completo. Avanzó cautelosamente hacia el borde del precipicio y miró hacia abajo. En la explanada había un cráter profundo, mucho más profundo que el del Centro Weinberg de París, como el impacto de un meteorito. La pasarela que comunicaba el NCTC con la Oficina del Director Nacional de Inteligencia había desaparecido, al igual que la cara norte del edificio. Dentro de sus salas de reuniones y sus despachos arrasados por la explosión no se veía una sola luz. Un superviviente le saludó con la mano desde el borde del precipicio de uno de los pisos superiores. No sabiendo qué otra cosa podía hacer, Gabriel le devolvió el saludo.

El tráfico en la autopista de circunvalación se había detenido: luces blancas en el bucle interior, rojas en el exterior. Gabriel se palpó la pechera de la chaqueta y descubrió que aún llevaba encima su teléfono móvil. Lo sacó y tocó la pantalla. Todavía tenía cobertura. Marcó el teléfono de Mijail y se acercó el terminal al oído, pero solo oyó silencio. O tal vez Mijail estuviera hablando y él no podía oírle. Se dio cuenta de que no oía nada desde que había vuelto en sí: ni una sirena, ni un gemido de dolor, ni un grito de socorro, ni sus pasos entre los escombros. Se hallaba en un mundo de silencio. Se preguntó si su sordera sería permanente y pensó en todos los sonidos que no volvería a escuchar. No volvería a oír los balbuceos de sus hijos, ni el tremolar de las arias de *La Bohème*. Tampoco oiría el suave toque de un pincel Winsor & Newton Serie 7 sobre un lienzo de Caravaggio. Pero el sonido que más echaría de menos sería la voz de Chiara cantando. Siempre decía en broma que se había enamorado de su mujer la primera vez que le preparó *fettuccini* con champiñones, pero no era cierto. Cayó rendido a sus pies la primera vez que la oyó cantar una estúpida canción de amor italiana cuando creía que nadie la estaba escuchando.

Cortó la llamada y siguió avanzando con mucho cuidado entre los escombros de lo que un rato antes era la Sala de Operaciones. Tenía que admitirlo: Saladino había dado un golpe maestro. Había que reconocerle sus méritos. Se veían cadáveres por todas partes. Los supervivientes, los que habían tenido suerte, iban saliendo trabajosamente de entre los cascotes, anonadados. Gabriel localizó el lugar donde estaba cuando oyó la primera explosión. Paul Rousseau sangraba profusamente por diversas heridas y se sujetaba un brazo ostensiblemente roto. Fareed Barakat, el gran superviviente, parecía haber salido intacto de la explosión y se sacudía el polvo de su traje inglés hecho a mano con expresión vagamente enojada. Adrian Carter seguía con un teléfono fijo pegado a la oreja. No parecía haberse percatado de que el auricular ya no estaba conectado a su base.

Gabriel le quitó suavemente el teléfono de la mano y le preguntó si Safia Bourihane estaba muerta. No oyó su propia voz ni la respuesta de Carter. Era como si alguien hubiera apagado el volumen. Miró hacia la gran pantalla de vídeo, pero ya no estaba en su sitio. Y entonces comprendió que Natalie también había desaparecido.

63

GEORGETOWN

Estaba claro que Safia sabía adónde iba. Tras torcer a la derecha hacia M Street, se saltó el semáforo de la Treinta y cuatro y viró bruscamente hacia Bank Street, un callejón adoquinado que subía en suave pendiente hacia Prospect. Ignorando la señal de *stop*, torció a la derecha y luego a la izquierda al llegar a la Treinta y tres, una calle de un solo sentido que discurría de sur a norte a lo largo del West Village de Georgetown, con cruces de cuatro sentidos en cada manzana. Cruzó N Street sin aminorar la marcha. Sujetaba fuertemente el volante con la mano izquierda. Con la derecha, la mano del detonador, manejaba la palanca de cambios.

—¿Todavía los tenemos detrás?

—¿A quién?

—¡A los americanos! —gritó Safia.

—¿Qué americanos?

—Los que nos estaban vigilando en el hotel. Los que nos siguieron al centro comercial.

—No nos siguió nadie.

—¡Claro que sí! Y ahora nos estaban esperando en el aparcamiento del hotel. Pero él los ha engañado.

—¿Quién?

—¡Saladino, quién va a ser! ¿Es que no oyes las sirenas? ¡Ha empezado el ataque!

Natalie oía las sirenas. Sonaban por todas partes.

—*¡Alhamdulillah!* —musitó.

—Sí —dijo Safia—. *¡Alhamdulillah!*

Delante de ellas, un señor mayor comenzó a cruzar el paso de peatones de O Street, seguido por un *basset hound* sujeto con una correa. Safia pulsó el claxon con la mano del detonador y el hombre y el perro se apartaron de su camino. Natalie miró hacia atrás. Parecían ilesos. Detrás de ellos, muy lejos, un coche dobló la esquina de Prospect Street a toda velocidad.

—¿Dónde hemos atacado? —preguntó.

—No lo sé.

—¿Cuál es mi objetivo?

—Espera un minuto.

—¿Cuál es el tuyo?

—¿Qué más da? —Safia pareció alarmada de pronto—. ¡Ya vienen!

—¿Quién?

—¡Los americanos!

Pisó a fondo el acelerador y cruzó velozmente P Street. Luego, al llegar a Volta Place, torció de nuevo a la derecha.

—Tu objetivo es un restaurante francés en Wisconsin Avenue llamado Bistrot Lepic. Está más o menos a un kilómetro calle arriba, en la acera de la izquierda. Unos diplomáticos de la embajada francesa están cenando allí con gente del Ministerio de Exteriores francés. Estará muy lleno. Métete en el restaurante todo lo que puedas y pulsa el detonador. Si intentan pararte en la puerta, hazlo allí.

—¿Soy solo yo o habrá más?

—Solo tú. Formamos parte de la segunda oleada de atentados.

—¿Cuál es tu objetivo?

—Ya te lo he dicho, ¡eso no importa! —Safia frenó en seco en Wisconsin Avenue—. Sal.

—Pero...

—¡Sal! —Agitó el puño cerrado delante de la cara de Natalie, el puño de la mano derecha, en el que sujetaba el detonador—. Sal o nos hago saltar por los aires aquí mismo.

Natalie salió del coche y vio alejarse el Toyota por Wisconsin Avenue. Luego levantó la mirada hacia Volta Place. No venía ningún coche por la calle. Al parecer, Safia había logrado eludir a sus perseguidores. Natalie estaba sola otra vez.

Permaneció un momento paralizada por la indecisión, escuchando el chillido de las sirenas. Parecían converger en el extremo sur de Georgetown, cerca del Potomac. Por fin se encaminó en dirección contraria, hacia su objetivo, y empezó a buscar un teléfono público. Y mientras tanto no dejaba de preguntarse por qué Safia había insistido tanto en que se pusiera el chaleco con la costura roja.

Pasaron cinco minutos vitales antes de que el FBI lograra dar con el coche. Estaba mal aparcado en un vado, en la esquina de Wisconsin con Prospect. La rueda delantera derecha pisaba la acera, la puerta del conductor estaba abierta, las luces encendidas y el motor en marcha. Pero, lo que era más importante, las dos ocupantes, una morena y la otra rubia (los Sujetos 1 y 2), habían desaparecido.

64

CAFÉ MILANO, GEORGETOWN

Safia estaba casi sin aliento cuando entró en el Café Milano. Con la serenidad de una mártir, cruzó el vestíbulo hasta el atril del *maître*.

—Al Farouk —dijo.

—El señor Al Farouk ya ha llegado. Por aquí, por favor.

Safia entró tras él en el comedor principal y le siguió hasta la mesa que ocupaba Saladino. El árabe se levantó lentamente, apoyándose en su pierna herida, y le dio un ligero beso en cada mejilla.

—Asma, amor mío —dijo en un inglés perfecto—. Estás absolutamente encantadora.

Ella no entendió lo que decía, de modo que se limitó a sonreír y se sentó. Al tomar de nuevo asiento, Saladino lanzó una mirada al hombre sentado en un extremo de la barra. El hombre de cabello negro y gafas oscuras que había entrado en el restaurante unos minutos después que él. Se había interesado mucho por la llegada de Safia –pensó Saladino– y sostenía nerviosamente un teléfono móvil pegado a la oreja. Ello solo podía significar una cosa: que su presencia en Washington no había pasado desapercibida.

Levantó los ojos hacia el televisor que había encima de la barra. Estaba emitiendo la CNN. La cadena de televisión acababa de empezar a evaluar el alcance de la catástrofe que había sacudido Washington. Habían estallado bombas en el Centro Nacional de Lucha Antiterrorista, en el Monumento a Lincoln y en el Centro

Kennedy. Circulaba además la noticia, todavía por confirmar, de que se habían producido tiroteos en diversos restaurantes del complejo de Washington Harbour. Los clientes del Café Milano estaban visiblemente nerviosos. Casi todos ellos tenían la mirada fija en sus teléfonos móviles y cerca de una docena se había reunido en torno a la barra para ver la televisión. Entre ellos, sin embargo, no se encontraba aquel individuo de cabello moreno y gafas oscuras, que seguía observando a Safia disimuladamente. Era hora de marcharse, pensó Saladino.

Puso la mano suavemente sobre la de Safia y miró sus ojos hipnóticos.

—¿La has dejado donde te dije? —preguntó en árabe.

Ella asintió con un gesto.

—¿Te han seguido los americanos?

—Lo han intentado. Pero parecían desorientados.

—No me sorprende —repuso él echando una ojeada a la televisión.

—¿Ha salido todo bien?

—Mejor de lo esperado.

Se acercó un camarero. Saladino le despidió con un ademán.

—¿Ves al hombre del final de la barra? —preguntó en voz baja.

—¿El que está hablando por teléfono?

Saladino hizo un gesto afirmativo.

—¿Le habías visto alguna vez?

—Creo que no.

—Va a intentar detenerte. No se lo permitas.

Hubo un momento de silencio. Saladino se permitió el lujo de echar un último vistazo al local. Para eso había corrido el riesgo de volar hasta Washington: para ver con sus propios ojos el temor reflejado en el rostro de los americanos. Durante mucho tiempo, solo los musulmanes habían vivido atemorizados. Ahora, los americanos también conocerían el sabor del miedo. Ellos habían destruido su país. Y esa noche él había iniciado el proceso para destruir el suyo.

Miró a Safia.

—¿Estás lista?

—Sí —contestó ella.

—Cuando yo me vaya, espera exactamente un minuto. —Apretó ligeramente la mano de la joven para darle ánimos y sonrió—. No tengas miedo, amor mío. No sentirás nada. Y luego verás el rostro de Alá.

—La paz sea contigo —repuso ella.

—Y contigo.

Saladino se levantó y, apoyándose en su bastón, pasó junto al hombre del cabello negro y las gafas oscuras y salió al vestíbulo.

—¿Va todo bien, señor Al Farouk? —preguntó el *maître*.

—Tengo que hacer una llamada y no quiero molestar a los demás clientes.

—Me temo que están bastante distraídos.

—Eso parece.

Salió a la noche y se detuvo un momento en la acera de ladrillos rojos para disfrutar del ulular de las sirenas. Un Lincoln Town Car negro esperaba junto al bordillo. Saladino subió al asiento trasero y ordenó al conductor, un miembro de su red, que avanzara unos metros. Dentro del restaurante, rodeada por más de un centenar de personas, una mujer miraba fijamente su reloj sentada a una mesa. Y aunque ella no se diera cuenta, sus labios se movían.

65

WISCONSIN AVENUE, GEORGETOWN

Tras cruzar Q Street, Natalie se encontró con dos estudiantes de Georgetown, ambas chicas, ambas aterrorizadas. Haciéndose oír por encima del chillido de una ambulancia que pasaba por la calle, les explicó que le habían robado y que necesitaba llamar a su novio para pedirle ayuda. Las chicas le explicaron que la universidad había enviado un mensaje de alerta recomendando a los estudiantes que regresaran a sus alojamientos y no salieran a la calle. Pero, al insistir Natalie, una de ellas, la más alta, le dejó su iPhone. Natalie lo cogió con la mano izquierda y con la derecha, en la que llevaba aún el interruptor del detonador, marcó un número que solo debía usar en un momento de extrema necesidad. La llamada sonó en el Despacho de Operaciones de King Saul Boulevard, en Tel Aviv. Una voz de hombre contestó escuetamente en hebreo.

—Necesito hablar con Gabriel enseguida —dijo Natalie en el mismo idioma.

—¿Quién es?

Ella dudó un momento. Luego pronunció su nombre por primera vez en muchos meses.

—¿Dónde está?

—En Wisconsin Avenue, en Georgetown.

—¿Está a salvo?

—Sí, creo que sí, pero llevo puesto un chaleco suicida.

—Podría estar preparado para estallar si trata de quitárselo. No lo intente.

—De acuerdo.

—No se retire.

El hombre del Despacho de Operaciones de Tel Aviv intentó dos veces transferir la llamada al móvil de Gabriel. No obtuvo respuesta.

—Parece que hay algún problema.

—¿Dónde está Gabriel?

—En Virginia, en el Centro Nacional de Lucha Antiterrorista.

—Pruebe otra vez.

Un coche patrulla pasó velozmente por la calle con la sirena puesta. Las dos estudiantes empezaban a impacientarse.

—Solo un minuto —les dijo Natalie en inglés.

—Por favor, dese prisa —contestó la dueña del teléfono.

El hombre de Tel Aviv llamó de nuevo al teléfono de Gabriel. Sonó varias veces antes de que una voz de hombre contestara en inglés.

—¿Quién es? —preguntó Natalie.

—Me llamo Adrian Carter. Trabajo para la CIA.

—¿Dónde está Gabriel?

—Aquí, conmigo.

—Necesito hablar con él.

—Me temo que eso es imposible.

—¿Por qué?

—¿Es usted Natalie?

—Sí.

—¿Dónde está?

Ella respondió.

—¿Sigue llevando el chaleco?

—Sí.

—No lo toque.

—No.

—¿Puede quedarse con ese teléfono?

—No.

—Vamos a traerla aquí. Diríjase hacia el norte por Wisconsin Avenue. Quédese en el lado derecho de la calle.

—Va a haber otro atentado. Safia está por aquí cerca, en algún sitio.

—Sabemos exactamente dónde está. Siga caminando.

Se cortó la llamada. Natalie devolvió el teléfono a la chica y echó a andar hacia el norte por Wisconsin Avenue.

Entre las ruinas del Centro Nacional de Lucha Antiterrorista, Carter consiguió hacer entender a Gabriel que Natalie estaba a salvo y que dentro de pocos minutos se hallaría bajo custodia del FBI. Ensordecido por la explosión y sangrando todavía, Gabriel no tuvo tiempo para celebrarlo. Mijail seguía dentro del Café Milano, a escasos seis metros de la mesa en la que Safia Bourihane miraba fijamente su reloj con el pulgar sobre el detonador. Carter se llevó el teléfono al oído y ordenó de nuevo a Mijail que abandonara inmediatamente el local. Gabriel no oyó lo que decía. Solo confiaba en que Mijail le hiciera caso.

Al igual que Saladino, Mijail recorrió con la mirada el elegante comedor del Café Milano antes de levantarse. Él también vio el miedo reflejado en los rostros de quienes le rodeaban, sabedor, al igual que Saladino, de que dentro de unos instantes muchas de aquellas personas habrían muerto. Saladino había podido detener el atentado. Él no tenía ese poder. Aunque estuviera armado (y no lo estaba), las probabilidades de detener el ataque eran casi nulas. Safia tenía el pulgar sobre el botón del detonador y, cuando no miraba su reloj, le miraba a él. Tampoco podía advertir a los clientes. Si lo hacía, se desataría el pánico, habría una estampida hacia la puerta y moriría aún más gente. Era mejor dejar que el chaleco estallara con los clientes tal y como estaban. Los afortunados que ocupaban las mesas periféricas tal vez sobrevivieran. Los que estaban más cerca de Safia, los ocupantes de las mesas más codiciadas, se ahorrarían el horror de saber que estaban a punto de morir.

Deslizándose lentamente del taburete, se puso en pie. No se atrevió a dirigirse a la puerta principal: se acercaría demasiado a la mesa de Safia. Avanzó con calma a lo largo de la barra, hacia los aseos. La puerta del de caballeros estaba cerrada. Giró el endeble pomo hasta que cedió, y entró en el aseo. Un hombre de treinta y tantos años, con el cabello engominado, se estaba mirando al espejo.

—¿Le pasa algo, amigo?

—Lo sabrá dentro de un segundo.

El hombre trató de marcharse pero Mijail le agarró del brazo.

—No salga. Ya me dará las gracias luego.

Cerró la puerta y arrojó al hombre al suelo.

Desde su puesto de observación en Prospect Street, Eli Lavon había presenciado una serie de acontecimientos, a cual más perturbador. El primero fue la llegada al Café Milano de Safia Bourihane. El segundo, la partida, apenas unos minutos después, de aquel árabe alto que se hacía llamar Omar Al Farouk. El árabe estaba ahora en el asiento trasero de un Lincoln aparcado a unos cincuenta metros de la entrada del Café Milano, detrás de un Honda Pilot azul. Lavon, por otra parte, había llamado varias veces a Gabriel al NCTC, sin éxito. Posteriormente se había enterado, gracias a King Saul Boulevard y a la radio del coche, de que el NCTC había sido atacado mediante un par de camiones bomba. Ahora temía que su amigo más antiguo hubiera muerto, esta vez de verdad. Y temía que, unos segundos después, Mijail fuera a correr la misma suerte.

Justo en ese momento recibió un mensaje de King Saul Boulevard informándole de que Gabriel estaba vivo, aunque había resultado herido de levedad en el atentado contra el NCTC. El alivio de Lavon duró poco, sin embargo: en ese preciso instante el estruendo de una explosión sacudió Prospect Street. El Lincoln se alejó sin prisas de la acera y pasó junto a la ventanilla de Lavon. Acto seguido, cuatro hombres armados salieron del Honda Pilot y echaron a correr hacia las ruinas del Café Milano.

66

WISCONSIN AVENUE, GEORGETOWN

Natalie oyó la explosión cuando se acercaba a R Street y comprendió de inmediato que se trataba de Safia. Dio media vuelta y miró hacia el final de la avenida, que describía una elegante curva hacia M Street. Vio cientos de personas caminando hacia el norte, presas del pánico. Aquello le recordó las escenas vividas en Washington el 11 de Septiembre, cuando decenas de miles de personas abandonaron sin más sus oficinas en la ciudad más poderosa del mundo y echaron a andar. Washington se hallaba de nuevo en estado de sitio. Esta vez, los terroristas no iban armados con aviones, sino con explosivos y armas automáticas. Pero el resultado, al parecer, era mucho más aterrador.

Natalie se giró y se sumó a la riada humana que avanzaba hacia el norte. Empezaba a sentirse agotada por el peso muerto del chaleco suicida y de su propio fracaso. Le había salvado la vida al monstruo que había concebido y organizado aquella masacre, y tras su llegada a Estados Unidos había sido incapaz de descubrir un solo dato acerca de los objetivos, la identidad de los terroristas o la hora prevista de los ataques. Estaba segura de que, si la habían mantenido en la ignorancia, era por una razón concreta.

De pronto se oyó un tiroteo procedente del mismo lugar de la explosión. Cruzó corriendo R Street y siguió hacia el norte, manteniéndose en el lado derecho de la calle como le había indicado Adrian Carter. «Vamos a traerla aquí», le había dicho. Pero no le había dicho cómo. De pronto se alegró de llevar puesta la chaqueta roja. Tal vez no pudiera verlos, pero ellos sí la verían a ella.

Al norte de R Street, Wisconsin Avenue descendía por espacio de una o dos manzanas antes de volver a ascender hacia los barrios de Burleith y Glover Park. Natalie vio delante de sí un toldo azul y amarillo en el que se leía *bistro lepic wine bar*. Era el restaurante que Safia le había ordenado volar por los aires. Se detuvo y miró por la cristalera. Era un lugar encantador: pequeño, cálido, acogedor, muy parisino. Safia había dicho que estaría atestado de gente, pero no era así. Y las personas sentadas a las mesas no parecían diplomáticos ni funcionarios del Ministerio de Exteriores francés. Parecían norteamericanos. Y, como todo el mundo en Washington, daban la impresión de estar asustados.

Justo en ese momento oyó que alguien la llamaba: no por su nombre, sino por el de la mujer en la que se había convertido para tratar de impedir una noche como aquella. Se giró bruscamente y vio que un coche acababa de parar junto a la acera, a su espalda. Sentada al volante había una mujer con el rostro curtido por la intemperie. Era Megan, la agente del FBI.

Natalie subió al asiento delantero como si se arrojara en brazos de su madre. El peso del chaleco suicida la hundió en el asiento. El detonador le parecía un animal vivo alojado en la palma de su mano. El coche cambió de sentido y se sumó al éxodo que se alejaba de Georgetown mientras a su alrededor, por todas partes, se oía el lamento de las sirenas. Natalie se tapó los oídos, pero no le sirvió de nada.

—Por favor, ponga algo de música —suplicó.

La mujer encendió la radio del coche, pero no había música por ningún lado, solo malas noticias. El Centro Nacional de Lucha Antiterrorista, el Monumento a Lincoln, el Centro Kennedy, Harbor Place. Se temía que la cifra total de víctimas mortales alcanzara el millar. Natalie solo pudo soportarlo uno o dos minutos. Hizo además de apagar la radio, pero se detuvo al notar un dolor agudo en la parte superior del brazo, como la picadura de una víbora.

Miró a la mujer y vio que ella también sostenía algo en la mano derecha. Pero su pulgar no descansaba sobre un detonador, sino sobre el émbolo de una jeringuilla.

Un instante después se le nubló la vista. La mujer del rostro curtido se difuminó. Un coche patrulla que pasaba por la calle dejó una estela roja y azul en el cielo de la noche, como si el tiempo se hubiera detenido. Natalie pronunció un nombre, el único nombre que recordaba, antes de que la oscuridad se abatiera sobre ella. Era como la negrura de su *abaya*. Se vio caminando por una casona árabe con un sinfín de patios y habitaciones. Y en la última estancia, en pie bajo la luz líquida de una claraboya, se hallaba Saladino.

67

CAFÉ MILANO, GEORGETOWN

Durante unos segundos, después de producirse la explosión, solo hubo silencio. Era como el silencio de una cripta, pensó Mijail. El silencio de la muerte. Por fin se oyó un gemido, y luego una tos, y después los primeros gritos de agonía y terror. Pronto se sumaron muchos otros: los gritos de los mutilados, de los ciegos, de aquellos que jamás podrían volver a mirarse al espejo. Esa noche morirían sin duda algunos más, pero muchos otros sobrevivirían. Volverían a ver a sus hijos, bailarían en bodas y llorarían en funerales. Y quizás algún día podrían volver a comer en un restaurante bonito sin sentir el temor insidioso a que la mujer de la mesa de al lado llevara puesto un chaleco suicida, un temor con el que los israelíes habían convivido constantemente en los aciagos tiempos de la Segunda Intifada. Ahora, gracias a un hombre llamado Saladino, aquel temor había llegado también a Norteamérica.

Mijail echó mano del picaporte pero se detuvo al oír el primer disparo. Entonces notó la vibración de su teléfono móvil dentro del bolsillo de la chaqueta. Echó una ojeada a la pantalla. Era Eli Lavon.

—¿Dónde diablos estás?

Mijail se lo dijo en un susurro.

—Cuatro hombres armados acaban de entrar en el restaurante.

—Ya los oigo.

—Tienes que salir de ahí.

—¿Dónde está Natalie?

—El FBI está a punto de recogerla.

Mijail volvió a guardarse el teléfono en el bolsillo. Más allá de la delgada puerta del aseo se oyó otro disparo: un arma de uso militar y calibre grande. Luego se oyeron dos disparos más: *crac, crac...* Con cada disparo se apagaba un grito. Evidentemente, los terroristas se estaban encargando de que no quedara nadie con vida en el Café Milano. No eran yihadistas de videojuego. Eran hombres bien entrenados y disciplinados. Avanzaban metódicamente entre las ruinas del restaurante en busca de supervivientes. Y, finalmente, pensó Mijail, su búsqueda los conduciría a la puerta del aseo.

El americano de pelo engominado temblaba de miedo. Mijail buscó a su alrededor algo que pudiera servirle como arma pero no encontró nada. Luego, ladeando la cabeza, indicó al americano que se escondiera en el reservado del retrete. Inexplicablemente, el restaurante seguía teniendo corriente eléctrica. Mijail apagó la luz amortiguando el chasquido del interruptor y pegó la espalda a la pared, junto a la puerta. En medio de la súbita oscuridad, se prometió a sí mismo que no moriría esa noche en un aseo público de Georgetown, acompañado por un desconocido. Para un soldado como él (aunque fuera un soldado de una guerra secreta), sería una manera innoble de abandonar este mundo.

Más allá de la puerta se oyó el estampido de otro disparo, más cerca que el anterior, y otro grito enmudeció. Luego se oyeron pasos fuera, en el pasillo. Mijail dobló los dedos de su mortífera mano derecha. «Abre la puerta, cabrón», pensó. «Abre la puta puerta».

En ese mismo instante, Gabriel se dio cuenta de que su sordera no era permanente. El primer ruido que oyó fue el mismo que muchos habitantes de Washington asociarían más tarde con los acontecimientos de esa noche: el sonido de las sirenas. Las primeras unidades de emergencia subían velozmente por Tysons McLean Drive, hacia lo que un rato antes era la barrera de seguridad del Centro Nacional de Lucha Antiterrorista y de la Oficina del Director

Nacional de Inteligencia. Dentro de los edificios siniestrados, los heridos leves atendían a los más graves, tratando desesperadamente de detener hemorragias y salvar vidas. Fareed Barakat cuidaba de Paul Rousseau mientras Adrian Carter trataba de salvar lo que quedaba de la operación de Gabriel. Sirviéndose de varios móviles prestados, consiguió restablecer la comunicación con Langley, con la sede central del FBI y con la Sala de Crisis de la Casa Blanca. Washington estaba sumido en el caos y el Gobierno federal luchaba por mantenerse al tanto de los acontecimientos. De momento, se habían confirmado atentados en Liberty Crossing, el Monumento a Lincoln, el Centro Kennedy, Washington Harbour y el Café Milano. Se había informado, además, de varios ataques a lo largo de M Street. Era de esperar que hubiera varios centenares de víctimas mortales.

En ese momento, sin embargo, Gabriel solo pensaba en dos personas: Mijail Abramov y Natalie Mizrahi. Mijail estaba atrapado en el aseo de caballeros del Café Milano. Y Natalie caminaba hacia el norte por la acera derecha de Wisconsin Avenue.

—¿Por qué no la ha traído ya el FBI? —le espetó a Carter.

—Por lo visto no consiguen encontrarla.

—¿Tan difícil es encontrar a una mujer con un chaleco suicida y una chaqueta roja?

—La están buscando.

—Pues diles que se esfuercen más.

La puerta se abrió de golpe y el arma apareció primero. Mijail reconoció su silueta. Era un AR-15 sin mira telescópica. Asió el cañón todavía caliente con la mano izquierda, tiró de él y el hombre que sujetaba el fusil se precipitó hacia delante. En el comedor arrasado había sido un guerrero sagrado de la yihad, pero en el reducto en tinieblas del aseo de caballeros se hallaba completamente desvalido. Mijail le golpeó dos veces a un lado del cuello con el canto de la mano derecha. El primer golpe chocó de soslayo con la mandíbula, pero el segundo impactó limpiamente, haciendo que algo se quebrara con un crujido. El hombre se desplomó sin hacer ruido. Mijail le quitó el AR-15 de las manos inermes, le atravesó la cabeza de un disparo y salió al pasillo.

Justo delante de él, en el rincón de atrás del comedor, uno de los terroristas estaba a punto de ejecutar a una mujer a la que la explosión le había arrancado un brazo de raíz a la altura del hombro. Escondido en el pasillo a oscuras, Mijail abatió al terrorista de un disparo a la cabeza y avanzó cautelosamente. No había más hombres en el comedor principal, pero en una sala más pequeña, en la parte de atrás del restaurante, un terrorista estaba ejecutando a los supervivientes que se habían acurrucado contra la pared, uno por uno, como un hombre de las SS al pie de una fosa común. Mijail le atravesó limpiamente el pecho de un disparo, salvando la vida a una docena de personas.

En ese instante oyó otra detonación procedente de una sala contigua: el comedor privado que había visto al entrar en el restaurante. Pasó frente a la barra derruida del bar junto a la que había estado sentado minutos antes, dejó atrás la mesa volcada y salpicada de vísceras de Safia Bourihane y entró en el vestíbulo. Las dos recepcionistas y el *maître* estaban muertos. Daba la impresión de que habían sobrevivido a la bomba y habían sido abatidos después.

Mijail pasó sin hacer ruido junto a sus cadáveres y se asomó al comedor privado, donde el cuarto terrorista estaba ejecutando a una veintena de hombres y mujeres elegantemente vestidos. El terrorista advirtió demasiado tarde que el hombre parado en la puerta del comedor no era uno de los suyos. Mijail le disparó en el pecho. Luego efectuó un segundo disparo a la cabeza para asegurarse de que estaba muerto.

Había pasado menos de un minuto y durante ese tiempo su teléfono no había dejado de vibrar intermitentemente. Se lo sacó del bolsillo y miró la pantalla. Era una llamada de Gabriel.

—Por favor, dime que estás vivo.

—Estoy bien, pero cuatro miembros del ISIS acaban de alcanzar el paraíso.

—Coge sus teléfonos y todo el armamento que puedas y sal de ahí.

—¿Qué está pasando?

La conexión se interrumpió. Mijail registró los bolsillos del terrorista muerto tendido a sus pies y encontró un teléfono desechable Samsung Galaxy. Encontró terminales idénticos en los bolsillos de los terroristas del comedor principal y de la sala del fondo. El del aseo prefería, al parecer, los dispositivos Apple. Mijail tenía los cuatro teléfonos en su poder cuando salió por la puerta de servicio del restaurante. También llevaba dos fusiles AR-15 y cuatro cargadores llenos, aunque no sabía por qué motivo. Echó a andar a toda prisa por el callejón a oscuras, rezando por no tropezarse con un equipo de las fuerzas especiales, y salió a Potomac Street. Siguió la calle hacia el sur, hasta Prospect, donde Eli Lavon esperaba sentado al volante de un Buick.

—¿Por qué has tardado tanto? —preguntó cuando Mijail se dejó caer en el asiento del copiloto.

—Gabriel me ha encargado un par de cosillas. —Dejó los fusiles y los cargadores en el suelo del asiento de atrás—. ¿Qué cojones está pasando?

—El FBI no encuentra a Natalie.

—Lleva una chaqueta roja y un chaleco suicida.

Lavon cambió de sentido y se dirigió al oeste atravesando Georgetown.

—Vas mal —dijo Mijail—. Wisconsin Avenue está hacia el otro lado.

—No vamos a Wisconsin Avenue.

—¿Por qué no?

—Porque ha desaparecido, Mijail. Ha *desaparecido*.

68

KING SAUL BOULEVARD, TEL AVIV

La unidad que trabajaba desde la Sala 414C de King Saul Boulevard no tenía nombre oficial porque oficialmente no existía. Quienes estaban al tanto de su labor la llamaban simplemente el Minyan, porque estaba compuesta por diez agentes, todos ellos varones. Pulsando unas pocas teclas podían dejar a oscuras una ciudad, cegar los radares de un centro de control de tráfico aéreo o alterar el funcionamiento de las centrifugadoras de una planta de enriquecimiento de uranio en Irán. Tres teléfonos Samsung y un iPhone serían pan comido para ellos.

Mijail y Eli Lavon descargaron el contenido de los cuatro terminales en la embajada de Israel a las 20:42 hora local. A las nueve en punto, hora de Washington, el Minyan había llegado a la conclusión de que los cuatro teléfonos habían pasado mucho tiempo durante los últimos meses en una misma dirección de Eisenhower Avenue, en Alexandria, Virginia. De hecho, habían estado allí simultáneamente esa misma tarde y habían viajado a Washington a la misma velocidad y por la misma ruta. Es más: todos los terminales habían efectuado numerosas llamadas a una pequeña empresa de mudanzas que tenía su sede en esa misma dirección. El Minyan trasladó esta información a Uzi Navot, que a su vez se la comunicó a Gabriel. Para entonces, él y Adrian Carter habían abandonado las ruinas del NCTC y se hallaban en el Centro Global de Operaciones de la CIA en Langley. A Carter, Gabriel le hizo una sola pregunta:

—¿Quién es el propietario de Dominion Movers, en Alexandria?

Pasaron quince valiosísimos minutos antes de que Carter obtuviera la respuesta. Le dio a Gabriel un nombre y una dirección y le dijo que hiciera todo lo necesario para encontrar a Natalie con vida. Sus palabras, sin embargo, servían de poco: como subdirector de la Agencia Nacional de Inteligencia carecía de autoridad para permitir que un agente secreto extranjero operara libremente en territorio estadounidense. Solo el presidente podía conceder ese permiso, y en esos momentos tenía cosas más importantes de las que preocuparse que la vida de una espía israelí desaparecida. Estados Unidos había sufrido un grave ataque. Y, para bien o para mal, Gabriel Allon iba a ser el primero en devolver el golpe.

A las nueve y veinte de la noche, Carter depositó a Gabriel ante la verja principal de la CIA y se marchó rápidamente, como si huyera de la escena de un crimen, o de un futuro crimen. Gabriel se quedó solo en la oscuridad y, mientras esperaba, estuvo observando las ambulancias y los vehículos de emergencias que circulaban a gran velocidad por la Ruta 123, camino de Liberty Crossing. Era muy oportuno que su carrera como agente en activo acabara así, se dijo. «Esperando. Siempre esperando». Esperando un avión o un tren. Esperando a un confidente. Esperando a que saliera el sol tras una noche de asesinatos selectivos. Esperando a Mijail y a Eli Lavon en la entrada de la CIA para lanzarse a la búsqueda de una mujer a la que le había pedido que se infiltrara en el grupo terrorista más peligroso del mundo. Y eso había hecho ella. ¿O no? Tal vez Saladino había sospechado de Natalie desde el principio. Quizá le había franqueado las puertas de su corte a fin de confundir y manipular a los servicios de inteligencia occidentales. Y quizá la había enviado a Estados Unidos para que sirviera de señuelo, para que fuera ese objeto brillante que mantendría distraídos a los americanos mientras los verdaderos terroristas (los empleados de una empresa de mudanzas de Alexandria, Virginia) hacían sus últimos preparativos sin que nadie los molestase. ¿Por qué, si no, se había negado Safia a revelarle su objetivo hasta el último momento? Porque Natalie no tenía objetivo. Porque el objetivo era ella.

Pensó en el hombre al que había visto en el vestíbulo del hotel Four Seasons. Aquel árabe alto y corpulento llamado Omar Al Farouk que cojeaba al caminar y que había salido del Café Milano un par de minutos antes de que Safia hiciera estallar su chaleco suicida. ¿De veras era Saladino? ¿Se había arriesgado a viajar a Estados Unidos para contemplar su obra? De momento, importaba poco quién fuese. De todos modos, pronto estaría muerto. Él y todos los implicados en la desaparición de Natalie. Gabriel en persona se encargaría de darles caza y de destruir al ISIS antes de que el ISIS destruyera Oriente Medio y lo que quedaba del mundo civilizado. Sospechaba que el presidente de Estados Unidos estaría más que dispuesto a echarle una mano. El ISIS estaba ya a dos horas de Indiana.

Justo en ese momento vibró su teléfono. Leyó el mensaje, se guardó el teléfono en el bolsillo y se acercó al borde de la carretera. Unos segundos más tarde apareció un Buick Regal. El coche se detuvo el tiempo justo para que Gabriel subiera al asiento de atrás. En el suelo había dos fusiles AR-15 y varios cargadores llenos de munición. La Segunda Enmienda, pensó Gabriel, tenía sus ventajas. Miró el espejo retrovisor y se encontró con los ojos gélidos de Mijail observándole.

—¿Por dónde, jefe?

—Toma GW Parkway de vuelta a Key Bridge —ordenó Gabriel—. La autopista es un puto caos.

69

HUME, VIRGINIA

Natalie se despertó con la sensación de haber dormido una eternidad. Parecía tener la boca rellena de algodón y la cabeza le pesaba, apoyada contra la fría ventanilla. Aquí y allá, en los porches y tras las ventanas cubiertas con cortinas de encaje, ardían luces tenues, pero por lo demás reinaba un ambiente de repentino abandono. Era como si los habitantes de aquel lugar, al tener noticia de los atentados de Washington, hubieran recogido sus pertenencias para huir a las montañas.

Notaba en la cabeza el pálpito doloroso y sordo de una resaca. Intentó levantarla pero no pudo. Desviando los ojos a la izquierda, vio a la mujer que conducía, aquella mujer a la que había tomado por una agente del FBI llamada Megan. Sujetaba el volante con la mano derecha y con la izquierda empuñaba una pistola. Según el reloj del salpicadero eran las 9:22 de la noche. Abriéndose paso entre la neblina de la droga, Natalie trató de reconstruir los acontecimientos de esa tarde: el segundo coche en el aparcamiento, la frenética carrera por Georgetown, el bonito restaurante francés que supuestamente era su objetivo, el chaleco bomba con la costura roja en la cremallera. Seguía teniendo el detonador en la mano derecha. Pasó suavemente la yema del dedo índice sobre el interruptor.

«Bum», pensó recordando su entrenamiento en Palmira. «Y ya vas camino del paraíso...».

Una iglesia apareció a su derecha. Poco después llegaron a un cruce desierto. La mujer detuvo el coche por completo antes de cambiar de dirección, como le indicaba el navegador, para tomar una carretera con nombre de filósofo. Era muy estrecha y no tenía raya central. La oscuridad era absoluta. El mundo parecía acabar al otro lado de la franja de asfalto iluminada por los faros del coche. El navegador se desorientó repentinamente. Recomendó a la mujer que cambiara de sentido si era posible y, al no encontrar un desvío claro, se sumió en un silencio cargado de reproche.

La mujer siguió por la carretera casi un kilómetro y a continuación tomó un camino de tierra y grava. Atravesaron un prado, recorrieron la cresta de una serie de colinas arboladas y salieron a un pequeño valle en el que una casita de madera con el tejado triangular se asomaba a una laguna negra. Había luz dentro de la casa y, aparcados fuera, tres vehículos: un Lincoln Town Car, un Honda Pilot y un BMW. La mujer aparcó detrás del BMW y apagó el motor. Natalie, con la cabeza apoyada aún en el cristal, se fingió inconsciente.

—¿Puedes caminar? —preguntó la mujer.

Natalie guardó silencio.

—Te he visto mover los ojos. Sé que estás despierta.

—¿Qué me has dado?

—Propofol.

—¿De dónde lo has sacado?

—Soy enfermera. —La mujer salió del coche y abrió la puerta de Natalie—. Sal.

—No puedo.

—El propofol es un anestésico de corta duración —contestó la mujer en tono pedante—. Los pacientes a los que se les administra suelen poder caminar a los pocos minutos de despertarse.

Como Natalie no se movió, le apuntó a la cabeza con la pistola. Natalie levantó la mano derecha y apoyó el pulgar ligeramente sobre el botón del detonador.

—No tienes agallas —le espetó la mujer. Luego la agarró de la muñeca y la sacó a rastras del coche.

La puerta de la casa estaba a unos veinte metros de distancia, pero el peso del chaleco suicida y los efectos del propofol hicieron que pareciera una milla. La habitación en la que entró Natalie era rústica y pintoresca. De ahí que sus ocupantes, todos ellos hombres, parecieran escandalosamente fuera de lugar. Cuatro llevaban trajes tácticos negros e iban armados con fusiles de asalto. El quinto vestía un traje elegante y se estaba calentando las manos ante una estufa de leña, de espaldas a Natalie. Medía mucho más de metro ochenta y tenía los hombros anchos. Aun así, producía una vaga sensación de debilidad, como si se estuviera recuperando de una lesión reciente.

Por fin, el hombre del traje se dio la vuelta. Llevaba el pelo cuidadosamente cortado y peinado y la cara afeitada. Sus ojos marrones oscuros, sin embargo, eran tal y como los recordaba Natalie. Y lo mismo podía decirse de su sonrisa rebosante de aplomo. Dio un paso hacia ella apoyando la pierna herida y se detuvo.

—Maimónides —dijo amablemente—. Cuánto me alegra volver a verte.

Natalie agarró con fuerza el detonador. Bajo sus pies, ardía la tierra.

70

ARLINGTON, VIRGINIA

Era una casita adosada de dos plantas con cerramientos de aluminio. La vivienda de la izquierda estaba pintada de gris granito. La de la derecha, la de Qassam El Banna, era del color de una camisa que se ha secado demasiadas veces encima del radiador. Las dos casas tenían una sola ventana en la planta baja y otra en la primera. Una valla de alambre dividía el jardín delantero en dos parcelitas. La de la izquierda parecía de exposición. En la de Qassam, en cambio, parecía haber estado pastando un rebaño de cabras.

—Es evidente —comentó Eli Lavon hoscamente desde el asiento trasero del Buick— que no tiene mucho tiempo para la jardinería.

Habían aparcado al otro lado de la calle, frente a otras dos casitas adosadas de idéntica factura. Delante de la casa de color blanco grisáceo había aparcado un Acura. Todavía tenía la matrícula de concesionario.

—Bonito coche —dijo Lavon—. ¿Cuál tiene el marido?

—Un Kia —respondió Gabriel.

—No veo ningún Kia.

—Yo tampoco.

—La mujer conduce un Acura y el marido un Kia. ¿Cómo se explica eso?

Gabriel no contestó.

—¿Cómo se llama ella? —preguntó Lavon.

—Amina.

—Muy bonito. ¿Egipcia?

—Eso parece.

—¿Tienen hijos?

—Un niño.

—¿De qué edad?

—Dos años y medio.

—Así que no se acordará de lo que está a punto de ocurrir.

—No —convino Gabriel—. No se acordará.

Un coche pasó por la calle. El conductor tenía aspecto de indígena sudamericano: boliviano o peruano, quizá. No pareció reparar en los tres agentes del servicio secreto israelí que ocupaban el Buick Regal aparcado frente a la casa de un yihadista egipcio que se había colado por los resquicios del sistema de seguridad estadounidense posterior al 11 de Septiembre.

—¿A qué se dedicaba Qassam antes de meterse en el negocio de las mudanzas?

—A la informática.

—¿Por qué hay tantos informáticos?

—Porque así no tienen que estudiar materias contrarias al islam como literatura inglesa o pintura del Renacimiento italiano.

—Todas esas cosas que hacen la vida interesante.

—La vida no les interesa, Eli. Solo la muerte.

—¿Crees que se habrá dejado en casa los ordenadores?

—Eso espero.

—¿Y si ha roto los discos duros?

Gabriel se quedó callado. Otro coche pasó por la calle, con otro sudamericano al volante. Estados Unidos, pensó Gabriel, también tenía sus *banlieus*.

—¿Cómo quieres hacerlo? —preguntó Lavon.

—No voy a llamar a la puerta y a autoinvitarme a tomar una taza de té.

—Pero tampoco vas a ponerte duro.

—No —contestó Gabriel—. Tampoco voy a ponerme duro.

—Eso dices siempre.

—¿Y?

—Siempre te pones duro.

Gabriel cogió uno de los AR-15 y comprobó que estaba convenientemente cargado.

—¿Por la puerta de delante o por la de atrás? —preguntó Lavon.

—Yo nunca uso la puerta de atrás.

—¿Y si tienen perro?

—No seas gafe, Eli.

—¿Qué quieres que haga?

—Quedarte en el coche.

Sin decir una palabra más, Gabriel salió y cruzó rápidamente la calle con el arma en una mano y Mijail a su lado. Tenía gracia, pensó Lavon mientras le observaba, que después de tantos años siguiera moviéndose como el chaval de veintidós años que había servido como ángel vengador de Israel tras el atentado de Múnich. Saltó la valla de alambre pasando la pierna por encima y se abalanzó contra la puerta principal de la casa de los El Banna. Se oyó un fuerte crujido seguido por un grito de mujer sofocado al instante. Luego se cerró la puerta y las luces de la casa se apagaron. Lavon se sentó detrás del volante y observó la calle tranquila. Y eso que no iba a ponerse duro, pensó. Siempre acababa poniéndose duro.

71

HUME, VIRGINIA

El miedo pareció licuarle el organismo. Agarraba con fuerza el detonador, como si temiera que fuera a resbalársele de la mano y a hundirse como una moneda en un pozo de los deseos. Repasó de cabeza los elementos de su currículum prefabricado. Era Leila de Sumayriyya, Leila la que amaba a Ziad. En una manifestación en la *place* de la République, le había dicho a un joven jordano llamado Nabil que quería castigar a Occidente por su apoyo a Israel. Nabil le había facilitado su nombre a Jalal Nasser, que a su vez se lo había trasladado a Saladino. Dentro del movimiento yihadista mundial, su historia era de lo más corriente. Pero era solo eso, una historia, y de algún modo Saladino lo sabía.

Pero ¿desde cuándo lo sabía? ¿Desde el principio? No, pensó Natalie, era imposible. Sus lugartenientes no le habrían permitido estar en la misma habitación que él si hubieran sospechado que era una espía. Ni habría puesto su destino en sus manos. En cambio le habían confiado su vida, y ella la había salvado, para su eterno bochorno. Y ahora estaba ante él con una bomba ceñida al cuerpo y un detonador en la mano derecha. «Nosotros no hacemos misiones suicidas», le había dicho Gabriel tras su regreso del califato. «No cambiamos nuestras vidas por las suyas». Apoyó el pulgar sobre el detonador y, para comprobar su resistencia, lo apretó levemente. Saladino sonrió, observándola.

—Eres muy valiente, Maimónides —le dijo en árabe—. Pero eso siempre lo he sabido.

Se metió la mano en el bolsillo de la pechera de la americana. Temiendo que fuera a sacar una pistola, Natalie apretó un poco más el detonador. Pero no era una pistola: era un teléfono. Tocó un par de veces la pantalla y el dispositivo emitió un fuerte siseo. Pasados unos segundos, Natalie se dio cuenta de que era el sonido del agua de un grifo cayendo en un lavabo. La primera voz que oyó fue la suya.

—*¿Sabe quién es esa mujer?*

—*¿Cómo ha entrado en el país?*

—*Con un pasaporte falso.*

—*¿Por dónde entró?*

—*¿Kennedy o Newark?*

—*No lo sé.*

—*¿Cómo llegó a Washington?*

—*En tren.*

—*¿A qué nombre está el pasaporte?*

—*Asma Doumaz.*

—*¿Te han dado un objetivo?*

—*No. Pero a ella sí. Es un ataque suicida.*

—*¿Conoces su objetivo?*

—*No.*

—*¿Has conocido a algún otro miembro de las células?*

—*No.*

—*¿Dónde está tu teléfono?*

—*Me lo quitó ella. No intenten mandarme mensajes.*

—*Sal de aquí.*

Saladino silenció la grabación tocando la pantalla. Luego miró a Natalie unos segundos insoportables. Su semblante no reflejaba censura, ni ira. Era la mirada de un profesional.

—¿Para quién trabajas? —preguntó por fin, dirigiéndose de nuevo a ella en árabe.

—Trabajo para ti. —No supo de qué reserva de absurdo valor sacó su respuesta, pero esta pareció divertir a Saladino.

—Eres muy valiente, Maimónides —repitió él—. Más valiente de lo que te conviene.

Ella reparó por primera vez en que había una televisión en la sala. Estaba sintonizada en la CNN. Trescientos invitados vestidos de gala salían de la Sala Este de la Casa Blanca escoltados por el Servicio Secreto.

—Una noche para el recuerdo, ¿no te parece? Todos los atentados han tenido éxito menos uno. El objetivo era un restaurante francés en el que suelen cenar prominentes ciudadanos de Washington. No sé por qué, la mujer encargada del ataque decidió no llevar a cabo su misión. Prefirió subir a un coche conducido por una mujer a la que creía una agente del FBI. —Hizo una pausa para dejar contestar a Natalie, pero ella guardó silencio—. Su traición no suponía ningún peligro para la operación —prosiguió—. De hecho, resultó muy valiosa porque nos permitió distraer a los americanos mientras ultimábamos los preparativos. El final de la partida —añadió lúgubremente—. Safia y tú erais una distracción, una artimaña. Soy un soldado de Alá, pero también un gran admirador de Winston Churchill. Y fue Churchill quien dijo que, en tiempos de guerra, la verdad es tan preciosa que ha de ir siempre escoltada por un batallón de mentiras.

Había dirigido estas palabras a la pantalla del televisor. Ahora se volvió nuevamente hacia Natalie.

—Había, no obstante, una pregunta para la que no encontrábamos respuesta satisfactoria —añadió—. ¿Para quién trabajabas exactamente? Abú Ahmed daba por sentado que eras americana, pero yo tenía la impresión de que no era una operación americana. Si te soy sincero, pensaba que eras británica porque, como todos sabemos, los británicos son los mejores a la hora de infiltrar agentes de carne y hueso. Pero resultó que tampoco era así. No trabajabas ni para los americanos ni para los británicos. Trabajabas para otra persona. Y esta noche por fin me has dicho su nombre.

Tocó de nuevo la pantalla de su móvil y Natalie oyó de nuevo un sonido semejante al del agua corriendo por un lavabo. Pero no era agua: era el zumbido de un coche que huía del caos de Washington. Esta vez, la única voz que se oía era la suya. Hablaba en hebreo y su voz sonaba pastosa por el sedante.

«Gabriel... Por favor, ayúdame... No quiero morir...».

Saladino silenció el teléfono y volvió a guardarlo en el bolsillo de la pechera de su magnífica chaqueta. Caso cerrado, pensó Natalie. Y sin embargo en su rostro no había ira. Solo piedad.

—Fuiste una tonta viniendo al califato.

—No —respondió Natalie—. Fui una tonta por salvarte la vida.

—¿Por qué lo hiciste?

—Porque si no habrías muerto.

—Y ahora —repuso Saladino— eres *tú* quien va a morir. La cuestión es ¿morirás sola o pulsarás ese detonador para llevarme contigo? Apuesto a que no tienes ni el valor ni la fe suficientes para apretar el botón. Solo nosotros, los musulmanes, tenemos tanta fe. Estamos dispuestos a morir por nuestra religión, no como vosotros, los judíos. Vosotros creéis en la vida. Nosotros, en cambio, creemos en la muerte. Y en cualquier batalla son los que están dispuestos a morir los que se alzan con la victoria. —Hizo una breve pausa. Luego añadió—: Adelante, Maimónides, déjame por mentiroso. Demuestra que me equivoco. Pulsa el botón.

Natalie se acercó el detonador a la cara y miró fijamente los ojos oscuros de Saladino. El botón cedió a un ligero aumento de presión.

—¿No te acuerdas de tu entrenamiento en Palmira? Utilizamos a propósito detonadores muy duros para evitar accidentes. Tienes que apretar más fuerte.

Natalie así lo hizo. Se oyó un clic y luego se hizo el silencio. Saladino sonrió.

—Evidentemente —dijo—, un fallo de funcionamiento.

72

ARLINGTON, VIRGINIA

Amina El Banna llevaba más de cinco años residiendo legalmente en Estados Unidos, pero su dominio del inglés era muy limitado. De ahí que Gabriel la interrogara sirviéndose del árabe, que en su caso también era limitado. Lo hizo en la minúscula mesa de la cocina, con Mijail esperando en la puerta, y en voz lo bastante baja para no despertar al niño que dormía arriba. No enarboló una bandera falsa y fingió ser estadounidense porque resultaba imposible hacerlo. Amina El Banna, como egipcia del delta del Nilo, sabía muy bien que era israelí, y por lo tanto le temía. Gabriel no hizo nada para tranquilizarla. El miedo era su tarjeta de visita y, en un momento como aquel, con una agente en manos del grupo terrorista más violento que hubiera conocido el mundo, era también su única baza.

Le refirió a Amina El Banna los hechos tal y como los conocía. Su marido formaba parte de la célula terrorista del ISIS que acababa de sembrar la destrucción en Washington. Y no se trataba de un simple peón, sino de un agente de peso: era él quien había colocado las piezas sobre el tablero y quien había ofrecido una tapadera a las células terroristas. Con toda probabilidad, Amina sería acusada de complicidad y pasaría el resto de su vida en la cárcel. A menos, claro, que cooperase.

—¿Cómo puedo ayudarlos? Yo no sé nada.

—¿Sabía que Qassam era dueño de una empresa de mudanzas?

—¿Qassam? ¿De una empresa de mudanzas? —Negó con la cabeza, incrédula—. Qassam es informático.

—¿Cuándo fue la última vez que le vio?

—Ayer por la mañana.

—¿Dónde está?

—No lo sé.

—¿Ha probado a llamarle?

—Claro que sí.

—¿Y?

—Salta directamente el buzón de voz.

—¿Por qué no ha llamado a la policía?

Amina no respondió. Pero Gabriel no necesitaba respuesta. No había llamado a la policía porque pensaba que su marido era uno de los terroristas del ISIS.

—¿Hizo algún preparativo para que usted y el niño se trasladaran a Siria?

Ella titubeó. Luego dijo:

—Le dije que no pensaba ir.

—Sabia decisión. ¿Sus ordenadores todavía están aquí?

Ella hizo un gesto afirmativo.

—¿Dónde?

Amina miró hacia el techo.

—¿Cuántos hay?

—Dos. Pero están protegidos y no sé la contraseña.

—Claro que la sabe. Toda mujer conoce la contraseña de su marido, aunque su marido sea un terrorista del ISIS.

Amina no dijo nada más.

—¿Cuál es la contraseña?

—La Shahada.

—¿Transcripción inglesa o árabe?

—Inglesa.

—¿Con espacios o sin espacios?

—Sin espacios.

—Vamos.

La condujo por la estrecha escalera sin hacer ruido para no despertar a su hijo y abrió la puerta del despacho de Qassam El Banna. Era la pesadilla de cualquier agente de la lucha antiterrorista. Gabriel se sentó delante de uno de los ordenadores, lo reactivó moviendo un poco el ratón y apoyó ligeramente los dedos sobre el teclado. Escribió *NOHAYMASDIOSQUEALÁ* y pulsó el botón de retorno.

—Mierda —dijo en voz baja.

Alguien había vaciado el disco duro.

Era muy bueno, Qassam, pero los diez *hackers* del Minyan eran aún mejores. A los pocos minutos de llegar la descarga de Gabriel, descubrieron las huellas digitales de su carpeta de documentos. Dentro de la carpeta había otra, protegida y cifrada, llena de documentos relativos a la empresa Dominion Movers de Alexandria, y entre esos documentos figuraba el contrato de arrendamiento por un año de una pequeña finca rústica cerca de una localidad llamada Hume.

—No está muy lejos del antiguo piso franco de la CIA en The Plains —explicó Uzi Navot por teléfono—. Está más o menos a una hora de camino de tu ubicación actual, puede que a más. Si vas en coche hasta allí y no está...

Gabriel colgó y marcó el número de Adrian Carter en Langley.

—Necesito que un avión con cámara de infrarrojos sobrevuele cierta casita cerca de Hume Road, en el condado de Fauquier. Y no intentes decirme que no tienes ninguno.

—Yo no. Pero el FBI sí.

—¿Pueden prescindir de alguno?

—Se lo preguntaré.

Podían, en efecto. De hecho, ya había un aparato del FBI sobrevolando Liberty Crossing: una avioneta Cessna 182T Skylane, propiedad de una empresa fantasma llamada LCT Research, con sede en Reston, Virginia. El aparato, de un solo motor, tardó diez minutos en llegar al condado de Fauquier y localizar la casita de tejado triangular en un valle al norte de Hume Road. La cámara de infrarrojos mostró que dentro había siete individuos. Uno de ellos, el de menor envergadura, parecía inmóvil. Había tres vehículos aparcados fuera de la casa. Todos ellos habían sido utilizados recientemente.

—¿Se ve a alguien más en el valle? —preguntó Gabriel.

—Solo animales —explicó Carter.

—¿Qué clase de animales?

—Varios ciervos y un par de osos.

—Perfecto —dijo Gabriel.

—¿Dónde estás?

Gabriel se lo dijo. Iban por la I-66 en dirección norte. Acababan de dejar atrás la autopista de circunvalación de Washington.

—¿Dónde está el equipo de fuerzas especiales o de rescate de rehenes más cercano? —preguntó.

—Todas las unidades disponibles han sido enviadas a Washington por los atentados.

—¿Cuánto tiempo más podemos disponer del Cessna?

—No mucho. El FBI quiere que regrese.

—Pídeles que hagan una pasada más. Pero no muy baja. Los ocupantes de esa casa conocen el ruido que hace un avión de vigilancia cuando lo oyen.

Gabriel cortó la conexión y contempló el paisaje de suburbio norteamericano que se desplegaba más allá de la ventana. En su cabeza, sin embargo, había solo números, y el resultado que arrojaban no era bueno. Siete personas, dos fusiles de asalto AR-15, un veterano de la unidad más selecta de las fuerzas especiales del ejército israelí, un exasesino que pronto dirigiría el servicio de inteligencia israelí, un especialista en vigilancia al que nunca le había gustado ponerse duro, y dos osos. Miró su teléfono móvil. Distancia a destino: ochenta y dos kilómetros. Tiempo estimado de llegada: una hora y siete minutos.

—Más deprisa, Mijail. Tienes que conducir más deprisa.

73

HUME, VIRGINIA

No habría juicio porque no era necesario: ella misma, al presionar el botón del detonador, había admitido su culpabilidad. Quedaba solo por resolver la cuestión de su confesión –que sería grabada para difundirla posteriormente en el sinfín de plataformas propagandísticas del ISIS– y su ejecución, que sería por decapitación. Podría haber sido todo muy rápido de no ser por el propio Saladino. La breve demora no se debió en modo alguno a un acto de piedad. Saladino seguía siendo, en el fondo, un espía. Y lo que más ansiaba un espía, por encima de sangre, era información.

El éxito de los atentados de Washington y la perspectiva de la inminente ejecución de Natalie surtieron el efecto de aflojarle la lengua. Reconoció que, en efecto, había formado parte del Mukhabarat iraquí en tiempos de Sadam Husein. Su labor principal, explicó, consistía en proporcionar material y apoyo logístico a grupos terroristas palestinos, y especialmente a los que rechazaban de plano la existencia de un Estado hebreo en Oriente Medio. Durante la Segunda Intifada había supervisado el pago de sustanciosas indemnizaciones a las familias de terroristas suicidas palestinos. Se jactó de ser amigo íntimo de Abú Nidal. De hecho, fue este, el más sanguinario de los terroristas que negaban la existencia del Estado de Israel, quien le dio su apodo.

Dada la índole de su trabajo, se convirtió en un experto en los servicios secretos israelíes y desarrolló una especie de rencorosa admiración por la Oficina y por Ari Shamron, el maestro de espías que había dirigido la inteligencia israelí durante casi treinta años. Una admiración que se hizo extensiva a las hazañas del más célebre protegido de Shamron, el legendario espía y asesino Gabriel Allon.

Tras este preámbulo, comenzó a interrogar a Natalie acerca de los pormenores de la operación: su vida antes de unirse al servicio secreto israelí, su reclutamiento, su formación, sus métodos de inserción. Natalie, informada de que pronto sería decapitada, no tenía motivos para cooperar, salvo el retrasar unos minutos su muerte inevitable. Pero bastaba con eso, porque sabía que su desaparición no pasaría desapercibida. La curiosidad de espía de Saladino le dio la oportunidad de frenar el avance del reloj. Saladino comenzó por preguntarle su verdadero nombre. Ella se resistió durante unos minutos preciosos, hasta que, furioso, él amenazó con arrancarle la carne de los huesos con el mismo cuchillo que usaría para decapitarla.

—Amit —dijo por fin—. Me llamo Amit.

—¿Amit qué más?

—Meridor.

—¿De dónde eres?

—De Jaffa.

—¿Cómo aprendiste a hablar tan bien el árabe?

—Hay muchos árabes en Jaffa.

—¿Y el francés?

—Viví en París unos años de pequeña.

—¿Por qué?

—Mis padres trabajaban para el Ministerio de Exteriores.

—¿Eres médico?

—Y muy buena, además.

—¿Quién te reclutó?

—Nadie. Pedí yo entrar en la Oficina.

—¿Por qué?

—Quería servir a mi país.

—¿Esta es tu primera operación?

—No, claro que no.

—¿Los franceses han participado en esta operación?

—Nunca trabajamos con servicios extranjeros. Preferimos ir a nuestro aire.

—¿Azul y blanco? —preguntó Saladino, refiriéndose a uno de los eslóganes del *establishment* militar y policíal israelí.

—Sí. —Natalie asintió lentamente con la cabeza—. Azul y blanco.

A pesar de las circunstancias, Saladino había insistido en que estuviera convenientemente cubierta durante el interrogatorio. Como en la casa no había ninguna *abaya*, la taparon con una sábana que quitaron de una de las camas. Natalie se imaginaba el aspecto que debía presentar –una figura levemente cómica, enfundada en blanco–, pero aquel manto tenía la ventaja de brindarle cierta intimidad: así tapada, podía mentir con la certeza de que Saladino no vería ningún vestigio de duplicidad en sus ojos, e irradiar cierta sensación de calma interior, incluso de paz, cuando en realidad pensaba únicamente en el dolor que sentiría cuando la hoja del cuchillo se le clavara en el cuello. Con los ojos tapados, se agudizó su sentido del oído. Podía seguir el deambular trabajoso de Saladino por el cuarto de estar de la casa e intuir la ubicación de los cuatro terroristas armados del ISIS. Y oía, allá arriba, muy por encima del tejado de la casa, el lento avance en círculos de una avioneta de un solo motor. Advirtió que Saladino también lo oía. Se quedó callado un momento, hasta que se marchó el avión, y luego reanudó el interrogatorio.

—¿Cómo pudiste transformarte en una palestina de manera tan convincente?

—Tenemos una escuela especial.

—¿Dónde?

—En el Neguev.

—¿Hay otros agentes de la Oficina infiltrados en el ISIS?

—Sí, muchos.

—¿Cómo se llaman?

Le dio seis nombres: cuatro hombres y dos mujeres. Le dijo que ignoraba cuáles eran las tareas que tenían asignadas. Solo sabía que allá arriba, muy por encima de la casita de tejado triangular, el avión había vuelto. Saladino, pensó, también lo sabía. Tenía una última pregunta que hacerle. ¿Por qué?, preguntó. ¿Por qué le había salvado la vida en aquella casa con un sinfín de patios y habitaciones cerca de Mosul?

—Quería ganarme tu confianza —contestó ella sinceramente.

—Pues lo conseguiste —reconoció él—. Y luego la traicionaste. Por eso, Maimónides, vas a morir esta noche.

Se hizo el silencio en la habitación, pero no en el cielo. Desde debajo de su sudario, Natalie formuló una última pregunta. ¿Cómo había descubierto Saladino que era una espía? Él no contestó. Estaba escuchando de nuevo el zumbido del aeroplano. Natalie siguió el tamborileo y el arañar de sus pasos cuando cruzó lentamente la sala hacia la puerta delantera de la casa. Fue lo último que oyó de él.

Permaneció unos instantes en el camino, con la cara levantada hacia el cielo. No había luna, pero sí estrellas. Era una noche clara y silenciosa, salvo por el sonido del avión. Tardó un tiempo en localizarlo porque llevaba las luces de navegación atenuadas. Solo el zumbido del motor delataba su ubicación. Volaba describiendo una órbita regular en torno al pequeño valle, a una altura de unos diez mil pies. Por fin, al llegar al extremo norte, viró hacia el este, en dirección a Washington, y desapareció. Su instinto le decía que aquel avión les traería problemas. Y su instinto solo le había fallado una vez, cuando le dijeron que una tal Leila, una doctora con mucho talento que decía ser palestina, era digna de confianza, incluso de amor. Pronto, aquella mujer recibiría la muerte que merecía.

Siguió con la cara levantada hacia el cielo. Sí, las estrellas brillaban mucho esa noche, pero no tanto como en el desierto. Si quería volver a verlas, tenía que marcharse ya. Pronto habría otra guerra: una guerra que concluiría con la derrota de las huestes de

Roma en un lugar llamado Dabiq. El presidente americano no podría eludirla, se dijo. Después de aquella noche, no.

Subió al BMW, encendió el motor e introdujo su dirección de destino en el navegador, que le indicó que se dirigiera a una carretera que era capaz de reconocer. Saladino así lo hizo, con las luces atenuadas como el avión de vigilancia, siguiendo el camino de tierra y grava por el borde del pequeño valle y a través del prado, hasta Hume Road. El navegador le ordenó que torciera a la izquierda y regresara a la I-66. Pero Saladino, haciendo caso de su instinto, giró a la derecha. Pasado un momento, encendió la radio. Sonrió. Aquello no había acabado, pensó. Era solo el principio.

74

HUME, VIRGINIA

El último informe del Cessna del FBI decía lo mismo que el primero: siete sujetos dentro de la casa, tres vehículos fuera. Uno de los sujetos permanecía inmóvil y otro parecía pasearse lentamente por la sala. No se veían más señales calóricas en el pequeño valle, excepto las de los osos, que se hallaban a unos cincuenta metros al norte de la casa. Por ese motivo, entre otros, Gabriel y Mijail decidieron acercarse desde el sur.

Una sola vía daba acceso al valle: el camino privado que conducía de Hume Road a la propia casa. Utilizándolo como punto de referencia, avanzaron sin apartarse de los prados, Mijail delante, Gabriel un paso por detrás. El suelo estaba empapado, y los agujeros abiertos por los animales excavadores volvían traicionero el terreno. De vez en cuanto, Mijail alumbraba el camino con la linterna de su teléfono móvil, pero la mayor parte del tiempo avanzaban a oscuras.

En el lindero del prado había una colina empinada, cubierta de robles y arces. Las ramas caídas que cubrían el suelo dificultaron su avance. Por fin, tras escalar la cresta del valle, divisaron la casa por primera vez. Desde la marcha del Cessna, había cambiado una cosa: solo había dos vehículos, en lugar de tres. Mijail comenzó a bajar por la falda de la colina y Gabriel le siguió, un paso por detrás de él.

* * *

Tras la brusca partida de Saladino, comenzaron los preparativos para la ejecución de Natalie. Le quitaron la sábana blanca y le ataron las manos a la espalda. Siguió una breve discusión entre los cuatro terroristas acerca de quién de ellos tendría el honor de cortarle la cabeza. Se impuso el más alto. Natalie dedujo por su acento que era yemení. Había algo en su actitud que le resultaba vagamente familiar. De repente se dio cuenta de que habían coincidido en el campo de entrenamiento de Palmira. En aquel entonces, él llevaba barba y melena largas. Ahora, en cambio, tenía la cara lampiña y llevaba el pelo pulcramente peinado. De no ser por su traje negro, podría habérsele confundido con un dependiente de una tienda de Apple.

Se taparon los cuatro la cara, dejando al descubierto únicamente sus ojos implacables. No intentaron alterar el decorado netamente americano: de hecho, parecía entusiasmarlos. Hicieron que Natalie se arrodillara ante la cámara, que manejaba la mujer a la que conocía por el nombre de Megan. Era una cámara de verdad, no un teléfono móvil: en cuestión de producción, el ISIS no tenía rival. Ordenaron a Natalie mirar directamente a la cámara, pero ella se negó incluso cuando el yemení le dio una fuerte bofetada. Fijó la mirada al frente, en la ventana, más allá del hombro derecho de la mujer, y procuró pensar en algo, en cualquier cosa que no fuese la hoja de acero del machete de caza que el yemení empuñaba con la mano derecha.

El yemení se situó detrás de ella, con los otros tres hombres apostados a su derecha, y leyó una declaración redactada previamente, primero en árabe, luego en un idioma que Natalie, pasado un momento, se dio cuenta de que era un inglés entrecortado. Daba igual: sin duda el equipo de posproducción del ISIS añadiría unos subtítulos. Natalie procuró no escuchar y centró su atención en la ventana. Como fuera estaba oscuro, el cristal actuaba a modo de espejo. Veía a grandes rasgos la escena de su ejecución tal y como aparecería en el encuadre de la cámara: una mujer indefensa y arrodillada, tres enmascarados portando fusiles automáticos y un yemení con un machete hablando un idioma desconocido. Pero en la ventana había algo más, algo menos nítido que su reflejo y el de sus cuatro asesinos. Era una cara. Al instante se dio cuenta de que era la cara de Mijail. Qué extraño, pensó. Entre todas las caras que podía evocar su memoria momentos antes de morir, no era la suya la que esperaba ver.

El yemení alzó la voz en una floritura retórica al concluir su declaración. Natalie lanzó una última ojeada a su reflejo en la ventana, y a la cara del hombre al que tal vez podría haber amado. «¿Estáis mirando?», pensó. «¿A qué estáis esperando?».

Cobró conciencia del silencio. Duró un segundo o dos, una hora o más, no estaba segura. Luego, el yemení se lanzó sobre ella como un animal salvaje y Natalie cayó de lado. Cuando la asió por la garganta, se preparó para sentir el dolor del primer tajo. «Relájate», se dijo. Le dolería menos si no tensaba los músculos y los tendones. Entonces, sin embargo, se oyó un fuerte chasquido que ella confundió con el ruido de su cuello al romperse, y el yemení se desplomó a su lado. Los otros tres yihadistas cayeron a continuación, uno tras otro, como blancos en una galería de tiro. La mujer fue la última en morir. Cayó como si a sus pies se hubiera abierto una trampilla, con la cabeza atravesada por un balazo. La cámara resbaló de su mano y se estrelló contra el suelo con estrépito. El objetivo desvió benévolamente la mirada del rostro de Natalie. Era preciosa, se dijo Gabriel al cortar las ataduras de sus muñecas. Incluso cuando gritaba.

CUARTA PARTE

EL QUE MANDA

75

WASHINGTON - JERUSALÉN

Los reproches comenzaron antes incluso de que saliera el sol. Un partido culpaba al presidente de la calamidad que había azotado Estados Unidos. El otro culpaba a su predecesor. Era lo único que Washington hacía bien últimamente: lanzar reproches y repartir culpas. Hubo un tiempo, durante los días más oscuros de la Guerra Fría, en que la política exterior norteamericana se caracterizaba por el consenso y la firmeza. Ahora, los dos partidos no lograban ponerse de acuerdo respecto a quién era el enemigo, y mucho menos respecto a cómo combatirlo. No era de extrañar, por tanto, que un ataque contra la capital de la nación desencadenara una nueva escaramuza entre facciones políticas.

Entre tanto, en el Centro Nacional de Lucha Antiterrorista, en el Monumento a Lincoln, en el Centro John F. Kennedy para las Artes Escénicas, en Harbor Place, en una hilera de restaurantes a lo largo de M Street y en el Café Milano, se hacía el recuento de víctimas mortales. Ciento dieciséis en el NCTC y la Oficina del Director Nacional de Inteligencia, veintiocho en el Monumento a Lincoln, trescientos doce en el Centro Kennedy, ciento cuarenta y siete en Harbor Place, sesenta y dos en M Street y cuarenta y nueve en el Café Milano. Entre los fallecidos en el famoso restaurante de Georgetown se hallaban los cuatro pistoleros del ISIS, todos ellos abatidos a balazos a pesar de que, en los momentos de confusión que siguieron a los atentados, nadie sabía a ciencia cierta *quién* había efectuado esos disparos. La Policía Metropolitana decía que había sido el FBI, y el FBI decía que había sido la Policía Metropolitana.

El suicida del restaurante había sido identificado como una mujer de veintitantos años y cabello rubio. Poco después se descubriría que había llegado a Nueva York en un avión procedente de París, con pasaporte galo, y que había pasado una sola noche en el hotel Key Bridge Marriott de Arlington, en una habitación registrada a nombre de la doctora Leila Hadawi, también ciudadana francesa. El Gobierno francés se vio obligado a reconocer que la terrorista suicida, identificada según su pasaporte como Asma Doumaz, era en realidad Safia Bourihane, una de las autoras materiales del atentado contra el Centro Weinberg de París. Pero ¿cómo había logrado la mujer más buscada del mundo, un auténtico icono del yihadismo, regresar a Francia, embarcar en un vuelo internacional y entrar en Estados Unidos? En Capitol Hill, miembros de ambos partidos políticos exigieron la dimisión del secretario de Seguridad Nacional y la del comisario general de Aduanas y Seguridad Fronteriza. Reproches y reparto de culpas: el pasatiempo predilecto de Washington.

Pero ¿quién era la doctora Leila Hadawi? El Gobierno galo afirmaba que había nacido en Francia, que era de origen palestino y que trabajaba en la sanidad pública estatal. Según los registros de su pasaporte, había pasado el mes de agosto en Grecia, aunque las autoridades francesas sospechaban ahora que en realidad había viajado clandestinamente a Siria para recibir entrenamiento. Curiosamente, el ISIS no parecía conocerla. Su nombre no figuraba en ninguno de los vídeos reivindicativos ni en los mensajes de celebración que habían inundado Internet durante las horas posteriores al ataque. En cuanto a su paradero, nada se sabía de él.

Diversos medios de comunicación a ambos lados del Atlántico comenzaron a hablar de «la Conexión Francesa»: el incómodo vínculo entre el ataque contra Washington y diversos ciudadanos del más antiguo aliado de Estados Unidos. *Le Monde* desveló una nueva «conexión» al informar de que un alto mando de la DGSI llamado Paul Rousseau, el héroe de la campaña secreta contra Acción Directa, había resultado herido en el atentado del NCTC. Pero ¿qué hacía allí Rousseau? La DGSI aseguraba que formaba parte del dispositivo de seguridad que rodeaba la visita del presidente francés a Washington. *Le Monde*, no obstante, disintió cortésmente. Rousseau –afirmó el rotativo– era el jefe de algo denominado Grupo Alfa, una brigada antiterrorista ultrasecreta conocida por sus sucias estratagemas y sus engaños. El ministro del Interior negó la existencia de tal grupo, y lo mismo hizo el director de la DGSI. Nadie en Francia los creyó.

Y a nadie le importó tampoco en aquel momento, al menos en Estados Unidos, donde la sed de revancha era la principal preocupación. El presidente ordenó de inmediato ataques aéreos masivos contra todos los enclaves conocidos del ISIS en Siria, Irak y Libia, aunque al mismo tiempo se desvivió por asegurar al mundo islámico que Estados Unidos no estaba en guerra con los musulmanes. Se negó, asimismo, a ceder a las presiones de quienes exigían una invasión a gran escala del califato por parte de Estados Unidos. La respuesta americana, dijo, se limitaría a ofensivas aéreas y operaciones especiales para capturar o eliminar a los líderes y mandos del ISIS, como el sujeto, todavía sin identificar, que había ideado y ejecutado el ataque contra Washington. Quienes criticaban al presidente se indignaron. Y también se indignó el ISIS, que no buscaba otra cosa que una batalla apocalíptica con los ejércitos de Roma en un lugar llamado Dabiq. El presidente se negó a concederles su deseo. Le habían elegido en las urnas para poner fin a las interminables guerras de Oriente Medio, no para iniciar otra. Esta vez, Estados Unidos respondería comedidamente. Sobreviviría al ataque contra Washington, afirmó, y como resultado de ello la nación saldría fortalecida.

Dos de los primeros objetivos de la ofensiva aérea americana fueron un edificio de pisos cercano al parque Al Rasheed de Raqqa, y una casona con numerosas habitaciones y patios al oeste de Mosul. Los medios de comunicación estadounidenses, sin embargo, centraron su atención en una casa muy distinta: una cabaña de madera con el tejado triangular cercana a la localidad de Hume, en Virginia. La casita la había alquilado una empresa fantasma con sede en el norte de Virginia cuyo titular era un ciudadano egipcio llamado Qassam El Banna. El cadáver de El Banna había sido descubierto en una pequeña laguna que había en la finca, en el asiento delantero de su Kia, con cuatro disparos efectuados a quemarropa. Dentro de la cabaña se descubrieron otros cinco cadáveres: cuatro milicianos del ISIS vestidos de negro y una mujer a la que posteriormente se identificó como Megan Taylor, una conversa al islam originaria de Valparaiso, Indiana. El FBI concluyó que los cinco habían muerto como consecuencia de las heridas producidas por proyectiles del calibre 5.56x45 milímetros, disparados por dos fusiles de asalto AR-15. Más adelante, gracias a las pruebas balísticas, se determinaría que esos mismos fusiles habían participado en el atentado contra el Café Milano de Georgetown. Pero *¿quién* había disparado? El director del FBI dijo no conocer la respuesta. Nadie le creyó.

Poco después de efectuarse ese descubrimiento en la Virginia rural, el FBI detuvo a Amina El Banna, esposa del hombre hallado muerto en la laguna, para interrogarla. Y fue en ese momento cuando la historia dio un vuelco inquietante. Porque, inmediatamente después de su liberación, la señora El Banna contrató los servicios de un abogado perteneciente a una organización proderechos civiles estrechamente relacionada con los Hermanos Musulmanes. Siguió una conferencia de prensa realizada en el jardincillo delantero del pequeño dúplex de los El Banna en Eighth Place, Arlington. Hablando en árabe, con el abogado como traductor, la señora El Banna negó que su marido fuera miembro del ISIS o hubiera desempeñado papel alguno en los atentados de Washington. Afirmó, además, que la noche del ataque dos individuos irrumpieron en su casa y la interrogaron brutalmente. Describió a uno de los hombres como alto y delgado. El otro era de estatura y constitución medianas, tenía las sienes grises y los ojos más verdes que ella había visto nunca. Ambos eran evidentemente israelíes. Aseguró que habían amenazado con matarla a ella y a su hijo (del que no dijo que se llamaba Mohamed en honor a Mohamed Atta) si no les facilitaba las contraseñas de los ordenadores de su marido. Tras descargar el contenido de los aparatos, los dos desconocidos se marcharon rápidamente. No, reconoció, no había denunciado los hechos a la policía. Estaba asustada, dijo, porque era musulmana.

Las declaraciones de la señora El Banna podrían haber caído en saco roto de no ser por su descripción de uno de los individuos que entraron en la casa: aquel hombre de estatura y constitución medianas, de sienes grises y llamativos ojos verdes. Los exmoradores del mundo del espionaje le reconocieron de inmediato como el célebre agente israelí Gabriel Allon, y unos cuantos así lo manifestaron en televisión. Se apresuraron a señalar, no obstante, que Allon no podía haber irrumpido en casa de la señora El Banna por la sencilla razón de que había fallecido en el atentado de Brompton Road, hacía casi un año. ¿O no? El embajador israelí en Washington enturbió sin querer las aguas al negarse a afirmar categóricamente y sin sombra de duda que Gabriel Allon estuviera muerto.

—¿Qué quieren que les diga? —soltó durante una entrevista—. ¿Que *sigue* muerto?

Luego, escudándose en la política tradicional israelí de negarse a comentar asuntos relaciones con los servicios secretos, el embajador pidió al periodista que cambiara de tema. Y así dio comienzo la lenta resurrección de una leyenda.

Enseguida comenzaron a aparecer en la prensa noticias acerca del avistamiento en Washington del legendario espía, todas ellas de dudosa procedencia y fiabilidad. Se le había visto entrar y salir de una mansión de estilo federal en N Street, o eso decía un vecino; tomando café en una pastelería de Wisconsin Avenue, o eso afirmaba la mujer que se había sentado en la mesa de al lado; y cenando en el hotel Four Seasons, en M Street, como si al célebre Gabriel Allon, con su lista infinita de enemigos, pudiera ocurrírsele cenar en un lugar público. Se dijo también que, al igual que Paul Rousseau, se hallaba en el interior del Centro Nacional de Lucha Antiterrorista en el momento del atentado. El embajador israelí, al que casi nunca le faltaban las palabras, dejó de devolver las llamadas y los mensajes de texto, y lo mismo hizo su portavoz. Nadie se molestó en pedir explicaciones al NCTC, cuyo jefe de prensa había muerto en el atentado, al igual que su director. A todos los efectos, el NCTC había dejado de existir.

El asunto podría haber concluido ahí de no ser por una intrépida reportera de *The Washington Post* que muchos años antes, poco después del 11 de Septiembre, había destapado la existencia de una serie de prisiones secretas de la CIA (también llamadas *black sites*) en las que se sometía a los terroristas de Al Qaeda a interrogatorios despiadados. Ahora, esa misma periodista buscaba respuesta a las numerosas incógnitas sin resolver que rodeaban el ataque contra Washington. ¿Quién era la doctora Leila Hadawi? ¿Quién había matado a los cuatro terroristas del Café Milano y a los cinco de la cabaña de Hume? ¿Y qué hacía un hombre muerto, una leyenda del espionaje, en el NCTC en el momento en que estallaba una bomba de cuatrocientos kilos?

El reportaje apareció ocho días después de la cadena de atentados. En él se afirmaba que la mujer conocida como Leila Hadawi era en realidad una agente del servicio de inteligencia israelí que había logrado infiltrarse en la red de un misterioso cerebro terrorista del ISIS apodado Saladino, el cual se hallaba en Washington en el momento del ataque pero que había conseguido escapar. Se daba por sentado que Saladino había regresado al califato y que se estaba escondiendo de los bombardeos de la coalición liderada por Estados Unidos. Gabriel Allon —escribía la periodista— también se estaba escondiendo... vivito y coleando. El primer ministro israelí, cuando le preguntaron por el asunto, solo acertó a esbozar una sonrisa oblicua. Después declaró crípticamente que pronto podría hacer más comentarios al respecto. *Muy* pronto.

* * *

En el viejo barrio de Nachlaot, en el centro de Jerusalén, se dudó algún tiempo de las circunstancias que habían rodeado la muerte de Allon, especialmente en la frondosa Narkiss Street, donde se sabía que residía Allon, en un edificio de pisos de piedra caliza con un gran eucalipto en el jardín delantero. La noche en que apareció el reportaje en la página web del *Post*, se vio a Allon y a su familia cenando en Focaccia, en Rabbi Akiva Street, o eso aseguró la pareja que estaba sentada en la mesa de al lado. Allon, dijeron, había pedido higadillos de pollo con puré de patatas, mientras que su mujer, italiana de nacimiento, se había decantado por un plato de pasta. Los niños, a los que les faltaban pocas semanas para cumplir un año, habían mostrado un comportamiento ejemplar. Los padres parecían relajados y felices, aunque sus escoltas estaban visiblemente nerviosos. Toda la ciudad lo estaba. Esa misma tarde, cerca de la Puerta de Damasco, habían muerto tres judíos apuñalados. El asesino, un joven palestino de Jerusalén Este, había recibido varios impactos de bala efectuados por la policía y había muerto en el ala de traumatología del Centro Médico Hadassah, pese a los heroicos esfuerzos de su personal por salvarle la vida.

La tarde siguiente, se vio a Allon comiendo con un viejo amigo, el prestigioso arqueólogo bíblico Eli Lavon, en una cafetería de Mamilla Mall, y a las cuatro de la tarde se le vio en la pista del aeropuerto Ben Gurion, esperando la llegada del vuelo diario de Air France procedente de París. Tras la firma de diversos documentos, un cajón de madera de gran tamaño, plano y rectangular, fue introducido con todo cuidado en la parte trasera de su todoterreno personal blindado. Dentro del cajón viajaba el pago por un trabajo inacabado: *Marguerite Gachet en su tocador*, óleo sobre lienzo de Vincent van Gogh. Una hora más tarde, tras recorrer a toda velocidad la carretera de Bab al Wad, el lienzo fue colocado sobre un caballete en el laboratorio de restauración del Museo de Israel. Gabriel se situó ante él con una mano en la barbilla y la cabeza ligeramente ladeada. Ephraim Cohen se hallaba a su lado. Durante un rato, ninguno de los dos dijo nada.

—¿Sabes? —dijo por fin Cohen—, todavía puedes cambiar de idea.

—¿Por qué iba a hacerlo?

—Porque *ella* quería que lo tuvieras tú. —Tras hacer una pausa, Cohen añadió—: Y porque vale más de cien millones de dólares.

—Dame los papeles, Ephraim.

Estaban guardados en un sobrio portafolios de piel con el logotipo del museo. El acuerdo era breve y sencillo. De allí en adelante, Gabriel Allon renunciaba a todos sus derechos de propiedad sobre el Van Gogh, que pasaba a pertenecer al Museo de Israel. Había, no obstante, una cláusula inviolable: el cuadro no podría venderse bajo ninguna circunstancia, ni prestarse a otra institución. Mientras hubiera un Museo de Israel (y, por tanto, mientras existiera Israel), *Marguerite Gachet en su tocador* adornaría sus paredes.

Gabriel firmó el documento con un garabato indescifrable y volvió a contemplar el cuadro. Por fin estiró el brazo y pasó delicadamente el dedo índice por el rostro de Marguerite. No necesitaba más restauraciones, se dijo. Estaba lista para su fiesta de presentación. Solo lamentaba no poder decir lo mismo de Natalie. Ella sí necesitaba algunos retoques. Natalie era una obra inacabada.

76

NAHALAL, ISRAEL

La devolvieron al lugar donde había empezado todo, a aquella granja en el viejo *moshav* de Nahalal. Su cuarto estaba tal y como lo había dejado, excepto por el libro de poesía de Darwish, que había desaparecido. Tampoco estaban ya las fotografías ampliadas del sufrimiento palestino. En las paredes del cuarto de estar colgaban ahora diversos cuadros.

—¿Son tuyos? —preguntó Natalie la noche de su llegada.

—Algunos —respondió Gabriel.

—¿Cuáles?

—Los que no tienen firma.

—¿Y los otros?

—De mi madre.

Ella paseó la mirada por los lienzos.

—Salta a la vista que influyó mucho en ti.

—En realidad, nos influimos mutuamente.

—¿Erais competitivos?

—Mucho, sí.

Natalie se acercó a las puertas acristaladas y contempló el valle sumido en la oscuridad y las luces de la aldea árabe en lo alto del promontorio.

—¿Cuánto tiempo puedo quedarme aquí?

—Todo el que quieras.

—¿Y luego?

—Eso depende enteramente de ti —repuso Gabriel.

Era la única ocupante de la granja, pero nunca estaba sola. Un equipo de seguridad vigilaba cada uno de sus movimientos, al igual que las diversas cámaras y micrófonos que de noche grababan los horribles gritos de sus pesadillas. Saladino aparecía a menudo en ellas. A veces era el hombre herido e indefenso al que había conocido en la casa cercana a Mosul. Otras, era el personaje elegante y enérgico que tan alegremente la había condenado a morir en una cabaña, en las estribaciones de los montes Shenandoah. Safia también se le aparecía en sueños. Nunca llevaba hiyab ni *abaya*, sino la chaqueta gris con cinco botones que se había puesto la noche de su muerte, y su cabello siempre era rubio. Era Safia tal como habría podido ser si el islam radical no hubiera hecho presa en ella. Era Safia, la joven impresionable.

Natalie le explicó todo esto al equipo de médicos y psicólogos que la atendió durante unos días. Le recetaron pastillas para dormir que se negó a tomar, y ansiolíticos que la hacían sentirse embotada y apática. Para contribuir a su recuperación, salía a dar largas y agotadoras carreras por los caminos rurales del valle. Se cubría, igual que antes, los brazos y las piernas, pero no por pudor, sino porque estaba acabando el otoño y hacía bastante frío. Los escoltas la vigilaban en todo momento, al igual que los demás residentes en Nahalal. Era una comunidad muy unida, formada por numerosos veteranos del ejército israelí y de los servicios de seguridad. Sus vecinos llegaron a considerarla responsabilidad suya, convencidos de que era esa mujer de la que hablaban los periódicos: la que se había infiltrado en el grupo terrorista más sanguinario de la historia. La que había ido al califato y había sobrevivido para contarlo.

No solo la visitaban los médicos. Sus padres iban a verla a menudo, y a veces se quedaban a pasar la noche. Y todas las tardes, a primera hora, tenía una sesión con sus antiguos entrenadores. Esta vez, su tarea consistía en deshacer lo que habían hecho antes, en eliminar de su organismo todo rastro de hostilidad palestina y fanatismo islámico, en volver a convertirla en una israelí.

—Pero no *demasiado* —les advirtió Gabriel a sus entrenadores.

Había invertido gran cantidad de tiempo y esfuerzo en transformar a Natalie en una enemiga. No quería perderla por culpa de unos minutos aterradores en una cabaña de Virginia.

Dina Sarid también la visitaba. A lo largo de seis sesiones interminables, todas ellas grabadas, interrogó a Natalie con mucho más detalle que antes acerca del tiempo que había pasado en Raqqa y en el campo de entrenamiento de Palmira, de su primera entrevista con Abú Ahmed Al Tikriti y de las muchas horas que había pasado a solas con el exagente del espionaje iraquí que se hacía llamar Saladino. Todo ese material quedaría convenientemente consignado en los voluminosos archivos de Dina, que ya se estaba preparando para el siguiente asalto. Saladino –había advertido a la Oficina– no había terminado. Algún día, no tardando mucho, iría a por Jerusalén.

Al acabar la última sesión, después de que Dina apagara su ordenador y recogiera sus notas, pasaron largo rato sentadas en silencio mientras la noche caía pesadamente sobre el valle.

—Te debo una disculpa —dijo Dina por fin.

—¿Por qué?

—Por haberte persuadido para que lo hicieras. No debí hacerlo. Me equivoqué.

—Si no hubiera sido yo —dijo Natalie—, ¿quién lo habría hecho?

—Otra persona.

—¿Lo habrías hecho tú?

—No —contestó Dina con una sinceridad que la honraba—. Creo que no. Al final no ha merecido la pena. Nos ha derrotado.

—Esta vez —dijo Natalie.

«Sí», pensó Dina. «Esta vez...».

Mijail esperó casi una semana antes de hacer su primera aparición en la granja. El retraso no fue cosa suya: los médicos temían

477

que su presencia complicara la ya de por sí difícil recuperación de Natalie. Su primera visita fue breve, poco más de una hora, y enteramente profesional, salvo por una conversación íntima en el jardín iluminado por la luna que escapó al agudo oído de los micrófonos.

La noche siguiente vieron una película (francesa, con subtítulos en hebreo) y la siguiente, con permiso de Uzi Navot, fueron a comer *pizza* a Cesarea. Después, mientras daban un paseo por las ruinas romanas, Mijail le habló de los peores minutos de su vida. Habían tenido lugar, curiosamente, en su patria, en una dacha muchos kilómetros al este de Moscú. Una operación de rescate de rehenes salió mal y él y otros dos agentes estuvieron a punto de morir, pero otro hombre cambió su vida por la de ellos y sobrevivieron los tres. Una de esas agentes había dado a luz hacía poco tiempo a dos gemelos. El otro, dijo enfáticamente, se convertiría pronto en el jefe de la Oficina.

—¿Gabriel?

Mijail asintió lentamente.

—¿Y la mujer?

—Era su esposa.

—Dios mío. —Siguieron caminando en silencio un momento—. ¿Y cuál es la moraleja de esa horrible historia?

—No hay moraleja —respondió Mijail—. Es nuestro oficio, nos dedicamos a eso. Y luego tratamos de olvidarlo.

—¿Tú has logrado olvidarlo?

—No.

—¿Piensas a menudo en ello?

—Todas las noches.

—Supongo que tenías razón, a fin de cuentas —comentó Natalie pasados unos segundos.

—¿En qué?

—En que me parezco a ti más de lo que creía.

—Ahora sí.

Natalie le cogió de la mano.

—¿Cuándo? —le susurró al oído.

—Eso —respondió Mijail con una sonrisa— depende enteramente de ti.

La tarde siguiente, al volver de su carrera por el valle, Natalie encontró a Gabriel esperándola en el cuarto de estar de la granja. Vestía traje gris y camisa blanca con el cuello desabrochado. Tenía un aspecto muy profesional. Delante de él, sobre la mesa baja, había tres carpetas. La primera, dijo, contenía el informe final del equipo de médicos que la había atendido.

—¿Qué dice?

—Dice —respondió Gabriel con calma— que padeces síndrome de estrés postraumático, lo que, teniendo en cuenta lo que viviste en Siria y Estados Unidos, es totalmente lógico.

—¿Y mi pronóstico?

—Bastante bueno, en realidad. Con la medicación y la terapia adecuadas, te recuperarás por completo. De hecho —añadió Gabriel—, todos estamos de acuerdo en que puedes marcharte cuando quieras.

—¿Y las otras dos?

—Plantean una elección —contestó él ambiguamente.

—¿Qué clase de elección?

—Relativa a tu futuro.

Ella señaló una de las carpetas.

—¿Qué hay en esa?

—Un acuerdo de fin de contrato.

—¿Y en la otra?

—Exactamente lo contrario.

Se hizo el silencio entre los dos. Fue Gabriel quien lo rompió.

—Imagino que has oído los rumores acerca de mi ascenso inminente.

—Creía que estabas muerto.

—Al parecer, las noticias acerca de mi fallecimiento eran muy desproporcionadas.

—Las del mío también.

Gabriel sonrió cálidamente. Luego se puso serio.

—Algunos jefes tienen la buena fortuna de ocupar su puesto en épocas relativamente tranquilas. Desempeñan sus funciones, reciben sus honores y condecoraciones y luego salen al mundo a ganar dinero. No me cabe duda de que yo no voy a tener tanta suerte. Los próximos años prometen ser tumultuosos en Oriente Medio y en Israel. La Oficina tendrá que arrimar el hombro para decidir si podemos o no sobrevivir en estas tierras. —Contempló el valle, el valle de su juventud—. Estaría faltando a mi deber si dejara escapar a alguien con un talento tan evidente como el tuyo.

No dijo más. Natalie se quedó pensativa.

—¿Cuál es tu duda? —preguntó él—. ¿Más dinero?

—No —contestó ella negando con la cabeza—. Me estaba preguntando por la política de la Oficina respecto a las relaciones de pareja entre compañeros de trabajo.

—Oficialmente, las desaconsejamos.

—¿Y extraoficialmente?

—Somos judíos, Natalie. Casamenteros por naturaleza.

—¿Hasta qué punto conoces a Mijail?

—Le conozco de una forma que solo tú podrías comprender.

—Me contó lo de Rusia.

—¿Sí? —Gabriel arrugó el ceño—. Fue una negligencia por su parte.

—Lo hizo por una buena causa.

—¿Y qué causa es esa?

Natalie cogió la tercera carpeta, la que contenía el contrato de trabajo.

—¿Has traído un boli? —preguntó.

77

PETAH TIKVA, ISRAEL

El final estaba cerca, saltaba a la vista. El jueves, se vio a Uzi Navot sacando varias cajas de cartón de su despacho, entre ellas una provisión ingente de sus amadas galletitas de mantequilla, regalo de despedida del jefe de la legación en Viena. A la mañana siguiente, durante la reunión de jefes de sección que se celebraba a las nueve, se comportó como si le hubieran quitado un enorme peso de encima. Y esa tarde, antes de marcharse para el fin de semana, recorrió tranquilamente King Saul Boulevard, desde el piso superior a los sótanos del Registro, estrechando manos, dando palmaditas en el hombro y besando unas cuantas mejillas húmedas. Curiosamente, evitó la oscura e inhóspita guarida que ocupaba el departamento de Personal, el lugar adonde iban a morir tantas carreras.

Pasó el sábado tras los muros de su casa en el barrio residencial de Petah Tikva, a las afueras de Tel Aviv. Gabriel lo sabía porque los movimientos del *ramsad* –como se conocía abreviadamente al jefe de la Oficina– eran monitorizados constantemente por el despacho de operaciones, al igual que los suyos propios. Resolvió que era mejor presentarse sin avisar, conservando así el factor sorpresa. Se bajó del asiento de atrás de su todoterreno oficial y, bajo un intenso aguacero, pulsó el botón del intercomunicador de la verja. Pasaron veinte largos y húmedos segundos antes de que respondiera una voz. Por desgracia, era de Bella.

—¿Qué quieres?

—Necesito hablar un momento con Uzi.

—¿No has hecho ya suficiente?

—Por favor, Bella. Es importante.

—Siempre lo es.

Siguió otro rato de espera, hasta que por fin se abrió la cerradura con un chasquido desagradable. Gabriel abrió la verja y corrió por el camino del jardín hacia la puerta principal, donde le aguardaba Bella. Vestía un sofisticado traje pantalón de seda bordada y sandalias de color oro. Estaba recién peinada y se había maquillado discreta pero minuciosamente. Daba la impresión de tener invitados. Pero Bella siempre daba esa impresión. Las apariencias lo eran todo para ella, razón por la cual Gabriel nunca había entendido por qué se había casado con un hombre como Uzi Navot. Quizá, pensó, lo había hecho por simple crueldad. Bella siempre le había parecido una de esas personas que disfrutaban arrancando las alas a las moscas.

Le estrechó fríamente la mano. Sus uñas eran de color rojo sangre.

—Tienes buen aspecto, Bella.

—Tú también. Pero me imagino que eso era de esperar.

Le indicó que pasara al cuarto de estar, donde Navot estaba leyendo afanosamente la última edición de *The Economist*. La sala era una exposición de diseño asiático contemporáneo, con enormes ventanales con vistas a las fuentes y los cuidados arbustos del jardín. Navot parecía uno de los obreros a los que Bella había atemorizado durante la larga reforma de la casa. Vestía unos chinos arrugados y un jersey de algodón dado de sí, y las cerdas grises y duras de su pelo habían empezado a invadir su mentón y sus mejillas. Su apariencia desaliñada sorprendió a Gabriel. Bella nunca había permitido descuidos de fin de semana en lo tocante al vestido y el aseo.

—¿Puedo traerte algo de beber? —preguntó ella.

—Cicuta —respondió Gabriel.

Bella frunció el ceño y se retiró. Gabriel paseó la mirada por la espaciosa sala. Era tres veces más grande que el cuarto de estar de su pisito de Narkiss Street. Tal vez fuera hora de cambiar de casa, se dijo. Se sentó justo enfrente de Navot, que ahora miraba fijamente un televisor silenciado. Unas horas antes, los americanos habían lanzado un ataque con drones sobre una casa situada en el oeste de Irak en la que sospechaban que se escondía Saladino. Habían muerto veintidós personas, entre ellas varios niños.

—¿Crees que le han dado? —preguntó Navot.

—No —contestó Gabriel mientras veía sacar un cuerpo inerme de entre los escombros—. No lo creo.

—Yo tampoco. —Navot apagó el televisor—. Tengo entendido que has conseguido convencer a Natalie para que se una a la Oficina a tiempo completo.

—La verdad es que fue Mijail, no yo.

—¿Crees que lo suyo va en serio?

Gabriel se encogió de hombros vagamente.

—El amor es más complicado en el mundo real que en el mundillo del espionaje.

—Dímelo a mí —masculló Navot. Cogió una delicia de arroz baja en calorías de un cuenco que había sobre la mesa—. ¿Qué es eso que he oído de que vuelve Eli Lavon?

—Es cierto.

—¿En calidad de qué?

—Nominalmente se encargará de supervisar los dispositivos de vigilancia. En realidad, le utilizaré como vea conveniente.

—¿Quién se va a hacer cargo de Operaciones Especiales?

—Yaakov.

—Buena elección —comentó Navot—. Pero Mijail se llevará una decepción.

—Mijail no está preparado. Yaakov sí.

—¿Y qué hay de Yossi?

—Jefe de Investigación. Dina será su mano derecha.

—¿Y Rimona?

—Subdirectora de planificación.

—Tabla rasa. Supongo que es lo mejor. —Navot miró inexpresivamente la pantalla apagada del televisor.

—El otro día oí un rumor sobre ti cuando estaba en el despacho del primer ministro.

—¿De veras?

—Dicen que vas a mudarte a California, a trabajar para una empresa de seguridad. Y que vas a ganar un millón de dólares al año más beneficios.

—Si lo que se busca es la verdad —repuso Navot filosóficamente—, el último lugar donde hay que mirar es en la oficina del primer ministro.

—Según mi fuente, Bella ya ha elegido casa.

Navot cogió un puñadito de delicias de arroz del cuenco.

—¿Y si fuera cierto? ¿Qué más da?

—Te necesito, Uzi. No puedo hacer este trabajo sin ti.

—¿Y qué nombre me darías? ¿Qué *haría*?

—Tú dirigirías la oficina y te encargarías de los asuntos políticos y yo de las operaciones.

—¿Un gerente?

—Tú tienes más mano izquierda que yo, Uzi.

—Eso —dijo Navot— es quedarse muy corto.

Gabriel miró por la ventana. La lluvia azotaba el jardín de Bella.

—¿Cómo puedes irte a California en un momento como este? ¿Cómo puedes marcharte de Israel?

—Mira quién habla. Has vivido un montón de años en el extranjero y te has embolsado un buen dinero restaurando todo esos cuadros. Ahora me toca a mí. Además —añadió remolonamente—, en realidad no me necesitas.

—No te lo estoy ofreciendo por caridad. Mis motivos son puramente egoístas. —Gabriel bajó la voz al añadir—: Eres lo más parecido a un hermano que tengo, Uzi. Eli Lavon y tú. Las cosas se están poniendo feas. Os necesito a los dos a mi lado.

—¿Es que tu capacidad de humillación no tiene límite?

—Aprendí del mejor, Uzi. Igual que tú.

—Lo siento, Gabriel, pero es demasiado tarde. Ya he aceptado el puesto.

—Diles que has cambiado de idea. Que tu país te necesita.

Navot masticó pensativamente las delicias de arroz, una por una. Era una señal alentadora, pensó Gabriel.

—¿El primer ministro ha dado su aprobación?

—No ha tenido más remedio.

—¿Dónde estará mi despacho?

—Enfrente del mío.

—¿Tendré secretaria?

—Compartiremos a Orit.

—En cuanto intentes dejarme al margen de algo —le advirtió Navot—, me largo. Y podré hablar contigo cuándo y dónde me apetezca.

—Dentro de poco no querrás ni verme.

—De eso no me cabe duda.

Las delicias de arroz habían desaparecido. Navot exhaló un profundo suspiro.

—¿Qué pasa, Uzi?

—Estaba pensando en cómo voy a decirle a Bella que he rechazado un trabajo de un millón de dólares al año en California para quedarme en la Oficina.

—Estoy seguro de que se te ocurrirá algo —repuso Gabriel—. Siempre has tenido mucha mano izquierda.

78

JERUSALÉN

Cuando regresó a Narkiss Street, encontró a Chiara vestida con un traje pantalón oscuro y a los niños sentados en sus carritos. Hicieron juntos el corto trayecto en coche a través de Jerusalén Oeste, hasta el Hospital Psiquiátrico Mount Herzl. En los viejos tiempos, antes de casarse, antes de alcanzar aquella fama que no deseaba, Gabriel solía entrar y salir del hospital sin que nadie reparara en él, normalmente a altas horas de la noche. Ahora llegó con la discreción de un jefe de Estado en visita oficial, rodeado por un cerco de escoltas y con Raphael retorciéndose en sus brazos. Chiara caminaba en silencio a su lado, llevando a Irene. Sus tacones repiqueteaban en los adoquines del patio. Gabriel no la envidiaba en esos momentos. Cogió su mano y se la apretó ligeramente mientras Raphael le tiraba de la oreja.

En el vestíbulo los esperaba un médico de cincuenta y tantos años, rollizo y con aspecto de rabino. El doctor había dado su consentimiento a la visita. De hecho —se recordó Gabriel—, era él quien la había sugerido. Ahora no parecía muy seguro de que fuera buena idea.

—¿Qué sabe ella? —preguntó Gabriel mientras su hijo echaba mano de las gafas del médico.

—Le he dicho que iba a tener visita. En cuanto a lo demás... —Encogió sus hombros redondeados—. Me ha parecido mejor que sea usted mismo quien se lo explique.

Gabriel dejó a Raphael en brazos de Chiara y siguió al doctor por un pasillo de piedra caliza de Jerusalén, hasta la puerta de una sala común. Dentro solo había una paciente. Estaba sentada en su silla de ruedas, con la quietud de una figura pintada en un cuadro, mientras a su espalda una televisión emitía imágenes en silencio. Gabriel distinguió un momento en la pantalla su propia cara, en una fotografía tomada hacía mil años, tras su regreso de la operación Ira de Dios. Podría haber parecido un crío, de no ser por las canas de sus sienes. «Los tiznes de ceniza del príncipe de fuego...».

—*Mazel tov* —dijo el doctor.

—Haría mejor dándome el pésame —respondió Gabriel.

—Corren tiempos difíciles, pero estoy seguro de que saldrá airoso. Y recuerde: si alguna vez necesita alguien con quien hablar... —Le dio unas palmadas en el hombro—. Siempre estoy disponible.

La cara de Gabriel desapareció de la pantalla. Miró a Leah. No se había movido, ni siquiera había pestañeado. Mujer en silla de ruedas, óleo sobre lienzo, autor: Tariq Al Hourani.

—¿Puede darme algún consejo?

—Sea sincero con ella. No le gusta que intenten engañarla.

—¿Y si es demasiado doloroso?

—Lo será. Pero no lo recordará mucho tiempo.

Dándole un empujoncito, el doctor le dejó a la deriva. Gabriel cruzó lentamente la sala y se sentó en la silla que habían colocado al lado de Leah. Su pelo, antaño tan largo y salvaje como el de Chiara, era ahora muy corto. Tenía las manos retorcidas y blancas, recubiertas por el tejido cicatricial. Eran como parches en lienzo blanco. Gabriel deseaba con todas sus fuerzas restaurarlas, pero no podía. Leah no tenía remedio. La besó suavemente en la mejilla y esperó a que reparara en su presencia.

—Mira la nieve, Gabriel —dijo de pronto—. ¿Verdad que es preciosa?

Gabriel miró por la ventana, más allá de la cual un sol radiante brillaba sobre el pino del jardín.

—Sí, Leah —dijo distraídamente mientras los ojos se le llenaban de lágrimas—. Es preciosa.

—La nieve absuelve a Viena de sus pecados. Cae sobre Viena mientras en Tel Aviv llueven misiles.

Gabriel le apretó la mano. Aquellas eran algunas de las últimas palabras que había pronunciado la noche del atentado de Viena. Sufría una mezcla particularmente aguda de depresión psicótica y síndrome de estrés postraumático. A veces tenía momentos de lucidez, pero la mayor parte del tiempo permanecía prisionera del pasado. Lo ocurrido en Viena discurría incesantemente por su cabeza, como un bucle de imágenes de vídeo que no podía detener: la última comida que compartieron, su último beso, el fuego que mató a su único hijo y abrasó su cuerpo. Su existencia había quedado reducida a cinco minutos que llevaba reviviendo una y otra vez más de veinte años.

—Te he visto en la tele —dijo con repentina lucidez—. Parece que no estás muerto, después de todo.

—No, Leah. Fue solo algo que tuvimos que decir.

—¿Por tu trabajo?

Él asintió con la cabeza.

—Y ahora dicen que vas a convertirte en jefe.

—Sí, pronto.

—Creía que el jefe era Ari.

—Hace muchos años que no.

—¿Cuántos?

Gabriel no contestó. Era demasiado deprimente pensarlo.

—¿Está bien? —preguntó Leah.

—¿Ari?

—Sí.

—Tiene días buenos y días malos.

—Como yo —repuso ella.

Su semblante se ensombreció. Los recuerdos comenzaban a aflorar. De algún modo consiguió ahuyentarlos.

—No puedo creer que de verdad vayas a ser el *memuneh*.

Aquella vieja palabra significaba «el que manda». No había habido un verdadero *memuneh* desde tiempos de Shamron.

—Yo tampoco —reconoció Gabriel.

—¿No eres un poco joven para ser *memuneh*? A fin de cuentas, solo tienes...

—Ahora soy mayor, Leah. Los dos lo somos.

—Estás exactamente como te recuerdo.

—Fíjate bien, Leah. Seguro que ves las arrugas y las canas.

—Por culpa de Ari, siempre has tenido canas. Y yo también. —Miró por la ventana—. Parece invierno.

—Lo es.

—¿En qué año estamos?

Él se lo dijo.

—¿Cuántos años tienen tus hijos?

—Mañana hacen uno.

—¿Habrá una fiesta?

—En casa de los Shamron, en Tiberíades. Pero están aquí, si te apetece verlos.

Se le iluminó la cara.

—¿Cómo se llaman?

Gabriel se lo había dicho varias veces. Se lo dijo otra más.

—Pero Irene se llama tu madre —protestó ella.

—Mi madre murió hace mucho tiempo.

—Perdona, Gabriel. A veces...

—No importa.

—Tráemelos —dijo ella con una sonrisa—. Quiero verlos.

—¿Estás segura?

—Sí, claro.

Gabriel se levantó y salió al vestíbulo.

—¿Y bien? —preguntaron Chiara y el doctor al mismo tiempo.

—Dice que quiere verlos.

—¿Cómo lo hacemos? —preguntó Chiara.

—Primero uno y luego otro —sugirió el doctor—. Si no, podría ser demasiado.

—Estoy de acuerdo —convino Gabriel.

Cogió a Raphael de brazos de Chiara y regresó a la sala común. Leah estaba mirando de nuevo por la ventana, desvaídamente, absorta en sus recuerdos. Gabriel le puso suavemente a su hijo sobre el regazo. Los ojos de Leah se enfocaron, su mente regresó momentáneamente al presente.

—¿Quién es este? —preguntó.

—Es él, Leah. Es mi hijo.

Ella miró al niño hipnotizada, sujetándolo fuertemente con sus manos mutiladas.

—Es exactamente igual que...

—Que yo —se apresuró a decir Gabriel—. Todo el mundo dice que se parece a su padre.

Leah pasó un dedo retorcido por el cabello del niño y acercó los labios a su frente.

—Mira la nieve —susurró—. ¿Verdad que es preciosa?

79

JERUSALÉN - TIBERÍADES

A las diez de la mañana siguiente, el Museo de Israel anunció que había adquirido una obra de Vincent van Gogh desconocida hasta entonces (*Marguerite Gachet en su tocador*, óleo sobre lienzo, 104 x 40 centímetros), procedente del patrimonio de Hannah Weinberg. Más adelante el museo se vería obligado a reconocer que, a decir verdad, el cuadro se lo había regalado un donante anónimo que a su vez lo había heredado de *mademoiselle* Weinberg tras su trágico fallecimiento en París. Posteriormente el museo se vería sometido a enormes presiones para que revelara la identidad del donante, a lo que se negó rotundamente, al igual que el Gobierno francés, que había permitido el traslado del cuadro a Israel para consternación de la élite cultural y los editorialistas patrios. Aquello era —decían— otro golpe al orgullo francés, esta vez autoinfligido.

Ese domingo de diciembre, sin embargo, el lienzo de Van Gogh pasó casi desapercibido. Porque a las doce del mediodía el primer ministro anunció que Gabriel Allon no solo estaba vivo, sino que iba a convertirse en el próximo director de la Oficina. No fue una gran sorpresa: los medios llevaban días barajando rumores y especulaciones. Aun así, para el país fue toda una conmoción ver al ángel vengador en persona, con la apariencia de un simple mortal. Su ropa para la ocasión había sido cuidadosamente elegida: camisa Oxford blanca, chaqueta de piel negra, pantalones caqui ajustados y zapatos de cordones de ante con suela de goma que no hacían ningún ruido cuando caminaba. El primer ministro se refirió a él premeditadamente no como el *ramsad*, sino como el *memuneh*, el que manda.

Los destellos de las cámaras eran como el resplandor de las lámparas halógenas que Gabriel usaba para trabajar. Permaneció inmóvil, con las manos unidas a la espalda como un soldado en posición de descanso, mientras el primer ministro hacía un resumen cuidadosamente seleccionado de sus logros profesionales. Luego invitó a Gabriel a hablar. Su mandato, prometió, estaría orientado hacia el futuro pero hundiría sus raíces en la grandes tradiciones del pasado. El mensaje era inequívoco: habían colocado a un asesino al frente del servicio de inteligencia israelí. Quienes trataran de dañar al país o a sus ciudadanos lo pagarían muy caro, incluso con la vida.

Cuando los periodistas trataron de interrogarle, se limitó a sonreír y un instante después siguió al primer ministro a la sala donde se reunía el Consejo de Ministros, donde habló por extenso de sus planes y prioridades y de los muchos retos, algunos inmediatos y otros todavía lejanos, que afrontaba el Estado judío. El ISIS, dijo, constituía un peligro que no podían seguir ignorando. Dejó claro asimismo que el anterior *ramsad* seguiría en la Oficina.

—¿En qué puesto? —preguntó el ministro de Exteriores.

—En el que yo crea conveniente.

—Esto no tiene precedentes.

—Pues vayan haciéndose a la idea.

El director de la Oficina no jura su cargo; se limita a firmar un contrato. Acabado el papeleo, Gabriel se trasladó a King Saul Boulevard, donde se dirigió a sus tropas y mantuvo una breve reunión con los altos cargos salientes. Después, Navot y él viajaron en el mismo todoterreno blindado hasta la villa de Shamron en Tiberíades. El empinado camino de entrada estaba tan lleno de coches que tuvieron que dejar el suyo muy lejos de la puerta. Cuando entraron en la terraza con vistas al lago, la ovación fue tan estruendosa que, atravesando los Altos del Golán, es posible que se dejara oír en Siria. Estaban presentes muchos de los compañeros de viaje del enmarañado pasado de Gabriel: Adrian Carter, Fareed Barakat, Paul Rousseau, incluso Graham Seymour, que venía desde Londres. Y también Julian Isherwood, el marchante que le había proporcionado su tapadera como restaurador, y Samantha Cooke, la periodista del *Telegraph* que había destapado premeditadamente la historia de su falso fallecimiento.

—Me debes una —le dijo al besarle en la mejilla.

—El cheque está en el correo.

—¿Cuándo llegará?

—Pronto.

Había muchos otros, claro está. Timothy Peel, el chico de Cornualles que vivía en la casa de al lado cuando Gabriel se escondía en Helford Passage, había viajado invitado por la Oficina. Y también Sarah Bancroft, la historiadora del arte y comisaria estadounidense de la que se había servido Gabriel para infiltrarse en las cortes de Zizi e Iván. Estrechó fríamente la mano de Mijail y miró a Natalie con enfado, pero por lo demás la velada transcurrió sin incidentes.

Maurice Durand, el ladrón de arte más hábil del mundo, llegó desde París y de algún modo se las ingenió para no tropezarse con Paul Rousseau, quien sin duda se acordaría de cierta ocasión en que se encontraron en una *brasserie* de la *rue* de Miromesnil. Monseñor Luigi Donati, secretario privado de Su Santidad el papa Pablo VII, también estaba presente, al igual que Christoph Bittel, el nuevo aliado de Gabriel dentro del servicio de seguridad suizo. Asistieron la mitad de los diputados del Knéset, además de varios altos mandos de las Fuerzas de Defensa de Israel y los jefes del resto de los servicios de inteligencia israelíes. Y contemplándolo todo con una sonrisa regocijada, como si aquel cuadro se hubiera dispuesto para su sola satisfacción, se hallaba Shamron. Gabriel nunca le había visto tan feliz. Por fin se había completado su obra. Gabriel había vuelto a casarse, era padre y jefe de la Oficina. El restaurador estaba restaurado.

Pero la velada no solo celebraba el ascenso de Gabriel: era también la fiesta de cumpleaños de sus hijos. Chiara presidió el encendido de las velas mientras Gabriel, en el papel de padre orgulloso, grababa el acontecimiento con su teléfono móvil. Cuando toda la concurrencia rompió a cantar *Cumpleaños feliz*, Irene se puso a berrear. Entonces Shamron le susurró al oído unas carantoñas con acento polaco y la niña se rio entusiasmada.

A las diez de la noche los primeros coches comenzaron a desalojar lentamente el camino de entrada, y a medianoche la fiesta había concluido. Después, Shamron y Gabriel se sentaron en su sitio de costumbre, al borde de la terraza, con una estufa de gas encendida entre los dos, mientras los encargados del *catering* retiraban los restos del festejo. Shamron se abstuvo de fumar porque Raphael estaba profundamente dormido en brazos de Gabriel.

—Hoy has estado soberbio en tu presentación —comentó—. Me ha gustado tu ropa. Y tu título.

—Quería dejar claras las cosas desde el principio.

—¿Qué cosas?

—Que pienso ser un jefe de operaciones. —Gabriel hizo una pausa y luego añadió—: Que puedo caminar y mascar chicle al mismo tiempo.

Lanzando una ojeada a los Altos del Golán, Shamron dijo:

—No estoy seguro de que te quede otro remedio.

El niño se removió en brazos de Gabriel y volvió a sumirse en un profundo sopor. Shamron daba vueltas a su viejo Zippo con las puntas de los dedos. «Dos a la derecha, dos a la izquierda...».

—¿Imaginabas que acabaríamos así? —preguntó pasado un momento.

—¿Quiénes?

—Tú y yo. —Shamron miró a Gabriel y añadió—: Nosotros.

—¿De qué estás hablando, Ari?

—Soy viejo, hijo mío. Me he estado aferrando a la vida por esta noche. Ahora que ya ha pasado, puedo marcharme. —Sonrió tristemente—. Es tarde, Gabriel. Estoy muy cansado.

—Tú no vas a ir a ninguna parte, Ari. Te necesito.

—No, no me necesitas —contestó Shamron—. *Eres* yo.

—Es curioso que las cosas hayan salido así.

—Pareces creer que fue fortuito. Pero te equivocas. Todo formaba parte de un plan.

—¿Un plan de quién?

—Puede que mío, puede que de Dios. —Shamron se encogió de hombros—. ¿Qué más da? En lo tocante a ti, estamos en el mismo bando, Dios y yo. Somos cómplices.

—¿Quién tiene la última palabra?

—¿Tú qué crees? —Shamron posó su manaza sobre Raphael—. ¿Te acuerdas del día que fui a buscarte a Cornualles?

—Como si fuera ayer.

—Condujiste como un loco entre los setos de la península de Lizard y comimos tortilla en ese pequeño café que hay en lo alto del acantilado. Me trataste —añadió con una nota de amargura— como a un cobrador de morosos.

—Me acuerdo —contestó Gabriel, abstraído.

—¿Cómo crees que te habría ido si yo no hubiera ido a buscarte ese día?

—Bien.

—Lo dudo. Seguirías restaurando cuadros para Julian y navegando en ese viejo queche por el Helford, hasta el mar. No habrías vuelto a Israel ni habrías conocido a Chiara. Y ahora mismo no tendrías a ese precioso niño en brazos.

Gabriel no le contradijo. En aquel entonces era un alma extraviada, un hombre amargado y roto.

—No ha estado tan mal, ¿verdad? —preguntó Shamron.

—Podría haber pasado perfectamente sin ver por dentro Lubianka.

—¿Y qué me dices de ese perro que intentó arrancarte el brazo en los Alpes suizos?

—Al final me hice con él.

—¿Y de esa moto con la que te estrellaste en Roma? ¿Y de la tienda de antigüedades que saltó por los aires delante de ti en Saint Moritz?

—Fueron buenos ratos —contestó Gabriel sombríamente—. Pero he perdido a muchos amigos por el camino.

—Como a Hannah Weinberg.

—Sí —repuso Gabriel—. Como a Hannah.

—Puede que sea necesaria una pequeña venganza al estilo de las de antes.

—Eso ya está arreglado.

—¿Quién va a encargarse?

—Me gustaría hacerlo yo mismo, pero probablemente no sea buena idea, dadas las circunstancias.

Shamron sonrió.

—Vas a ser un gran jefe, hijo mío.

80

BETHNAL GREEN, LONDRES

Jalal Nasser, cazatalentos, reclutador, brazo derecho de Saladino, era el hombre al que nadie quería. El mismo día del nombramiento de Gabriel, los agentes británicos e israelíes encargados de su vigilancia en Londres descubrieron que el jordano planeaba huir al califato, un viaje que acabaría siendo su perdición. Detenerle estaba descartado. Si le procesaban no solo se haría pública la operación de Gabriel, sino que quedaría al descubierto la incompetencia de los servicios de seguridad franceses y británicos. Su deportación tampoco era una alternativa apetecible, dado que ni Su Majestad ni Fareed Barakat deseaban su vuelta. De haber regresado a Jordania, habría ido a parar directamente a los sótanos de «La fábrica de uñas» y, de allí, con toda seguridad, a una fosa común.

Había una solución más sencilla: una solución shamroniana que solo requería la connivencia del servicio secreto local, una connivencia que, por las razones expuestas más arriba, no fue difícil obtener. De hecho, el acuerdo se cerró durante una conversación privada en la cocina de Shamron, la noche de la fiesta. Mucho tiempo después, sería considerada la primera decisión oficial de Gabriel como director de la Oficina.

Su interlocutor era Graham Seymour, del MI6, aunque la operación no podría llevarse a cabo sin la aquiescencia de Amanda Wallace, su homóloga en el MI5. Seymour se aseguró su cooperación mientras tomaban unos martinis en la oficina de Amanda en

Thames House. No fue tarea difícil: hacía tiempo que los vigilantes del MI5 estaban hartos de seguir a Jalal por las calles de Londres. Para Amanda, fue simplemente una cuestión de personal. Si se quitaba de en medio a Jalal, dispondría de más agentes para vigilar a su objetivo principal, los rusos.

—Pero nada de líos —advirtió.

—No —convino Seymour sacudiendo vigorosamente la cabeza gris—. Nada de líos, desde luego.

Cuarenta y ocho horas más tarde, Amanda ordenó que se abandonara la vigilancia del sujeto en cuestión, lo que posteriormente se calificaría de simple coincidencia. Graham Seymour llamó entonces a Gabriel a King Saul Boulevard y le informó de que tenía el campo libre. Gabriel deseó para sus adentros poder ocuparse personalmente del asunto, pero sabía que no sería apropiado dada su posición. Esa noche llevó a Mijail al aeropuerto Ben Gurion y le depositó en un vuelo con destino a Londres. Dentro del falso pasaporte ruso de Mijail, ocultó una nota. Se componía de apenas cuatro palabras, las cuatro palabras del undécimo mandamiento de Shamron.

Que no te cojan...

Su viaje a la tierra prometida de los islamistas seguía un camino tortuoso: en transbordador hasta Holanda, en tren hasta Berlín y de allí en vuelo económico hasta Sofía, desde donde una tartana de alquiler le conduciría a Turquía. Pasó su último día en Londres como había pasado los cien anteriores, aparentando no saber que su vida había saltado por los aires. Fue de compras a Oxford Street, paseó por Leicester Square, rezó en la mezquita de East London. Después, tomó el té con un recluta prometedor, de cuyo nombre Gabriel informó a Amanda Wallace. Era lo menos que podía hacer, pensó.

Esa noche, Jalal hizo las maletas y limpió su ordenador. Para entonces, su piso de Chilton Street había sido vaciado de cámaras y micrófonos, y el equipo del otro lado de la calle no tuvo más remedio que seguir observando a su presa al viejo estilo: con prismáticos y una cámara con teleobjetivo. Visto de lejos, parecía no tener una sola preocupación en el mundo. Tal vez estuviera fingiendo, pero la explicación más probable era que Saladino no le había informado de que los británicos, los americanos, los israelíes y los jordanos conocían su implicación en la red terrorista y en los atentados de París, Ámsterdam y Washington. En King Saul Boulevard –y en Langley, Vauxhall Cross y un elegante edificio de la *rue* de Grenelle– se consideró buena señal. Significaba que Jalal no tenía secretos que difundir. Que la red, al menos de momento, estaba inactiva. Para Jalal, sin embargo, era una mala noticia: quería decir que era prescindible, lo peor que podía pasarle a un terrorista estando a las órdenes de un hombre como Saladino.

Esa tarde, a las siete, el jordano desplegó una esterilla en el suelo de su cuartito de estar y rezó por última vez. Luego, a las siete y veinte, se acercó a pie al Noodle King de Bethnal Green Road, donde tomó a solas su última comida (arroz frito y alitas de pollo picantes), vigilado por Eli Lavon. Al salir del restaurante, entró en un supermercado a comprar una botella de leche y luego se marchó a su piso, sin percatarse de que Mijail caminaba unos pasos por detrás de él.

Posteriormente, Scotland Yard determinaría que Jalal había llegado a su portal a las ocho y doce minutos. Y que, al ir a sacar las llaves del bolsillo de la chaqueta, se le cayeron al suelo. Al agacharse para recogerlas reparó en Mijail, parado en la calle. Dejó las llaves donde estaban y se incorporó lentamente. Agarraba con fuerza la bolsa de la compra contra su pecho, como un escudo.

—Hola, Jalal —dijo Mijail tranquilamente—. Me alegra conocerte por fin.

—¿Quién eres? —preguntó el jordano.

—Soy la última persona a la que vas a ver. —Rápidamente, Mijail sacó la pistola que llevaba a la altura de los riñones, una Beretta calibre 22 sin silenciador. Un arma de por sí silenciosa—.

Estoy aquí por Hannah Weinberg —dijo en voz baja—. Y por Rachel Lévy y Arthur Goldman, y por todas esas personas a las que matasteis en París. Estoy aquí por las víctimas de Ámsterdam y de Washington. Soy la voz de los muertos.

—Por favor —susurró el jordano—. Puedo ayudaros. Sé cosas. Conozco los planes para el próximo atentado.

—¿Sí?

—Sí, te lo juro.

—¿Dónde será?

—Aquí, en Londres...

—¿Cuál es el objetivo?

Antes de que el jordano pudiera responder, Mijail efectuó el primer disparo. La bala rompió la botella de leche y se alojó en el pecho de Jalal. Mijail avanzó lentamente, disparando nueve balas en rápida sucesión, hasta que el jordano quedó inmóvil junto al portal, en medio de un charco de leche y sangre. La pistola estaba descargada. Mijail metió otro cargador en la culata, acercó el cañón a la cabeza de Jalal y efectuó un último disparo. El undécimo. Tras él, una moto se detuvo junto al bordillo. Mijail montó detrás y un instante después se perdió de vista.

NOTA DEL AUTOR

La viuda negra es una obra de entretenimiento y como tal debe leerse. Los nombres, personajes, lugares y acontecimientos reflejados en la historia son fruto de la imaginación del autor o se han empleado con fines estrictamente literarios. Cualquier parecido con personas vivas o muertas, empresas, establecimientos, hechos o lugares reales es enteramente accidental.

Quienes visiten la *rue* des Rosiers, en el IV *Arrondissement* de París, buscarán en vano el Centro Isaac Weinberg para el Estudio del Antisemitismo en Francia. La nieta de Isaac, la ficticia Hannah Weinberg, fundaba el centro al final de mi novela *The Messenger*, la primera en la que aparecía. Su Van Gogh, *Marguerite Gachet en su tocador*, también es imaginario, aunque su trágica procedencia esté claramente inspirada en los terribles sucesos del *Jeudi Noir* y de la Redada del Velódromo de Invierno, en julio de 1942.

Ojalá pudiera decir que las agresiones antisemitas que describo en el primer capítulo de *La viuda negra* son pura invención. Lamentablemente, también están inspiradas en hechos reales. El antisemitismo en Francia (procedente en gran parte de zonas de mayoría musulmana) ha impelido a miles de judíos franceses a abandonar sus hogares para emigrar a Israel. Un total de ocho mil abandonaron Francia durante los doce meses posteriores al brutal asesinato de cuatro judíos en el supermercado *kosher* Hypercacher, en enero de 2015. Numerosos judíos galos afincados en Netanya pasan la

501

tarde en Independence Square, en Chez Claude o en los demás cafés que atienden a la creciente comunidad francófona. No se me ocurre ninguna otra minoría religiosa o grupo étnico que esté teniendo que huir de un país de Europa Occidental. Es más, los judíos franceses nadan contracorriente al emigrar de Occidente a la región más peligrosa e inestable del planeta. Si lo hacen es por una sola razón: porque se sienten más seguros en Israel que en París, Toulouse, Marsella o Niza. Tal es el estado de la Francia actual.

El Grupo Alfa, la brigada antiterrorista secreta de la DGSI retratada en *La viuda negra*, no existe, aunque confío en que, por el bien de todos, exista algo parecido. Dicho sea de paso, soy consciente de que la sede del servicio de inteligencia israelí no se encuentra ya en King Saul Boulevard de Tel Aviv. He preferido dejar allí el cuartel general de mi organización ficticia en parte porque el nombre de la calle me gusta mucho más que el de su actual dirección, que no mencionaré en letra impresa. Hay, en efecto, un edificio de pisos de piedra caliza en el número 16 de Narkiss Street, en Jerusalén, pero Gabriel Allon y su nueva familia no residen en él. Durante una visita reciente a Israel, descubrí que el edificio se ha convertido en parada de al menos un *tour* guiado por la ciudad. Mis más sinceras disculpas a sus residentes y vecinos.

Hubo en tiempos una aldea árabe al oeste de Galilea llamada Al Sumayriyya, cuyo estado actual aparece descrito con exactitud en las páginas de *La viuda negra*. Los lectores asiduos a las andanzas de Gabriel Allon sabrán que aparecía por primera vez en *Prince of Fire*, en 2005, como patria chica de una terrorista llamada Fellah Al Tamari. Deir Yassin fue, en efecto, escenario de una célebre masacre sucedida durante la época más oscura de la guerra árabe-israelí de 1948, de la que surgieron tanto el actual Estado de Israel como la crisis de los refugiados palestinos. En el solar de la antigua aldea se levanta ahora el centro de salud mental Kfar Shaul, un hospital psiquiátrico que utiliza algunos de los edificios y viviendas desocupados por los antiguos moradores de Deir Yassin. El hospital de Kfar Shaul, vinculado al Centro Médico Hadassah, está especializado en el llamado síndrome de Jerusalén, un trastorno mental caracterizado por obsesión religiosa y alucinaciones que da comienzo con una visita a la ciudad fracturada de Dios edificada sobre una colina. La dolencia de Leah Allon es mucho más grave, al igual que sus lesiones físicas. Siempre me he mostrado ligeramente impreciso a la hora de situar el hospital donde se encuentra internada Leah. Ya sabemos su localización aproximada.

No hay ninguna Gallerie Mansour en el centro de Beirut, pero los vínculos del Estados Islámico con el tráfico ilegal de antigüedades están bien documentados. Planteé por vez primera la idea de que los terroristas se financiaran vendiendo antigüedades robadas o extraídas de excavaciones ilegales en *The Fallen Angel*, en 2012. En aquel momento no había pruebas, al menos públicamente, de que los terroristas estuvieran lucrándose mediante la venta de tesoros del pasado. Era simplemente una sospecha mía. No me satisface haber acertado, y menos aún tratándose del ISIS.

Porque el ISIS no se contenta con vender antigüedades: también las destruye, sobre todo si entran en conflicto con su interpretación del islam. Tras ocupar Palmira en mayo de 2015, sus guerreros sagrados se apresuraron a destruir muchos de los magníficos templos romanos de la ciudad. Las fuerzas leales al régimen de El Asad reconquistaron Palmira cuando me hallaba acabando el primer borrador de *La viuda negra*. Dado que me había prometido a mí mismo desde el comienzo no seguir las arenas movedizas del conflicto, preferí dejar el capítulo 39 tal y como lo había escrito. Es el riesgo que entraña tratar de atrapar la Historia mientras está sucediendo. Lamento decir que estoy convencido de que la guerra civil siria durará años, o incluso décadas, al igual que la guerra que estuvo a punto de arrasar el país vecino, Líbano. Se perderá y se ganará territorio, se conquistarán y se abandonarán enclaves. Habrá miles de refugiados más. Y muchos más muertos.

He hecho todo lo posible por explicar las raíces y el crecimiento acelerado del ISIS con exactitud y objetividad, a pesar de estar convencido de que, habida cuenta de la división y el desacierto cada vez mayores de la vida política estadounidense, sin duda habrá quien ponga reparos a mi versión de los hechos. No cabe duda de que la invasión americana de Irak en marzo de 2003 creó el semillero del que brotó el ISIS. Y tampoco hay duda de que la decisión de no dejar una fuerza residual americana en Irak en 2011, junto con el estallido de la guerra civil en Siria, permitieron al grupo prosperar y extenderse a ambos lados de una frontera cada vez más insignificante. Restar importancia al ISIS afirmando que no es ni estado ni islámico es una entelequia, además de ser, en último término, contraproducente y peligroso. Tal y como señalaba el periodista y estudioso Graeme Wood en un estudio pionero acerca del ISIS publicado en *The Atlantic*: *lo cierto es que el Estado Islámico es islámico. Muy islámico.* Y está asumiendo rápidamente muchas de las funciones de un estado moderno, expidiendo a sus ciudadanos toda clase de documentos, desde permisos de conducir a licencias de pesca.

Al menos cuatro mil occidentales han acudido a la llamada del califato, entre ellos más de quinientas mujeres. Una base de datos creada por el Institute for Strategic Dialogue de Londres demuestra que la mayoría de esas mujeres son adolescentes o tienen poco más de veinte años, y que es muy probable que enviuden a edad temprana. Muchas de ellas están dispuestas a arrostrar el peligro de perder la vida en el violento mundo del califato. En febrero de 2015, tres adolescentes radicalizas del barrio de Bethnal Green, al este de Londres, consiguieron salir de Reino Unido en un vuelo con destino a Estambul y llegar a la ciudad siria de Raqqa, capital oficiosa del califato. En diciembre de 2015, tras iniciarse la ofensiva aérea rusa y estadounidense, se perdió todo contacto con ellas. Sus familias temen ahora que las tres hayan muerto.

Muchos reclutas occidentales del ISIS, hombres y mujeres, han vuelto a casa. Algunos, desilusionados. Otros, comprometidos aún con la causa del califato. Algunos de ellos, dispuestos a llevar a cabo asesinatos en masa y actos terroristas en nombre del islam. A corto plazo, es Europa Occidental quien afronta la mayor amenaza, debido en buena medida a la ingente e inquieta población musulmana que habita dentro de sus fronteras abiertas. El ISIS no tiene necesidad de infiltrar a terroristas dentro de Europa Occidental porque los terroristas potenciales ya están allí. Residen en las *banlieus* de Francia y en los barrios musulmanes de Bruselas, Ámsterdam, Copenhague, Malmö, Londres y Luton. Cuando me hallaba escribiendo esta novela, el ISIS llevó a cabo asoladores atentados en París y Bruselas. Los autores materiales nacieron en su mayor parte en Occidente y llevaban un pasaporte europeo en el bolsillo. Sin duda habrá más atentados, puesto que los servicios de seguridad de Europa Occidental han demostrado estar lamentablemente mal pertrechados para afrontar ese reto, especialmente la Sûreté belga, que ha permitido la creación de un refugio virtual del ISIS en el corazón de Bruselas.

El objetivo último del ISIS, sin embargo, es Estados Unidos. Mientras me documentaba para escribir este libro, me sorprendió la cantidad de veces que oí decir que es de esperar que haya un atentado en una ciudad estadounidense en un futuro no muy lejano. Me sorprendió asimismo que muchos altos funcionarios del Estado me dijeran que esta situación es «la nueva normalidad»: que hemos de acostumbrarnos al hecho de que de vez en cuando estallen bombas en nuestros aeropuertos y metros, que ya no podemos dar por sentado que estamos completamente a salvo en un restaurante o en una sala de conciertos, debido a una ideología y una fe nacidas en Oriente Medio. El presidente Barack Obama pareció expresar este punto de vista tras el atentado contra la revista satírica *Charlie Hebdo* y el asalto al supermercado Hypercacher. Advirtiendo contra una respuesta desmesurada, describió a los autores materiales como «una banda de fanáticos violentos y sanguinarios que decapitan a personas o disparan al azar a un grupo de gente en una tienda de París». Pero no era una tienda cualquiera, claro está. Era un supermercado *kosher*. Y las cuatro víctimas no eran «un grupo de gente». Eran judíos. Por ese motivo y solo por ese, fueron elegidos como blanco y asesinados sin piedad.

Pero ¿cómo ha llegado Occidente a esta situación? En el epílogo a *Portrait of a Spy*, advertía de lo que sucedería si Estados Unidos y sus aliados manejaban equivocadamente la llamada Primavera Árabe. *Si prevalecen las fuerzas de la moderación y la modernidad*, escribí en abril de 2011, *es posible que la amenaza del terrorismo remita paulatinamente. Pero si el clero musulmán radical y sus acólitos consiguen hacerse con el poder en países tales como Egipto, Jordania y Siria, tal vez recordemos con añoranza los primeros y turbulentos años del siglo XXI como una edad de oro en las relaciones entre el islam y Occidente.* Lamentablemente, la esperanza que engendró la Primavera Árabe se ha venido abajo, y el mundo árabe se halla sumido en un torbellino. Con el fin de la era del petróleo, su futuro se presenta sombrío. Si la Historia nos sirve de guía, de ese caos podría surgir un líder mesiánico. Quizá proceda de la cuna bíblica de la civilización, de las orillas de uno de los cuatro ríos que nacían en el Jardín del Edén. Y quizá, si así lo desea, se haga llamar Saladino.

AGRADECIMIENTOS

Estoy en deuda con mi esposa, Jamie Gangel, que me escuchó pacientemente mientras pergeñaba el argumento de *La viuda negra* y más tarde corrigió con mano experta el enorme montón de papeles que iba escupiendo mi impresora tras siete meses de intensa escritura. Ella ha estado a mi lado desde el inicio mismo de la serie de Gabriel Allon, una soleada mañana de Georgetown, cuando se me ocurrió convertir a un sicario del espionaje israelí en restaurador de arte. Ahora, ese hombre taciturno y atormentado al que conocimos en *The Kill Artist* es el jefe del servicio de inteligencia de Israel. Es un resultado que no imaginé en su momento, y al que no habría llegado sin el apoyo constante de Jamie y sin el cariño de mis dos hijos, Lily y Nicholas, que todos los días, en lo grande y en lo pequeño, me recuerdan que la vida no se compone únicamente de palabras, párrafos e ingeniosos giros argumentales.

Para escribir dieciséis libros acerca de un ciudadano israelí, he tenido que pasar mucho tiempo en Israel. He recorrido el país de cabo a rabo, y hay zonas que conozco tan bien como mi propio país. Por el camino, he hecho multitud de amigos. Algunos son diplomáticos o profesores. Otros, militares y espías. Todos, sin excepción, han tratado a mi familia con bondad y generosidad enormes, una deuda que les he devuelto introduciendo fragmentos de sus vidas y personas en mis argumentos y personajes. Convertí la granja histórica que un amigo tiene en el *moshav* de Nahalal en el piso franco en el que preparé a una mujer para una misión que nadie en su sano juicio acometería. Y cuando pienso en la hermosa casa de Uzi Navot en el barrio de Petah Tikva, en Tel Aviv, estoy viendo en realidad la casa de un amigo que vive cerca de allí. También pienso en la inteligencia de ese amigo, en su agudísimo sentido del humor, en su humanidad y en su maravillosa esposa, que no se parece ni remotamente a la tiránica Bella.

A mí también me han convocado de un momento para otro a una reunión en un viejo hotel de Ma'ale Hahamisha. No Ari Shamron, sino Meir Dagan, el décimo director general del Mosad, fallecido mientras yo estaba concluyendo esta novela. Meir pintaba en sus ratos libres y, al igual que Ari, amaba el norte de Galilea, donde vivía en la ciudad histórica de Rosh Pinah. El Holocausto nunca se apartaba mucho de sus pensamientos. En su despacho de la sede del Mosad colgaba una turbadora fotografía de su abuelo tomada segundos antes de que fuera ejecutado por efectivos de las SS. Los agentes del Mosad tenían que echar un último vistazo a aquella foto antes de partir hacia una misión en el extranjero. Aquella tarde en Ma'ale Hahamisha, Meir me hizo un recorrido por el mundo que nunca olvidaré y me reprendió suavemente por algunas de mis decisiones argumentales. Cada pocos minutos, un israelí en bañador se paraba junto a nuestra mesa para estrecharle la mano. Él, espía de raza, no parecía disfrutar con esas atenciones. Su sentido del humor le llevaba a reírse de sí mismo. «Por favor, cuando hagan la película sobre Gabriel», me dijo con su sonrisa inescrutable, «pídeles que me hagan más alto».

El general Doron Almog y su bella esposa Didi siempre nos abren las puertas de su casa cuando vamos a Israel y, al igual que Chiara y Gilah Shamron, preparan mucha más comida de la que somos capaces de comer. No conocía a Doron cuando le di apariencia física a Gabriel, pero sin duda fue el molde en el que se basó mi personaje. Nunca sabe uno quién va a sentarse a la mesa de Doron a la hora de la cena. Una noche, ya tarde, se pasó por su casa un general veterano del ejército israelí para tomar una copita. Ese mismo día, en un puerto europeo, se había eliminado discreta y limpiamente a un enemigo de Israel. Cuando le pregunté si había tenido algo que ver con ello, el general se sonrió y dijo: «Son cosas que pasan».

El extraordinario personal del Centro Médico Hadassah me permitió deambular por el hospital desde el helipuerto de la azotea hasta sus modernísimos quirófanos, situados mucho más abajo. El doctor Andrew Pate, eminente anestesiólogo, me ayudó a salvar la vida de un terrorista en circunstancias muy poco propicias. Gracias a sus sabias indicaciones, tengo la sensación de que, si me viera en ese apuro, podría tratar un hemoneumotórax.

Tengo una deuda eterna con David Bull, que, a diferencia de Gabriel, es de verdad uno de los mejores restauradores de cuadros del mundo. Mi más sincero agradecimiento a mi equipo jurídico, Michael Gendler y Linda Rappaport, por su apoyo y sabio asesoramiento. Louis Toscano, mi querido amigo y editor de siempre, hizo incontables mejoras en el manuscrito, y mi correctora particular, Kathy Crosby, se aseguró con ojo de lince de que no hubiera errores tipográficos y gramaticales en el texto.

Tenemos la inmensa suerte de contar con multitud de amigos que llenan nuestras vidas de afecto y buen humor en momentos críticos del año, especialmente Betsy y Andrew Lack, Caryn y Jeff Zucker, Nancy Dubuc y Michael Kizilbash, Pete Williams y David Gardner, Elsa Walsh y Bob Woodward. Gracias también en particular a Deborah Tymon, de los New York Yankees, por arriesgarse con un diestro como yo, con muy mal hombro y muy poca experiencia. Dicho sea de paso, no conseguí dar en el blanco.

Consulté cientos de libros, artículos de periódicos y revistas y páginas web mientras preparaba el manuscrito, demasiados para mencionarlos aquí. Sería un descuido imperdonable, sin embargo, no mencionar las extraordinarias aportaciones de Joby Warrick, Paul Cruickshank, Scott Shane y Michael Weiss. Rindo homenaje a todos esos valerosos periodistas que han tenido la osadía de entrar en Siria para contar al mundo los horrores que han visto allí. El periodismo (el *verdadero* periodismo) todavía importa.

Huelga decir que este libro no se habría publicado sin el apoyo de mi equipo en HarperCollins, pero voy a decirlo de todas formas, porque son los mejores del oficio. Gracias en especial a Jonathan Burnham, Brian Murray, Michael Morrison, Jennifer Barth, Josh Marwell, Tina Andreadis, Leslie Cohen, Leah Wasielewski, Robin Bilardello, Mark Ferguson, Kathy Schneider, Carolyn Bodkin, Doug Jones, Katie Ostrowka, Erin Wicks, Shawn Nicholls, Amy Baker, Mary Sasso, David Koral y Leah Carlson-Stanisic.

Por último, doy las gracias al personal del Café Milano de Georgetown, que siempre cuida bien de nuestra familia y amigos cuando tenemos la suerte de conseguir mesa. Por favor, perdonen las desagradables escenas ficticias del clímax de *La viuda negra*. Confiemos en no ver nunca una noche así.